Pride and Prejudice

Jane Austen

오만과 편견

1판 1쇄 발행 2018년 2월 20일

지은이 | 제인 오스틴
옮긴이 | 김설자
발행인 | 신현부

발행처 | 부북스
주소 | 04601 서울시 중구 동호로17길 256-15 (신당동)
전화 | 02-2235-6041
팩스 | 02-2253-6042
이메일 | boobooks@naver.com

ISBN 979-11-86998-58-8 (04080)

이 도서의 국립중앙도서관 출판예정도서목록(CIP)은 서지정보유통지원시스
템 홈페이지(http://seoji.nl.go.kr)와 국가자료공동목록시스템(http://www.nl.go.
kr/kolisnet)에서 이용하실 수 있습니다. (CIP제어번호 : CIP2018003509)

부클래식

070

——

오만과 편견

제인 오스틴

김설자 옮김

부북스

차례

제1부

제2부

제3부

제1부

1

상당한 재산을 지닌 독신 남자에겐 틀림없이 아내가 필요하다는 것은, 세상 모든 사람이 널리 인정하는 진리다.

이런 진리를 마음속에 대단히 확고하게 지닌 사람들은, 그런 남자가 처음 이웃으로 이사오면, 그의 감정이나 견해를 전혀 알지 못하는 상황에서도, 그가 자기네 딸들 중 누군가의 당연한 소유물이라고 생각한다.

"여보, 베넷 씨, 네더필드 파크가 드디어 세입자를 구했다는 이야길 들으셨어요?" 어느 날 베넷 부인이 남편에게 물었다.

베넷 씨는 듣지 못했노라고 대답했다.

"하지만 그렇대요. 방금 롱 부인이 여길 다녀갔는데, 그 얘길 모두 다 해주었어요." 그녀의 대답이었다.

베넷 씨는 아무런 대꾸도 하지 않았다.

"누가 그 집을 빌렸는지 알고 싶지 않으세요?" 베넷 부인이 조바심하며 큰소리로 말했다.

"당신이 말하고 싶다면야, 이의 없이 들어주겠소."

이 대답은 이야기하라는 권유나 다름없었다.

"여보, 당신도 아셔야만 해요. 롱 부인이 그러는데 북부에서 온 아주 젊은 갑부가 네더필드를 빌렸대요. 그 사람이 그 집을 보려고 월요일에 사두마차를 타고 왔었나 봐요. 그런데 얼마나 그 집이 마음에 들었는지 모리스 씨와 즉시 합의를 보았대요. 성 미카엘 축일[01] 이전에 이사 오기로 했다는데, 다음 주말쯤이면 하인들 중 몇 명이 먼저 그 집으로 온대요.”

“이름이 뭐요?”

“빙리라네요.”

“기혼이요, 미혼이요?”

“미혼이래요, 여보, 분명해요! 상당한 갑부로 독신 남자고, 연수입이 사오천 파운드나 된다는데요. 우리 딸들을 위해서 얼마나 좋은 일이에요!”

“어째서 그렇지? 그게 우리 애들과 무슨 상관이 있다는 거요?”

“여보, 베넷 씨, 어째서 당신 그렇게 짜증나게 굴어요! 내가 그 사람이 우리 딸들 중 한 애와 결혼하길 바란다는 거 아시잖아요!” 베넷 부인이 대답했다.

“그 사람이 그럴 생각으로 여기에 정착한답디까?”

“그럴 생각이라니! 말도 안 돼. 어떻게 그렇게 말할 수 있어요! 하지만 그 사람이 우리 딸 누군가와 사랑에 빠질 가능성도 꽤 있잖아요. 그러니 당신은 그 사람이 오는 즉시 가서 그를 만나셔야만 해요.”

“난 그럴 이유가 전혀 없구려. 당신과 애들이 방문해도 좋고,

---

01 9월 29일. 집을 임차할 때 4분기로 나누어 집세를 낸다면, 임차가 시작되는 시점으로 쓰일 수도 있음.

아니면 애들끼리만 가게 하구려. 아마 그게 더 나을 것 같소, 당신도 그 애들 못지않은 미인이라서, 빙리 씨가 당신을 제일 좋아할지도 모르잖소."

"여보, 나한테 아첨하시네요. 하기야 한때는 나도 상당한 미인이었지만, 이제는 전혀 특출한 인물인 척 하지 않아요. 다 자란 딸을 다섯이나 두고 있는 여자라면 마땅히 자신의 미모 따위는 생각하지 말아야죠."

"그런 경우라면, 어떤 여자도 그 나이에는 신경 쓰고 말고 할 미모 따윈 없는 거지."

"하지만, 여보. 빙리 씨가 이웃에 오면 정말 꼭 가서서 그 사람을 만나야 해요."

"분명히 말해 두는데 난 그런 약속은 할 수 없소."

"그렇지만 딸들을 생각해야지요. 우리 딸들 중 한 애가 얼마나 훌륭한 가정을 가지게 될지 그것만 생각하세요. 윌리엄 경부부도 순전히 그런 이유로 그를 방문할 작정입디다. 당신도 알다시피 그분들은 새로 오는 사람들을 좀처럼 방문하지 않잖아요. 정말 가셔야만 해요. 당신이 그를 방문하지 않으면 우리가 그를 방문할 수 없잖아요."

"당신은 정말 지나치게 용의주도하구려. 아마 빙리 씨가 당신을 만나면 틀림없이 아주 반가워할 거요. 그리고 난 그가 우리 딸 중 누구와 결혼해도 찬성할 것이라고 몇 자 적어서 당신 편에 보내리다. 내 귀염둥이 리지[02]를 칭찬하는 말을 꼭 적어 넣

---

02 엘리자베스의 애칭.

을 거지만."

"그런 일일랑 할 생각도 마셔요. 리지가 다른 딸들보다 더 나은 점도 없잖아요. 리지는 제인의 반만큼도 예쁘지 않고, 리디아의 반만큼도 싹싹하지 못해요. 그런데도 당신은 언제나 리지를 끼고 돈단 말이에요."

"다른 딸들은 칭찬할 만한 게 별로 없소." 베넷 씨가 대꾸했다. "그 애들은 모두 다른 처녀들처럼 어리석고 무식해. 하지만 리지는 자매들보다 더 총명해요."

"베넷 씨, 어떻게 그런 식으로 당신 딸들을 깎아 내릴 수 있어요? 나를 괴롭히는 걸 즐기는 거죠. 당신은 내 신경과민을 조금도 측은히 여기지 않는다니까요."

"여보, 오해하는구려. 당신 신경과민을 얼마나 높이 평가하는데. 그건 내 오랜 친구야. 적어도 지난 20년간 당신이 그것에 대해 말하는 걸 동정하며 들어왔소."

"아, 내가 얼마나 고통당하는지 당신은 몰라요."

"하지만 당신이 그 고통을 극복하고 살아남아서 연 수입이 사천 파운드 되는 청년들이 이웃으로 이사 오는 걸 볼 수 있기를 바라오."

"그런 청년들이 스무 명이 이사 온들 우리한테 무슨 소용이 있겠어요. 당신이 그들을 방문하지 않을 텐데."

"여보, 믿으시구려. 스무 명이 온다면 그 사람들 모조리 방문할 테니."

베넷 씨는 재치, 냉소적인 유머 감각, 자제력, 변덕 등이 아주 묘하게 혼합된 괴팍한 성격의 소유자였기 때문에, 그의 아내는 23년간의 결혼 생활을 통해서도 그의 성격을 잘 이해하지 못했다. 그녀의 마음을 알아내기란 그다지 어렵지 않았다. 그녀는 이해력이 부족한데다 지식이 별로 없고, 변덕스러웠다. 불만스러울 때는 자신이 신경과민이라고 생각했다. 딸들을 결혼시키는 것이 그녀 삶의 업무였고, 이웃을 방문하고 새로운 소식을 듣는 것이 삶의 위안이었다.

2

베넷 씨는 빙리 씨를 제일 먼저 방문한 사람들 축에 들었다. 마지막까지 아내에게 빙리 씨를 방문하지 않을 것이라고 큰소리 쳤지만, 그는 내내 빙리 씨를 방문할 생각을 하고 있었다. 그러나 그가 빙리 씨를 방문한 다음날 저녁까지도 그의 아내는 그 사실을 전혀 모르고 있었다. 그가 방문한 사실은 이렇게 알려지게 되었다. 둘째 딸이 모자를 다듬는 것을 바라보면서 베넷 씨는 불쑥 이와 같이 말했다.

"리지야, 그 모자가 빙리 씨 마음에 들었으면 좋겠구나."

"빙리 씨가 무얼 좋아하는지 알 길이 전혀 없잖아요, 우리가 그 사람을 방문할 것도 아니니까." 베넷 부인이 뿌루퉁해서 말했다.

"하지만 엄마, 잊으셨나 봐요. 우리가 무도회에서 그분을 만날 수 있다는 걸, 그리고 롱 부인이 그분에게 우릴 소개시켜 준다고 약속했잖아요." 엘리자베스가 말했다.

"나는 롱 부인은 그런 일 따윈 하지 않을 거라고 생각한단다. 자신의 조카딸이 두 명이나 있지 않니. 이기적이고 위선적인 여자야. 나는 그 여자를 전혀 탐탁하게 여기지 않아."

"나도 그렇소. 당신을 위해 롱 부인이 애쓰리라고 믿지 않아 반갑소."

베넷 부인은 대꾸하지 않을 작정이었지만, 참을 수 없어서 딸아이 하나를 꾸짖기 시작했다.

"키티[03]야, 제발 그렇게 기침 좀 하지 마라! 내 신경과민을 조금이라도 동정해라. 내 신경을 갈가리 찢어 놓는구나."

"키티가 생각 없이 기침하는구려. 기침해선 안 될 때만 기침한다니까." 베넷 씨가 대꾸했다.

"제가 재미 삼아 기침하는 건 아니에요," 키티가 짜증내며 대답했다.

"리지야, 다음 무도회가 언제 열리지?"

"보름 후에요."

"아, 그렇지." 베넷 부인이 외쳤다. "그런데 롱 부인은 무도회 전날에야 돌아와. 그러니 그녀가 빙리 씨를 소개한다는 건 불가능할 거야, 그녀 자신도 그를 만나지 못했을 테니."

"그렇다면, 여보. 당신이 친구인 롱 부인보다 유리할 수 있으니 빙리 씨를 그녀에게 소개 하구려."

---

03 캐서린의 애칭.

"그럴 수 없어요, 베넷 씨. 그럴 수 없다니까요. 내가 그 사람을 모르잖아요. 당신은 어쩌면 나를 그렇게 놀려대요?"

"당신이 용의주도한 걸 존경하오. 분명히 보름 정도의 교제란 별 것 아니오. 정말 보름 정도 가지고는 그가 어떤 사람인지 알 길이 없지. 하지만 우리가 과감히 그렇게 하지 않는다면 다른 사람이 할 거요. 그리고 결국, 롱 부인과 그녀 조카딸들은 기회를 잡을 거요. 그러니 만약 당신이 소개 하지 않겠다고 하면 내가 그 일을 맡으리다. 우리가 소개해 주면 롱 부인이 고맙게 생각할 테니."

딸들은 아버지를 빤히 쳐다보았다. 베넷 부인은 "말도 안 돼, 말도 되지 않는다니까!"라고만 뇌였다.

"말도 안 된다고 그렇게 잡아떼니 그게 무슨 뜻이요?" 베넷 씨가 큰소리로 말했다. "당신은 공식적인 소개 절차와 그 절차를 강조하는 것이 말도 되지 않는다고 생각하오? 그 점에선 당신 의견에 동의 할 수 없구려. 메리야, 네 의견은 어떠냐? 너는 사려 깊고 책도 많이 읽고, 좋은 구절을 발췌해서 적어 놓는 젊은 숙녀가 아니냐."

메리는 무언가 지혜로운 말을 하고 싶었지만 어떤 말을 해야 좋을지 몰랐다.

베넷 씨가 말을 이었다. "메리가 생각을 정리하는 동안 빙리 씨의 이야기로 돌아갑시다."

"빙리 씨라면 넌더리가 나요." 그의 아내가 외쳤다.

"그런 말을 들으니 섭섭하구려. 하지만 왜 진작 그 얘기를 해 주지 않았소? 오늘 아침에만 그걸 알았어도 나는 분명히 빙리 씨를 방문하지 않았을 거요. 참 불행한 일이요. 하지만 내가 실제로 그를 방문했으니 이제 우리는 그와 교제하는 걸 피할 길이 없소."

그가 기대했던 대로 숙녀들은 화들짝 놀랐다. 아마도 베넷 부인은 누구보다도 더 놀랐을 거다. 그럼에도 기쁨의 흥분이 가라앉자, 그녀는 남편의 방문이야말로 자신이 내내 기대했던 것이라고 단언했다.

"여보, 당신은 참 좋은 분이에요! 내가 당신을 드디어 설득했구려, 그럴 줄 알았어요. 딸들을 그토록 사랑하는데 그런 교제를 소홀히 하지 않으실 거라고 굳게 믿었어요. 참 기뻐요! 오늘 아침에 방문하고서 지금까지 한마디도 하지 않으시다니, 그건 참 재미있는 농담이기도 하네요."

"키티야, 이제 원하는 대로 기침해도 되겠다." 베넷 씨는 이 말을 하면서 아내가 호들갑을 떨며 기뻐하는 것에 신물이 나서 방을 나갔다.

"얘들아, 너희 아버지는 얼마나 훌륭한 분이시냐," 방문이 닫히자 베넷 부인이 말했다. "너희들은 아버지의 이런 사랑에 도대체 어떻게 보답할 수 있을지 모르겠구나. 그 문제에 관한한, 나 또한 마찬가지지. 우리 나이쯤 되면 매일 새로운 사람을 사귀게 된다는 건 그다지 유쾌한 일은 아니란다. 그렇지만 너희들을 위해서라면 우리는 무슨 일이든지 할 거다. 리디아, 내 귀염둥이야. 네가 제일 어리긴 하지만, 다음 무도회에서 아마 빙리 씨가 너와 춤출 거야."

"아!" 리디아가 외쳤다. "전 겁나지 않아요. 제일 어리긴 하지만 키가 제일 크거든요."

빙리 씨가 얼마나 빨리 베넷 씨의 방문에 답례할까를 추측하고, 그들이 언제 빙리 씨를 정찬에 초대하는 것이 좋을지를 의논하는 가운데 그 저녁의 나머지 시간이 흘러갔다.

3

베넷 부인이 다섯 딸들의 도움까지 받아 가며 온갖 질문을 퍼부어도 남편에게서 빙리 씨가 어떻게 생겼는지, 어떤 사람인지, 도무지 만족한 답을 얻어낼 수 없었다. 그들은 다양한 방법으로 베넷 씨를 공격했다. 뻔뻔스러운 질문을 하고, 재치 있는 추측도 해보고, 그리고 거리가 먼 억측도 해보았다. 그러나 그는 그들의 추측 능력을 모두 요리조리 피했다. 그래서 그들은 드디어 이웃의 루카스 부인에게서 간접적으로 정보를 얻을 수밖에 없었다. 그녀의 보고는 매우 호의적이었다. 윌리엄 경은 그가 무척이나 마음에 들었다고 했다. 빙리 씨는 아주 젊은데다 상당한 미남이며 성격이 무척 쾌활하고, 게다가 다음 무도회에 많은 일행을 데리고 참석할 생각이라고 했다. 이보다 더 기쁜 일이 어디 있겠는가! 춤추기를 좋아한다는 것은 사랑에 빠지는 하나의 확실한 단계였기 때문이다. 그래서 딸을 가진 이웃 사람들은 빙리 씨의 마음을 사로잡아 볼 희망에 모두들 마음이 부풀었다.

"우리 딸 중 하나가 네더필드에서 행복하게 살림을 꾸리고, 나머지 애들도 모두 그에 못지않게 결혼을 잘 하는 것을 볼 수 있다면, 무얼 더 바라겠어요." 베넷 부인이 남편에게 말했다.

며칠 후 빙리 씨는 베넷 씨의 방문 답례로 베넷가에 와서, 서재에 그와 함께 10분 정도 머물렀다. 그는 이 댁 따님들의 미모에 대해 익히 들었던 터라 그들을 볼 수 있을까 기대했었지만, 오로지 그들의 아버지만 만날 수 있었다. 그 댁 따님들은 빙리 씨보다 좀 더 운이 좋아서 그가 푸른 외투를 입고 검은색 말을 타고 온 것을 이층 창문을 통해 확인할 수 있었다.

곧 뒤이어서 정찬 초대장을 빙리 씨에게 보냈다. 베넷 부인이 자신의 살림 솜씨를 칭찬 받을 만한 음식을 차려 내려고 이미 계획을 세웠는데, 답장이 와서 그 모두를 연기하게 되었다. 빙리 씨는 그 다음날 런던으로 가야만 할 처지여서, 영광스러운 그들의 초대, 기타 등등에 응할 수 없다는 것이었다. 베넷 부인은 매우 당황했다. 그녀는 그가 하트퍼드셔에 도착한 지 아직 얼마 되지도 않았는데 도무지 무슨 일로 런던에 가야 하는지 전혀 짐작이 가지 않았다. 그래서 그가 항상 이곳저곳으로 떠돌아 다니느라고, 마땅히 네더필드에 정착해야 할 때, 네더필드에서 눌러 지내지 못하는 건 아닌가 하고 걱정하기 시작했다. 빙리 씨가 런던으로 간 것은 오로지 무도회를 위해 많은 친구들을 데려오려는 것뿐이라는 루카스 부인의 주장을 듣고서야 그녀의 걱정은 조금 진정되었다. 곧 빙리 씨가 열두 명의 숙녀들과 일곱 명의 신사들과 함께 무도회에 온다는 소식이 전해졌다. 아가씨들은 그처럼 많은 숙녀들이 참석한다는 소식을 듣고 걱정하였으나, 무도회 전날 열두 명 대신에 빙리 씨가 자신의 다섯 자매와 사촌 한 명 등 여섯 명만 데리고 왔다는 말을 듣고 안심했다. 그런데 빙리 씨 일행이 무도회장에 들어왔을 때 그의 일행은 모두 다섯 명뿐이었다. 빙리 씨, 누이 두 명, 큰 누이의 남편, 그리고 다른 젊은 청년이었다.

빙리 씨는 잘 생기고 신사다웠다. 얼굴 표정은 명랑했고, 태도에는 여유가 있었으며, 꾸밈이 없었다. 그의 누이들은 확실히 상류층 분위기를 물씬 풍기는 훌륭한 숙녀들이었다. 그의 매형 허스트 씨는 그저 신사처럼 보일 뿐이었다. 하지만 그의 친구 다아시 씨는 훤칠한 키에 멋진 풍채, 잘생긴 이목구비, 고상한 처신으로, 게다가 그가 방에 들어선지 5분도 되기 전에 모두에게 알려진, 그의 연 수입이 일만 파운드라는 소식으로 곧 모든 무도회 사람들의 이목을 끌었다. 신사들은 그의 풍채가 남자답게 훌륭하다고 잘라 말했고, 숙녀들은 그가 빙리 씨보다 훨씬 더 잘 생겼다고 입을 모았다. 사람들은 그 저녁의 반이 지나도록 찬탄의 눈으로 그를 바라보았다. 그러나 그의 태도가 사람들을 역겹게 해서 그의 인기는 추락하게 되었다. 왜냐하면 그는 오만하며, 자신이 남보다 우월하다고 생각하고, 그곳에 있는 누구도 도무지 그를 즐겁게 할 수 없다는 걸 사람들이 알게 되었기 때문이다. 그렇게 되니까 더비셔에 있는 그의 대농장도 그를 감싸주지 못하여 그는 빙리 씨와는 비교할 가치도 없는 험악하고 불쾌한 용모를 지닌 인물이라는 평을 면할 수 없었다.

빙리 씨는 곧 무도회장의 모든 주요 인사들과 교제를 텄다. 그는 활발하고 솔직했고, 한 번도 거르지 않고 모든 춤에 참여했으며, 무도회가 일찍 끝났다며 화를 내면서 자신이 네더필드에서 무도회를 열겠다고 말했다. 그처럼 쾌활한 성격은 사람들의 눈에 띄게 마련이다. 그의 친구는 그와 얼마나 대조적인가! 다아시 씨는 유일하게 허스트 부인과 한 번 그리고 빙리 양과 한 번 춤을 추었을 뿐 그 이외의 다른 숙녀 소개받기를 거절했고, 그 저녁의 나머지 시간을 이리저리 방을 거닐다가, 자신의 일행과만 가끔 대화를 나누었다. 그의 성격은 단호했다. 그는 세상에서 가장 오만하고 불쾌한 인물이었다. 모든 사람들은 그가 다시는 그곳에 오지 않기를 바랐다. 베넷 부인은 그를 가장 맹렬히 싫어하는 사람 중 하나였다. 전반적으로 그의 처신이 싫었던 터에 자신의 딸 중 하나를 그가 무시하자 그녀의 혐오감은 격해져서 특별한 분노로 바뀌었다.

엘리자베스 베넷은, 숙녀들보다 신사들이 부족한 탓에 두 번이나 춤을 추지 못한 채 자리에 앉아 있어야 했다. 엘리자베스가 앉아 있는 동안 다아시 씨가 잠시 그녀와 아주 가까운 곳에 머물렀기 때문에 그녀는 우연히 그와 다아시 씨 사이의 대화를 엿들을 수 있었다. 빙리 씨는 다아시 씨에게 댄스에 참여하라고 압력을 가하기 위해 잠시 춤을 중단하고 온 것이었다.

"이봐, 다아시, 나는 자네가 춤추는 걸 꼭 보아야겠네. 자네가 이처럼 멍하니 홀로 서 있는 모습을 보고 싶지 않네. 춤추는 편이 훨씬 더 좋겠어," 빙리 씨가 말했다.

"정말 춤추지 않겠네. 내가 얼마나 춤을 싫어하는지 알지 않나. 특히 내가 잘 아는 사람이 파트너가 아니라면 말일세. 이런 무도회에서는 도저히 춤을 출 수 없네. 자네 누이들은 이미 다른 사람들과 춤추는 중이고, 이 방에 있는 어느 다른 여자와 춤춘다는 건 내겐 벌 받는 거나 다름없다네."

"맙소사! 나는 자네처럼 그렇게 까다롭게 굴지 않을 걸세," 빙리 씨가 외쳤다. "맹세코, 내 생애에서 오늘 저녁처럼 이렇게 상냥한 아가씨들을 많이 만난 적은 없었네. 그리고 자네도 보다시피 그들 중 몇 아가씨는 뛰어나게 아름다워."

"자네는 이방에서 유일하게 아름다운 아가씨와 춤추고 있네 그려," 베넷 가의 맏딸을 바라보면서 다아시 씨가 말했다.

"아! 그녀야말로 내가 지금까지 만나 본 여성 중에서 가장 아름다운 아가씨야! 그렇지만 바로 자네 등 뒤에 그녀 동생이 앉아 있네. 대단히 아름다울 뿐 아니라 성격도 아마 무척 쾌활할 걸세. 내 파트너한테 자네를 동생에게 소개시켜 달라고 부탁하겠네."

"어떤 아가씨 말이야?" 그는 고개를 돌려 잠시 엘리자베스를 바라보았다. 그녀와 눈이 마주치자 눈길을 돌리고, 그는 쌀쌀하게 말했다. "나쁘지 않군. 하지만 **내 마음이 썩 내킬 만큼 아름답지는 않아**. 그리고 지금 나는 다른 남자들이 거들떠보지도 않는 젊은 아가씨들을 상대할 기분이 아닐세. 자네는 파트너에게 돌아가서 그녀의 미소나 즐기는 게 좋겠네. 나한테 시간을 낭비하지 말고."

빙리 씨는 다아시 씨의 충고를 따랐다. 다아시 씨는 다른 곳으로 갔고, 엘리자베스는 다아시 씨에 대해 별로 좋지 않은 감정을 품고 앉아 있었다. 그렇지만 그녀는 친구들에게 아주 즐겁게 자신이 다아시 씨에게 당한 이야기를 해 주었다. 무엇이든지 터무니없는 것에 즐거워하는 발랄하고 쾌활한 성격의 소유자였기 때문이다.

그날 저녁은 대체로 베넷 가족 모두에게 유쾌하게 흘러갔다. 베넷 부인은 네더필드 일행들이 맏딸을 대단히 칭찬하는 것을 보았다. 빙리 씨는 두 번이나 그녀와 춤추었고, 빙리의 자매는 그녀를 각별하게 대했다. 제인도 어머니 못지않게 이런 점이 만족스러웠지만, 어머니처럼 그런 감정을 요란하게 나타내지는 않았다. 엘리자베스는 제인의 기쁨을 감지했다. 메리는 누군가가 자신을 이 부근에서 가장 교양 있는 아가씨라고 빙리 양에게 이야기하는 것을 들었다. 캐서린과 리디아는 운이 좋아서 늘 파트너가 있었고, 아직까지는 그것이야말로 그들이 무도회에서 바라는 전부였다. 그래서 그들 모두는 기분 좋게 롱본으로 돌아왔다. 롱본은 그들이 거주하는 마을로서 그들은 그 마을에서 중요한 주민이었다. 베넷 씨는 아직도 잠자리에 들지 않고 있었다. 책을 읽으면 그는 시간 가는 줄 몰랐고, 지금은 그렇게도 화려하게 기대를 모았던 오늘 저녁 행사에 대해 몹시 궁금해 하고 있었다. 그는 아내가 낯선 사람들에게 가졌던 기대가 차라리 실망으로 끝났기를 바랐지만, 곧 자신이 바라던 것과 매우 다른 이야기를 듣게 될 것을 알았다.

"여보, 베넷 씨," 방에 들어서자 그녀가 말했다. "우리는 오늘 저녁 아주 즐거웠어요. 최고로 훌륭한 무도회였어요. 당신이 거기 계셨더라면 좋았을 텐데. 제인이 얼마나 칭찬 받았는지 몰라요. 누구와도 비교할 수 없을 정도였어요. 모든 사람들이 제인이 예쁘다고 말했어요. 빙리 씨는 제인이 매우 아름답다고 생각했고, 두 번이나 제인과 춤추었어요. 여보, 그것만 생각해 보세요. 빙리 씨가 제인과 정말 두 번이나 춤추었다니까요. 그 무도회에서 그가 두 번이나 춤을 청한 아가씨는 유일하게 제인뿐이었어요. 제일 처음에 그 사람은 루카스 양에게 춤을 청했어요. 그가 루카스 양과 함께 서 있는 것을 보고 얼마나 속이 상했는지 몰라요. 하지만 빙리 씨는 루카스 양을 도무지 높이 평가하지 않던데요. 당신도 아시다시피 사실 누가 그러겠어요. 하지만 제인이 춤을 추려고 걸어 내려갔을 때 그는 제인에게 몹시 마음이 끌리는 것 같았어요. 그래서 빙리 씨는 누구냐고 물었고, 소개를 받고서는 다음 두 번을 제인에게 춤을 청했다고요. 세 번째 춤 두 번은 킹 양과 추었고, 네 번째 두 번을 머라이어 루카스와 추었고, 다섯 번째 춤 두 번을 다시 제인과 추었어요. 여섯 번째 두 번은 리지와 추고, 그리고 불랑제 춤[04]은."

"만일 빙리 씨가 나를 조금이라도 동정했다면," 베넷 씨가 참지 못하고 큰소리로 말했다. "그 절반도 춤추지 않았을 거요! 제발 빙리 씨 파트너 얘기 좀 그만해요. 젠장! 그가 첫 번 춤출 때 발목이라도 삐었더라면 좋았을 텐데!"

"아, 여보!" 베넷 부인이 말을 이었다. "나 그 사람 정말 마음에 들어요. 얼마나 뛰어나게 잘 생겼는지! 그리고 그의 누이들은 매력적인 여성들이에요. 내 생전에 그분들 옷처럼 우아한 옷을 본적이 없어요. 글쎄, 허스트 부인의 옷에 달린 레이스는―"

여기에서 베넷 부인은 또다시 말을 멈추어야 했다. 베넷 씨는

---

04 프랑스에서 유래한 유쾌한 춤.

화려한 옷에 대한 설명은 어떤 것이건 듣기 싫어했기 때문이었다. 그래서 그녀는 화제를 다른 쪽으로 돌리지 않을 수 없었다. 베넷 부인은 몹시 씁쓸한 기분으로 다아시 씨의 충격적인 무례함에 대해 좀 과장해서 말했다.

"하지만 이건 확실해요, 리지가 그의 마음에 들지 않았다고 해도 잃을 게 별로 없어요. 그 사람은 가장 불쾌하고 싫은 사람이니까요. 친절하게 대해 줄 가치가 전혀 없는 사람이더군요. 어찌나 고자세이고 자만심이 강한지 도저히 봐줄 수 없더라고요! 자신이 무척 잘났다고 생각하면서 이리저리 걸어 다녔어요! 함께 춤을 추고 싶을 정도로 잘생기지 못했다고! 여보, 당신이 거기 계셔서, 당신 식으로 그 사람 코를 한 번 납작하게 해 주면 좋았을 텐데. 그 사람 정말 지겨워요"

4

제인과 엘리자베스 둘만 남게 되었을 때, 이전에는 빙리 씨 칭찬에 대단히 조심스러웠던 제인이 동생에게 자신은 그에게 얼마나 감탄했는지 모른다고 말했다.

"정확히 말해서 그는 젊은 남성이 반드시 갖추어야 할 모든 걸 구비했어." 제인이 말했다. "분별력 있지, 성격 좋지, 활달하지. 그처럼 명랑한 태도를 아직 본 적이 없다니까!—예절이 흠

잡을 데 없이 바른데다 전혀 스스럼이 없어!"

"게다가 잘 생기기도 했어." 엘리자베스가 거들었다. "가급적이면 잘 생긴 외모 역시 청년이 갖추어야 할 덕목이지. 그래서 그의 인물 됨됨이는 완벽해,"

"내게 두 번째 춤을 청했을 때 참 기분 좋더라. 그처럼 칭찬받으리라고 기대하지 않았거든."

"언닌 그렇게 기대하지 않았어? 나는 그러리라고 생각했는데. 하긴 그게 바로 언니와 나의 큰 차이야. 언니는 칭찬받으면 항상 놀라지. 그런데 나는 전혀 놀라지 않아. 그분이 언니에게 또 춤추자고 청하는 것보다 더 자연스러운 게 어디 있겠어? 언니가 무도회장의 모든 다른 여자들보다 다섯 배는 더 아름답다는 걸 한눈에 알아보았을 거야. 그러니 그가 예의를 다해서 언니를 정중하게 대했다는 것에 감사할 건 없지. 그런데 그분은 참 마음에 드는 사람이더라. 그러니 언니가 그분을 좋아하는 것 허락할게. 언니는 그보다 훨씬 더 어리석은 사람들도 좋아했었 잖아."

"얘, 리지야!"

"아! 언니도 알잖아. 언닌 대체로 사람들을 다 좋아하는 경향이 있다는 거. 언니는 어떤 사람에게서도 결점을 보는 적이 없어. 언니에게 이 세상 사람은 다 착하고 유쾌해 보여. 언니가 다른 사람을 나쁘게 말하는 걸 한 번도 들은 적이 없다니까."

"나는 경솔하게 어떤 사람을 비난하고 싶지 않단다. 하지만 언제나 내가 생각한 것 그대로를 말하는 거야."

"언니가 그러는 거 나도 알아. 그런데 바로 언니의 그런 점이

기적을 일으킨다니까. 언니는 분별력이 좋은 사람인데도 언니 눈에는 다른 사람들의 어리석음이나 불쾌한 태도가 보이지 않으니 말이야! 친절한 척하는 건 흔한 일이야—우린 어디에서나 그런 걸 보게 되지. 하지만 허식도 아니고 계획적으로 친절하게 구는 것도 아니고—모든 사람들에게서 훌륭한 점만 보고, 그걸 더 좋게 말하고, 나쁜 점은 하나도 말하지 않는 것은—오로지 언니만이 유일하게 지닌 성품이야. 그렇기 때문에 언니는 빙리 씨의 누이들도 좋아하지, 그렇지? 그들의 예절은 빙리 씨 수준에는 미치지 못해."

"처음에는 분명히 그렇지 못하지. 하지만 그들과 이야기해 보면 참 상냥한 사람들이야. 빙리 양은 집을 돌보면서 빙리 씨와 함께 지낼 거래. 그녀가 아주 매력적인 이웃이라는 걸 알게 될 거야. 그렇지 않다면 내가 아주 잘못 생각한 걸 테고."

엘리자베스는 조용히 언니의 말을 들었지만 수긍할 수 없었다. 무도회에서 빙리의 자매는 대체로 그곳에 있는 사람들을 친절하게 대할 생각이 전혀 없는 것처럼 행동했다. 언니보다 관찰력이 더 날카롭고, 성격이 언니보다 덜 유순한 리지는 자신에게 호감을 가진 사람이라도 그것에 구애받지 않고 그 사람을 판단할 수 있는 능력을 지녔기 때문에 빙리 자매들을 인정해 줄 마음이 거의 없었다. 사실 빙리의 누이들은 훌륭한 숙녀들이었다. 자신들이 즐거울 때는 좋은 성격을 보일 수도 있고, 그러려고 마음만 먹으면 다른 사람을 상냥하게 대할 수도 있었다. 그러나 오만하고 잘난 체했다. 그들은 꽤 잘생긴 편이었다. 런던에 있는 가장 좋은 사립학교에서 교육 받았고, 이만 파운드의 재산[05]을 지닌 그들은 습관적으로 분수에 넘게 과소비하고, 상류사회 사람들 하고만 교제했다. 그래서 어느 모로 보나 자신들을 높이 평가하고, 다른 사람들을 얕잡아 볼 권리가 있다고 생각했다. 그들은 북부에서 존경받는 가문의 딸들이었다. 이 사실은 빙리 씨와 자신들의 재산이 상업으로 벌어들인 것[06]이라는 사실보다 더욱 깊이 그들의 뇌리에 각인되어 있었다.

빙리 씨는 부친에게서 10만 파운드에 가까운 재산을 물려받았는데 그의 부친은 대규모 사유지를 구매하려고 생각했었지만 생전에 그 뜻을 이루지 못했다. 빙리 씨도 부친과 같은 생각을 가지고 있었기 때문에, 때때로 자신의 땅을 구입할 지역을 물색하기도 했다. 하지만 그의 무사태평한 성격을 잘 알고 있는 사람들은, 훌륭한 저택과 더불어 장원의 수렵권도 누리게 된 지금, 그가 여생을 네더필드에서 보내고 대규모 사유지를 구입하는 일은 다음 세대로 미루는 것은 아닐지 의심했다.

그의 누이들은 그가 자기 소유의 대규모 사유지를 소유하기를 열망했다. 하지만 지금 빙리 씨가 단지 세입자로 정착했어도, 빙리 양은 전혀 거리낌 없이 식탁에서 주인 행세를 했고, 허스트 부인 또한 재력가보다는 상류사회 인물을 남편으로 선택한 탓에, 편리할 때면 빙리의 집을 자신의 집으로 생각하는 경

───────

05 이 정도의 재산은 연간 1,000파운드의 수입을 창출했을 것이다. 그 당시 농업 노동자의 연 수입은 45파운드, 변호사의 연 수입은 450파운드 정도였고 이 소설의 작가 제인 오스틴은 부친 사망 후 어머니와 언니와 함께 살았는데 연간 460파운드의 수입으로 생활했다.

06 상업으로 재산을 일군 사람들은 종종 오래된 지주 계급보다 사회적으로 낮다고 여겼다.

향이 있었다. 성인이 된지 채 2년이 되지 않았을 때[07] 빙리 씨는 우연히 네더필드를 한번 보라는 권유를 받고 마음이 끌렸었다. 약 30분간 네더필드를 안과 밖에서 둘러본 빙리 씨는 그 집의 위치와 주요 방들이 마음에 들었고, 소유주가 그 집을 칭찬하는 말이 마음에 들어서 즉시 그 집을 세내기로 했다.

빙리와 다아시 사이의 성격은 아주 반대인데도 불구하고, 우정은 매우 꾸준히 지속되어 왔다. 다아시는 자기 자신의 성격에 불만을 가진 것 같지 않지만, 자신의 성격과 더할 수 없이 대조적이고, 대범하고, 개방적이며 온순한 성격을 지닌 빙리를 좋아했다. 빙리는 다아시의 대단한 우정에 굳게 의지했고, 다아시의 판단력을 매우 높이 평가했다. 다아시의 이해력은 빙리보다 뛰어났다. 그렇다고 빙리의 이해력이 부족하다는 것은 전혀 아니지만, 다아시가 더 총명했다. 동시에 그는 오만했고, 속내를 들어 내지 않았으며, 까다로웠다. 매우 예절이 바르지만, 그의 태도는 유쾌하지 않았다. 그런 면에서는 그의 친구가 상당히 유리했다. 빙리가 가는 곳마다 사람들은 그를 좋아했고, 다아시는 끊임없이 사람들의 기분을 거슬렸다.

메리턴 무도회에 대해 이야기하는 태도에서도 그들의 특징이 잘 나타났다. 빙리는 그의 생전에 그보다 더 유쾌한 사람들이나 더 아름다운 아가씨들을 만나 본 적이 없다고 했다. 모든 사람들이 참으로 친절했고 그에게 관심을 기울였으며, 격식을 차리는 일이나 뻣뻣하게 구는 일이 없어서 그는 곧 그 방에 있

---

07   그 당시 21세에 성년이 되었으므로 빙리의 나이는 23세이다.

는 사람들 모두를 잘 아는 것처럼 느꼈다고 했다. 그리고 베넷 양[08]에 대해서 그는 그녀보다 더 아름다운 천사는 생각조차 할 수 없다고 했다. 그와 대조적으로 다아시는 그곳에 모여 있는 사람들에게서 아름다움도 사교적인 면도 별로 보지 못했다고 했다. 그의 흥미를 조금이라도 끄는 사람도 없거니와 그에게 관심을 기울이는 사람도, 친절하거나 즐거움을 주는 사람도 전혀 없기 때문이었다. 베넷 양이 아름답다는 것은 인정하지만 그녀는 웃음이 지나치게 헤프다고 했다.

허스트 부인과 빙리 양은 그가 그런 말로 제인을 폄하하도록 내버려두었지만, 여전히 제인을 칭찬하고 좋아했다. 그리고 그녀가 상냥하다고 단언하고 좀 더 사귀고 싶다고 했다. 그래서 베넷 양은 상냥한 아가씨로 인정받았고, 그들의 그런 칭찬을 들은 빙리는 베넷 양을 자신이 원하는 대로 생각해도 좋다는 인정을 받았다고 생각했다.

5

롱본에서 조금 떨어진 곳에 베넷 가와 아주 친하게 지내는 윌리엄 루카스 경의 가족이 살고 있었다. 그는 예전에 메리턴에서

08　딸이 여럿 있을 때 맏딸에게 부치는 호칭.

상점을 운영해서 상당한 재산을 모았으며, 시장[09]직에 있을 때 국왕[10]에게 올리는 공식적인 인사말을 통해 기사 작위[11]를 받고 명예로운 지위에 올랐다. 그는 그런 명예를 얻은 것에 대단히 감동했던 모양이었다. 그래서 장사하는 일과 작은 장터 마을에 있는 자신의 집에 싫증을 느낀 그는 사업을 접고, 장터 마을을 떠나서 메리턴에서 1.6킬로 정도 떨어진 곳에 주택을 사서 가족과 함께 이사했다. 그때부터 그는 그 집을 루카스 로지라 부르고, 그곳에서 자신의 중요한 지위를 즐기며 지냈고, 사업이라는 속박에서 벗어나 세상 사람들 모두를 친절하게 대하는 일에만 전념할 수 있었다. 그는 자신의 지위로 매우 신이 났지만 우쭐대지 않았고, 그와 반대로 모든 사람들을 배려했다. 타고난 성품이 악의가 없고, 우호적이고, 친절한데다 세인트 제임스 궁에서 국왕을 알현한 이후로 궁정 사람답게 매우 정중하게 행동했다.

루카스 부인은 매우 선량한 사람인데다 지나치게 약삭빠르지 않기 때문에 베넷 부인에게 매우 귀중한 이웃이 될 수 있었다. 루카스 경 부부에게는 자녀가 몇 명 있었다. 맏이는 사려 깊고 지적인 27세의 처녀로 엘리자베스의 절친한 친구였다.

무도회 이야기를 하기 위해서 루카스 가의 딸들이 베넷 가의 딸들을 만나야 하는 것은 필연적이었다. 무도회 다음날 아침 루카스 양들은 베넷 양들의 이야기를 듣고 자신들의 생각도 전할

---

09 시장은 지역 자문위원회의 장으로서 다른 자문위원들이 선출함.

10 조지 3세로 1760년부터 1811년까지 왕위에 있었음.

11 그 당시 이렇게 기사 작위를 얻는 것은 전혀 예외적인 것이 아니었다.

겸 롱본을 방문했다.

"어제저녁 무도회에서 네 시작이 참 좋았어, 샬럿." 베넷 부인이 침착하고 점잖게 루카스 양에게 말했다. "빙리 씨가 너를 첫 번째로 선택하데."

"예,―하지만 그는 두 번째 선택한 사람을 더 좋아하는 것 같던데요."

"아!―제인 말이구나, 내 생각에―그 사람이 제인과 두 번이나 춤을 추었으니 말이다. 그가 분명히 제인을 높이 평가하는 것 같았어―정말이지 난 그렇다고 생각했단다―무언가 그런 얘기를 듣기도 했지―그렇지만 무슨 말이었는지는 잘 몰라―뭔가 로빈슨 씨에 관한 얘기였는데."

"제가 빙리 씨와 로빈슨 씨 대화를 엿들은 것 말씀이지요. 제가 그걸 말씀드리지 않았던가요? 로빈슨 씨가 빙리 씨에게 메리턴 무도회를 어떻게 생각하느냐, 무도회장에 예쁜 아가씨들이 아주 많다고 생각하지 않느냐, 그리고 누가 제일 예쁘다고 생각하느냐고 질문했더니, 빙리 씨는 즉시 마지막 질문에 이렇게 대답 했어요―아! 의심할 여지없이 베넷 가의 장녀이지요. 거기에 대해 이견이 있을 수 없지요."

"어머나!―글쎄, 그건 아주 분명한 의견인 거 같구나―마치 그런 거 같아―하지만 그거 모두 물거품이 될 수도 있는 일이야."

"네가 엿들은 것보다 내가 엿들은 게 더 쓸모 있네, 일라이저[12]."

---

12 엘리자베스의 애칭.

샬럿이 말했다. "다아시 씨의 말은 그의 친구 빙리 씨의 말만큼 귀담아들을 필요가 없어, 그렇지 않아?—불쌍한 일라이저!—그 럭저럭 봐줄 수 있는 여성의 신세로 전락해 버렸으니."

"제발 그 사람이 냉대한 걸 얘기해서 리지를 속상하게 하지 말렴. 대단히 불쾌한 사람이라서 그 사람의 호감을 산다는 건 아주 불행한 일이기 때문이란다. 롱 부인이 어젯밤 그러는데, 자기 가까이에 30분을 앉아 있었는데 그동안 입도 뻥긋하지 않더란다."

"엄마, 정말 확실해요?—오해가 있는 건 아닌가요?" 제인이 말했다. "다아시 씨가 롱 부인에게 말하는 걸 분명히 보았어요."

"그랬겠지—롱 부인이 마침내 네더필드가 어떠냐고 질문했기 때문이란다. 그러니 대답하지 않을 수 없었던 거야. 하지만 질문 받아서 매우 화난 것 같다고 하더라."

"빙리 양이 말해 주었어요." 제인이 말했다. "그분은 아주 가까운 사람들과 있을 때가 아니면 별로 말이 없대요. 가까운 사람들과 있을 때는 아주 싹싹한 사람이래요."

"얘야, 난 그 말 한마디도 믿지 않는다. 그렇게 싹싹한 사람이라면 롱 부인에게 말을 걸었을 테지. 하지만 왜 그랬는지 짐작은 간단다. 사람들 모두 그가 오만하기 이를 데 없다고 하잖니. 여하튼 그 사람은 롱 부인이 자가용 마차가 없어서 세낸 마차를 타고 왔다는 이야길 들은 게 틀림없어."

"롱 부인에게 말을 걸지 않은 건 아무래도 좋지만," 루카스 양이 말했다. "그 사람이 일라이저와 춤을 추었더라면 좋았을 텐데요."

"리지, 다음번에는," 베넷 부인이 말했다. "내가 너라면 그 사람하고 춤추지 않겠다."

"어머니, 그 사람하고 절대로 춤추지 않겠다고 약속드릴게요."

"오만함은 종종 내 비위를 거스르지만, 그의 오만은 내게 그다지 거슬리지 않아." 루카스 양이 말했다. "그 사람은 오만할 만한 이유가 있기 때문이지. 가문과 재산, 모든 면에서 우위에 있는 매우 훌륭한 청년이 자신을 높게 평가한다고 해서 그걸 이상하게 생각할 수는 없기 때문이야. 이런 식으로 표현해도 된다면, 그 사람은 오만할 권리가 있어."

"그건 정말 사실이야." 엘리자베스가 대답했다. "그리고 내 자존심을 상하게 하지 않았다면 나는 쉽사리 그의 오만을 용서할 수 있어."

"오만은," 자신의 생각이 견실하다고 자부하는 메리가 거들었다. "흔한 결점이라고 생각해. 내가 읽은 모든 책에서 깨달은 건 이거야. 오만은 대단히 일반적이라는 것, 인간의 성품 자체가 특히 오만해지기 쉽다는 것, 그리고 우리의 이런 저런 자질이 실제적이건 가상적이건 그것에 대해 자만심을 가지지 않는 사람은 별로 없다는 것, 그리고 허영심과 오만은 다른 것이지만, 그 말들이 자주 동의어로 사용되고 있다는 것, 어떤 사람은 허영심 없이 오만할 수도 있어. 오만은 우리가 자신을 스스로 어떻게 생각하는가와 더 크게 상관이 있고, 허영은 다른 사람이 우리를 어떻게 생각해 주기를 바라는가와 크게 관련된다는 거야."

"내가 다아시 씨만큼 부자라면," 누이를 따라온 어린 루카스 군이 말했다. "내가 아무리 오만해도 거기에 대해 전혀 신경 쓰지 않겠어. 한 무리의 여우 사냥개를 거느리고, 매일 와인을 한 병씩 마실 거예요."

"그렇다면 네가 마셔야 할 양보다 엄청나게 더 마시게 될 거다." 베넷 부인이 말했다. "네가 그렇게 마시는 걸 보기만 하면 지체 없이 와인 병을 빼앗을 거다."

소년은 그렇게 하면 안 된다고 항의했고, 베넷 부인은 계속해서 그럴 거라고 단언했다.

그 논쟁은 그들의 방문이 끝나고야 막을 내렸다.

6

롱본의 숙녀들은 곧 네더필드의 숙녀들을 방문했다. 답례 방문도 합당하게 치러졌다. 허스트 부인과 빙리 양의 친절에 힘입어서 베넷 양은 더욱더 상냥한 태도를 보였다. 빙리의 누이들은 그들의 어머니는 도저히 봐 줄 수 없고, 동생들과는 대화를 나눌 가치도 없다고 생각했지만, 위의 두 자매들에게는 좀 더 사귀고 싶다는 희망을 표시했다. 제인은 이런 관심을 대단히 기쁘게 받아들였다. 하지만 엘리자베스는 빙리 자매가 모든 사람을 오만하게 다루는 것을 알아보고, 심지어 제인을 대할 때에도 그

점은 예외가 아니어서 그들을 좋아할 수 없었다. 빙리 자매가 제인에게 이런 정도라도 친절한 것은, 십중팔구 제인을 찬양하는 빙리 씨의 영향을 받은 것이라는 면에서는 일말의 가치가 있었다. 만날 때마다 빙리 씨가 제인을 **사모하는** 것이 분명하고, 그를 처음 만났을 때부터 제인이 그를 좋아했다는 것, 그리고 어느 면에서는 제인이 사랑에 깊이 빠져 있다는 것 또한 **엘리자베스에게는** 분명해 보였다. 하지만 엘리자베스는 제인이 빙리를 사랑한다는 사실을 사람들이 별로 알아차릴 가능성이 없어서 기뻤다. 열렬한 감정과 침착함, 그리고 언제나 변함없는 명랑한 태도를 겸비한 제인의 성품이 무례한 사람들의 의심을 받지 않도록 그녀를 지켜 주었기 때문이었다. 엘리자베스는 루카스 양에게 이런 점을 언급했다.

"그런 경우에 사람들을 속이는 것이 유쾌할 수도 있겠지만," 샬럿이 대답했다. "그렇게 너무 신중한 게 때로는 불리할 수도 있어. 만약 어떤 여자가 그와 똑같은 방법으로 사랑하는 대상에게서 자신의 애정을 숨긴다면 그를 붙잡을 기회를 놓칠 수도 있지. 그리고 그렇게 놓치게 되면 세상 사람들도 그 사람처럼 똑같이 그런 사실을 모른다는 것이 별로 위안이 되지 않아. 거의 모든 애정에는 감사하는 마음과 허영심이 아주 큰 몫을 차지하고 있지. 그렇기 때문에 어느 것도 방치하는 것은 안전하지 않아. 우리 모두는 자유롭게 사랑을 **시작할 수 있지**—호감을 좀 가지는 것은 매우 자연스러운 거야. 하지만 상대방이 전혀 격려해주지 않는데 진정으로 사랑에 빠질 용기가 있는 사람은 거의 없어. 십중팔구는 여성 본인이 자신이 느끼는 것 이상으로 더 많은 감정을 나타내는 편이 좋을 거야. 빙리가 네 언니를 좋아한다는 건 의심할 여지가 없어. 하지만 네 언니가 그를 도와주지 않으면 결코 좋아하는 상태 이상으로 진전되지 않을지도 몰라."

"하지만 제인은 그녀의 성격상 그를 최대로 도와주고 있는 거야. 언니가 빙리 씨에게 관심을 가진 걸 내가 다 알아차릴 수 있는데, 그분이 그걸 알아차리지 못한다면 정말 틀림없는 얼간이야."

"일라이저, 그분은 너만큼 제인의 성품을 알지 못한다는 걸 기억해야지."

"하지만 어떤 여자가 한 남자를 좋아하고, 그걸 숨기려고 애쓰지 않는다면 그 남자는 그 사실을 반드시 알아채야 해."

"아마 그래야겠지. 자주 만날 수 있다면 말이야. 빙리 씨와 제인이 자주 만나는 편이긴 하지만, 둘이서만 여러 시간을 보내는 때는 없어. 언제나 사람들이 많은 곳에서 만나기 때문에 두 사람만 대화하는 건 불가능해. 그러니까 제인은 그의 관심을 끌수 있는 30분가량 시간이 있을 때마다 그걸 최대한 이용해야 해. 그를 확실히 붙잡은 후에야 제인이 원하는 만큼 여유롭게 사랑할 수 있는 거야."

"네 계획은 훌륭해. 결혼을 잘 하는 것만이 가장 중요한 경우라면 말이야." 엘리자베스가 대답했다. "내가 부유한 사람을, 아니 어떤 사람이든지 남편으로 삼기로 작정했다면, 나는 확실히 네 계획을 따를 거야. 그렇지만 제인의 감정은 그런 게 아니야. 제인은 계획적으로 행동하지 않아. 그녀는 자신의 애정이 어느 정도인지, 그것이 타당한 것인지를 아직 확실히 모르고 있어. 그분을 안지 보름밖에 되지 않았어. 메리턴에서 그와 함께 네 번 춤추었지. 그의 집에서 어느 날인가 오전에 그를 만났고, 다른 사람들과 함께 그와 정찬을 네 번 했지. 그 정도로는 제인이 그의 됨됨이를 아는 데 충분하지 않아."

"네가 말한 대로는 아니야. 그저 그와 함께 식사만 했다면 고작해야 그의 식욕이 왕성한지 아닌지나 알게 되겠지. 하지만 그들이 네 번이나 저녁을 함께 지냈다는 걸 꼭 기억해야 해—네 번의 저녁이란 많은 일이 일어나게 할 수도 있는 시간이라고."

"그래, 그 네 번의 저녁 시간에 그들이 확인할 수 있었던 건 두 사람 다 커머스 카드놀이보다 뱅떼이엉 카드놀이[13]를 더 좋아한다는 거지. 그밖에 다른 중요한 성격에 대해서는 별로 알게 된 것이 없다고 생각해."

"글쎄," 샬럿이 말했다. "나는 진심으로 제인이 성공하길 바라지. 만약 제인이 내일 빙리 씨와 결혼한다 해도, 제인이 그분의 인품을 열두 달 내내 따져 보고 결혼한 것 못지않게 행복할 수 있다고 생각해. 결혼 생활의 행복은 전적으로 운에 달린 거야. 두 사람이 서로의 기질을 잘 알거나 전부터 기질이 매우 비슷하다 해도, 그것이 그들의 행복에 손톱 끝만큼의 보탬도 되지 않는다니까. 후에 그들은 언제나 용케도 각자 괴로울 정도로 기질이 다르다는 걸 알게 될 거야. 그러니 일생을 함께 지내게 될 사람의 결점을 전혀 모를수록 더 좋아."

---

13 제인 오스틴 당시 널리 유행했던 카드 게임으로 내기와 물물교환이 수반 되었다.

"샬럿, 나를 웃기는구나. 하지만 네 말은 이론적으로 옳지 않아. 너도 그렇다는 걸 알잖아. 너 자신 결코 그런 식으로 행동하지 않을 거야."

언니를 상냥하게 대하는 빙리 씨를 열심히 관찰하는 일에 몰두한 나머지 엘리자베스는 자신이 빙리 씨 친구의 관심 대상이라는 걸 까맣게 모르고 있었다. 다아시 씨는 처음에 그녀가 아름답다는 걸 좀처럼 인정하지 않았다. 무도회에서 그녀를 바라보며 전혀 감탄하지 않았다. 그리고 다음 번 그녀를 만났을 때는 그녀를 바라보며 오로지 결점만을 찾았다. 하지만 자기 자신과 친구들에게 그녀 얼굴의 이목구비가 전혀 아름답지 않다고 분명히 말하자마자, 곧 그녀의 검은 눈의 아름다운 표정이 얼굴을 보기 드물게 지적으로 보이게 한다는 것을 깨닫기 시작했다. 이 발견에 뒤이어 그는 똑같이 굴욕적인 다른 사실을 알게 되었다. 비판적인 눈으로 그녀를 바라보면서 한 가지 이상의 결점으로 인해 그녀의 몸매가 완벽한 균형을 이루지 못한다고 생각했지만, 그녀의 자태가 경쾌하고 매력적인 것을 인정하지 않을 수 없었다. 그녀의 태도가 상류사회의 예의범절에 맞지 않는다고 자신이 주장함에도 불구하고 그녀의 태도가 스스럼없이 쾌활한 것에 마음이 끌렸다. 엘리자베스는 이런 사실을 전혀 알아채지 못했다. 그녀에게 그는 오로지 어디서나 유쾌하지 않은 남자, 그리고 자신을 함께 춤추고 싶은 마음이 안 들 정도로 못생긴 여자라고 혹평한 남자에 불과했다.

그는 엘리자베스를 좀 더 알고 싶었다. 그녀와 직접 대화하기 위해서 한 걸음 나가는 수단으로 그녀가 다른 사람과 나누는 대화를 경청하기도 했다. 그의 그런 행동이 엘리자베스의 주의를 끌었다. 많은 사람들이 모인 윌리엄 루카스 경의 집에서였다.

"다아시 씨가 나와 포스터 대령의 대화를 엿듣는 게 무슨 뜻일까?" 엘리자베스가 샬럿에게 물었다.

"그거야말로 다아시 씨만이 대답할 수 있는 질문이네."

"하지만 그 사람이 그 짓을 계속하면 무슨 짓을 하고 있는지 내가 안다는 걸 확실히 알게 해 줄 거야. 그 사람 눈은 대단히 빈정대고 있어. 내가 먼저 뻔뻔하게 굴지 않는다면 나는 곧 그 사람을 두려워하게 될 거야."

그 후 곧 다아시 씨가 그들에게 다가왔지만 별로 대화할 생각은 없는 것 같아서, 루카스 양이 엘리자베스에게 그에게 질문할 테면 해 보라고 자극했고, 자극을 받은 엘리자베스는 다아시 쪽으로 돌아다보며 말했다.

"다아시 씨, 제가 지금 포스터 대령께 메리턴에서 우리들을 위해 무도회를 여시라고 조를 때, 제 생각을 아주 잘 표현했다고 생각하지 않으시나요?"

"대단히 활기차게 하셨지요. 하지만 그 주제는 항상 숙녀들을 활기차게 만들지요."

"우리에게 좀 심하시네요."

"이번에는 엘리자베스가 졸림을 당할 차례네요." 루카스 양이 말했다. "내가 피아노를 열거야, 일라이저. 그다음에 어떻게 해야 하는지 너 알고 있지."

"너는 친구치고는 참 이상한 사람이야!—항상 누구 앞에서든, 그리고 모든 사람 앞에서 내가 연주하고 노래하기를 바라다니 말이야! 만약 음악이 내 자랑거리라면 너는 더할 수 없이 참 소중한 친구였을 거야. 하지만 사실 나는 늘 최고 수준의 공연을 듣는 데 익숙한 사람들 앞에서는 정말이지 피아노 앞에 앉지 않을 거야." 그래도 루카스 양이 계속 권하자 엘리자베스가 덧붙였다. "좋아. 정 그래야 한다면 그렇게 하자." 다시 씨 쪽을 힐끗 엄숙하게 바라보며 "여기 계신 분들 모두 잘 아시는 훌륭한 옛 말이 있지요. '죽을 식힐 때 사용할 수 있도록 호흡을 아껴라.' 저는 노래가 잘 나오도록 호흡을 아끼겠어요."

그녀의 노래는 전혀 일류라고 할 수는 없었지만, 즐거움을 주었다. 한 곡 그리고 두 곡을 부른 후, 그녀에게 노래를 더 하라는 몇몇 사람의 간청에 채 답하기도 전에 그녀의 동생 메리가 열심히 피아노를 이어 받았다. 베넷 가문에서 유일하게 못생긴 딸이어서 지식과 교양을 쌓으려고 열심히 노력해 온 그녀는 항상 그걸 보여주고 싶어 안달했다.

메리는 재능도 취향도 없었다. 허영심이 있어서 열심히 노력했음에도, 허영심으로 인해 그녀는 아는 체하고 우쭐댔다. 그런 태도는 그녀가 성취한 것보다 더 높은 수준의 우수한 연주라도 손상시킬 지경이었다. 스스럼없고 꾸밈이 없는 엘리자베스는 메리의 반만큼도 잘하지 못했지만 사람들은 그녀의 노래를 훨씬 더 즐겁게 경청했다. 메리는 긴 협주곡을 연주한 끝에 여동생들이 요청한 스코틀랜드와 아일랜드의 민요를 연주해서 칭찬과 감사하다는 말을 들었다. 엘리자베스의 여동생들은 루카스 댁의 자녀 몇 명 그리고 두세 명의 장교들과 함께 방 한쪽 끝에서 열심히 춤을 추고 있었다.

다아시 씨는 저녁이 그런 식으로 흘러가고, 모든 대화에서 자신이 제외 된 것에 분노하며, 묵묵히 그들 가까이에 서 있었다. 그리고 자신의 생각에 몰두한 나머지 윌리엄 루카스 경이 다음과 같이 말을 걸기까지 그가 자신의 근처에 있는 줄도 알아채지 못했다.

"다아시 씨, 젊은 사람들에게 춤이란 얼마나 매력적인 오락인지요! 결국 춤과 같은 건 아무것도 없다니까요. 춤이야말로 세련된 사교계에서 가장 세련된 것 중 하나이지요."

"그렇고말고요. —춤은 또한 세상의 덜 세련된 집단의 사람들 사이에서도 유행하고 있다는 장점이 있습니다. —모든 야만인들도 춤출 줄 알지요."

윌리엄 경은 미소만 지었다. 빙리가 춤에 합세하는 것을 보고 그는 말을 계속했다. "당신 친구는 즐겁게 춤을 추네요,"라고 말을 계속했다. "그런데 다아시 씨, 나는 당신도 춤 실력이 뛰어나다고 생각하는데요."

"윌리엄 경, 제가 메리턴에서 춤추는 것을 보셨으리라 생각합니다."

"그렇지요. 그 광경을 보고 즐거웠답니다. 세인트 제임스 궁에서도 가끔 춤추시나요?"

"전혀 추지 않습니다."

"그곳에서 춤추는 것이 세인트 제임스 궁에 적절한 경의를 표하는 것이라 생각하지 않으시나요?"

"피할 수만 있다면 저는 결코 어떤 곳에도 그런 경의를 표하지 않습니다."

"런던에 저택을 가지셨다고 생각하는데요?"

다아시 씨가 머리 숙여 절했다.

"저도 한때 런던에 정착할까 생각했었지요.—상류사회를 좋아하거든요. 하지만 런던의 공기가 아내에게 맞을지 확실히 알 수 없었어요."

그는 대답을 들을 생각으로 말을 중단했다. 하지만 그의 상대는 마음이 내키지 않아서 아무 대꾸도 하지 않았다. 그 순간 엘리자베스가 그들 쪽으로 오고 있었다. 루카스 경은 대단히 친절한 행동을 해야겠다는 생각이 들어서 큰 소리로 그녀를 불렀다.

"일라이저 양, 왜 춤을 추지 않지? 다아시 씨, 이 젊은 아가씨는 아주 바람직한 파트너이니 당신에게 소개하고 싶습니다. 당신 면전에 이렇게 대단한 미인이 있으니 춤을 추지 않겠다고 할 수 없을 거예요." 루카스 경이 엘리자베스의 손을 잡아서, 대단히 놀랐지만 그 손을 기꺼이 잡으려는 다아시 씨의 손에 넘기려고 할 때, 엘리자베스는 곧 뒤로 물러서서 곤혹스러워 하며 윌리엄 경에게 말했다.

"윌리엄 경, 저는 정말이지 춤출 생각이 전혀 없답니다. 제발 제가 파트너를 구걸하러 이쪽으로 왔다고 생각하지 마시기 바랍니다."

다아시 씨가 매우 정중하게 예의를 갖추어 파트너가 될 영광을 가지게 해 달라고 요청했으나 아무 소용이 없었다. 엘리자베스의 결심은 굳었다. 윌리엄 경의 설득도 그녀의 결심을 흔들 수 없었다.

"일라이저 양, 뛰어나게 춤을 잘 추면서 그 춤추는 모습을 바라보는 것이 내 행복인데 그런 행복을 누리지 못하게 하다니 무자비하군. 이 신사가 일반적으로 오락을 싫어하긴 하지만, 반시간 동안 우리를 기쁘게 하는 데는 아무런 이의가 없을 거라고 생각하는데."

"다아시 씨는 대단히 공손 하시니까요." 엘리자베스가 미소 지으며 말했다.

"그러고말고. 하지만 친애하는 일라이저 양, 춤 상대가 누군지 생각한다면, 그가 공손한 건 놀라운 게 아니야. 누가 일라이저 양 같은 파트너를 마다할 수 있겠나?"

엘리자베스는 짓궂게 쳐다보다가 돌아섰다. 다아시 씨는 적대감을 보인 것 때문에 엘리자베스를 나쁘게 생각하지는 않았다. 그가 흐뭇한 마음으로 그녀를 생각하고 있을 때 빙리 양이 그에게 큰 소리로 말했다. "무슨 생각에 잠겨 있는지 알아요."

"알지 못할 겁니다."

"이런 사람들과, 이런 식으로 여러 저녁을 지낸다는 것이 얼마나 괴로운가를 생각하고 계시지요. 그런데 저도 동감이에요. 이보다 더 짜증난 적은 없어요. 무미건조하고, 그런데도 시끄럽고—아무것도 아닌 주제에 이 사람들 모두가 보이는 자만심. 당신이 그들을 혹평하는 걸 듣기 위해서라면 모든 걸 걸겠어요!"

"추측이 완전히 빗나갔군요. 나는 좀 더 유쾌한 생각에 잠겨 있어요. 나는 예쁜 아가씨의 아름다운 두 눈이 선사하는 대단히 큰 즐거움을 음미하고 있답니다."

빙리 양은 즉시 그의 얼굴을 똑바로 바라보았다. 그리고 어떤 숙녀가 그런 즐거움을 주었는지 말해 줄 수 있느냐고 다그쳤다.

다아시 씨는 아주 대담무쌍하게 대답했다.

"엘리자베스 베넷 양입니다."

"엘리자베스 베넷 양이라고요!" 빙리 양이 되풀이해서 말했다. "정말 깜짝 놀랐어요. 언제부터 그녀가 그처럼 다아시 씨의 총애를 받는 아가씨였나요?—그리고 언제 행복을 축하해 드리게 될까요?"

"그렇게 물어보시리라 생각했어요. 숙녀들의 상상력은 마냥 줄달음치거든요. 한순간에 칭찬에서 사랑으로, 사랑에서 결혼으로 비약하니까요. 제게 행복을 축하해 주실 줄 알았어요."

"그렇긴 하지만. 그 문제를 그처럼 진지하게 여기신다면 그건 완전히 결정된 거나 다름없다고 생각해요. 정말 매력적인 장모님을 모시게 되겠네요. 물론 장모님께서는 펨벌리에서 항상 당신과 함께 지내시겠군요."

그녀가 이런 식으로 즐기는 동안 다아시 씨는 매우 무관심하게 그녀의 말을 들었다. 그리고 이처럼 태연한 다아시 씨에게 무슨 말을 해도 안전하리라고 생각한 빙리 양은 오랫동안 재치 있는 말을 늘어놓았다.

7

베넷 씨의 연 수입은 2,000파운드로 그 대부분이 토지에서 나오는 것이었다. 그의 딸들에게는 불행하게도, 베넷 부부에게 아들이 없는 관계로, 그 토지는 먼 남자 친척에게 한사 상속[14]하기로 되어 있었다. 그리고 베넷 부인의 재산은 그녀 입장에서는 대단히 충분한 것이었지만, 남편 재산의 부족분을 보충하기에는 턱없이 부족했다. 메리턴에서 변호사 사업을 했던 그녀의 부친은 그녀에게 4,000파운드[15]를 남겼다.

베넷 부인에게는 여동생과 남동생이 한 명씩 있었는데 여동생은 부친의 사무원이었던 필립 씨와 결혼했고 그는 장인의 사업을 계승했다. 남동생은 런던에서 존경할 만한 종류의 사업을 하며 그곳에 정착해 살고 있었다.

롱본 마을은 메리턴에서 불과 1.6킬로 떨어져 있어서 젊은 아가씨들은 쉽게 메리턴에 오갈 수 있었다. 베넷 가의 딸들은 인사차 이모에게 들르거나 바로 그 건너편에 있는 여성 모자 상점에 들르기 위해서 일주일에 서너 번은 메리턴으로 가곤했다. 가족 가운데 가장 나이 어린 캐서린과 리디아는 특히 늘 이런 곳을 자주 방문했다. 언니들보다 멍청한 이들은 좀 더 나은 할 일이 없을 때는 아침을 즐겁게 지내고, 저녁에 나눌 대화 거리를 얻기 위해서 반드시 메리턴으로 산책을 가야 했다. 대체로 별 뉴스거리가 없는 지역이었지만, 그들은 용케도 이모에게서 뭔

---

14 베넷 씨가 토지 소유주라는 것은 그가 사회적으로 보통 정도의 재산을 지닌 신사 계급에 속한다는 것을 의미하며, 그의 토지가 한사 상속하기로 되어 있다는 것은 상속인을 엄격히 남성으로 제한하므로 그의 아내나 딸들은 토지를 상속할 수 없다는 것을 뜻한다.

15 베넷 부인의 유산으로는 200파운드 정도의 연 수입을 얻을 수 있어서 베넷 씨의 수입에 큰 보탬이 될 수는 없었을 것이다.

가를 알아냈다. 최근에는 군부대 연대가 그 부근에 도착하였기 때문에 그들은 지금 참으로 행복하고 뉴스도 넘쳐 나게 얻었다. 그 연대는 메리턴에 본부를 두었고 겨우 내내 그곳에 주둔할 예정이었다.

상황이 그렇기 때문에 그들이 지금 필립스 부인을 방문하면 가장 흥미진진한 정보를 얻을 수 있었다. 매일 그들은 장교들의 이름과 그들의 친교 관계에 대해 더 많이 알게 되었다. 얼마 지나지 않아서 장교들의 숙소를 알게 되었고, 마침내 장교들을 사귀게 되었다. 필립스 씨가 장교들 모두를 방문하여, 질녀들에게 일찍이 알지 못했던 크나 큰 행복의 문을 활짝 열어 주었다. 그들은 오로지 장교들 이야기만 했다. 그래서 그들의 눈에 비치는 기수의 군복에 비한다면 그들 어머니에게 생기가 돌게 하는 빙리 씨의 막대한 재산에 대한 언급도 아무런 가치가 없는 것이었다.

어느 날 아침 이들이 이 화제에 대해 걷잡을 수 없는 감정을 쏟아 내는 것을 귀담아 들고서, 베넷 씨가 냉정하게 비판했다.

"너희들이 이야기하는 투로 보아하니 내 짐작에 너희 두 사람은 틀림없이 이 지역에서 제일 어리석은 아가씨들이다. 혹시 그렇지 않을까 생각 했는데 이제 보니 역시나 그렇구나."

캐서린은 당혹스러워서 아무 대답도 하지 못했지만, 리디아는 막무가내로 계속 카터 대위를 칭찬하면서 그가 다음날 런던으로 갈 것이기 때문에 그날 중으로 그를 만나고 싶다고 했다.

"여보, 정말 깜짝 놀랐어요." 베넷 부인이 말했다. "그렇게도 아무렇지 않게 자신의 자녀를 어리석다고 하시다니. 다른 사람의 자녀를 대수롭지 않게 생각해도 되지만, 자기 자녀에 대해서 그러면 안 되지요."

"우리 자녀가 어리석다면, 그 사실을 언제나 똑똑히 알고 있길 바라오."

"그래요. 하지만 공교롭게도 그 애들 모두 총명하거든요."

"모든 면에서 우리 의견이 일치하기를 바랐소. 하지만 이 점에서만 당신과 내 의견이 다르니 다행이오. 나는 우리 두 어린 딸들이 대단히 어리석다고 생각하니까 내 의견과 당신 의견은 분명히 아주 다르구려."

"여보, 베넷 씨. 그 애들이 부모처럼 분별력을 가지기를 기대하지 마세요. 그 애들도 우리만큼 나이가 들면 아마 지금의 우리처럼 장교 생각은 하지 않을 테죠. 나 자신 군인들을 매우 좋아했던 시절을 생생하게 기억해요. 그리고 마음속으로는 여전히 그렇고요. 만약 연 수입이 오천이나 육천 파운드가 되는 멋진 젊은 대령이 우리 딸 중 하나를 원한다면 나는 그 사람을 거절하지 않을 거예요. 그리고 그저께만 해도 윌리엄 경 댁에서 포스터 대령에게 군복이 잘 어울린다고 생각했어요."

"엄마," 리디아가 외쳤다. "이모가 그러시는데 포스터 대령과 카터 대위는 처음 이곳에 왔을 때만큼 자주 왓슨 양 집에 가지 않는대요. 이모는 그분들이 클라크 도서 대여점에 있는 걸 자주 본대요."

하인이 제인에게 편지를 전하러 들어왔기 때문에 베넷 부인은 리디아에게 대답할 수 없었다. 네더필드에서 온 것이었고 하인은 답장을 기다리고 있었다. 베넷 부인의 눈은 기쁨으로 반짝반짝 빛나며, 딸이 편지를 읽는 동안 그녀는 열심히 지껄여 댔다.

"제인, 누구에게서 온 거니? 내용이 뭐야? 그 사람이 뭐라고 하니? 제인, 빨리 말해 줘. 애야, 빨리 말하라고."

"빙리 양이 보낸 거예요." 제인이 대답했다. 그러고 나서 큰 소리로 편지를 읽었다.

친애하는 친구에게,

나와 루이자에게 친절을 베풀어 오늘 우리와 함께 식사하지 않는다면, 나와 루이자는 앞으로 내내 서로를 미워하며 지내게 될지도 몰라요. 두 여성이 하루 종일 얼굴을 맞대고 지내다 보면 결국 싸우지 않을 수 없으니까요. 이 편지를 받는 즉시 될 수 있으면 빨리 와요. 빙리와 그의 친구는 장교들과 식사하기로 되어 있어요.

당신의 친구 캐롤라인 빙리.

"장교들하고!" 리디아가 소리쳤다. "이모는 왜 우리에게 그 얘길 하지 않으셨을까?"

"장교들하고 밖에서 식사할 거라고," 베넷 부인이 말했다. "정말 유감스럽구나."

"제게 마차를 내주실 수 있을까요?" 제인이 말했다.

"아니다, 애야. 말을 타고 가는 게 좋겠어, 비가 올 것 같으니까. 그러면 밤새 거기 머물러야 할 거다."

"좋은 계획이네요." 엘리자베스가 말했다. "그들이 언니를 집에 데려다 주지 않을 걸 확신하신다면 말예요."

"하지만 신사들은 빙리의 포장마차로 메리턴에 갈 테고 허스트 부부는 마차를 끌 말이 없단다."

"마차 타고 가면 더 좋겠는데요."

"하지만, 얘야, 분명한 건 네 아버지께는 여분의 말이 없다는 거야. 농장에서 말이 필요하단다. 여보, 그렇지 않아요?"

"농장에 말들이 필요 하단다. 필요한 말들을 다 구할 수 없을 정도야."

"하지만 오늘 이미 말들을 농장에서 일하게 하셨다면," 엘리자베스가 말했다. "엄마의 목적은 이루어질 거예요."

엘리자베스는 마침내 베넷 씨에게 말들이 밭에서 일해야 한다는 걸 인정하게 만들었다. 그래서 제인은 마차가 아니라 말을 타고 가지 않을 수 없게 되었고, 그녀 어머니는 일기가 나빠질 여러 가지 징후를 보면서 즐거운 마음으로 제인을 문까지 배웅했다. 베넷 부인의 희망이 이루어졌다. 제인이 출발한 지 얼마 되지 않아서 비가 심하게 내리기 시작했다. 자매들은 불안해했지만 어머니는 기뻐했다. 저녁 내내 비는 멈추지 않고 줄기차게 내렸다. 제인은 분명히 집으로 돌아올 수 없었다.

마치 비를 내리게 한 것이 자신의 공로이기나 한 것처럼 베넷 부인은 "내가 그런 생각을 한 건 참으로 행운이었어!"라고 여러 번 되풀이해서 말했다. 그러나 다음날 아침이 되어서야 그녀의 계략이 더할 수 없는 행운이었다는 걸 알게 되었다. 아침 식사가 거의 끝날 무렵 네더필드에서 하인이 엘리자베스에게 편지를 전하러 왔다.

사랑하는 리지,

오늘 아침 몸이 아주 좋지 않아. 내 생각에 내가 어제 속속들이 젖었던 탓인 것 같아. 친절한 내 친구들은 내가 회복하기 전에는 집으로 돌아가겠다고 해도 내 말을 들어주지 않을 거야. 그들은 약종상[16] 존스 씨를 보아야 한다고 우기고 있어. 그러니 존스 씨가 나한테 왔었다는 말을 들더라도 놀라지 마라. 그리고 목이 좀 아프고 골이 아픈 것 외에는 별로 큰 문제가 없단다.

이만 줄이마.

엘리자베스가 큰 소리로 편지를 읽었을 때 베넷 씨가 말했다. "여보, 우리 딸이 위독한 병에 걸린다면, 그래서 죽기라도 한다면, 그게 모두 빙리 씨를 사위로 붙잡으려는 당신의 명령으로 일어난 일이라는 게 위안이 되겠구려."

"오! 그 애가 죽을까 봐 걱정하지 않아요. 사람들이 별것 아닌 감기로 죽지는 않아요. 그분들이 제인을 잘 돌보아 줄 거예요. 그곳에 오래 머무는 한 모든 게 다 잘 될 거예요. 마차가 있다면 가서 그 애를 볼 텐데."

몹시 걱정이 되었던 엘리자베스는 마차를 이용할 수 없더라도 제인에게 가기로 작정했다. 하지만 그녀는 말을 탈 줄 몰랐기 때문에 유일한 대안은 걸어서 가는 것이었다. 그녀는 언니에게 가기로 결심했다고 말했다.

"왜 그렇게 어리석게 구니?" 어머니가 큰소리로 외쳤다. "진

---

16 영국에서 과거에 의사와 환자들에게 약을 보급했을 뿐 아니라 현재 의사들이 하는 의학적 진찰도 했다.

흙투성이 길을 걸어갈 생각을 하다니 말이야. 거기에 도착하면 네 단정치 못한 모습을 사람들이 보게 될 텐데."

"제 모습은 제인을 만나기에 아주 적당해요 —제가 바라는 건 제인을 만나는 것뿐이에요."

"리지, 이건 내게 말을 대령하라고 돌려 말하는 거냐?" 그녀의 아버지가 말했다.

"아니에요, 정말 걸어가는 걸 마다하지 않겠어요. 목적이 있는데 거리가 무슨 문제겠어요. 단지 5킬로예요. 저녁때까지는 돌아올 거예요."

"언니의 자비로운 행동을 찬양하지만, 모든 충동적인 감정은 이성의 지배를 받아야 해. 그리고 필요에 따라서 그에 걸맞게 노력해야 한다는 게 내 생각이야." 메리가 말했다.

"우리가 메리턴까지 함께 갈게." 캐서린과 리디아가 말했다. 엘리자베스는 그들이 동행하겠다는 제안을 받아들였고 세 아가씨들은 함께 출발했다.

"부지런히 간다면," 걸으면서 리디아가 말했다. "아마 카터 대위가 떠가기 전에 그를 잠깐 볼 수 있을지도 몰라."

메리턴에서 그들은 헤어졌다. 리디아와 메리는 어느 장교 부인의 숙소로 향했고, 엘리자베스는 홀로 계속 걸었다. 스타일[17]을 뛰어넘고, 웅덩이 물을 부지런히 건너뛰며 종종 걸음으로 목초지를 하나씩 가로질러 갔다. 드디어 네더필드가 보이는 곳까지 이르렀을 때 그녀의 발목은 지쳤으며, 스타킹은 더러워졌고,

---

17 사람은 넘을 수 있지만 가축이 통과하지 못하도록 만든 목장 담에 나 있는 계단.

부지런히 걸어서 얼굴은 붉게 달아올랐다.

  엘리자베스는 아침 식사를 하는 식당으로 안내되었다. 그곳에는 제인만 빼고 모두가 모여 있었다. 그들 모두는 엘리자베스가 나타나자 깜짝 놀랐다. 허스트 부인이나 빙리 양은 그처럼 좋지 않은 날씨에 그렇게 일찍, 그것도 혼자서 5킬로를 걸어왔다는 걸 거의 믿을 수 없었다. 엘리자베스는 그 때문에 그들이 자신을 경멸한다는 걸 확신했다. 하지만 그들은 아주 정중하게 그녀를 맞이했다. 그런데 빙리 씨의 태도는 정중함 그 이상이었다. 그의 태도는 상당히 쾌활하고 친절했다. 다아시 씨는 거의 말이 없었고, 허스트 씨는 전혀 아무 말도 하지 않았다. 다아시 씨는 급히 걸어왔기 때문에 상기되어 빛나는 엘리자베스의 안색을 찬양하는 마음과 그렇게 멀리 혼자 온 것이 과연 적절한 행동인지를 반신반의하는 마음 사이에서 갈등하고 있었다. 허스트 씨는 자신의 아침 식사에만 마음이 쏠려 있었다.

  언니의 안부를 물었을 때 엘리자베스는 그다지 좋은 대답을 듣지 못했다. 베넷 양은 잠을 잘 자지 못하고, 일어나기는 하지만, 열이 높아 방에서 나오지 못할 정도로 몸이 좋지 않다고 했다. 엘리자베스는 곧장 제인에게로 안내되어 기뻤다. 엘리자베스가 오기를 무척 바랐지만 놀라게 하거나 불편하게 할까 걱정되어서 편지에 그렇게 쓰지 못했을 뿐이기 때문에, 제인은 엘리자베스가 들어서자 무척 기뻐했다. 하지만 말을 많이 할 수 없는 상태여서 빙리 양이 나가고 두 자매만 남았을 때, 제인은 가까스로 그들이 자신에게 더할 수 없이 친절하게 대해 준 것에 감사한다는 말만 했다. 엘리자베스는 말없이 언니의 시중을 들었다.

아침 식사가 끝났을 때 빙리 자매가 그들에게 왔다. 그들이 염려하며 매우 각별한 애정으로 제인을 대하는 것을 보았을 때 엘리자베스도 그들을 좋아하기 시작했다. 약종상 존스 씨가 와서 환자를 진찰하고, 예상한 대로 심한 감기에 걸렸으니, 그 감기를 이겨내려면 그들이 열심히 제인을 간호해야 한다고 했다. 제인에겐 다시 침대에 누우라고 충고하고 물약을 좀 주겠다고 했다. 제인은 체온이 더 올라가고, 심한 두통을 느꼈기 때문에 곧 존스 씨의 충고를 따랐다. 엘리자베스는 한순간도 제인의 방을 떠나지 않았다. 다른 숙녀들도 자주 제인의 방에 와서 머물렀다. 신사들은 외출했기 때문에 사실상 그들은 그것 외에 다른 곳에서 할 일이 없었던 것이다.

시계가 오후 3시를 알렸을 때 엘리자베스는 반드시 집으로 가야겠다고 생각하고, 가까스로 그렇게 해야겠다고 말했다. 빙리 양이 그녀에게 마차를 내주겠다고 하고, 조금만 더 강권하면, 엘리자베스가 그 제안을 받아들이려 할 때 제인이 엘리자베스와 헤어지는 것이 매우 걱정스럽다는 의사를 내비쳤다. 그러자 빙리 양은 마차를 제공하겠다는 제안을 바꾸어서 이제 엘리자베스가 네더필드에 그대로 머물렀으면 좋겠다고 제안하지 않을 수 없었다. 엘리자베스는 그 제안을 대단히 감사하게 받아들이고, 가족에게 네더필드에 머문다는 것을 알리고, 옷을 가져오도록 롱본에 하인을 보냈다.

8

오후 다섯 시에 빙리 자매는 옷을 갈아입기 위해 자리를 떴고, 6 시 30분에 엘리자베스는 저녁 식사에 참석해 달라는 요청을 받았다. 엘리자베스가 식당에 들어서자 그들이 쏟아 내는 예의바른 질문을 받으며, 그녀는 그 가운데 빙리 씨가 제일 걱정하는 것을 보고 기쁘기는 했지만, 언니의 상태가 그다지 좋다고 대답할 수 없었다. 제인은 전혀 회복되지 않았던 것이다. 빙리의 자매는 그 소식을 듣고 제인이 매우 걱정된다며, 그리고 악성 감기를 앓는다는 것이 얼마나 끔찍한 일이냐며, 자신들은 제발 그렇게 앓지 않았으면 좋겠다고 서너 번 되풀이해 말하고는 더 이상 그 문제에 대해 생각조차 하지 않았다. 빙리 자매가 제인과 함께 있을 때를 빼고는 제인에 대해 무관심한 것을 보자, 엘리자베스는 전처럼 다시 그들을 싫어하게 되었다.

네더필드 일행 가운데서 엘리자베스가 만족스럽게 여길 수 있는 사람은 오로지 빙리 씨뿐이었다. 그가 제인을 염려하는 게 분명하고, 자신을 배려해 주는 것이 만족스러워서 그녀는 나머지 사람들이 자신을 침입자로 여길 것이라는 생각을 하지 않게 되었다. 빙리 씨 빼고는 어느 누구도 좀처럼 그녀에게 관심을 보이지 않았다. 빙리 양은 다아시 씨에게 전념하였고, 그녀의 언니도 그 못지않았다. 그리고 엘리자베스 옆에 앉은 허스트 씨는 먹고, 마시고, 카드놀이를 하기 위해서만 사는 나태한 사람이었다. 그는 엘리자베스가 라구 스튜[18]보다 소박한 요리를 더 좋아한다는 걸 알고는 그녀에게 아무 말도 하지 않았다.

저녁 식사가 끝나자 엘리자베스는 곧장 제인에게 돌아갔다. 그녀가 방 밖으로 나가자마자 빙리 양은 그녀를 흉보기 시작했다. 엘리자베스의 태도는 오만하고 주제넘은 불량한 태도라고 했다. 대화도 할 줄 모르고, 품위도 없고, 취향도 없으며, 전혀 예쁘지 않다고 했다. 동생과 동감인 허스트 부인도 곁에서 거들었다.

"뛰어나게 잘 걷는다는 것 이외에는 칭찬할 게 하나도 없다니까. 오늘 아침 그녀의 모습을 결코 잊을 수 없을 거야. 정말 난잡해 보였어."

"루이자 언니, 정말 그렇게 보였다니까. 감정을 들어내지 않느라고 참 힘들었어. 여기에 온다는 것 자체가 도무지 상식 없는 짓이야! 언니가 감기에 걸렸다고 해서 왜 자기가 시골길을 헤집고 다녀야 해? 머리는 온통 헝클어지고, 얼굴은 벌겋게 달아올라 가지고 말이야!"

"그래. 그리고 페티코트는 어떻고. 당신들이 그 페티코트를 보았으면 좋았을 텐데요. 그건 틀림없이 15센티는 진흙에 잠겼을 거야. 그걸 감추려고 드레스를 내렸지만 제대로 감출 수 없었지."

"루이자, 네가 아주 정확하게 그녀 모습을 묘사했겠지만," 빙리가 말했다. "내 눈엔 그런 거 하나도 안 보이던데. 나는 엘리

---

18 양념이 많이 들어간 고기와 야채 요리로 17세기 말에 프랑스에서 유래한 것.

자베스 베넷 양이 오늘 아침 이 방에 들어 왔을 때 매우 멋지다고 생각했어. 더러운 페티코트는 전혀 보지 못했어."

"다아시 씨, 당신은 분명히 보셨지요." 빙리 양이 말했다. "당신의 여동생이 그런 꼴로 나타나는 걸 바라지 않을 거라고 생각해요."

"분명히 바라지 않지요."

"5킬로든, 6킬로든 8킬로든, 그 거리가 얼마가 되든지 간에 발목이 진흙 속에 푹 푹 빠지는데, 홀로, 전혀 아무 동행도 없이 홀로 걷다니! 도대체 그래서 어쩌자는 걸까? 그건 말도 되지 않는 건방진 독립심을 보이려는 거 아니겠어. 예의범절을 완전히 무시하는 가장 촌스러운 짓이야."

"그건 언니에 대한 애정을 나타내는 아주 바람직한 행동이야." 빙리가 말했다.

"다아시 씨," 빙리 양이 속삭이듯 말했다. "이 모험이 그녀의 아름다운 눈을 찬양하는 당신에게 다소 영향을 끼칠지도 모르겠군요."

"조금도 그렇지 않아요," 그가 대답했다. "걷는 운동 덕택에 그 눈들이 더 빛나던데요."—이 말 뒤에 아주 잠깐 침묵이 흐른 후, 허스트 부인이 이윽고 다시 입을 열었다.

"나는 제인 베넷은 대단히 존중해요. 정말 매우 상냥한 아가씨예요. 진심으로 그녀가 좋은 사람과 결혼했으면 해요. 하지만 그런 부모에, 천한 친척들이 있으니 그런 기회가 올 리 없을 거예요."

"그들 이모부가 메리턴에서 변호사 일을 한다고 들은 것 같은데."

"맞아. 치프사이드[19] 근처 어딘가에 사는 외삼촌이 또 한 사람 있다지."

"정말 대단하네, 대단해," 그녀의 동생이 덧붙였다. 그리고 자매는 배꼽을 잡고 웃었다.

"그들에게 치프사이드를 모두 채울 만큼의 삼촌들이 있다 해도," 빙리가 외쳤다. "그것이 그녀들을 조금이라도 덜 마음에 들게 하진 못해."

"하지만 그런 상황 때문에 그녀들은 세상에서 지위가 상당한 남자들과 결혼할 가능성은 실질적으로 매우 줄어들 거야" 다아시가 대답했다.

이 말에 빙리는 아무런 대꾸도 하지 않았다. 하지만 그의 자매는 전적으로 그 말에 동의했고, 그들의 다정한 친구 제인의 천박한 친척들을 희생양으로 삼아 잠시 동안 즐겁게 지냈다.

그러다가 다시 다정한 마음이 들자 그들은 식당을 떠나 제인 방으로 가서, 커피 마시라고 부를 때까지 그녀와 함께 머물렀다. 제인의 상태는 여전히 좋지 않아서 엘리자베스는 저녁 늦게까지 제인을 떠나려 하지 않았다. 밤늦게 제인이 잠드는 것을 보고 안심한 엘리자베스는 아래층으로 내려가는 것이 즐거운 일이라기보다는 옳은 일이라고 생각했다. 거실에 들어섰을 때 일행들은 루 카드놀이[20]를 하고 있어서, 곧 그녀를 그 놀이에 초

---

19 치프사이드는 상업과 은행 업무가 주로 이루어지는 런던의 구역. 여기서는 주로 치프(cheap), 싸구려라는 의미가 강조됨.

20 여러 명이 하는 카드놀이의 일종.

대했다. 하지만 엘리자베스는 그들이 큰 도박을 하는 것은 아닐까 해서 거절하고는 언니 핑계를 대며 잠시 아래층에 있는 동안 책을 읽겠다고 말했다. 허스트 씨는 놀라며 그녀를 바라보았다.

"카드놀이보다 독서가 더 좋은가요?" 그가 말했다. "그건 좀 이례적인데요."

"일라이저 베넷 양은 카드놀이를 경멸한대요," 빙리 양이 말했다. "그녀는 대단한 독서가이고 독서 이외에는 아무런 즐거움이 없다는 군요."

"저는 그런 칭찬도 그런 비난도 받을 자격이 없습니다." 엘리자베스가 큰 소리로 말했다. "저는 대단한 독서가도 **아니에요**. 그리고 즐기는 것들도 많아요."

"언니를 간호하는 일도 즐긴다고 생각하는데요." 빙리가 말했다. "그리고 언니가 아주 건강해지는 걸 보고 더욱 즐거워졌으면 좋겠어요."

엘리자베스는 진심으로 그에게 감사하다고 말하고 책이 몇 권 놓여 있는 테이블로 걸어갔다. 빙리 씨는 즉각 다른 책들, 그의 서재에 있는 읽을 만한 책을 모조리 가져오겠다고 제안했다.

"서재에 책을 많이 소장했다면 당신에게도 유익하고, 내 체면도 섰을 겁니다. 하지만 난 게으른 사람입니다. 서재에 책이 많지도 않지만, 그것들도 다 읽지 못했어요."

엘리자베스는 그 방에 있는 책으로도 충분하다고 그를 안심시켰다.

"우리 아버지께서 이처럼 책을 조금밖에 남기지 않으시다니 어이없어요." 빙리 양이 말했다. "다아시 씨, 펨벌리에 있는 당신 서재는 얼마나 쾌적한지 몰라요!"

"그 서재는 훌륭할 수밖에 없어요. 몇 세대에 걸친 작업의 결과니까요." 그가 대답했다.

"게다가 당신 자신도 거기에 많이 보탰지요. 언제나 책을 사시니까요."

"저는 요즘처럼 사람들이 가족 서재를 등한히 하는 것을 이해할 수 없어요."

"등한히 하다니! 그 품위 있는 곳을 더 아름답게 하기 위해서라면 분명히 어떤 것도 소홀히 하지 않으시잖아요. 찰스 오빠, 오빠도 자신의 집을 지을 때 펨벌리의 반만큼이라도 쾌적하게 만들었으면 좋겠네요."

"그랬으면 좋겠구나."

"하지만 나는 진심으로 오빠보고 펨벌리 근처에 있는 집을 구매해서 펨벌리를 일종의 모델로 삼으라고 충고하고 싶어요. 잉글랜드에 더비셔보다 더 좋은 주는 없어요."

"기꺼이 그러겠어. 만약 다아시가 팔겠다면 펨벌리를 통째로 사겠어."

"나는 가능성을 이야기하는 거예요, 찰스"

"캐롤라인, 이거 참. 나는 펨벌리를 통째로 사는 것이 모방하는 것보다 더 바람직하다고 생각하는데."

엘리자베스는 오가는 이야기에 귀가 솔깃해서 책 읽기에 집중할 수 없었다. 그녀는 곧 책을 완전히 옆으로 밀어 놓고 카드 테이블 가까이로 가서 빙리 씨와 그의 누나 허스트 부인 사이에 자리 잡고 게임을 구경했다.

"다아시 양이 봄 이후로 많이 자랐나요?" 빙리 양이 물었다. "다아시 양 키가 저만큼 큰가요?"

"그럴 걸요. 지금은 엘리자베스 베넷 양 정도거나 아마 더 클 겁니다."

"얼마나 그녀를 다시 만나보고 싶은지 몰라요! 그처럼 마음에 드는 사람을 만나 본 적이 없어요. 용모가 대단히 아름답지요! 예의범절은 또 얼마나 훌륭한지요! 그 나이에 그처럼 대단한 교양을 지니다니! 피아노 연주 솜씨도 절묘해요."

"젊은 숙녀들이 얼마나 대단한 인내심을 가지고 꾸준히 노력하기에 그처럼 완벽한 교양을 갖추는지. 그게 내겐 놀라워요. 모든 젊은 아가씨들은 교양을 갖추었어요." 빙리가 말했다.

"찰스 오빠, 젊은 숙녀들 모두가 교양을 갖추었다니 그게 무슨 뜻이에요?"

"그래, 나는 그들 모두가 그렇다고 생각해. 모든 젊은 아가씨들은 화판에 그림을 그리고, 병풍 덮개를 만들고, 지갑을 뜨지. 내가 아는 아가씨들은 하나같이 이 모두를 할 수 있어. 어느 젊은 숙녀가 처음 화제에 등장할 때면 언제나 빠짐없이 그녀가 대단한 교양을 지녔다는 말을 듣게 된다니까."

"자네가 열거하는 일반적인 교양이라는 것에는 너무나 많은 것들이 포함되어 있네. 지갑을 뜬다거나 병풍 덮개를 만든다거나 하는 것 말고는 교양 있다는 말을 들을 자격이 없는 많은 아가씨에게도 교양을 갖추었다는 말을 적용하고 있으니 말이야. 나는 자네의 일반적인 숙녀 평가에 전혀 동의하지 않네. 내가 알고 있는 모든 여성 가운데 진정으로 교양을 갖춘 사람이 6명을 넘는다고 자신 있게 말할 수 없다네."

"저도 마찬가지예요." 빙리 양이 말했다.

"그렇다면," 엘리자베스가 말했다. "교양 있는 여자라는 당신의 개념에는 틀림없이 많은 의미가 포함되겠군요."

"그렇지요. 상당히 많은 것을 포함하고 있지요."

"아, 그렇고말고요." 그의 충성스러운 도우미가 외쳤다. "보통 볼 수 있는 수준을 훨씬 뛰어넘는 여성이 아니라면 그 누구든 교양 있다고 평가받을 수 없어요. 음악, 노래, 그림, 춤, 현대어에 조예가 깊은 여성만이 교양 있다는 말을 들을 자격이 있어요. 그 밖에도 교양 있는 여성은 풍채, 걷는 모습, 음성의 어조, 말하는 태도, 얼굴 표정에 확실히 무언가 훌륭한 점이 있어야 해요. 그렇지 않다면 교양 있다는 말을 반이라도 적용할 수 있을지 모르겠어요."

"교양 있는 여성은 반드시 이 모두를 갖추어야 하지요." 다아시가 덧붙여 말했다. "그리고 이 모든 것에 덧붙여서 좀 더 본질적인 것을 지녀야 해요. 광범위한 독서를 통해서 지성을 연마해야 하지요."

"단지 교양 있는 숙녀를 여섯 명밖에 알지 못한다는 게 더 이상 놀랍지 않군요. 이제는 당신이 실제로 그런 여자를 한 사람이라도 알고는 있는지 궁금하네요."

"이 모든 것을 갖춘 교양 있는 여성이 존재한다는 걸 의심하다니, 당신은 같은 여성에게 왜 그렇게 까다로운가요?"

"저는 그런 여성을 결코 본 적이 없어요. 당신이 묘사한 것처럼 그런 재능, 취향, 근면, 품위 있는 태도, 이런 모든 것을 겸비한 사람을 전혀 본 적이 없어요."

허스트 부인과 빙리 양 둘 다 그런 여성이 존재한다는 걸 의심하는 것은 부당하다고 외쳤다. 그리고 자신들은 이런 교양의 조건을 모두 갖춘 여성들을 많이 알고 있다고 했다. 그때 허스트 씨가 그들이 카드놀이에 집중하지 않는다고 심하게 불평하며 조용히 해 달라고 요청했다. 그래서 모든 대화가 그것으로 끝났고 엘리자베스는 곧 그 방을 떠났다.

"일라이저 베넷," 문이 닫혔을 때 빙리 양이 말했다. "그녀는 남자들에게 잘 보이려고 다른 여성을 과소평가하는 젊은 숙녀들 중 하나예요. 아마 많은 남자들에게는 그게 먹혀들어 가겠지요. 하지만 내 생각에 그건 비열한 계략이에요. 정말 하찮은 방법이라고요."

빙리 양이 주로 다아시 씨에게 말한 것이어서 그가 대답했다. "남자들을 사로잡기 위해서 숙녀들이 때때로 사용하는 모든 기교에는 확실히 비열한 면이 있어요. 무엇이든 교활함과 유사한 것은 경멸스럽죠."

빙리 양에게는 이 대답이 전혀 만족스럽지 않아서, 그녀는 더이상 그 주제에 대해 이야기하고 싶지 않았다.

엘리자베스가 다시 그들에게 온 것은 오로지 언니의 병세가 더 악화되어서 언니와 함께 있어야 한다고 알리기 위해서였다. 빙리는 즉시 존스 씨를 모셔 와야 한다고 서둘렀다. 반면에 시골 의사의 진료는 별 도움이 되지 않는다고 확신하는 그의 자매는 런던으로 급신을 보내어 가장 저명한 의사 중 한 분을 모셔 올 것을 권했다. 엘리자베스는 자매의 충고는 받아들이지 않았지만 빙리 씨의 제안은 그다지 주저하지 않고 받아들였다. 그래서 제인의 감기가 확실히 호전되지 않는다면 아침 일찍 존스 씨를 모셔 오기로 결정했다. 빙리는 대단히 불안해했다. 그의 자매들도 정말 우울하다고 말했다. 하지만, 저녁 식사 후 이중창을 불러 그 우울함을 달랬다. 반면에 빙리는 가정부에게 제인과 엘리자베스에게 할 수 있는 모든 배려를 하도록 지시하는 것 이외에는 자신의 불안한 감정을 해소 할 길이 없었다.

<h1 style="text-align:center">9</h1>

엘리자베스는 그날 밤 대부분을 언니와 함께 지냈다. 다음 날 아침 일찍 하녀 편으로 보낸 빙리 씨의 안부 문의에 그리고 얼마 후 빙리의 자매를 시중드는 세련된 숙녀 두 명의 안부 문의에, 제인이 상당히 나아졌다는 답을 보낼 수 있어서 그녀는 기뻤다. 하지만 제인의 증세가 호전되었음에도 불구하고, 엘리자베스는 어머니가 제인을 방문하여 제인의 상태를 판단하시기를 바란다는 짧은 편지를 롱본으로 보내 달라고 부탁했다. 편지가 즉각 전달되었고, 편지를 받은 베넷 부인은 곧 그 내용대로 행하기로 했다. 네더필드 가족의 아침 식사가 끝난 직후 베넷 부인은 어린 두 딸을 대동하고 네더필드에 도착했다.

　제인의 상태가 분명히 위험하다는 것을 알았다면 베넷 부인은 매우 비참했을 것이다. 그러나 제인의 병세가 걱정스럽지 않음을 보고서 마음이 흡족해진 베넷 부인은, 건강을 회복하면 제인이 곧 네더필드를 떠나야 하므로, 제인이 즉각 회복되기를 바라지 않았다. 따라서 베넷 부인은 집으로 데려가 달라는 딸의 부탁을 들어주려 하지 않았고, 그녀와 거의 같은 시각에 도착한 약종상 존스 씨 역시 환자를 집으로 데려가는 것은 바람직하지 않다고 했다. 잠시 제인과 함께 앉아 있던 베넷 부인은, 빙리 양이 와서 초대하는 바람에, 세 딸과 함께 빙리 양을 따라 아침 식당으로 갔다. 빙리는 그들을 맞이하면서 제인의 상태가 베넷 부인이 예상했던 것보다 더 나쁘지 않기를 바란다고 말했다.

"제인의 상태를 살펴보았습니다." 베넷 부인이 말했다. "과연 상태가 몹시 좋지 않아서 집으로 데려 갈 수 없군요. 존스 씨도 그녀를 데려 갈 생각을 하지 말라고 했습니다. 친절을 베풀어 주셨는데 좀 더 폐를 끼쳐야겠습니다."

"데려가시다니요!" 빙리가 크게 말했다. "그런 생각을 하시면 안 됩니다. 누이는 틀림없이 그런 말씀을 듣지 않을 거예요."

"베넷 양이 우리와 함께 있는 동안 할 수 있는 모든 방법으로 보살필 테니 아무 걱정 마세요," 빙리 양이 예의를 갖추어 쌀쌀하게 말했다.

베넷 부인은 대단히 장황하게 감사하다고 인사했다.

"이처럼 훌륭한 친구 분들이 아니었다면 제인이 어떻게 되었을지 모르겠어요." 그녀는 덧붙여 말했다. "제인은 정말 매우 아파요. 대단한 인내심으로 고통을 참고 있는데 그 애는 항상 그렇답니다. 제인처럼 상냥한 성품을 지닌 사람은 별로 없어요.

종종 다른 딸들에게 너희들은 제인에 비하면 아무것도 아니라고 말한답니다. 빙리 씨, 참 좋은 방을 가지셨네요. 저 자갈길 너머의 전망은 아주 아름답군요. 이 지역에서 네더필드에 필적할 만한 장소가 없답니다. 단기 계약을 하셨지만 서둘러 떠나시지 않기 바랍니다."

"저는 무슨 일을 하던지 서둘러서 합니다." 빙리 씨가 대답했다. "그렇기 때문에 네더필드를 떠나기로 결정한다면 아마 5분 안에 떠날 겁니다. 하지만 지금은 저 자신도 이곳에 정착한 것으로 여긴답니다."

"꼭 그러실 거라고 생각했어요." 엘리자베스가 말했다.

"저를 파악하기 시작하는군요. 그렇지요?" 엘리자베스 쪽으로 돌아서며 그가 외쳤다.

"예, 완벽하게 이해한답니다."

"그 말을 칭찬으로 듣고 싶습니다만, 그렇게 쉽게 속내를 내보여 유감입니다."

"공교롭게도 그렇게 되었네요. 깊고 복잡한 성격이 반드시 당신 같은 성격보다 평가하기가 더 쉽거나 더 어려운 건 전혀 아니지만요."

"리지야," 그녀 어머니가 외쳤다. "네가 어디 있는지를 명심해라. 집에서는 그래도 그냥 지나갔지만 여기서는 그런 왈가닥 투로 계속 지껄이지 마라."

"전에는 당신이 성격 연구자라는 사실을 알지 못했습니다." 빙리가 곧바로 말을 이었다. "틀림없이 재미있는 연구일 거예요."

"맞아요, 하지만 **가장** 재미있는 건 복잡한 성격 소유자들이에요. 그런 사람들은 적어도 재미있다는 장점을 지녔지요."

"시골에는 대체로 그런 연구 대상이 별로 많지 않지요." 다아시가 말했다. "시골에서는 교제할 수 있는 이웃들의 범위가 매우 한정되어 있으니까요."

"하지만 사람들 자체가 상당히 많이 변하기 때문에 그들에게서 새로운 무언가를 언제나 발견할 수 있답니다."

"정말 그래요." 다아시가 시골 이웃에 대해 이야기하는 태도에 화가 난 베넷 부인이 소리쳤다. "시골에서도 런던 못지않게 그런 일이 많이 일어난답니다."

모두들 깜짝 놀랐다. 다아시는 잠시 베넷 부인을 바라보더니 말없이 돌아섰다. 다아시에게 완전히 승리했다고 생각한 베넷 부인이 의기양양하게 말을 이어갔다.

"내 생각에는 상점과 공공장소가 많다는 걸 뺀다면 런던이 시골에 비해서 대단히 유리하다고 볼 수 없어요. 시골이 훨씬 더 즐겁지요. 빙리 씨, 그렇지 않아요?"

"제가 시골에 있을 때는," 그가 대답했다. "결코 떠나고 싶지 않습니다. 그리고 런던에 있을 때도 마찬가지예요. 시골과 런던 모두 그 나름대로의 장점이 있지요. 그래서 저는 어디 있던지 똑같이 행복합니다."

"찬성이에요.—그건 빙리 씨가 건전한 성품을 지녔기 때문이지요. 하지만, 저분은" 베넷 부인은 다아시를 바라보며 말했다. "시골은 도무지 아무것도 아니라고 생각하시는 것 같군요."

"엄마, 정말 오해하시는 거예요." 어머니 때문에 얼굴을 붉히며 엘리자베스가 말했다. "다아시 씨를 참으로 오해 하셨어요.

저분은 런던보다 시골에서 다양한 사람들을 만날 수 없다는 의미로만 말씀하셨어요. 그게 사실이라고 인정하셔야 해요."

"그래, 애야. 아무도 시골에 다양한 사람들이 있다고 말하지 않았어. 하지만 이 부근에서 많은 사람들과 교제하지 못한다고 하는 데, 이 부근보다 더 많은 사람들을 만날 수 있는 곳도 별로 없다고 생각한다. 우리는 스물 네 가정과 식사 초대를 해오고 있지 않니."

빙리가 웃음을 참을 수 있었던 것은 오로지 엘리자베스를 배려해서였다. 그보다 덜 신중한 빙리의 누이는 의미심장한 미소를 띠고 다아시 씨 쪽으로 눈길을 돌렸다. 엘리자베스는 어머니 생각을 무언가 다른 쪽으로 돌리기 위해서 자신이 집에 없는 동안 샬럿 루카스가 집에 들렀었느냐고 물었다.

"그래. 어제 그녀 아버지와 함께 왔었어. 윌리엄 경은 대단히 유쾌한 분이지요. 빙리 씨,—그렇지 않아요? 대단한 멋쟁이시지요! 얼마나 품위 있고 여유로운 분인지—항상 누구를 만나든 대화 거리를 가진 분이지요.—내가 생각하는 훌륭한 교양이란 바로 그런 것이 랍니다. 그런데 자신들이 중요 인사라 생각하고 결코 입을 열지 않는 사람들은 교양이란 걸 크게 잘못 알고 있는 거지요."

"샬럿이 우리 집에서 식사했나요?"

"아니. 집으로 가겠다고 했어. 민스파이[21] 만드는 일로 집에서 샬럿이 필요했던 모양이다. 제 경우는, 빙리 씨, 항상 제 맡은

---

21 사과와 건포도 등을 잘게 썰어서 만드는 파이의 일종.

일을 제대로 하는 하인을 두지요. 내 딸들은 다르게 키웠어요. 그렇지만 누구나 제 나름대로 판단하기 마련이지요. 루카스 가문 딸들은 분명히 양질의 아가씨들이에요. 애석하게도 별로 예쁘지는 않답니다! 샬럿이 아주 못생겼다고 생각하는 건 아니에요.—샬럿은 우리의 각별한 친구이거든요."

"대단히 상냥한 아가씨 같았어요." 빙리가 말했다.

"그렇고말고요.—하지만 외모가 아주 평범하다는 건 반드시 인정하셔야지요. 루카스 부인도 자주 그렇다고 말했고, 제인이 예쁘다며 저를 부러워했답니다. 딸 자랑을 하고 싶지 않지만, 확실히, 제인은, ……제인보다 더 잘 생긴 사람은 흔치 않아요. 모든 사람들이 그렇다고 말해요. 제가 그 애를 편애해서 그렇게 말하는 건 아니지요. 제인이 겨우 15세였을 때이었어요. 런던에 있는 제 남동생 가드너의 집에 어떤 신사가 묵고 있을 때, 제인을 얼마나 사랑하는지 제 올케는 우리가 그 집을 떠나기 전에 그가 제인에게 청혼하리라고 확신했었지요. 그렇지만 그는 청혼하지 않았어요. 아마 제인이 너무 어리다고 생각했겠지요. 하지만 제인에 관해 몇 편의 시를 지었는데 대단히 아름다운 시였어요."

"그렇게 그의 사랑이 끝났답니다." 엘리자베스가 참다못해 말했다. "똑같은 방법으로 사랑을 극복한 사람들이 매우 많다고 생각해요. 시가 사랑을 몰아내는 데 효과적이란 걸 누가 처음 알아냈는지 궁금하군요!"

"저는 늘 시가 사랑의 양식이라고 생각해 왔는데요." 다아시가 말했다.

"아마 훌륭하고, 담대하고, 건전한 사랑의 양식이라면 그러 겠죠. 모든 것들은 이미 강한 사랑에 영양을 공급해 더 강하게 만들지요. 하지만 별로 보잘 것 없는 빈약한 사랑이라면, 한 편의 세련된 소네트라도 그걸 완전히 말려 버릴 수 있다고 확신해요."

다아시는 미소만 지었다. 그 후 조용해 졌을 때, 엘리자베스는 어머니가 또다시 사람들 앞에서 자신을 과시할까 봐 마음을 졸였다. 그녀는 말하고 싶은 마음이 간절했지만 도무지 어떤 화젯거리도 생각해 낼 수 없었다. 잠시 침묵이 흐른 후 베넷 부인은 빙리에게 리지 역시 폐를 끼치게 되어 사과한다는 말과 함께 제인에게 베풀어 준 친절에 감사하다는 말을 되풀이하기 시작했다. 빙리 씨는 꾸밈없이 공손하게 대답했고, 그는 여동생 또한 공손한 태도로 그 경우에 필요한 말만 하도록 밀어붙였다. 빙리 양은 아주 불손한 태도로 자신의 역할을 해냈지만 베넷 부인은 만족하고, 그 후 곧 자신의 마차를 불렀다. 이런 어머니의 신호에 막내딸 리디아가 앞으로 나섰다. 이번 방문 내내 리디아와 키티는 둘이서만 속삭였는데, 그 결과로 막내 리디아가 빙리 씨에게 이 지역에 처음 왔을 때 네더필드에서 무도회를 열겠다고 한 약속을 지키라는 압력을 가하기로 했던 것이다.

피부가 곱고 상냥한 표정의 리디아는 발육이 좋은 15세의 통통한 소녀였다. 어머니의 귀염둥이인 그녀는 어머니의 애정 어린 배려로 일찌감치 사교계에 나왔다. 매우 혈기 왕성한 리디아는 천성적으로 거들먹거리는 면이 있었다. 이모부가 장교들에게 융숭하게 저녁을 대접하고, 그녀 자신이 스스럼없는 태도를 보여서, 장교들이 그녀에게 친절하게 대하자 그녀는 뻔뻔스러울 정도로 건방지게 굴었다. 그러므로 자신이 빙리 씨에게 무도회에 대해 말을 걸어도 될 정도로 그와 대등하다고 생각하고, 불시에 그가 약속한 것을 상기 시켰을 뿐 아니라, 그가 무도회 약속을 지키지 않는다면 가장 수치스러운 일이 될 것이라고 덧붙이기까지 했다. 이런 갑작스러운 공격에 빙리 씨가 한 말은 그들의 어머니의 귀에 아주 기분 좋게 들렸다.

"나는 틀림없이 약속을 지킬 만반의 준비가 되어 있어요. 언니가 회복되면 당신이 무도회 날짜를 지정하세요. 그렇지만 언니가 앓고 있는 동안 춤을 추고 싶진 않겠지요."

리디아는 만족스러워서 이렇게 대답했다. "아! 그럼요, 제인 언니가 회복할 때까지 기다리는 게 훨씬 더 좋지요. 그리고 그때쯤이면 카터 대위가 다시 메리턴에 있게 될 테니까. 빙리 씨께서 무도회를 주최한 다음에는," 리디아는 덧붙였다. "그들도 무도회를 주최해야 한다고 조를 거예요. 포스터 대령께 그렇게 하지 않는다면 아주 창피할 거라고 말할 거예요."

그 후 베넷 부인과 딸들은 네더필드를 떠났다. 빙리의 두 자매와 다아시 씨가 자신과 자신의 가족에 대해 마음대로 이야기하라고 내버려두고 엘리자베스는 즉시 제인에게 돌아갔다. 그러나 빙리 양이 아름다운 눈에 대해 아무리 심한 농담을 늘어놓아도, 다아시 씨를 설득하여 엘리자베스를 비난하는 일에 동참하게 할 수 없었다.

10

그날 하루는 전날과 별로 다르지 않게 흘러갔다. 허스트 부인과 빙리 양은 오전에 병중에 있는 제인 곁에서 몇 시간을 지냈다. 더디기는 하지만 제인은 회복되고 있었다. 저녁에 엘리자베스는 거실로 가서 그들 일행에 합세했다. 그러나 루 카드 테이블은 보이지 않았다. 다아시 씨는 편지를 쓰고 있었지만, 빙리 양이 가까이에 앉아서 편지 쓰는 것을 계속 주시하며, 그의 여동생에게 안부를 전해 달라고 하여 편지 쓰기에 집중할 수 없었다. 허스트 씨와 빙리 씨는 피케[22]를 하고, 허스트 부인은 그 게임을 구경하고 있었다.

엘리자베스는 뜨개질을 하면서 다아시 씨와 빙리 양이 주고받는 대화를 매우 재미있게 듣고 있었다. 빙리 양은 그의 필적하며, 줄을 고르게 맞춰 쓰는 재주하며, 편지 길이 등을 끊임없이 칭찬했지만, 다아시 씨는 그 칭찬에 도무지 무관심해서 그들의 대화는 아주 묘하게 들렸다. 그 대화는 엘리자베스가 두 사람에 대해 가진 견해와 정확하게 일치했다.

"다아시 양이 이런 편지를 받고 얼마나 기뻐할까!"

그는 아무런 대꾸도 하지 않았다.

"대단히 빨리 쓰시네요."

"잘 못 아셨어요. 나는 느리게 쓰는 편이지요."

---

22 둘이서 하는 카드놀이의 일종.

"사업상의 편지를 포함해서 일 년 동안 얼마나 많은 편지를 쓰셔야 할 까요! 저라면 편지 쓰기가 아주 싫을 거예요!"

"그렇다면 편지 써야 하는 게 당신 몫이 아니라 내 몫이어서 다행이군요."

"제가 누이동생을 무척 보고 싶어 한다고 전해 주세요."

"부탁하셔서 이미 동생에게 그렇게 썼습니다."

"펜이 마음에 들지 않는 것 같아요. 펜을 손봐 드릴게요. 저는 펜 손질[23]을 기차게 잘 하거든요."

"감사합니다. 하지만 제 펜은 항상 제가 손질한답니다."

"어떻게 그렇게 글씨를 쭉 고르게 쓰시지요?"

그는 대답하지 않았다.

"하프 연주 솜씨가 더 좋아졌다는 이야기를 듣고 제가 기뻐했다고 동생에게 전해 주세요, 그리고 그녀가 만든 아름다운 작은 테이블 설계도를 보고 황홀해 한다고요, 그리고 그녀 설계가 그랜틀리 양의 것보다 훨씬 더 훌륭하다고 전해 주세요."

"그 황홀함을 전하는 걸 다음 편지 쓸 때까지 미루게 해 주시면 좋겠습니다.—현재로서는 그걸 쓸 공간이 별로 없군요."

"아, 중요한 건 아니에요. 1월에 만날 테니까요. 그런데, 다아시 씨, 항상 동생에게 그런 멋진 편지를 쓰시나요?"

"대체로 길게 쓰지요. 그 편지들이 얼마나 멋진지는 내가 판단할 수 있는 게 아니지요."

"제가 주장하는 건 긴 편지를 쉽게 쓸 수 있는 사람은 편지를

---

23 새의 깃털로 된 펜은 자주 쓰면 닳아서 손질할 필요가 있었음.

잘못 쓸 리 없다는 것이지요."

"그건 다아시를 칭찬하는 말이 될 수 없어, 캐롤라인." 빙리가 큰소리로 말했다.—"다아시는 쉽게 쓰는 사람이 **아니기** 때문이야. 그는 4개의 음절을 가진 긴 단어를 찾으려고 상당히 애를 쓰거든.—다아시, 그렇지 않은가?"

"내 글 쓰는 방식은 자네와 아주 다르지."

"아!" 빙리 양이 큰소리로 말했다. "찰스는 세상에서 편지를 가장 되는대로 쓰는 사람이에요. 낱말의 반은 생략하고, 나머지 단어들도 잉크로 뭉개져서 알아보기 어려워요."

"어찌나 생각이 줄달음치는지 나는 미처 그 생각들을 써 넬 겨를이 없는 거야. 그렇기 때문에 내 편지는 때때로 수신인에게 내 의사를 제대로 전달하지 못하기도 한답니다."

"빙리 씨, 당신의 겸손은, 분명히 비난할 수 없는 겸손이군요." 엘리자베스가 말했다.

"겸손한 척하는 것보다 사람을 더 속이는 건 없어요." 다아시가 말했다. "그건 자주 경솔한 의견일 뿐이거나, 가끔 간접적으로 뽐내는 것이에요."

"다아시, 그럼, **내가** 좀 전에 보인 보잘 것 없는 겸손이 두 가지 중에 어떤 것이라고 할 텐가?"

"간접적인 자랑이지.—자네는 자신의 글쓰기 결점을 실상 자랑스럽게 생각하고 있기 때문이야. 생각이 매우 빠르게 떠오르는데다, 글쓰기에 정성을 들이지 않기 때문에 나타나는 결점은 칭찬거리는 못되지만, 적어도 매우 흥미로운 것이라고 생각하는 거지. 무슨 일이든지 빨리 할 수 있는 능력의 소유자는 그런 능력을 소중히 여겨. 그런데 작업을 빨리 하느라 완전하게 할 수 없다는 데는 전혀 관심이 없단 말이야. 자네는 오늘 아침 베넷 부인에게, 자네가 네더필드를 떠나기로 작정한다면 5분 안에 떠날 거라고 말했을 때, 자네는 그걸 일종의 칭찬으로, 자화자찬으로 한 걸세. 그러나 급하게 일을 진행하면 꼭 해야 할 일을 못한 채 남겨 둘 수밖에 없게 되지. 그것은 자네에게도 또 어느 누구에게도 실제로 아무런 이익이 될 수 없는 걸세. 그런 행동이 그렇게 대단히 칭찬받을 만한 걸까?"

"그렇기는 하나," 빙리가 소리 높여 말했다. "너무 심해, 아침에 한 온갖 어리석은 말들을 저녁에 기억하게 만들다니. 그렇긴 해도 나는 맹세코 사실을 말했다고 생각하고, 이 순간에도 그렇게 믿어. 그러니까 적어도 나는 단순히 숙녀들에게 잘 보이려고 불필요하게 성급하게 행동하는 사람인 척 한 건 아닐세."

"자네는 아마 그렇게 믿었겠지만, 나는 자네가 그토록 빨리 떠날 거라고 확신할 수 없네. 내가 아는 어떤 사람처럼 자네 행동은 우연한 사건에 좌우되기 때문일세. 그래서 만약 자네가 말에 올라탈 때 어떤 친구가, '빙리, 다음 주까지 여기 있다 가면 더 좋겠어.'라고 말했다고 치세. 자네는 아마 떠나지 않고 더 머물지도 몰라.―그 친구가 한마디만 더 하면, 한 달을 더 머물지도 모르지."

"그렇게 말씀하시는 건 오로지," 엘리자베스가 큰소리로 말했다. "빙리 씨가 자기 성질을 올바로 평가하지 못한다는 것을 입증하는 것이네요. 지금 다아시 씨는 빙리 씨 자신보다 훨씬 더 빙리 씨를 자랑하고 있잖아요."

"대단히 고마워요." 빙리가 말했다. "제 친구의 비난을 제 성격이 상냥하다는 칭찬으로 바꿔 주다니 말입니다. 죄송합니다만, 저 친구가 전혀 의도하지 않았던 방향 전환을 해 주셨어요. 그런 상황에서는 내가 단호히 거절하고, 될 수 있으면 빨리 말을 타고 떠나야, 저 친구가 나를 더 좋게 평가할 테니까요."

"그렇다면 다아시 씨는 당신이 원래 성급하게 내린 결정을 그대로 밀고 나가야 그 성급한 결정을 상쇄할 수 있다고 생각하시는 건가요?"

"정말 저로서는 그것을 정확하게 설명할 수 없군요. 반드시 다아시 자신이 설명해야만 하겠어요."

"자네가 제멋대로 내 의견이라고 말해 놓고 나보고 설명하라는 거군. 그러나 나는 결코 내 의견이라고 인정하지 않았네. 하지만 베넷 양, 이 경우가 당신이 설명한 대로라고 해도, 그렇더라도 다음을 반드시 기억해야 해요, 즉, 빙리가 떠날 계획을 뒤로 미루고, 집으로 돌아가기를 바라는 친구는, 그렇게 하는 게옳다는 걸 뒷받침해 줄만한 논리도 없이, 그저 그것을 원한다는 것이지요."

"즉석에서─선뜻─친구의 설득에 따르는 것은 당신에게는 전혀 가치 없는 행동이군요."

"확신도 없이 친구의 권유를 따른다면 도무지 두 사람 다 분별력 있는 사람이라고 칭찬 할 수 없지요."

"다아시 씨는, 우정이나 사랑의 영향력 따위는 전혀 고려하지 않으시는 것 같아요. 우리는 때때로 요청하는 사람을 배려하기 때문에, 요청을 들어주어야 하는 이유를 듣기도 전에 선선히 그 요청에 응하게 되지요. 제가 지금 딱히 당신이 가정했던 빙리 씨 경우를 이야기하는 건 아니에요. 빙리 씨가 분별력 있게 행동했는가를 논하기 위해서는 실제로 그런 상황이 생길 때까지 기다리는 편이 더 좋을 것 같군요. 하지만 친구와 친구 사이의 일반적이고 평범한 사건의 경우에, 한 친구가 다른 친구에게 별로 중요하지 않은 결심을 바꾸기를 원할 때, 이유를 묻지 않고 친구가 원하는 대로 하는 사람을 탐탁지 않게 생각하는 건가요?"

"이 주제를 더 논하기 전에, 이런 요청에 관련된 것들의 중요성의 정도뿐만 아니라 두 친구가 어느 정도 친한 사이인지를 좀 더 정확하게 정리하는 것이 현명하지 않을까요?"

"그렇지," 빙리가 소리쳤다. "모든 것을 다 자세히 들어 봅시다. 두 친구의 키와 체구를 비교하는 것도 잊지 말고요, 베넷 양, 그런 것들이 당신이 깨닫는 것 이상으로 논리를 따지는 데 중요할 테니까요. 다아시의 키가 나보다 훨씬 크지 않다면 내가 그를 존경하는 마음이 지금의 절반도 되지 않을 거라고 장담해요. 나는 어떤 특정한 경우, 그리고 특별한 장소에서는 다아시보다 더 두려운 사람이 없다는 걸 밝힙니다. 예를 들어 그가 아무 할일 없이 자신의 집에 있을 때, 즉 일요일 저녁 같은 때 말이지요."

다아시 씨는 미소 지었지만, 엘리자베스는 그가 좀 화가 났다는 것을 알아채고 웃음이 터져 나오려는 걸 가까스로 참았다. 빙리 양은 다아시가 받은 모욕에 분개하면서 당치도 않은 말을 한다고 오빠를 타일렀다.

"자네 의도를 이해하네, 빙리," 다아시가 말했다——"자네는 논쟁을 싫어해. 그래서 이 화제를 묵살해 버리려는 거지."

"아마 그럴 거야. 논쟁은 말다툼 못지않게 내겐 벅차다네. 내가 이 방을 떠나기까지 자네와 베넷 양이 논쟁을 연기해 주면 정말 고맙겠네. 내가 떠난 후에는 나에 대해, 하고 싶은 말을 다 해도 좋아."

"요청하시는 것이 제겐 전혀 어려운 일이 아니에요. 그리고 다아시 씨는 편지를 끝내시는 게 훨씬 더 좋으실 테고요," 엘리자베스가 말했다.

다아시 씨는 그녀의 충고를 받아들여 편지를 끝냈다.

편지 쓰는 일이 끝나자 그는 빙리 양과 엘리자베스에게 음악을 듣게 해 달라고 요청했다. 재빠르게 피아노로 간 빙리 양은 엘리자베스에게 먼저 연주해 달라고 정중하게 요청했고, 엘리자베스는 빙리 양 못지않게 정중하고 진지하게 요청을 거절했다. 그러자 빙리 양은 피아노 앞에 자리 잡고 앉았다.

허스트 부인은 동생과 함께 노래했다. 그들이 이렇게 노래하고 있을 때 엘리자베스는 피아노 위에 놓여 있는 악보를 들추면서 다아시 씨가 매우 자주 자신을 바라보는 것을 의식하지 않을 수 없었다. 그녀는 그런 대단한 사람이 자신을 찬양의 대상으로 바라보는 걸 어떻게 이해해야 할지 알 수 없었다. 하지만 그가 자신을 싫어하기 때문에 바라본다는 것은 더욱더 이상한 일이었다. 그녀는 마침내 그가 옳다고 생각하는 개념에 비추어서 볼 때, 그곳에 있는 어느 누구보다도 무언가 좀 더 그릇되고 비난할 만한 점이 자신에게 있기 때문에 그가 유심히 자신을 살펴본다고 생각할 수밖에 없었다. 그녀는 그렇게 생각해도 괴롭지 않았다. 그를 좋아하지 않으니 그의 칭찬 따위에 전혀 아랑곳하지 않기 때문이었다.

이탈리아 가곡을 몇 곡 연주 한 후 빙리 양이 쾌활한 스코틀랜드 민요를 연주해서 음악의 분위기가 확 달라졌다. 곧 다아시 씨가 엘리자베스 가까이에 와서 그녀에게 말을 건넸다.

"베넷 양, 이런 기회에 릴 춤[24]을 추고 싶지 않으세요?"

그녀는 미소만 띠고 아무 대답도 하지 않았다. 그녀가 침묵하는 것에 좀 놀라면서 그가 재차 물었다.

"아," 그녀가 말했다. "말씀하시는 것 이미 들었어요. 하지만 어떻게 대답해야 좋을지 얼른 생각나지 않아서요. 제 취향을 경멸하고, 그걸 즐기려고 제가 '예'라고 대답하길 바란다는 걸 알고 있으니까요. 하지만 저는 언제나 사람들이 저를 모욕하려고 미리 계획한 것을 뒤집어엎어서 그런 계획을 교묘하게 피해 나가는 걸 즐긴답니다. 그러므로 전혀 릴 춤을 추고 싶지 않다고 말하기로 작정했어요.—그러니 이제 용기 있으시면 저를 경멸하세요."

"진정 나는 감히 그렇게 못합니다."

그를 모욕하려던 엘리자베스는 그가 정중한 것을 보고 깜짝 놀랐다. 하지만 그녀의 태도에는 상냥함과 짓궂음이 뒤섞여 있어서 그런 태도로 누구를 모욕하기는 쉽지 않은데다, 다아시 씨는 엘리자베스에게처럼 어느 여자에게도 매료된 적이 없었다.

---

24 스코틀랜드 사람들이 추는 경쾌한 춤.

그는 그녀의 지체 낮은 친척들이 아니라면 지금 쯤 자신이 상당히 위험한 지경에 빠졌을 것이라고 생각했다.

빙리 양이 목격한 것, 그녀가 낌새를 챈 이런 것들은 그녀의 질투심을 불러일으키기에 충분했다. 그래서 엘리자베스를 쫓아 보내고 싶은 마음에서 그녀는 다정한 친구 제인이 회복되기를 더욱더 간절히 바랐다.

빙리 양은 다아시 씨를 화나게 해서 엘리자베스를 싫어하게 만들려고 빈번히 엘리자베스와 다아시 씨의 결혼을 추측해서 이야기하고, 그 결혼의 행복을 설계해 보였다.

다음 날 다아시 씨와 함께 관목 숲을 거닐면서 빙리 양이 말했다. "이처럼 매우 바람직한 결혼이 성사되면, 당신이 장모께 그녀가 아무 말도 하지 않는 것이 유익하다고 넌지시 알려 드리면 좋겠군요. 그리고 할 수 있으면 그녀의 어린 동생들이 장교들을 쫓아다니는 버릇을 고쳐 주세요.—그리고 대단히 미묘한 주제이긴 해도, 제 의견을 말씀드리자면, 당신 부인의 자만심과 무례함에 가까운 사소한 결점을 견제하기 위해서 힘써 노력하셔야겠어요."

"내 가정의 행복에 대해 제안하고 싶은 것이 더 있나요?"

"그럼요. 있고말고요—펨벌리 화랑에 필립 이모부와 이모의 초상화를 거세요. 재판관인 당신의 작은 할아버지 옆에요. 그들은 같은 전문직에 종사하는 사람들이 아닌가요. 분야가 다를 뿐이지요. 엘리자베스의 초상화에 대해서인데, 그녀의 초상화를 그릴 꿈도 꾸지 마셔요. 어느 화가가 그 아름다운 눈들을 제대로 그릴 수 있겠어요?"

"그 눈의 표정을 포착한다는 것이 정말 쉽지 않겠지요. 하지만 눈 색과 눈 모양, 그리고 대단히 뛰어나게 아름다운 속눈썹. 화가가 그런 걸 그릴 수는 있겠지요." 바로 그때 그들은 다른 산책길에서 오는 허스트 부인과 엘리자베스를 만났다.

"산책할 생각이 있었는지 몰랐네." 그들이 자신들 이야기를 들었을까 봐 당황해 하며 빙리 양이 말했다.

"밖으로 나갈 거라는 말도 하지 않고 도망치다니 참으로 불친절하셔요." 허스트 부인이 말했다.

그 후 허스트 부인이 다아시 씨의 자유로운 팔을 잡았기 때문에 엘리자베스는 홀로 걷게 되었다. 그 길은 겨우 세 사람만 걸을 수 있었다. 그들이 무례하다고 느낀 다아시 씨는 즉시 말했다.

"이 길은 좁아서 우리 일행이 함께 걸을 수 없군요. 큰 길로 들어서는 게 좋겠어요."

하지만 그들과 함께 걷고 싶은 생각이 전혀 없는 엘리자베스는 비웃듯이 말했다.

"아뇨, 아니에요. 그냥 이 길로 가셔요. 세 분은 아름다운 그룹이 되었어요. 매우 멋져 보여요. 네 번째 사람이 끼게 되면 아름다운 장면이 망쳐질 거예요. 안녕."

엘리자베스는 기분 좋게 달려가 버렸고, 이틀 후면 다시 집에 가게 된다는 희망에 부풀어서 여기저기를 즐겁게 거닐었다. 제인은 이미 많이 회복되어서 그날 저녁 한두 시간 방에서 나갈 계획을 세울 수 있었다.

11

정찬 후 숙녀들이 물러갈 때가 되자 엘리자베스는 언니에게로 달려 올라가서, 언니를 감기에 대비해 단단히 차리게 한 후 함께 거실로 내려 왔다. 거실에서 제인은 두 친구로부터 여러 번 상냥하게 되풀이되는 환영 인사를 받았고, 신사들이 거실로 돌아오기 전 한 시간을 빙리 양과 허스트 부인은 매우 유쾌하게 보냈다. 엘리자베스는 그들이 그토록 즐거워하는 것을 일찍이 본 적이 없었다. 그들의 대화 능력은 대단했다. 정확하게 파티를 묘사할 수 있었고, 익살맞게 일화를 이야기할 수 있었으며, 그들의 지인들을 신나게 비웃기도 했다.

그러나 신사들이 들어오자 제인은 곧 그들의 관심 밖으로 밀려났다. 빙리 양의 시선은 즉시 다아시를 향했고, 그가 몇 걸음 걷기도 전에 그녀는 그에게 말을 건넸다. 다아시 씨는 공손하게 직접 베넷 양에게 축하한다고 말했다. 허스트 씨 역시 제인에게 약간 머리 숙여 인사하고, "아주 기뻐요"라고 말했다. 하지만 빙리는 길고도 따뜻한 인사말을 건넸다. 그는 매우 즐거워하며 제인을 돌보았다. 방을 옮긴 제인이 추위로 고생하지 않도록 장작을 쌓아올려 불을 돋우는데 처음 30분을 보냈다. 그리고 제인이 문에서 좀 더 떨어진 곳에 앉도록 하려고 벽난로의 다른 쪽으로 옮겨 앉았으면 했고, 제인은 빙리 씨의 권고대로 했다. 그 후 그는 제인 옆에 앉아서 거의 그녀하고만 대화했다. 맞은편 구석에서 뜨개질하며 엘리자베스는 그 모든 것을 대단히 흐뭇한 마음으로 바라보았다.

차를 다 마시자 허스트 씨는 처제에게 카드 테이블을 준비하자고 상기시켰지만, 헛수고였다. 빙리 양은 다아시 씨가 카드놀이를 원하지 않는다는 비공개 정보를 입수했기 때문이었다. 허스트 씨는 자신이 공개적으로 꺼낸 제안이 거부당했다는 걸 곧 알게 되었다. 빙리 양은 아무도 카드놀이를 할 생각이 없다는 걸 형부에게 확신시켰다. 카드놀이에 대해 일행 전체가 침묵하는 것이 그녀의 말을 뒷받침하는 것 같았다. 그렇기 때문에 다른 할 일이 전혀 없는 허스트 씨는 소파 위에 몸을 쭉 펴고 잠을 청하는 수밖에 없었다. 다아시는 책을 집어 들었고 빙리 양 역시 그와 똑같이 했다. 허스트 부인은 주로 자신의 팔찌와 반지를 만지작거리다가 가끔 베넷 양과 남동생의 대화에 끼어들었다.

빙리 양은 자신의 책 읽는 것 못지않게 **다아시 씨의** 책 읽는 속도에 지대한 관심을 기우렸다. 그녀는 계속해서 질문도 하고, 그의 책을 바라보기도 했다. 그러나 그가 질문에 대답만 하고 계속 책을 읽기 때문에 도무지 그를 대화에 끌어들일 수가 없었다. 오로지 다아시 씨가 읽는 책의 두 번째 권이라는 이유로 집어 든 책을 즐기려는 시도에도 지쳐 버리자 빙리 양은 드디어 늘어지게 하품을 하고서 말했다. "이렇게 저녁 시간을 보내니 얼마나 즐거운지 몰라요! 확실히 독서만큼 즐거운 건 없어요. 책 아닌 다른 것들은 정말 빨리 싫증나거든요!—내 집을 가지게 될 때, 아주 훌륭한 서재를 갖추지 못한다면 나는 참 비참할 거예요"

아무도 대꾸하지 않았다. 그녀는 또다시 하품을 하고는 책을 옆으로 밀어 버리고 무슨 오락거리가 없을까 하고 방을 둘러보았다. 그때 오빠가 베넷 양에게 무도회를 언급하는 걸 들은 그녀는 불쑥 그에게 말했다.

"그런데 찰스, 네더필드에서 무도회 여는 것, 정말 심각하게 숙고하고 있나요? 그걸 결정하기 전에 여기 있는 우리들 의견도 들어보라고 충고하고 싶어요. 내가 아주 오해하고 있는 게 아니라면, 우리 중에는 무도회가 즐거움이라기보다는 벌이라고 느낄 사람이 있어요."

"다아시를 마음에 두고 하는 말이라면," 그녀의 오빠가 큰소리로 말했다. "원한다면 그는 무도회가 열리기 전에 잠자러 갈 수도 있어—그러나 무도회는 결정된 것이나 다름없어. 니콜스가 흰 수프[25]를 넉넉하게 만들면 곧 초대장을 돌리려고 해."

"무도회를 다른 식으로 운영한다면 난 훨씬 더 무도회를 좋아 할 텐데," 그녀가 대답했다. "늘 하던 대로 진행되는 무도회는 견딜 수 없을 정도로 따분한 면이 있어요. 춤보다는 대화로 무도회 날 분위기를 좋게 한다면 훨씬 더 합리적일 거예요."

"훨씬 더 합리적일 테지, 캐롤라인, 그러나 그렇게 하면 전혀 무도회 같지 않을 게 분명해."

빙리 양은 아무런 대꾸도 하지 않았다. 그리고는 곧 일어나서 방을 이리저리 거닐었다. 그녀는 우아한 자태로 멋지게 걸었

---

25 송아지 삶은 국물, 크림과 아몬드로 만듦. 계란 노른자, 리크, 빵가루, 쌀, 닭고기를 넣을 수도 있음. 중세 궁중 음식에서 유래했으며 우아하고 세련된 것과 연관됨.

다.―이 모든 것을 다아시에게 보이려는 것이 그녀 목적이었지만 그는 여전히 변함없이 독서에만 몰두하고 있었다. 절박해진 그녀는 한 가지를 더 시도해 보기로 작정하고 엘리자베스 쪽으로 돌아서서 말했다.

"일라이저 베넷 양, 나처럼 걸어서 방을 한번 돌아보면 어떨까요. 한 자세로 오래 앉아 있다가 걸으면 확실히 아주 상쾌해요."

엘리자베스는 놀랐지만 즉시 그렇게 하기로 했다. 빙리 양은 그런 정중한 제안의 진짜 목표인 다아시 씨에게서도 그에 못지않은 성공을 거두었다. 다아시 씨가 고개를 들어 그들을 바라보았기 때문이다. 빙리 양의 친절한 제안이 새삼스럽다는 것을 엘리자베스 못지않게 의식한 그는 부지불식간에 책을 덮었다. 그는 곧 그들과 함께 걷자는 요청을 받았지만 거절했다. 다아시 씨는 방을 이리 저리 서성대는 그들에게는 오로지 두 가지 동기가 있다고 생각하는데, 그가 그들과 함께 걸으면 그 동기를 둘 다 방해하게 될 거라고 말했다. "도대체 무슨 말일까? 도대체 무슨 뜻으로 말하는 건지 알고 싶어 죽겠네."―그래서 빙리 양은 엘리자베스에게 도대체 다아시를 이해할 수 있느냐고 물었다.

"전혀 이해할 수 없어요." 엘리자베스의 대답이었다. "그러나 틀림없이 우리에게 까다롭게 굴려는 거니, 그분을 확실하게 실망시키는 방법은 거기에 대해 아무 질문도 하지 않는 거예요."

그러나 어떤 일로도 다아시 씨를 실망시킬 수 없는 빙리 양은 그가 생각하는 두 가지 동기를 설명해 달라고 요청했다.

"그걸 설명하는 데 아무런 이의가 없으니 설명해 드리죠." 그녀가 말할 빌미를 주자마자 그가 말했다. "이렇게 걸으면서 저녁을 보내기로 한 것은 두 분 사이에 비밀이 있어서 그 비밀스런 일을 논의하기 위해서거나, 아니면 걸을 때 자신들의 모습이 가장 아름답게 보인다는 것을 의식하고 있기 때문이겠지요.—첫 이유라면 내가 끼어들면 당신들을 완전히 방해하게 될 거고—그리고 두 번째 이유라면 나는 불 옆에 앉아서도 당신들을 훨씬 더 찬양할 수 있답니다."

"어이가 없네요!" 빙리 양이 외쳤다. "그처럼 불쾌한 말을 들어본 적이 없어요. 그런 말 하는 분을 어떻게 벌주면 좋을까요?"

"벌 줄 생각이라면 그보다 더 쉬운 일이 없지요." 엘리자베스가 말했다. "우리는 모두 서로를 괴롭히고 놀릴 수 있어요. 놀리세요, 조롱하세요.—두 분은 아주 친하시니까 어떻게 해야 할지 잘 아시잖아요."

"하지만 전혀 몰라요. 분명히 우린 아직 그런 걸 알 만큼 친하지 않아요. 나보고 침착하고 차분한 분을 놀리라니! 안 되지, 안 돼—그렇게 하면 우리를 무시할지도 몰라요. 그리고 글쎄 조롱하라는데 아무런 주제도 없이 조롱하려다 우리만 웃음거리가 되지 맙시다. 다아시 씨 혼자서 은근히 기뻐할 거예요."

"다아시 씨를 조롱하면 안 된다고요?" 엘리자베스가 소리쳤다. "그건 흔치 않은 장점이네요. 그리고 그런 일이 계속 흔치 않기를 바라겠어요. 내 지인 중에 그런 사람이 많아지면 나는 큰 손해를 볼 테니까요. 나는 웃기를 무척 좋아하거든요."

"빙리 양이," 다아시가 말했다. "내가 가진 능력 이상으로 나를 평가하는군요. 가장 지혜롭고 가장 훌륭한 사람, 아니, 그런 사람들의 행동 가운데 가장 지혜롭고 가장 훌륭한 것일지라도,

농담을 제일의 목표로 삼는 사람에게는 웃음거리가 될 수 있답니다."

"분명히" 엘리자베스가 대답했다. "그런 사람들이 있지요. 하지만 저는 그런 사람 축에 들지 않았으면 해요. 제가 결코 현명하고 훌륭한 것을 조롱하지 않기를 바란답니다. 어리석음, 터무니없는 생각, 변덕과 모순, 이런 것들은 저를 즐겁게 해요. 그래서 기회가 있을 때마다 그것들을 조롱 한답니다―그러나 당신에겐 분명히 이런 점들이 전혀 없다고 생각해요."

"아마 어느 누구도 그런 약점을 지니지 않는 것은 불가능하겠지요. 그러나 탁월한 지력을 노출시켜서 비웃음의 대상이 되는 약점을 피하기 위해 내 평생 연구해 왔답니다."

"허영이나 자부심, 그런 거 말씀이지요."

"그래요. 허영은 정말 약점이지요. 그러나 자부심은―진정으로 뛰어난 지성이 있는 곳에서―자부심은 항상 잘 조절될 수 있을 겁니다."

엘리자베스는 웃음을 보이지 않기 위해서 고개를 돌렸다.

"이제 다아시 씨 검사를 끝냈겠지요." 빙리 양이 말했다.―그러니 제발 그 결과를 말해 봐요."

"다아시 씨에게는 아무런 결점이 없다는 걸 완전히 수긍했어요. 그 자신도 숨김없이 그걸 인정했고요."

"아닙니다." 다아시가 말했다. "그렇다고 주장한 적이 없어요. 제게는 결점이 많지만, 제 지성에는 결점이 없으면 하지요. 감히 제 성격이 좋다고 보장할 수는 없어요.―저는 호락호락하게 타협하는 성격은 아니에요. 분명히 세상의 편의에 따라 살지는 않지요. 마땅히 다른 사람들의 어리석음이나 악습을 곧 잊어버려야 하는데 전 그렇게 쉽게 잊지 못해요. 또 사람들이 저를 불쾌하게 한 것 역시 그렇지요. 누가 저를 감동시키려고 노력할 때마다 거기에 따라 감동하진 않아요. 아마 성 잘 내는 게 제 기질이라고 말할 수도 있을 거예요.—일단 한번 제게 신용을 잃은 사람은 영원히 신용을 잃게 되는 거지요."

"그건 진짜 결점이네요."—엘리자베스가 외쳤다. "용서하지 못하고 마음속에 분노를 품는다는 건 성격상 결점이에요. 그러나 결점을 잘 택하셨어요.—정말이지 저는 그런 결점을 비웃을 수는 없어요. 제가 비웃을 수 없으니 안전하시네요."

"누구나 성격상 어떤 특별히 나쁜 점, 즉 타고 난 결점을 지니게 마련인데 최고의 교육을 받는다 해도 그걸 고칠 수 없다고 생각해요."

"그런데 당신의 결점은 모든 사람을 증오하는 경향이지요."

"그리고 당신의 결점은," 그가 빙긋이 웃으며 대답했다. "사람들을 제멋대로 오해하는 거지요."

"우리 음악이나 좀 들어요." 대화에 끼어들 수 없어서 싫증이 난 빙리 양이 소리쳤다. "루이자, 내가 형부 잠을 깨게 해도 괜찮을까?"

허스트 부인은 아무 반대도 하지 않았다. 그래서 피아노가 열렸고, 잠시 생각에 잠겼던 다아시 씨도 그렇게 된 걸 아쉬워하지 않았다. 그는 자신이 엘리자베스에게 지나치게 많은 관심을 가지는 위험에 직면한 것을 깨닫기 시작했다.

12

엘리자베스는 언니와 의견이 같았기 때문에, 다음 날 아침 어머니에게 편지를 써서 그날 중으로 마차를 보내 달라고 간청했다. 그러나 네더필드에 간 지 정확하게 일주일인 다음 화요일까지 제인이 그곳에 머물 것으로 계산한 베넷 부인은 딸들이 그 전에 집으로 돌아오는 것을 기쁘게 환영할 수 없었다. 그러므로 어머니는 그다지 달갑지 않은 답장을 보냈다. 그것은 적어도 집에서 돌아가고 싶어서 안달하는 엘리자베스가 바라던 답은 아니었다. 베넷 부인은 그들이 화요일 이전에는 마차를 쓸 수 없다고 했다. 그녀는 추신에 만약 빙리 씨와 그의 누이들이 그들에게 더 머물라고 조르면, 그렇게 해도 집에는 아무 지장이 없다고 덧붙였다. 그러나 더 이상 머물지 않겠다는 엘리자베스의 결심은 요지부동이었다. 엘리자베스는 빙리 자매가 자신들에게 더 있으라고 요청하리라는 기대도 하지 않았다. 그와 반대로 자신들이 불필요하게 너무 오랫동안 그들의 삶을 방해한다고 여길 것이 걱정스러워서 엘리자베스는 제인에게 즉시 빙리 씨의 마차를 빌리라고 권고했다. 자매는 마침내 그날 아침에 네더필드를 떠나려는 원래 계획을 알리고 마차를 빌려 달라고 부탁하기로 했다.

이 소식을 들은 빙리와 자매는 염려스럽다는 말을 여러 번 하고, 제인이 감동할 정도로 적어도 다음 날까지 머물었으면 한다는 말을 하고 또 했다. 그래서 그들의 출발은 다음 날로 연기 되었다.

　그러고 나서 빙리 양은 출발을 연기하라고 한 것이 유감스러웠다. 제인을 좋아하는 마음보다 엘리자베스를 질투하고 싫어하는 마음이 훨씬 더 컸기 때문이었다.

　집주인 빙리 씨는 그들이 곧 떠나게 된다는 소식을 듣고 진심으로 아쉬워했다. 그래서 떠나는 것은 안전하지 않을 거라며 그리고 아직 떠날 정도로 회복되지 않았다며, 제인을 반복해서 설득하려고 노력했다. 그러나 자신이 옳다고 생각할 때 제인의 마음은 흔들리지 않았다.

　다아시 씨에게는 그것은 환영할 만한 소식이었다.—그는 엘리자베스가 이미 네더필드에 충분히 오래 머물렀다고 생각했다. 그는 바라는 것보다 더 많이 엘리자베스에게 끌리고 있었다.—그리고 빙리 양은 **엘리자베스**에게 무례하게 굴었고 자신을 보통 때보다 더 놀려댔다. 그는 현명하게도 현재로서는 엘리자베스를 찬양한다는 낌새가 전혀 드러나지 않도록, 엘리자베스가 그의 행복에 영향을 끼칠 수 있다는 희망으로 기분 좋아할 어떤 행동도 하지 않도록 각별히 조심하기로 마음먹었다. 만약 엘리자베스를 찬양하는 것이 이미 암시되었다면, 그녀가 네더필드에 묵는 마지막 날, 그날 동안 자신의 행동거지는 틀림없이 그런 생각을 확인해 주거나 짓밟아 버릴 거라고 그는 생각했다. 그의 목적은 확고해서 토요일 내내 그는 엘리자베스에게 열 마디도 건네지 않았다. 그리고 약 삼십 분간 두 사람만 있게 되었는데도, 그는 아주 열심히 책 읽는데 만 매달렸고, 심지어 그녀를 쳐다보려 하지도 않았다.

일요일 아침 예배 후의 작별은 거의 모든 사람에게 매우 유쾌한 것이었다. 드디어 빙리 양은 시간이 갈수록 제인을 더욱 다정하게 대했을 뿐 아니라 엘리자베스에게조차 더 상냥하고 정중했다. 그리고 헤어질 때 그녀는 롱본이나 네더필드에서 제인을 만나면 언제나 즐거울 거라면서 제인을 다정하게 포옹한 후 엘리자베스와 악수까지 했다─엘리자베스는 매우 활기찬 기분으로 그 일행 모두와 작별했다.

집에 돌아왔을 때 어머니는 그들을 반기지 않았다. 베넷 부인은 그들이 돌아온 것을 이상하게 생각하고 그들이 마차까지 빌리는 폐를 끼친 것은 매우 옳지 않은 일이라면서 분명히 제인이 다시 감기에 걸릴 거라고 했다.─그러나 비록 즐거움을 표현하는 말 수는 적지만 아버지는 그들이 돌아온 것을 진정으로 기뻐했다. 그는 가족 안에서 그들이 중요한 위치를 차지한다는 걸 절감했던 것이다. 제인과 엘리자베스가 집에 없는 동안 가족이 모여서 나누었던 저녁 대화에는 활기가 없었을 뿐 아니라 의미도 별로 없기 때문이었다.

메리는 평상시처럼 최저음부의 화성학과 인간성 연구에 깊이 빠져 있었고, 감탄할 만한 발췌구 몇 개와 귀담아들을 만한 케케묵은 도덕론을 몇 가지 새롭게 찾아냈다. 캐서린과 리디아는 그들에게 다른 종류의 정보를 제공했다. 지난 수요일 이래로 연대에서 행사가 많았고, 많은 말이 오갔다고 했다. 몇몇 장교들은 최근에 이모부와 정찬을 했고, 한 사병이 매를 맞았고, 포스터 대령이 결혼할 것이라는 암시가 실제로 있었다고 했다.

13

다음 날 아침 식사를 하면서 베넷 씨가 아내에게 말했다. "여보,
오늘 저녁 식사를 맛있게 준비하라고 지시했으면 좋겠소. 저녁
식사에 우리 식구 외에 한 사람이 더 있을 것 같소."

"여보. 누구 말씀인가요? 뜻밖에 샬럿 루카스가 방문한다면
모를까, 올 사람이 전혀 없는데요. 샬럿이라면 내가 내는 저녁
정도면 충분히 훌륭해요. 자기 집에서 그런 저녁을 자주 먹지
못할 걸요."

"내가 말하는 사람은 우리 집에 처음 오는 신사요." 베넷 부
인의 눈이 반짝 빛났다.―"우리 집에 처음 오는 신사라! 확실히
빙리 씨구나. 저런, 제인아, 이런 말을 한마디도 하지 않다니, 이
엉큼한 것! 빙리 씨를 만나면 무척 반가울 거예요.―그러나―세
상에! 참 운이 없네. 오늘은 생선을 도무지 살 수 없어. 리디아,
얘야, 종을 울리렴. 지금 곧 힐에게 말해 두어야겠다."

"빙리 씨가 아니오." 그녀 남편이 말했다. "내 생전에 한 번도
보지 못한 사람이오."

모두들 이 말을 듣고 깜짝 놀랐다. 그래서 그는 즐겁게도 아
내와 다섯 딸에게서 동시에 호기심 어린 질문 공세를 받았다.

그들의 호기심을 한동안 즐긴 후에 그는 다음과 같이 설명했
다. "약 한달 전에 이 편지를 받았소. 그리고 상당히 민감한 일
이고, 빠른 답신을 요구하는 일이기도 해서, 나는 약 보름 전에
답장을 보냈소. 내 친척 콜린스 씨에게서 온 편지였소. 내가 사

망하면, 그 사람은 원할 때 당장 우리 식구 모두를 이 집에서 내쫓을 수도 있지."

"아이고, 여보!" 베넷 부인이 소리쳤다. "그런 말을 들어야 하다니 도저히 참을 수 없어요. 그 지긋지긋한 사람 이야길랑 제발 하지 마셔요. 당신의 토지가 당신 자녀들에게 상속되지 못하고 다른 사람에게 한사 상속된다는 건 세상에서 제일 견디기 힘든 일이라고요. 내가 당신이라면 오래 전에 그 일에 대해 확실히 뭔가 조치를 취했을 거예요."

제인과 엘리자베스는 어머니에게 한사 상속이 어떤 것인지를 설명하려고 했다. 그들은 전에도 이따금 그러려고 했지만, 그 얘기만 나오면 베넷 부인은 아예 막무가내였다. 그리고 남편의 토지가 다섯 딸을 가진 가족이 아니라 아무런 상관도 없는 사람에게 한사 상속 되는 건 잔인한 일이라고 혹독하게 비난했다.

"그건 정말 가장 불공평한 일이요," 베넷 씨가 말했다. "그런데 콜린스 씨가 롱본을 상속받는 죄책감에서 벗어나게 해 줄 수 있는 건 하나도 없다오. 그러나 그의 편지를 잘 들어봐요. 그가 자신의 의견을 나타내는 태도를 보면 당신 마음이 좀 누그러질지도 모르겠소."

"아니요. 그럴 일은 전혀 없을 거예요. 도대체 당신에게 편지를 쓴다는 그 자체가 아주 주제넘고 위선적인 짓이라고 생각해요. 그런 위선적인 친구가 아주 미워요. 왜 앞서 그의 아버지가 그랬던 것처럼, 당신과 계속 싸울 생각은 없대요?"

"아, 글쎄 정말, 그 사람은 그 문제에 대해서 자식으로서 일말의 양심이 있는 것 같아. 들어보구려."

존경하는 베넷 아저씨께,

아저씨와 고인인 제 아버님 사이의 불화 때문에 저는 항상 매우 불안했습니다. 그리고 불행하게도 아버지께서 돌아가신 후 저는 때때로 그 불화를 해소하고 싶었습니다. 그러나 아버지께서 생전에 늘 불화했던 분과 사이좋게 지내는 것이 그분의 추억에 누를 끼치게 되는 건 아닌지 걱정한 나머지 얼마 동안 그것을 보류했습니다.—"이봐요, 부인."—그러나 이제 그 문제에 대해 저는 마음을 결정했습니다. 부활절에 목사 안수를 받은 후 저는 운 좋게도 루이스 드 버그 경의 미망인인 캐서린 드 버그 영부인의 후원을 받게 되었습니다. 자비로운 그분의 은혜로 이곳 교구와 목사관을 누리게 된 저는 이곳에서 영부인에 대한 감사 어린 존경심으로 훌륭하게 처신하도록 진지하게 노력하면서 항상 성공회에서 제정한 예배식과 종교 의식을 행할 만반의 준비를 하고 있습니다. 더욱이 목사로서 제 교구에 있는 모든 가족들이 평화의 축복을 누릴 수 있도록 그것을 확립하고 장려하는 것이 제 의무라고 생각합니다. 이런 이유로 제가 현재 선의의 제안을 드리는 것은 대단히 훌륭한 일이며, 제가 롱본의 다음 한사 상속인이라는 사실을 아저씨께서 너그러이 보아주셔서 제가 올리는 화해의 표시인 올리브 가지를 거절하지 않으시리라고 자부하고 있습니다. 저는 제가 아저씨 댁의 사랑스러운 따님들에게 해를 끼치는 당사자라는 것에 관심을 두지 않을 수 없습니다. 그 점에 대해 드리는 사과를 부디 받아 주시기 바라옵고, 제가 따님들에게 가능한 모든 것을 보상할 만반의 준비가 되어 있다는 것을 분명히 말씀드립니다.—그러나 여기에 대해서는 차후에 더 말씀 드리겠습니다 저를 받아 주시는 데 이의가 없으시다면 11월 18일 월요일 오후 4시에 아저씨와 가족을 만나 뵙고자 합니다. 그리고 아마 주일날까지 일주일간 아저씨께 폐를 끼치게 될 것입니다. 주일날 다른 목사님이 제 대신 의무를 행할 수 있으면, 캐서린 영부인께서는 제가 가끔 일요일에 자리를 비워도 개의치 않으시기 때문에 별 불편 없이 일요일까지 머무를 수 있습니다. 아저씨와 아주머니, 따님들께 경의를 표하오며, 모든 하시는 일이 형통하시기를 빕니다.

윌리엄 콜린스 드림

"그러니 오후 네 시에 화해 당사자인 이 신사가 올 것 같소." 베넷 씨가 편지를 접으며 말했다. "그 사람은 대단히 양심적이고 공손한 사람 같구려. 그리고 의심할 여지없이 귀중한 지인이 될 거요. 특히 캐서린 영부인의 관용 덕택으로 그가 다시 우리를 방문할 수 있다면 말이지."

"하긴 그가 우리 딸들에 대해 이야기하는 걸 보면 분별력이 있는 분 같아요. 그가 딸애들에게 보상한다 하면 나야 그걸 막을 리 없지요."

"그가 어떤 방법으로 우리에게 적절한 배상을 하겠다는 것인지 짐작하기 어렵지만," 제인이 말했다. "그렇게 하는 건 그에게는 명예로운 것이지요."

엘리자베스의 주의를 끈 것은 주로 그가 캐서린 영부인에게 보이는 엄청난 존경심과 그리고 필요할 때마다 교구민들의 세례, 결혼, 장례를 돌보겠다는 그의 사려 깊은 생각이었다.

"제 생각에 그분은 틀림없이 괴짜일 거예요." 엘리자베스가 말했다. "나는 그 사람을 이해 할 수 없어요.—그 사람의 어조에는 무언가 대단히 과장하는 게 있어요.—자신이 다음 번 한사 상속자라는 걸 사과한다는 게 도대체 무슨 뜻일까요?—할 수만 있다면 상속자가 되는 걸 포기하겠다는 건 아니잖아요.—그분이 분별력이 있는 사람일까요, 아버지?"

"아니다. 애야. 나는 그런 사람이라고 생각하지 않는다. 제발 내가 생각하는 것과 정반대로 분별력 있는 사람이라면 얼마나 좋겠니. 모든 게 잘될 것이라고 약속하는 이 편지에는 비굴함과 거만함이 뒤섞여 있구나. 정말 빨리 만나보고 싶어."

"작문의 관점에서 보자면," 메리가 말했다. "이 편지에는 결함이 없는 것 같아요. 올리브 가지라는 표현은 전혀 새로운 건 아니지만 좋은 표현이라고 생각해요."

캐서린과 리디아에게 그 편지나 편지를 쓴 사람은 전혀 흥미롭지 않았다. 그들의 사촌이 빨간 군복을 입고 올 리는 없고, 그녀들이 군복을 입지 않은 남자들과의 교제를 즐긴 것은 벌써 몇 주 전의 일이었다. 그들의 어머니로 말할 것 같으면, 그 편지로 인해 콜린스 씨에게 품었던 나쁜 감정이 꽤 많이 가셨다. 그녀는 평온하게 그를 맞을 준비를 하고 있어서, 그런 그녀를 보고 남편과 딸들은 깜짝 놀랐다.

콜린스 씨는 정확하게 온다던 시간에 도착했고, 가족 전체가 그를 대단히 정중하게 맞이했다. 베넷 씨는 거의 말이 없지만 부인과 딸들은 콜린스 씨와의 대화에 기꺼이 응했다. 대화하도록 그를 격려할 필요도 없고, 그 자신 침묵할 의사도 없었다. 그는 키가 크고 울적해 보이는 25세의 청년이었다. 침착하고 당당한 풍채를 지닌 그는 대단히 격식을 차렸다. 자리에 앉자마자 곧 베넷 부인에게 훌륭한 딸들을 거느린 가족이라고 칭찬하고, 딸들의 미모에 대해 이미 많이 들어왔지만, 이 순간 실제로 만나 보니 딸들은 소문보다 더 아름답다고 했다. 그러고는 아주머니께서는 그들이 모두 적절한 시기에 결혼을 잘하는 걸 보게 될 것이라고 덧붙여 말했다. 몇 사람들은 그의 이런 정중한 말을 별로 탐탁하게 여기지 않았다. 그러나 칭찬에는 트집을 잡지 않는 베넷 부인은 즉시 대답했다.

"정말 친절하셔요. 목사님, 온 마음을 다해서 그렇게 되길 바라지요! 그렇지 못하면 그 애들은 가난해질 거예요. 만사가 이상하게 돌아가는 게 세상이니까요."

"아마 이 농장 재산의 한사 상속에 대해 말씀하시는가 보군요."

"아, 목사님. 바로 그 얘기예요. 그건 내 딸들에게는 고통스런 일이라는 걸 반드시 인정하셔야 해요. 목사님을 비난하려는 건 아니에요. 그런 일들은 이 세상에서 전적으로 운에 달렸다는 걸 잘 알기 때문이지요. 일단 토지가 한사 상속되기로 정해지면 그것이 어떻게 될지 아무도 알 수 없으니까요."

"아주머니, 저는 아름다운 제 사촌들의 어려움을 매우 잘 알고 있답니다―그래서 거기에 대해 할 말이 많답니다. 그러나 경솔하게 우쭐대는 것같이 보일까 봐 조심하고 있습니다. 그러나 분명히 말씀드리는데 저는 사촌들을 찬양할 각오로 왔습니다. 현재로서는 더 이상 말하지 않겠습니다. 그러나 우리가 좀 더 잘 알게 되면……"

저녁 식사를 알리는 소리에 그의 말은 중단되었고, 베넷 가의 딸들은 서로를 바라보고 웃었다. 콜린스 씨 찬양의 대상은 그 댁의 딸들만이 아니었다. 그는 현관, 식당, 그리고 모든 가구들을 꼼꼼히 살펴보고 칭찬했다. 베넷 부인이 그가 그 모든 것을 자신의 장래 재산으로 보고 있다는 끔찍한 상상을 하지 않았다면, 칭찬을 들은 그녀는 감동했을 것이다. 그는 저녁 음식이 아주 맛있다고 칭찬하면서 아름다운 사촌 중에 누가 그처럼 탁월한 요리를 했는지 알고 싶다고 했다. 그러나 베넷 부인은 여기에서 그를 바로 잡았다. 그녀는 아주 무뚝뚝하게 자신들은 훌륭한 요리사를 두고 있으며 딸들에게 전혀 부엌일을 시키지 않는다고 분명히 잘라 말했다. 그는 기분을 상하게 한 점을 용서해 달라고 간청했다. 베넷 부인이 누그러진 목소리로 전혀 기분 상하지 않았다고 말했지만, 그는 계속 십오 분 동안이나 사과했다.

14

저녁 식사를 하면서 베넷 씨는 별로 말이 없었지만, 하인들이 물러간 후 그는 손님과 대화해야 할 때라고 생각하고 콜린스 씨가 가장 잘 이야기할 수 있다고 생각하는 주제로 이야기를 시작했다. 후원자 문제에서 콜린스 씨는 매우 운이 좋았던 것 같다면서 캐서린 드 버그 영부인이 그의 소망을 배려하고 그가 편안히 지내도록 마음 써 주는 것은 참으로 훌륭한 일이라고 했다. 베넷 씨는 대화 주제를 그보다 더 잘 선택할 수 없었다. 콜린스 씨의 캐서린 영부인 칭찬은 감동적이었다. 드 버그 영부인에 대해 이야기할 때의 태도는 평상시보다 더 엄숙하고, 그리고 아주 으스대는 표정으로 자신을 상냥하게, 정중하게 대해 주는 캐서린 영부인의 행동은 그가 평생 상류 사회의 어떤 인물에게서도 목격한 적이 없다고 말했다. 그녀가 참석한 예배에서 명예롭게도 두 번 설교했는데 그녀는 두 번 모두 그의 설교를 관대하게 호의적으로 인정해 주셨고, 그를 두 번이나 로징스의 식사에 초대하셨으며, 지난 토요일에만 해도 오로지 카드리유 카드[26]놀이의 성원을 위해서 저녁에 그를 불러 주셨다고 했다. 그가 아는 많은 사람들은 캐서린 영부인이 오만하다고 생각하지만, 자신에게는 항상 그녀의 상냥한 모습만 보인다고 했다. 자신에게 말씀할 때는 늘 다른 신사들을 대할 때처럼 하고, 자신이 부근의 사교계에 참여하고, 친척을 방문하느라 때때로 한두 주일 교구를 비우는 데 대해서도 전혀 흠잡지 않으신다고 했다. 그녀는 친절하게도 신중하게 신부를 택할 수 있다면, 되도록 빨리 결혼하라고 충고하셨고, 한 번은 보잘 것 없는 그의 목사관을 방문하셔서 목사관에서 자신이 개조하고 있는 것 모두를 칭찬하셨

---

26 네 사람이 40장의 카드를 가지고 하는 카드 게임. 18세기 초에 유행했다.

고, 친절하게도 이층 벽장의 선반에 대해 좋은 제안까지 해주셨다고 했다.

"그 모두가 아주 적절하고 예의바른 것이라고 생각해요." 베넷 부인이 말했다. "그분은 매우 상냥한 분이군요. 대부분의 귀부인들이 그분 같지 않은 것이 애석하지요. 그분은 목사관 가까이에 사시나요?"

"캐서린 드 버그 영부인의 저택인 로징스와 제보잘 것 없는 거처가 있는 정원 사이에는 길이 하나 있을 뿐이지요."

"그분이 미망인이라고 하셨나요? 가족이 있나요?"

"외동 따님이 있지요. 그 따님은 그분의 저택인 로징스와 그리고 매우 막대한 재산의 상속녀랍니다."

"아!" 베넷 부인이 고개를 끄덕이며 외쳤다. "그렇다면 그 아가씨는 많은 다른 아가씨들보다 부유하군요. 그분은 어떤 사람인가요? 용모가 아름다운가요?"

"드 버그 양은 참으로 가장 아름다운 숙녀랍니다. 진정한 아름다움이라는 면에서 본다면 드 버그 양은 가장 아름다운 여성보다 훨씬 더 아름답다고 캐서린 영부인 자신이 말씀하셨지요. 고귀한 가문에 태어났다는 것이 드 버그 양의 용모에 나타나 있기 때문이라는 것이지요. 불행히도 병약한 체질이 많은 교양을 쌓는 데 걸림돌이 되지요. 병약하지 않다면 교양을 연마하지 못할 이유가 없다고 드 버그 양과 같이 살면서 교육을 돌보는 숙녀가 말해 주었답니다. 그러나 드 버그 양은 아주 사랑스럽고, 가끔 작은 말들이 끄는 4륜 마차를 타고 제 보잘것없는 거처에 자주 들르시지요."

"국왕 폐하를 알현했나요? 궁정에 출입하는 숙녀들 가운데서 그녀의 이름을 보지 못한 것 같은데요."

"공교롭게도 건강 상태가 별로 좋지 않아서 런던에 거주하지 못하지요. 그렇기 때문에 영국 궁정은 그 궁정을 가장 빛낼 사람을 잃게 되었다고 어느 날 제가 캐서린 영부인께 말씀드렸지요. 그 말이 영부인 마음에 드시는 것 같았어요. 모든 경우에 언제나 숙녀들 마음에 드는 그런 사소하고 섬세한 칭찬을 하는 게 제겐 행복이랍니다. 저는 여러 번 캐서린 영부인께 이렇게 말씀드렸지요. 매력적인 따님은 타고 난 공작 부인 같다고, 그리고 가장 높은 지위가 그녀를 중요한 사람으로 만드는 것이 아니라 오히려 그 지위가 그녀 덕택에 빛날 것이라고요. ─그분은 이런 말을 듣고 즐거워하셔요. 저는 반드시 그런 것에 신경 써야 한다고 생각합니다."

"아주 적절한 생각이요," 베넷 씨가 말했다. "그리고 아주 세심하게 사람의 비위를 맞출 수 있는 재능을 지닌 건 당신에겐 행운이오. 그런데 이런 상냥한 배려가 순간적인 순발력에서 나오는 건지, 미리 연구한 결과인지 질문해도 되겠소?"

"그런 배려는 주로 그때그때 일어나는 일의 상황에서 비롯되지요 그리고 때때로 평범한 경우에 쓸 수 있는 사소한 멋진 칭찬을 준비하고 각색하는 걸 제가 즐기는 편이긴 하지만 할 수 있으면 언제나 미리 준비하지 않은 것처럼 그런 칭찬을 자연스럽게 하고 싶어요."

베넷 씨가 예상했던 것이 모두 들어맞았다. 그의 친척은 그가 생각했던 대로 터무니없는 사람이었다. 베넷 씨는 대단히 즐거워하며 동시에 대단히 침착한 얼굴로 콜린스 씨의 말을 귀담아 들었고, 때때로 엘리자베스를 흘끗 바라보기만 했다. 함께 즐거워할 친구가 필요하지 않기 때문이었다.

차 마실 시간이 될 무렵 이미 많은 이야기를 들은 베넷 씨는 기꺼이 손님을 다시 거실로 안내했다. 차를 다 마셨을 때 베넷 씨는 손님에게 숙녀들을 위해서 큰소리로 책을 읽어 달라고 부탁했고 그는 즉시 수락했다. 책 한 권을 꺼내 왔을 때 그 책을 바라본 콜린스 씨는 깜짝 놀라서 뒤로 물러서며(어느 모로 보나 그 책은 순회도서관에서 빌려온 것이었기 때문에), 미안하지만 소설을 전혀 읽지 않는다고 했다.―키티는 그를 노려보았고, 리디아는 소리 질렀다.―다른 책들을 가져왔고, 심사숙고한 후에 그는 포다이스의 설교집[27]을 선택했다. 리디아는 그가 그 책을 열자, 입을 크게 벌려 하품을 했고, 그가 대단히 단조롭지만 엄숙하게 세 페이지를 채 읽기도 전에 이런 말을 해서 그를 방해했다.

"엄마, 필립 이모부께서 리처드를 해고하려 하신대요. 그리고 이모부께서 그렇게 하시면 포스터 대령이 리처드를 고용하려 한다는 걸 아세요? 이모께서 토요일에 그렇게 말씀하셨어요. 오후에 메리턴으로 가서 그 이야기를 더 들을 거예요. 그리고 데니 씨가 언제 런던에서 돌아오는지 여쭤 볼 거예요."

두 언니는 리디아에게 입을 다물라고 명령했다. 그러나 몹시 기분이 상한 콜린스 씨는 책을 옆으로 밀어 놓고 말했다.

27　제임스 포다이스의 《젊은 여성을 위한 설교집》, 1766년 출판.

"젊은 숙녀들이 심각한 책에 흥미가 없는 것을 자주 보아 왔어요. 참으로 그들에게 유익한 책들인데 말이죠. 그런 걸 보면 아연실색하게 되지요. 분명히 말하는데 그들에게 교훈보다 더 유익한 건 아무것도 없기 때문이지요. 그러나 더 이상 젊은 사촌들에게 집요하게 부탁하지 않겠어요."

그는 베넷 씨 쪽을 돌아보며 자신이 주사위 놀이 상대가 되어주겠다고 제안했다. 베넷 씨는 콜린스 씨가 딸들이 그들만의 사소한 오락을 하도록 내버려둔 것은 현명한 처사라고 말하면서 그의 도전에 응했다. 베넷 부인과 딸들은 대단히 정중하게 리디아가 참견한 것에 대해 사과했고, 그가 책을 다시 읽기 시작하면 그런 일은 일어나지 않을 거라고 다짐했다. 그러나 콜린스 씨는 젊은 사촌들을 조금도 나쁘게 생각하지 않으며, 리디아가 건방진 행위를 했다고 분개한 것은 전혀 아니라고 안심시킨 후 베넷 씨와 테이블에 앉아 주사위 놀이를 준비했다.

15

콜린스 씨는 분별력 있는 사람이 아니었다. 교육이나 사람들과의 교제도 그의 타고 난 성격적 결함에는 별로 도움이 되지 않았다. 무식하고 인색한 아버지가 그의 인생의 대부분을 지도했기 때문이었다. 대학이라는 곳에 다니기는 했지만 필수 학기만을 간신히 마쳤을 뿐, 그곳에서 전혀 유익한 지식을 습득하지 못했다. 그를 양육할 때 아버지는 늘 복종을 강조했기 때문에 그의 태도는 원래 대단히 겸손했었다. 그러나 이제는 우둔한 사람이 외진 곳에 살면서 가지게 되는 자만심과 예기치 않게 일찍 얻은 행운으로 거드름을 피게 되어서 겸손함은 그에게서 상당히 많이 사라졌다. 헌스퍼드의 목사직이 공석이었을 때 그는 운 좋게도 캐서린 드 버그 영부인에게 추천되었다. 캐서린 영부인이 속한 상류계급에 대한 존경심, 자신의 후원자로서의 그녀에 대한 존경심과 더불어 자신이 훌륭하다는 생각, 교직자의 권위와 교구 목사로서의 권리를 매우 높이 평가하는 마음이 모두 혼합되어서 그는 우쭐대면서도 순종적이고, 거만하면서도 겸손한 인물이 되었다.

안락한 집과 매우 넉넉한 수입을 가지게 된 지금 그는 결혼할 생각이었다. 그는 아내를 구하려는 목적을 염두에 두고 롱본 가족과 화해하려 했다. 항간에 널리 퍼진 소문처럼 베넷 가의 딸들이 아름답고 상냥하면, 그들 중 하나를 아내로 택할 생각이기 때문이었다. 이것이 그들 아버지의 재산을 상속받는 것을 바로잡는다―보상한다―는 그의 계획이었다. 그것은 매우 적절하고 적격한 탁월한 계획일 뿐 아니라 그의 입장에서 보면 대단히 관대하고 사심 없는 아주 훌륭한 계획이었다.

베넷 가의 딸들을 만났을 때 그의 계획에는 변함이 없었다.― 베넷 양의 사랑스러운 얼굴을 본 후 그 계획은 확고해졌고, 그녀가 장녀이므로 그가 엄격하게 따지는 연장자 개념에도 정확하게 맞아떨어져서 제인은 첫날 저녁에 그가 정한 아내감으로 선택되었다. 하지만 다음 날 아침 그 계획이 변경되었다. 그는 아침 식사 전 약 15분간 베넷 부인과 단 둘이 이야기를 나눴다. 목사관에 관한 이야기로 시작된 그들의 대화는 자연스럽게 그가 목사관의 여주인을 롱본에서 찾았으면 한다는 희망을 명백히 언급하는 쪽으로 흘러갔다. 매우 상냥한 미소로 그를 격려하던 베넷 부인은 그가 마음을 둔 바로 그 제인에 대해 경고 했다.―"제인의 동생들에 대해서는 내가 책임지고 할 말이 없어요.―확실하게 이야기할 수는 없지만―그 애들을 이미 점찍은 사람은 없어요―큰 딸에 대해서는 꼭 할 말이 있어요.―큰 딸이 곧 약혼할 가능성이 있다고 귀띔하는 것이 내 의무라고 생각해요."

콜린스 씨는 단지 제인을 엘리자베스로 바꾸기만 하면 되었다.―그리고 그는 순식간에 그렇게 했다―베넷 부인이 불을 휘젓는 동안에 그렇게 바꿔버렸다. 물론 나이로 보나, 아름다움으로 보나 제인 다음인 엘리자베스가 제인을 계승하게 된 것이다.

베넷 부인은 그가 암시한 바를 마음속에 간직하고서 능히 두 딸을 곧 결혼시킬 수 있겠다고 생각했다. 그래서 하루 전만해도 대화를 나누는 것조차 참기 어려웠던 콜린스 씨는 이제 그녀의 총애를 받는 사람이 되었다.

리디아는 메리턴으로 걸어가겠다던 계획을 잊지 않았다. 메리를 제외하고 모든 자매는 그녀와 함께 가기로 의견을 모았다. 콜린스 씨를 서재에서 쫓아내고 홀로 서재를 차지하고 싶은 베넷 씨의 부탁을 받고 콜린스 씨도 그들과 함께 메리턴으로 가게 되었다. 아침 식사 후 베넷 씨를 따라 서재로 온 콜린스 씨는 걸 보기에는 베넷 씨 서가에 있는 책 중에서 가장 큰 2절판 책 하나를 골라서 읽는 척했지만, 실상은 끊임없이 계속 베넷 씨에게 자신의 집과 헌스퍼드의 정원에 대해 이야기했다. 콜린스 씨의 그런 행동은 베넷 씨를 대단히 불편하게 했다. 서재에서는 항상 확실하게 여가와 고요함을 누릴 수 있었다. 그리고 그가 엘리자베스에게 이야기한 것처럼, 베넷 씨는 자신의 집 어떤 방에서도 어리석음과 자만심에 맞설 준비가 단단히 되어 있었지만, 서재에서는 늘 그런 것에서 자유로웠다. 그렇기 때문에 그는 기꺼이 콜린스 씨에게 딸들의 산책에 함께 해 달라고 정중하게 부탁했던 것이다. 콜린스 씨는 사실 독서보다 산책을 훨씬 더 선호하기에, 매우 만족해하며 책을 덮고 서재에서 나갔다.

콜린스 씨가 시시한 허풍을 늘어놓고, 그의 사촌들이 그에게 맞장구치는 사이에 그들은 어느 덧 메리턴에 들어서게 되었다. 그 후 어린 자매는 더 이상 그에게 관심을 보이지 않았다. 즉시 그들은 거리의 아래 위를 휘둘러보며 장교들을 찾고 있었다. 대단히 멋진 테 없는 모자나 가게의 진열장에 놓인 최신 모슬린이 아니고서는 장교들을 찾는 그녀들의 눈길을 되돌릴 길이 없었다.

그러나 곧 대단히 신사다운 어떤 청년이 모든 숙녀들의 관심을 사로잡았다. 그들이 전에 한 번도 본적이 없는 그 사람은 길 건너편에서 어떤 장교와 이야기하며 걷고 있었다. 그 장교는 바로 데니 씨였고 리디아는 그가 런던에서 돌아왔는지를 알아볼 생각으로 이곳에 온 것이었다. 그들이 지나쳐 갈 때에 데니 씨는 머리 숙여 인사했다. 낯선 신사의 분위기는 모두에게 깊은 인상을 남겼고, 도대체 그가 누구인지 모두 알고 싶어 했다. 할 수 있으면 그가 누구인지 알아내기로 작정한 키티와 리디아는 건너편 상점에서 무언가 사고 싶은 것이 있다는 핑계로 일행을 길 건너로 이끌었다. 그들이 건너편 보도에 이르렀을 때, 운 좋게 되돌아가려는 두 신사도 같은 지점에 도착했다. 데니 씨는 곧 그들에게 말을 건넸고, 런던에서 그 전날 함께 온 자신의 친구 위컴 씨를 소개하고 싶다고 했다. 그는 기쁜 얼굴로 위컴 씨가 자신들의 군단 장교로 임관되었다고 알려주었다. 정확히 말해서 그것은 응당 그래야만 할 일이었다. 그 청년이 장교복을 입는다면 완벽하게 매력적인 남자가 될 것이기 때문이었다. 사람들에게 매우 호감을 주는 외모를 지닌 그 청년은 아름다움의 최고 요소를 모두 갖춘 사람이었다. 뛰어난 용모에 뛰어난 몸매를 지녔을 뿐 아니라 말솜씨가 매력적이었다. 소개를 받은 후에 그는 자진해서 상냥하게 말을 건넸다. 대단히 적절할 뿐 아니라 동시에 주제넘지 않은 태도였다. 일행이 여전히 서 있는 채로 매우 화기애애하게 이야기하고 있을 때, 말발굽 소리가 그들의 주의를 끌었고, 다아시와 빙리가 말을 타고 거리를 내려가는 것이 보였다. 그 숙녀들의 일행을 알아본 다아시와 빙리는 곧장 그들 쪽으로 와서 일상적인 인사말을 했다. 주로 빙리가 말했고, 그의 상대는 주로 베넷 양이었다. 그는 베넷 양의 안부를 물으러 롱본으로 가는 중이었다고 했다. 다아시 씨는 고개 숙여 인사함으로써 빙리의 말을 확인해 주었다. 그리고 그가 엘리자베스에게 시선을 주지 않겠다고 마음먹고 있을 때 그의 눈은 홀연히 낯선 사람의 모습에 머물렀다. 다아시 씨와 낯선 사람이 서로를 바라 볼 때 우연히 그 두 사람의 안색을 보게 된 엘리자베스는 그 두 사람이 만나는 광경을 보고 깜짝 놀랐다. 두 사람의 안색이 모두 변했기 때문이었다. 한 사람의 얼굴은 붉게 상기되었고, 다른 사람의 얼굴은 새하얗게 질려 있었다. 잠시 후 위컴 씨는 모자에 손을 대고 인사했다.—다아시 씨는 그 인사에 마지못해 답했다. 이게 도대체 무슨 의미일까?—그게 무슨 의미인지 도저히 알 수 없고, 궁금해 하지 않을 수 없었다.

무슨 일이 일어났는지 눈치 채지 못한 빙리 씨는 다음 순간 그 자리를 떠나서 친구와 함께 계속 말을 달렸다.

젊은 숙녀들과 함께 필립 씨의 집 문 앞까지 걸어간 데니 씨와 위컴 씨는 리디아가 집 안으로 들어가자고 간청하며 졸라대고, 필립스 부인이 응접실 창문을 밀어 올리고 큰소리로 리디아의 말대로 하라고 거들어도 고개를 숙여 절하고 떠나갔다.

필립스 부인은 조카딸들을 만나는 것이 늘 즐거웠다. 특히 최근에 오지 못했던 제인과 엘리자베스를 각별히 환영하면서 그들이 갑자기 네더필드에서 집으로 돌아가서 놀랐다고 했다. 베넷 씨의 사륜마차가 네더필드로 가서 그들을 데려온 것이 아니기 때문에 만약 길에서 존스 씨 약국의 소년을 만나지 못했더라면, 그들이 집으로 돌아온 사실을 까맣게 몰랐을 것이라고 했다. 약국 소년은 베넷 양들이 집으로 돌아가기 때문에 더 이상 약을 네더필드로 보내지 않게 되었다고 말했다는 것이다. 그때 제인이 콜린스 씨를 소개하자 필립스 부인은 그에게 인사했고, 그를 매우 공손히 맞이했다. 지인이 아닌데도 끼어들게 된 것을 사과하면서 콜린스 씨는 필립스 부인보다 훨씬 더 공손하게 인사에 답했다. 자신을 소개해 준 젊은 숙녀들과 친척 관계라는 구실로 그들과 함께 왔지만, 그는 어깨가 으쓱해지는 것을 어쩔 수 없었다. 필립스 부인은 그의 지나친 공손함에 크게 압도되었다. 하지만 그녀는 곧 이 낯선 사람에 대한 생각을 접게 되었다. 다른 낯선 사람에 대해 감탄하는 말을 들었고, 그 사람에 대한 질문을 받았기 때문이었다. 그러나 그녀는 질녀들이 이미 알고 있는 것, 데니 씨가 런던에서 그를 데려왔으며 그가 ○○셔에서 중위 임직을 받게 되어 있다는 것 외에는 그 사람에 대해 아는 것이 없었다. 그녀는 지난 한 시간 동안 거리를 오르내리는 그 사람을 계속 바라보고 있었다며, 만약 위컴 씨가 나타났다면 키티와 리디아도 분명 그를 계속 주시했을 것이라고 했다. 하지만 불행히도 지금은 한두 명의 장교 이외에는 아무도 창 밑을 지나가지 않았다. 그 장교들은 그 낯선 사람과 비교하면 '바보스럽고 불쾌한' 남자들이었다. 그들 중 몇 사람은 다음날 필립스 부부와 정찬을 할 사람들이었다. 이모 필립스 부인은 롱본의 가족들이 다음 날 저녁에 올 수 있다면 남편에게 위컴 씨를 방문해서 그 사람도 정찬에 초청해 달라고 부탁하겠다고 약속했다. 조카들이 다음 날 오겠다고 하자 이모는 재미있고 쉽고 시끄러운 카드놀이 로터리 티켓[28]을 한 후에 가볍게 따끈따끈한 저녁 식사를 들 것이라고 말했다. 대단히 즐거운 일을 기대하며 매우 신이 난 그들은 기분 좋게 헤어졌다. 방을 떠날 때 콜린스 씨는 되풀이해서 사과했고, 필립스 부부는 계속 공손하게 그렇게 사

---

28 여러 명의 참가자들이 하는 간단한 카드 복권 놀이.

과할 필요가 전혀 없다고 말해서 그를 안심시켰다.

걸어서 집으로 돌아오는 길에 엘리자베스는 제인에게 위컴과 다아시 사이에 있었던 일을 이야기했다. 그들이 그릇된 것처럼 보였다고 한다면, 제인은 그들 각각을, 아니면 두 사람 모두를 옹호하려 했을지 모른다. 하지만, 그녀 또한 엘리자베스와 마찬가지로 그들의 그런 행동을 도저히 설명할 길이 없었다.

집에 도착했을 때, 콜린스 씨는 필립스 부인의 태도와 공손함을 대단히 칭찬해서 베넷 부인을 매우 기쁘게 했다. 그는 캐서린 영부인과 그녀의 딸을 빼고는 그처럼 우아한 여성을 본 적이 없다고 단언했다. 생면부지의 사람인데도 자신을 더할 수 없이 친절하게 맞이했을 뿐 아니라 다음 날 저녁 식사에 특별히 초대했다는 것이다. 자신이 베넷 가와 친척인 점이 작용했을 것이라고 짐작은 했지만, 그렇다 치더라도 그는 평생 그처럼 대단히 융숭한 대접을 한 번도 받은 적이 없다고 했다.

16

콜린스 씨는 젊은 사촌들이 이모와 한 약속에 아무런 이의가 없지만, 자신의 방문 기간 중 하루 저녁을 베넷 부부만 집에 남기게 되므로 메리턴 행을 주저했다. 하지만 모두들 그에게 계속 괜찮다고 해서 그와 다섯 사촌들은 적절한 시간에 대형 마차를 타고 메리턴으로 향했다. 그들이 응접실에 들어설 때 아가씨들은 위컴 씨가 이모부의 초대를 받아들여, 이미 그 집에 와 있다는 소식을 듣고 매우 기뻐했다.

이런 소식을 들은 후 모두 자리 잡고 앉았을 때 콜린스 씨는 주위를 둘러보며 칭찬하는 여유를 즐겼다. 집의 크기와 가구에 대단히 감동 받아서, 마치 자신이 로징스의 여름에 사용하는 아침 식사용 작은 거실[29]에 있는 것 같다고 했다. 필립스 부인은 처음에는 그런 식으로 비교 당하는 게 별로 달갑지 않았다. 하지만 콜린스 씨가 로징스가 어떤 곳이며, 그 주인이 누구인가를 알려주고, 캐서린 영부인의 거실 중 하나를 묘사하면서 그 방 벽난로의 앞면을 장식하는 데만도 800파운드가 들었다는 이야기를 할 때, 그녀는 대단한 칭찬을 받는 것이라고 생각했다. 그래서 자신의 거실을 로징스의 가정부 방과 비교하더라도 그다지 불쾌하게 느끼지 않을 것 같았다.

콜린스 씨는 신사들이 그들과 합세할 때까지, 필립스 부인에게 캐서린 영부인과 그녀 저택의 온갖 화려함을 설명하면서, 때로는 여담으로 자신의 보잘 것 없는 거처를 자랑하고 그 거처를 더 좋게 개조할 생각이라며 즐거운 시간을 보냈다. 필립스 부인은 그의 이야기를 매우 주의 깊게 들었다. 이야기를 들으면서 그녀는 점점 더 그가 중요한 사람이라고 생각하게 되었고, 되도록이면 빨리 이웃들에게 그가 한 이야기를 모조리 퍼뜨릴 작정이었다. 콜린스 씨 이야기를 별로 듣고 싶지 않고, 악기나 있으

---

29 이것은 로징스에 아침 식당이 여러 개 있다는 것을 암시해서 로징스의 집 규모가 상당함을 암시한다.

면 좋겠다고 생각하는 베넷 가의 아가씨들에게는 벽난로 선반에 있는 자신들이 만든 평범한 도자기 모조품을 살펴보는 것 이외에는 달리 할 일이 없어서 기다리는 시간이 무척 지루했다. 그러나 마침내 기다림이 끝나고 신사들이 오고 있었다. 위컴 씨가 방으로 걸어 들어 왔을 때 엘리자베스는 그 전에 그를 보았을 때, 그리고 그 후 그를 생각할 때마다 그에게 감탄하던 것이 전혀 터무니없는 게 아니었다고 생각했다. 대체로 대단히 훌륭한 장교들이 많은 ○○셔는 신사다운 집단이며 지금 이곳에 있는 장교들은 그 중에서도 가장 훌륭한 사람들이었다. 하지만 위컴 씨는 성품, 용모, 풍채, 걸음걸이 등에서 그들 모두보다 훨씬 뛰어났다. 포트와인 냄새를 풍기며 장교들의 뒤를 따라 방으로 들어오는 넓적한 얼굴에다 엄한 표정의 필립스 이모부에 비해 그들 장교들이 뛰어난 것처럼 말이다.

위컴 씨는 모든 여성들의 시선을 한 몸에 받는 행운아였다. 그리고 엘리자베스는 행복한 여성이었다. 그가 드디어 그녀 옆에 앉아서 유쾌한 태도로 즉시 대화를 시작했기 때문인데, 대화라고 해야 고작 비가 오는 밤이라는 것, 아마도 우기가 된 모양이라는 것 정도였지만 엘리자베스는 말하는 사람의 화술에 따라서 아무 흥미 없는 진부한 주제도 재미있게 들을 수 있다고 생각하게 되었다.

아름다운 여성들의 눈길을 끄는 위컴 씨와 장교들 같은 적수들 때문에 콜린스 씨는 미미한 존재로 전락한 듯 했다. 젊은 아가씨들에게는 그는 분명히 별 볼일 없는 사람이었다. 그러나 필립스 부인은 여전히 상냥하게 그의 말을 간간히 들어주었고 방심하지 않고 그에게 커피와 머핀을 아주 넉넉하게 대접했다.

카드 테이블이 준비되자 콜린스 씨는 필립스 부인의 호의에 보답할 기회라고 생각하고 휘스트 게임[30]에 참여하기 위해 자리에 앉았다.

"지금은 이 게임에 대해 아는 것이 거의 없지만," 그가 말했다. "게임 실력을 쌓을 기회가 되니까 기쁘군요. 왜냐하면 제 처지에서는……" 필립스 부인은 그가 게임에 참여해 주어 매우 감사하지만, 그의 이유를 들어줄 겨를이 없었다.

위컴 씨는 휘스트 게임을 하지 않았지만, 다른 테이블에서 그를 기꺼이 환영했고, 그는 엘리자베스와 리디아 사이에 앉았다. 처음에는 가장 못 말리는 수다쟁이인 리디아가 위컴 씨를 완전히 독점해 버릴 위험이 있어 보였다. 하지만 수다 떠는 것 못지않게 로터리 티켓 게임을 매우 좋아하는 그녀는 곧 게임에 온 정신을 쏟고, 열심히 내기를 하고 내기 상에 대해서 큰 소리로 외치는 데 몰두해서 어느 특정한 사람에게 관심을 기울일 수 없었다. 그래서 위컴 씨는 게임에 참여하면서도 여유롭게 엘리자베스와 이야기할 수 있어서, 그녀는 기꺼이 그의 말을 귀담아들었다. 그녀는 그가 어떤 경위로 다아시 씨를 알게 되었는지에 대해서 제일 듣고 싶었다. 그러나 그 이야길 들을 가능성은 매우 희박했다. 그녀는 감히 다아시 씨의 이름을 언급하지 못했기 때문이었다. 하지만 그녀의 호기심은 예기치 않게 풀렸다. 위컴 씨 자신이 그 이야기를 꺼냈다. 그는 메리턴에서 네더필드까지

---

30 네 사람이 두 명씩 짝지어 하는 카드놀이.

의 거리가 얼마나 되느냐고 물었다. 엘리자베스의 대답을 들은 후, 망설이면서 그는 다아시 씨가 그곳에 머문 지 얼마나 되느냐고 했다.

"한 달 가량이지요." 엘리자베스가 대답했다. 그리고는 그 주제를 이어갈 수 있도록 "그분은 더비셔에 아주 대단한 재산을 지녔다는군요."라고 덧붙였다.

"그렇습니다." 위컴이 대답했다.―"그는 그곳에 대단히 큰 규모의 토지를 소유하고 있어요. 연간 수입이 확실히 10,000파운드는 될 겁니다. 거기에 대해 나보다 더 정확한 정보를 줄 수 있는 사람을 만날 수는 없을 겁니다.―나는 어린 시절부터 특별한 인연으로 그의 가족과 관계가 있었기 때문이지요."

엘리자베스는 놀란 표정을 짓지 않을 수 없었다.

"베넷 양, 어제 나와 그가 만났을 때 우리의 냉랭한 태도를 보셨겠지요. 그러셨으니 내 이런 주장에 놀라셨을 겁니다.―다아시 씨를 매우 잘 아시나요?"

"필요한 만큼은요." 엘리자베스가 흥분하여 소리 질렀다.―"나흘을 그와 한 집에 있었어요. 그런데 나는 그가 아주 불쾌한 사람이라고 생각해요."

"내가 그분이 유쾌하다느니, 불쾌하다느니 하는 말을 할 권리는 없어요. 나는 그런 의견을 낼 자격이 없는 사람이지요. 그분을 오랫동안 속속들이 알아 왔기 때문에 공정한 판단을 내리기 어렵기 때문이지요. 나는 그에 관해 도저히 공명정대할 수 없어요. 하지만 당신이 그가 그런 사람이라고 말한다면 사람들은 대체로 놀랄 겁니다. 여기에서는 당신이 가족들 사이에 있으니까 그렇게 말하지만, 아마 다른 곳에서는 그렇게 강력하게 말할 수 없을 거예요."

"맹세코 나는 여기에서 한 말을 이웃의 어느 집에서도 할 수 있어요. 네더필드만 빼고 말이에요. 하트퍼드셔의 사람들은 그를 전혀 좋아하지 않아요. 모든 사람이 그의 오만함을 지겨워한다고요. 그에 대해 나보다 더 좋게 말하는 걸 들을 수 없을 거예요."

"유감인 척할 수 없군요." 잠깐 말을 중단했다가 위컴이 말했다. "다아시 씨나 그 어느 누구도 적절한 평가 이상으로 과대평가 받으면 안 된다는 사실에 대해서 말입니다. 하지만 그 사람이 제대로 평가받는 일이 흔하지는 않다고 생각합니다. 세상은 그의 부나 저명함에 눈이 어두워서, 혹은 그의 도도하고 당당한 태도에 겁먹어서 그가 원하는 대로만 그를 보기 때문이지요."

"나는 그분을 조금밖에 알지 못하지만 성질이 매우 고약한 사람이라고 생각해요." 위컴 씨는 고개를 끄덕이기만 했다.

말할 기회가 오자 그는 "다아시 씨가 이 지역에 훨씬 더 오래 머무를 건지 궁금하군요."라고 말했다.

"나도 전혀 모르지요. 하지만 네더필드에 있을 때 그가 언제 떠날 거라는 얘긴 듣지 못했어요. 그가 이 부근에 머무는 것이 ○○셔를 선호하는 당신의 계획에 영향을 끼치지 않았으면 좋겠군요."

"아! 아니에요.—다아시 씨는 나를 몰아내지 못합니다. 만약 그가 나를 만나고 싶지 않다면, 그가 떠나야지요. 그와 사이가 좋지 않아서 그를 만나는 것이 항상 고통스럽지만, 내가 그를 피해야 할 까닭은 전혀 없지요. 그가 나를 대단히 잔인하게 취급했다는 의식, 현재 그의 됨됨이가 그 정도라는 데 대한 회한 등, 내가 세상 천하에 공표할 수도 있는 것을 빼고서요. 베넷 양, 그의 선친인 고 다아시 씨께서는 이 세상에서 가장 훌륭한 사람들 중 한 분이셨지요. 그리고 지금까지 제게는 가장 진정한 친구였지요. 다아시 씨와 동석할 때마다 그분에 대한 수많은 아름다운 추억으로 마음속 깊이 슬픔을 느낍니다. 다아시 씨가 내게 한 행동은 괘씸하지만, 나는 진정으로 그가 그의 부친의 희망을 저버리거나 그의 추억을 수치스럽게 하는 일이 아니라면 다아시 씨의 어떤 점도 모두 용서할 수 있다고 생각하지요."

엘리자베스는 이 주제에 더욱더 흥미를 느끼며 온 마음을 다해 경청했다. 하지만 미묘한 화제라서 더 질문할 수 없었다.

위컴 씨는 화제를 일반적인 것으로 돌려서 메리턴과 그 부근, 그리고 사교계에 대해 이야기하기 시작했다. 그는 지금까지 보아 온 모든 것이 대단히 마음에 드는 것 같았고, 특히 사교계에 대해서 온화하게 그리고 매우 분명히 정중하게 말했다.

위컴이 덧붙였다. "제가 ○○서 민병대에 입대하게 된 중요한 동기는 변함없이 훌륭한 사교계에 대한 기대였어요. 저는 ○○서가 제 마음에 드는 가장 존경받을 만한 군단이란 걸 이미 알고 있었거든요. 그런데 친구 데니가 그들 현재의 병영에 대해서 그리고 메리턴 사람들의 세심한 배려와 그들과의 탁월한 교제에 대해 설명해 주어서 더욱 마음이 끌렸지요. 제게는 교제가 필요하다는 것을 저는 인정해요. 낙심한 사람이라서 고독을 감당할 수 없기 때문이지요. 제겐 반드시 일과 사교가 필요해요.

제가 마음에 두었던 것은 군대 생활이 아니었지만, 이제 상황에 밀려서 그것을 택하게 되었지요. 저는 **당연히** 교회 직분을 가졌어야 하지요. 교회를 섬기도록 양육 받았기 때문이랍니다. 지금 우리가 말하고 있는 다아시 씨, 제가 그분의 마음에 들었다면, 지금 쯤 저는 대단히 값나가는 목사직을 차지했을 거예요."

"설마!"

"예, 그래요.—돌아가신 다아시 씨 부친께서는 가장 좋은 목사직의 다음 승계자 자리가 나는 대로 그것을 내게 증여하신다고 유언하셨어요. 그분은 저의 대부셨고 저를 대단히 사랑하셨지요. 그분이 제게 베푸신 친절은 이루 다 말할 수 없지요. 제가 대단히 풍족하게 지내게 해 주실 의향이셨고 그렇게 마련해 주셨다고 생각하셨지만, 그 자리가 비게 되었을 때 다른 사람이 그 자리를 차지했지요."

"세상에!" 엘리자베스가 외쳤다. "하지만 도대체 어떻게 그런 일이 일어날 수 있어요? —그분의 유언을 어떻게 그렇게 무시할 수 있단 말인가요?—왜 법적으로 보상받을 방법을 찾지 않았나요?"

"비공식적인 유산이어서 나는 전혀 법에 호소할 길이 없었지요. 명예로운 사람이라면 부친의 의도를 의심할 수 없었겠지만, 다아시 씨는 그걸 의심하는 쪽을 택했지요. 그것을 단순히 조건부 추천으로 취급했고, 내가 사치와 경솔한 언행을 해서 그것에 대한 모든 권리를 상실했다고 주장했지요. 2년 전, 정확히 내가 그 자리를 차지할 수 있는 나이가 되었을 때 그 자리가 공석이 되었고, 다른 사람이 그 자리를 차지한 것은 확실하지요. 하지만 그 못지않게 확실한 것은 내가 실제로 그 자리를 잃을 만한 일을 저질렀다고 자책할 수 없다는 거예요. 성격이 격하고 방심하는 편이라서 제가 때로는 다아시 씨에 대해서, 또 그에게 직접 제 생각을 너무나 거침없이 말했는지 몰라요. 그보다 더 나쁜 짓을 한 기억은 없어요. 그런데 우리는 매우 다른 부류의 사람들이라는 것, 그리고 그가 나를 미워한다는 것은 사실입니다."

"정말 충격적이군요.—대중 앞에서 수치를 당해야 할 사람이네요."

"언젠가는 그렇게 되겠지요.—그러나 그의 부친을 잊을 수 있기까지는 나는 그를 모욕하지 않을 거예요. 나는 결코 그에게 도전하거나 그의 가면을 벗기지 않을 겁니다."

엘리자베스는 그런 그의 마음 씀씀이를 존경했다. 그리고 그런 말을 하는 그가 더욱더 멋져 보였다.

잠시 후 그녀가 말했다. "하지만 무슨 동기로 그랬을까요?—무엇 때문에 그처럼 무참한 행동을 하게 되었을까요?"

"철두철미, 그리고 단호하게 저를 싫어한 거지요—그건 어느 정도는 질투심 탓이라고밖에 말할 수 없어요. 만약 그의 부친께서 나를 덜 귀여워하셨더라면, 그의 아드님은 나를 더 잘 참아 냈을 거예요. 그의 부친이 특별히 나를 다정하게 대해주신 것이 아주 어려서부터 그의 마음을 자극했다고 생각해요. 그의 성질로는 우리가 일종의 경쟁 관계가 되는 것을 참을 수 없었던 거지요.—자신이 아니라 때때로 내가 우선권을 가지게 되는 것을 말이지요."

"나는 다아시 씨가 그토록 나쁜 사람이라고 생각하지 않았어요. 그를 전혀 좋아하지 않지만, 그 사람이 아주 사악하다고 생각하지는 않았어요. 그가 대체로 사람들을 경멸한다고 짐작했지만 이처럼 악의에 찬 복수를 하고, 부당하게 굴고. 비인간적으로 행동하리라고는 상상도 못했어요!"

그러나 그녀는 잠시 생각에 잠겼다가 말을 계속했다. "하루는 네더필드에서 그가 자신은 노여움을 가슴 깊이 품는다고, 자신은 용서하는 성질이 아니라고 자랑하던 걸 똑똑히 기억해요. 틀림없이 무서운 성질을 가진 사람일 거예요."

"나 자신이 거기에 대해 속마음을 털어놓고 싶지 않아요. 나는 그를 공정하게 대할 수 없으니까요."

엘리자베스는 다시 깊은 생각에 잠겼다가 곧 큰 소리로 말했다. "부친의 대자에다 친구이며, 부친이 사랑하는 사람을 그런 식으로 대하다니!"—엘리자베스는 "용모만 보아도 상냥한 사람이라는 걸 알 수 있는 당신 같은 청년을 말이지요,"라고 덧붙일 수도 있었지만, 이렇게만 말했다. "그것도 어린 시절부터 친구이고, 당신이 내게 말한 것처럼, 가장 가까운 사람을 말이지요."

"우리는 같은 경내에 있는 같은 교구에서 태어났어요. 청소년 시절의 대부분을 우리는 함께 지냈어요. 같은 집에서 살며 함께 놀았고, 똑같이 부모의 보살핌을 받았지요. 제 부친께서는 현재 당신의 이모부 필립스 씨가 대단히 명예롭게 종사하고 계신 직업으로 생애를 출발했지요. 하지만 고인이 되신 다아시 씨를 돕기 위해 모든 것을 포기하고 펨벌리 농원을 돌보는 일에 전념하셨지요. 고 다아시 씨는 그를 가장 높이 평가하시고 가장 절친하고 신임이 두터운 친구로 여기셨지요. 그는 빈번히 제 부친의 적극적인 토지 관리에 크나큰 신세를 지고 있음을 인정했고, 부친이 세상을 뜨기 직전에 자발적으로 저를 부양하겠다고 약속하셨지요. 그것이 그에게 감사를 나타내는 의리이며 저에 대한 애정이라고 생각하셨다고 확신한답니다."

"참으로 신기하군요." 엘리자베스가 외쳤다. "정말 역겹군요!—바로 다아시 씨의 그 대단한 자존심이 당신을 공정하게 대하도록 하지 못했다니 놀랍군요. 좀 더 나은 다른 동기에서가 아니라 해도, 너무나 자존심이 강해서 부정직하게 행동하면 안되지요. 그가 한 짓이 부정직한 행동이라고밖에 말할 수 없기 때문이에요."

"놀랄 만한 일이지요. 그의 모든 행동이 거의 다 자존심에서 비롯되니 말이지요." 위컴이 대답했다. "그리고 자존심은 종종 그의 절친한 친구이지요. 그가 덕행을 하는 것은 어떤 다른 감정보다도 자존심 때문이지요. 하지만 일관적으로 행동할 수 있는 사람은 없지요. 그런데 그가 제게 하는 행동에는 자존심보다 더 강한 충동이 깔려 있지요."

"그처럼 역겨운 그의 자존심이 그에게 유익하게 작용했을까요?"

"그렇지요. 그는 자존심 때문에 사람들을 인색하지 않게 너그럽게 대하지요.—돈을 아낌없이 주고, 극진하게 환대하고, 소작농들을 도와주고, 가난한 사람들을 구제하지요. 가문의 긍지, 자식 된 자로서의 긍지로 이런 일들을 하지요. 자신의 부친에 대해서 대단한 자부심을 가지고 있기 때문이지요. 그의 행동의 강력한 동기가 되는 것은 자신의 가문을 욕되게 하지 않으려는 것, 높은 평판을 실추시키거나 펨벌리 저택의 영향력을 잃지 않으려는 것이지요. 오빠로서의 자존심도 빼놓을 수 없지요. 그것이 대단한 오빠다운 애정으로 여동생을 매우 상냥하게 대하고 주의 깊게 보호하는 오빠가 되게 합니다. 당신은 자주 그가 동생을 가장 배려하는 최고의 오빠라는 칭찬을 듣게 될 거예요."

"다아시 양은 어떤 부류의 아가씨일까요?"

그는 머리를 가로저었다.—"그녀가 사랑스럽다고 말할 수 있으면 좋겠군요. 다아시 가문의 어떤 사람을 나쁘게 이야기하는 것은 제겐 고통스러워요. 하지만 그녀는 오빠와 대단히 비슷해요.—매우 도도해요.—어린아이였을 때 그녀는 매우 마음이 따뜻하고 친절했어요. 저를 대단히 좋아했지요. 나는 그녀를 즐겁게 해주기 위해 많은 시간을 바쳤어요. 그러나 이제 그녀는 나와 아무 상관이 없습니다. 나이는 열다섯이나 열여섯인데 아주 미인이지요. 그리고 매우 교양이 있어요. 부친이 돌아가신 후에는 런던에 거주하는데 어떤 숙녀가 그녀와 함께 살면서 교육을 돌봐 주고 있답니다."

여러 번 말을 중단하기도 하고, 여러 가지 다른 화제를 시도해 보기도 한 후 엘리자베스는 한 번 더 첫 번 화제로 돌아가서 이렇게 말하지 않을 수 없었다.

"나는 빙리 씨가 그런 사람과 매우 친한 것에 놀랐어요! 좋은 기질 그 자체인 것 같고, 진정으로 상냥하다고 생각하는데, 빙리 씨가 어떻게 그런 사람하고 친구가 될 수 있을까요? 어떻게 서로의 마음에 들까요?—빙리 씨를 아시나요?"

"아니오, 전혀 몰라요."

"그분은 마음씨 곱고 상냥하고 매력적인 사람이에요. 그는 다아시 씨가 어떤 사람인지 알 리 없어요."

"아마 알지 못하겠지요.―하지만 다아시 씨는 마음만 먹으면 사람들을 즐겁게 할 수 있는 사람이에요. 능력이 모자라는 사람이 아니니까요. 자신에게 가치 있다고 판단하는 사람과는 쉽게 대화할 수 있는 사람이랍니다. 자신과 동등한 지위와 재산을 지닌 사람들을 대할 때와 자신만큼 부유하지 않은 사람들을 대할 때의 그는 전혀 다른 사람이지요. 그는 항상 자존심이 강하지만 부유한 사람들에게는 도량이 넓고, 공정하고, 진지하고, 합리적이고, 명예롭고, 아마 유쾌한 사람이기도 할 겁니다.―상대방의 재산과 지위를 참작해서 말이지요."

곧 휘스트 게임이 끝나서 게임을 하던 사람들은 다른 테이블에 둘러앉았다. 콜린스 씨는 사촌 엘리자베스와 필립스 부인 사이에 자리 잡았다.―필립스 부인은 늘 하던 대로 게임에서 이겼느냐고 콜린스 씨에게 물었다. 그는 별로 잘하지 못했고, 점수를 모두 잃었다고 했다. 그러나 필립스 부인이 콜린스 씨가 잃은 것을 염려하기 시작하자 그는 매우 진지하고 엄숙한 태도로 그건 대수롭지 않은 것이라고, 그 돈은 사소한 금액이라며 그녀를 안심시켰다. 그는 제발 그 일 때문에 불안해하시지 말라고 부탁했다.

"부인, 저는 사람들이 카드 게임을 하기 위해서 테이블에 앉으면, 이기고 지는 것은 순전히 운이라는 걸 잘 알고 있답니다. 행복하게도 저는 5실링을 대단하게 여겨야 할 입장은 아닙니다. 확실히 저같이 말할 수 없는 사람들도 많지요. 하지만 캐서린 드 버그 영부인 덕택으로 저는 소소한 금액도 중요하게 챙겨야 할 정도로 궁핍한 처지는 아니랍니다."

그 말은 위컴 씨의 관심을 끌었고 그는 잠시 콜린스 씨를 살펴보더니 엘리자베스에게 낮은 목소리로 그녀의 친척이 드 버그 가문과 아주 절친한 사이냐고 물었다.

"캐서린 드 버그 영부인이 최근에 그에게 목사직을 주었답니다." 그녀가 대답했다. "그가 어떻게 해서 처음에 그녀의 주목을 받게 되었는지 잘 모르지만, 분명히 드 버그 영부인을 안 지는 오래되지 않았어요."

"당신은 물론 캐서린 드 버그 영부인과 앤 다아시 영부인이 자매라는 것을 아시지요. 결과적으로 그녀는 현재 다아시 씨의 이모이지요."

"아니오, 정말 몰랐어요.—저는 캐서린 영부인의 인척 관계는 하나도 몰라요. 그저께야 그녀의 존재를 알게 되었거든요."

"드 버그 영부인의 따님인 드 버그 양이 굉장히 많은 재산을 물려받을 거구요. 사람들은 사촌인 다아시 씨가 그녀와 결혼하여 두 농원을 합병하게 되리라고 믿고 있지요."

이 소식을 듣고 엘리자베스는 불쌍한 빙리 양을 생각하며 빙긋이 웃었다. 다아시 씨의 배우자가 이미 운명적으로 결정되어 있다면, 그녀가 그에게 베푸는 모든 친절은 실상 물거품이 될 것이었다. 빙리 양이 그의 여동생에게 쏟는 애정과 칭찬 또한 아무 보람 없는 헛된 일일 것이다.

"콜린스 씨는" 엘리자베스가 말했다. "캐서린 영부인과 그 따님 모두를 대단히 칭찬 한답니다. 하지만 그가 캐서린 영부인에 대해 해 준 이야기의 상세한 부분들을 생각해보면, 그가 은혜를 입었기 때문에 그녀를 제대로 평가하지 못하는 게 아닌가, 그리고 그를 후원해주는 분이지만, 영부인은 오만하고 우쭐대는 사람이 아닐까 하는 생각이 들어요."

"대단히 오만하고 우쭐댄다고 생각합니다." 위컴이 대답했다.

"여러 해 동안 캐서린 영부인을 만나지 못했지만 그녀를 전혀 좋아하지 않았던 것을 생생하게 기억하지요. 그녀의 태도는 명령적이고 무례해요. 뛰어난 분별력을 지닌 총명한 사람이라는 평판을 가졌지만, 그런 평판의 일부는 그녀의 지위와 재산에서 오는 것이고, 일부는 그녀의 권위적인 태도에서, 그리고 나머지는 그녀 조카의 자존심에서 비롯되는 것이라고 생각하지요. 그녀의 조카 다아시 씨는 자신의 친척은 누구나 최고의 지성을 지니기를 바라니까요."

엘리자베스는 위컴 씨의 설명이 매우 합리적이라고 인정했다. 그들은 저녁 식사를 하러 가기 위해서 카드놀이가 끝날 때까지 서로에게 만족스러운 대화를 나누었다. 그 후 엘리자베스는 다른 숙녀들에게도 위컴 씨의 친절을 즐길 기회를 주었다. 필립스 부인의 정찬에서는 너무나 시끄러워서 대화를 나눌 수 없었지만, 위컴 씨의 태도는 모든 사람의 마음에 들었다. 그가 말하는 것은 무엇이든지 훌륭했다. 그가 하는 행동은 어떤 것이든 우아했다. 이모 댁을 떠날 무렵 엘리자베스의 머릿속은 위컴에 대한 생각으로 가득 차 있었다. 집으로 돌아오는 길 내내 엘리자베스는 오로지 위컴 씨와 그가 해준 이야기 외에는 아무것도 생각할 수 없었다. 하지만 돌아오는 길에 그녀는 위컴 씨의 이름조차 언급할 겨를이 없었다. 리디아와 콜린스 씨가 쉬지 않고 떠들었기 때문이었다. 리디아는 쉬지 않고 로터리 게임과 자신이 잃고 딴 산(算)가지[31]에 대해 말했고, 콜린스 씨는 필립스 부부가 베푼 환대를 묘사하고, 휘스트 게임에서 잃은 돈을 조금도 아쉬워하지 않는다고 주장하고, 정찬에 나온 요리를 하나하나 모조리 읊어 대고, 자신이 끼어 앉아서 사촌들 자리가 비좁지나 않은지 걱정했다. 마차가 롱본에 도착했을 때 그는 아직도 할 이야기가 남아 있었다.

17

다음 날 엘리자베스는 제인에게 위컴 씨와 나눈 이야기를 들려주었다. 제인은 놀라며 걱정스러운 얼굴로 이야기를 들었다.— 제인은 다아시 씨가 그런 정도로 빙리 씨의 존경을 받을 자격이 없는 사람이라는 걸 어떻게 받아들여야 할지 난감했다. 그렇긴 해도 제인은 위컴 씨처럼 사랑스러운 외모를 지닌 청년이 하는 말의 진위를 의심하는 성품이 아니었다.—상냥한 그녀는 그

---

31 물고기 모양의 점수 계산용.

가 정말로 다아시 씨에게서 그런 냉대를 감내해야 했다는 것만으로도 그에게 흥미를 가지게 되었다. 그렇기 때문에 그녀는 두 사람을 다 좋게 생각하고, 두 사람의 행동을 모두 옹호하고, 그렇지 않다고 설명 할 수 없는 것들은 무엇이든지 사고나 오해일지 모른다고 추측할 수밖에 없었다.

"우리가 도저히 알 수 없는 이런 저런 방식으로 그 두 사람이 기만당한 게 확실해." 제인이 말했다. "어떤 이해 당사자들이 두 사람에게 각각 다른 사람을 나쁘게 말했을 수도 있어. 거기에 대해서 우리는 아무것도 추측할 수 없어. 요점은 우리가 그 두 사람을 멀어지게 만든 이유나 그렇게 된 상황을 짐작할 수 없다는 거야. 실제로 두 사람에게 어떤 과실이 있었는지 모르는 상황에서 말이야."

"정말로 그래.―자, 제인 언니, 그 일에 관계있는 이해 당사자들을 대변해서 무어라고 말할 거야?―그 사람들 역시 결백하다고 말해, 아니면 우리가 어떤 사람을 나쁘게 생각해야만 하니까."

"네가 하고 싶은 대로 비웃어, 하지만 아무리 비웃어도 내 견해를 바꿀 수는 없을 걸. 애, 리지, 하지만 제발 다아시 씨가 부친이 총애하던 사람을, 다른 사람도 아니고 부친이 부양하겠다고 약속한 사람을 그런 식으로 대접한다는 것이 그를 얼마나 불명예스런 입장에 놓이게 하는지 생각해 봐. 그건 도무지 있을 수 없는 일이야. 평범한 인간성을 지닌 사람, 조금이라도 자신의 성품을 귀중히 여기는 사람이라면 아무도 그런 일을 할 수 없을 거야. 그와 가장 절친한 친구가 그렇게도 감쪽같이 그에게

속을 수 있을까? 오! 그럴 수는 없을 거야."

"나는 어제 위컴 씨가 내게 들려준 그 자신의 내력을 스스로 만들어 냈다기보다는 빙리 씨가 속고 있다고 믿는 게 훨씬 더 쉬운 걸. 이름들과 사실들 모두가 허물없이 언급된 거야.—만약 그렇지 않다면 다아시 씨에게 반박하라고 해. 그 밖에도 위컴 씨의 표정은 진실해 보였어."

"정말 어렵다—고민스러워—어떻게 생각해야 할지 모르겠어."

"미안하지만. 우리는 어떻게 생각해야 할지 정확히 알아."

하지만 제인이 분명히 생각할 수 있는 것은 오로지 한 가지뿐이었다. 빙리 씨가 속고 있는 것이라면, 그 일이 널리 알려지게 될 때 그가 대단히 괴로워 할 거라는 점이었다.

관목 숲에서 이 대화를 나누던 제인과 엘리자베스는 그들이 이야기하고 있던 바로 그 사람들 중 몇 사람이 도착하는 바람에 호출되었다. 빙리 씨와 그의 자매들이 오랫동안 기다려왔던 네더필드 무도회에 그들을 초대하기 위해 직접 찾아왔기 때문이었다. 무도회 날짜는 다음 화요일로 정해졌다. 빙리 씨의 자매는 다정한 친구를 다시 만나서 매우 기뻐하며, 참으로 오랜만이라고 하면서 헤어진 후 어떻게 지냈느냐고 제인에게 되풀이 해 물었다. 그들은 나머지 가족들에게는 별로 관심이 없었다. 될 수 있으면 베넷 부인을 피하고, 엘리자베스에게는 거의 말을 건네지 않고, 다른 식구들에게는 전혀 한마디도 하지 않았다. 그녀들은 빙리 씨도 깜짝 놀랄 정도로 재빨리 자리에서 일어나, 마치 정중하게 대하는 베넷 부인을 피하고 싶은 마음이 간절한 듯이 곧 서둘러 떠나갔다.

베넷 집안의 모든 여성들은 매우 즐거운 마음으로 네더필드 무도회를 기다렸다. 베넷 부인은 그 무도회가 맏딸 제인에게 찬사를 보내기 위해 열린다고 생각하고 싶었고, 형식적인 초대장이 아니라 빙리 씨 자신이 직접 찾아와서 초대한 것을 특히 기쁘게 생각했다. 제인은 빙리의 자매들과 교제도 하고 빙리 씨의 관심을 온몸에 받으며 지낼 행복한 저녁을 마음속에 그려보았다. 엘리자베스는 위컴 씨와 여러 번 춤추면서 다아시 씨의 표정과 행동을 자세히 관찰하면 모든 것을 확인할 수 있으리라 생각하며 즐거워했다. 캐서린과 리디아는 어떤 단일한 사건이나 특정한 사람을 통해서 즐거움을 얻기를 기대하지는 않았다. 그들 두 자매는 제각기 엘리자베스처럼 그 저녁의 반을 위컴 씨와 춤추리라 생각했지만, 그만이 그들의 마음에 드는 유일한 상대는 전혀 아니었다. 무도회는 어쨌든 무도회였기 때문이다. 메리조차 무도회를 싫어하지 않는다고 말해서 가족들을 안심시켰다.

"아침 시간을 혼자 지낼 수 있으면 그것으로 충분해요." 메리가 말했다. "어쩌다가 저녁 약속에 참여하는 것을 결코 희생이라고 생각하지 않아요. 우리 모두는 공동체에 참여할 필요가 있고, 나는 오락이나 여흥 등 휴식을 하는 것이 누구에게나 바람직하다고 생각해요." 콜린스 씨에게 별로 말을 건네지 않는 엘리자베스였지만 무도회에 대한 기대로 대단히 기분이 좋아서 그에게 빙리 씨의 초대에 응할 것인지, 그리고 초대에 응한다면, 그 저녁에 오락에 참여해도 된다고 생각하는지를 묻지 않을 수 없었다. 엘리자베스는 그가 무도회 참석을 전혀 꺼리지 않고, 감히 춤을 춤으로써 주교나 캐서린 드 버그 영부인에게서 꾸지람을 들을까 봐 걱정하지 않는다는 것을 알고 매우 놀랐다.

그가 말했다. "나는 훌륭한 청년이 품위 있는 사람들을 위해 여는 이런 무도회는 분명히 전혀 해롭지 않다고 생각하지요. 나 자신 춤에 대해 아무런 이의가 없고요. 그날 저녁 아름다운 사촌들 모두와 춤출 수 있는 영광을 누리고 싶어요. 엘리자베스 양, 이 기회에 특히 당신이 첫 번째 춤 두 번을 저와 추시길 간청합니다.─이렇게 당신을 선택하는 데는 다 그럴 만한 이유가 있지요. 제가 제인 양을 무시해서 그러는 게 아니라 타당한 이유가 있어서라는 걸 그녀가 이해하리라 생각합니다."

엘리자베스는 완전히 속았다는 느낌이었다. 그녀는 적어도 위컴 씨와 처음 두 번의 춤을 추기로 약속 할 계획이었다.─그런데 위컴 씨 대신에 콜린스 씨라니! 콜린스 씨에게 명랑한 기분을 보이는 때를 이보다 더 잘못 택할 수는 없었다. 그러나 어쩔 도리가 없었다. 자신과 위컴 씨의 행복은 부득이 약간 뒤로 미룰 수밖에 없었다. 그래서 그녀는 콜린스 씨의 제안을 되도록이면 우아하게 받아들였다. 그가 정중하게 대한다고 해서 그녀의 기분이 더 나아지지도 않았다. 그토록 정중하게 대하는 데는 무언가 속셈이 있다고 생각했기 때문이었다.─엘리자베스는 비로소 처음으로 자신이 자매들 가운데서 헌스퍼드 목사관의 여주인에 합당한 사람으로, 좀 더 적임자가 없을 때는 로징스의 쿼드리유를 성원시키는 데 도움을 줄 사람으로 선택되었다는 것을 깨달았다. 점점 더 자신을 상냥하게 대하는 콜린스 씨를 바라보면서, 빈번하게 위트가 있고 쾌활하다고 칭찬하는 그의 말을 들으면서, 엘리자베스의 추측은 곧 확신이 되었다. 자신의 매력이 이런 결과를 초래한 것에 기쁘기는커녕 경악했지만, 얼마 지나지 않아서 어머니는 자신과 콜린스 씨의 결혼 가능성에 아주 흡족해 한다는 것을 엘리자베스가 깨닫게 해주었다. 그러나 엘리자베스는 어머니의 그런 암시를 받아들이지 않았다. 어떤 대답을 해도 심각한 언쟁이 일어날 것이 너무나 뻔했기 때문이었다. 콜린스 씨가 청혼하지 않을지도 모르니 그가 청혼할 때까지는 그 사람에 대해 말다툼 하는 것은 부질없는 일이었다.

네더필드 무도회를 위해 준비하고, 무도회 이야기를 하면서 지내지 않았다면 베넷 양들은 이즈음 매우 비참했을 것이다. 초대장이 온 날부터 비가 어찌나 계속해서 줄기차게 쏟아지는지 그들은 단 한 번도 메리턴으로 산책을 갈 수 없기 때문이었다. 이모도 장교들도 만날 수 없고 뉴스도 얻을 수 없었다. 네더필드 무도회 때 신을 구두에 달 리본도 직접 가서 받아오지 못하고 대리인을 통해야 했다. 엘리자베스조차 위컴 씨와의 교제가 날씨 때문에 아무 진전 없이 완전히 뒤로 미뤄진 것이 자신의 인내심을 시험하는 것으로 여겨졌다. 키티와 리디아는 오로지 화요일에 있을 무도회만을 생각하며 날씨 궂은 금요일, 토요일, 일요일과 월요일을 간신히 견뎌 낼 수 있었다.

18

네더필드의 거실에 들어선 엘리자베스는 그곳에 모여 있는 한 무리의 빨간 군복을 입은 군인들 가운데 위컴 씨를 찾아보았다. 그러나 헛수고였다. 그녀는 그때까지 그가 그곳에 와 있으리라 는 걸 조금도 의심하지 않았다. 위컴 씨와의 대화를 상기해 보 았지만, 그를 확실히 만날 것이라는 그녀의 기대에 경각심을 불 러일으킬 만한 부분을 떠올릴 수 없었다. 그녀는 여느 때보다 더 정성들여 옷을 차려 입었고, 아직 정복하지 못한 채 남아 있 는 그의 마음을 송두리 채 정복하기 위해서 더할 수 없이 고조 된 기분으로 준비했었다. 저녁 시간이 흘러가는 동안 그의 마음 을 정복할 수 있으리라고 믿었었다. 그러나 그 순간 빙리가 장 교들을 초대할 때 다아시 씨를 위해서 고의로 위컴 씨를 뺀 것 이 아닌가 하는 상당히 불쾌한 의심이 들었다. 분명 그런 경우 가 아니라 해도, 위컴 씨의 친구 데니 씨는 위컴 씨가 무도회에 참석하지 않는다고 단언했다. 리디아가 데니 씨에게 열심히 추 궁을 하자, 그는 위컴 씨가 용무를 보러 그 전날 런던에 꼭 가야 했고, 아직 돌아오지 않았다고 대답하면서, 의미심장한 미소를 지으며 이렇게 덧붙였다.

"여기 있는 어떤 신사를 피하고 싶은 생각이 아니었다면 용 무 때문에 지금 떠나지는 않았을 거라고 생각해요."

리디아는 이 부분을 듣지 못했지만, 엘리자베스는 놓치지 않 고 들었다. 엘리자베스는 자신의 첫 번째 추측—빙리가 위컴을 고의로 초대하지 않았다는 것—이 맞았다 하더라도, 다아시 씨야말로 빙리 씨 못지않게 위컴이 무도회에 참석하지 않은 것에 대해 책임질 사람이라는 것을 확신했다. 순간적으로 실망한 것에 더해 다아시 씨에 대한 온갖 불쾌감이 아주 격해져서 엘리자베스는 직접 인사하기 위해 공손한 태도로 그녀에게 다가오는 다아시 씨에게 별로 상냥하게 대답할 수 없었다. 다아시를 배려하고, 그에게 관용을 베풀고, 그를 인내하는 것은 위컴에게 해를 끼치는 것이었다. 엘리자베스는 그와는 어떤 대화도 하지 않겠다고 다짐하고, 매우 기분 나쁜 심정으로 그에게서 돌아섰다. 그런 감정은 빙리 씨와 대화할 때조차 풀어지지 않았다. 그가 맹목적으로 다아시 씨를 편애하는 것 때문에 화가 났기 때문이었다.

하지만 엘리자베스는 기분 나쁜 상태로 오래 지내는 성격이 아니었다. 그날 저녁에 기대한 것들이 모조리 무참하게 무너져 내렸지만 그녀는 마음속에 그것을 오래 담아 두지 않았다. 일주일 동안 만나지 못했던 샬럿 루카스에게 비통한 기분을 모조리 털어놓은 후, 엘리자베스는 곧 의도적으로 사촌 콜린스 씨의 괴벽 쪽으로 대화를 바꾸고, 샬럿에게 그를 특히 주목하라고 했다. 그러나 처음 두 번의 춤을 춘 후 그녀는 다시 괴로워졌다. 수치스러운 춤이었다. 어눌하고 근엄한 콜린스 씨는 춤에 집중하지 않고 사과만 했으며, 부지불식간에 틀린 방향으로 움직이곤 했다. 그와 두 번 춤추는 동안 불쾌한 파트너가 줄 수 있는 온갖 수치와 비참함을 맛본 엘리자베스는 그에게서 놓여나는 순간 참으로 황홀한 기쁨을 맛보았다.

다음에 엘리자베스는 어떤 장교와 춤추면서, 유쾌하게 그와 위컴에 대해 이야기하고, 모든 사람이 위컴을 좋아한다는 말을 들으니 기분이 좀 나아졌다. 춤이 끝났을 때 그녀는 샬럿 루카스에게 돌아갔다. 샬럿과 이야기를 나누고 있을 때, 다아시 씨가 불쑥 엘리자베스에게 말을 걸며 댄스를 신청하자 엘리자베스는 어찌나 놀랐던지 얼떨결에 그의 신청을 받아들였다. 그는 곧 또다시 가 버렸다. 그리고 엘리자베스는 넋 놓고 있었다. 샬럿이 엘리자베스를 위로하려 했다.

"너는 다아시 씨가 대단히 마음에 드는 사람이라는 걸 분명히 알게 될 거야."

"맙소사! 내가 증오하고 싶은 남자가 마음에 드는 사람이란 걸 알게 된다면—그건 가장 불행한 일일 거야! 나한테 그런 악담 하지 마라."

그렇지만, 춤이 다시 시작되고 다아시 씨가 춤을 청하려고 다가왔을 때 샬럿은 엘리자베스에게 낮은 소리로 위컴 씨에 대한 상상으로 바보같이 그 사람보다 열배는 더 중요한 남자의 눈에 불쾌하게 보이지 말라고 주의를 주지 않을 수 없었다. 엘리자베스는 대꾸하지 않은 채 춤출 사람들 사이에서 자리를 잡았고, 자신이 다아시 씨와 마주 섬으로써 영광스러운 지위에 오르게 된 것에 놀랐다. 그녀는 자신과 다아시 씨를 바라보는 옆 사람들의 얼굴에서 역시 자신처럼 놀라는 표정을 읽을 수 있었다. 엘리자베스와 다아시 씨는 한마디 말도 없이 얼마간 서 있었다. 그래서 엘리자베스는 자신들이 두 번 춤추는 동안 계속 한마디도 하지 않을 것이라고 생각하기 시작했다. 처음에는 침묵을 깨지 않을 작정이었다. 그러다가 다아시 씨에게 말해야 하는 것이 더 큰 벌받기라는 생각이 불현 듯 떠올라서 댄스에 관해 사소한 의견을 말했다. 거기에 대꾸한 후 그는 다시 침묵했다. 몇 분간 침묵이 흐른 후 엘리자베스는 두 번째로 그에게 말을 건넸다.

"다아시 씨, 이제 **당신이** 무언가 말씀하실 차례에요.—저는 춤에 대해 이야기했으니 **당신은** 마땅히 방의 크기라든가 몇 쌍이 춤을 추는지에 대해 말씀하셔야지요."

그는 미소 지으며 엘리자베스가 듣고 싶은 건 무슨 말이든지 하겠다고 했다.

"아주 좋아요.—지금으로선 그 대답이면 됐어요.—아마 곧 제가 비공식적인 무도회가 공식적인 무도회보다 훨씬 더 즐겁다고 말씀드릴지도 모르겠어요.—하지만 **지금은** 우리 아무 말 안 해도 괜찮아요."

"그렇다면 당신은 춤출 때 규칙에 따라 말을 하나요?"

"어떤 때는 그렇지요. 조금은 말을 해야지요. 아시잖아요. 함께 춤추면서 반시간 내내 침묵하는 것은 아주 이상해 보이겠지만, **어떤 사람들의** 편의를 위해서는 그들이 말하지 않아도 되도록 미리 계획해야 마땅하지요."

"현재의 경우 당신은 자신의 감정을 참고로 하는 겁니까, 아니면 나를 즐겁게 해 준다고 생각하는 겁니까?"

"둘 다예요." 엘리자베스가 짓궂게 대답했다. "저는 우리의 성향이 매우 비슷하다는 것을 항상 보아 왔기 때문이에요.—우리 둘 다 비사교적이어서 말을 잘 하지 않는 성격이고, 방에 있는 모든 사람을 깜짝 놀라게 하고, 자손 대대로 물려줄 격언 같은 것, 무언가 대단히 큰 박수갈채를 받을 만한 말을 할 수 없다면 아예 말하기를 꺼리지요."

"그건 당신 성격과 전혀 다르네요. 그게 내 성격을 얼마나 잘 나타내는지에 대해서는 감히 말할 수 없군요.—당신은 그것이 내 성격을 충실하게 설명한다고 생각하지요."

"제가 한 말에 대해 제가 판단을 내리면 안 되지요."

그는 대답하지 않았다. 다시 침묵 속에서 계속 춤추다가 다아시 씨가 엘리자베스와 자매들은 가끔 걸어서 메리턴으로 가지 않느냐고 물었다. 그렇다고 대답한 엘리자베스는 유혹을 이기지 못하고 덧붙여 말했다. "전날 그곳에서 우리를 만나셨을 때 우리는 방금 새로운 사람을 소개받고 있었어요."

그 효과는 즉각적으로 나타났다. 얼굴에는 오만한 기색이 좀 더 뚜렷하게 나타났지만, 그는 한마디도 하지 않았다. 엘리자베스는 자신의 약점을 책망했지만, 말을 이어갈 수 없었다. 드디어 그가 어색한 태도로 말했다.

"위컴 씨의 대단히 유쾌한 태도는 그가 친구를 성공적으로 사귈 수 있게 보장 해주니, 그건 그에겐 축복이지요. 그러나 그가 그와 똑같이 친구를 성공적으로 유지할 수 있을지는 확실하지 않아요."

"그 사람은 대단히 불행하게도 **당신의 우정**을 잃었어요." 엘리자베스가 힘주어 대답했다. "그 결과 그는 일생을 고통스럽게 지내야 할지도 모른답니다."

다아시 씨는 아무 대답도 하지 않았다. 그는 주제를 바꾸고 싶어 하는 것 같았다. 그 순간 윌리엄 루카스 경이 그들 가까이

왔다. 그는 방의 다른 쪽으로 가는 길에 그들을 지나쳐 가게 되었던 것이다. 그러나 그는 다아시 씨를 알아보고 멈춰 서서 매우 공손하게 절하고 그의 춤 솜씨와 파트너를 칭찬했다.

"다아시 씨, 전 참으로 대단히 즐겁습니다. 그처럼 탁월한 춤 솜씨를 자주 보는 건 아니기 때문이지요. 당신이 일류 반열에 든다는 건 확실합니다. 하지만 당신의 아름다운 파트너의 춤도 당신 못지않고, 내가 이런 즐거움을 또 가지기를 바란다고 말하고 싶어요. 일라이저 양(제인과 빙리에게 눈길을 주며), 특히 모종의 바람직한 일이 이루어질 때는 말이지요. 그 일이 성사되면 축하의 말들이 쏟아지겠지요! 다아시 씨에게 간청하는데요.—하지만 지금 당신을 방해하면 안 되겠군요.—당신이 매혹적인 숙녀와 대화하는 걸 방해하면 고마워하지 않겠지요. 그녀의 빛나는 눈도 나를 책망하는데요."

다아시 씨는 윌리엄 경의 대화 뒷부분을 거의 듣지 못했지만 그가 친구 빙리에 대해 암시한 것을 듣고 매우 충격을 받은 것 같았다. 즉시 그는 매우 심각한 눈빛으로 함께 춤추는 빙리와 제인 쪽을 바라보았다. 그러나 곧 다시 정신을 차리고 엘리자베스에게 말했다.

"윌리엄 경이 중단시키는 바람에 우리가 무얼 이야기하고 있었는지 잊었네요."

"우리는 아무 말도 하지 않고 있었어요. 윌리엄 경은 이 방에서 우리보다 더 서로에게 할 말이 없는 두 사람을 방해할 수 없었을 거예요.—우리는 이미 두세 가지 주제를 이야기했는데 성공하지 못했어요. 그래서 다음에 무슨 이야기를 하게 될지 모르겠어요."

"책에 대해서 이야기하면 어떨까요?" 그가 웃으며 말했다.

"책이요—오! 아니에요—우리가 똑같은 책을 읽지 않는다는 것, 책을 똑같은 감정으로 읽지 않는다는 것이 분명해서요."

"그렇게 생각하니 유감스럽습니다. 하지만 그런 경우라면 적어도 우리에겐 화제가 부족하지 않겠군요.—우리의 다른 의견을 비교할 수도 있겠어요."

"아니요, 저는 무도회에서 책 이야기를 할 수 없어요. 제 머릿속은 책 이외의 것들로 가득 차 있거든요."

"언제나 현재 일어나고 있는 장면들이 당신의 마음을 차지한다—그런 말씀인가요?" 그는 믿지 못하겠다는 눈초리로 말했다.

"예, 언제나 그래요." 엘리자베스는 자신이 무얼 말하는지도 모르는 사이에 그렇게 말해 버렸다. 그녀의 생각은 그 주제에서 아주 멀리 떠나 헤매고 있기 때문이었다. 그 사실은 그녀가 곧 다음과 같이 갑자기 외치는데서 드러났다. "다아시 씨, 저는 당신이 거의 용서하는 법이 없다고, 일단 화가 나면 가라앉힐 길이 없다고 말한 것이 기억나요. 그렇다면 당신은 **화내지 않으려**고 매우 조심할 거라는 생각이 드네요."

"그렇습니다." 그가 단호한 음성으로 말했다.

"결코 편견에 치우쳐 맹목적이 되지 않으려고 하시겠지요."

"맹목적이 되지 않기를 바라지요."

"절대로 견해를 바꾸지 않는 사람들에겐 특히 처음에 올바르게 판단해야 한다는 의무가 있겠네요."

"이 질문들이 어디에 도움이 되는지 물어봐도 좋을까요?"

"단순히 당신의 성격을 설명하기 위해서지요." 엘리자베스는 심각한 태도를 떨쳐 버리려고 애쓰면서 말했다. "저는 당신의 성격을 이해하려고 노력하는 중이랍니다."

"그래서 성공했나요?"

"저는 도무지 조금도 앞으로 나아가지 못하고 있어요. 당신을 대단히 다르게 묘사하는 말을 들었기 때문에 전혀 갈피를 잡을 수 없어요."

"사람들이 나에 관해서 매우 다양하게 이야기할 수 있다는 걸 쉽사리 믿을 수 있어요," 그가 비장하게 대답했다. "그리고 베넷 양, 지금 이 순간 당신이 내 성격을 묘사하지 않았으면 좋겠습니다. 그러는 것이 우리 두 사람 누구에게도 명예가 되지 않는다는 걸 염려할 만한 이유가 있기 때문이에요."

"하지만 지금 당신의 성격을 묘사하지 않는다면, 제게 또 다른 기회가 오지 않을 수도 있다고요."

"결코 당신의 즐거움을 지연시키려는 게 아닙니다." 그가 쌀쌀하게 대답했다. 엘리자베스는 더 이상 아무 말도 하지 않았고, 그들은 계속해서 다른 춤을 춘 후 말없이 헤어졌다. 비록 정도는 똑같지 않았지만 두 사람 다 불만스러웠다. 다아시 씨는 엘리자베스에게 상당히 좋은 감정을 품고 있었기 때문에 곧 그녀를 관대히 봐주었고, 그의 모든 분노는 다른 사람, 위컴을 향했다.

그들이 헤어진 후 얼마 되지 않아서 빙리 양이 경멸하는 표정을 띠고 엘리자베스 쪽으로 와서 정중하게 이렇게 말했다.

"저런, 일라이저 양. 당신이 위컴 씨를 매우 반겼다고 들었어요!—당신의 언니가 내게 그 사람 이야기를 해 주었고, 그 사람에 대해서 많은 질문을 했어요. 그 청년이 당신에게 다른 정보는 주면서 자신이 고 다아시 씨의 재산 관리인 아들이라는 말을 하지 않았다는 걸 알았어요. 그의 주장을 무조건 신뢰하지 말라고 친구로서 권하고 싶어요. 다아시 씨가 그를 부당하게 대했다는 건 새빨간 거짓말이니까요. 그와 반대로 조지 위컴은 다아시 씨를 말할 수 없이 파렴치하게 대했지만 다아시 씨는 언제나 그에게 매우 친절했어요. 상세히는 모르지만, 다아시 씨가 책잡힐 일이 전혀 없다는 것, 그는 위컴의 이름을 듣는 것조차 견디기 힘들어 한다는 것, 저의 오빠는 장교들 초대에 그를 뺄 수 없다고 생각했지만, 위컴 자신이 스스로 초대에 방해되지 않게 피해준 것을 알고 대단히 기뻐했다는 것은 잘 알고 있어요. 도대체 그가 이 지역에 왔다는 건 정말 가장 무례한 짓이에요. 어떻게 그렇게 대담하게 구는지 놀라울 뿐이에요. 일라이저 양, 당신이 좋아하는 사람의 비행을 알게 되어 안됐군요. 하지만 정말로 그의 혈통을 생각한다면, 그가 그보다 훨씬 더 좋은 사람이기를 바랄 수 없어요."

"당신은 그의 비행과 혈통을 동일한 것으로 설명하는 것 같군요." 엘리자베스가 발칵 화를 내며 말했다. "고작해야 그가 다아시 씨의 재산 관리인 아들이라는 것으로 그를 비난하는데 그 자신이 내게 그 사실을 알려주었다는 걸 분명히 말할 수 있어요."

"미안합니다," 빙리 양이 냉소를 띄고 돌아서며 대답했다.

"끼어들어서 미안해요. 당신에게 친절을 베풀려는 생각이었어요."

'오만한 여자!' 엘리자베스는 마음속으로 말했다. '당신이 이처럼 비열하게 나를 공격해서 내게 영향력을 행사하려 한다면 대단한 오해지. 이런 공격으로 내가 알게 된 건 오로지 고집불통인 당신의 무지와 다아시 씨의 악의뿐이야.' 그 후 엘리자베스는 똑같은 주제로 빙리 씨에게 질문을 했던 제인을 찾았다. 제인은 대단히 유쾌하고 만족스런 미소로 엘리자베스를 맞이했다. 행복해서 빛나는 제인의 표정은 그날 저녁에 일어난 일들로 그녀가 얼마나 기뻐하는지를 여실히 보여주고 있었다.—엘리자베스는 즉각적으로 언니의 감정을 읽었다. 그리고 그 순간 제인이 행복해질 가능성이 아주 크다는 희망 앞에서 위컴에 대한 걱정과 그의 적에 대한 분노, 그리고 다른 모든 것들은 사라져 버렸다.

엘리자베스는 제인 못지않게 미소 띤 얼굴로 말했다. "위컴 씨에 대해 무얼 알았는지 알고 싶어. 아마 너무 즐거워서 제삼자를 생각할 겨를이 없었겠지. 그런 경우라면 내가 확실히 용서해 줄게."

"아니," 제인이 대답했다. "내가 그 사람을 잊은 건 아니야. 하지만 전혀 네게 만족할 만한 말을 해줄 수 없구나. 빙리 씨는 위컴의 전력을 다 알지 못하고, 위컴이 다아시 씨를 몹시 거슬린 상황도 전혀 모르고 있어. 하지만 빙리 씨는 자기 친구의 훌륭한 행동, 정직성과 명예를 보증할 수 있다는 거야. 그는 분명히 다아시 씨가 위컴 씨를 훨씬 덜 배려했어야 한다고 믿고 있어.

이렇게 말하는 건 미안하지만 빙리 씨뿐 아니라 빙리 양의 말을 들으면 위컴 씨는 전혀 존경할 만한 청년이 아니야. 그 사람은 매우 경솔하게 행동해 왔고, 그러니 다아시 씨가 그를 존중하지 않는 것은 당연해."

"빙리 씨 자신은 위컴 씨를 알지 못한다고?"

"모른대. 요 전날 아침 메리턴에서 그 사람을 처음 보았대. 그 전에는 한 번도 만난 적이 없었다고 해."

"그렇다면 이런 설명은 다아시 씨에게서 들은 거네. 나는 더할 수 없이 만족해. 그렇지만 목사직에 대해서는 빙리 씨가 뭐라고 했어?"

"거기에 대해 다아시 씨에게서 한 번 이상 듣긴 했다지만, 빙리 씨는 그 상황을 정확히 기억하지 못하더라. 하지만 목사직이 단지 조건부로 그에게 주어졌다고 믿고 있어."

"빙리 씨가 진실을 말한다는 걸 의심하지 않아," 엘리자베스가 흥분하여 말했다. "하지만 내가 오로지 빙리 씨의 언질만으로는 수긍할 수 없다는 걸 용서해 줘. 빙리 씨가 친구를 옹호하는 것은 분명히 매우 훌륭한 일이야. 그렇지만 그는 그 이야기의 몇 부분은 알지 못하고, 나머지는 다아시 씨 자신에게서 들은 거야. 나는 여전히 두 신사 모두를 내가 예전에 생각했던 대로 생각할 거야."

그 후 엘리자베스는 자신과 언니 모두에게 좀 더 즐거운, 그리고 같은 마음으로 이야기할 수 있는 주제로 대화를 바꾸었다. 그녀는 언니가 빙리의 호감에 대해 품고 있는 겸손하지만 행복한 희망 이야기를 즐겁게 경청하며, 할 수 있는 모든 말을 다해서 제인이 그 희망에 자신감을 가지도록 부추겼다. 빙리 씨가 그들에게 오는 바람에 엘리자베스는 루카스 양에게로 갔고, 루카스 양은 엘리자베스에게 그 전의 파트너가 유쾌했느냐고 물었다 그 질문에 대답도 채 하기 전에 콜린스 씨가 그들에게 다가와서 크게 기뻐하며 운 좋게도 지금 방금 가장 중요한 발견을 했노라고 엘리자베스에게 말했다.

"이 방에 저를 후원하는 분의 가까운 친척이 계시다는 걸 신기할 정도로 우연히 알게 되었어요," 그가 말했다. "우연히 그 신사께서 이 집의 여주인[32]이신 젊은 숙녀에게 그의 사촌 드 버그 양과 그녀의 모친 캐서린 드 버그 영부인의 존함을 언급하는 걸 들었지요. 이런 일들이 일어나다니 얼마나 멋진 일인가요! 이 무도회에서 제가—아마—캐서린 드 버그 영부인의 조카를 만나게 되리라고 누가 꿈이나 꾸었겠습니까! —적기에 그 사실을 알게 되어서 그분께 인사드릴 수 있게 된 것에 정말 감사하지요. 지금 인사를 드리려고 하는데 그분은 제가 진작 인사드리지 못한 것을 용서해 주시리라 믿어요. 그런 연고를 전혀 몰랐었다는 제 변명을 인정해 주시겠지요."

"스스로 다아시 씨에게 자신을 소개하려는 건 아니겠지요?"

"물론 그러려고 합니다. 일찍 인사드리지 못한 것을 용서해 달라고 간청할 겁니다. 그분은 캐서린 영부인의 조카시라고 생각해요. 그분께 일주일 전에 캐서린 영부인께서 건강하게 지내셨다고 분명히 말씀드릴 수 있어요."

---

32 빙리는 아직 미혼이므로 그의 여동생 빙리 양이 여주인의 역할을 한다.

엘리자베스는 그가 그런 계획을 포기하도록 설득하려고 무척이나 애를 썼다. 다아시 씨는 아무런 소개 없이 콜린스 씨가 직접 그에게 말을 건네는 것을 그의 이모에 대한 찬사라기보다 무례한 방종이라고 생각할 것이며, 그나 다아시 씨가 서로 아는 척할 필요가 전혀 없으며, 만약 아는 척할 필요가 있다면 반드시 높은 지위에 있는 다아시 씨가 먼저 교제를 터야 한다는 것을 그에게 확신시키려고 했다.—콜린스 씨는 자신의 생각대로 행하기로 굳게 결심한 듯한 태도로 엘리자베스의 말을 듣고, 그녀가 말을 멈추자 이렇게 대답했다.

"엘리자베스 양, 나는 당신이 훌륭한 이해력으로 모든 문제에 탁월한 판단을 내리는 것을 존경합니다. 하지만, 성직자들 사이에 통용되는 예의범절은 평신도들 간의 그것과 매우 다르다는 것을 지적하고 싶어요. 영국에서는 성직—그에 걸 맞는 겸손한 행동을 유지한다는 조건하에서—이 가장 높은 계급과 동등한 명예를 지닌다고 생각하는 것을 너그럽게 봐 주세요. 그러니 이 경우에 내 양심에 따라 내 의무라고 생각하는 것을 행하겠어요. 도움을 주려는 충고를 받아들이지 못하는 점을 관대히 봐 주십시오. 교육이나 평소의 노력으로 볼 때 우리 앞에 놓여 있는 이 문제를 결정하기에는 당신 같은 젊은 숙녀보다는 내가 더 적합한 사람이라고 생각 하지만, 모든 다른 주제에서는 항상 당신의 충고를 제 안내자로 삼지요." 그는 고개 숙여 엘리자베스에게 인사한 후 다아시 씨에게로 갔다. 엘리자베스는 다아시 씨가 자신에게 다가오는 콜린스 씨를 맞이하는 모습을 열심히 관찰했다. 콜린스 씨가 말을 건네자 다아시 씨가 깜짝 놀라는 것이 너무나 명백했다. 그녀의 사촌은 엄숙하게 절을 한 후 말하기 시작했다. 그녀는 그의 말을 한마디도 들을 수 없지만, 마치 그의 말을 모두 듣는 것처럼 느꼈다. 그리고 그의 입술의 움직임으로 보아 그 단어들이 '양해'나 '헌스퍼드' '캐서린 드 버그 영부인'임을 알았다. 다아시 씨 같은 그런 대단한 사람에게 스스로 자신을 소개하는 것을 보고 엘리자베스는 괴로웠다. 다아시 씨는 놀라움을 숨기지 않고 그를 바라보다가, 드디어 콜린스 씨가 말할 시간을 허용하자 공손하지만 쌀쌀하게 대답했다. 하지만 콜린스 씨는 용기를 잃지 않고 다시 말했다. 콜린스 씨가 두 번째로 말을 길게 늘어놓는 동안 다아시 씨는 그를 점점 더 멸시하는 것 같았다. 콜린스 씨가 말을 마쳤을 때 다아시 씨는 그저 약간 머리 숙여 인사하고는 다른 곳으로 가 버렸다. 그 후에 콜린스 씨는 엘리자베스에게 돌아왔다.

"다아시 씨에게서 받은 대접을 불만스러워 할 이유가 전혀 없다고 생각해요." 그는 말했다. "다아시 씨는 인사드린 걸 매우 반가워하는 눈치였습니다. 대단히 정중하게 응답해 주셨고, 이모님 캐서린 영부인께선 반드시 자격 있는 사람에게만 호의를 베푸신다는 것을 확신하게 되었다고, 저 같은 사람을 후원하는 이모님께선 훌륭한 안목을 지니셨다는 말씀으로 저를 칭찬해 주셨답니다. 그런 생각을 하시다니 참으로 관대하신 분이시지요. 대체로 그분이 참 마음에 들어요."

엘리자베스는 관심을 기울일 만한 것이 별로 없어서 오로지 제인과 빙리 씨에게만 주의를 기울였다. 그녀가 관찰한 것은 일련의 유쾌한 생각을 몰고와서 엘리자베스는 언니 못지않게 행복해졌다. 엘리자베스는 제인이 바로 여기 네더필드에 정착하여 진정한 애정이 깃든 결혼이 부여하는 온갖 행복을 누리며 사는 모습을 상상했다. 그렇게 되면 자신은 빙리의 두 자매들까지도 좋아하려고 노력할 수 있을 것 같았다. 그녀는 어머니 역시 분명히 자신과 똑같은 생각을 한다고 짐작했다. 어머니의 이야기를 너무 많이 듣고 싶지 않아서 그녀는 어머니 근처에 가지 않기로 작정했다. 그렇기 때문에 엘리자베스는 저녁 식사 때 자신과 어머니가 겨우 한 사람 건너 가까운 자리에 앉게 된 것을 가장 불행한 일이라고 생각했다. 어머니가 루카스 부인 한 사람에게만 공공연하게 아무 거리낌 없이 이야기하는 것, 그리고 오로지 제인이 곧 빙리 씨와 결혼하게 되리라는 자신의 희망에 대해서만 이야기하는 것을 보고 그녀의 마음은 심히 괴로웠다. 그것은 베넷 부인에게 생기를 북돋아 주는 주제였다. 제인과 빙리 씨 결혼의 장점을 열거하는 동안 그녀는 지치지도 않는 것 같았다. 그녀가 자축하는 첫 번째 요점은 빙리 씨가 매우 매력적인 청년이고, 대단히 부유하며, 자신의 집에서 5킬로밖에 되지 않는 가까운 거리에 산다는 것이었다. 게다가 빙리의 두 자매들이 제인을 좋아하며, 그 자매들도 자신처럼 분명히 제인과 빙리 씨가 결혼하길 원한다는 걸 생각하면 매우 마음이 편하다고 했다. 더욱이 제인이 그처럼 결혼을 썩 잘하면 동생들에게도 다른 부유한 신랑감들을 만날 수 있는 길이 열릴 테니까 어린 딸들의 장래도 대단히 밝을 거라고 했다. 그리고 마지막으로 자기 나이에 결혼하지 않은 딸들을 큰 언니에게 맡길 수도 있어서 자신이 원할 때만 그 애들과 파티에 동행할 수 있어서 매우 즐겁다고 했다. 이런 상황을 즐겁게 받아들일 필요가 있으며, 그런 경우 그것은 예의이기 때문이라고 했다. 그러나 어떤 연령에서건 베 넷 부인보다 더 집에 머무는 것을 위안이라고 여기지 않을 사람 은 없었다. 그녀는 루카스 부인 역시 자신처럼 그런 행운을 누 리기를 바란다면서 말을 마쳤지만, 속으로는 의기양양하게 루 카스 부인은 그런 즐거움을 누릴 수 없을 거라고 생각했다.

엘리자베스는 어머니가 재빠르게 쏟아 내는 말을 막아 보려 고, 자신이 행복하다는 말을 다른 사람에게 들리지 않도록 작은 소리로 하시라고 설득하기 위해 무척이나 애를 썼지만 헛수고 였다. 말할 수 없이 마음 아프게도 그들의 맞은편에 앉아 있는 다아시 씨가 어머니의 말을 대부분 들을 수 있다는 걸 알아차렸 기 때문이었다. 그녀의 어머니는 불필요한 말을 한다며 엘리자 베스를 꾸짖기만 했다.

"도대체 다아시 씨가 뭐라고 내가 그 사람을 두려워해야 하 냐? 그 사람이 듣고 싶지 않은 이야기를 삼가야 할 만큼 그에게 깍듯이 예의 차릴 이유가 전혀 없다고 생각한다."

"어머니, 제발 음성 낮추세요. 다아시 씨를 기분 나쁘게 해서 무슨 이익이 있겠어요? 그렇게 하시면 그의 친구에게서 전혀 존경 받지 못하실 거예요!"

하지만 엘리자베스가 무슨 말을 해도 어머니는 들은 체도 하 지 않았다. 어머니는 여전히 다른 사람들이 알아들을 수 있는 어조로 자신의 견해를 말했다. 엘리자베스는 수치스럽고 화가 나서 얼굴을 붉히고 또 붉혔다. 그녀는 자주 다아시 씨 쪽으로 눈길을 돌리지 않을 수 없었고, 그를 바라볼 때마다 자신이 두려워한 것을 확신하게 되었다. 계속해서 그녀의 어머니를 바라보진 않았지만 그는 분명히 언제나 그녀의 어머니에게 관심을 기울이고 있었다. 분노하며 멸시하는 표정이 뚜렷하던 그의 얼굴은 차츰 평온하고 안정되고 진지한 모습으로 바뀌어 갔다.

드디어 베넷 부인은 하고 싶은 말을 다 쏟아 내 할 말이 없었다. 루카스 부인은 자신이 전혀 누릴 가능성이 없는 즐거움에 대해 베넷 부인이 되풀이해서 말하는 동안 연방 하품을 하다가 이제야 편안하게 차가워진 햄과 닭 요리를 먹었다. 이제 엘리자베스도 생기가 돌기 시작했다. 그러나 조용한 시간은 길지 않았다. 저녁 식사가 끝나자 노래를 즐기자는 제안이 있었고, 실망스럽게도 엘리자베스는 사람들이 별로 열렬히 청하지 않는데도 메리가 그들의 청을 수락할 준비를 하는 것을 보게 되었다. 엘리자베스는 아주 여러 번 의미심장한 표정으로, 소리 없는 간청으로, 메리를 저지하려고 무던히 애썼지만, 허사였다. 메리는 엘리자베스의 그런 수고를 못 본 체했다. 자신을 나타낼 수 있는 기회를 즐기는 그녀는 노래 부르기 시작했다. 엘리자베스는 대단히 괴로워하며 메리에게 눈길을 고정하고, 몇 연을 노래하는 동안 조바심하며 그녀를 바라보았다. 그러나 노래가 끝났을 때, 엘리자베스가 조바심한 것도 아무런 소용이 없었다. 테이블에서 사람들이 감사하다며 그녀에게 다시 노래를 부탁하려는 기미가 보이자 메리가 30초 후 또 다른 노래를 시작했기 때문이었다. 메리의 노래 실력은 과시할 정도로 훌륭하지 못했다. 그녀의 음성은 가냘프고 태도는 부자연스러웠다. 엘리자베스는 괴로웠다. 그녀는 언니가 어떻게 그걸 견디나 하고 제인을 바라보았다. 그러나 제인은 아주 평온하게 빙리와 이야기하고 있었다. 엘리자베스는 빙리의 두 자매들을 바라보았다. 그들은 서로에게 비웃는 표시를 주고받고 있었다. 그녀는 다아시를 바라보았다. 그는 여전히 계속 꿰뚫어 볼 수 없는 근엄한 표정을 하고 있었다. 그녀는 자신의 아버지에게 간섭해 달라고, 메리가 밤새도록 노래하는 것을 막아 달라고 애원하는 시선을 보냈다. 아버지는 엘리자베스의 암시를 받아들여서 메리가 두 번째 노래를 마쳤을 때 큰 소리로 말했다.

"애야, 아주 썩 잘했다. 그만하면 오랫동안 우리를 즐겁게 해 주었구나. 다른 젊은 아가씨들도 자랑을 하도록 하자꾸나."

메리는 못들은 채 했지만 좀 당황스러워 했다. 엘리자베스는 메리가 불쌍하고, 아버지가 그런 말을 하게 된 것이 미안했지만, 자신의 걱정이 아무런 효과를 거두지 못할 까 염려했던 것이다. 이제는 일행 중 다른 사람들이 노래 부탁을 받았다.

콜린스 씨가 나서서 말했다. "제가 노래를 잘할 수 있다면, 여러분을 위해서 대단히 즐겁게 한 곡조 부르겠다고 했을 겁니다. 저는 음악이 매우 순수한 오락이고 목사직과 완벽하게 어울린다고 생각하기 때문입니다. 그러나 우리 목사가 음악에 아주 많은 시간을 할애하는 것이 옳다고 주장하려는 건 아닙니다. 목사에게는 해야 할 다른 임무가 있기 때문이지요. 교구 목사는 할 일이 상당히 많답니다. 우선 목사는 반드시 후원자를 거스르지 않으면서 자신에게 유익하게 십일조의 합의를 이끌어 내야 한답니다. 설교를 직접 써야 하지요. 그렇게 하고 남는 시간은 교구의 의무를 행하고, 자신의 거처를 돌보고 개선하는 일—목사는 자신의 거처를 될 수 있으면 안락하게 만들어야 한답니다—을 하는 데도 별로 넉넉지 않답니다. 목사가 모든 사람들, 특히 그에게 목사직을 부여하는 은혜를 베푼 분들에게 반드시 상냥하고 융화적인 태도를 보여야 한다는 것도 가벼운 일은 아니라고 생각합니다. 목사는 그런 의무를 이행해야 한다고 생각하고, 저는 은혜 입은 분의 가족과 그 가족의 친척들께 경의를 표하지 않는 사람을 좋게 생각하지도 않습니다." 그는 머리 숙여 다아시 씨에게 절하고 말을 마쳤다. 그가 얼마나 큰 소리로 말했는지 그 방에 있는 사람들 절반은 들을 수 있을 정도였다. 그를 빤히 쳐다보는 사람도 많고, 빙그레 웃는 사람도 많았다. 그러나 베넷 씨야말로 가장 즐거워하는 사람이었다. 한편 그의 아내는 콜린스 씨가 매우 현명한 말을 한다며 진심으로 그를 칭찬하고, 루카스 부인에게 콜린스 씨가 매우 영리하고 훌륭한 청년이라고 속삭였다.

엘리자베스에게는 그날 저녁 가족들이 무도회에서 자신들을 최대한 과시하기로 미리 약속했다 하더라도 그보다 더 성공적으로, 더 활기차게, 그 역할을 해 낼 수 없었을 것 같았다. 그녀는 빙리가 자신의 가족들이 과시한 몇 가지를 관찰하지 못했고, 그가 틀림없이 가족들의 어리석음을 목격했겠지만, 그것으로 대단히 괴로워 할 부류의 사람이 아닌 것이 그와 제인을 위해서 다행이라고 생각했다. 그러나 빙리의 두 자매와 다아시 씨가 자신의 친척들을 조롱할 기회를 얻었다는 것은 참으로 애석한 일이었다. 하지만 그녀는 다아시 씨가 말없이 경멸하는 것과 빙리의 자매들이 오만한 미소를 짓는 것 중 어느 것이 더 견딜 수 없는지 알 수 없었다.

그 저녁의 나머지 시간 동안 그녀는 도무지 즐겁지 않았다. 콜린스 씨는 그녀 옆에서 아주 집요하게 집적거리고, 또다시 함께 춤추자고 엘리자베스를 설득하진 못했지만, 그녀가 다른 사람과 춤출 힘을 빼 버렸다. 엘리자베스는 그에게 다른 사람과 파트너가 되어 춤을 추라고 간청했고, 그 방에 있는 다른 젊은 숙녀에게 소개시켜 주겠다고 제안했지만 허사였다. 그는 자신은 춤에는 아무런 관심이 없고, 자상하게 배려해서 그녀의 호감을 사는 게 목적이므로 저녁 내내 반드시 그녀 옆에 있어야 한다고 우겼다. 그런 일에 대해 왈가왈부할 수는 없었다. 엘리자베스는 종종 그들에게 와서 콜린스 씨가 건네는 말에 기분 좋게 응대하는 루카스 양 덕분에 크게 안도했다.

엘리자베스는 적어도 다아시 씨가 자신을 주시하는 불쾌감에서는 벗어났다. 그는 때로는 그녀와 아주 가까운 곳에 조금 떨어져 서 있었지만, 한 번도 말을 건넬 정도로 가까이 오지는 않았다. 엘리자베스는 아마 자신이 위컴 씨를 암시했기 때문일 거라고 생각하며 그런 상황을 즐겼다.

롱본 식구들은 무도회 참가자들 중에서 가장 늦게 그곳을 떠났다. 베넷 부인이 모든 사람들이 떠난 후 15분가량 마차를 기다리도록 작전을 썼기 때문이었다. 그동안에 그들은 몇몇 빙리의 가족들이 그들이 떠나기를 얼마나 간절히 바라는지 훤히 알 수 있었다. 허스트 부인과 동생은 입만 열면 피곤하다는 말만 했고, 손님들이 어서 모두 떠나서 자기들끼리만 집에 있기를 간절히 바라는 것이 분명했다. 그들은 대화를 시작하려는 베넷 부인의 모든 시도를 물리쳐서, 모든 사람들을 울적하게 만들었다. 빙리 씨와 그의 자매들이 멋진 파티를 열고, 손님들을 정중하고 후하게 대접했다고 칭찬하는 콜린스 씨의 장황한 말도 그 울적함을 조금도 달래지 못했다. 다아시 씨는 전혀 입을 열지 않았다. 다아시 씨처럼 침묵하는 베넷 씨는 그 장면을 즐기고 있었다. 다른 사람들과 조금 떨어져 함께 서 있는 빙리 씨와 제인은 자기들끼리만 이야기하고 있었다. 엘리자베스는 빙리 양이나 허스트 부인처럼 계속 침묵하고, 리디아조차 대단히 피곤해서 때때로 "아이고, 정말 몹시 피곤해"라고 말하고는 늘어지게 하품만 하고 있었다.

마침내 그들이 떠나려고 일어섰을 때, 베넷 부인은 빙리 가족 모두를 곧 롱본에서 만나고 싶은 마음이 간절했다. 그녀는 특히 빙리 씨에게 정식으로 초대하지 않더라도 그가 롱본에서 정찬을 할 수 있다면 언제든지 가족 모두가 대단히 환영할 것이라고 말했다. 빙리는 매우 기뻐서 감사의 표시로 다음 날 잠시 런던으로 가야 하지만 런던에서 돌아오는 대로 가장 빠른 기회를 잡겠다고 쾌히 승낙했다.

베넷 부인은 매우 흐뭇해 했고, 새 마차와 결혼 예복 등 결혼에 필요한 준비를 하는 기간을 고려한다 해도 틀림없이 삼사 개월 안에 제인이 네더필드에 여주인으로 정착하게 되리라고 확신하며 즐거운 마음으로 그 집을 떠났다. 그녀는 또 다른 딸이 콜린스 씨와 결혼하게 되리라고 믿고, 제인의 경우만큼은 못하다 해도 그 일로 인해 역시 매우 기분이 좋았다. 베넷 부인은 딸들 가운데 엘리자베스를 제일 귀여워하지 않았다. 그러나 콜린스 씨도 그리고 그와 엘리자베스의 결혼도 그녀에겐 대단히 기쁜 일이지만, 그 두 가지 모두는 빙리 씨와 네더필드의 광채에 밀려 빛을 잃고 말았다.

19

다음 날 롱본에서는 새로운 장면이 펼쳐졌다. 콜린스 씨가 예의를 갖추어서 엘리자베스에게 청혼한 것이다. 휴가가 다음 토요일이면 끝나니, 시간 낭비 없이 그 일을 추진하려 한데다가, 청혼하는 순간까지 자신이 없어서 주저하는 마음이 전혀 없기 때문에, 그는 청혼에 따르는 의례적인 절차라고 생각하는 모든 의식을 질서 정연하게 밟아 나갔다. 아침 식사 후 얼마 지나지 않아서 베넷 부인과 엘리자베스, 엘리자베스의 여동생 한명이 함께 있는 것을 보자 콜린스 씨는 다음과 같이 베넷 부인에게 말했다.

"아주머니, 오늘 오전 중에 아름다운 엘리자베스 양과 단 둘이서 이야기할 수 있는 영광을 누리게 도와주시겠습니까?"

깜짝 놀란 엘리자베스가 얼굴만 붉힐 뿐 아무것도 못하는 사이에 베넷 부인은 즉시 대답했다.

"어머나!—예—그러고말고요.—확실히 리지는 무척 행복할 거예요—확언컨대, 그 애가 반대할 리 없어요.—애, 키티야, 이

층으로 올라가자." 베넷 부인이 일감을 주섬주섬 모아서 서둘러 떠나려 할 때, 엘리자베스가 큰소리로 어머니를 불렀다.

"어머니, 제발 가지 마세요. 제발 여기 그냥 계셔요. 콜린스 씨, 양해해 주셔야겠어요. 콜린스 씨가 제게 말씀하시는 것, 다른 사람이 다 들어도 상관없어요. 저도 나가 버릴 거예요."

"안 돼, 안 돼, 말도 안돼, 리지야.—너는 이 자리에 남아 있으면 좋겠다." 엘리자베스가 짜증스럽고 당황한 표정으로 진정 도망가려는 것처럼 보이자 베넷 부인은 이렇게 덧붙였다. "리지, **명령이니** 여기 남아서 콜린스 씨의 말씀을 들어라."

엘리자베스는 그런 어머니의 명령을 거스를 수 없었다. 잠시 생각 한 후 엘리자베스는 이 문제를 가능하면 빨리 그리고 조용히 해결하는 것이 가장 현명한 대처임을 깨달았다. 그녀는 다시 자리에 앉아서 괴롭기도 하고 우습기도 한 감정을 숨기려고 열심히 하던 일을 계속했다. 베넷 부인과 키티가 걸어 나가자 곧 콜린스 씨가 말하기 시작했다.

"친애하는 엘리자베스 양, 믿어 주십시오. 당신의 겸손은 당신에게 조금도 해가 되지 않아요. 오히려 당신의 다른 덕성에 보탬이 됩니다. 당신이 이처럼 약간이라도 저항하지 **않았더라면** 제게 덜 사랑스럽게 보였을 겁니다. 그러나 저는 존경하는 당신 어머니의 허락을 받고 당신에게 이렇게 청혼한다는 것을 분명히 말해 둡니다. 천성이 섬세한 당신은 제 이야기의 목적이 무엇인지 모르는 척할 수는 있지만, 그걸 의심할 수 없지요. 제가 아주 확실히 당신에게 정성들이는 걸 오해할 수 없을 테니까요. 이 집에 들어오는 순간 저는 당신을 제 장래의 반려로 선택했습니다. 그러나 감정에 치우치기 전에 제가 결혼하려는 이유, 그리고 더욱이 아내를 선택할 생각으로 하트퍼드셔에 왔다는 것을 언급하는 것이 바람직하겠지요. 분명히 그 일 때문에 왔으니까요."

엄숙한 자세로 감정에 치우쳐 있는 콜린스 씨를 생각하고 엘리자베스는 웃음이 터져 나올 지경이었기 때문에 그가 잠시 말을 멈추었을 때 더 이상 말하지 못하도록 막지도 못했다. 그래서 그는 말을 계속 이어갔다:

"제가 결혼하려는 이유는 우선 저처럼 안락하게 지내는 모든 성직자들은 그의 교구에서 결혼의 본을 보이는 것이 옳은 일이라고 생각하기 때문입니다. 두 번째는 결혼하면 대단히 행복할 것이라고 확신하기 때문이고, 세 번째는 아마 이걸 더 일찍 말씀드렸어야 했는데, 제가 명예롭게도 후원자로 모시는 매우 품위 있는 영부인의 각별한 충고와 권고 때문입니다. 그분은 두 번이나 이 주제에 대해 의견을 말씀해 주셨지요. 여쭙지도 않았는데요. 제가 헌스퍼드를 떠나기 전날 바로 그 토요일—우리가 카드리유 카드놀이를 하고, 젠킨슨 여사가 드 버그 양의 발등상(—凳床)을 놓는 동안—에 드 버그 영부인은 말씀하셨지요. '콜린스 씨, 꼭 결혼하시게. 당신 같은 성직자는 반드시 결혼해야 하니까. 알맞은 신붓감을 찾되, **나를 위해서** 양가 규수를, 그리고 **당신을 위해서는** 활동적이고 유능한 사람을 선택하게나. 사치스럽게 자라지 않은 사람, 적은 수입을 규모 있게 잘 쓸 능력이 있는 사람. 이것이 내 충고네. 할 수 있으면 빨리 그런 여성을 찾아서 헌스퍼드로 데려오게. 그러면 그녀를 방문하리다.' 그런데 아름다운 엘리자베스 양, 드 버그 영부인의 친절과 배려가 남편으로서 내가 그대에게 드릴 수 있는 이점 가운데 가장 보잘 것 없는 게 아니라는 걸 아셔야 합니다. 그분의 예절은 말로 다 설명할 수 없을 정도로 훌륭하다는 걸 알게 될 겁니다. 그리고 특히 그분의 높은 지위 앞에서 당신은 어쩔 수 없이 침묵하게 될 것이고, 그분을 존경하게 될 겁니다. 당신의 명랑함과 재치를 침묵과 그분에 대한 존경심으로 조절한다면, 그분은 당신의 재치와 명랑함을 용인하실 겁니다. 대체로 결혼하길 원하는 이유는 이 정도입니다. 제가 왜 사랑스런 여성들이 많은 제 이웃을 마다하고 롱본으로 생각을 돌렸는지에 대해서 아직 말씀드리지 않았습니다. 사실 당신의 명예로운 부친께서 세상을 뜨시게 되면(그러나 그분은 여러 해를 더 생존하시겠지만) 이 재산을 상속하게 되는 것이 현재 제 입장이기 때문에 그분의 딸들 가운데서 아내를 선택하여 이 문제를 해결하지 않는다면 제 마음이 흡족하지 않을 것이기 때문입니다. 이미 말씀드린 대로 아버지께서 여러 해를 더 사시겠지만, 그런 슬픈 일이 일어날 때 될 수 있는 대로 따님들의 손실을 최소화하기 위해서입니다. 아름다운 엘리자베스 양, 이것이 제 청혼의 동기입니다. 이 말을 들은 당신이 저를 덜 존경하지 않기 바랍니다. 이제 가장 활기찬 언어로 제 열렬한 사랑을 고백해서 당신에게 확신을 주는 일만 남았지요. 저는 재산에는 전혀 관심이 없기 때문에 당신 부친께 재정적인 요구는 전혀 하지 않을 겁니다. 부친께서 그런 요구에 동의하실 수 없을 뿐더러 당신이 권리를 가진 재산은 전부해야 매년 일천 파운드의 국채이자 4%인 40파운드에 지나지 않고,

그것도 모친께서 타계하신 후에야 당신이 물려받을 수 있다는 것을 잘 알고 있기 때문입니다. 그러므로 그 문제에 대해서는 변함없이 침묵을 지킬 것입니다. 그리고 결혼 후 제 입으로 어떤 옹졸한 책망도 하지 않을 터이니, 믿어 주십시오." 이제 단호하게 그의 말을 중단시킬 필요가 있었다.

"너무나 성급하시네요, 목사님." 엘리자베스가 외쳤다. "제가 아무런 대답도 하지 않았다는 걸 잊으셨어요. 더 이상 지체 마시고 대답할 기회를 주세요. 저를 칭찬 해주시는 것 감사합니다. 제게 청혼하시는 것 영광이라고 느끼고 있습니다. 하지만 절대로 그 청혼을 받아들일 수 없습니다."

"지금 곧 결과를 알자는 건 아닙니다." 예의 바르게 손사래를 치며 콜린스 씨가 대답했다. "젊은 숙녀들은 대체로 마음속으로는 상대를 받아들일 생각이면서도 처음 청혼할 때는 거절하기 때문이지요. 때로는 반복해서 거절하고 세 번째도 그렇게 하지요. 그러므로 방금 하신 말씀 때문에 낙담하지는 않겠습니다. 저는 머지않아 당신을 결혼 제단으로 안내할 수 있기를 바랍니다.

"어머나," 엘리자베스가 소리 질렀다. "제가 잘라 말씀드렸는데도 희망을 가지시다니 좀 특별하시군요. 분명히 말씀드리는데 저는 두 번째 청혼을 받는 기회에 행복을 걸만큼 대담한 숙녀 축에 들지 않아요(그런 여자들이 있다면 말이죠). 저는 참으로 진지하게 거절하는 겁니다. 당신이 저를 행복하게 해 줄 수 없다고 생각해요. 또 분명히 저는 이 세상에서 가장 당신을 행복하게 해줄 수 없는 여자이기도 해요. 아니, 당신의 후원자 캐서린 영부인께서 저를 아신다면, 그분은 어느 모로 보나 제가 당신의 아내가 될 자격이 없다고 생각하실 거예요."

콜린스 씨가 차분하게 말했다. "캐서린 영부인께서 그렇게 생각하실 것이 분명하다 해도ㅡ. 하지만 나는 그분이 당신을 좋지 않게 여길 이유가 전혀 없다고 생각합니다. 그분을 다시 뵐 때에 그분께 당신이 겸손하고 근검절약하는 여성이라는 것, 그리고 그 밖에도 당신이 지닌 다른 사랑스러운 자질을 대단히 칭찬할 겁니다. 믿으셔도 좋습니다."

"정말이지, 콜린스 씨, 그처럼 저를 칭찬할 필요가 전혀 없어요. 당신은 제가 스스로 판단하게 해주시고, 제 말을 믿으셔야 해요. 당신이 매우 행복하고, 매우 부유해지기 바랍니다. 당신의 청혼을 거절하지만, 제 온 힘을 다해 당신이 그렇게 되기를 바랄 겁니다. 제게 청혼함으로써 우리 가족을 자상하게 배려한다는 걸 분명히 보이셨으니 롱본 재산을 상속 받으실 때 언제라도 아무 자책 없이 그걸 소유하실 수 있을 겁니다. 그러니까 이 문제는 결말이 난 것으로 생각하셔도 됩니다." 콜린스 씨가 다음과 같이 말하지 않았다면 엘리자베스는 이렇게 말하며 일어나 방을 떠날 수도 있었다.

"다음 번 이 주제에 대해 다시 이야기할 때는 지금보다 더 긍정적인 대답을 듣기 바랍니다. 여성들이 남자의 첫 번째 청혼을 거절하는 것이 만성적인 습관이란 걸 알기 때문에, 당신이 지금 저를 잔인하게 대해도 전혀 비난할 생각은 없답니다. 아마 당신은 지금 제 청혼을 부추기기 위해서뿐 아니라 여성의 진정한 섬세함을 일관되게 유지하기 위해서 그렇게 말씀하시는 것이겠지요."

"콜린스 씨, 정말로," 엘리자베스가 흥분하여 소리쳤다. "저를 대단히 혼란스럽게 하시네요. 지금까지 드린 말씀이 당신을 부추기기 위해 형식적으로 하는 말로 들렸다면, 어떻게 표현해야 제가 진심으로 거절한다는 걸 믿으실까요."

"사촌, 당신이 청혼을 거절하는 건 말 뿐이라는 걸 제가 기뻐하게 해 주십시오. 제가 그렇게 믿는 이유는 이렇습니다. 제 청혼이 당신에게 거절당할 정도로 보잘 것 없다거나, 제가 당신에게 제공할 수 있는 가정이 매우 바람직하지 않다고 생각하지 않기 때문입니다. 세상에서 제가 누리는 지위, 저의 드 버그 가와의 관계, 그리고 당신네 가정과의 관계를 고려할 때 저는 매우 유리한 입장에 있습니다. 당신은 여러 모로 매력 있는 분이지만, 저 이외의 다른 사람에게서 청혼을 받을 수 있을지가 확실치 않다는 점을 좀 더 고려하셔야 합니다. 당신의 지참금이 매우 적다는 것이 필시 당신의 사랑스러움과 상냥한 자질들을 모두 상쇄해 버리는 효과를 낼 수도 있지 않을까요. 그렇기 때문에 당신이 심각하게 제 청혼을 거절하는 것이 아니라 우아한 여성들이 늘 그렇듯이 질질 끌어서 제가 당신을 더욱 사랑하게 만들고자 하는 바람 때문이라고 이해하고 결론을 내리겠습니다."

"저는 덕망 있는 남성을 괴롭히는 우아한 여성의 허세 따위는 전혀 부리고 싶지 않다는 걸 분명히 말씀드려요. 진지하다고 칭찬받는 편이 오히려 더 좋아요. 명예롭게도 제게 청혼해 주셔서 거듭 감사드립니다. 그러나 절대로 청혼을 받아들일 수 없어요. 모든 면에서 제 감정이 그것을 허락하지 않습니다. 이보다 더 명백히 말씀드릴 수 있을까요? 이제 저를 더 이상 당신을 괴롭히려는 품위 있는 여성으로 생각하지 마시고, 마음에서 우러나는 진실을 이야기하는 이성적인 여성으로 생각해 주세요."

"당신은 변함없이 매력적이에요!" 그가 용기를 내며 어색하게 외쳤다. "당신의 훌륭한 부모님께서 분명히 허락하시면 제 청혼을 받아들이지 않을 수 없겠지요."

그처럼 자신을 기만하는 옹고집을 부리는 데 대해서 엘리자베스는 아무런 대꾸도 하지 않고, 곧 말없이 물러갔다. 되풀이해서 청혼을 거절하는 것을 여전히 청혼을 부추기기 위해 아양 떠는 거라고 생각한다면 아버지에게 말씀드리기로 작정했다. 아버지는 단호할 정도의 태도로 반대 의사를 전할 수 있을 것이고 아버지의 행동은 적어도 우아한 여성의 아양과 꾸밈이라고 오해받지 않을 것이기 때문이었다.

20

콜린스 씨는 자신의 성공적인 사랑을 오랫동안 조용히 명상할 수 없었다. 두 사람의 면담이 끝나는 것을 보기 위해서 복도에서 서성거리던 베넷 부인이 엘리자베스가 문을 열고 나와서 빠른 걸음으로 자신을 지나쳐 층계참으로 가는 것을 보자마자 아침 식당으로 들어왔기 때문이다. 그녀는 그들 두 사람이 가까운 친척이 될 행복한 전망에 대해서 콜린스 씨와 자기 자신을 따뜻한 말로 축하했다. 콜린스 씨는 축하의 말을 그녀처럼 기쁘게 받아들이고, 그녀를 또한 축하했다. 그런 다음 자신과 엘리자베스의 면담에 대해서 시시콜콜 이야기했다. 그는 면담의 결과가 만족스러울 것이라고 믿을 만한 이유가 있다고 생각한다며, 그의 사촌이 계속해서 청혼을 거절하는 것은 그녀의 수줍어하는 겸손함과 섬세한 성격에서 자연스레 우러나온 것이라고 했다.

그러나 이 소식을 들은 베넷 부인은 깜짝 놀랐다. 엘리자베스가 그를 부추기기 위해서 그의 청혼에 반대를 했다면 그녀도 똑같이 무척 기뻐했을 것이다. 그러나 그녀는 전혀 그렇게 믿을 수 없어서 믿을 수 없다고 말할 수밖에 없었다.

"그렇지만 걱정 마세요, 콜린스 씨," 베넷 부인이 덧붙여 말했다. "리지가 도리를 깨닫게 하겠어요. 직접 그 애한테 그 일에 대해 이야기하겠어요. 리지는 아주 고집이 세고 어리석은 처녀예요. 그래서 무엇이 자기에게 득이 되는지 몰라요. 하지만 내가 알도록 해주겠어요."

"말씀 중에 죄송하지만, 아주머니," 콜린스 씨가 소리쳤다. "만약 엘리자베스가 정말로 고집이 세고 어리석다면, 저처럼 결혼해서 행복을 누리려는 입장의 남자에게 그녀가 매우 바람직한 아내감인지 모르겠군요. 그러므로 만일 그녀가 계속해서 제 청혼을 거절한다면 저를 받아들이라고 강요하지 않으시는 편이 나을 겁니다. 그런 성격적 결함이 있다면 제 행복에 크게 보탬이 되지 않을 것이기 때문이지요."

"목사님, 내 말을 대단히 오해하시는군요." 깜짝 놀란 베넷 부인이 말했다. "리지는 이런 문제에 있어서만 고집이 세요. 모든 다른 면에서는 가장 온순한 처녀예요. 나는 곧장 남편에게 가겠어요, 나와 남편이 리지와 함께 이 문제를 해결할 수 있으리라 믿어요."

베넷 부인은 콜린스 씨가 대답할 겨를도 주지 않고 즉시 부리나케 남편에게 갔고, 서재에 들어서자 큰소리로 말했다. "여보, 당장 당신이 필요해요. 우리 집에 소동이 났어요. 반드시 오셔서 리지가 콜린스 씨와 결혼하게 해야 해요. 그 애가 콜린스 씨와 결혼하지 않을 거라고 딱 잘라 말하고 있어요. 당신이 서두르지 않으면 콜린스 씨 마음이 변해서 리지와 결혼하지 않을 거예요."

아내가 들어왔을 때 책을 읽고 있던 베넷 씨는 눈을 들어 조용히 무심하게 부인의 얼굴을 똑바로 바라보았는데 그런 눈길은 그녀가 소식을 전한 후에도 전혀 변하지 않았다.

"나는 당신을 이해 할 수 없구려." 아내가 말을 마치자 그가 말했다. "무슨 이야기를 하는 거요?"

"콜린스 씨와 리지에 대해서요. 리지가 콜린스 씨의 청혼을 받아들이지 않겠다고 단언했대요. 그래서 콜린스 씨가 리지를 아내로 맞지 않겠다고 말하기 시작했어요."

"그러면 그 경우 내가 어떻게 해야 한단 말이요? 가망이 없는 일인 것 같구려."

"당신이 거기 대해서 리지에게 말씀하세요. 리지에게 콜린스 씨와 결혼하라고 요구하세요."

"내려오라고 리지를 불러요. 리지에게 내 의견을 말하리다."

베넷 부인은 종을 울려, 엘리자베스를 서재로 호출했다.

"얘야, 이리 오너라," 리지가 나타나자 베넷 씨는 큰소리로 말했다. "중요한 일 때문에 너를 오라고 했다. 내가 알기로는 콜린스 씨가 네게 청혼을 했다더구나. 그게 사실이냐?" 엘리자베스는 사실이라고 대답했다. "좋아―그런데 너는 이 청혼을 거절한 거냐?"

"아버지, 그랬어요."

"좋아. 이제 우리는 이야기의 핵심에 이르렀다. 네 어머니는 네가 청혼을 받아들이라고 강권하신다. 그렇지 않소, 부인?"

"그래요. 그렇지 않으면 다시는 엘리자베스를 보지 않을 거예요."

"엘리자베스야, 너는 네 앞에 놓인 두 가지 불행 중 하나를 선택해야 되겠구나. 오늘부터 너는 부모 중 한 사람과 남남이 되어야만 한다. 네가 콜린스 씨와 결혼하지 않으면 네 어머니는 너를 다시는 보지 않겠다고 하고, 네가 그와 결혼하면 내가 다시는 너를 보지 않을 테다."

어머니가 그렇게 시작한 일을 아버지가 이런 결과로 매듭지은 것에 대해 엘리자베스는 미소 짓지 않을 수 없었다. 그러나 남편의 생각도 자신이 원하는 것과 같다고 믿었던 베넷 부인의 실망은 이만저만이 아니었다.

"무슨 뜻으로 이렇게 이야기하는 거예요? 엘리자베스에게 그와 결혼하도록 강권하겠다고 약속하셨잖아요?"

"여보," 베넷 씨가 대답했다. "내가 작은 것 두 가지를 부탁하고 싶소. 우선, 이 현안에 대해서 내가 자유롭게 판단력을 발휘

할 수 있도록 해 주구려. 둘째로 될 수 있으면 빨리 이 서재에 나만 남게 해주면 좋겠소."

그러나 베넷 부인은 남편에게 실망했음에도 불구하고, 아직 자신의 의견을 포기하지 않았다. 그녀는 엘리자베스에게 거듭해서 이야기하고 또 했다. 딸을 구슬리기도 하고 윽박지르기도 했다. 또한 제인을 자신의 편으로 끌어들이려고 했다. 그러나 제인은 매우 온순한 태도로 자신은 끼어들지 않겠다고 했다. 엘리자베스는 때로는 진지하게, 때로는 농담조로 즐겁게 어머니의 공격에 응수했다. 응수 태도는 다양했지만, 그녀의 결심은 결코 흔들리지 않았다.

그동안 콜린스 씨는 홀로 지나간 일을 곰곰이 생각하고 있었다. 자신이 매우 잘났다고 생각하는 그는 사촌이 자신을 거부하는 동기를 도무지 이해할 수 없었다. 그래서 자존심이 좀 상하기는 했지만, 그뿐이었다. 다른 면에서는 조금도 괴로워하지 않았다. 그가 그녀를 사랑한다는 것은 상당히 가상적인 것이었기 때문에 그녀가 어머니에게 꾸지람을 들을거라는 전망을 조금도 애석하게 생각하지 않았다.

이처럼 베넷 씨 가족이 혼란스러워 하고 있을 때 샬럿 루카스가 그날 그들과 함께 지내기 위해서 왔다. 그녀는 현관에서 리디아를 만났다. 리디아는 그녀에게 달려가 거의 속삭이듯 외쳤다. "언니가 와서 참 기뻐요. 아주 재미있는 일이 벌어지고 있거든요! 오늘 아침 무슨 일이 일어났는지 아세요? 콜린스 씨가 리지에게 청혼했는데 리지가 거절한 거예요."

샬럿이 미처 대답할 겨를도 없이 키티가 합세했다. 그녀도 똑같은 소식을 전하려고 온 것이었다. 베넷 부인이 홀로 있는 아침 식당에 그들이 들어서자마자 베넷 부인 역시 같은 이야기를 시작했다. 그녀는 루카스 양이 자신을 동정 해주기를 바라면서 친구 리지가 온 가족의 소망에 부응하도록 설득해 달라고 간청했다. "샬럿, 제발 그렇게 해줘," 베넷 부인은 우울한 목소리로 덧붙여 말했다. "아무도 내편이 아니야, 아무도 내 편을 들지 않아. 나를 무참하게 대한다고. 아무도 내 약한 신경 따윈 생각해 주지 않기 때문이야."

샬럿은 제인과 엘리자베스가 들어오는 바람에 베넷 부인에게 대답하지 않아도 되었다.

"여기 리지가 오네," 베넷 부인이 말을 이었다. "아주 태연하게 말이지. 우리가 요크에라도 가 있는 것처럼 우리에게 아무런 관심도 보이지 않고 있어. 자기의 고집만 지킬 수 있으면 된다는 식이지. 그렇지만 리지 양, 네가 이런 식으로 모든 결혼 제안을 퇴짜 놀 생각을 하고 있다면 도무지 남편을 맞이할 수 없을 거다. 그러니 아버지께서 돌아가시면 누가 너를 먹여 살릴지 알수 없구나. 나는 너를 먹여 살릴 능력이 없단다. 그래서 너에게 경고한다. 바로 오늘부터 나와 너의 모녀 관계는 끝장이다. 너도 알다시피 다시는 네게 말하지 않겠다고 서재에서 말했지. 넌 내가 말한 걸 지키는 사람이란 걸 알게 될 거야. 불효자식에게 말하는 건 전혀 기쁘지 않은 일이야. 정말이지 내가 사람들에게 말하는 걸 대단히 즐기는 건 아니지. 내가 얼마나 고통스러운지 아무도 몰라! 항상 그렇다니까. 불평하지 않는 사람은 동정을 받지 못한다니까."

딸들은 어머니가 이처럼 쏟아 내는 말을 잠자코 들었다. 사리를 따진다거나 마음을 달래 드리려 하면 오히려 어머니의 화를 부채질하게 될 것을 알고 있기 때문이었다. 그래서 베넷 부인은 아무의 방해도 받지 않고 콜린스 씨가 방에 들어올 때까지 쉬지 않고 말했다. 콜린스 씨는 평소보다 더 위풍당당하게 들어왔다. 누가 들어왔는지를 알아차리고 베넷 부인은 딸들에게 말했다. "자, 너희들 모두 입 다물어. 나와 콜린스 씨가 좀 이야기하게 해 다오."

엘리자베스는 조용히 방에서 나갔고, 제인과 키티도 뒤따랐지만, 리디아는 우뚝 서서 될 수 있는 대로 그들의 대화를 듣기로 작정했다. 샬럿은 처음에는 콜린스 씨가 예의상 건성으로 그녀와 그녀 가족들의 안부를 묻는 바람에 머물러 있었지만, 그 후에는 호기심이 생겨서 듣지 않는 척하고 창가로 걸어갔다. 베넷 부인은 비통한 음성으로 계획했던 대화를 시작했다. "오, 콜린스 씨."

"아주머니," 그가 대답했다. "이 문제에 대해서 영원히 이야기하지 않으셨으면 합니다. 따님의 행동에 분노하는 것은 저하고는 거리가 먼 일입니다." 그는 곧 불쾌함이 묻어나는 음성으로 말을 이었다. "불가피한 악을 체념하는 것은 우리 모두의 의무이지요. 저처럼 일찍이 목사직을 얻은 운 좋은 청년에게는 특별한 의무랍니다. 그래서 저는 체념했습니다. 아름다운 엘리자베스 양과 결혼하면 행복할 수 있을지 의심이 들기도 하고요. 우리가 얻지 못한 축복이 그 가치를 좀 잃어 간다는 생각이 들 때에야 그것을 완전히 체념할 수 있다는 것을 저는 종종 보아

왔기 때문이지요. 아주머니와 아저씨께 부모의 권위로 우리 사이를 중재해 달라고 요구도 하지 않고, 따님의 호감을 사려던 제 주장을 걷어 들이는 것이 제가 롱본 가족들을 불경스럽게 대하는 것이라고 생각하지 마시기 바랍니다. 부모님들의 거절이 아니라 따님이 거절한 것을 받아들인 제 행동에 반대하실 수도 있으시겠지요. 그러나 우리 모두는 실수하기 쉽습니다. 저는 이 일을 내내 올바르게 꾀하려고 했습니다. 베넷 가족들 모두의 이익을 적당히 배려하면서 아름다운 동반자를 구하는 것이 제 목적이었기 때문이지요. 만에 하나 아무리 보아도 제 태도가 괘씸하다면 제발 이 자리에서 용서를 구합니다."

21

콜린스 씨의 청혼에 관한 논의는 이제 거의 마무리되어서, 엘리자베스는 그 논의에 따르는 불편한 감정과 어머니가 때때로 짜증스럽게 그 일을 암시하는 것을 견디기만 하면 되었다. 콜린스 씨는 당황해 하거나 낙담하거나 엘리자베스를 피하지 않았지만, 주로 뻣뻣하게 행동하고 뿌루퉁한 채 침묵으로 그의 감정을 표현했다. 그는 엘리자베스에게 거의 말을 건네지 않았고, 그가 눈에 띌 정도로 끊임없이 엘리자베스에게 베풀었던 친절은 그 날의 나머지 시간 동안 루카스 양의 차지가 되었다. 루카스 양은 정중하게 그의 말을 귀담아 들어주었고, 그것은 모두에게, 특히 엘리자베스에게 시의 적절한 위로가 되었다.

다음 날에도 베넷 부인의 언짢은 기분이나 좋지 못한 건강은 조금도 나아지지 않았다. 콜린스 씨의 성난 자존심 역시 그 전날과 똑같은 상태였다. 엘리자베스는 화가 난 그가 방문 기간을 단축하리라고 생각했지만 그것은 그의 계획에 조금도 영향을 주지 않는 것 같았다. 그는 토요일에 떠나기로 되어 있으니 어김없이 토요일까지 머물 작정이었다.

아침 식사 후에 아가씨들은 위컴 씨가 네더필드의 무도회에 참석하지 못한 것을 애석해 하며 그가 돌아왔는지 알아보러 메리턴으로 갔다. 그들이 마을에 도착하자 위컴 씨를 만났고, 그는 그들의 이모 댁까지 그들과 함께 갔다. 그곳에서 무도회에 불참한 위컴의 후회와 괴로움, 그리고 모든 사람이 그 일을 걱정했던 것에 대해 그들은 많은 이야기를 나누었다. 그러나 위컴은 엘리자베스에게 무도회에 참가하지 않았던 것은 스스로의 결정이었음을 자발적으로 인정했다.

"무도회가 다가오면서 다아시 씨를 만나지 않는 편이 좋겠다고 생각 했지요." 그가 말했다. "그와 한 방에서 여러 시간을 같은 일행과 지내는 것을 내가 견디지 못할 수도 있고, 그리고 나 이외의 다른 사람들을 불쾌하게 할 소동이 일어날 수도 있다고 생각했지요."

엘리자베스는 그의 자제력을 높이 평가했다. 엘리자베스와 위컴 씨는 롱본으로 돌아오는 동안 여유롭게 그것에 대해 충분히 토의하고, 정중하게 서로를 칭찬했다. 그와 다른 장교가 베넷가의 아가씨들과 함께 걸어서 돌아오는 길에 위컴 씨는 특히 엘리자베스에게 친절을 베풀었다. 그가 그들과 동행한 것은 일거양득이었다. 엘리자베스는 그와 동행하는 것이 자신에게 주어지는 칭찬이라고 느꼈고, 또한 부모님께 그를 소개할 수 있는 매우 좋은 기회로 여겼기 때문이었다.

그들이 집으로 돌아온 후 곧 제인에게 편지가 배달되었다. 네더필드에서 온 것이었다. 봉투 속에는 아름답고 활달한 숙녀의 필체가 가득 찬 광택이 나는 편지지 한 장이 들어 있었다. 엘리자베스는 그 편지를 읽으면서 언니의 안색이 변하고, 언니가 어느 특정한 구절에 대해 열심히 생각하는 것을 보았다. 제인은 곧 냉정을 회복하고 편지를 미뤄 놓고서 기분 좋게 대화에 참여하려고 했다. 그러나 엘리자베스는 무슨 일인지 걱정이 되어서 위컴에게조차 주의를 집중할 수 없었다. 엘리자베스가 위컴과 작별을 고하자마자 제인은 눈짓으로 동생에게 자신을 따라 이층으로 올라가자고 했다. 그들의 방으로 들어가자 제인은 편지를 꺼내면서 말했다.

"이 편지는 캐롤라인 빙리에게서 온 거란다. 그 내용을 보고 나는 깜짝 놀랐어. 그들 일행은 지금쯤 네더필드를 떠났을 거야. 런던으로 가는 길이겠지. 그런데 다시 돌아올 생각은 없어. 캐롤라인이 말하는 걸 들어봐."

제인은 첫 문장을 큰소리로 읽었다. 내용은 그들이 방금 빙리 씨를 따라서 곧 런던으로 가기로 결정했으며, 허스트 씨의 집이 있는 그로스브너에서 식사할 것이라는 소식이었다. 다음 문장은 이렇게 이어졌다. "나의 친애하는 친구, 나는 그대와의 교제를 빼고는 하트퍼드셔에 두고 가는 어떤 것에도 미련을 두지 않아요. 그러나 우리가 함께했던 즐거운 교제가 앞으로 많은 결실을 맺기를, 그리고 우리가 멀리 떨어져 있는 동안 가장 솔직한 편지로 우리 이별의 아픔을 달랠 수 있길 바라요. 당신이 그렇게 하리라고 믿어요." 엘리자베스는 아주 냉담하게 불신하며 호들갑스럽게 표현한 빙리 양의 편지에 귀를 기울였다. 그들이 갑작스레 떠난 것이 놀랍기는 하지만 전혀 슬퍼할 일은 아니었다. 자매들이 네더필드를 떠난다고 해서 빙리 씨가 그곳에 머물지 못할 이유가 없으며, 빙리 자매와 교제할 수 없는 것에 대해서는, 제인은 빙리 씨와의 교제를 즐기고 더 이상 그의 자매들과의 교제에 신경 쓸 필요가 없다고 생각했다.

"언니에겐 유감스런 일이야, 친구들이 이 지역을 떠나기 전에 그들을 만나지 못했으니 말이야." 잠시 멈추었다가 엘리자베스가 말했다. "하지만 빙리 양이 바라는 미래의 행복한 시간이 그녀가 기대한 것보다 더 빨리 올 수도 있어, 그리고 언니가 그들과 친구로서 누렸던 교제의 기쁨이 그들의 올케로서 더 만족스럽게 재개될 것이라고 바랄 수 있지 않을까? 빙리 씨는 그들 때문에 런던에 붙잡혀 있지는 않을 거야."

"캐롤라인은 이 겨울에 아무도 하트퍼드셔로 돌아오지 않을 거라고 단정적으로 말하고 있어. 내가 읽어 줄게.

'오빠는 어제 떠날 때 런던에서의 업무가 이삼일이면 끝날 수 있을 거라 생각했어요. 그러나 우리는 분명히 그렇게 되지 않을 거라고 믿어요. 동시에 그가 런던에 도착하면 또다시 서둘러서 런던을 떠나지 않을 것이 분명해서 그가 불편한 호텔에서 공허한 시간을 보내지 않도록 그를 따라 런던으로 가기로 작정했어요. 많은 지인들이 이미 겨울을 지내려고 그곳에 가 있어요. 내 친애하는 친구인 당신도 그 사람들처럼 런던에서 겨울을 지낼 예정이란 말을 들었으면 좋으련만. 그걸 바랄 수는 없겠지요. 하트퍼드셔에서의 성탄절에 성탄의 기쁨을 듬뿍 누리기를, 그리고 우리 세 사람이 그곳에 없어서 당신이 상실감을 느끼지 않도록 많은 멋진 남자들과 함께 지낼 수 있기를 진심으로 기원해요.'"

"이것으로 보면," 제인이 덧붙였다. "그는 이번 겨울에 더 이상 이곳에 돌아오지 않아."

"빙리 양이 그가 돌아오지 말아야 한다고 생각하는 것이 명백할 뿐이야."

"왜 그렇게 생각하니? 틀림없이 빙리 씨 자신이 그렇게 하는 거야. 남이 그에게 이래라 저래라 하지 않아. 그렇지만 아직 너한테 다 알려준 건 아니란다. 특히 내가 상처받은 구절을 읽어줄게. 네게 아무것도 숨기지 않을 거야.

'다아시 씨는 여동생을 몹시 만나고 싶어 해요. 그런데 솔직히 말하자면 우리 또한 다아시 씨 못지않게 그의 여동생을 만나고 싶어요. 조지아나 다아시만큼 아름답고 우아하고 완벽하게 교양을 갖춘 여성은 거의 없을 거라고 생각해요. 그리고 루이자와 내 마음속에 그녀가 불러일으키는 애정은 좀 더 흥미로운 무언가로 승화되어요. 이제는 감히 그녀가 우리 올케가 되었으면 좋겠다는 생각을 하기 때문이지요. 전에 내가 당신에게 이 점에 대한 내 의견을 언급했는지 모르지만, 이곳을 떠나기 전에 당신에게 꼭 이 말을 털어놓고 가야겠어요. 당신은 내 생각이 터무니없다고 생각하지 않을 거예요. 오빠는 이미 그녀를 대단히 찬양하고 있어요. 오빠는 가장 가까운 입장에서 자주 그녀를 만날 기회를 가지게 될 거예요. 조지아나의 친척들 모두 우리 오빠 친척들만큼 그 두 사람이 교제하기를 바라고 있지요. 찰스는 모든 여자의 마음을 사로잡을 능력이 있는 사람이라고 말할 때, 내가 그의 여동생이니까 그를 편애하기 때문에 오해하는 거라고 생각하지 않아요. 이처럼 모든 상황이 그들의 교제에 유리하고 그 교제를 방해할 것이 하나도 없는데, 나의 친애하는 제인이여, 많은 사람들에게 행복을 가져다 줄 일에 희망을 거는 내가 잘못 생각하는 걸까요?'"

읽기를 마친 제인이 말했다. "리지야, 이 문장을 어떻게 생각하니? 이 걸 보면 분명하지 않아? 이 문장에서 캐롤라인은 내가 그녀의 올케가 되는 걸 기대하지도, 원하지도 않는다는 것, 그리고 자신의 오빠가 완전히 내게 무관심하다고 확신한다는 것, 그리고 내가 빙리를 사랑한다고 그녀가 의심한다면, 가장 친절하게 내게 조심하라고 일러준다는 걸 분명히 선언하는 게 아니겠어? 이 일에 대해 무슨 다른 의견이 있을 수 있을까?"

"그럼, 다른 의견이 있을 수 있지. 내 생각은 언니 생각과 완전히 다르니까. 들어볼래?"

"기꺼이 듣고말고."

"몇 마디로 다 요약할 수 있어. 빙리 양은 자기 오빠가 언니를 사랑하는 걸 알고 있는 거야. 그런데 오빠가 다아시 양과 결혼하기를 원하는 거지. 그가 런던에 머물게 하려고 그를 따라 런던에 간 거고, 빙리 씨가 언니를 사랑하지 않는다고 언니를 설득하려는 거야."

제인은 고개를 가로 저었다.

"언니, 정말 내 말을 꼭 믿어야 해. 언니와 그가 함께 있는 걸 본 사람은 누구나 그가 언니를 사랑한다는 걸 의심치 않아. 틀림없이 빙리 양도 의심할 수 없다고 생각해. 그녀는 그렇게 바보가 아니거든. 빙리 양은 다아시 씨가 그 반만이라도 자신을 사랑한다는 걸 안다면, 결혼 드레스를 주문했을 거야. 그러나 실은 이런 거야. 우리 집이 그들에게 어울릴 정도로 부자이거나 대단한 지위를 누리는 것도 아니라는 거지. 그리고 빙리 양은 오빠가 다아시 양과 결혼하기를 더 바라고 있어. 일단 그들의 혼인 관계가 이루어지면, 자신과 다아시 씨의 두 번째 결혼이 쉽게 맺어질 거라는 생각에서지. 거기에는 확실히 교묘한 농간이 있는 거야. 그리고 만약 드 버그 양이 방해가 되지 않는다면 두 번째 혼인이 성공할 수도 있을 거야. 하지만 언니, 언니는 빙리 양이 자신의 오빠가 다아시 양을 대단히 칭송한다고 언니에게 말한다고 해서 그가 정말로 지난 화요일 언니와 작별할 때보다 언니의 가치를 조금이라도 덜 중요하게 생각한다거나, 빙리 양이 오빠가 언니 대신 조지아나를 대단히 사랑한다고 오빠를 설득할 힘이 있다고 지레 짐작하지 말아."

"빙리 양에 대해 너와 나의 생각이 같다면," 제인이 대답했다. "네가 말하는 이 모든 것이 나를 편안하게 해줄 수 있을 거야. 그렇지만 나는 근거가 부당하다는 것을 알아. 캐롤라인은 의도적으로 누구를 속일 능력이 없는 사람이야. 그리고 이 경우

내가 가질 수 있는 희망은 그녀가 자기 자신을 기만하고 있다는 거지."

"그거 맞아. 언니가 내 생각에서 위안을 얻을 수 없으니까 더 할 수 없이 좋은 생각을 해 낸 거야. 제발 빙리 양이 그녀 자신을 기만하고 있다고 믿어. 이제 언니는 그녀에게 해야 할 의무를 다했으니 더 이상 괴로워하지 마."

"하지만, 리지야, 가장 바라는 일이 일어난다 해도, 그의 자매들이나 친구들이 그가 다른 사람과 결혼하기를 원하는데, 내가 그 사람을 결혼상대로 받아들여 행복할 수 있을까? 최선의 상황을 가정할 수도 있을까?"

"언니 자신이 결정해야 만 해," 엘리자베스가 대답했다. "그리고 만약, 곰곰이 생각한 후에 그의 두 자매를 화나게 함으로써 겪는 괴로움이 그의 아내가 되는 행복보다 더 중요하다면 제발 그를 단념하라고 권하고 싶어."

"어떻게 그렇게 말할 수 있어" 제인이 빙긋이 미소 지으며 말했다. "그들이 인정하지 않는 것이 대단히 슬프지만, 나는 주저하지 않고 빙리 씨를 택할 거야."

"언니가 주저하지 않을 줄 알았어. 그렇기 때문에 나는 언니 입장이 대단히 측은하다고 생각하지 않아."

"하지만 이번 겨울에 그가 다시 돌아오지 않는다면, 내게는 선택의 여지가 전혀 없는 거지. 6개월 사이에 그에게 무수한 일이 일어날 수 있으니까!"

엘리자베스는 그가 네더필드로 돌아오지 않을 거라는 생각을 그리 대수롭지 않게 여겼다. 그녀에게 그것은 단순히 캐롤라인 빙리의 타산적인 희망을 암시하는 것에 불과했다. 그리고 그런 희망을 아무리 공공연하게 그리고 교묘하게 말한다 해도, 한순간도 그것이 누구의 간섭도 받지 않을 완전히 독립적인 청년에게 영향을 끼칠 수 있다고 생각하지 않았다.

엘리자베스는 그 주제에 대해서 가장 강력하게 자신의 생각을 언니에게 말했고, 그 말을 듣고 행복해 하는 언니를 보고 즐거웠다. 제인은 비관적인 사람이 아니었다. 비록 애정에 자신이 없으므로 때로는 희망이 밀려나기도 했지만, 그녀는 서서히 빙리가 네더필드로 돌아오고, 자신의 마음속에 있는 모든 바람이 이루어질 것이라는 희망을 품게 되었다.

그들은 어머니가 빙리 씨의 행동으로 놀라지 않도록 단지 빙리 가족이 떠난다는 말만 전하기로 의견을 모았다. 하지만 이런 부분적인 소식에도 베넷 부인은 크게 걱정했고, 빙리 자매가 제인과 대단히 친숙해지려는 시기에 떠나가게 된 것은 무척 불행한 일이라며 비탄에 잠겼다. 그러나 한동안 슬퍼하던 베넷 부인은 빙리 씨가 곧 돌아와서 머지않아 롱본에서 식사하게 될 거라는 기대로 마음이 편안해졌다. 비록 가족만의 정찬에 그를 초대한 것이지만 그녀 자신은 두 가지 풀코스 요리를 준비하겠다는 기분 좋은 선언을 하는 것으로 모든 것이 매듭지어졌다.

22

베넷 가족은 루카스 가족과 정찬을 하기로 되어 있었다. 또다시 루카스 양은 그날 대부분을 친절하게 콜린스 씨 말을 귀담아 들으며 보냈다. 엘리자베스는 샬럿에게 감사함을 표시할 기회를 잡아 이렇게 말했다. "네가 그의 말을 열심히 들어주니 콜린스 씨가 기분 좋아하네, 그래서 난 말할 수 없이 네게 감사해." 샬럿은 자신이 쓸모 있는 일을 할 수 있어서 기쁘다고 말해 친구를 안심시켰다. 자신의 시간을 조금 바쳤더니 엄청나게 보답받았다고 했다. 샬럿은 매우 친절하게 행동했던 것이다. 하지만 샬럿의 친절은 엘리자베스가 상상할 수 없을 정도로 확대되었다. 샬럿에게는 목적이 있었다. 콜린스 씨가 자신에게 청혼하도록 만들어서 자신이 그의 청혼을 확보하려는 것, 그것이 루카스 양의 계획이었다. 상황은 그녀에게 매우 호의적으로 전개되어서 밤에 콜린스 씨와 헤어졌을 때, 그녀는 콜린스 씨가 하트퍼드셔를 그렇게 빨리 떠날 예정이 아니었다면 자신의 계획이 성공하리라고 느낄 정도였다. 그러나 이런 생각은 그녀가 그의 불같은, 독립적인 성격을 오판한 결과였다. 성격이 그러하기 때문에 그는 다음 날 아침 감탄할 정도로 교활하게 롱본을 빠져나와 부리나케 루카스 로지로 가서 샬럿에게 사랑을 고백했던 것이다. 그는 사촌들이 눈치 채지 못하게 하고 싶었다. 나가는 것을 보면 그들이 자신의 계획을 알아 버릴 것이라고 생각했기 때문이었다. 그리고 성공하기 전에는 자신의 청혼 시도가 알려지는 걸 꺼렸다. 샬럿이 전적으로 격려해 주므로 성공하리라 여길 만한 이유도 있었고, 안전하다고 느꼈지만, 수요일 모험 이후로 그는 다소 자신감이 없었다. 그러나 그는 가장 행복한 대접을 받았다. 샬럿은 그가 그녀 집 쪽으로 걸어올 때에 이 층 창에서 알아보고는 즉시 출발해, 우연을 가장하여 골목에서 그를 만났던 것이다. 그러나 그녀는 그처럼 대단한 사랑과 열변이 그곳에서 자신을 가다릴 줄은 전혀 생각하지 못했었다.

콜린스 씨가 일장연설을 하는 중에 짧은 막간을 이용해 그들 사이의 모든 것이 두 사람 모두에게 만족스럽게 해결되었다. 그녀의 집으로 걸어 들어가면서 그는 진지하게 자신이 가장 행복한 남자가 될 날을 지정해 달라고 부탁했다. 즉석에서 그의 간청을 들어주지는 못했지만, 샬럿은 그의 행복을 소홀히 할 생각이 전혀 없었다. 천성이 우둔한 그는 여성이 청혼 기간이 오래 이어지기를 바랄만큼 매력적인 청혼을 하지 못했다. 순전히 결혼해서 정착하겠다는 이유만으로 사심 없이 그의 청혼을 받아들였기 때문에 루카스 양은 결혼 시기에 대해서는 별로 관심을 두지 않았다.

그들은 매우 신속하게 윌리엄 경과 루카스 부인에게 허락을 요청했고, 루카스 경 부부는 기뻐하며 시원시원하게 동의해 주었다. 콜린스 씨의 현재 상황을 볼 때 부모에게서 물려받을 재산이 별로 없는 그들의 딸에게는 콜린스 씨야말로 가장 바람직한 신랑감이었다. 게다가 그가 장래에 부를 누리게 될 가능성도 매우 컸다. 루카스 부인은 곧 그 전보다 더 큰 관심을 가지고 베넷 씨가 얼마나 더 오래 살 것인가를 따져 보기 시작했다. 윌리엄경은 콜린스 씨가 언제 롱본 토지를 소유하게 되건 그때야말로 콜린스 부부가 세인트 제임스 궁정에서 왕을 알현하기에 적절한 시기라고 확신에 차서 말했다. 이 일로 당연히 루카스 가의 온 가족은 대단히 기뻐했다. 샬롯의 여동생들은 이런 일로 일이 년은 일찍 사교계에 나갈 수 있겠다는 희망을 가지게 되었다. 남동생들은 샬롯이 자신들에게 기대어 살다가 노처녀로 늙어 죽을지도 모른다는 걱정을 하지 않아도 좋았다. 샬롯 자신은 대단히 평온했다. 그녀는 목적을 달성한 지금 그것에 관해 생각할 여유를 가졌다. 곰곰이 따져 보고는, 그녀는 대체로 일이 만족스럽게 풀렸다고 생각했다. 콜린스 씨는 분명히 지각 있는 사람도 아니고 유쾌한 사람도 아니었다. 그와 함께 지내는 것은 지루했고, 그가 그녀를 사랑한다는 것은 틀림없이 상상에 지나지 않았다. 남자들이나 결혼을 그다지 높이 평가하지 않는 그녀의 목적은 언제나 결혼, 그 자체였다. 좋은 교육을 받았지만, 재산이 별로 없는 처녀들에게 결혼이야말로 유일한 생계 대책이었기 때문이다. 그 결혼에서 행복을 누릴 수 있을지 확실치 않다 해도 그것은 가장 즐겁게 가난을 예방할 수 있는 길이었다. 이제 샬롯은 이 예방책을 얻었다. 한 번도 아름다운 외모를 지닌 적이 없는 27세의 노처녀 샬롯은 이 결혼이 자신에겐 대단한 행운이라고 생각했다. 이 소식을 듣고 엘리자베스 베넷이 틀림없이 깜짝 놀라리라는 것이 이 일에서 샬롯의 마음에 가장 걸리는 부분이었다. 샬롯은 누구보다도 엘리자베스의 우정을 가장 귀중하게 여겨 왔기 때문이었다. 엘리자베스는 이 청혼을 이상하게 여길 것이고, 아마도 샬롯을 비난할 것이다. 엘리자베스가 비난한다고 해서 샬럿의 결심이 흔들리지는 않겠지만, 그런 비난은 틀림없이 샬럿에게 상처를 줄 것이었다. 샬럿은 청혼 소식을 자신이 직접 엘리자베스에게 알리기로 작정했다. 그러므로 그녀는 콜린스 씨가 롱본으로 저녁 식사를 하러 갈 때, 베넷 가족 누구에게도 그 사이에 있었던 일에 대해 아무런 티도 내지 말아 달라고 부탁했다. 그는 물론 아주 공손히 비밀을 지키겠다고 약속했다. 하지만 그것을 지키는 데는 어려움이 없지 않았다. 그가 오랫동안 보이지 않자, 매우 궁금해진 롱본 가족들은 그가 돌아오자 상당히 묘안을 내야만 피할 수 있는 단도직입적인 질문들을 쏟아 부었기 때문이었다. 동시에 그는 자신이 사랑에 성공했다는 것을 떳떳하게 발표하고 싶었기 때문에 대단한 자제력을 행사해야 했다.

콜린스 씨는 다음 날 아침 가족들을 만나기에는 너무 이른 시간에 길을 떠날 예정이어서 여자들이 잠자리에 들기 전에 작별 인사를 했다. 베넷 부인은 대단히 공손하고 상냥하게 그가 다른 용무로 방문하게 될 때마다 롱본에서 만나면 아주 기쁠 거라고 말했다.

"아주머니," 그가 대답했다. "그런 초대를 받고 싶었는데, 이렇게 초대해 주시니 특별히 감사드립니다. 될 수 있으면 속히 그 초대에 응하도록 하겠습니다."

그들은 모두 깜짝 놀랐다. 베넷 씨는 그런 신속한 호응을 전혀 원하지 않았기 때문에 즉각적으로 다음과 같이 말했다.

"하지만 그렇게 하면 캐서린 영부인의 불만을 살 위험이 있지 않을까? 후원자를 거스르는 모험을 하느니 차라리 친척을

등한히 하는 편이 나을 거요."

"아저씨," 콜린스 씨가 대답했다. "이처럼 친절하게 주의시켜 주시니 대단히 감사합니다. 그러나 저는 캐서린 영부인의 동의 없이는 그런 중요한 일을 하지 않을 겁니다."

"조심할수록 더 좋다는 말이지요. 어떤 모험을 해도 좋지만 그녀를 불쾌하게 하지 마시오. 그리고 우리를 또 방문하는 것을 그녀가 불쾌하게 여기면, 그럴 가능성이 상당히 있다고 생각하는데, 조용히 집에 있어요. 그래도 우리는 조금도 화내지 않을 테니까."

"아저씨, 그처럼 애정이 깃든 배려에 진심으로 감사드립니다. 제가 하트퍼드셔에 머무는 동안 제게 주신 모든 말씀과 지금 하신 말씀에 대한 감사 편지를 곧 보내드리겠습니다. 이 말씀을 드릴 정도로 오래 이곳을 비우지 않겠지만, 지금 이 기회에 엘리자베스를 포함해서 아름다운 사촌들에게 건강과 행운을 바란다는 말을 하고 싶습니다."

그 후 숙녀들은 적절한 예의를 갖추어 물러갔다. 그들 모두는 콜린스 씨가 곧 돌아올 생각을 하는 것에 놀랐다. 베넷 부인은 그가 곧 돌아온다는 것은 자기네 어린 딸들 중 한 명에게 청혼하려는 모양이라고 생각하고 싶었고, 메리에게 그를 받아들이도록 강권할 수 있겠다고 생각했다. 메리는 다른 딸들보다 콜린스 씨의 능력을 높이 평가했다. 그의 생각에는 실질적인 데가 있어서 그것이 때로는 그녀를 감동시켰다. 그리고 그가 자신만큼 똑똑하진 않지만, 자신을 본받아 독서를 통해 발전하도록 권하면 매우 유쾌한 반려가 될 거라고 생각했다. 하지만 다음 날 아침 이런 희망은 모조리 좌절되었다. 아침 식사 후에 곧 루카스 양이 찾아왔고, 엘리자베스와 단 둘이 만나 그 전날 일어난 일을 알려주었기 때문이다.

지난 하루 이틀 동안에 콜린스 씨가 샬럿을 사랑한다고 상상하는 것 같다는 생각이 한 번 엘리자베스의 뇌리를 스쳐 지나간 적이 있었다. 하지만 자신이 그를 부추길 리가 없는 것과 마찬가지로 샬럿도 그를 부추길 리 없을 것 같았다. 그래서 얼마나 깜짝 놀랐는지 엘리자베스는 처음에는 체면을 차릴 수도 없을 지경이었고, 큰 소리로 이렇게 외치지 않을 수 없었다.

"콜린스 씨와 약혼했다고! 샬럿—말도 안 돼!"

엘리자베스가 그처럼 직접적으로 비난하자 침착하게 자신의 이야기를 하던 루카스 양의 얼굴에는 잠시 당혹스러워 하는 빛이 보였다. 그러나 그러한 비난은 예상했던 것이어서 그녀는 곧 평온을 되찾고 침착하게 대답했다.

"일라이저, 왜 그렇게 놀라는 거야? 불행하게도 너에게 청혼해서 성공하지 못한 사람이니, 누군가 다른 여성이 그를 좋게 평가하는 것을 믿을 수 없다는 거야?"

그러나 엘리자베스는 이제 마음을 가라앉히고, 그런 상태를 유지하려고 무척 애쓰면서 그들의 약혼이 자신에게는 매우 기쁜 일이고, 샬럿에게 상상할 수 있는 모든 행운을 빈다는 말을 분명히 할 수 있었다.

"나는 네가 어떻게 생각하는지 알아," 샬럿이 대답했다. "너는 틀림없이 놀랐을 거야, 대단히 놀랐을 거야—얼마 전까지만 해도 콜린스 씨는 너와 결혼하길 원했으니까. 그렇지만, 네가 시간을 가지고 그 일을 곰곰이 생각해보면 내가 결정을 잘했다고 기뻐할 거야. 너도 알다시피 나는 낭만적이 아니야. 한 번도 그랬던 적이 없어. 내게 필요한 건 단지 안락한 가정이야. 콜린스 씨의 성품, 친척 관계, 삶의 형편을 고려할 때 내가 그와 결혼해서 행복할 가능성은 결혼 생활을 시작하는 모든 사람들이 행복할 가능성과 비슷할 거라고 확신해."

엘리자베스는 조용히 "그야 의심할 여지가 없지."라고 대답했다. 그들은 잠시 어색하게 침묵하다가 가족에게 돌아왔다. 샬럿은 그다지 더 오래 머물지 않았다. 엘리자베스는 홀로 남아서 샬럿에게서 들은 소식을 곰곰이 생각했다. 도무지 어울리지 않는 친구의 결혼을 용납할 수 있기까지는 긴 시간이 걸렸다. 콜린스 씨가 삼일 동안 두 번이나 청혼한 것도 생소한 일이지만, 샬럿이 그를 받아들인 것에 비하면 그것은 아무것도 아니었다. 엘리자베스는 항상 결혼에 대한 샬럿의 생각이 자신의 생각과 다르다고 느꼈다. 하지만 샬럿이 그 생각을 행동으로 옮길 때 세속적인 이익을 얻기 위해서 더 좋은 모든 감정을 희생하리라고는 상상도 하지 못했다. 콜린스 씨 아내로서의 샬럿. 그것은 그녀의 가장 수치스러운 모습이었다! 엘리자베스는 샬럿이 그녀 자신을 수치스럽게 했고, 막역한 친구인 자신에게서 더 이상 존경 받을 수 없게 된 것을 비통해 하며, 그 친구는 스스로 선택한 운명의 길에서 별로 행복할 수 없으리라고 굳게 믿었다.

23

엘리자베스는 어머니와 자매들과 함께 앉아서 샬럿에게서 들은 말을 되새기며 자신이 그 소식을 식구들에게 알려야 할지 망설이고 있었다. 그때 딸의 부탁을 받은 윌리엄 경이 몸소 와서 베넷 가족들에게 샬럿의 약혼을 알렸다. 두 가문 사이에 맺어질 인연에 대해 베넷 가의 사람들에게 경의를 표하고 또한 크게 자기 자신을 축하하면서 그는 콜린스 씨의 청혼을 털어놓고 이야기했다. 베넷 가의 식구들은 그의 말을 이상하게 생각했을 뿐 아니라 믿지도 않았다. 베넷 부인은 예의라기보다 인내심을 가지고 윌리엄 경이 전적으로 오해하고 있다고 잘라 말했다. 항상 경솔하고 때로는 무례한 리디아는 거칠게 외쳤다.

"세상에! 윌리엄 경, 어떻게 그런 이야기를 하실 수 있나요? 콜린스 씨가 리지와 결혼하고 싶어 하는 걸 모르세요?"

조신(朝臣)의 공손함이 아니었다면 그는 그런 대접을 참을 수 없었을 것이다. 그러나 매우 예의바른 윌리엄 경은 그 모든 것을 참았다. 자신이 말하는 것이 사실이니 긍정적으로 받아들여 달라고 간청하긴 했지만, 그는 자제하면서 예의를 다해 그들의 모든 무례한 말을 귀담아 들었다.

엘리자베스는 그토록 불쾌한 입장에 놓인 루카스 경을 구하는 것이 자신의 의무라고 생각했다. 그녀는 윌리엄 경의 이야기가 옳다는 것을 증명하기 위해 앞으로 나서서 자신은 샬럿에게서 직접 들어서 그 일을 이미 알고 있다고 말했다. 그리고 윌리엄 경을 진심으로 축하하며, 그것으로 어머니와 자매들이 큰소리로 외치는 불만에 종지부를 찍으려고 애썼다. 곧 제인이 윌리엄 경을 축하했고, 그들은 그 결혼이 가져올 행복에 대해서, 콜린스 씨의 뛰어난 성품, 그리고 헌스퍼드가 런던 근처에 있다는 것 등에 대해 여러 가지 이야기를 주고받았다.

실상 베넷 부인은 어찌나 맥이 빠졌던지 윌리엄 경이 머무는 동안 아무 말을 할 수 없었다. 그러나 그가 떠나자마자 그녀의 감정은 한순간에 폭발했다. 우선, 그녀는 계속해서 그 일 전체를 도무지 믿을 수 없었다. 둘째로, 콜린스 씨가 분명히 속았다고 확신했다. 셋째로, 콜린스 씨와 샬럿은 결코 행복하지 못할 것이라고 믿었다. 넷째로, 그 혼사가 깨질지도 모른다고 생각했다. 이 모든 것에서 그녀는 두 가지 분명한 결론을 얻었다. 하나는 이 난처한 사태의 모든 원인은 엘리자베스에게 있다는 것이고, 다른 하나는 모든 사람이 자신을 야비하게 대했다는 것이었다. 그날 나머지 시간 동안 내내 그녀는 주로 이 두 가지만 생각했다. 어떤 것도 그녀를 위로하거나, 진정시킬 수 없었다. 그녀의 분노는 그날로 다 풀어지지도 않았다. 일주일이 지나서야 그녀는 엘리자베스를 만날 때 꾸짖지 않을 수 있었다. 윌리엄 경이나 루카스 부인에게 무례하게 말하지 않고, 조금이나마 샬럿을 용서할 수 있기까지는 여러 달이 걸렸다.

이 경우에 베넷 씨는 부인보다 훨씬 마음이 평온했다. 그는 가장 유쾌한 경험을 했다고 단언했다. 이번 일에서 그가 항상 매우 분별력이 있다고 생각해 온 샬럿 루카스가 자신의 아내만큼 어리석고, 엘리자베스보다 더 어리석다는 것을 알게 되었기 때문이었다!

제인은 이번 콜린스 씨와 샬럿의 혼사에 약간 놀랐다고 고백했다. 그러나 자신이 놀랐다는 것보다는 그들이 행복하기를 진정으로 바란다는 말을 더 많이 했다. 엘리자베스조차 그것이 말도 되지 않는 혼사라고 제인을 설득할 수 없었다. 키티와 리디아는 콜린스 씨가 목사에 불과하기 때문에 루카스 양을 전혀 부러워하지 않았다. 그것은 그들이 메리턴에 뿌릴 한 가지 소식에 불과했다.

딸이 결혼을 잘하게 되어 마음이 편안하다는 말로 베넷 부인에게 반격을 가할 수 있는 기회를 잡은 루카스 부인은 자신이 얼마나 행복한지를 알려주기 위해서 평소보다 더 자주 롱본을 방문했다. 베넷 부인이 불쾌한 표정으로 심술궂은 말을 해서 그녀의 행복을 쫓아 버릴 수도 있었지만 말이다.

엘리자베스와 샬럿은 자제하며 그 주제에 대해 상호간에 침묵했다. 엘리자베스는 분명히 자신과 샬롯 사이에 다시는 진정한 신뢰가 존재하지 않을 거라고 느꼈다. 샬럿에게 실망한 그녀는 언니를 더욱 애정으로 배려했고, 자신이 언니가 정직하고 세심하다고 생각하는 것만은 결코 흔들리지 않을 것이라고 믿었다. 빙리가 네더필드를 떠난 지도 일주일이나 되었고 그가 돌아올 것이라는 소식은 전혀 없기 때문에 엘리자베스는 날이 갈수록 언니의 행복이 몹시 걱정되었다.

제인은 캐롤라인에게 일찍이 답장을 보냈고, 그녀에게서 다시 소식을 들을 날을 손꼽아 기다리고 있었다. 콜린스 씨가 약속한 감사 편지가 화요일에 베넷 씨 앞으로 배달되었다. 베넷 가에 와서 일 년이나 묵은 것처럼 진지한 감사의 말이 편지에 가득 적혀 있었다. 편지 앞부분에서 감사한 마음을 전한 후에, 그는 그들의 사랑스러운 이웃 루카스 양의 사랑을 얻어서 매우 행복하며, 롱본에서 다시 만나게 되면 기쁠 거라고 했다. 또한 아저씨 댁의 친절한 초대에 기꺼이 응한 것은 오로지 루카스 양과의 교제를 기대했기 때문이라고 수많은 열광적인 표현을 써서 설명했다. 그는 2주 후 월요일에 롱본을 방문하고 싶다고 했다. 그의 결혼을 대단히 흔쾌하게 인정한 캐서린 영부인은 가능하면 빨리 결혼식을 치르기를 바라고 있으며, 자신을 가장 행복한 사람으로 만들어 줄 날을 일찍 지정하는 것에 대해 그의 사랑스러운 샬럿도 반대할 리 없을 것이라고 했다.

콜린스 씨가 하트퍼드셔로 다시 돌아온다는 것이 베넷 부인에게는 더 이상 기쁘지 않았다. 그와 반대로 그녀는 남편처럼 그것이 불만스러웠다. 그가 루카스 로지로 가지 않고 롱본으로 온다는 것이 참 이상했다. 아주 불편할 뿐 아니라 대단히 성가신 일이었다. 베넷 부인은 자신의 건강이 좋지 않을 때 집에 손님이 오는 것이 싫고, 누구보다도 연인들은 더 불쾌했다. 베넷 부인은 조용히 그런 말들을 중얼거렸다. 그리고 그런 것에서 비롯되는 그녀의 고통은 빙리 씨가 계속해 네더필드를 비우고 있는데서 오는 더 큰 고통에만 버금가는 것이었다.

빙리 씨의 부재에 대해서는 제인이나 엘리자베스도 마음이 편치 않았다. 곧 그가 겨우내 네더필드에 돌아오지 않을 거라는 소문이 메리턴 전체에 파다하게 퍼졌고, 그 이외의 별다른 소식 없이 나날이 흘러갔다. 그 소문은 베넷 부인의 염장을 질렀고,

그녀는 그건 가장 말도 되지 않는 거짓이라고 매번 반박했다.

엘리자베스조차 걱정하기 시작했다.—빙리의 무관심이 아니라—그의 자매들이 그가 네더필드로 돌아오지 못하도록 하는데 성공할 수 있다는 것이 걱정스러웠다. 엘리자베스는 언니의 행복에 해가 되고, 그녀의 연인 빙리의 변함없는 사랑에 대단히 불명예스러운 생각을 인정하고 싶지 않았지만, 그런 생각이 자주 드는 것을 억누를 길이 없었다. 그의 무정한 두 자매와 고압적인 친구가 힘을 합해 노력하고, 다아시 양의 매력과 런던의 즐거움이 거들게 되면, 그의 강한 사랑도 그런 것들을 감당해낼 수 없을 것 같았다.

물론 제인은 이런 어중간한 상황에서 엘리자베스보다 더 걱정하며 괴로워했지만, 자신의 감정을 숨기고 싶었기 때문에 엘리자베스에게 이 주제에 대해 결코 언급하지 않았다. 그러나 그런 절제력이 없어서 자상하게 제인을 배려하지 못하는 그녀 어머니는 한 시간이 멀다 하고 빙리 이야기를 하고, 그가 도착하기를 바라는 성급한 마음을 내보이고, 제인에게 빙리가 네더필드로 돌아오지 않는다면, 그에게서 아주 나쁜 대우를 받았다고 인정해야 한다고 윽박질렀다. 제인은 이런 어머니의 비난을 변함없이 온순하게, 그녀 나름대로 침착하게 견뎌 냈다.

콜린스 씨는 대단히 정확하게 2주 후 월요일에 다시 왔다. 그러나 그는 처음 롱본에 왔을 때만큼 융숭한 대접을 받지 못했다. 하지만 대단히 행복한 그에게 그렇게 많은 배려가 필요하지도 않았다. 그가 대부분의 시간을 연애 사업에 보내게 되어서 그와 함께 지내지 않아도 되는 것이 다른 사람들에게는 다행스러웠다. 그는 매일 오랜 시간을 루카스 로지에서 보냈고, 때때로 가족들이 잠자러 가기 전, 너무나 오래 외출해서 미안하다고 사과할 수 있을 정도의 시간에 롱본으로 돌아왔다.

베넷 부인의 상태는 참으로 가장 비참했다. 그녀는 무엇이든지 그 혼사에 관한 말만 들어도 기분이 좋지 않았지만, 어디를 가든 틀림없이 그 이야기를 들을 수밖에 없었다. 루카스 양의 모습을 보는 것도 불쾌했다. 베넷 부인은 롱본의 후계자로서의 루카스 양을 혐오스런 질투의 눈으로 바라보았다. 샬럿이 그들을 방문할 때마다 베넷 부인은 샬럿이 자신의 집을 소유하게 될 때를 기다린다고 결론지었다. 그리고 그녀가 낮은 목소리로 콜린스 씨에게 이야기할 때 마다 그들이 롱본 토지에 대해 이야기하는 것이고 베넷 씨가 사망하자마자 자신과 딸들을 집에서 내쫓기로 작정하고 있다고 확신했다. 그녀는 남편에게 이 모든 것에 대해 비통하게 불평했다.

"여보, 정말이지," 그녀가 말했다. "샬럿 루카스가 이 집의 여주인이 된다니까, 나는 그녀에게 자리를 내 주지 않으면 안 된다니까, 그녀가 내 자리를 차지하는 것을 살아서 보아야 한다고 생각하니까 너무나 힘들어요!"

"여보, 그런 우울한 생각을 하지 말구려. 더 나은 일들을 바랍시다. 내가 더 오래 살아남는 사람이 될 수도 있다고 좋게 생각해요."

이 말도 베넷 부인에게 큰 위로가 되지 못해서 그녀는 대답 대신 좀 전에 하던 말을 계속했다.

"그들이 이 재산을 모두 차지할 것을 생각하면 참을 수 없어요. 한사 상속이 아니라면 아무 걱정도 하지 않을 거예요."

"무얼 걱정하지 않는다는 거요?"

"나는 아무 걱정도 하지 않을 거라니까요."

"당신이 그처럼 냉담한 상태에서 벗어날 수 있다는 걸 감사
합시다."

"나는 한사 상속에 대해서는 도무지 감사할 수 없어요, 베넷
씨. 도대체 우리 딸들이 재산을 상속받지 못하게 하려는 사람에
게 양심이란 게 있는 건지 이해할 수 없어요. 그것도 또 모두 콜
린스 씨를 위해서라니!—왜 다른 사람이 아니라 그 사람이 상
속 받아야만 한데요?"

"당신이 결정하도록 맡기겠소." 베넷 씨가 말했다.

제2부

1

빙리 양에게서 온 편지가 모든 의문에 종지부를 찍었다. 그녀는 편지의 바로 첫 문장에서 그들이 겨울 동안 런던에서 지내기로 결정한 것을 분명히 전하며, 오빠가 하트퍼드셔를 떠나기 전에 그곳의 친구들에게 인사할 기회를 갖지 못한 점을 미안해 한다는 것으로 편지를 맺었다.

희망이 사라졌다. 모조리 사라졌다. 겨우 기운을 차리고 편지의 나머지 부분을 읽을 수 있게 되었을 때, 제인은 편지를 쓴 빙리 양이 우정을 고백한 것을 빼고는 어떤 것에서도 위로 받을 수 없었다. 다아시 양에 대한 칭찬이 편지의 대부분을 차지했다. 그녀가 지닌 수많은 매력을 다시 언급하고, 캐롤라인은 빙리와 다아시 양이 점점 더 친해지는 것이 기쁘다고 자랑했다. 그리고 그 전 편지에서 밝힌 자신의 소망이 이루어질 것이라고 과감하게 말했다. 또한 오빠가 다아시 씨 집에 기거하며, 다아시 씨가 새로운 가구를 들여놓을 계획이라는 소식을 전하며 기뻐서 어쩔 줄 몰라 했다.

제인은 곧 엘리자베스에게 이 모두를 전했고, 엘리자베스는 분노하며 조용히 그 이야기를 들었다. 그녀의 마음은 언니에 대한 걱정과 다른 모든 사람을 향한 분노 사이에서 갈등하고 있었다. 엘리자베스는 빙리 씨가 다아시 양을 좋아한다는 캐롤라인의 주장을 믿지 않았다. 그전에 늘 그랬듯이 빙리 씨가 제인을 진심으로 좋아한다는 걸 의심하지 않기 때문이었다. 그녀는 항상 빙리를 좋아하지만, 소탈하고, 적절한 결단을 내리지 못하는 우유부단한 그의 성격을 생각하자 화가 나고 경멸감마저 생겼다. 그러한 성격 때문에 그는 계획을 꾸미는 친구들의 노예가되어 그들의 변덕스러운 기분에 따라 자신의 행복을 희생시키고 있는 게 아닌가. 그 자신의 행복만을 희생하는 것이라면, 그게 무엇이든 자기 좋을 대로 그것을 가지고 놀도록 내버려 둘수 있을 것이다. 그러나 제인의 행복이 연루되어 있고, 엘리자베스는 빙리 자신도 틀림없이 그 점을 의식하고 있으리라 생각했다. 한마디로, 그것은 오랫동안 곰곰이 생각해야 할 주제였다. 그러나 생각해 봤자 틀림없이 별 도움이 될 것 같지도 않았다. 엘리자베스는 그 생각에만 줄곧 매달렸다. 빙리가 제인에게 더이상 관심이 없는 건지, 친구들 방해로 그의 관심이 억눌린 건지, 제인이 그를 사랑한다는 것을 의식하고 있는지, 제인의 사랑을 눈치채지 못한 건지. 어떤 경우이건 그 차이에 따라서 그에 대한 자신의 견해가 현저히 달라질 것인데도, 언니의 입장은 여전히 같았고, 동시에 언니의 마음의 평화도 상처를 입었다.

하루 이틀이 지나서야 제인은 용기를 내어 엘리자베스에게 자신의 느낌을 털어놓았다. 베넷 부인이 보통 때보다 더 장황하게 네더필드와 그 주인에 대해 화를 내고 나간 후 드디어 그들만 남았을 때, 제인은 이렇게 말하지 않을 수 없었다.

"아, 어머니가 좀 더 잘 자제하실 수 있다면 얼마나 좋을까! 어머니는 끊임없이 그 사람을 비난하시는 게 내게 고통을 준다는 걸 전혀 헤아리지 못하셔. 그렇다고 내가 불평하는 건 아니야. 오래 그러시지는 않을 테니까. 그를 잊게 되겠지, 우리는 다시 예전으로 돌아갈 테고."

엘리자베스는 걱정하며 의심의 눈초리로 제인을 바라보았지만 아무 말도 하지 않았다.

"너, 나를 의심하는구나," 제인은 얼굴을 살짝 붉히며 외쳤다. "정말 그렇게 의심할 근거가 없어. 그분은 가장 상냥한 지인으로 내 기억에 남을 거야. 그게 전부야. 나는 희망할 것도, 근심할 것도 없어. 그리고 그 사람을 책망할 거리도 전혀 없어. 내가 그 사람을 책망하며 괴로워하지 않는 것이 하나님께 감사해! 그러니까 시간이 좀 지나면, 나는 확실히 더 나아지려고 노력할 거야."

제인은 곧 힘찬 목소리로 덧붙였다. "내가 가졌던 감정은 잘못된 환상에 불과하고, 그것이 나 말고 아무에게도 해를 끼치지 않았다는 것이 내게 위안이 된단다."

"제인 언니!" 엘리자베스가 외쳤다. "언니는 너무나 착해. 상냥하고 사사로운 욕심이 없는 언니는 정말 천사 같아. 언니에게 무슨 말을 해야 좋을지 모르겠어. 나는 천사 같은 언니를 올바로 알아보지 못했고, 언니가 사랑받아야 할 만큼 언니를 사랑하지도 못한 것 같아."

제인은 자신의 모든 뛰어난 장점들을 열심히 부인했다. 그리고 오히려 동생의 따뜻한 사랑을 칭찬했다.

"아니야" 엘리자베스가 말했다. "그건 공평하지 않아. 언니는 세상 모든 사람이 존경받을 만 하다고 생각하고 싶지. 그래서 내가 누구를 비난하면 마음에 상처를 받게 되고. 나는 완벽한 사람은 오로지 언니뿐이라고 생각하고 싶어. 그런데 언니 자신은 그걸 인정하지 않는단 말이야. 언니, 내가 너무나 극단으로 흐를까 봐, 그리고 어느 누구에게나 호의적인 언니의 특권을 침해할 봐 걱정하지 마. 그럴 필요 없어. 내가 진정으로 사랑하는 사람은 거의 없어. 훌륭하다고 생각하는 사람은 더더욱 없지. 세상을 바라보면 볼수록 세상이 더욱 불만스러워. 모든 인간의 성격에는 일관성이 없고, 겉으로 나타나는 그들의 장점이나 판단력도 별로 신뢰할 수 없다는 걸 매일 확인하게 돼. 나는 최근에 두 가지 경우를 보았어. 하나는 말하지 않을게. 다른 하나는 샬럿의 결혼이야. 설명이 되지 않는 결혼이야! 어느 모로 보나 그 결혼은 설명이 되지 않아!"

"얘, 리지야, 그런 감정에 치우치지 마. 그런 감정이 네 행복을 망칠까 걱정이다. 너는 사람마다 입장이나 성품이 다르다는 사실을 충분히 고려하지 않고 있어. 콜린스 씨의 훌륭한 인품과 샬럿의 변함없이 신중한 성품을 생각해 봐. 샬럿은 대가족의 일원이야 그러니 금전적인 면에서 본다면 이건 그녀에게 가장 바람직한 결혼이야. 그리고 모든 사람을 위해서, 샬럿이 우리 사촌 콜린스 씨에게 사랑과 존경심을 느낄 수 있다고 기꺼이 믿어 보렴."

"언니를 기쁘게 하기 위해서 모든 것을 다 믿으려고 노력 하겠지만, 그걸 믿는다 해도 누구에게도 도움이 되지 않아. 내가 샬롯이 콜린스 씨를 존경한다고 설득 당한다 해도, 그녀의 판단력이 너무 나쁘다고 생각하게 될 뿐이야. 내가 지금 샬롯의 마음을 나쁘게 생각하는 것 이상으로 말이지. 언니, 콜린스 씨는 자만심이 강하고, 편협하고, 허풍떠는 어리석은 남자야. 언니도 나처럼 그 사람이 그렇다는 걸 알고, 그의 아내가 되는 여자는 제대로 생각할 줄 모르는 여자라고 생각하고 있어. 아무리 샬럿 루카스라 하더라도 그녀 편을 들지 마. 한 개인을 위해서 원칙과 품위의 의미를 바꾸지 말아야 해. 이기심을 사려 깊은 것이라고, 위험에 무감각한 것이 행복을 방어하는 것이라고 언니 자신이나 나를 설득하려고 애쓰지 말아야 해."

"넌 두 사람에 대해서 너무 심하게 말한다." 제인이 대답했다. "그리고 그 두 사람이 함께 행복하게 사는 걸 보고 네가 심했다는 걸 납득하길 바란다. 하지만 그건 이제 그만 됐어. 너는 넌지시 무언가 다른 걸 언급했어. 두 경우라고 했지. 동생아, 나는 너를 오해 할 수 없어. 네가 무얼 말하는지 알 것 같아. 하지만 그 사람을 비난해야 한다고, 그 사람에 대해 가졌던 네 소신이 좌절되었다고 말해서 나를 괴롭히지 말렴. 그들이 계획적으로 우리에게 해를 입혔다고 쉽게 생각하면 안 돼. 활발한 청년이라고 해서 언제나 아주 신중하고 용의주도할 수 있겠니. 우리를 기만하는 것은 다름 아닌 우리 자신의 허영심일 뿐이야. 여성들은 남성들이 칭찬하면, 그걸 그 이상의 의미로 생각하거든."

"여성들이 그렇게 하도록 남성들이 마음을 쓰는 거야."

"그들이 계획적으로 그러는 거라면, 옳다고 할 수 없지. 그렇지만 나는 어떤 사람들이 생각하는 것처럼, 이 세상에 계획적으로 꾸미는 일이 정말 그다지도 많은 건지 도무지 모르겠어."

"빙리 씨가 계획적으로 행동한다고 말하는 건 아니야." 엘리자베스가 말했다. "하지만 부정한 일을 하려고, 다른 사람을 불행하게 만들려고 계획하지 않더라도, 실수할 수는 있는 거야. 그리고 사람을 비참하게 만들 수도 있지. 생각이 부족하거나 다른 사람의 감정을 헤아리지 못하거나, 결단이 부족해서 그런 일이 일어나게 되는 거야."

"그런데 너는 그 두 경우가 다 그런 것 때문이라고 하는 거야?"

"그래, 나중 것은 그래. 하지만 내가 말을 계속하다가는 언니가 존경하는 사람들에 대한 내 생각을 실토하게 될 테고, 그러면 언니 마음이 편치 않을 거야. 언니, 할 수 있을 때 내 말을 중단시켜."

"그렇다면, 너는 줄곧 빙리의 자매들이 그에게 영향력을 행사한다고 믿는 거니?"

"그래. 그의 친구 다아시 씨와 손을 잡은 부분에서는 그래."

"나는 그걸 믿을 수 없어. 왜 그들이 그에게 영향을 행사하려할까? 그가 행복하기만을 바랄 텐데. 그리고 만약 그가 나를 좋아한다면 어떤 다른 여성도 그를 행복하게 해줄 수 없을 텐데."

"언니의 첫 번째 생각이 틀렸어. 그들은 그의 행복 이외에도 많은 것을 원할 수 있어. 그가 더 부유해지고 유명해지기를 바랄 수도 있어. 부와 친척 관계, 그리고 자존심이라는 관점에서 볼 때, 그런 면에서 매우 유리한 입장에 있는 여성과 결혼하기를 원하겠지."

"그가 다아시 양을 선택하기를 그들이 원한다는 것은 의심할 여지가 없어." 제인이 대답했다. "하지만 그들은 네가 생각하는 것보다 더 좋은 뜻으로 그러는 걸 거야. 그들은 나보다 다아시 양과 더 오랫동안 알아 왔으니 다아시 양을 나보다 더 좋아한다 해도 이상할 건 전혀 없단다. 그러나 그들이 무엇을 바라든지 간에 빙리 씨가 원하는 것을 방해하진 않을 거야. 무언가 정말 반대할 만한 이유가 없다면 어느 누이가 제멋대로 그렇게 할 수 있다고 생각하겠어? 그가 나를 사랑한다고 믿었다면, 우리를 갈라놓으려고 애쓰지 않았을 거야. 그가 나를 사랑한다면 그들은 성공하지 못할 테니까. 그런 영향 행사를 상상하니까 너는 모든 사람이 비인간적으로 그릇된 행동을 한다고 하고, 나를 참으로 불행하게 만드는 거야. 그런 생각을 해서 나를 괴롭게 하지 말렴. 내가 잘못 생각했다는 걸 부끄러워하지는 않아.—적어도 내가 잘못 생각했다는 건 가벼운 거야. 그건 내가 빙리 씨나 그의 자매들을 나쁘게 생각할 때 느끼는 감정에 비하면 아무것도 아니지. 내가 그걸 가장 좋은 관점에서, 이해할 수 있는 관점에서 받아들이게 해주렴."

엘리자베스는 제인의 그런 소망을 거스를 수 없기 때문에 그 시간 이후로 그들은 빙리 씨의 이름을 거의 언급하지 않았다.

베넷 부인은 여전히 빙리 씨가 돌아오지 않는 것을 이상히 여기고, 투덜거렸다. 엘리자베스가 거의 매일 어머니에게 그가 돌아오지 않는 이유를 분명하게 설명했지만, 베넷 부인이 그 사실을 조금이라도 덜 난처하게 생각할 가능성은 거의 없었다. 엘리자베스는 자기 자신도 믿지 않는 것을 어머니에게 수긍시키려고 노력했다. 빙리 씨가 제인에게 친절했던 것은 흔히 볼 수 있는 일시적인 호감의 결과였다고, 그가 제인을 더 이상 만나지 못하자 호감도 끝났다고 말이다. 그러나 그 말을 들을 때는 그럴직하다고 받아들였지만, 어머니는 똑같은 이야기를 매일 되풀이 했다. 베넷 부인에게는 가장 큰 위안을 주는 것은 여름에는 그가 틀림없이 다시 내려 올 것이라는 생각이었다.

베넷 씨는 그 문제를 다르게 취급했다. 어느 날 그는 "그래 리지야, 네 언니가 사랑에 실패했구나. 네 언니를 축하한다. 결혼 다음으로 여성이 좋아하는 것은 이따금 실연당하는 거야. 실연은 생각할 거리도 제공해 주고, 친구들 가운데서 일종의 명성도 얻게 해주니 말이다. 언제 네 차례가 되는 거냐? 제인보다 오래 쳐지는 건 참을 수 없겠지. 이제 네 차례다. 여기 메리턴에는 이곳의 모든 처녀들을 실망시킬 수 있을 만큼 수많은 장교들이 있지 않니. 위컴 씨를 네 실연 상대로 삼아라. 유쾌한 친구이니 너를 멋지게 차 버릴 거야."

"감사합니다, 아버지. 하지만 그보다 덜 유쾌한 사람에게 당해도 저는 만족할 거예요. 우리는 모두 제인처럼 운이 좋기를 바랄 수는 없으니까요."

"사실이다," 베넷 씨가 말했다. "그런 일이 일어난다 하더라도 그것을 최대한으로 이용할 사랑하는 어머니가 있다는 걸 생각하면 위안이 된다."

위컴 씨와의 교제는 최근에 일어난 기대에 어긋나는 일들로 롱본의 여러 가족들이 겪는 우울함을 떨쳐 버리는 데 중요한 도움이 되었다. 그들은 그를 자주 만났고, 그가 대체로 솔직하다는 것이 그의 다른 장점에 추가되었다. 엘리자베스가 이미 그에게서 들은 것 모두, 그가 다아시 씨에게 요구할 수 있는 권리와 다아시 씨로 인해서 받은 고통이 이제는 공공연히 인정되고 공개적으로 토의되었다. 모든 사람들은 이런 문제를 전혀 모를 때에도 항상 다아시 씨를 얼마나 싫어했는가를 기억하고 즐거워했다.

이 경우에, 하트퍼드셔 사회에 알려지지 않은, 정상을 참작할 수 있는 상황이 있을지 모른다는 생각을 하는 사람은 유일하게 제인뿐이었다. 그녀는 온순하고 변함없이 공평해서 언제나 특별히 고려해 줄 것을 간청하고, 오해일 가능성이 있다고 주장했다. 그러나 다른 사람들은 모두 다아시 씨를 가장 나쁜 사람이라고 비난했다.

2

사랑을 고백하고 행복을 계획하며 일주일을 보낸 후, 토요일이되자 콜린스 씨는 그의 사랑하는 샬럿을 두고 떠나게 되었다. 그렇지만 그의 입장에서는 아마 신부를 맞을 준비를 하느라 이별의 고통이 경감될 수 있었을 것이다. 다음 번 그가 하트퍼드셔로 돌아오면 곧 그를 세상에서 가장 행복한 남자로 만들 날을 정할 수 있으리라고 기대할 만한 이유가 있기 때문이었다. 그는 그전에도 그랬듯이 롱본의 친척들과 대단히 엄숙하게 작별했고 베넷 씨에게 감사 편지를 또 쓰겠다고 약속했다.

다음 월요일에 베넷 부인은 남동생 부부를 기쁘게 맞았다. 언제나 그들은 크리스마스를 지내기 위해 롱본으로 왔다. 성품으로 보나 교육으로 보나 누이보다 훨씬 훌륭한 가드너 씨는 현명하고 신사다운 사람이었다. 네더필드의 숙녀들은 자신의 창고가 바라보이는 곳에 살며 상업에 종사하는 남자가 그렇게도 교양이 있고 호감을 주는 사람이라는 것을 믿기 어려웠을 것이다. 베넷 부인과 필립스 부인보다 몇 년 아래인 가드너 부인은 이지적이며 우아하고 사랑스런 여성이었고, 롱본의 조카딸들은 모두 그녀를 매우 좋아했다. 특히 베넷 가의 두 큰 딸들과 그녀와의 관계는 각별했다. 그들은 자주 런던에서 그녀와 함께 지냈다.

롱본에 도착해서 가드너 부인은 우선 선물을 나누어주고 새로운 유행을 설명해 주었다. 그 후에 그녀에겐 활발하게 할 일이 별로 없었다. 이제 그녀가 이야기를 들을 차례였다. 베넷 부인에게는 늘어놓을 불만과 불평 거리가 잔뜩 있었다. 지난 번 올케를 만난 이후 자신들은 모두 상당히 푸대접을 받았다고 했다. 두 딸이 결혼할 순간에 있었으나 결국 아무것도 이루어지지 않았다고 했다.

"제인을 비난하지는 않아," 베넷 부인이 계속해서 말했다. "할 수만 있었다면 제인은 빙리 씨를 잡았겠지. 하지만 아이 참, 리지는! 올케! 리지가 고집을 부리지 않았다면 지금쯤은 콜린스 씨의 아내가 되었을 거라는 생각을 하면 몹시 괴로워. 그가 바로 이 방에서 청혼했는데 리지가 거절했지 뭐야. 그 결과 루카스 부인이 나보다 먼저 딸을 시집보내게 되었고, 롱본 재산은 전과 다름없이 콜린스 씨에게 한사 상속되겠지. 루카스 집 사람들은 정말 교활한 사람들이야, 올케. 그 사람들은 자신들이 얻을 수 있는 걸 얻기 위해 전력을 다 쏟아 붓지 뭐야. 그 사람들이 그렇다고 말하는 게 안됐지만, 그렇다니까. 내 가족이 나를 좌절시키고 이웃이 누구보다도 자기들 생각만 하고 있으니 나는 몹시 불안하고 기분이 언짢아. 그런데 자네들이 바로 이때 온 것이 내게는 가장 큰 위로가 되네. 긴 소매에 대해 이야기해 주어서 정말 기뻐."

제인과 엘리자베스와 주고받은 편지로 이 뉴스의 대부분을 알고 있는 가드너 부인은 시누이에게 간단히 대답하고, 조카딸들을 동정해서 화제를 다른 쪽으로 돌렸다.

후에 엘리자베스와 단둘이 남자 그녀는 그 주제에 대해 좀 더 이야기했다. "제인을 위해서 바람직한 혼사였던 것 같구나," 가드너 부인이 말했다. "성사가 되지 않아 안됐지만 이런 일들은 아주 빈번하게 일어나는 걸! 네가 설명하는 빙리 씨 같은 젊은 남자는 몇 주간 예쁜 처녀와 사랑에 빠졌다가 우연한 사건으로 헤어지게 되면, 그녀를 아주 쉽게 잊게 되기 때문에 이런 일들이 아주 자주 일어나고 있어."

"그 말씀은 나름대로 아주 훌륭한 위로가 되지만 그건 **우리**에게는 해당되지 않아요." 엘리자베스가 말했다. "우리는 우연한 사건 때문에 고통당하는 게 아니에요. 편히 살 수 있는 재산을 지닌 청년을 친구들이 설득해서 며칠 전만 해도 그가 맹렬히 사랑하던 여성을 더 이상 생각하지 못하게 만드는 일이 자주 일어나는 건 아니에요."

"하지만 그 '맹렬히 사랑 한다'는 표현은 매우 진부하고, 매우 애매하고, 매우 부정확해서 나는 별로 거기에 대한 개념이 잡히지 않는구나. 그 표현은 진정으로 강렬한 사랑의 묘사에도 쓰이지만, 때로는 반시간의 교제에서 생긴 감정에도 적용되거든. 빙리 씨의 사랑이 얼마나 **맹렬한지** 제발 설명해 줄래?"

"그보다 더 유망하게 제인에게 마음이 기우는 걸 본 적이 없어요. 그분은 점점 더 제인 이외의 사람들에게는 관심을 보이지 않았고, 제인에게 완전히 마음을 빼앗겼어요. 그들이 만날 때마다 그 사실은 더욱 확고하고 두드러졌었지요. 그의 집에서 열린 무도회에서 그분은 두세 명의 숙녀들에게 댄스를 청하지 않아서 그들이 불쾌해 했어요. 나 자신 두 번이나 그에게 말을 건넸지만, 아무런 대답도 듣지 못했어요. 그것보다 더 훌륭한 조짐이 있을까요? 일반적으로 무례한 것이 사랑의 본질이 아닌가요?"

"아, 그렇고말고!—그 사람이 제인에게 그런 사랑을 느꼈다고 생각해. 불쌍한 제인! 제인이 딱해. 그녀 성격으로는 그걸 곧 극복하지 못할 것 같아서야. 차라리 리지, 너한테 그런 일이 일어났다면 좋았을 걸. 너라면 그 일을 곧 웃어넘겨 버렸을 테지. 그렇지만 우리와 함께 런던으로 가자고 제인에게 강권할 수 있을까? 다른 곳으로 가는 게 도움이 될 수도 있어—그리고 집을 떠나는 것도 어느 것 못지않게 유익할 수 있고."

엘리자베스는 이 제안을 듣고 뛸 듯이 기뻐했다. 그리고 제인이 즉시 이 제안을 승낙할 것이 확실하다고 느꼈다.

가드너 부인이 덧붙였다. "이 청년에 대한 어떤 생각도 제인이 우리의 제안에 결정을 내리는 데 지장을 주지 않았으면 좋겠다. 우리는 런던의 아주 다른 지역에 살고 있으니까. 우리가 거래하는 사람들도 아주 다르고. 그리고 너도 알다시피 우리는 거의 사교계에 나가지 않으니까 그 두 사람이 만날 가능성은 아주 희박해. 그 사람이 실제로 제인을 만나러 오지 않는다면 말이지."

"만나러 온다는 건 불가능해요. 그 사람은 지금 친구들의 감시하에 있으니까요. 그리고 다아시 씨는 그가 런던의 그런 지역에 있는 제인을 방문하는 것을 허용하지 않을 거예요! 외숙모, 어떻게 생각하세요? 다아시 씨는 아마 그레이스처치 스트리트 같은 그런 곳이 있다는 걸 들었을지 몰라요. 하지만 그는 일단 그곳에 한 번 발을 들여놓으면 한 달 동안 씻어도 그곳의 불순함을 다 씻어 낼 수 없다고 생각할 거예요. 그런데 빙리 씨는 다아시 씨와 동행하지 않고서는 아무데도 가지 않아요."

"그럴수록 더 좋지. 그들이 만나지 않기를 바라지. 하지만 제인은 그의 자매와 편지를 주고받지 않니? 제인이 그의 자매를 방문하지 않을 수 없을 거야."

"제인은 그들과 완전히 절교할 거예요."

하지만 제인이 빙리의 자매들과 절교할 것이고, 더욱 흥미롭게도 빙리의 친구들이 그가 제인을 못 만나게 할 것이 확실하다고 정리했음에도 불구하고, 이 문제를 곰곰이 살펴보았을 때,

그들이 만날 가능성이 전혀 없지 않다는 걸 깨달았기 때문에 엘리자베스는 애정을 가지고 이 주제에 관심을 기울이게 되었다. 그녀는 이따금 빙리 씨의 애정이 되살아나고, 제인의 매력이 좀 더 자연스럽게 작용해서 그가 친구들의 영향에서 성공적으로 벗어날 가능성이 있다고 생각했다.

제인은 외숙모의 초대를 기쁘게 받아들였다. 그녀는 빙리 가 사람들에 대해 생각하지 않았다. 캐롤라인이 그녀 오빠와 한 집에 살지 않기를 바랄 뿐이었다. 때때로 빙리 씨를 만날 위험 없이 캐롤라인과 아침 시간을 보내고 싶어서였다.

가드너 가족은 일주일 간 롱본에 머물렀다. 그동안 필립스 가족이나 루카스 가족 그리고 장교들과의 교제로 하루도 약속이 없는 날이 없었다. 베넷 부인이 얼마나 세심하게 남동생과 올케 대접을 준비했는지 그들은 한 번도 가족하고만 식사하지 않았다. 집에서 만날 때는 항상 장교들 몇 명을 초대했고, 그중에 위컴 씨가 언제나 포함되었다. 이런 식사 때 엘리자베스가 위컴을 열렬하게 칭찬하는 것을 보고 의심이 생긴 가드너 부인은 두 사람을 자세히 관찰했다. 그녀가 살펴본 바로는 그들이 진지하게 사랑하는 것 같지는 않지만, 서로 좋아하는 것은 아주 분명해서 그녀는 약간 불안했다. 그래서 그녀는 하트퍼드셔를 떠나기 전에 그것에 대해 엘리자베스와 대화를 나누고 그런 관계를 조장하는 것은 사려 깊지 못한 것이라고 일러주기로 작정했다.

위컴에게는 그의 일반적인 능력과는 상관없이 가드너 부인을 즐겁게 해주는 한 가지 방법이 있었다. 결혼하기 약 10년이나 12년 전에 그녀는 상당한 기간을 위컴이 살았던 더비셔 지역에서 보냈다. 그래서 그들 두 사람이 다 아는 지인들이 많았다. 비록 위컴은 다아시 씨의 부친 사망 후 그곳에 별로 가지 않았지만, 그는 그녀의 옛 지인들에 대해서 그녀가 얻을 수 있는 것보다 더 새로운 소식을 전해 줄 수 있었다.

가드너 부인은 펨벌리에 가 보았고, 다아시 씨의 부친의 성품을 매우 잘 알고 있었다. 그래서 그들의 펨벌리에 대한 대화는 끝없이 이어졌다. 위컴이 상세히 묘사하는 펨벌리와 자신이 기억하는 펨벌리를 비교하면서, 가드너 부인은 펨벌리의 전 소유자의 성품을 칭찬했고 그것으로 그녀와 위컴 씨 모두가 즐거워했다. 그녀는 다아시 씨가 지금 위컴 씨를 어떻게 대하는 가를 알게 되자 그러한 행동과 일맥상통한다고 볼 수 있는 어린 시절의 다아시 씨 성품에 대한 평판을 기억해 내려 애썼다. 그리고는 드디어 예전에 피츠윌리엄 다아시는 매우 오만하고 성격이 고약한 소년이라고 사람들이 이야기하는 걸 들었다고 확신했다.

3

처음으로 엘리자베스와 단 둘이 이야기할 수 있게 되었을 때 가드너 부인은 온화하게 그러나 분명하게 엘리자베스에게 주의를 주었다. 자신의 생각을 솔직하게 이야기한 후 그녀는 이렇게 말을 이었다.

"리지야, 너는 판단력이 좋은 처녀야. 그러니 단순히 사랑에 대한 경고를 받았다고 해서 사랑에 빠지진 않을 거다. 그렇기 때문에 나는 공공연하게 이야기하는 게 두렵지 않아. 나는 정말 네가 조심했으면 좋겠어. 재산이 없기 때문에 대단히 경솔하다고밖에 볼 수 없는 애정 행각에 네가 휩쓸리거나 그가 휩쓸리게 하려고 애쓰지 마라. 그 사람을 반대 하는 건 전혀 아니야. 그는 가장 재미있는 청년이야. 그리고 만약 그가 자신이 마땅히 누려야 한다고 생각하는 재산을 지녔다면, 네가 그를 택하는 건 더할 수 없이 잘하는 일이라고 생각해. 하지만 현재 상황에서 네 환상에 이끌리지 말아야 해. 너는 판단력이 있고 우리는 네가 그걸 잘 이용하리라고 생각해. 네 아버지께서는 확실히 네가 결단력 있게 그리고 교양 있게 행동할 거라고 믿으실 거야. 아버지를 실망시키면 절대 안 돼."

"외숙모, 이건 정말 심상치 않으시네요."

"그래, 너도 나처럼 심상치 않았으면 한다."

"좋아요. 그러시다면 놀라지 마셔요. 제 자신에게도, 또 위컴 씨에게도 신경 쓸게요. 제가 그를 저지한다면, 그는 저를 사랑하지 않을 거예요."

"엘리자베스, 너는 지금 진지하지 않아."

"죄송해요. 다시 말씀 드릴게요. 현재 저는 그 사람을 사랑하지 않아요. 그래요. 분명히 그를 사랑하지 않아요. 하지만, 그 사람은 제가 지금까지 본 청년 중에서 누구와도 비교할 수 없이 가장 마음에 드는 사람이에요. 그 사람이 정말 저를 사랑한다면—그러지 않는 게 더 좋겠지만—그건 경솔한 행동이라는 걸 이해해요. 오! 그 역겨운 다아시 씨! 아버지께서 저를 믿어 주시는 건 대단한 영광이에요. 그러니 그 믿음을 저버린다면 저는 비참할 거예요. 하지만 아버지는 위컴 씨에 대해 편견을 가지셨어요. 간단히 말해서, 외숙모, 제가 식구들 중 한 사람이라도 불행하게 만든다면, 정말 처량할 거예요. 하지만 젊은 사람들이 사랑할 때에는 당장 재산이 없다고 해서 약혼을 보류하지는 않는다는 걸 매일 보고 있어요. 그렇기 때문에, 유혹 받을 때, 제가 어떻게 많은 다른 젊은이들보다 더 현명하게 대처할 수 있다고 약속드릴 수 있겠어요. 아니면, 유혹에 저항하는 것이 지혜라는 걸 제가 어떻게 알겠어요? 그러니까, 제가 약속드릴 수 있는 건 서두르지 않겠다는 것뿐이에요. 그가 저를 제일 사랑한다고 생각하지 않겠어요. 그와 함께 있을 때도 그러길 바라지 않을게요. 최선을 다하겠어요."

"그가 여기 아주 자주 오도록 네가 부추기지 않는다면 아마 그렇게 될 거다. 적어도 네 어머니께 그를 초대하도록 일깨우지는 말아야 한다."

"제가 전 날 그랬던 것처럼 말이지요," 엘리자베스는 알고 있다는 듯 빙그레 웃으며 말했다. "정말 그래요. 제가 그런 일을 삼가는 것이 현명하겠지요. 그러나 그가 여기에 항상 자주 온다고 생각하지 마세요. 이번 주에 그가 우리 집에 자주 초대 된 건 외숙모 때문이었어요. 어머니는 자신의 친구들을 위해서 손님이 끊임없이 있어야 한다고 생각하시는 것 아시잖아요. 하지만, 정말로, 맹세코, 제가 가장 지혜롭다고 생각하는 행동을 하겠어요. 이제 만족하셨으면 해요."

가드너 부인은 만족한다고 말해서 엘리자베스를 안심시켰다. 엘리자베스가 친절하게 조언을 해 준 외숙모에게 감사드린 후 그들은 헤어졌다. 가드너 부인은 그런 문제에 대해서 듣는 사람이 불쾌하지 않게 충고해주는 훌륭한 본보기를 보여준 것이었다.

가드너 부부와 제인이 떠난 후 곧 콜린스 씨가 하트퍼드셔로 돌아왔다. 하지만 그가 루카스 댁에 머물렀기 때문에 베넷 부인에게는 전혀 불편할 것이 없었다. 그의 결혼식 날이 빠르게 다가오고 있고, 베넷 부인은 드디어 그 결혼이 불가피하다고 생각하며 체념하게 되었다. 그녀는 불쾌한 어조로 "그들이 행복했으면 **좋겠네**"라고 되뇌기까지 했다. 결혼식 날은 목요일이었고, 수요일에 루카스 양이 작별 인사를 하기 위해 방문했다. 그녀가 자리를 뜰 때 어머니가 무뚝뚝하게 마지못해서 축하한 것이 부끄럽지만, 자기 자신도 어머니의 영향을 많이 받은 엘리자베스는 루카스 양과 함께 방을 나섰다. 함께 일 층으로 내려가면서 샬럿이 말했다.

"일라이저, 아주 자주 소식을 줄 거라고 기대해도 되겠지."

"그렇게 생각해도 좋아."

"네게 또 다른 부탁을 하고 싶어. 나를 만나러 헌스퍼드로 와주겠니?"

"우리가 자주 하트퍼드셔에서 만났으면 좋겠어."

"얼마 동안은 켄트를 떠날 수 없을 거야. 그러니 약속해 줘. 헌스퍼드로 오겠다고."

엘리자베스는 그런 방문이 기쁘지 않지만 거절할 수 없었다.

"아버지와 머라이어가 3월에 내게 오셔," 샬롯이 덧붙였다.
"네가 그들과 동행했으면 좋겠다. 일라이저, 정말로 나는 그 두
사람과 똑같이 너도 환대할 거야."

　　결혼식을 치른 후 신랑 신부는 교회 문에서 나와 곧장 켄트로
출발했다. 늘 그런 것처럼 모든 사람은 그 결혼에 대해 많은 이
야기를 했고 또 많은 이야기를 들었다. 샬롯은 곧 엘리자베스에
게 소식을 보냈다. 그들은 그전에 항상 그랬듯이 규칙적으로 빈
번하게 서신을 주고받았다. 그러나 예전처럼 솔직하기는 불가
능했다. 엘리자베스는 편지를 쓸 때마다 마음을 포근하게 해주
는 친밀한 교제는 다 끝났다는 느낌을 떨쳐 버릴 수 없었다. 편
지 쓰는 사람으로서 편지 쓰는 일에 늑장 부리지 않기로 작정
했지만 그것은 과거를 생각해서였을 뿐 현재의 우정 때문은 아
니었다. 엘리자베스는 샬롯의 처음 편지를 매우 열심히 읽었다.
그녀가 자신의 새 가정에 대해 무어라 말하는지, 캐서린 영부인
을 어떻게 생각하는지, 감히 자기 자신을 얼마나 행복하다고 말
할 건지 알고 싶은 호기심에서였다. 편지들을 읽으면서 엘리자
베스는 모든 점에서 샬롯의 표현은 자신이 예상한 대로라고 느
꼈다. 그녀는 기분 좋게 편지를 썼고, 주위의 모든 것들이 그녀
를 편안하게 해주는 것 같았고, 말하는 것마다 칭찬이었다. 집,
가구, 이웃, 길 모든 것이 그녀의 취향에 맞았다. 캐서린 영부인
은 가장 우호적이고 친절하게 행동했다. 콜린스 씨가 생생하게
묘사한 헌스퍼드와 로징스를 샬롯은 합리적으로 부드럽게 묘
사했다. 엘리자베스는 자신이 직접 그곳을 방문하기 전까지는
나머지 것들에 대해 제대로 판단할 수 없다는 걸 깨달았다.

엘리자베스는 언니에게서 이미 그들이 무사히 런던에 도착했다는 걸 알리는 짤막한 편지를 받았다. 그녀는 언니가 다음 번 편지를 쓸 때에는 무언가 빙리 가 사람들의 소식을 알릴 수 있기를 바랐다.

두 번째 편지를 몹시 기다리던 엘리자베스는 초조하게 기다린 보람이 있어서 곧 언니의 편지를 받았다. 제인은 일주일 동안 런던에 있었지만 캐롤라인을 만나지도, 소식을 듣지도 못했다고 했다. 그러나 그렇게 된 것은 그녀가 롱본에서 캐롤라인에게 보낸 마지막 편지가 무슨 영문인지 분실되었기 때문이라고 제인은 설명했다.

'외숙모는,' 그녀는 계속해서 써 나갔다. '내일 런던의 그 지역으로 가실 거야. 그래서 내가 그로스브노 스트리트를 방문할 기회가 생겼단다.'

그로스브노 스트리트를 방문한 후에 제인은 또다시 편지를 썼다. 빙리 양을 만났다며 제인은 이렇게 썼다. '캐롤라인의 기분이 썩 좋지 않았다고 생각해, 그러나 나를 만나서 매우 반가워했어. 그리고 런던에 오면서 왜 자기에게 알리지 않았느냐고 나를 꾸짖었어. 그렇기 때문에 내 마지막 편지를 그녀가 받지 못했다고 생각한 것이 맞았어. 그녀 오빠의 안부도 물론 전했지. 그는 물론 잘 지내지만 다아시 씨와 약속이 아주 많아서 자신들은 거의 그를 만날 수 없다고 하더라. 다아시 양이 정찬을 하러 온다더구나. 나도 다아시 양을 만났으면 좋겠어. 캐롤라인과 허스트 부인이 외출할 예정이라서 더 오래 있을 수 없었어. 여기 외숙모 댁에서 그들을 곧 만나게 될 게 분명해.'

엘리자베스는 이 편지를 읽고 고개를 가로저었다. 그리고 빙리 씨가 제인이 런던에 있다는 것을 알게 되는 건 우연에나 맡겨야 한다는 걸 확신했다.

4주가 지났지만 제인은 한 번도 빙리를 만나지 못했다. 그녀는 그렇다고 그 사실을 섭섭해 하는 것은 아니라고 자기 자신을 설득하려 했다. 하지만 빙리 양이 자신을 소홀하게 대한다는 것을 더 이상 깨닫지 않을 수 없었다. 보름 동안이나 매일 아침마다 집에서 빙리 양을 기다리고, 저녁이면 그녀가 오지 못하게 된 새로운 구실을 생각해 내기를 거듭한 후 드디어 빙리 양이 나타났다. 그러나 그녀는 아주 잠깐 동안 머물렀다. 더욱이 그녀의 태도 변화를 보고 제인은 더 이상 자신을 기만할 수 없었다. 이 경우에 제인이 엘리자베스에게 쓴 편지는 그녀의 감정을 여실히 보여주고 있다.

사랑하는 리지야, 빙리 양이 나를 높이 평가한다고 생각한 점에서는 내가 완전히 속은 것이라고 고백하더라도, 나를 희생양 삼아 네가 나보다 더 잘 판단했다고 의기양양하지 않을 거라 확신해. 하지만 동생아, 이것으로 네가 옳다는 것이 입증되었구나. 그렇지만 그녀가 내게 한 행동을 곰곰이 생각해 볼 때, 네가 의심한 것도 내가 신뢰한 것도 모두 자연스러운 거라고 내가 주장해도 고집 부린다고 생각하지 말렴. 나는 그녀가 무슨 이유로 나와 친해지려 했는지 전혀 이해할 수 없어. 그러나 똑같은 상황이 다시 일어난다 해도 나는 분명히 또다시 속을 거야. 캐롤라인은 어제야 내 방문에 답례했어. 그 사이에 짧은 편지도, 한 줄의 소식도 없었어. 나를 방문하는 것이 그녀에게 전혀 즐거운 일이 아니라는 게 너무나 분명히 드러나더구나. 진작 방문하지 못한 것에 대해 약간의 공식적인 사과를 했을 뿐, 나를 다시 만나고 싶다는 말은 한마디도 없더라. 그녀는 모든 면에서 완전히 다른 사람 같았어. 그녀가 떠났을 때, 더 이상 그녀와 교제하지 않겠다고 굳게 결심했어. 그녀를 책망하지 않을 수 없지만 불쌍하다는 생각이 들었어. 나를 교제상대로 선택한 것은 그녀의 큰 실수였어. 우리가 친해지도록 부추기는 일 모두를 그녀 쪽에서 시작했다 해도 과언이 아니야. 그래도 그녀가 불쌍해. 그녀도 자신이 잘못했다는 걸 틀림없이 느낄 테고, 오빠를 걱정해서 그렇게 행동했을 테니 말이야. 내가 더 이상 설명할 필요가 없어. 그리고 **우리는** 그녀가 걱정할 이유가 전혀 없다는 걸 알지만, 그녀가 걱정한다면, 그것이 내게 그렇게 행동한 데 대한 설명이 되겠지. 그녀에게는 당연히 오빠가 대단히 소중하니까 오빠를 위해 걱정하는 것은 자연스런 거지. 나는 그녀가 지금도 그런 걱정을 하는 게 놀라울 뿐이야. 그가 내게 조금이라도 관심이 있다면, 그와 나는 이미 오래 전에 만났을 테니 말이야. 빙리 양이 혼잣말처럼 중얼거린 것으로 판단하면, 그는 내가 런던에 있다는 걸 분명히 알고 있어. 하지만 그녀가 말하는 태도를 보면 마치 빙리 씨가 다아시 양을 정말로 좋아한다는 걸 자기 자신에게 설득하고 싶어 하는 것 같았어. 나는 그걸 이해할 수 없어. 거리낌 없이 혹평하자면, 이 모든 것에서 그녀의 표리부동한 모습이 뚜렷하게 나타난다고 말하고 싶을 지경이야. 하지만 나는 모든 괴로운 생각들을 몰아내기 위해 노력할 거야. 그리고 나를 행복하게 해주는 것들, 너의 애정과 변함없이 친절한 외숙모와 외삼촌만 생각할 거야. 곧 답장해 줘. 빙리 양은 오빠가 결코 네더필드로 돌아가지 않을 것이며 그 집을 포기할 거라고 말했지만, 전혀 확신하는 눈치는 아니었어. 그 이야긴 하지 않는 게 좋겠다. 네가 헌스퍼드에 있는 우리 친구들에게서 아주 기분 좋은 소식을 들으니 정말 기쁘다. 제발 윌리엄 경과 머라이어와 함께 가서 그들을 만나렴. 거기 가면 아주 편안할 거라고 믿는다.

언니로부터

이 편지를 받고 엘리자베스는 좀 괴로웠다. 하지만 제인이, 특히 빙리 씨의 여동생에게 더 이상 속지 않을 것이라고 생각하니 기분이 되살아났다. 빙리 씨에게 걸었던 모든 기대가 이제는 완전히 사라졌다. 그가 제인에게 다시 관심을 가지기를 바라지도 않을 것이다. 그의 성품을 자세히 따져 보니 구제할 길이 없는 사람이었다. 그가 곧 다아시 씨의 여동생과 결혼할 수 있기를 진정으로 바랐다. 그 결혼으로 그가 벌 받게 되기를, 또한 제인이 훌륭하다는 걸 깨닫게 되길 바랐다. 위컴 씨의 설명에 따르면 다아시 양은 빙리 씨가 제인을 차 버린 것을 엄청 후회하게 만들 것이기 때문이었다.

이때쯤 해서 가드너 부인은 엘리자베스에게 위컴 씨에 관해 약속한 것을 상기시키며 그 소식을 보내 달라고 했다. 엘리자베스는 자신보다 외숙모를 만족시킬 수 있는 답을 보내야만 했다. 엘리자베스를 좋아하던 위컴의 마음이 진정된 것이 분명하고, 그는 그녀에게 전혀 관심을 보이지 않았다. 그는 누군가 다른 여성을 찬양했다. 엘리자베스는 그 모든 것을 주의 깊게 관찰했지만, 그것을 보면서 몹시 괴롭지 않았고, 그 사실을 편지로 쓸 수 있었다. 아주 약간 기분이 상할 뿐이고, 운명이 허용한다면 그가 유일하게 자신을 선택할 거라고 믿음으로써 허영심을 만족시켰다. 그가 지금 환심을 사려고 애쓰는 젊은 숙녀, 킹 양의 가장 큰 매력은 그녀가 예기치 않게 10,000 파운드를 상속하게 되었다는 것이다. 하지만 엘리자베스는 위컴의 경우에는 샬럿의 경우만큼 냉철하게 분별력을 발휘하지 못했다. 위컴이 금전적인 독립을 추구하는 것을 나무라기는커녕 그보다 더 자연스러운 일은 없다고 생각했다. 그가 별로 힘들이지 않고 자신을 포기했다고 느끼지만, 그것이 위컴과 자기 두 사람 모두를 위해서 현명하고 바람직한 일이라고 인정할 작정이었고, 그가 행복하기를 진심으로 바랐다.

엘리자베스는 외숙모에게 이 모든 것을 인정했다. 그런 상황을 설명한 후 엘리자베스는 이렇게 써 내려갔다. '외숙모, 지금 저는 위컴을 대단히 사랑하지 않는다는 걸 확신해요. 만일 제가 순수하고 고결한 열정을 쏟았다면, 현재 저는 그의 이름 자체를 역겨워 하고 그에게 온갖 나쁜 일들이 일어나기를 바랄 거예요. 하지만 그에 대한 제 감정에는 우정이 깃들어 있을 뿐 아니라 킹 양에 대해서도 아무런 편견을 가지지 않아요. 저는 조금도 그녀를 미워하지 않고, 서슴지 않고 그녀가 아주 훌륭한 숙녀라고 생각해요. 이 모든 것을 보면, 제가 그를 사랑한 것은 아니었어요. 그를 경계했던 것이 효과가 있었어요. 그를 미친 듯이 사랑했다면 모든 지인들의 관심을 좀 더 끌었겠지만, 제가 비교적 관심을 끌지 못하는 미미한 존재가 된 것을 후회하지 않아요. 때로는 중요한 존재가 되기 위해서는 대단한 대가를 치러야하니까요. 저보다 리디아와 키티가 그의 변절을 더 슬퍼하지요.

아직 세상 물정을 잘 모르는 그들은 잘생긴 청년도 평범한 청년 못지않게 생활하기 위해서 반드시 금전이 필요하다는 굴욕적인 진리를 아직은 인정하지 못하고 있어요.'

4

롱본 가족에게는 이런 일 정도가 있었을 뿐 더 큰일은 없었다. 때로는 더러운 길로, 또 어떤 때는 추위를 무릅쓰고 메리턴으로 산책을 가는 이외에는 별 일 없이 1월과 2월이 흘러갔다. 3월에는 엘리자베스가 헌스퍼드를 방문할 예정이었다. 처음에는 그곳에 가는 것을 그다지 진지하게 생각하지 않았다. 그러나 곧 샬럿이 그 계획을 굳게 믿고 있다는 걸 알고, 엘리자베스 자신도 차차 좀 더 즐거운 마음으로 좀 더 확신을 가지고 그 계획을 기다리게 되었다. 샬럿과 콜린스 씨가 멀리 떨어져 있으니 샬럿을 다시 보고 싶은 마음이 간절해졌고, 콜린스 씨를 혐오하는 마음이 누그러졌다. 그 계획에는 참신한 면이 있었고, 인내하기 힘든 어머니와 어울리기 힘겨운 자매들이 있는 집이 완전무결하지는 않기 때문에, 약간의 변화는 그 자체로서도 환영할 만했다. 더욱이 그 여행에서 엘리자베스는 언니를 잠깐 만날 수 있을 것이었다. 간단히 말해서 샬럿을 방문할 시간이 가까워 오면서 그 여행이 조금이라도 지체된다면 엘리자베스는 매우 섭섭했을 지경이었다. 그러나 모든 것이 순조롭게 진행되고 드디어 샬럿의 초안에 따라서 날짜가 결정되었다. 엘리자베스는 윌리엄 경과 그의 둘째 딸과 함께 가게 되었다. 때맞추어 그녀가 런던에서 하루를 보내는 개선된 안이 추가되었고, 계획은 더할 수 없이 완벽했다.

유일하게 마음이 아픈 것은 자신을 그리워할 아버지를 집에 남겨 둔다는 점이었다. 그녀가 가는 것을 매우 탐탁지 않게 여기는 베넷 씨는 막상 그녀가 떠날 때가 되어서야 딸에게 편지를 쓰라고 하고, 답장하겠다고 겨우 약속했다.

엘리자베스는 무척 화기애애한 가운데 위컴 씨와 작별했다. 위컴 씨 편에서 더 그랬다. 그는 현재 다른 것을 추구하고 있지만, 처음으로 그의 관심을 끌었고, 끌만한 가치가 있는 여성, 처음으로 그의 말을 귀담아 듣고 그와 공감했던 여성, 처음으로 그가 찬양한 숙녀가 엘리자베스라는 사실을 잊지 않았다. 그는 엘리자베스가 온갖 즐거움을 누렸으면 좋겠다고 말하고, 캐서린 드 버그 영부인에게서 무엇을 기대할 수 있는지를 일깨워 주며, 자신과 엘리자베스 두 사람은 캐서린 영부인과 모든 사람에 대해 항상 같은 견해를 가질 것이라고 털어놓는 등 그의 작별 태도에는 엘리자베스를 배려해 주는 마음이 있었다. 엘리자베스는 그러한 그의 배려, 관심 때문에 분명히 자신이 그를 언제나 가장 진지하게 존경하며 따를 것이라고 생각했다. 위컴 씨와 작별하면서 그가 결혼하건 독신이건 그는 자신에게 가장 다정하고 유쾌한 사람의 모범으로 남을 것이라고 확신했다.

다음 날 그녀와 여행에 동행할 사람들은, 위컴 씨는 별로 유쾌하지 않은 사람이라는 생각이 들게 할 부류는 아니었다. 윌리엄 경 그리고 성격은 좋지만 아버지처럼 어리석은 딸 머라이어는 귀에 솔깃한 이야깃거리를 지니지 못했다. 그래서 그녀는 딸랑거리는 마차 소리를 감상하는 정도의 즐거움으로 그들의 이야기를 들어주었다. 엘리자베스는 우스운 말을 즐기는 사람이지만, 윌리엄 경의 말은 너무나 따분했다. 그는 자신이 궁정에서 왕을 알현하고 작위를 받은 경이로운 일에 대해서 전혀 새로운 이야기를 하지 못했다. 그의 정중함도 그의 정보처럼 진부했다.

불과 38킬로의 여행 거리였다. 그들은 정오에 그레이스처치에 도착할 수 있도록 매우 일찍 출발했다. 그들이 가드너 씨 집 문 쪽으로 마차를 몰았을 때 제인은 거실 창문에서 그들이 도착하는 것을 내다보고 있었다. 복도로 들어서는 그들을 제인은 그곳에서 환영했다. 열심히 언니의 얼굴을 살펴본 엘리자베스는 그녀가 여전히 건강하고 아름다운 것을 보고 기뻤다. 층계에 한 무리의 어린 소년 소녀들이 있었다. 그들은 사촌의 모습을 보기를 열망하였기에 거실에서 기다릴 수 없었고, 일 년이나 그녀를 만나지 못했기 때문에 수줍어서 층계 아래로 내려오지도 못했다. 모든 것이 즐거웠고 온통 친절함의 연속이었다. 그날은 더할 수 없이 즐겁게 흘러갔다. 아침에는 분주하게 쇼핑하며 보냈고 저녁은 극장에서 보냈다.

극장에서 엘리자베스는 꾀를 내어 외숙모 옆에 앉았다. 그들의 첫 번째 화제는 제인이었다. 외숙모에게 꼬치꼬치 질문하자, 제인이 항상 활기차게 지내려고 애쓰지만 우울할 때도 있다는 답을 듣고 엘리자베스는 놀라기보다 슬펐다. 하지만 우울함은 오래 가지 않을 것이라고 희망하는 것이 온당했다. 외숙모는 빙리 양의 그레이스처치 스트리트 방문에 대해서 상세히 이야기해 주었다. 그리고 자신과 제인이 각각 다른 때에 주고받은 대화들을 되풀이해 들려주었다. 그 대화에서 제인이 빙리 양과의 교제를 포기했다는 것을 알 수 있었다.

가드너 부인은 위컴이 엘리자베스를 차 버렸다고 놀리면서, 그녀가 그걸 아주 잘 참아 낸 것을 칭찬했다.

"그런데 엘리자베스," 외숙모가 덧붙였다. "킹 양은 어떤 여성이니? 나는 우리 친구 위컴이 돈만 밝히는 사람이라고 생각하기는 아쉽구나."

"외숙모, 결혼 문제에서 돈을 목적으로 삼는 것과 신중하게 고려하는 것 사이에 무슨 차이가 있을까요? 어디에서 신중함이 끝나고 탐욕이 시작될까요? 지난 성탄절에 외숙모는 제가 그 사람과 결혼할까 봐 걱정하셨지요. 재산이 없는 사람과의 결혼이 경솔한 것이기 때문에요. 그런데 지금은 그가 불과 10,000파운드 가진 여자를 잡으려고 하니까 그가 돈만 밝히는 사람인지 알고 싶어 하시잖아요."

"킹 양이 어떤 여성인지만 알려주면, 그녀를 어떻게 생각해야 할지 알 수 있을 거야."

"매우 훌륭한 숙녀예요. 아무런 해를 끼치지 않을 사람이라고 알고 있어요."

"하지만 조부가 돌아가셔서 재산을 상속 받기 전에는 위컴이 그녀에게 손톱 끝만큼의 관심도 없었다면서."

"관심이 없었지요. 그 사람이 왜 관심을 가지겠어요? 제가 무일푼이라서 저를 사랑할 처지가 아니었다면, 관심도 없고 저와 똑같이 무일푼인 여성을 그가 사랑할 리가 있겠어요?"

"하지만 너와 그런 일이 있었는데 그렇게도 빨리 그녀에게 관심을 기울인다는 것은 야비한 것 같구나."

"형편이 어려운 남자는 다른 사람에게 보이기 위해서 온갖 고상한 예의범절을 지킬 시간적 여유가 없어요. 그것에 대해 킹 양이 이의를 제기하지 않는다면 우리가 왜 반대하겠어요?"

"그녀가 이의를 제기하지 않는다고 해서 그의 행위가 정당해지는 건 아니지. 그건 단지 그녀가 상식이라든지 감정 등 무언가가 부족하다는 걸 보여줄 뿐이야."

"좋아요." 엘리자베스가 외쳤다. "좋을 대로 생각하세요. 그 사람은 경제적인 이익 추구에 혈안이 된 사람이고, 그녀는 바보이겠군요."

"리지, 아니야. 난 그렇게 생각하고 싶지 않구나. 너도 알다시피 더비셔에 그렇게 오래 거주했던 청년을 나쁘게 생각한다는 것은 유감스러운 일이야."

"아! 그게 전부라면 저는 더비셔에 살고 있는 젊은 남자들을 아주 신통치 않게 생각해요. 그리고 하트퍼드셔에 사는 그들의 절친한 친구들도 별로 나을게 없고요. 그 사람들 모두 역겨워요. 맙소사! 저는 내일 조금도 유쾌하지 않은 어떤 남자를 만날 곳으로 갈 거예요. 그 사람은 칭찬할 만한 태도도, 판단력도 지니지 못했어요. 어쨌든 제가 알 만한 남자들은 모두 다 멍청해요."

"리지야, 조심해. 그 말을 들으니 네가 크게 실망했다는 느낌이 드는구나."

연극이 끝나서 헤어지기 전에 엘리자베스는 뜻밖에도 외삼촌 부부가 계획하는 즐거운 여름 여행에 함께 가자는 초대를 받았다.

"우리는 아직 어디까지 갈지 결정하지 않았지만, 아마 호수 지역[33]까지 갈 거야." 가드너 부인이 말했다.

엘리자베스에게 그보다 더 유쾌한 계획은 없었다. 그래서 그녀는 그 초대를 즉석에서 대단히 감사한 마음으로 받아들이고, 열광적으로 이렇게 외쳤다. "오, 사랑하는 외숙모, 얼마나 기쁠까요. 얼마나 행복할까요. 외숙모는 제게 신선한 기운과 활력을 불어넣어 주시는 거예요. 실망과 우울이여 잘 가거라. 바위와 산에 비한다면 청년들은 도대체 뭐란 말인가요? 우리는 얼마나 황홀한 시간을 보내게 될까! 그리고 여행을 마치고 돌아올 때 우리는 구경한 것 어느 하나도 정확하게 설명할 수 없는 다른 여행객과는 다를 거예요. 우리는 어디 갔었는지 확실하게 알 거예요—우리가 구경한 것들을 기억할 수 있을 거예요. 우리 기억에서 호수들, 산들, 그리고 강들이 뒤범벅되지 않을 거예요. 어떤 특별한 경치를 묘사하려고 할 때 그와 상관되는 장소를 가지고 말씨름을 하지 않을 거구요. **우리의** 첫 번째 기쁨의 탄성이 다른 일반 여행객들보다 더 적절한 것이라고 인정받게 해야지요."

---

33 잉글랜드 북서부의 호수가 많은 지방.

5

엘리자베스가 다음 날 여행에서 보는 모든 사물들은 새롭고 흥미로웠으며 그녀의 마음은 즐거웠다. 제인의 상태가 좋아 보여서 그녀의 건강에 대한 모든 근심이 사라졌고, 북쪽 지방 여행에 대한 기대는 그녀를 계속 기쁘게 해주는 원천이 되었다.

큰 길에서 헌스퍼드로 이르는 골목에 들어섰을 때 여행객들의 눈은 모두 목사관을 찾았고, 모퉁이를 돌 때마다 목사관이 보이리라 기대했다. 로징스 파크의 말뚝 울타리들이 한쪽 경계를 이루고 있었다. 엘리자베스는 그곳에 사는 사람들에 대해 들었던 것이 모두 기억나서 미소 지었다.

드디어 목사관이 시야에 들어왔다. 길 쪽으로 경사져 있는 정원, 거기에 서 있는 집, 초록 색 말뚝 울타리들과 월계수 생 울타리들, 모든 것들이 그들이 목사관에 도착한 걸 말해 주고 있었다. 콜린스 씨와 샬럿이 문에 나타나고, 일행 모두가 고개를 끄덕이고 미소 짓는 가운데 마차는 집으로 이르는 자갈길로 들어가는 작은 문 앞에 멈추어 섰다. 곧 모두 마차에서 내려서 서로의 만남을 기뻐했다. 콜린스 부인은 기쁨에 넘쳐 방문객들을 반갑게 맞이하고, 정이 넘치는 환영을 받은 엘리자베스는 이곳에 온 것에 점점 더 만족스러워 했다. 그녀는 사촌의 태도가 결혼으로 인해서 조금도 달라지지 않은 것을 즉시 알아보았다. 그의 형식적인 공손함은 바로 예전의 모습 그대로였다. 그는 문 앞에서 엘리자베스를 몇 분간 붙들고 가족의 안부를 묻고 그 대답에 만족스러워 했다. 그러고 나서 그는 출입구가 깔끔하다고 지적하며 지체한 것 외에는 머뭇거리지 않고 그들을 집 안으로 안내했다. 그들이 거실에 들어서자마자 콜린스 씨는 누추한 자신의 거처를 방문한 것에 대해 지나칠 정도로 형식을 갖추어서 그들을 두 번째 환영했다. 그리고 다과를 권하는 아내의 모든 말을 그때마다 또박또박 반복했다.

엘리자베스는 그가 자랑하는 것을 볼 각오가 되어 있었다. 잘 잡힌 방의 균형, 방의 경관, 그리고 가구들에 관한 자랑을 늘어놓을 때, 그는 마치 그의 청혼을 거부함으로써 그녀가 무엇을 잃었나를 절절히 깨닫게 해주고 싶은 듯이, 특별히 엘리자베스에게 말하는 것이라고 느끼지 않을 수 없었다. 모든 것이 깨끗하고 편안해 보이지만, 후회의 한숨으로 그를 기쁘게 할 수는 없었다. 오히려 그런 남편과 함께 지내면서 그처럼 명랑한 분위기를 지닐 수 있는 친구를 경탄하며 바라보았다. 콜린스 씨는 아내가 부끄러워할 만한 말을 하는 경우가 자주 있었는데, 엘리자베스는 자신도 모르게 샬럿을 바라보았고, 샬럿이 살짝 얼굴을 붉히는 것을 한두 번 볼 수 있었다. 하지만 대체로 샬럿은 현명하게 그의 말을 귓등으로 들어 넘겼다. 천정에서 벽난로 앞 난로망에 이르기까지 그 방의 모든 가구를 자랑하고, 그들의 여행에 대해서 그리고 런던에서 일어난 모든 일에 대해 이야기하면서 충분히 자리에 앉아 시간을 보낸 후, 콜린스 씨는 그들에게 정원에서 산책하자고 청했다. 정원은 넓고 잘 설계되었고 정원 가꾸는 일은 콜린스 씨 자신이 돌본다고 했다. 정원에서 일하는 것이 그의 가장 고상한 즐거움 중 하나였다. 샬럿이 계속 침착한 표정으로 그 일이 건강에 매우 좋기 때문에 될 수 있으면 콜린스 씨가 그 일을 하도록 격려한다고 말할 때, 엘리자베스는 샬롯에게 감탄했다. 모든 오솔길과 교차로를 지나쳐 가며 이들을 안내하는 콜린스 씨는 이들에게 자신이 듣고 싶은 칭찬을 할 틈도 주지 않은 채 모든 경관을 자세히 설명하는 바람에 그 아름다움을 감상하는 일은 뒷전이 되어 버렸다. 그는 모든 방향에 있는 목초지의 숫자뿐 아니라 가장 먼 숲에 나무가 몇 그루 있는지도 알고 있었다. 하지만 그의 정원이나, 그 지역이나, 영국이 자랑할 수 있는 어느 경관도 로징스의 전망과 비교하면 아무것도 아니라고 했다. 콜린스 씨 집 정면 맞은편에 서 있는, 로징스 파크의 경계를 이루는 나무들 사이로 로징스 저택이 보였다. 저택은 오르막 언덕에 훌륭하게 자리 잡은 멋진 현대식 건물이었다.

콜린스 씨는 그의 정원에서 출발해 목초지 두 군데를 빙 돌며 그들을 안내하려 했지만, 숙녀들이 신은 구두가 아직도 남아 있는 하얀 서리를 밟기에 적당하지 않아서 숙녀들은 돌아서야 했다. 윌리엄 경은 사위와 함께 가고, 샬롯은 남편의 도움 없이 집을 보여줄 기회를 얻은 것을 매우 기뻐하면서 여동생과 친구를 집으로 데리고 갔다. 좀 작지만 잘 지어진 편리한 집이었다. 엘리자베스는 모든 것이 깨끗하게 그리고 조화롭게 진열되어 있는 것은 모두 샬롯의 공로라고 인정했다. 콜린스 씨를 잊고 있을 때에는 정말로 내내 대단히 편안한 분위기이고, 샬롯이 그 분위기를 매우 즐기는 것이 분명해서 엘리자베스는 그녀가 틀림없이 자주 남편의 존재를 잊고 지낸다고 생각했다.

엘리자베스는 캐서린 영부인이 아직도 이곳에 있다는 것을 이미 들어서 알고 있었다. 그 사실은, 그들의 식사에 합석한 콜린스 씨가 이렇게 말해, 그들이 저녁 식사를 하는 동안 다시 언급되었다.

"그래요. 엘리자베스 양, 다음 일요일에 교회에서 영광스럽게 캐서린 드 버그 영부인을 만나 뵙게 될 거예요. 그분을 뵙는 것이 매우 기쁠 거라는 말씀은 드릴 필요도 없지요. 대단히 상냥하고 겸손한 분이셔요. 의심할 바 없이 예배 후에 당신에게 정중하게 인사할 겁니다. 당신이 이곳에 머무는 동안 당신과 처제 머라이어를 빼놓지 않고 매번 함께 초대할 것이라고 주저 없이 말씀드립니다. 그분께선 나의 사랑하는 샬럿에게 아주 상냥하셔요. 우리는 매주 두 번 로징스에서 식사하지요. 그리고 우리가 걸어서 집으로 돌아오게 하지 않으셔요. 우리를 위해 의례 그분의 마차를 부르시지요. 그분의 마차 중 하나라고 해야겠지요. 마차를 여럿 가지고 계시니까요."

"캐서린 영부인은 대단히 존경받을 만하고, 분별력이 있으신 분이셔." 샬럿이 덧붙였다. "그리고 정말 세심하게 배려하는 이웃이셔."

"여보, 정말 그래. 내가 말하고 싶은 게 바로 그거야. 그분은 우리가 아무리 존경해도 지나치지 않은 분이셔."

그날 저녁은 주로 하트퍼드셔에 대해 이야기하면서, 그리고 이미 편지에 썼던 소식을 다시 이야기하며 보냈다. 하루가 막을 내리고 홀로 방에 있게 되자, 엘리자베스는 샬럿이 어느 정도로 만족하는가를 곰곰이 생각하고, 그녀가 남편을 유도하는 솜

씨와 남편을 침착하게 참아 내는 것을 이해하려고 애썼다. 그리고 그 모든 것을 그녀가 매우 잘해낸다고 인정하지 않을 수 없었다. 엘리자베스는 또한 자신의 방문 기간을 어떻게 보내게 될 것인지를, 자신들의 평상적인 조용한 일상과 콜린스 씨의 성가신 간섭, 시끌벅적한 로징스와의 교제 등을 마음속에 그려 보았다. 활발한 상상력이 그 모든 것들을 곧 해결했다.

다음 날 정오쯤 엘리자베스가 자신의 방에서 산책 준비를 하고 있을 때 아래층에서 갑자기 시끄러운 소리가 들려 온 집 안이 소란스러운 것 같았다. 잠시 귀를 기울이던 그녀는 누군가가 아주 급히 층계를 달려 올라오며 큰 소리로 자신을 불러서 문을 열었다. 머라이어가 층계참에 서 있었다. 그녀는 흥분해서 숨을 헐떡이며 큰소리로 외쳤다.

"오 일라이저! 제발 어서 식당으로 와요. 대단한 광경이 벌어졌어요! 무슨 일인지는 이야기하지 않겠어요. 지금 어서 빨리 내려와요."

엘리자베스가 질문해도 아무 소용이 없었다. 머라이어는 더 이상 말하지 않으려 했다. 그들은 아래층으로 내려와 이 놀라운 일이 무엇인가를 알아내려고, 골목길이 내다보이는 식당으로 달려 들어갔다. 정원 문에 두 숙녀가 탄 사륜마차가 멈추어 서 있었다.

"그런데 이게 다야?" 엘리자베스가 외쳤다. "나는 적어도 돼지들이 정원으로 몰려들어 왔나 했지. 그런데 고작 캐서린 영부인과 그녀의 딸이잖아?"

"어머나!" 엘리자베스가 잘못 안 것에 매우 놀라 머라이어가 말했다. "캐서린 영부인이 아니에요. 나이 든 숙녀는 캐서린 영부인 집에서 기거하는 젠킨슨 부인이고, 다른 숙녀는 드 버그 양이에요. 드 버그 양을 좀 보기만 하세요. 대단히 작은 사람이에요. 그녀가 저렇게 마르고 체구가 작으리라고 누가 생각했겠어!"

"이렇게 바람이 몹시 부는데 샬럿을 밖에 세워 놓다니 그녀는 대단히 무례하네. 왜 집 안으로 들어오지 않는 거지?"

"샬럿이 그러는데 집 안에 들어오는 때가 거의 없데요. 드 버그 양이 안으로 들어올 때는 대단한 호의를 베푸는 거래요."

다른 생각이 떠오르자 엘리자베스는 이렇게 혼잣말을 했다. "그녀의 외모가 내 마음에 쏙 들어. 병약하고 시무룩해 보이네. 그렇지, 다아시 씨에게 아주 큰 도움이 될 거야. 다아시 씨, 그 사람에게 아주 어울리는 아내가 될 거야."

콜린스 씨와 샬럿 두 사람은 문에 서서 마차 안의 숙녀들과 대화를 나누고 있었다. 엘리자베스에게 크게 기분 전환이 되는 것은 출입구에 자리 잡고 서서 자신 앞에 있는 저명한 사람을 진지하게 주시하면서 드 버그 양이 자신을 바라볼 때마다 계속 절하는 윌리엄 경의 모습이었다.

드디어 더 이상 할 말이 없어서 숙녀들은 말을 몰아 떠나갔고, 콜린스 씨 부부는 집 안으로 들어왔다. 콜린스 씨는 엘리자베스와 머라이어를 보자마자 그들의 행운을 축하했다. 샬럿은 그들 모두가 다음 날 로징스에 초대받았다는 걸 알려줌으로써 콜린스 씨가 말한 행운이 무엇인지를 설명해 주었다.

6

이 초대로 콜린스 씨는 완벽하게 대 성공을 거두었다. 호기심이 가득한 그의 방문객들에게 자신의 후원녀의 위풍을 과시하고 그녀가 자신과 아내에게 베푸는 친절을 그들이 직접 보도록 하는 것이 바로 그가 원하던 것이기 때문이었다. 그리고 그처럼 빨리 그렇게 할 수 있는 기회가 온 것은, 콜린스 씨가 그녀를 어떻게 칭송해야 좋을지 모를 정도로 세심한 캐서린 영부인의 생색내기의 한 예였던 것이다.

"솔직히 말하자면" 그가 말했다. "캐서린 영부인이 일요일 저녁에 로징스에서 차를 마시고, 저녁을 함께 보내자고 초대한 것에 난 조금도 놀라지 않아요. 상냥하신 분이니 그렇게 하실 거라고 이미 예상했어요. 하지만 이렇게 빨리 친절을 베푸시리라고 누가 생각이나 할 수 있었겠어요? 당신들이 오자마자 그곳에서 저녁 초대(더구나 우리 전부를)를 받으리라고 누가 감히 상상이나 했겠어요!"

"나는 이런 초대를 받은 것에 그다지 놀라지 않는다오." 윌리엄 경이 대답했다. "저명한 분들의 풍습을 알기 때문이지. 삶에서의 내 지위를 통해서 그걸 알게 되었소. 궁정 주위에는 그런 기품 있는 예의범절이 드물지 않으니까."

그날 종일 그리고 다음 날 아침에도 그들은 오로지 로징스 방문에 대해서만 이야기했다. 콜린스 씨는 저택에 있는 수많은 방들, 아주 많은 하인들 그리고 대단히 호화로운 저녁 식사에 완

전히 주눅 들지 않도록 그들이 기대할 수 있는 것들을 세심하게
알려주었다.

숙녀들이 몸단장을 하기 위해 자리에서 일어날 때 그는 엘리
자베스에게 말했다.

"사촌, 옷차림에 대해 걱정하지 말아요. 캐서린 영부인은 그
녀나 그녀 영애에게나 걸 맞는 우아한 옷차림을 우리에게 요구
하지 않아요. 그저 가지고 있는 옷 중에서 제일 좋은 걸 입으면
좋겠어요. 그 이상은 전혀 필요 없어요. 캐서린 영부인은 단순
히 소박하게 입었다고 해서 당신을 더 좋지 않게 생각하진 않으
니까요. 그분은 지위의 차이가 분명히 구분되어 지켜지는 걸 좋
아하신답니다."

그들이 옷을 입는 동안 그는 두세 번 각각 다른 방으로 다니
며 캐서린 영부인은 식사 시간에 기다리는 것을 매우 싫어하니
서두를 것을 권했다. 캐서린 영부인과 그녀의 생활 방법에 대해
대단히 부담되는 설명을 들은 데다 사교 모임에 별로 익숙지 않
던 머라이어 루카스는 상당히 겁에 질렸다. 그래서 그녀는 부친
이 세인트 제임스 궁정에서 국왕을 알현했을 때처럼, 불안해하
며 로징스에 안내되기를 기다렸다.

날씨가 좋아서 그들은 넓은 정원을 가로질러 약 800미터를
상쾌하게 걸었다. 정원은 모두 그 나름대로 아름답고 전망이 좋
았다. 엘리자베스는 콜린스 씨가 정원의 경치를 보면 매우 황홀
할 것이라고 이야기한 것처럼 황홀하지는 않지만 많은 것들에
서 즐거움을 느꼈다. 그리고 콜린스 씨가 집의 전면에 있는 유
리창 수를 열거하며 루이스 드 버그 경이 처음 창문에 유리를

끼우는 데 든 비용이 모두 얼마라고 이야기한 것에는 별로 감탄하지 않았다.

그들이 현관에 이르는 층계를 올라갈 때 머라이어는 매 순간 더욱더 놀라고 윌리엄 경조차 아주 침착해 보이지 않았다. 엘리자베스는 용기로 버텼다. 그녀는 캐서린 영부인이 뛰어난 재능을 지녔다거나 놀랄 만한 덕성을 지녔다는 말은 전혀 듣지 못했고, 오로지 돈과 지위가 부여 해주는 당당함이라면 자신은 겁없이 그것을 목도할 수 있다고 생각했다.

그들은 콜린스 씨가 균형도 잘 잡히고 장식도 매우 훌륭하다고 열광적으로 칭찬한 현관에서 하인을 따라 대기실을 지나서 캐서린 영부인과 그녀의 딸, 그리고 젠킨슨 여사가 앉아 있는 방으로 갔다. 캐서린 영부인은 그들을 맞이하기 위해 대단히 거만한 태도로 자리에서 일어났다. 그리고 샬럿이 그들을 영부인에게 소개하는 일은 자신이 하겠다고 미리 남편과 이야기해 놓았기 때문에 콜린스 씨가 필요하다고 생각했을 사과나 감사의 말은 생략한 채 적절하게 소개가 이루어졌다.

세인트 제임스 궁정에 간 경험이 있지만, 윌리엄 경은 그의 주위의 위풍에 완전히 압도되어, 간신히 용기를 내어 허리를 깊이 굽혀 인사하고는 한마디 말도 하지 못하고 자리에 앉았다. 그리고 그의 딸은 정신을 잃을 정도로 겁에 질려서 시선을 어디에 둘지 몰라 두리번거리며 의자 끝에 앉았다. 엘리자베스는 그 상황을 감당하여, 자신 앞에 앉아 있는 세 숙녀들을 침착하게 관찰할 수 있었다. 한때는 잘 생겼다는 말을 들었을 캐서린 영부인은 얼굴 윤곽이 매우 뚜렷하며 훤칠한 키에 체구가 큰 여성이었다. 그녀의 풍채도, 그들을 맞이하는 태도도 거만하기 짝이 없어서 방문객들은 자신들의 지위가 낮다는 사실을 기억할 수밖에 없었다. 그녀의 침묵이 경외심을 자아내지는 않았다. 그러나 무슨 말을 하든지 대단히 권위적인 그녀의 어투에서 거만함이 넘쳐흘렀고, 엘리자베스의 마음에는 곧장 위컴이 한 말이 떠올랐다. 그날 관찰한 것을 통 털어서 그녀는 캐서린 영부인은 정확하게 위컴 씨의 묘사 그대로라고 생각했다.

케서린 영부인을 살펴 본 결과 그녀의 표정과 행동이 다아시 씨와 유사하다는 것을 발견하고 그녀의 딸에게 시선을 돌렸을 때, 엘리자베스는 드 버그 양이 깡마르고 체구가 작은 것에 놀란 머라이어와 같은 생각이었다. 어머니와 딸 사이에는 얼굴도 자태도 닮은 곳이 전혀 없었다. 드 버그 양은 창백하고 병약했고, 그녀의 얼굴 윤곽은 못생기지 않았지만 보잘 것 없었다. 그녀는 젠킨슨 여사에게 낮은 음성으로 이야기하는 외에는 거의 말하지 않았다. 젠킨슨 여사의 외모는 전혀 뛰어난 데가 없고, 그녀는 오로지 드 버그 양의 이야기를 경청하며 그녀 시선에 적절한 방향으로 눈가리개[34]를 놓는 일에만 전념했다.

몇 분 앉아 있다가 그들은 경치를 감상하기 위해 창문 한 곳으로 안내되었다. 콜린스 씨는 그들과 함께 하며 그 아름다움을 설명해주고, 캐서린 영부인은 친절하게도 그들에게 그 경치가 여름에 훨씬 더 아름답다고 알려주었다.

정찬은 대단히 풍성했다. 모든 하인들과 접시들은 콜린스 씨

---

34 벽난로의 불을 직접 쪼이지 않도록 가려 주는 움직일 수 있는 칸막이.

가 이야기해준 대로였다. 그가 미리 알려 준 것처럼, 그는 캐서린 영부인의 뜻에 따라 식탁의 말석에 앉았다. 그는 마치 인생에서 최고의 것을 제공받는다고 느끼는 듯이 보였다. 그는 즐거운 듯이 잽싸게 고기를 썰고, 먹고, 칭찬했다. 처음에는 콜린스 씨, 그 다음에 윌리엄 경이 모든 요리를 칭찬했다. 윌리엄 경은 이제는 그의 사위가 말하는 것은 무엇이든지 따라 할 정도로 정신을 회복했는데, 엘리자베스는 캐서린 영부인이 그의 태도를 인내할 수 있는지 궁금했다. 하지만 캐서린 영부인은 도에 지나치는 그들의 칭찬에 만족스러워 하는 것 같았고, 특히 식탁에 나온 어떤 요리를 그들이 처음 보는 것이라고 할 때 가장 상냥하게 미소 지었다. 일행은 별로 대화를 많이 하지 않았다. 샬럿과 드 버그 양 사이에 앉아 있는 엘리자베스는 기회가 오면 말할 준비가 되어 있었지만, 샬럿은 캐서린 영부인의 말에 귀 기울이고 있고, 드 버그 양은 식사하는 동안 엘리자베스에게 한마디도 말을 건네지 않았다. 젠킨슨 여사는 주로 드 버그 양이 어떻게 먹고 있는지 주시하면서 다른 음식을 먹도록 권하기도 하고, 병에 걸릴까 걱정하기도 했다. 머라이어는 대화한다는 것은 불가능하다고 생각하였고, 신사들은 먹고 칭찬하는 말만 했다.

숙녀들이 거실로 돌아와서는, 캐서린 영부인의 이야기를 듣는 것 이외에는 할 일이 없었다. 커피가 나올 때까지 캐서린 영부인은 모든 것에 대해 대단히 단호한 태도로 자신의 견해를 말했다. 그것은 그녀 판단에 감히 아무도 이의를 제기하지 않는 것에 그녀가 익숙하다는 것을 증명하고 있었다. 영부인은 샬럿에게 친숙하게 그리고 상세하게 가정의 제반사에 대해 질문하

고, 그녀에게 가사 운영을 어떻게 해야 하는가에 대해 충고를
아주 많이 해주었다. 그녀의 가정처럼 소가족이 모든 것을 어떻
게 조절해야 할지를 일러주고, 암소와 가금을 돌보는 일을 가
르쳐주었다. 엘리자베스는 이 위대한 부인의 관심이 미치지 않
는 것은 하나도 없으며, 캐서린 영부인에게 이 모든 것들이 다
른 사람들에게 지시를 내리는 기회를 제공한다는 것을 알게 되
었다. 콜린스 부인과의 대화 막간을 이용해서 그녀는 머라이어
와 엘리자베스에게, 특히 어떤 집안의 규수인지 전혀 모르는 엘
리자베스에게 다양한 질문을 했고, 콜린스 부인에게 엘리자베
스가 매우 품위 있고 예쁘다고 말했다. 캐서린 영부인은 틈틈이
엘리자베스에게 자매가 몇 명이냐, 자매들 나이가 그녀보다 위
냐, 아래냐, 자매 중에 결혼한 자매가 있느냐, 그들이 잘 생겼느
냐, 그들이 어디에서 교육받았느냐, 부친은 어떤 마차를 가지셨
느냐, 어머니의 처녀 시절 성이 무엇이냐고 물었다. 엘리자베스
는 그녀의 질문이 매우 무례하다고 생각하지만, 매우 침착하게
그 질문에 대답했다. 그러자 캐서린 영부인이 말했다.

"당신 부친의 농장이 콜린스 씨에게 한사 상속될 거라는데."
그녀는 샬럿을 바라보며 말했다. "당신을 위해서는 그렇게 되는
게 기쁘네. 하지만 그 점은 별도로 하고, 나는 농장이 여자들에
게 한사 상속 되지 못하는 이유를 모르겠네. 루이스 드 버그 경
의 집안은 그럴 필요가 없다고 생각하지. 베넷 양, 피아노 치고
노래도 하는가?"

"약간 합니다."

"아! 그렇다면 언제 기꺼이 당신의 연주를 듣겠소. 우리 피아

노는 훌륭한 피아노니, 아마 ○○피아노보다 더 좋을 걸. 언제 한번 연주 해 봐요. 당신의 자매들도 노래하고 연주하나?"

"자매 중 한 명이 그렇게 합니다."

"왜 자매들 모두 배우지 않았을까? 모두들 당연히 배웠어야 하는데. 웨브 씨네 딸들은 모두 연주하지. 그런데 그들의 부친 수입은 당신 부친의 수입만큼 좋지도 않아. 그림은 그리나?"

"아니요. 전혀 그리지 않습니다."

"어머나, 아무도 그림을 안 그린다고?"

"한 자매도 그리지 않습니다."

"아주 이상하네. 하지만 기회가 없었다는 생각이 드네. 당신 어머니가 봄마다 딸들을 런던으로 데리고 가서 거장들의 그림을 보여주었어야 하는 건데."

"어머니야 이견이 없으시겠지만 아버지께서는 런던을 싫어하신답니다."

"가정교사가 그만 두었소?"

"저희는 가정교사를 둔 적이 없습니다."

"가정교사가 없다니! 어떻게 그게 가능하지? 가정교사 없이 딸 다섯을 집에서 양육하다니! 그런 말을 들어본 적이 없어. 어머니께서 당신들 교육을 시키시느라 뼈 빠지게 일하셨겠네."

엘리자베스는 그렇지 않다고 그녀를 안심시키면서 미소 짓지 않을 수 없었다.

"그럼 누가 당신들을 가르쳤소? 누가 당신들을 돌보고? 가정교사가 없으니 당신네들은 틀림없이 방치되었을 테지."

"다른 가족과 비교하면 우리는 방치되었다고 생각합니다. 하지만 우리가 배우고 싶은 걸 배우는 데는 늘 방법이 있었습니다. 항상 독서하도록 우리를 장려하셨고, 필요한 선생님들은 다 있었습니다. 게으름 피고 싶은 사람은 분명히 그럴 수 있긴 했습니다."

"아, 의심할 여지가 없지. 하지만 가정교사가 있으면 게으름을 피우지 못해. 만약 당신 어머니를 알았다면 가정교사를 고용하라고 열심히 충고했을 텐데. 나는 항상 꾸준히 그리고 규칙적으로 가르치지 않고는 교육에서 아무것도 성취할 수 없다고 이야기하네. 그렇게 할 수 있는 사람은 가정교사 말고는 아무도 없어. 내가 그런 식으로 대단히 많은 가정에 가정교사를 보낸 건 참 잘한 일이야. 나는 항상 젊은 사람이 취업을 잘하는 것을 기뻐하지. 젠킨슨 부인의 질녀 네 명을 내가 추천해서 가장 좋은 집에 취업시켰어. 바로 어제 내가 우연히 이야기를 듣게 된 또 다른 젊은 사람을 가정교사로 추천했는데 추천 받은 가족은 그녀를 무척이나 좋아하더군. 콜린스 부인, 내가 레이디 메트캐프가 감사의 말을 하려고 어제 나를 방문했다고 이야기했던가? 그녀는 포프 양이 보물이라고 생각해. '캐서린 영부인,' 그녀가 말했지. '제게 보물을 주셨어요.' 베넷 양, 당신 여동생 중에 사교계에 나간 사람이 있나?"

"예, 모두 다 나갑니다."

"모두 다! 뭐라고. 다섯 사람이 다 함께? 정말 이상하네. 그런데 당신은 바로 둘째 딸인데. 나이든 딸들이 결혼하기 전에 어린 딸들이 사교계에 나오다니! 당신 동생들은 틀림없이 아주 어릴 테지?"

"예, 제일 어린 동생은 아직 16세가 되지 않았습니다. 아마도—그 애는—사교계에 나갈 자격을 완전히 갖추지 못했습니다. 저는 언니가 일찍 결혼할 계획이 없거나 일찍 결혼하려는 성향이 아닐 수도 있기 때문에, 그런 언니 때문에 동생들이 사람들과 교제하고 오락을 즐기는 데 참여할 수 없다는 것은 동생들에게 가혹한 처사라고 생각합니다.—막내도 언니 못지않게 기회가 있는 대로 즐길 권리를 똑같이 가지고 있다고 생각합니다. 언니들 때문에 즐기는 일을 뒤로 미루어야 하다니요!—저는 그것이 자매간의 우애나 자상한 배려심을 고취할 것 같지 않다고 생각합니다."

"어머나," 캐서린 영부인이 말했다. "젊은 사람치고는 무척 당돌하게 자신의 의견을 이야기하네. 나이가 몇 살이지?"

"영부인께서는 다 자란 손아래 동생을 셋이나 가진 제가 나이를 고백하리라고 기대하지 않으시겠지요."

캐서린 영부인은 즉시 답을 듣지 못하자 매우 놀란 것 같았다. 그래서 엘리자베스는 자신이야말로 감히 위엄을 갖춘 캐서린 영부인의 오만함을 농락하는 첫 번째 사람이 아닐까 하는 생각을 했다.

"자네는 분명히 스무 살이 넘지 않았어, 그러니 나이를 숨길 필요가 없지."

"아직 스물한 살은 되지 않았어요."

신사들이 합세하고 차를 다 마시자, 카드 테이블이 준비되었다. 캐서린 영부인, 윌리엄 경, 그리고 콜린스 부부가 카드리유 카드놀이를 하려고 자리 잡았다. 드 버그 양이 카지노 놀이[35]를 하기로 하여 머라이어와 엘리자베스는 영광스럽게도 드 버그 양과 팀을 이루기 위해서 젠킨슨 여사를 돕게 되었다. 그들의 테이블은 가장 따분한 테이블이었다. 젠킨슨 여사는 드 버그 양이 너무 덥다든가, 너무 춥다든가, 햇빛을 너무 많이 받는다고, 혹은 너무 적게 받는다고 걱정하는 말뿐이었고, 게임에 관한 말 말고는 대화가 전혀 없기 때문이었다. 다른 테이블에서는 상당히 많은 말을 주고받았다. 주로 캐서린 영부인이 말했다―다른 세 사람의 실수를 지적하거나 자신의 일화를 말했다. 콜린스 씨는 캐서린 영부인이 말하는 것마다 모두 동의하고, 자신이 물고기를 따면 그녀에게 감사하다고 말하고, 자신이 너무 많이 땄다고 생각하면 사과했다. 윌리엄 경은 별로 말이 없었다. 그는 캐서린 영부인이 이야기하는 일화와 귀족들의 이름을 기억 속에 차곡차곡 담고 있었다.

캐서린 영부인과 그녀의 딸이 원하는 만큼 카드놀이를 한 후에 카드놀이가 끝났고, 영부인은 샬럿에게 마차를 내주겠다고 제안했다. 샬럿이 감사하게 그 제안을 받아들인 즉시 마차를 대령하라는 명령이 떨어졌다. 일행은 불 옆에 둘러앉아 캐서린 영부인이 다음 날의 일기를 예상하는 것을 들었다. 이런 이야기를 듣는 중에 마차가 도착해서 그들은 자리에서 일어났고, 콜린스 씨가 여러 번 감사하다는 말을 하고 윌리엄 경이 여러 번 절을 한 후 그들은 출발했다. 마차가 로징스의 문을 나서자마자 콜린스 씨는 엘리자베스에게 로징스에서 본 모든 것을 어떻게 생각

---

35 숫자 맞추기로 21점을 먼저 올리면 이긴다.

하느냐고 물었다. 엘리자베스는 샬럿을 위해서 실제 자신이 생각하는 것보다 더 좋게 말했다. 하지만 엘리자베스가 괴로움을 감수하고 칭찬한 것도 콜린스 씨 마음에는 전혀 흡족하지 않았다. 그는 즉시 캐서린 영부인을 칭찬하는 일을 기꺼이 자신이 직접 맡았다.

7

윌리엄 경은 단지 일주일간 헌스퍼드에 머물렀다. 하지만 그 일주일은 딸이 더할 수 없이 안락하게 정착하고, 훌륭한 남편과 흔히 만날 수 없는 훌륭한 이웃을 가졌다는 걸 확신하기에 충분한 시간이었다. 윌리엄 경이 헌스퍼드에 머무는 동안 콜린스 씨는 매일 오전 이륜마차로 그 지역 여기저기를 장인에게 구경시켜 주었다. 하지만 그가 떠나자 가족 모두가 다시 평상으로 돌아갔고, 이제 콜린스 씨는 아침 식사와 점심 사이의 시간을 대체로 정원을 돌보거나 독서하고 글을 쓰거나 골목길에 면해 있는 자신의 서재에서 창밖을 내다보며 지내기 때문에, 엘리자베스는 더 이상 콜린스 씨를 자주 만나지 않게 된 것이 기뻤다. 숙녀들이 주로 지내는 방은 집 뒤쪽에 있었다. 처음에 엘리자베스는 샬럿이 왜 식당 겸용 응접실을 모두 함께 사용하는 방으로 이용하지 않는지 이상하게 생각했다. 그 방은 더 크고, 전망이 더 좋은 방이기 때문이었다. 그러나 그녀는 샬럿이 그렇게 한 것에는 지혜로운 이유가 있다는 것을 곧 이해하게 되었다. 만약 그들이 콜린스 씨의 서재와 똑같이 상쾌한 방에서 지낸다면 틀림없이 그가 자신의 서재에서 보내는 시간이 훨씬 줄어들 것이기 때문이었다. 그래서 그녀는 샬럿이 방 배치를 지혜롭게 조정했다는 것을 인정했다.

거실에 있으면 그들은 골목길에서 무슨 일이 일어나는지 알 수 없었다. 그래서 어떤 마차가 지나가고, 드 버그 양이 얼마나 자주 경 사륜마차를 타고 지나가는지의 정보는 콜린스 씨에게 의지해야 했다. 드 버그 양은 거의 매일 지나가지만, 콜린스 씨는 그때마다 와서 그 사실을 알려주었다. 그녀는 자주 목사관에 멈추어 서서 샬럿과 잠깐 이야기를 나누지만 그녀를 설득해서 마차에서 내리게 할 수는 없었다.

콜린스 씨가 로징스로 걸어가지 않는 날은 거의 없었고, 그의 아내 역시 남편처럼 로징스로 가야 한다고 생각하지 않는 날이 별로 없었다. 그 집안에서 처리해야할 다른 가족생활 문제가 있을지도 모른다는 생각이 떠오르기 전까지는 엘리자베스는 그들이 그렇게도 많은 시간을 로징스에 바치는 것을 이해할 수 없었다. 때때로 영광스럽게도 캐서린 영부인이 그들을 방문했다. 방문하는 동안 영부인은 방에서 일어나는 일을 하나도 놓치지 않고 관찰했다. 그들이 하는 일을 자세히 살펴보고, 그들의 활동을 주시하며 그것들을 다른 식으로 하라고 충고했다. 가구 배치를 잘못했다고 지적하기도 하고, 하녀가 게으름 피우는 것을 발각해 내기도 했다. 캐서린 영부인이 간단한 식사를 들기로 수락하는 경우 그녀는 오로지 콜린스 부인이 그들 가족에게는 지나치게 너무 큰 고기 덩이를 상에 올린다는 사실을 밝혀내기 위해서 그러는 것 같았다.

엘리자베스는 오래 지나지 않아서 이 귀부인이 그 지역의 치안 유지를 위임받은 것은 아니지만 그녀의 교구에서 가장 활발한 치안판사 역할을 한다는 걸 깨달았다. 콜린스 씨는 가장 사소한 사건도 그녀에게 가져갔다. 소작인 중의 누가 걸핏하면 싸우려 한다거나, 불만스러워 한다거나, 너무나 가난하다거나, 그런 일이 있을 때마다 그녀는 힘차게 마을로 가서 그들의 이견을 조정하고, 불평을 잠재우고, 그들을 꾸짖어 화해하게 하고, 가난을 구제해 주었다.

로징스에서는 계속해서 매주 두 번씩 그들을 대접했다. 윌리엄 경이 빠지고 저녁에는 카드 테이블이 하나만 놓이는 것을 감안한다면 모든 대접은 첫 번째와 똑같았다. 그들에게 다른 모임은 별로 없었다. 대체로 부근에 사는 사람들의 삶의 방식이 콜린스 부부에게는 버거운 것이었기 때문이다. 그러나 이런 것이 엘리자베스에게는 전혀 나쁘지 않았다. 대체로 그녀는 아주 편안하게 시간을 보냈다. 샬럿과 30분 정도 유쾌하게 대화를 나누고, 일 년 중 그 절기 치고는 날씨가 매우 좋아서 그녀는 집 밖에서 시간을 보내며 즐거움을 만끽했다. 다른 사람들이 캐서린 영부인을 방문하는 동안 엘리자베스는 종종 로징스 대정원의 목사관 쪽을 둘러싸고 있는 훤히 트인 작은 숲으로 가곤 했다. 그녀는 그 숲에 나 있는 숨겨진 오솔길을 좋아했다. 그녀 외에는 그 길이 좋다는 걸 아는 사람이 없는 것 같고, 그곳에 있으면 캐서린 영부인의 호기심 가득한 눈을 피할 수 있을 것 같았다.

그녀 방문의 첫 2주는 이처럼 조용히 후딱 지나갔다. 부활절
이 다가오고 있었다. 그전 주일에는 로징스 가족에게 손님이 올
예정이었고, 그처럼 작은 사회에서는 그것은 분명히 중요한 사
건이었다. 헌스퍼드에 도착한 직후 엘리자베스는 몇 주 있으면
다아시 씨가 로징스를 방문할 것이라는 소식을 들었다. 다아시
씨는 엘리자베스의 지인 가운데서도 별로 반갑지 않은 사람이
었다. 하지만 그가 오면 로징스 일행들 가운데서 주시할 새로운
인물이 생기는 셈이고, 다아시 씨가 사촌 드 버그 양을 어떻게
대하는지에 따라서 빙리 양의 그에 관한 계획이 얼마나 희망 없
는 것인가를 발견하는 것은 즐거울 것 같았다. 그가 온다는 것
을 매우 기분 좋게 이야기하고, 그에게 최고의 찬사를 아끼지
않는 캐서린 영부인은 확실히 그를 딸의 장래 배필로 정한 것
같았기 때문이다. 캐서린 영부인은 루카스 양과 엘리자베스가
이미 그를 자주 만나 보았다는 것을 알고는 거의 화가 난 듯 했
다.

다아시 씨가 도착했다는 것이 곧 목사관에 알려졌다. 콜린스
씨는 그의 도착을 확실히 알기 위해서 아침 내내 헌스퍼드 골목
쪽으로 나 있는 문지기 집을 바라보며 산책했기 때문이다. 다아
시 씨의 마차가 대정원 안으로 돌아들어 왔을 때 마차에 대고
절을 한 후 그는 급히 집으로 돌아와 그 대단한 소식을 그들에
게 전했다. 다음 날 아침 그는 인사하기 위해서 부리나케 로징
스로 갔다. 그가 인사해야 할 사람은 캐서린 영부인의 조카 두
사람이었다. 다아시 씨가 그의 백부 ○○경의 작은 아들인 피츠

윌리엄 대령과 함께 왔기 때문이다. 그런데 목사관 일행 모두에게 놀랍게도 콜린스 씨는 그 신사들과 함께 목사관으로 돌아왔다. 이미 남편 서재에서 그들이 길을 건너는 것을 본 샬럿은 즉시 다른 숙녀들에게 달려가 그들에게 어떤 영광스러운 일이 일어날 것인지를 알리면서 이와 같이 덧붙였다.

"일라이저, 로징스 손님이 이처럼 정중하게 인사하러 온 것에 대해 네게 감사해야겠어. 다아시 씨는 결코 내게 인사하기 위해 이렇게 빨리 오지는 않았을 거야."

엘리자베스가 그런 칭찬을 받을 자격이 없다고 주장할 겨를도 없이 그들이 왔음을 알리는 벨이 울렸다. 그 후 곧 세 사람의 신사들이 방으로 들어섰다. 앞장 선 사람은 30세 정도의 피츠윌리엄 대령으로 잘생기지는 않았지만 인품과 태도는 참으로 진정한 신사였다. 다아시 씨는 하트퍼드셔에 있었을 때와 똑같아 보였고, 늘 그랬듯이 수줍어하며 콜린스 부인에게 인사하고, 엘리자베스를 대하는 그의 감정이 어떤지 알 수 없었지만, 매우 침착하게 그녀에게 인사했다. 엘리자베스는 아무 말 없이 약간 몸을 숙여 그에게 인사했다.

피츠윌리엄 대령은 훌륭한 교육을 받은 사람 특유의 여유 있는 태도로 곧 기꺼이 대화를 시작했다. 그는 매우 유쾌하게 말했지만, 그의 사촌은 콜린스 부인에게 집과 정원에 대해서 몇 마디 언급한 후에 아무에게도 말을 건네지 않고 한참 동안 앉아 있었다. 드디어 예절을 지켜야 한다는 것을 의식한 듯, 그는 엘리자베스에게 가족의 안부를 물었다. 그녀는 평상시 하던 식으로 그에게 대답했다. 그리고 잠시 침묵하다가 덧붙여 말했다.

"언니가 지난 석 달 동안 런던에 있었답니다. 그곳에서 한 번도 언니를 만나지 못하셨나요?"

그녀는 그가 언니를 만난 적이 없다는 것을 너무나 잘 알고 있었지만, 그가 빙리 가의 사람들과 제인 사이에 있었던 일을 안다는 걸 내비칠 것인지 알고 싶었다. 그러나 그가 베넷 양을 만나는 행운을 한 번도 갖지 못했다고 대답할 때에 약간 당황해하는 것 같다고 생각했다. 대화는 거기에서 끝나고 신사들은 곧 떠났다.

8

목사관 사람들은 피츠윌리엄 대령의 태도를 매우 칭찬했다. 숙녀들은 모두 로징스 파크에 초대될 때 그가 있어서 상당히 더 즐거우리라고 기대했지만, 여러 날이 지난 후에야 로징스의 초대를 받았다. 그곳에 방문객이 있을 때 그들이 필요할 리 없었기 때문이다. 신사들이 도착한 지 거의 일주일이 지난 부활절에 그들은 영광스럽게도 초대를 받았다. 그러나 초대라고 해야 겨우 그들이 교회를 떠날 때 저녁에 로징스로 오라는 요청을 받은 것뿐이었다. 한 주 동안 그들은 캐서린 영부인이나 드 버그 양을 만나지 못했다. 그동안 피츠윌리엄 대령은 목사관을 몇 번 방문했지만, 그들은 다아시 씨를 교회에서만 만났다.

그들은 물론 초대에 응하겠다고 했고, 적절한 시간에 캐서린 영부인의 거실에 있는 일행에 합세했다. 캐서린 영부인은 그들을 예의 바르게 맞이했지만, 그들은 자신들이 다른 손님이 없을 때만큼 그녀에게 반가운 사람들이 아니라는 인상을 분명히 받았다. 실상 그녀는 조카들에게만 열심이었다. 주로 그들에게만 말을 건넸고, 그 방의 어떤 사람보다 특히 다아시 씨에게 그랬다.

피츠윌리엄 대령은 그들을 만나는 것을 진심으로 기뻐했다. 로징스에서는 모든 것이 그에게는 반가운 기분 전환이었다. 그리고 콜린스 부인의 아름다운 친구는 대단히 그의 마음을 끌었다. 그는 이제 그녀 옆에 앉아서 켄트와 하트퍼드셔에 대해서, 여행과 집에 머무는 데 대해서, 새로운 책과 음악에 대해서 얼마나 유쾌하게 이야기하는지 엘리자베스는 과거에 그 방에서 그 반만큼도 즐거웠던 때가 없었다고 느꼈다. 피츠윌리엄 대령과 엘리자베스가 얼마나 활발하게, 유창하게 대화를 나누는지 그들의 대화는 캐서린 영부인뿐 아니라 다아시 씨의 주의를 끌었다. 호기심 어린 다아시 씨는 곧장 그리고 되풀이해서 그들에게 눈길을 주었다. 잠시 후에 캐서린 영부인도 역시 그와 똑같은 느낌을 가졌다는 것이 좀 더 공공연하게 알려졌다. 그녀는 주저하지 않고 큰소리로 외쳤다.

"피츠윌리엄, 무슨 이야기를 하고 있는 거야? 무엇에 대해 이야기하느냐고? 베넷 양에게 무얼 이야기하는 거지? 무슨 이야긴지 내게도 들려주어."

더 이상 대답을 피할 길이 없자 그가 말했다. "이모님, 우리는 음악에 대해 이야기하고 있어요."

"음악에 대해서라고! 그렇다면 큰소리로 말해. 음악은 모든 주제 가운데서도 내가 아주 좋아하는 거잖아. 음악 이야길 하는 거라면 나도 반드시 한몫 해야지. 잉글랜드에서 나보다 더 음악을 진정으로 즐기거나, 음악에 대한 취향을 타고난 사람은 없다고 생각하거든. 음악 공부를 했다면 나는 대단히 훌륭하게 연주할 수 있었을 거야. 아마 앤도 그랬을 테지. 건강해서 음악을 공부할 수만 있었다면 말이지. 앤은 매우 유쾌하게 연주할 수 있었을 거야. 다아시, 조지애나는 어떻게 하고 있나?"

다아시 씨는 여동생의 능숙한 연주 솜씨에 대해 애정 어린 칭찬을 했다.

"조지애나에 대해서 그런 좋은 소식을 들으니 정말 기쁘군," 캐서린 영부인이 말했다. "조지애나에게 내가 그런다고 전해 주게. 연습을 아주 많이 하지 않는다면 탁월하게 연주할 수 없다고 말이야."

"이모님, 그 애에겐 그런 충고가 필요하지 않아요. 아주 끊임없이 연습하니까요."

"그렇다면 더욱 좋지. 아무리 연습을 많이 해도 지나치는 법은 없으니 말이지. 다음에 조지애나에게 편지 쓸 때 무슨 일이 있어도 연습을 게을리 하지 말라고 일러줄 걸세. 나는 종종 젊은 숙녀들에게 쉬지 않고 연습하지 않고서는 음악에서 뛰어날 수 없다고 충고 한다네. 나는 베넷 양에게 더 연습하지 않고서는 결코 연주를 썩 잘할 수 없을 거라고 몇 번이나 말했다네. 콜린스 부인에겐 피아노가 없지만 내가 그녀에게 말한 것처럼 매일 로징스에 와서 젠킨슨 여사의 방에 있는 피아노로 연주하는 것을 환영한다네. 로징스의 그쪽 방에서는 그녀가 연습을 해도 누구에게도 방해가 되지 않을 테니까."

다아시 씨는 이모의 교양 없는 태도를 부끄러워하는 것 같았고, 이모에게 아무런 대답을 하지 않았다.

커피를 마신 후 피츠윌리엄 대령은 엘리자베스에게 피아노 연주를 하겠다고 약속한 것을 상기시켰다. 그녀는 즉시 피아노 앞에 앉았고, 그는 의자를 그녀 가까이로 끌었다. 캐서린 영부인은 노래를 반쯤 듣고는 조금 전에도 그랬듯이 다아시 씨에게만 말했다. 다아시 씨는 아주머니 곁을 떠나서 평소의 신중한 태도로 피아노 쪽으로 가서 아름다운 연주자의 얼굴을 잘 볼 수 있는 곳에 자리 잡았다. 엘리자베스는 그가 움직이는 것을 보았다. 그녀는 처음으로 연주를 중지할 수 있게 되었을 때, 짓궂은 미소를 띠고 다아시 씨 쪽을 바라보며 말했다.

"다아시 씨, 이런 상태에서 연주를 들으러 오시다니 제게 겁주시려는 건가요? 당신의 동생이 뛰어나게 연주를 잘한다 해도 저는 불안해하지 않을 거예요. 저는 고집이 세서 사람들이 제게 겁 줄려고 마음먹어도 결코 겁먹지 않아요. 협박 받을 때마다 언제나 용기가 솟아나거든요."

"오해라고 하지는 않겠어요." 그가 대답했다. "제가 당신을 겁주려 한다고 정말 믿을 리 없기 때문이지요. 그리고 나는 당신을 알 만큼 오래 사귀었기 때문에 당신이 가끔 진심과는 다르게 말하는 데서 대단한 즐거움을 느낀다는 것 정도야 알고 있으니까요."

엘리자베스는 그가 이렇게 자신을 묘사한 것에 대해 실컷 웃었다. 그리고는 피츠윌리엄 대령에게 말했다. "당신 사촌이 저에 대해 매우 허황된 말을 하겠네요. 그리고 제 말은 한마디도 믿지 말라고 알려주겠지요. 저의 진정한 성격을 이처럼 잘 폭로할 수 있는 사람을 만나다니 참 유감이군요. 여기서는 사람들이 저를 신용 있는 여자라고 알아주길 바랐는데 말이지요. 다아시 씨, 정말이지 하트퍼드셔에서 알게 된 저의 불리한 모든 것을 공개하시다니, 참으로 비열한 분이시네요. 또한 매우 지각없는 말을 할 수 있게 허락하신 거나 다름없어요. 그런 말을 들으면 저는 자극을 받아 반격을 가하게 되니까요. 그리고 그러는 와중에 당신 친척들이 들으면 대단히 충격 받을 말을 할 수도 있어요."

"나는 두렵지 않아요," 그가 빙그레 웃으며 말했다.

"어떻게 그를 비난할 건지 제발 들어봅시다." 피츠윌리엄 대령이 외쳤다. "다아시가 낯선 사람들 있는 곳에서 어떻게 행동하는지 알고 싶군요."

"말씀드릴 거예요—하지만 매우 끔찍한 말을 들을 준비를 하세요. 하트퍼드셔에서 우리가 처음 만난 건 어느 무도회에서였어요—그런데 그 무도회에서 그가 어떻게 행동했다고 생각하세요? 신사 숫자가 부족했지만 그는 단지 네 번만 춤추었어요. 파트너가 없어서 여러 명의 젊은 숙녀들이 춤추지 못하고 앉아 있어야 했던 걸 제가 분명히 알아요. 다아시 씨, 그 사실을 부인할 순 없을 거예요."

"그때 저는 우리 일행 빼고는 그 무도회에 온 숙녀들을 아무

246 오만과 편견

도 알지 못했습니다."

"사실이에요. 그런데 무도회에서는 아무도 소개받지 않는답니다. 피츠윌리엄 대령, 다음엔 어떤 곡을 연주할까요? 제 손가락이 당신의 명령을 기다리고 있어요."

"아마도," 다아시 씨가 말했다. "소개해 달라고 요청했더라면 제가 더 잘 판단할 수 있었을 텐데. 그러나 저는 낯선 사람들에게 소개해 달라고 부탁하지 못하는 사람입니다."

"왜 그런지 그 이유를 당신 사촌에게 물어볼 수 있을까요?" 여전히 피츠윌리엄에게 말하면서 엘리자베스가 물었다. "지각 있고, 교육도 잘 받은 분, 사교계에서 살아온 분이 왜 낯선 사람들에게 자신을 소개해 달라고 요청할 수 없는지 그에게 질문할 수 있을까요?"

"그에게 묻지 않고서도 당신 질문에 대답할 수 있어요." 피츠윌리엄 대령이 말했다. "그는 애써 대답하려 하지 않을 테니까요."

"분명히 다른 사람들이 지닌 재주가 제게는 없답니다." 다아시 씨가 말했다. "처음 만나는 사람들과 쉽게 대화하는 재주 말입니다. 그 사람들 대화의 분위기를 알아차릴 수가 없을뿐더러 그들의 관심사에 흥미를 느끼는 척할 수도 없어요. 사람들이 그렇게 하는 걸 종종 보긴 합니다만."

"제 손은," 엘리자베스가 말했다. "대단히 많은 여성들이 연주하는 것처럼 그렇게 완벽하게 건반 위를 움직이지 못한답니다. 그들의 손처럼 힘차고 빠르게 움직이지 못하고, 그들처럼 음악을 잘 표현하지도 못하지요. 하지만 저는 항상 그게 제 잘못이라고 생각한답니다―열심히 연습하지 않았기 때문이라고요. 제 손가락이 탁월하게 연주하는 다른 여자의 손가락보다 둔해서라고 생각하지는 않지요."

다아시가 미소 지으며 말했다. "정말 옳은 말씀이군요. 시간을 훨씬 더 잘 사용하셨어요. 당신의 연주를 듣는 특권을 누린 사람은 누구든지 그 연주에 부족한 점이 있다고 생각하지 않을 겁니다. 우리 두 사람 모두 낯선 사람 앞에서는 연주하지도, 대화하지도 못하긴 하지만요."

여기에 캐서린 영부인이 끼어들었다. 그녀는 그들이 무슨 이야기를 하는지 알고 싶어서 큰 소리로 불렀었다. 엘리자베스는 곧 다시 연주하기 시작했다. 캐서린 영부인은 가까이 와서 몇 분 동안 그녀의 연주를 듣고는 다아시에게 말했다.

"베넷 양이 좀 더 연습한다면, 그리고 런던에 있는 선생에게서 사사 받을 수 있다면 조금도 손색없이 연주할 수 있을 텐데. 그녀의 취향이 앤과 비슷한 수준은 아니지만, 그녀는 손가락을 어떻게 움직여야 하는지를 잘 알고 있군 그래. 앤이 건강이 좋아서 배울 수만 있다면 사람들에게 큰 기쁨을 주는 연주자가 되었을 텐데."

엘리자베스는 다아시가 얼마나 진심으로 드 버그 양 칭찬에 동의하는지 알고 싶어서 그를 주시했다. 하지만 그 순간에도, 또 다른 경우에도 그가 사촌을 사랑한다는 조짐은 전혀 발견할 수 없었다. 그가 드 버그 양을 대하는 전반적인 태도를 보고서 그녀는 빙리 양에게는 크게 위로가 될 추측을 할 수 있었다. 만약 빙리 양이 그의 친척이었다면 다아시 씨가 그녀와 결혼할 수도 있겠다고 말이다.

　캐서린 영부인은 연주 솜씨와 취향에 대해 두서없이 말하면서 계속해서 엘리자베스의 연주에 대한 평을 늘어놓았다. 엘리자베스는 자제하며 그 모두를 예의 바르게 받아 드렸다. 그리고 캐서린 영부인의 마차가 그들을 집으로 데려다 줄 준비가 될 때까지 신사들의 요청으로 피아노 앞에 앉아 있었다.

9

　다음날 아침 콜린스 부인과 머라이어가 마을로 볼일을 보러 간 사이에 엘리자베스는 홀로 앉아서 제인에게 편지를 쓰고 있었다. 그때 손님이 왔다는 신호로 문의 종이 울려서 그녀는 깜짝 놀랐다. 마차 소리를 듣지 못했기 때문에 그녀는 손님이 캐서린 영부인일지도 모른다고 생각하고, 영부인의 무례한 질문을 피하려고 반 쯤 쓴 편지를 치워 버렸다. 그러나 대단히 놀랍게도 다아시 씨, 그것도 다아시 씨가 홀로 방으로 들어서는 것이 아닌가.

　그 또한 엘리자베스가 혼자 있는 것을 보고 놀란 눈치였다. 그는 숙녀들이 모두 방에 있을 거라고 생각했다며 자신이 방해한 것에 대해 사과했다.

　그 후 그들은 자리에 앉았다. 엘리자베스가 로징스에 대해 안부를 묻고 나서 그들은 아무 말 없이 침묵으로 빠져들 위험에 처할 것 같았다. 그렇기 때문에 반드시 무어라도 말할 거리를 생각해 낼 필요가 있었다. 이런 상황에서 하트퍼드셔에서 그를 마지막 보았을 때를 떠올리며, 그들이 급히 떠난 것에 대해 그가 어떻게 말하나 알아보고 싶은 호기심이 발동해서 그녀는 이렇게 말했다.

"다아시 씨, 지난 11월에 모두가 얼마나 갑작스럽게 네더필드를 떠났는지요! 빙리 씨는 자신을 따라 곧 런던으로 간 당신들 모두를 만나 틀림없이 무척 기쁘고 놀랐겠지요. 제 기억이 맞는다면 그는 하루 전에 떠났거든요. 런던을 떠나실 때 빙리 씨와 그의 자매들 모두 잘 지내고 계셨겠지요?"

"감사합니다. 더할 나위 없이 잘 지내고 있었습니다."

엘리자베스는 다른 대답을 듣지 못할 것을 알고 잠시 침묵한 후에 덧붙였다.

"저는 빙리 씨가 다시는 네더필드에 돌아올 생각이 없다고 이해하는데요?"

"그렇게 말하는 걸 들은 적은 없지만, 앞으로 그곳에서 지내지 않을지도 모르죠. 그에게는 친구가 많고, 인생에서 점점 더 친구와의 약속이 많아지는 시기가 되었답니다."

"만일 그가 네더필드에 별로 머물 생각이 아니라면, 이웃 사람에게는 그가 그곳을 완전히 포기하는 편이 더 좋을 거예요. 그렇게 되면 그곳에 새로 정착하는 다른 가족을 이웃으로 삼을 수 있을 테니까요. 하지만 빙리 씨가 그 집을 택한 것은 자신의 편의를 위한 것이지 이웃의 편의를 위한 것은 아니었으니, 그는 똑같은 원칙에 따라 그 집을 유지하거나 떠나거나 하겠지요."

"그가 좋은 집을 구입할 수 있다면, 네더필드를 즉시 포기한다 해도 저는 전혀 놀라지 않을 겁니다."

엘리자베스는 아무런 대꾸도 하지 않았다. 그의 친구에 대해 더 이상 길게 이야기하기가 두려웠다. 그리고 이제 다른 이야깃거리가 없기 때문에 화제를 생각해 내는 수고를 다아시 씨에게 맡기기로 마음먹었다.

그는 암시를 받아들여 곧장 이렇게 대화를 시작했다. "이 집은 아주 안락해 보이네요. 콜린스 씨가 헌스퍼드에 처음 왔을 때 캐서린 영부인이 이 집에 큰 도움을 주었다는 생각이드네요."

"그분이 그러셨겠죠. 저는 그분이 베푼 친절을 콜린스 씨보다 더 고마워하는 사람은 없을 거라고 확신해요."

"콜린스 씨는 운 좋게도 아내 선택을 잘한 것 같군요."

"예, 정말 그래요. 그의 친구들이 기뻐할 일일 겁니다. 그의 청혼을 받아들이거나, 혹은 받아들여도 그를 행복하게 해줄 여성은 아주 드문데 그런 현명한 여성을 만났으니까요. 제 친구는 이해력이 뛰어나지요. 그래도 제 생각에 콜린스 씨와 결혼한 것이 그녀가 한 일 가운데 가장 현명한 일인 것 같지 않아요. 그렇지만 그 친구는 더할 수 없이 행복해 보여요. 그리고 신중함이란 관점에서 따져 본다면 그건 그녀에게 매우 훌륭한 혼사였지요."

"친정과 친구들과 왕래하기 편안한 거리에 정착하게 된 것은 그녀에게 틀림없이 매우 잘된 일이에요."

"그걸 편안한 거리라고 말씀 하시나요? 거의 80킬로나 되는데요."

"길이 좋은데 80킬로가 뭐 대단한가요? 그저 반나절 남짓이면 갈 수 있는 거리이지요. 그래요, 저는 아주 편안한 거리라고 말할 수 있어요."

"저는 그 결혼의 중요한 장점 중 하나가 거리라고 생각해 본 적은 없답니다." 엘리자베스가 큰 소리로 말했다. "콜린스 부인이 친정 가까운 곳에 정착했다고 생각하지 않으니까요."

"그건 당신이 하트퍼드셔에 집착한다는 증거입니다. 롱본 근처를 벗어난 곳은 당신에겐 먼 곳으로 보일 테지요."

그는 말하면서 미소 지었는데 엘리자베스는 그 미소의 의미를 안다고 생각했다. 그는 틀림없이 자신이 제인과 네더필드를 생각하고 있다고 짐작하고 있었다. 그래서 엘리자베스는 얼굴을 붉히며 대답했다.

"제가 친정에 아주 가까운 곳에 정착하지 못하는 여성도 있다는 뜻으로 말씀드린 건 아니에요. 거리가 멀고 가깝다는 것은 확실히 상대적이고 여러 가지 다양한 상황에 따라 달라지지요. 재산이 있어서 여행 경비가 그다지 중요하지 않다면 거리는 아무런 문제가 되지 않지요. 그러나 이 경우는 그렇지 않아요. 콜린스 부부의 수입은 넉넉하지만, 그렇다고 여행을 빈번하게 할수 있을 정도는 아니에요. 그리고 제 친구 샬럿은 친정과의 거리가 현재의 반밖에 되지 않는다 해도 가깝다고 여기지는 않을거예요."

다아시 씨는 엘리자베스 쪽으로 의자를 조금 당기고서 말했다. "당신은 그처럼 어떤 지역에 집착할 자격은 없어요. 당신은 항상 롱본에서만 살 수는 없으니까요."

엘리자베스는 놀란 듯했다. 이 신사는 감정의 변화를 겪고 있었다. 그는 의자를 다시 뒤로 밀고 테이블 위의 신문을 집어 들고 그걸 훑어보며 냉정한 음성으로 말했다.

"켄트를 좋아하시나요?"

두 사람 다 침착하게, 간결하게 켄트에 관한 주제로 짤막한 대화를 이어갔다. 그리고 그 대화는 산책에서 방금 돌아온 샬럿과 여동생이 방으로 들어오자 곧 끝났다. 그들은 이 두 사람만이 대담하고 있는 것에 놀랐다. 다아시 씨는 허가 없이 베넷 양만 혼자 있는데 들어오게 된 자신의 실수에 대해 사과하고는 잠시 어느 누구에게도 별로 말을 건네지 않고 앉아 있다가 곧 떠나갔다.

"도대체 이게 무슨 뜻일까" 그가 떠나자마자 샬럿이 말했다. "일라이저, 그분이 너를 사랑하는 게 틀림없어. 그렇지 않다면 이처럼 허물없이 우리를 방문하지 않을 거야."

그러나 엘리자베스가 그는 침묵을 지켰다고 대답하자 샬럿은 다아시 씨가 엘리자베스와 사랑에 빠진 것 같지는 않다고 생각했다. 그가 엘리자베스를 사랑하기를 바라던 샬럿이지만 말이다. 이런저런 추측을 한 뒤에 그들은 그가 별로 할 일이 없어서 목사관을 방문했다고 짐작할 수밖에 없었다. 한해 중 이 맘 때는 소일거리가 없을 가능성이 많았다. 야외에서 하는 모든 운동은 이미 철이 지났고, 집 안에는 캐서린 영부인과 책과 당구대가 있지만 신사들이 항상 집 안에만 박혀 있을 수는 없는 일이었다. 단지 목사관이 가까운 곳에 있어서, 아니면 목사관으로 산책하는 것이 즐거워서, 아니면 목사관에 살고 있는 사람들이 유쾌한 사람들이어서 두 사촌들은 이 시기에 거의 매일 목사관으로 산책하고 싶은 유혹을 느꼈다. 그들은 이런저런 오전 시간에 방문했다. 어떤 때는 따로 왔고, 어떤 때는 둘이 함께 왔으며, 때때로 캐서린 영부인을 대동하기도 했다. 그들 모두에게 분명한 것은 피츠윌리엄 대령은 목사관 일행과 교제하는 것이 유쾌해서 온다는 것이었다. 물론 그런 확신 때문에 목사관 사람들은 피츠윌리엄 대령이 더욱더 마음에 들었다. 엘리자베스는 그와 함께 있는 것이 즐거웠고, 그가 자신을 분명히 찬양하고 있다는 사실은 그녀가 전에 좋아하던 조지 위컴을 생각나게 했다. 그 두 사람을 비교하면서 엘리자베스는 피츠윌리엄 대령의 태도가 위컴만큼 매혹적으로 다정다감하지는 않지만, 그는 가장 견문이 넓은 사람일거라고 생각했다.

하지만 다아시 씨가 목사관에 왜 그렇게 자주 오는지 이해하기는 더 어려웠다. 십 분간 한 번도 입을 떼지 않고 앉아 있을 때가 잦았기 때문에 그가 교제를 위해서 올리는 만무했다. 말을 할 때는 원해서라기보다 필요해서 하는 것 같았다. 즐거워서가 아니라 예의상 하는 희생적 행위 같았다. 참으로 활기차 보이는 때는 거의 없었다. 콜린스 부인은 그를 어떻게 이해해야 할지 알 수 없었다. 가끔 피츠윌리엄 대령이 다아시 씨가 멍청하다고 웃어대는 걸 보면 그가 대체로 평상시와 다르다는 것이 분명했고, 콜린스 부인이 그에 대해 알고 있는 바로는 그가 평소와 다르다는 것이 무엇을 뜻하는지 알 도리가 없었다. 다아시 씨의 이러한 변화는 그가 사랑에 빠진 결과이고, 그의 사랑의 대상은 자신의 친구 일라이저라고 생각하고 싶기 때문에, 콜린스 부인은 진지하게 그것을 알아내는 일에 착수했다. 그녀는 다아시 씨가 헌스퍼드로 올 때마다, 그리고 자신들이 로징스로 갈 때마다 그를 면밀히 관찰했다. 그러나 별로 수확이 없었다. 확실히 그는 엘리자베스를 아주 자주 바라보았지만, 그의 시선에 담긴 표정은 석연치 않았다. 진지하고 흔들림 없는 시선이었다. 하지만 샬럿은 때때로 그의 눈빛에서 일라이저를 찬양하는 표정을 별로 찾을 수 없다고 생각했다. 때로는 그저 넋을 놓은 듯한 시선이었다.

그녀는 한두 번 엘리자베스에게 다아시가 너를 좋아하는 게 아니냐고 넌지시 물었지만, 엘리자베스는 언제나 그 생각을 웃어넘겼다. 콜린스 부인은 그 대화를 더 끌고 가는 것이 옳지 않다고 생각했다. 그런 대화로 엘리자베스의 기대감을 부풀렸다가 끝내 그녀를 실망시킬 위험이 있어서였다. 엘리자베스가 다아시 씨는 자기 영향하에 있다고 생각하면, 그를 증오하는 그녀의 마음이 모두 사라지리라는 건 의심할 여지가 없다고 샬럿은 생각했다.

샬럿은 친절하게도 엘리자베스를 위해서 음모를 꾸미는 상상을 했다. 그 음모에서 그녀는 때때로 엘리자베스와 피츠윌리엄 대령을 결혼시키는 계획을 세웠다. 그는 누구와도 비교할 수 없을 정도로 가장 유쾌한 남성인데다 확실히 엘리자베스를 찬양했기 때문이다. 그는 세상적인 지위로 볼 때 그녀에게 가장 잘 어울리는 결혼 상대였다. 하지만 다아시 씨는 이런 피츠윌리

엄의 장점을 모두 상쇄할 정도의 장점을 지니고 있었다. 그는
교회에서 상당한 목사직 임명권을 가지고 있었던 것이다. 하지
만 다아시의 사촌은 전혀 그런 것을 소유하지 못했다.

10

엘리자베스가 로징스 대정원을 이리저리 거닐 때, 예기치 않게
여러 번 다아시 씨와 마주쳤다. 아무도 오지 않는 곳을 그가 산
책하는 것이야말로 심술궂은 불운이라고 생각한 엘리자베스는
처음에는 이런 일이 다시 일어나지 않도록 하려고 이 길은 자신
이 좋아해서 자주 걷는 길이라고 그에게 알려주었다. 그런데 그
런 일이 어떻게 두 번째 일어날 수 있단 말인가. 참 묘한 일이었
다! 하지만 그런 일이 두 번째 일어났고, 세 번째도 일어났다. 마
치 그렇게 된 것은 그의 고집불통의 비뚤어진 성격 때문이거나
아니면 그가 자발적으로 참회하기 위해서인 것 같았다. 그들이
만나게 되는 경우에 그는 단지 형식적으로 안부를 묻고 어색하
게 침묵하다가 가 버리는 것이 아니었다. 실제로 가던 길을 돌
아서서 당연히 그녀와 함께 걸어야 한다고 생각했다. 그는 결
코 말이 많지 않았고, 엘리자베스도 말을 많이 하거나 그의 말
을 귀담아 들으려 하지 않았다. 하지만 그들이 세 번째 뜻밖에
만났을 때 엘리자베스는 그가 몇 가지 서로 관련이 없는 이상한

질문을 하고 있다는 걸 깨달았다. 그는 헌스퍼드에 묵는 것이 즐거운지, 홀로 산책하기를 좋아 하는지, 콜린스 부부의 행복에 대해 어떻게 생각하는지를 물었다. 로징스에 대해서 이야기하며 그녀가 로징스를 완전히 이해하지 못한다고 말하는 것에서 그는 언젠가 그녀가 다시 켄트에 올 때마다 로징스에서도 묵어야 한다고 생각하는 것 같았다. 그의 말들이 그런 뜻을 함축하고 있는 듯했다. 피츠윌리엄 대령을 염두에 두고 하는 말인가? 엘리자베스는 그의 말에 어떤 의미가 있다면, 피츠윌리엄 대령과 자신의 관계에서 생길지도 모를 일을 빗대어 말하는 것이라고 짐작했다. 그렇게 짐작하니 그녀는 약간 괴로웠는데, 목사관 맞은편 울타리에 나 있는 문에 도착하니 매우 기뻤다.

어느 날 엘리자베스는 산책하면서 최근에 받은 제인의 편지를 자세히 읽고 있었다. 제인이 기분이 좋을 때 쓴 것이 아니라고 입증할 수 있는 부분을 읽다가 눈을 들었을 때, 엘리자베스는 다아시 씨 때문에 또 놀란 것이 아니라, 피츠윌리엄 대령이 그녀 쪽으로 오는 것을 보았다. 즉시 편지를 치우고 억지로 미소 지으며 그녀가 말했다.

"이 길로 산책하신다는 걸 전에는 몰랐는데요."

"대정원을 이리저리 걷고 있었지요," 그가 대답했다. "저는 매년 그렇게 하지요. 목사관을 방문하고 산책을 끝낼 생각이었어요. 더 멀리 가시나요?"

"아니오, 곧 돌아설 생각이었어요."

따라서 그녀는 곧 발길을 돌렸고 그들은 목사관을 향해 함께 걸었다.

"토요일에 켄트를 떠나시는 것이 확실한가요?" 그녀가 말했다.

"예—다아시가 또다시 연기하지 않는다면 그렇지요. 하지만 나는 그가 하는 대로 따르지요. 그는 자신이 원하는 대로 일을 계획한답니다."

"그런데 자신의 계획이 마음에 들지 않더라도, 그는 적어도 선택할 수 있는 큰 힘을 즐기지요. 제 지인들 중에서 자신이 원하는 것을 실행할 수 있는 능력을 다아시 씨보다 더 즐기는 사람은 없는 것 같아요."

"다아시 씨는 자기가 원하는 대로 행동하기를 아주 좋아해요." 피츠윌리엄 대령이 대답했다. "하기야 우리도 모두 그렇지 않은가요. 다만 그가 다른 많은 사람들보다 그렇게 할 수 있는 수단을 더 많이 가진 거지요. 그는 부유하고 다른 사람들은 빈곤하니까요. 저는 막연한 느낌으로 말하는 거예요. 맏이가 아닌 차남은 틀림없이 극기해야 하는 것과 남에게 의존하는 것에 익숙해야 합니다."

"백작의 차남은 극기하는 거나 남에게 의존해야 하는 게 어떤 건지 잘 알지 못할 거예요. 진지하게 말해 볼까요. 극기하는 것과 남에게 의존하는 것에 대해 무얼 알고 계시죠? 돈이 없어서 가고 싶은 곳을 가지 못하거나, 원하는 것을 가지지 못한 경험이 있나요?"

"이건 급소를 찌르는 질문이네요. 아마 내가 그런 어려움을 많이 겪었다고 말할 수는 없지요. 하지만 좀 더 중요한 문제에서 나는 돈이 없기 때문에 고통 받을 수도 있지요. 차남들은 자기가 결혼하고 싶은 사람과 결혼할 수 없답니다."

"그들이 재산 있는 여성을 사랑하지 않을 때 말씀이지요. 나는 그들이 흔히 재산가인 여성을 좋아한다고 생각하는데요."

"우리가 다른 사람에게 많이 의존하게 되는 것은 우리의 씀씀이 버릇 때문이지요. 그래서 나 같은 지위에 있는 사람으로서 금전적인 면을 무시하고 결혼할 수 있는 사람은 그리 많지 않답니다."

'이건 나를 염두에 두고 하는 말일까?' 엘리자베스는 그렇게 생각하고 얼굴을 붉혔다. 그러나 곧 자신을 되찾고 활발한 어조로 말했다. "그런데 대개 백작의 차남의 가치는 얼마나 될까요? 장남이 매우 병약하지 않다면, 50,000 파운드 이상은 요청하기 어렵다고 생각하는데요."

그는 그녀처럼 활발하게 대답했고, 그 주제에 대한 대화는 끝났다. 침묵이 뒤따르면 앞서 있었던 대화가 자신에게 영향을 주었다고 생각할까 걱정이 되어서 엘리자베스는 침묵을 깨기 위해 곧 입을 열었다.

"다아시 씨가 당신과 함께 온 이유는 주로 누군가 자신이 마음대로 할 수 있는 사람을 곁에 두기 위해서라고 생각하는데요. 그런 편리함을 계속 누리기 위해서 왜 결혼하지 않는지 이상하군요. 하지만 아마 현재로는 그의 여동생이 그런 역할을 잘하고 있고, 그녀가 전적으로 그의 보살핌을 받고 있으니 그는 여동생에게 자신이 하고 싶은 대로 할 수 있겠지요."

"아니요," 피츠윌리엄 대령이 말했다. 그런 유리한 점은 반드시 나와 나누어야 한답니다. 나는 그와 함께 다아시 양의 후견인이니까요."

"정말 그러셔요? 당신네들은 어떤 후견자들일까요? 당신들이 보호하는 사람이 당신들에게 골칫거리인가요? 그 나이의 젊은 숙녀들은 때로는 감당하기 어렵지요. 그녀가 진정한 다아시 가문의 정신을 지녔다면 자신이 원하는 대로 하려 들지도 모르니까요."

엘리자베스는 말을 하면서 그가 정색을 하고 자신을 바라보는 것을 알아차렸다. 즉시 왜 다아시 양이 오빠들을 불안하게 할 것이라고 생각하는지를 묻는 그의 태도에서 엘리자베스는 자신이 거의 진실에 가까운 답을 얻었음을 확신하게 되었다. 그녀는 즉시 대답했다.

"놀라실 것 없어요. 그녀에 대해 나쁜 말을 들은 적이 없어요. 그리고 저는 감히 그녀는 세상에서 가장 온순한 사람 축에 든다고 말할 수 있어요. 그녀는 허스트 부인과 빙리 양 등 제가 알고 있는 몇 사람들이 대단히 좋아하는 사람이기도 하구요. 빙리 양과 그 자매를 안다고 하시는 걸 들었는데요."

"그들을 약간 압니다. 그들의 남자 형제 빙리 씨는 신사다운 유쾌한 사람이지요.—다아시 씨의 절친한 친구이기도 하고요."

"아, 그래요." 엘리자베스가 냉담하게 말했다. "다아시 씨는 빙리 씨에게 대단히 친절하고 그를 엄청나게 돌보아 주지요."

"그를 돌본다고요! 예, 다아시는 정말로 빙리에게 꼭 돌봐 주어야 할 문제가 있을 때만 그를 돌본다고 생각해요. 이곳에 오는 길에 다아시가 내게 해 준 이야기를 듣고 나는 빙리가 참으로 그에게 많은 신세를 지고 있다고 생각했어요. 하지만 나는 반드시 다아시의 용서를 구해야 해요. 그가 내게 말한 사람이 빙리라고 생각할 권리는 전혀 없으니까요. 그건 모두 내 추측일 뿐입니다."

"무슨 말씀이시지요?"

"다아시는 자신이 빙리를 위해 꾀하는 일이 널리 알려지는 걸 바라지 않아요. 그 숙녀의 가족들이 그걸 알게 된다면 불쾌해 할 것이기 때문이지요."

"제가 누설하지 않는다는 걸 믿으셔도 좋아요."

"그런데 내가 그 사람이 빙리라고 생각할 만한 이유가 별로 없다는 걸 꼭 기억하셔야 해요. 내가 그에게서 들은 이야기는 단순히 이겁니다. 그는 최근 가장 무분별한 결혼을 하게 될 친구를 그런 불편에서 벗어나게 해 주었고, 그렇게 한 것을 자축한다고 했지요. 이름이나 다른 상세한 것은 밝히지 않았어요. 나는 빙리가 그런 곤경에 빠질 수 있는 사람이라고 생각했기 때문에, 그리고 그 두 사람이 지난여름 내내 함께 있었기 때문에 그 사람이 빙리일 거라고 짐작했을 뿐이지요."

"다아시 씨가 무슨 이유로 그렇게 간섭한다고 하던가요?"

"나는 그 숙녀가 신붓감으로 마땅치 않다고 반대할 만한 아주 강력한 이유가 있었다고 이해했지요."

"그가 그들을 헤어지게 하려고 무슨 술책을 썼나요?"

"자기가 무슨 술책을 썼는지는 밝히지 않았어요." 피츠윌리엄은 빙그레 웃으며 말했다. "단지 방금 말씀드린 것이 전부였습니다."

엘리자베스는 대꾸하지 않고 계속 걸었다. 그녀의 가슴은 분노로 가득 차올랐다. 그녀를 잠시 살펴 본 피츠윌리엄은 왜 그렇게 생각에 잠겨 있느냐고 물었다.

"저는 말씀하신 것에 대해 생각하고 있어요," 그녀가 대답했다. "당신 사촌의 행동은 제 정서에는 맞지 않아요. 왜 그가 심판자 역할을 해야 하나요?"

"그의 간섭이 쓸데없는 참견이라고 말하고 싶은가요?"

"저는 다아시 씨가 무슨 권리로 빙리 씨가 어떤 여성을 좋아하는 것이 적절한지 그렇지 않은지를 결정하는지, 또 왜 오로지 자신의 판단만 가지고서 친구가 어떤 식으로 행복을 누려야 하는지를 결정하고 지시해야 하는지 이해할 수 없어요. 하지만," 그녀는 평정을 되찾고 계속해서 말했다. "우리가 세세한 사정을 모르니까 그를 비난하는 것은 공평하지 못하군요. 그 경우에 다아시의 친구와 그녀 사이에 대단한 애정이 있었다고 생각할 수는 없겠어요."

"그건 이치에 맞는 추측인데요." 피츠윌리엄이 말했다. "그러나 매우 유감스럽게도 그건 내 사촌의 명예로운 승리를 깎아내리는 거네요."

피츠윌리엄은 농담조로 이 말을 했지만, 엘리자베스에게는 그것이 다아시 씨를 매우 올바르게 설명하는 것 같아서 대답하지 않기로 했다. 그렇기 때문에 갑자기 대화를 바꾸어 그들이 목사관에 이를 때까지 평범한 주제에 대해 이야기했다. 방문객이 떠나자마자 엘리자베스는 목사관 자신의 방에 틀어박혀서 그녀가 들은 것 모두를 줄기차게 생각했다. 그 이야기가 자신과 관계있는 사람들이 아니라, 어떤 다른 사람들에 관한 것이라고 생각할 수 없었다. 다아시 씨가 그처럼 막대한 영향을 행사할 수 있는 사람이 이 세상에 두 **사람**일 수 없었다. 엘리자베스는 빙리와 제인을 헤어지게 하기 위해서 그가 어떤 조처를 취했을 거라고 의심해 본 적이 없었다. 주로 그런 고안을 하고 계획한 것은 빙리 양의 소행이라고 여겼었다. 하지만 그가 허영심을 채우기 위해 잘못을 저지른 게 아니라 해도, 다아시 **그 사람**, 그의 자만심과 변덕이야말로 제인이 고통당했고, 아직도 계속 고통당하는 원인이었다. 그는 세상에서 가장 관대하고 다정한 제인이 가졌던 행복에 대한 모든 기대를 한동안 망쳐 버렸던 것이다. 아무도 그가 얼마나 지속적으로 해악을 끼칠지 알 수 없었다.

피츠윌리엄 대령은 "나는 그 숙녀가 신붓감으로 마땅치 않다고 반대할 만한 아주 강력한 이유가 있었다고 이해했지요."라고 했다. 그런데 그 강력한 반대는 아마도 제인의 아저씨 한 분은 시골 변호사이고 또 다른 아저씨는 런던의 사업가라는 것 때문이었으리라.

"제인 본인에 대해서는 반대할 수 없을 거야," 엘리자베스가 흥분하여 외쳤다. "반대할 수 없고말고. 제인은 사랑스러움, 선함 그 자체이니까—무척 이해심이 많지, 이지적이지, 태도는 매력적이지. 그리고 우리 아버지에 대해서는 반대할 것이 하나도 없을 거야. 아버지는 좀 괴팍한 분이지만, 다아시 씨 자신도 경멸할 수 없을 재능의 소유자이시고, 다아시 씨보다 더 고결한 인품을 지닌 분이니까." 그녀의 생각이 어머니에게 미치자 엘리자베스는 좀 자신이 없어졌다. 하지만 어머니가 그런 분이라는 게 다아시 씨가 반대하는 중요한 요인이라고 생각하지 않았다. 그녀는 자신의 식구들이 분별력이 없다는 것보다 친구 빙리의 친척이 될 사람들이 세상에서 명성을 누리는 사람들이 아니라는 것 때문에 다아시 씨의 자존심이 더 깊이 상처받은 것이라고 추측했다. 그래서 그녀는 마침내 조용히 다아시 씨가 어느 정도는 이런 최악의 형태의 자존심의 영향으로 그리고 일부는 빙리 씨를 자신의 여동생의 배우자로 삼고 싶은 소망으로 움직였다고 판단했다.

그 주제로 마음이 동요되고 눈물을 흘린 탓에 엘리자베스는 두통을 느꼈다. 저녁 무렵에는 두통이 너무 심해지고 다아시 씨를 만나고 싶지 않았기 때문에 그녀는 그들이 차를 마시기로 되어 있는 로징스로 가지 않기로 결정했다. 샬럿은 그녀가 정말로 아픈 것을 보고서 가자고 조르지 않았다. 그리고 가능한 한 콜린스 씨가 엘리자베스에게 가자고 압력을 가하지 않도록 해 주었다. 하지만 콜린스 씨는 엘리자베스가 집에 머물면 레이디 캐서린이 노여워할까 봐 걱정하는 눈치였다.

11

그들이 로징스로 떠나간 후, 엘리자베스는 마치 다아시 씨에게 한껏 화를 내려고 단단히 작심한 것처럼 켄트에 도착한 이후 제인에게서 받은 모든 편지를 정독하기로 결정했다. 그 편지 어디에도 실제로 제인이 불평하거나, 지난 일을 회상하거나, 현재 고통당한다는 구절은 없었다. 하지만 모든 편지에서, 모든 문장에서 늘 제인 스타일의 특징이었던 명랑함을 찾아볼 수 없었다. 항상 마음이 편안하고 누구에게나 친절한 그녀는 늘 명랑했으며 지금까지 그 명랑함에 그늘이 드리워진 때는 거의 없었다. 전에 읽었을 때보다 더 주의를 기울여 세심하게 읽어 내려가던 엘리자베스는 편지의 모든 문장에 제인의 불안해하는 마음이 스며 있는 것을 깨달았다. 다아시 씨가 수치스럽게도 자신이 다른 사람을 대단히 비참하게 만들 수 있다고 자랑한 말을 기억하고, 언니가 그로 인해 얼마나 고통당하고 있을지를 더욱더 통렬하게 느꼈다. 모레면 그의 로징스 방문이 끝난다고 생각하니 약간 위로가 되었다―그리고 두 주 후면 자신이 다시 제인과 함께 지낼 수 있고, 애정으로 할 수 있는 모든 걸 동원해서 제인의 기분을 되살리는 데 한 몫 할 수 있다는 생각을 하니 더 큰 위안이 되었다.

엘리자베스는 다아시 씨가 사촌을 남겨 놓고 혼자 켄트를 떠나리라고 생각하지 않았다. 피츠윌리엄 대령 자신은 분명히 떠날 뜻이 전혀 없다고 말했고, 쾌활한 사람이긴 하지만 그가 떠난다고 해도 유감스럽지 않았다.

이 점에 대해 마음을 정리하던 엘리자베스는 현관 벨이 울리는 소리에 갑자기 정신이 번쩍 들었다. 피츠윌리엄 대령이 각별히 그녀의 안부를 묻기 위해 온 것인가 하는 생각에 그녀의 마음은 약간 설레었다. 그는 전에도 한번 늦은 시간에 방문한 적이 있었다. 그러나 대단히 놀랍게도 다아시 씨가 걸어 들어오는 것이 보여, 그런 생각은 금방 사라지고, 그녀의 기분은 싹 달라졌다. 그는 곧 몹시 허둥대며 그녀의 건강에 대해 묻고, 그녀가 나았는지 알고 싶어서 왔노라고 했다. 그녀는 예의를 갖추어 차갑게 대답했다. 그는 잠시 앉아 있다가 일어나서 방을 이리저리 거닐었다. 엘리자베스는 놀랐지만 한마디도 하지 않았다. 몇 분간 침묵이 흐른 후 그녀에게 다가와서 그는 흥분한 태도로 이렇게 말을 시작했다.

"무척 몸부림쳤지만 헛일이었습니다. 그래 봤자 해결되지 않았습니다. 제 뜻대로 감정을 억제할 수 없었습니다. 제가 얼마나 열렬히 당신을 찬양하고 사랑하는지 당신에게 말씀드리지 않을 수 없습니다."

엘리자베스의 놀라움은 이루 다 형언할 수 없었다. 그녀는 그를 빤히 쳐다보고, 얼굴을 붉히고, 귀를 의심하며 입을 다물었다. 그는 이런 엘리자베스의 반응이 자신을 격려하는 것이라고 생각하고, 곧 이어서 자신의 모든 감정, 그가 오랫동안 그녀에게 품었던 감정을 남김없이 고백했다. 그는 말을 잘했지만, 그녀에 대한 애정 이외의 다른 감정에 대해서도 자세히 언급했다. 사랑보다는 자신의 자존심에 대해 좀 더 열변을 토했다. 그녀의 신분이 열등하다는 것과 그 사실이 자신에게는 수모라는 의식, 또 그녀 가족이 장애물이라는 의식 때문에 자신의 이성이 그녀를 좋아하는 마음에 제동을 걸었다는 것을 열심히 자세하게 설명했다. 그토록 열성적인 것은 그의 사회적 지위가 상처를 입게 되기 때문인 듯 했지만, 그것이 그의 청혼에 도움이 될 것 같지는 않았다.

그를 싫어하는 마음이 뿌리 깊게 자리 잡고 있음에도 불구하고 그녀는 다아시 씨 같은 대단한 사람의 사랑을 받는다는 것이 영광이라는 것을 느끼지 못하는 바는 아니었다. 그의 청혼을 거절하려는 마음은 한순간도 변하지 않았지만, 처음에 그녀는 그가 거절당해서 겪을 고통을 안쓰럽게 생각했다. 그러나 그가 이어서 하는 말에 분노해서 그런 동정심은 남김없이 사라져 버렸다. 하지만 엘리자베스는 그가 말을 모두 마친 후 대답하려고 인내심을 가지고 애써 자신의 감정을 가다듬고 있었다. 그는 그녀에 대한 사랑이 얼마나 강력한지 온갖 노력에도 불구하고 그 사랑을 도저히 극복할 수 없었고, 이제는 그녀가 자신의 청혼을 받아들여 자신의 강력한 사랑에 보답해 주기를 바란다며 말을 마쳤다. 이 말을 하면서 그가 분명히 호의적인 답을 들으리라 믿고 있음을 엘리자베스는 쉽사리 알 수 있었다. 말로는 걱정하고 근심한다고 했지만, 그의 얼굴 표정에는 긍정적인 대답을 들으리라는 확신이 나타나 있었다. 그런 상황은 오로지 그녀의 화를 더욱 부채질 할 뿐이었다. 그가 말을 끝냈을 때 그녀는 뺨을 붉히며 다음과 같이 말했다.

"이런 경우에, 기대에 어긋나는 대답을 하게 될지라도, 고백하신 애정에 대해서 우선 감사하는 게 관례라고 생각합니다. 마땅히 감사한 마음을 가져야겠지요. 그래서 제가 감사함을 느꼈다면, 당신에게 감사드렸겠지요. 그러나 저는 그럴 수 없어요— 당신이 제게 호감을 가지시길 바란 적이 전혀 없어요. 그리고 당신은 정말 마지못해서 저를 사랑하게 되었다고 말씀하셨잖아요. 제가 누구를 괴롭게 만든다면 미안한 일입니다. 그러나 참으로 부지중에 당신에게 고통을 주게 되었으니, 그 고통의 순간이 곧 끝나기 바랍니다. 제가 이렇게 설명 드렸으니, 오랫동안 저에 대한 사랑을 인정하지 못하게 했다고 말씀하신 당신의 판단력으로 별 어려움 없이 그 사랑을 극복하시기 바랍니다."

벽로에 기대어 서서 엘리자베스의 얼굴을 뚫어지게 바라보고 있던 다아시 씨는 그녀의 말을 들으면서 놀랄 뿐 아니라 화도 나는 것 같았다. 안색은 화가 나서 창백해지고, 심기가 불편하다는 것이 얼굴 전체에 역력히 드러났다. 그는 평온한 모습을 보이려고 안간힘을 쓰고 있었다. 그리고 평온을 찾기까지는 입을 열지 않기로 작정한 것 같았다. 그런 침묵이 엘리자베스에게는 끔찍하게 느껴졌다. 드디어 억지로 평온을 가장하는 어색한 음성으로 그가 말했다.

"영광스럽게 들으리라 기대했던 대답이 단지 이것뿐이라니요! 왜 이런 식으로, 예의를 갖추려고 애쓰지도 않고 제 청혼을 거절하는 건지 그 이유를 듣고 싶습니다. 하지만 그건 별로 중요하지 않습니다."

"저도 질문하고 싶은 게 있어요," 엘리자베스가 대답했다. "그처럼 명백하게 저를 거슬리고, 모욕할 생각이면서, 왜 자신의 의지에 반해서, 이성에 반해서, 심지어 자신의 성격까지도 거스르며 저를 사랑한다고 말씀하시는 건가요? 제가 예의 바르지 못했다면, 이것이 예의바르지 못한 데 대한 변명이 되지 않을까요? 하지만 제가 분개하는 데는 다른 이유도 있어요. 당신도 그렇다는 걸 아실 거구요. 제가 당신에게 반감을 가지지 않았다 해도—당신에게 설령 무관심하다 해도, 아니 심지어 당신에게 호감을 가졌다 해도, 제가 가장 사랑하는 언니의 행복을 망쳐 버리는, 아마도 영원히 망쳐 버리는 도구가 된 남자의 청혼을 받아들이리라고 생각하시나요?"

그녀가 이처럼 쏟아 내는 말을 들으면서 다아시 씨의 안색이 변했다. 하지만 그것도 잠시였다. 그녀가 말을 계속하는 동안 그는 끼어들지 않고 경청했다.

"제가 당신을 나쁘게 생각해야 할 이유는 헤아릴 수 없이 많아요. 언니의 행복을 망치는 일에 당신이 부당하고 편협한 역할을 했다는 걸 어떤 이유로도 변명할 수 없을 거예요. 당신이 그들을 갈라놓은 유일한 사람은 아니라 해도, 가장 중요한 역할을 했다는 것, 한 사람은 변덕스럽고 우유부단하다고 세상이 비난하게 만들고, 또 한사람은 희망이 좌절된 사람이라고 세상이 조롱하게 만들었다는 것, 두 사람 모두를 가장 비참하게 만드는 역할을 했다는 것을 당신은 감히 부인하지 못하고, 또 부인할 수도 없어요."

그녀는 말을 중단했다. 그리고 그가 확실히 아무런 죄책감도 느끼지 않는 분위기로 그녀의 말을 경청하는 것을 바라보며 불같이 화가 났다. 그는 심지어 믿기지 않는다는 듯이 미소까지 지으며 그녀를 바라보았다.

"그런 일을 했다는 걸 부인 할 수 있으세요?" 엘리자베스가 되풀이해 물었다.

그러자 그가 짐짓 침착한 체하며 대답했다. "친구를 당신 언니로부터 떼어 놓기 위해서 할 수 있는 모든 걸 다 했고, 그 일에 성공한 것을 기뻐한다는 걸 부인하고 싶은 생각은 추호도 없어요. 저는 친구를 저 자신보다 더 배려했던 겁니다."

엘리자베스는 이런 예의바른 생각을 알아들은 척하고 싶지 않았지만, 그 말의 의미는 놓치지 않고, 그 말이 그녀의 분노를 누그러트릴 리도 없었다.

"하지만 제가 당신을 싫어하게 된 이유는 단지 이 일 때문만은 아니에요." 그녀가 말을 이어갔다. "이 일이 일어나기 훨씬 전에 당신에 대한 제 생각은 이미 결정되어 있었어요. 여러 달 전에 위컴 씨의 설명을 듣고, 당신이 어떤 사람인지를 알게 되었으니까요. 거기 대해서 하실 말씀이 있으세요? 어떤 상상적인 우정 따위로 당신 자신을 옹호하실 건가요? 아니면 어떤 거짓말로 다른 사람들을 기만하실 건가요?"

"당신은 그 사람의 일에 관심이 대단히 많군요." 다아시가 얼굴을 붉히며 차분하지 못한 어조로 말했다.

"그가 얼마나 불운했는지를 아는 사람이라면 그에게 관심을 가지지 않을 수 있을까요?"

"그의 불운이라니!" 다아시가 경멸조로 되풀이했다. "그래요. 그 사람 정말 대단히 불운했지요."

"그런데 당신이야말로 그를 불운하게 만든 사람이지요," 엘리자베스가 힘차게 외쳤다. "당신이 그를 지금의 가난뱅이로 만드셨다고요—비교적 가난하다는 말이지만. 당신은 그의 몫이라고 알고 있는, 그에게 가기로 정해졌던 이권을 주지 않고 보류했어요. 당신은 그의 삶에서 가장 좋은 시절에 그가 당연히 받을 수 있을 뿐 아니라 그의 당연한 권리이기도 한 경제적 독립을 박탈했어요. 당신은 이 모든 일을 저질렀어요. 그러면서도 경멸적으로 조롱하는 투로 그가 불운하다는 말을 하시는군요."

빠른 걸음으로 방을 가로질러 가며 다아시가 외쳤다. "그럼, 이것이 저에 대한 당신의 견해군요! 이것이 저에 대한 당신의 평가군요! 그처럼 자세히 설명해 주셔서 감사합니다. 당신의 판단으로 보면 제 잘못은 대단히 과중하지요! 그러나 아마도," 그가 걸음을 멈추고 그녀 쪽으로 돌아서며 덧붙였다. "제가 오랫동안 망설이느라고 당신을 진지하게 사랑하지 못했다고 솔직하게 고백함으로써 당신의 자존심을 상하게 하지 않았다면 저의 이런 잘못들을 눈감아 줄 수도 있었겠지요. 만약 제가 좀 더 훌륭한 수단을 써서 제 마음의 갈등을 숨겼다면, 그리고 전적으로 순수하고 기쁜 마음으로, 이성적으로, 심사숙고해서 당신을 사랑하게 되었다는 것을 당신이 믿도록 아첨했다면, 이런 지독한 비난을 잠재울 수도 있었을 겁니다. 그러나 저는 어떤 종류의 거짓도 증오합니다. 그리고 제 감정을 솔직히 말씀드린 것을 부끄럽게 생각하지 않습니다. 그건 자연스럽고 정당한 감정입니다. 당신은 제가 당신 친척들 신분이 열등하다는 것을 즐거워하리라고 생각할 수 있나요?—분명히 사회적 지위가 훨씬 처지는 친척을 가지게 되는 걸 자축하리라고 기대할 수 있나요?"

엘리자베스는 그가 말을 하는 매 순간마다 점점 더 화가 치밀어 올랐다. 하지만 마음을 가라앉히려고 무척 애쓰면서 이렇게 말했다.

"당신의 청혼 방식이 제게 영향을 끼쳤다고 생각하신다면 그건 오해예요. 다아시 씨, 당신이 좀 더 신사다운 태도로 처신했

다면 제가 당신의 청혼을 거절하느라고 고심했을 거예요. 하지
만 당신의 태도는 그런 고심을 덜어 주는 것 말고는 아무런 영
향도 끼치지 못했어요."

엘리자베스는 다아시 씨가 이 말을 듣고 깜짝 놀라는 것을 보
았다. 그러나 그는 아무 말도 하지 않았고, 그녀는 계속해서 말
했다.

"당신이 온갖 방법을 써서 제게 청혼한다 해도, 전혀 그 청혼
을 받아들이고 싶지 않았을 겁니다."

확실히 그는 또 다시 깜짝 놀랐다. 그는 불신과 수치심이 뒤
섞인 표정으로 그녀를 바라보았다. 엘리자베스는 말을 계속했
다.

"당신을 처음 만났을 때부터, 거의 첫 순간부터라고 해야겠
군요. 그때부터 당신의 태도에서 더할 수 없이 오만하고 자신을
과대평가하며, 다른 사람의 감정을 무시한다는 인상을 받았고,
그것이 제가 당신을 불만스럽게 여기는 근간이 되었어요. 그 후
로 일어나는 일들이 그러한 불만 위에 차곡차곡 쌓여서 당신에
대한 혐오감이 확고히 자리 잡게 되었답니다. 당신을 알게 된지
채 한 달도 되기 전에 저는 당신이야말로 세상에서 제가 절대로
청혼을 받아들일 수 없는 유일한 사람이라고 생각 했답니다."

"지금까지 말씀한 것으로 충분합니다. 당신 감정을 완전히
이해해요. 그리고 지금까지의 제 감정이 부끄럽기만 합니다. 시
간을 너무 많이 뺏은 것을 용서하시고 당신의 건강과 행복을 비
는 제 마음을 받아 주십시오."

이 말을 하고서 그는 부리나케 방을 나갔다. 다음 순간 엘리

자베스는 그가 앞문을 열고 집을 나서는 소리를 들었다.

그녀 마음은 이제 고통스러울 정도로 심하게 동요하고 있었다. 그녀는 어떻게 몸을 가누어야 할지 모를 지경이었고, 실제로 기운이 쭉 빠져서 자리에 주저앉아 반시간을 울었다. 방금 일어난 일을 곰곰이 따지며 되돌아볼 때마다 그녀는 더욱더 크게 놀랐다. 자신이 다아시 씨의 청혼을 받다니! 그가 자신을 그렇게 여러 달 동안 사랑하고 있었다니! 너무나 자신을 사랑하기 때문에 모든 이유, 그의 친구 빙리가 제인과 결혼하지 못하게 한 모든 반대 이유에도 불구하고, 그리고 적어도 그런 반대 이유는 그 자신과 그녀의 결혼에도 틀림없이 똑같은 힘으로 작용했을 텐데도 불구하고 자신에게 청혼하다니. 그것을 도저히 믿을 수 없었다! 자신도 의식하지 못하는 사이에 그처럼 강렬하게 그의 사랑을 일깨웠다는 것은 유쾌한 일이었지만, 그의 오만함, 그의 그 끔찍한 오만함, 그가 제인에게 저지른 일을 전혀 수치심도 느끼지 않고 공인하는 것, 저지른 일이 정당하다고 증명하지 못하면서도 용납할 수 없는 확신을 가지고 그걸 인정한 것, 그리고 위컴 씨에 대해 말할 때의 무정한 태도, 자신이 위컴에게 무자비하다는 것을 부정하지도 않는 것들은 곧 그의 사랑을 생각하는 동안 그녀 마음에 한순간 일어났던 동정심을 억눌러 버렸다. 엘리자베스의 마음이 계속 크게 동요하고 있을 때, 캐서린 영부인의 마차 소리가 들렸다. 샬럿의 시선을 감당할 수 없다고 생각한 엘리자베스는 급히 자신의 방으로 가 버렸다.

12

다음 날 아침에 잠에서 깨어나서도 엘리자베스는 그 전날 가까스로 잠들 때까지 곰곰이 하던 생각을 여전히 하고 있었다. 그녀는 아직도 어제 일로 인하여 놀라움에서 헤어나지 못하고, 그 이외의 것은 아무것도 생각할 수 없었다. 그리고 아무 일도 손에 잡히지 않아서 아침 식사 후에 곧 바깥 공기를 마시며 산책하기로 마음먹었다. 그녀는 곧장 자신이 좋아하는 산책길 쪽으로 가다가 때때로 다아시 씨가 그곳으로 왔었던 것을 기억하고 걸음을 멈추었다. 그리고 로징스의 대정원으로 들어서지 않고 유료도로에서 멀리 떨어진 곳으로 통하는 오솔길로 들어섰다. 그 길 한쪽에는 아직도 로징스 대정원의 경계를 나타내는 말뚝이 있고, 그녀는 곧 대정원으로 들어가는 문 하나를 지나쳐 갔다.

그 길을 따라 두세 번 걸은 후, 매우 상쾌한 아침이기 때문에 그녀는 대정원 문 앞에 멈추어 서서 그 안을 들여다보고 싶었다. 그녀가 켄트에서 5주간 머무는 동안 이 지역의 풍경은 매우 달라졌고, 일찍 잎이 돋은 나무들의 신록은 나날이 더 짙어지고 있었다. 산책을 계속하려던 순간 그녀는 대정원 가장자리를 이루는 작은 숲에 어떤 신사가 있는 것을 흘끗 보았다. 그는 그녀 쪽으로 오고 있었다. 그 사람이 혹시 다아시 씨일까 봐 두려워서 그녀는 즉시 가던 길에서 돌아섰다. 하지만 다가오고 있는 사람은 이제 그녀를 잘 볼 수 있는 거리에 있고, 힘차게 걸어와서 그녀의 이름을 불렀다. 엘리자베스는 돌아섰다. 그 목소리가 다아시 씨 음성이었지만, 그녀는 정원 문 쪽으로 다시 걸어갔다. 그때쯤 역시 정원 문에 다다른 그는 편지를 내밀었고, 그녀는 그것을 본능적으로 받았다. 그는 편지를 내밀며 도도하지만 침착한 표정으로 말했다. "당신을 만날 수 있을까 해서 이 숲을 한동안 거닐고 있었습니다. 이 편지를 읽어 주시겠습니까?" 그후 그는 약간 몸을 굽혀 절하고는 또다시 대정원 안으로 들어가서 곧 시야에서 사라졌다.

유쾌한 내용이리라고 기대하지 않았지만 엘리자베스는 대단한 호기심을 가지고 그 편지를 열었다. 그리고 촘촘하게 쓴 글씨가 가득 찬 두 장의 편지지가 봉투 속에 들어 있는 것을 발견하고 그녀는 더욱더 놀랐다. 봉투 자체에도 촘촘히 쓴 글이 가득 채워져 있었다. 그녀는 오솔길을 따라 걸으면서 편지를 읽기 시작했다. 로징스에서 오전 8시에 쓴 것으로 되어 있는 그 편지의 내용은 다음과 같았다.

이 편지를 받으면, 어제 저녁 당신을 그토록 불쾌하게 했던 제 감정에 대해 다시 언급하거나 당신에게 다시 구혼하는 내용이 편지에 담겨 있지 않을까 하는 걱정으로 불안해하지 마십시오. 제 소망을 장황하게 설명함으로써 당신에게 고통을 주거나 제 자신을 수치스럽게 할 생각은 전혀 없습니다. 우리 두 사람의 행복을 위해서는 제 소망을 빨리 잊을수록 더 좋겠지요. 그런데 이 편지를 반드시 써야 하고 당신이 이 편지를 반드시 읽어 주기를 부탁하는 것은 제 성격 탓입니다. 제 성격이 아니었다면 제가 이런 편지를 쓰고, 그걸 당신이 집중해서 읽어야 할 일은 없었겠지요. 그렇기 때문에 제 마음대로 당신에게 이 편지를 읽어 달라고 요구하는 것을 용서해 주기 바랍니다. 이 편지를 별로 읽고 싶지 않으리라는 걸 잘 압니다만, 이 편지를 공정하게 읽어 주시기 바랍니다.

어젯밤 당신은 본질이 전혀 다르고, 중요한 정도도 전혀 다른 나의 두 가지 잘못에 대해 저를 비난했습니다. 첫 번째 잘못은 두 사람의 감정을 전혀 고려하지 않은 채 제가 당신 언니와 빙리 씨를 갈라서게 했다는 것입니다. 그리고 두 번째는 제가 다양한 주장을 무시하고, 명예와 인간애를 무시하고, 목전에 있던 위컴 씨의 부를 망치고 그의 장래를 결딴냈다는 것입니다. 젊은 시절의 친구이자 제 부친의 총애를 받은 사람, 그리고 우리 이외에는 후원해 줄 사람이 거의 없고, 우리의 후원을 받으리라 기대하며 성장한 사람을 고의로 변덕스럽게 차버리는 것은 악행일 것입니다. 그것은 몇 주밖에 되지 않은 두 사람의 사랑을 떼어놓는 것과는 비교도 할 수 없는 악행이겠지요. 그러나 어젯밤 이 두 경우에 대해서 당신은 그토록 자유롭게 나를 혹독히 비난했지요. 당신이 다음에서 제 행동과 그 동기에 대한 설명을 읽은 후엔, 제가 그런 비난에서 벗어날 수 있길 바랍니다. 그것들을 설명하는 중에 불가피하게 당신이 불쾌하게 여길 수도 있는 감정에 대해 언급하게 된다면, 유감스럽다고 말씀드릴 뿐입니다—필연적으로 그렇게 언급해야만 하기 때문입니다—그러니 더 이상 사과한다면 어리석은 거겠지요.

하트퍼드셔에 온지 얼마 되지 않았을 때, 저는 다른 사람들처럼 빙리가 당신 언니를 그 지역의 어느 여성보다도 더 좋아한다는 것을 알았습니다. 하지만 네더필드에서 무도회가 열리기 전까지는 그가 심각하게 사랑에 빠졌다고 걱정하지 않았지요. 그전에도 그가 종종 사랑에 빠지는 것을 보아 왔거든요. 제가 당신과 춤추는 영광을 누렸던 그무도회에서 저는 우연히 윌리엄 루카스 경이 일러주는 말을 듣고 빙리가 당신 언니에게 관심을 가진 것을 본 많은 사람들이 그들이 결혼하리라고 기대한다는 것을 처음으로 알게 되었지요. 루카스 경은 그들의 결혼을 확실한 사실로, 단지 택일만 남아 있는 것으로 말했지요. 그 후부터 저는 제 친구의 행동을 주의 깊게 관찰했지요. 그리고 그가베넷 양에게 보이는 특별한 애정은 그때까지 그가 보인 여성에 대한애정의 정도를 훨씬 넘어선다는 걸 알게 되었지요. 당신의 언니 또한살펴보았습니다─그녀의 표정과 태도는 언제나 그렇듯이 대범하고, 명랑하고, 매력적이었지요. 그렇지만 그녀가 빙리에게 어떤 특별한호감을 보이지는 않았습니다. 그래서 그날 저녁 자세히 관찰한 결과당신 언니가 비록 빙리의 애정을 즐겁게 생각하지만 그것에 동참하여 호응하는 것은 아니라고 확신하게 되었습니다. 이 점에서 **당신이**오해한 것이 아니라면, 그건 틀림없이 제 잘못입니다. 당신은 언니에대해 매우 잘 알고 있을 터이니 후자일 가능성이 큽니다. 그런 경우라면, 제 잘못으로 당신 언니에게 고통을 주었다면, 당신이 분노하는 것은 타당하지만, 저는 주저 없이 주장합니다. 가장 날카로운 관찰자라면 당신 언니의 평온한 표정과 분위기를 보고서 그녀의 성격은 사랑스럽지만, 그녀의 마음을 감동시키기는 쉽지 않다고 확신할 거라고요─그녀가 빙리에게 무관심하다고 제가 믿고 싶었던 건 확실 합니다─하지만 저는 어떤 일을 검토하고 결정을 내릴 때 대체로 제 희망이나 두려움에 좌우되지 않는다는 걸 감히 말씀 드립니다─제가 원했기 때문에 당신 언니가 무관심하다고 믿은 건 아니지요. 공정한 확신하에서 그걸 믿었지요, 그것이 합당한 것이기를 원했던 만큼 진심으로 믿었습니다—어젯밤 인정했듯이 제가 그 결혼에 반대했던 것은 단순히 가장 강력한 열정을 옆으로 제쳐놓아야 했던 제 경우와는 달랐습니다. 신붓감의 친척들이 훌륭하지 않다는 것은 제 친구에겐 저에게만큼 큰 문제가 아닐 수 있습니다—하지만 혐오감을 주는 다른 이유들이 있습니다—나와 빙리 경우에 여전히 똑같이 존재하는 다른 이유들이 있습니다. 나 자신은 그걸 잊으려고 대단히 노력했지요. 그것들이 내 앞에 닥친 건 아니니까요. 짤막하게나마 그 이유들을 언급해야겠습니다. 당신 어머니 가족들의 사회적 지위는 이의를 제기할 만한 것이지만, 그건 아무것도 아닙니다. 당신 어머니와 당신의 세 여동생, 때로는 당신의 부친까지, 그들이 그렇게도 자주 그리고 거의 항상 변함없이 보여주는 완벽한 예절의 부재에 비교하면 말입니다, 용서하세요. 당신을 불쾌하게 하는 게 괴롭습니다. 가장 가까운 가족들의 결점을 걱정하고 있는 당신은 내가 그것들에 관해 이야기하는 것을 듣는 게 불쾌하겠지만, 당신과 당신 언니가 이런 비난을 전혀 받지 않을 정도로 처신을 잘한다는 것이 당신 두 사람의 판단력과 성품에 명예로울 뿐 아니라 당신들을 칭찬하는 것이라 생각하고 위로받기 바랍니다. 그 무도회 날 저녁에 일어난 일에서 당신 가족 모두에 대한 제 견해가 굳어졌고, 제가 가장 불행한 결혼이라고 생각하는 결혼에서 친구를 구하려는 제 동기가 더욱 확고해졌다는 것까지만 이야기하겠습니다—다음 날 그는 곧 돌아올 생각으로 네더필드를 떠나 런던으로 갔다는 걸 당신도 분명히 기억하겠지요—이제는 제가 어떤 역할을 했는지 설명해야겠군요. 저처럼 빙리의 자매들도 불안해했습니다. 이 문제에 대해 우리 생각이 같다는 것을 우연히 알게 되고, 서

둘러서 빙리를 베넷 양에게서 떼어놓아야 한다는 데 의견이 일치했던 우리는 그와 곧 런던에서 합류하기로 했어요. 우리는 곧 런던으로 갔고, 가자마자 저는 빙리에게 베넷 양을 아내로 선택했을 때 초래될 불리한 점을 지적하는 임무에 착수했지요. 그런 점을 설명하고, 진지하게 강경하게 그것들을 주장했습니다. 그러나 이런 충고가 그의 결심을 흔들리게 하거나 지연시킬 수는 있었겠지만, 제가 조금도 망설이지 않고, 당신 언니가 분명히 그의 사랑에 무관심하다는 말을 덧붙이지 않았다면, 제 충고가 궁극적으로 결혼을 막지 못했을 겁니다. 전에는 그는 당신의 언니가 자신과 똑같은 정도는 아니라 해도 자신의 사랑에 진지하게 호응한다고 믿었었지요. 하지만 빙리는 타고난 성품이 매우 겸손하고 자신보다 제 판단력에 더 의지합니다. 그렇기 때문에 그가 자기 자신을 기만했다는 것을 확신시키기는 그리 어렵지 않은 일이었고, 그가 그 사실을 확신하게 되자 네더필드로 돌아가지 않도록 그를 설득하는 데는 일초도 걸리지 않았습니다. 여기까지 제가 한 일에 대해 저 자신을 비난 할 수는 없습니다. 이 일 전체를 돌아볼 때 불만스러운 제 행동은 단 한 가지뿐입니다. 제가 부끄럼을 무릅쓰고 그에게 당신 언니가 런던에 있다는 사실을 감추기 위해 술책을 쓴 것입니다. 빙리 양도 알고 있듯이 저도 그 사실을 알았습니다만, 빙리는 아직까지도 그 사실을 모르고 있습니다. 그들이 만난다 해도 불길한 결과가 일어나지 않을 가능성도 있었지만, 제게는 그의 사랑이 아직도 뜨거워서 제인을 만났을 때 위험에 빠질 것 같았습니다. 어쩌면 이렇게 은폐하고 속이는 것은 제 품위에 걸맞지 않는 것임에도 불구하고 그런 일을 했고, 그건 최선을 다하기 위해서였습니다. 이것에 대해서는 더 이상 드릴 말씀이 없습니다. 더 사과할 것도 없습니다. 당신 언니의 마음에 상처를 입혔다면 그건 제가 부지중에 행한 일이기 때문입니다. 제가 움직이게 된 동기가 당신에게는 당연히 매우 불충분해 보이겠지만, 저는 아직도 그 동기를 비난할 수 없습니다.

제가 위컴 씨를 해쳤다는 좀 더 중요한 다른 비난에 대해서는 그와 우리 가족과의 관계를 모두 밝힘으로써 당신의 비난에 이의를 제기할 수 있을 뿐입니다. 그가 특히 무엇에 대해 저를 비난했는지 몰라도 제 이야기가 사실이라는 것을 증명하기 위해서 저는 진실성을 의심할 수 없는 증인을 한 사람 이상 부를 수 있습니다. 위컴 씨는 대단히 존경받는 분의 아들입니다. 그의 부친은 오랫동안 펨벌리 농원의 모든 일을 운영했지요. 그는 위탁받은 것을 수행할 때 훌륭하게 처신했기 때문에 제 부친께서는 그에게 도움을 주고 싶어 하셨습니다. 그래서 그분은 대자인 조지 위컴에게 관대하게 친절을 베풀었습니다. 그를 학교에 보내셨고 후에는 케임브리지 대학에 보내셨습니다—사치스러웠던 아내 때문에 늘 가난했던 그의 부친은 그가 신사 수업을 받도록 뒷바라지 해 줄 수 없는 형편이었기 때문에 가장 중요한 도움을 주셨던 겁니다. 제 부친께서는 언제나 매력적인 태도를 보이는 이 청년을 좋아하셨을 뿐 아니라, 그를 매우 높이 평가하셨고, 그가 교회 직으로 나가길 바라시면서 그를 위해서 교직 자리를 마련하실 뜻이셨습니다. 저로서는 아주 여러 해 전부터 그를 매우 다른 시각으로 보기 시작했습니다. 그는 우리 부친에게서는 악한 성벽—원칙의 부재—을 조심스럽게 감추었지만, 거의 같은 연령의 청년인 저의 관찰을 피할 수는 없었습니다. 제 부친께서는 방심할 때의 그를 목격할 기회가 없으셨지만, 저는 때때로 그걸 볼 기회가 있었기 때문이지요. 여기에서 저는 또 당신을 고통스럽게 할 터인데 그 고통의 정도야 당신만이 알겠지요. 하지만 위컴이 당신에게 어떤 감정을 불러 일으켰건, 그리고 당신이 아직도 그 감정을 지녔다고 생각한다 해도 제가 그의 인물 됨됨이가 진정 어떤지를 알리는 걸 막지 못할 겁니다. 그것은 또 다른 동기가 되기도 합니다. 대단히 훌륭하신 제 선친께서는 5년 전 타계하셨습니다. 그는 위컴 씨를 마지막까지 대단히 사랑하셨기 때문에 유언에서 특히 그를 제게 부탁하셨습니다. 그가 그의 직업에서 최고의 지위를 가지도록 출세시키라 하셨지요. 그가 목사직을 택한다면, 우리 가문의 중요한 목사직 자리가 비는 대로 그가 그것을 차지하길 원하셨지요. 또한 1,000 파운드의 유산도 있었습니다. 그의 부친은 제 선친보다 그리 더 오래 사시지 못했습니다. 이런 일들이 일어난 후 채 반년도 되기 전에 위컴 씨는 제게 편지로 알려주었지요. 드디어 목사직을 택하지 않기로 결심했다며 자신이 목사직의 혜택을 받을 수 없으니 좀 더 직접적인 재정적 지원을 기대한다는 것이고, 그런 요청이 이치에 어긋난다고 생각하지 말기 바란다고 했습니다. 그는 덧붙여서 법률을 공부할 생각이라며 그 공부를 하기 위해서는 일천 파운드의 이자만으로는 턱없이 부족하다는 것을 알아 달라고 했습니다. 저는 그가 진심이라고 믿기보다 진심이었으면 하고 바랐지만, 어쨌든 그의 제안에 전적으로 동의할 준비가 되어 있었지요. 저는 위컴 씨가 절대로 성직을 택해서는 안 될 사람이란 걸 알고 있기 때문이었어요. 그래서 그 일은 곧 해결되었고, 그는 자신이 행여나 목사직에 추천받을 수 있는 입장이 되더라도, 그에 대한 모든 권리를 포기하겠고, 그 대가로 3천 파운드를 받기로 했습니다. 우리 사이의 모든 관계가 이제 사라진 것 같았습니다. 저는 그를 아주 나쁘게 생각했기 때문에 그를 펨벌리에 초대하지도, 런던에서 그와 교제하지도 않을 지경이었습니다.

그가 주로 런던에 살고 있었지만, 법을 공부한다는 것은 핑계에 지나지 않는다고 생각했습니다. 이제 모든 통제에서 벗어나 자유로웠기 때문에 그는 게으르고 방탕한 생활을 했습니다. 거의 3년간 그의 소식을 듣지 못했지만, 그의 차지가 되기로 했던 목사직의 재직자가 사망했을 때, 그는 다시 제게 편지로 목사직 추천을 의뢰했습니다. 자신의 형편이 매우 좋지 않다고 했는데 그걸 믿기 어렵지 않았습니다. 그는 법을 공부하는 것이 가장 수지맞지 않는 일이라는 걸 알게 되었고, 그래서 지금은 그 목사직에 추천만 해 준다면, 목사 안수를 받기로 작정했다는 것이었지요. 그는 제가 추천해 주리라는 걸 의심하지 않았어요. 후임 목사로 임명할 다른 사람이 없고, 존경하는 부친의 의도를 제가 잊을 수 없을 것이라고 확신하고 있었던 것이지요. 저는 이런 간청을 받아들이지 않았고, 그가 계속 간청해도 그걸 받아들이지 않은 것에 대해 저를 나무랄 수는 없을 겁니다. 그의 상황이 곤궁해 질수록 저에 대한 그의 분노는 비례해서 더욱 커 졌지요—그리고 저를 비난하는 중에 다른 사람들에게 맹렬하게 제 욕을 했다는 것에 의심의 여지가 없지요. 그 후에 그와의 모든 교제는 단절되었습니다. 그가 무얼하고 사는지 모릅니다. 하지만 괴롭게도 지난여름 그가 다시 제 눈앞에 불쑥 나타났지요. 이제는 제 자신이 잊고 싶고, 그리고 현재의 임무가 아니라면 누구에게도 밝히고 싶지 않은 어떤 상황에 대해 말하지 않을 수 없습니다. 여기까지 말했는데 저는 당신이 비밀을 지키리라는 걸 의심치 않습니다. 나보다 열 살 아래인 제 누이동생의 후견인은 저와 제 어머니의 조카인 피츠윌리엄 대령이랍니다. 약 일 년 전에 동생은 학교에서 나왔고, 런던에 그 애를 위한 집을 마련했지요. 지난여름 여동생은 그 집에서 함께 기거하며 그녀를 돌볼 영부인과 함께 램스게이트로 갔습니다. 위컴 씨도 그곳으로 갔지요. 의심할 바 없이 그에게는 계획이 있었던 겁니다. 제 여동생을 보살펴 주는 영 여사는 그전부터 그와 서로 알고 지내는 사이였다는 것을 우리는 후에 알았지요. 정말 불행하게도 우리는 영 여사의 인격에 속았어요. 그녀의 묵인하에, 그리고 그녀 도움을 받아서 위컴은 조지애나가 그에게 호감을 가지게 만들었습니다. 어린 시절에 위컴이 조지애나에게 무척 친절했던 것이 조지애나의 애정 어린 마음에 얼마나 깊은 인상으로 남았던지 그녀는 자신이 그를 사랑한다고 믿도록 설득 당해서 그와 함께 도망치기로 동의했지요. 조지애나는 그때 겨우 15세였어요. 어렸다는 사실이 분명히 그녀에게 변명 거리가 되겠지요. 누이동생의 경솔한 행동을 언급한 후에 그녀가 그 사실을 제게 알려주었다는 말을 덧붙일 수 있는 것이 얼마나 기쁜지 모릅니다. 저는 그들이 도망하기로 작정한 날 하루나 이틀 전에 불쑥 그들과 함께하게 되었지요. 그때 조지애나는 거의 아버지처럼 우러러보는 오빠에게 고통을 주고 마음을 상하게 한다는 생각에 견딜 수가 없어서 제게 계획 전부를 털어놓았어요. 제 감정이 어땠을지, 제가 어떻게 행동했을지 상상할 수 있겠지요. 동생의 평판과 감정을 고려해서 공개적으로 폭로하지 않았지만, 저는 위컴 씨에게 편지를 썼고, 그는 즉시 그곳을 떠났지요. 물론 영 여사도 조지애나를 떠나가도록 했답니다. 위컴 씨의 주요 목적은 물론 30,000 파운드[36]인 동생의 재산이었습니다. 그러나 제게 복수하고자 한 것도 하나의 동기였다고 생각하지 않을 수 없습니다. 그가 참

---

36 조지애나의 30,000 파운드의 재산은 매우 큰 것으로 일 년에 1,500 파운드의 수입을 가져올 수 있고 그것은 분명히 가난하고 파렴치한 위컴에겐 상당한 매력이었을 것이다.

으로 완벽하게 복수할 뻔 했지요. 여기까지가 우리가 함께 관심을 가져왔던 모든 사건에 대해 성실하게 이야기한 것입니다. 그리고 이 이야기가 완전히 거짓말이라고 여기지 않으신다면 이제부터 위컴을 잔인하게 대했다고 저를 비난하지 말기 바랍니다. 그가 어떤 식으로, 어떤 형태의 거짓으로 당신을 기만했는지 모르지만, 그가 성공했을 거라는 데는 의심의 여지가 없겠지요. 당신은 이 두 사실에 관해 아무것도 몰랐으니 위컴의 진면목을 알 수 없었겠고, 그리고 당신은 확실히 의심하지 않는 성격이니까요. 어젯밤에 왜 이 모든 것을 당신에게 이야기하지 않았는지 궁금하겠지요. 하지만 그때는 제가 무엇을 밝힐 수 있고, 무엇을 반드시 밝혀야만 하는지를 알 수 없을 정도로 침착하지 못했기 때문입니다. 여기에서 말씀드린 모든 것이 사실인지에 대해서 특별히 피츠윌리엄 대령에게 증언해 달라고 호소할 수 있답니다. 그는 저와 가까운 친척으로 변함없이 친밀하게 지내며, 더욱이 제 부친의 유언 집행인이기 때문에 피할 길 없이 이러한 거래 내역을 상세히 알고 있지요. 당신이 저를 미워하기 때문에 제 주장들을 하찮게 생각하신다면, 그런 이유로 당신이 우리 사촌에게 털어놓는 것을 막을 수는 없겠지요. 그리고 당신이 그와 상의할지도 모르기 때문에 오늘 오전 중으로 이 편지를 당신에게 전달할 기회를 찾기 위해 노력할 것입니다. 오로지 "당신에게 하나님의 가호가 있기를"이란 말만 덧붙입니다.

피츠윌리엄 다아시

13

다아시 씨가 편지를 건넸을 때, 편지에 청혼을 재개하는 내용이 담겼을 것이라고 기대하지 않았다면, 엘리자베스는 그 편지 내용이 무엇인지 전혀 예상하지 못했을 것이다. 하지만 위와 같은 내용이었기 때문에 그녀가 얼마나 열심히 편지를 읽어 내려갔을지, 그리고 그 편지를 읽으며 얼마나 상반된 감정을 느꼈을지 짐작하기는 어렵지 않을 것이다. 편지를 읽어 내려 갈 때 그녀 감정이 딱히 이런 것이라고 설명할 수는 없다. 처음에는 그가 변명할 수 있다고 생각하니 놀랍기만 했다. 그리고 부끄러움을 제대로 아는 사람이라면 숨기고 싶을 것이기 때문에, 분명히 아무런 설명도 할 수 없을 것이라고 생각했다. 그가 이야기하려는 것 모두에 대해 대단한 반감을 가지고 그녀는 네더필드에서 일어났던 일에 대한 설명을 읽어 내려가기 시작했다. 집중해서 읽느라고 자신이 읽은 것을 이해할 여력도 거의 없었다. 다음 문장에 무엇이 있는지 얼른 읽고 싶은 조바심 때문에 당장 눈앞에 있는 문장의 의미에 집중할 수 없었다. 그녀는 즉각적으로 그가 제인이 빙리에게 냉담하다고 믿었다는 말은 거짓이라고 단정지었다. 그리고 제인과 빙리 씨의 결혼에 반대했던 가장 큰 진짜 이유는 제인의 냉담 때문이었다고 설명한 것에 너무나 화가 나서 그를 공정하게 판단하고 싶은 의욕조차 사라졌다. 다아시는 자신이 저지른 일을 후회한다는 말을 전혀 하지 않았기 때문에 그녀는 만족할 수 없었다. 그의 문체도 뉘우침 없이 거만하기만 했다. 그것은 오만과 무례의 극치였다.

하지만 제인과 빙리의 주제가 위컴 씨에 대한 설명으로 이어질 때, 그녀는 더욱 명료한 정신으로 집중해서 읽었다. 그의 사건들에 대한 설명이 사실이라면, 자신이 가슴 속에 간직한 위컴의 인격적 가치에 대한 모든 생각을 뒤집어야 할 판이었다. 그런데 그것은 위컴 자신이 들려준 그의 내력과 걱정스러울 정도로 유사했다. 그녀는 더욱더 마음이 아프고, 자신의 감정을 단정하기가 더 어려웠다. 놀라움과 근심, 그리고 심지어 공포가 그녀를 짓눌렀다. 그녀는 "이건 틀림없이 거짓말이야! 이럴 수 없어! 이건 확실히 가장 추잡한 거짓말이야!"라고 외치고, 또 외쳤다. 그 이야기 전체를 믿고 싶지 않았다—편지를 다 읽었을 때 마지막 한두 쪽의 내용이 무엇인지 거의 파악하지 못하고서도, 엘리자베스는 급히 편지를 밀어 놓고 그 편지를 존중하지 않겠다고, 결단코 다시는 그걸 들여다보지 않겠다고 맹세했다.

그녀는 마음이 혼란스러워 어느 것에도 생각을 집중하지 못하며 계속 걸었다. 그러나 그것으로 해결되지 않았다. 30초도 되지 않아서 그녀는 편지를 다시 펼치고, 할 수 있는 한 마음을 가다듬고서, 수치스럽지만 위컴에 관한 모든 것을 다시 정독하기 시작했다. 감정을 억누르고 모든 문장의 의미를 꼼꼼히 살펴보았다. 위컴과 펨벌리 가족과의 관계는 위컴 자신이 이야기한 것과 정확히 맞아떨어졌다. 그리고 다아시 씨 부친이 위컴에게 어느 정도로 친절을 베풀었는지 그전에는 알지 못했지만, 그의 친절에 대해서 위컴 자신의 말과 일치했다. 여기까지는 두 이야기가 각각 서로의 이야기를 확인해 주었다. 그러나 유언에 이르러서는 그 차이가 엄청났다. 위컴이 목사직에 대해 이야기하던 것이 아직도 기억에 생생했다. 위컴의 말을 돌이켜 볼 때, 위컴 씨나 다아시 씨 중 한 사람은 대단한 거짓말을 한다고 생각할 수밖에 없었다. 잠시 그녀는 거짓말을 한 사람이 위컴 씨가 아니기를 바라는 자신의 생각이 잘못되지 않았다고 자만했다. 하지만 특히 위컴 씨가 목사직에 대한 모든 권리를 포기하고 3,000 파운드의 거금을 받은 이후의 상세한 이야기를 집중해서 자세히 읽고 또 읽기를 거듭했을 때, 그녀는 또다시 주저하지 않을 수 없었다. 그녀는 편지를 내려놓고, 한쪽으로 치우치지 말아야 한다고 생각하며 모든 상황을 숙고하면서—언급 하나하나의 가능성을 고려했지만 별로 성공하지 못했다. 양편 다 주장에 불과했다. 그녀는 다시 계속해서 편지를 읽었다. 어떤 계략으로도 이 일에서 다아시 씨의 행동이 파렴치하지 않다고 주장할 수 없다고 믿었지만, 편지의 한 줄 한 줄마다 이 일 전체를 통해 다아시 씨는 전적으로 아무런 잘못이 없다는 쪽으로 방향전환이 가능함을 더욱더 명료하게 증명하고 있었다.

다아시 씨가 위컴의 사치와 총체적인 방탕함을 전혀 거리낌 없이 비난한 것은 그녀에게 대단한 충격이었다. 그 비난이 부당하다는 것을 자신이 증명할 수 없기 때문에 더욱더 그랬다. 그가 ○○셔 민병대에 자원입대하기 전까지 그녀는 그의 존재에 대해 들어본 적이 없었다. 그는 런던에서 우연히 만나 조금 알고 지내던 청년의 설득으로 ○○셔 민병대에서 근무하게 되었다고 했다. 하트퍼드셔의 사람들은 그가 그곳에 오기 전 어떤 삶을 살았는지에 대해서 그 자신이 한 말 빼고는 전혀 알지 못했다. 그의 진정한 인격에 관한 정보를 얻을 능력이 있었다 하더라도 그녀는 전혀 문의하고 싶지 않았을 것이다. 사람들은 그의 용모, 음성, 그리고 태도를 보고 즉시 그가 모든 덕목을 갖춘 사람이라고 인정했다. 엘리자베스는 다아시 씨의 공격으로부터 그를 구해 줄 미덕, 무언가 성실함이나 자비로움을 나타내는 그의 행동의 특징적인 예를 상기해 보려 했다. 아니면 적어도, 다아시 씨가 여러 해에 걸친 게으름과 악습이라고 묘사했던 것을 자신은 통상적인 실수라고 간주하고 그것을 벌충해 줄 두드러진 덕목을 기억해 내려 했다. 그러나 그녀 편이 되어 줄만한 기억이 전혀 떠오르지 않았다. 엘리자베스는 매력적인 분위기와 말솜씨를 지닌 그를 자신의 눈앞에 즉각적으로 떠올릴 수 있었다. 하지만 이웃들이 대체로 칭찬하는 것과 어수선한 상황에서 그가 사교적인 능력으로 얻은 호감 이외에 좀 더 실질적인 선량함을 기억할 수 없었다. 상당한 시간이 흐르는 동안 이 부분에서 멈추었다가 그녀는 다시 한 번 읽기를 계속했다. 하지만 슬펐다! 다아시 양에게 그가 음모를 꾸몄다는 그 다음 이야기는 바로 그 전날 아침 자신과 피츠윌리엄 대령 사이에 오간 대화로 어느 정도 확인이 될 수 있었다. 마지막에 다아시 씨는 그녀에게 모든 세부 사항들의 진위 여부를 피츠윌리엄 대령에게 문의하라고 했다. 그녀는 앞서 피츠윌리엄 대령으로부터 그가 사촌 다아시 씨의 거의 모든 일에 관여한다는 말을 들었었다. 그리고 그의 인격을 의심할 이유가 전혀 없었다. 한때는 거의 그에게 문의하는 쪽으로 마음이 기울었지만, 그렇게 한다는 것이 어색했고, 그리고 다아시 씨가 그의 사촌이 자신의 이야기를 확증하리라 믿지 않았다면 위험을 무릅쓰고 그런 제안을 하지 않았을 것이라는 믿음 때문에 그 생각을 털어 버렸다.

엘리자베스는 필립스 이모부 댁에서 위컴을 처음 만난 저녁에 그와 나누었던 대화 모두를 완벽하게 기억했다. 그의 많은 말씨들이 생생하게 떠올랐다. 그녀는 지금에서야 알지 못하는 사람과 그런 대화를 주고받은 것이 부적절했음을 깨달았다. 그리고 왜 진작 그런 생각이 들지 않았는지 의아했다. 그녀는 그가 그렇게 나서는 것이 무례한 짓이며 그의 언행이 일치하지 않음을 깨달았다. 그가 다아시 씨를 만나는 것이 전혀 두렵지 않다고 큰소리치던 것이 떠올랐다—다아시 씨는 그곳을 피할 수도 있지만 그 자신은 굳건하게 자리를 지킬 것이라고 했다. 하지만 그는 바로 다음 주에 있었던 네더필드 무도회를 피했었다. 네더필드 가족이 그 지역을 떠나기 전에는 그 이야기를 자신 이외의 아무에게도 하지 않았던 것 또한 기억했다. 그러나 그들이 떠난 후에는 모든 곳에서 이야기했고, 다아시 씨의 부친에 대한 존경심 때문에 사람들 앞에서 다아시 씨의 가면을 벗기지 않겠노라고 이야기했지만, 조금도 숨기지 않고 전혀 망설임 없이 다아시 씨의 인격을 손상시키던 것이 생각났다.

위컴 씨와 관련된 것 모두가 지금은 얼마나 사뭇 달라 보이는가! 지금 생각하면 그가 킹 양에게 보인 배려는 가증스럽게도 순전히 돈 때문이었다. 그녀의 재산이 평범한 수준에 불과하다는 것은 그가 더 이상 욕심내지 않고 절제했다는 의미가 아니라 무엇이라도 움켜잡으려고 혈안이 되었다는 것을 증명하는 것이었다. 이제 보니 그가 자신에게 했던 행동의 동기는 전혀 선한 것이 아니었다. 그가 자신의 재산을 오해했거나, 아니면 자신이 대단히 부주의하게도 그에게 보인 호감을 부추겨서 그 자신의 허영심을 만족시킨 것이었다. 그를 좋게 생각하려고 노력했던 것들이 점점 더 실낱같이 되어 갔다. 더욱더 다아시 씨를 옹호하면서 그녀는 다음의 사실들을 받아들이지 않을 수 없었다. 오래 전에 제인의 질문을 받은 빙리 씨는 다아시 씨는 위컴과의 문제에서 전혀 나무랄 데가 없다고 주장했다. 다아시의 태도가 오만하고 쌀쌀하긴 하지만 자신이 그와 교제하는 동안 내내, 그리고 최근에는 그를 자주 만나게 되어서 엘리자베스는 그의 방식을 잘 안다고 느끼게 되었다. 그런데 그가 원칙이 없고 파렴치하며, 반종교적이거나 도덕적으로 부패한 사람이라고 생각할 수 있는 경우를 본적이 없었다. 그의 친척들은 그를 존경하고 높이 평가했다. 위컴 씨조차도 그가 오빠로서 훌륭하다고 인정하지 않았던가. 또한 엘리자베스 자신도 그가 자기 여동생에 대해 대단히 다정하게 이야기하는 것을 자주 들었고, 그것은 그가 상당한 정도의 사랑을 할 수 있다는 것을 증명하는 것이었다. 그의 행동 모두가 위컴 씨의 주장대로라면, 전반적으로 정당한 모든 것에 위배되는 것들을 세상 사람들이 그토록 까맣게 모를 수는 없었을 것이다. 그런 짓을 할 수 있는 사람이라면 그가 빙리 씨처럼 그렇게 상냥한 사람과 교제한다는 것은 참으로 불가사의한 일일 것이다.

엘리자베스는 점점 더 자신이 말할 수 없이 부끄러워졌다. 다아시나 위컴을 생각하면 자신이 얼마나 맹목적이고, 편파적이고 편견을 가졌으며 불합리한가를 깨닫지 않을 수 없었다.

"내가 얼마나 비열하게 행동했던가!" 그녀는 큰소리로 외쳤다. "통찰력이 좋다고 자부심을 가져왔던 나! 재능이 있다고 스스로를 칭찬했던 나! 때때로 이기심 없는 솔직한 언니를 멸시하고, 쓸데없이 그리고 책임지지도 못하면서 남을 의심하며 허영심을 만족시켰던 나! 얼마나 수치스러운 깨달음인가! 하지만 수치를 당해 싸다! 내가 사랑에 빠졌었다 해도 이보다 더 비참하게 눈이 멀 수 없지 않은가! 하지만 그건 사랑이 아니라 허영심이었어. 우리가 처음 만났을 때, 나는 위컴이 내게 보이는 호감에 기분이 좋았고, 다아시 씨가 나를 무시하는 것에 기분이 상해서 이 두 사람에 관여되는 일에서는 선입견과 무지로 일관했고, 이성을 몰아내 버렸었지. 이 순간까지 나는 나 자신을 전혀 알지 못했어."

그녀의 생각은 자신에게서 제인에게로—제인에게서 빙리에게로—흘러갔다. 그러다가 곧 다아시 씨의 빙리에 대한 설명, 그 부분이 불충분한 것 같다는 생각이 들어서 그 부분을 다시 읽었다. 두 번째 정독을 하니 그 효과는 전혀 달랐다. 다른 경우에는 그의 주장을 인정해야 한다고 하면서, 한 경우에만 그것을 인정할 수 없다고 할 수 있을까? 다아시는 제인이 빙리를 사랑한다고 생각하지 않았다고 단언했다. 엘리자베스는 샬럿이 항상 제인은 빙리를 사랑한다는 것을 드러나게 표현해야 한다고 했던 말을 기억하지 않을 수 없었다. 또한 다아시의 제인 묘사가 정당했다는 것을 부인할 수도 없었다. 엘리자베스는 제인이 열렬하게 사랑하지만 그것이 거의 겉으로 나타나지 않았던 것을 상기했다 그리고 제인은 언제나 만족스러워 하는 분위기와 태도를 지녔는데 그것이 때로는 열렬한 감정과 어우러지지 못한다고 생각했다. 대단히 굴욕스럽지만 자신의 가족들을 타당하게 비난하는 편지의 부분에 이르렀을 때 엘리자베스는 심한 수치심을 느꼈다. 그의 비난이 타당하다는 것을 뼈저리게 느꼈기 때문에 그걸 부인할 수는 없었다. 그리고 그가 특히 네더필드 무도회에서 일어났던 일들, 엘리자베스의 첫 번째 비난—제인과 빙리를 갈라놓은 것—을 뒷받침 하는 것으로 암시하는 상황은 다아시보다도 그녀 마음에 더 큰 문제라는 인상을 주었다.

엘리자베스는 자신과 언니가 칭찬받는다고 느꼈다. 그것으로 수치심을 달랬지만, 나머지 가족이 자초한 모욕에 대한 위로가 될 수는 없었다. 제인이 실망하게 된 것은 실상 그녀의 가장 가까운 가족들의 소행 때문이었으며, 그러한 무례한 가족들 행동이 자신과 제인, 두 사람의 명예를 얼마나 크게 실추 시킬 수 있나를 생각할 때 그녀는 지금까지보다 훨씬 더 말할 수 없이 우울해졌다.

엘리자베스는 이런 저런 생각에 잠겨 두 시간이나 오솔길을 방황했다. 사건들을 다시 곰곰이 생각하며, 일어날 법한 일을 미리 예측도 하며, 그처럼 갑작스럽게 맞이한 매우 중요한 변화에 최선을 다해 적응하려고 노력했다. 그리고 자신이 집을 나온 지 오래 되었다는 생각을 하며, 몹시 피곤하기도 해서 마침내 집으로 돌아가기로 했다. 평소처럼 명랑하게 보이고 싶은 마음으로, 그리고 틀림없이 대화 나누기를 어렵게 해줄 생각들을 억눌러야 한다는 결심을 하고 집으로 들어섰다.

집에 들어서자 곧 그녀는 자신이 외출한 동안 로징스에서 두 신사가 각각 그녀를 방문했다는 이야기를 들었다. 다아시 씨는 단지 몇 분 있다가 돌아갔지만, 피츠윌리엄 대령은 그녀가 돌아오기를 기다리면서 그들과 적어도 한 시간을 앉아 있었고, 거의 그녀를 찾아 나설 결심까지 했었다는 것이다. 엘리자베스는 그를 만나지 못한 것이 안타까운 척했을 뿐, 오히려 일이 그렇게 된 것을 기뻐했다. 피츠윌리엄 대령은 더 이상 그녀의 관심 대상이 아니었다. 그녀는 오로지 편지만 생각했다.

14

두 신사는 다음 날 로징스를 떠났다. 작별 인사를 하려고 로징스의 문지기 집 근처에서 그들을 기다리던 콜린스 씨는, 그들이 좀 전에 로징스에서 이모님과 우울하게 이별했음에도 불구하고 매우 건강하고 기분도 괜찮아 보였다는 좋은 소식을 집에 전할 수 있었다. 그 후 그는 캐서린 영부인과 그녀의 영애를 위로하기 위해서 부리나케 로징스로 갔고, 대단히 만족스럽게도 캐서린 영부인이 매우 지루하니 그들 모두 자신과 함께 정찬을 하길 바란다는 전갈을 가지고 돌아왔다.

캐서린 영부인을 만나자, 엘리자베스는 자신이 원했다면, 지금쯤 그녀의 장래 조카며느리로 소개됐을 수도 있다는 생각을 하지 않을 수 없었다. 그랬다면 캐서린 영부인은 얼마나 화가

났을까 생각하니 미소를 금할 수 없었다. 엘리자베스는 '영부인이 무슨 말을 했을까? 어떻게 행동했을까?'를 속으로 생각하며 혼자 즐거워했다.

그들의 첫 번째 화제는 로징스 일행 수가 줄었다는 것이었다. "식구가 준 걸 확연하게 느끼겠네." 캐서린 영부인이 말했다. "친구가 떠났다는 걸 나만큼 절실하게 느끼는 사람은 아마 없을 거야. 내가 특히 이 두 청년을 대단히 좋아하잖아. 그들 역시 내게 대단한 애정을 가지고 있기 때문이지. 그들은 여길 떠나는 걸 참으로 섭섭해 하던데. 하긴 항상 그렇다니까. 대령은 그럭저럭 마지막까지 기분을 냈지만, 다아시는 작년보다도 더 이별을 예민하게 느끼는 것 같았어. 그는 확실히 점점 더 로징스에 애착심을 가진다니까."

콜린스 씨가 이 부분에서 칭찬과 암시하는 말을 곁들이자, 영부인 모녀는 그 말에 상냥하게 미소 지었다.

정찬이 끝난 후 레이디 캐서린은 베넷 양이 우울한 것 같다고 말하고, 곧 그녀 스스로 그 이유를 엘리자베스가 빨리 집으로 돌아가고 싶지 않아서라고 짐작하고 이렇게 덧붙였다.

"하지만 그런 경우라면 좀 더 머무를 수 있게 해 달라고 어머니에게 편지를 써서 간청해 보구려. 콜린스 부인은 당신과 함께 지내는 것을 매우 기뻐할 게 분명하니까."

"영부인께서 친절하게 초대해 주시니 대단히 감사합니다." 엘리자베스가 대답했다. "하지만 저로서는 초대에 응할 수 없답니다. 다음 토요일에는 반드시 런던에 가 있어야 하기 때문입니다."

"그렇다면 여기에 단지 6주만 있는 셈이네. 두 달은 머물 것이라 생각했는데. 당신이 오기 전에 콜린스 부인에게 그렇게 말했거든. 그렇게 빨리 가야 할 일이 없을 텐데. 당신이 2주 정도 더 있다가도 당신 어머니껜 아무 지장이 없을 거야."

"하지만 아버진 그렇지 않으십니다. 지난주에 빨리 돌아오라고 편지하셨답니다."

"어머니께서 괜찮으시다면, 아버지께서도 물론 그러실 거야. 아버지에게 딸들은 결코 그다지 중요하지 않으니까. 만약 한 달 더 머무를 수 있다면, 내가 두 사람 중 한 사람을 런던까지 데려갈 수 있지. 6월 초에 런던에 가서 일주일 지낼 예정이거든. 도슨[37]이 바로쉬[38] 마부석을 마다하지 않기 때문에 한 사람이 충분히 앉을 수 있는 공간이 있어—그리고 일기가 서늘하다면, 당신 두 사람이 그다지 체격이 크지 않으니 두 사람 모두 데리고 가도 좋아."

"영부인, 정말 친절한 말씀이십니다. 하지만 저희는 반드시 원래 계획대로 떠나야 한다고 생각합니다."

캐서린 영부인은 체념한 것 같았다.

"콜린스 부인, 그들이 갈 때 꼭 하인을 같이 딸려 보내야 해. 항상 내 마음을 그대로 말하는 걸 알지. 두 젊은 처녀가 그들끼리만 역마차로 여행한다는 것을 참을 수 없다오.[39] 그들끼리만 간다는 건 정말이지 적절하지 않아. 그건 세상에서 내가 무

---

37 하인의 이름.

38 사륜 포장마차.

39 여행하면서 중간 구역이나 여관에서 말을 갈아야 했고 그때마다 짐을 내려서 새 마차로 갈아타야 하니 누군가가 그들을 도와야 한다는 의미.

척 싫어하는 일이야. 누군가를 함께 보낼 궁리를 해야만 해. 젊은 여성들을 그들 사회 신분에 어울리게 적절히 호위하고 보살펴야 한다네. 지난여름 내 질녀 조지애나가 램스게이트로 갈 때 나는 두 사람의 남자 하인이 그녀와 동행해야 한다고 주장했지. 펨벌리의 고 다아시 씨와 앤 영부인의 영애인 다아시 양이 예의범절에 맞게 출두하려면 그 이외의 다른 방법은 전혀 없어. 나는 그 모든 일에 대단한 관심을 기울인다오. 존을 젊은 처녀들과 함께 가도록 해야만 해. 콜린스 부인, 다행히도 생각이 나서 말하는 거야. 그들이 혼자 가도록 내버려 둔다면 당신 체면이 말이 아닐 거야."

"우리 외삼촌께서 하인을 보내시기로 하셨답니다."

"아!—당신 외삼촌께서!—남자 하인을 두고 계시군, 그렇지? 이런 일을 보살피는 누군가가 계시다니 정말 기쁘구려. 어디에서 말을 교대하지? 아!—물론 부럼리[40]겠지. —벨 여관[41]에서 내 이름을 대면 시중을 잘 들어줄 거요."

캐서린 영부인은 그들의 여행에 관해서 다른 질문을 많이 했고, 엘리자베스 혼자서 그 모든 질문에 대답해야 하는 것은 아니었지만, 주의를 집중할 필요가 있었다. 그녀는 그것이 자신에게는 행운이라고 생각했다. 그렇지 않다면 머릿속에 편지 생각이 꽉 차 있어서 자신이 어디에 있는지를 잊을 지도 몰랐다. 홀로 있을 때까지 숙고하는 것을 미루어야 했다. 혼자 있을 때마다 그녀는 생각에 잠겼고, 그것은 대단한 위안이었다. 하루도

---

40 켄트에서 올라가는 길의 런던 남동쪽에 있는 한 마을.

41 부럼리에 있는 마차가 멈추는 여관 .

홀로 산책하지 않는 날이 없었다. 산책하면서 그녀는 불쾌한 기억이 주는 온갖 즐거움에 빠져들 수 있었다.

엘리자베스는 곧 다아시 씨의 편지를 거의 외우다시피 했다. 모든 문장을 곰곰이 따져 보았는데 그녀는 때때로 편지 쓴 사람에 대해서 매우 다른 감정을 느꼈다. 그가 청혼할 때의 말투를 기억할 때는 여전히 그에게 매우 화가 났지만, 자신이 얼마나 부당하게 그를 비난하고 책망했는가를 생각할 때는 자신에게 분노했다. 자신에게 청혼을 거절당해서 실망했을 그에게 연민의 정을 느끼기도 했다. 그가 자신을 사랑한 것에 감사하는 마음이 생겼고, 그의 인품을 존경하게 되었다. 그러나 그에게 호의를 가질 수는 없었다. 또한 한순간도 그를 거절한 것을 후회하지 않았고, 전혀 그를 다시 만나고 싶은 기분도 아니었다. 과거 자신이 했던 행동은 언제나 괴로움과 후회의 원천이었다. 바람직하지 않은 가족들의 결점은 더욱 그녀를 번민하게 만드는 문제였다. 그 결점들을 고칠 가능성이 전혀 없었다. 딸들을 조롱하는 것을 낙으로 삼는 아버지가 제멋대로인 어린 딸들의 방종을 바로잡기 위해서 노력하지 않을 것이 너무나 뻔하기 때문이었다. 그리고 어머니의 태도는 자신의 행동을 다잡으려는 것과는 너무나 거리가 멀었고, 자신의 태도가 해악을 끼친다는 걸 전혀 의식하지 못했다. 엘리자베스는 종종 언니와 합세해서 캐서린과 리디아의 무분별함을 견제하려고 노력했다. 하지만 어머니가 그들의 응석을 받아 주는 한 그들이 나아질 가능성이 있는 것일까? 성격이 강하지 못하고, 성을 잘 내며, 전적으로 리디아가 시키는 대로 하는 캐서린은 언제나 자신과 제인의 충고에는 감연히 맞섰다. 고집 세고 경솔한 리디아는 거의 그들의 말에 귀 기울이려 하지 않았다. 캐서린과 리디아는 무지하고 게으르고 허영심이 강했다. 메리턴에 장교들이 있는 한 그들은 장교들과 시시덕거릴 것이었다. 메리턴으로 걸어갈 수 있는 한 그들은 언제나 그곳에 갈 것이었다.

제인의 일에 대한 걱정이 또 다른 큰 관심사였다. 그리고 전에 빙리가 제인에게 가졌던 모든 좋은 감정을 되돌려 놓겠다고 한 다아시 씨의 설명을 생각할 때, 제인이 얼마나 좋은 사람을 잃었나를 더욱더 절감했다. 빙리의 사랑이 진지했다는 것이 증명되었고 그가 친구 다아시를 맹신한 것을 나무라지 않기로 한다면, 그의 행동에 대한 모든 비난은 깨끗이 해소되었다. 그러고 보니 모든 면에서 대단히 바람직할 뿐 아니라 이로운 점이 아주 많고, 대단히 행복할 수 있는 빙리의 아내라는 지위를 제인이 가족들의 어리석음과 무례함 때문에 잃게 되었다는 생각을 하니 마음이 쓰라렸다!

이런 쓰라린 마음에 새로 알게 된 위컴의 성품까지 합해져서 그전에는 좀처럼 풀이 죽지 않았던 엘리자베스의 명랑한 성격도 얼마나 크게 위축되었는지 약간 명랑한 표정을 짓는 것조차 불가능할 정도가 되었다는 걸 독자는 쉽사리 짐작할 수 있을 것이다.

샬럿 방문 마지막 주에 그들은 처음 왔을 때만큼 자주 로징스에서 사교 모임을 가졌다. 그들은 그곳에서 마지막 저녁을 보냈고, 캐서린 영부인은 그들의 여행에 대해 시시콜콜 질문했고, 짐을 가장 잘 꾸리는 방법을 알려주었으며, 긴 겉옷은 반드시 올바르게 잘 접어 넣어야 한다는 것을 어찌나 끈질기게 강조하는지 머라이어는 집에 돌아가면 아침에 쌌던 짐을 모두 풀어서 트렁크를 새로 싸야겠다고 생각했다.

그들이 떠날 때 캐서린 영부인은 대단히 베푸는 듯한 태도를 보이며 즐겁게 여행하라고 했다. 그리고 내년에 다시 헌스퍼드에 오라고 초청했다. 드 버그 양은 힘껏 노력하여 무릎을 살짝 굽혀 인사하고, 두 사람 모두에게 손을 내밀었다.

15

토요일 아침 식사 때 엘리자베스와 콜린스 씨는 다른 사람들이 오기 몇 분 전에 만났다. 콜린스 씨는 이 기회에 꼭 정중하게 작별 인사를 해야겠다고 생각했다.

"엘리자베스 양, 제 아내가 친절하게도 우리를 방문한 당신에게 아직까지 감사하다는 인사를 못했는지 모르지만, 작별하기 전에 반드시 감사의 인사를 드릴 거예요. 우리의 손님이 되어 주신 호의에 대단히 감사합니다. 초라한 우리 집에 손님으로 오고 싶은 사람은 별로 없을 것이기 때문이지요. 방들은 작지요, 하인도 거의 없지요, 사람들과 거의 교제도 하지 않는 우리의 소박한 생활이니, 당신처럼 젊은 여성은 틀림없이 우리 집이 대단히 지루한 곳이라고 느꼈을 겁니다. 그럼에도 겸손하게 우리를 방문하신 것에 감사하고, 불쾌하게 지내지 않으시도록 우리가 최선을 다 했다는 걸 믿어 주시기 바랍니다."

엘리자베스는 행복하게 지냈노라고, 감사하다고 대답했다. 6주를 대단히 즐겁게 보냈고, 샬럿과 함께 지내서 기뻤고, 자신을 친절하게 배려해 준 것에 대단히 감사드린다고 했다. 마음이 흡족해 진 콜린스 씨는 더욱 환하게 미소 지으며 엄숙하게 대답했다.

"불쾌하지 않게 시간을 보내셨다니 대단히 기쁩니다. 우리는 정말 최선을 다했어요. 그리고 대단한 상류계급 분들에게 당신을 소개시켜 드릴 수 있었던 것은 커다란 행운이었지요. 우리의 소박한 집만 보신 게 아니라, 로징스와 우리의 교분 덕택에 로징스 저택이라는 변화도 자주 즐기실 수 있었으니 당신의 헌스퍼드 방문이 전적으로 지루한 것은 아니었다고 자부해도 좋겠지요. 캐서린 영부인 가족과의 관계로 우리가 누리는 지위는 대단한 이점이고 축복이지요. 우리처럼 이런 지위를 자랑할 수 있는 사람은 별로 없답니다. 우리가 어떤 지위에 있는지 아셨지요. 우리가 얼마나 계속해서 로징스에 초대 받는지도 아셨을 거구요. 사실 저는 이 목사관이 초라함에도 불구하고 이 목사관에 머무는 사람들은 우리와 로징스의 친밀한 관계를 함께 누리는 동안에는 어느 누구에게서도 동정 받을 일은 없다는 것을 반드시 인정해야겠지요."

고조된 감정을 말로 표현하기에는 역부족이기에 그는 방을 이리저리 거닐기까지 했다. 그러는 동안 엘리자베스는 몇 마디 짧은 문장으로 예의와 진실을 아우르려고 노력했다.

"사실 당신은 우리 부부에 대해서 매우 좋은 소식을 하트퍼드셔에 전할 수 있겠지요. 적어도 그렇게 할 수 있으리라 자부합니다. 캐서린 영부인이 제 아내를 대단히 배려하시는 걸 매일 보셨지요. 그리고 저는 전적으로 당신의 친구가 불행한 선택을 한 것 같아 보이지 않는다고 생각 합니다—하지만 이 시점에서 말을 아끼는 것이 좋겠어요. 친애하는 엘리자베스 양, 저는 오로지 당신도 결혼해서 샬럿처럼 행복하게 살기를 온 마음을 다해 기원합니다. 저와 샬럿은 오로지 한 마음이고, 생각하는 방식도 같습니다. 우리의 성품과 생각은 모든 면에서 대단히 비슷하지요. 우리는 서로를 위해서 태어난 사람들인 것 같아요."

엘리자베스는 그렇다면 콜린스 부부는 대단한 행복을 누릴 것이라고 말할 수도 있었다. 그리고 그와 똑같이 진지하게 그의 가정이 안락함을 확신하며 그 안락함을 즐겼다고 덧붙일 수도 있었다. 그러나 그 안락함의 원천인 샬럿이 오는 바람에 그 이야기를 상세히 하지 못했지만 그렇다고 그것이 유감스럽지는 않았다. 불쌍한 샬럿! 그런 남편과 지내도록 샬럿을 남겨 두고 떠난다는 것은 우울한 일이었다! 하지만 그녀는 눈을 크게 뜨고 그를 선택했다. 방문객들이 떠나는 것을 섭섭하게 여기는 것은 확실했지만, 샬럿이 동정을 바라는 것 같지는 않았다. 그녀의 가정과 살림살이, 교구와 가금들 그리고 그것에 따르는 모든 관심들이 아직 그 매력을 잃지 않았던 것이다.

드디어 역마차가 도착하고, 트렁크를 마차 위에 실어 고정시키고, 짐을 마차 안에 실은 후에 떠날 준비가 되었다고 알렸다. 친구들이 다정하게 작별 인사를 한 후 콜린스 씨는 마차까지 엘리자베스를 배웅했다. 정원을 걸어 내려가면서 콜린스 씨는 그녀에게 가족들에게 안부를 전해 달라고 부탁했다. 지난겨울 롱본을 방문했을 때 친절하게 대접해 준 것에 대한 감사와, 아는 분들은 아니지만 가드너 부부에게 안부를 전해 달라는 것도 잊지 않았다. 그는 손을 잡아 그녀가 마차에 오르도록 도왔고, 뒤이어 머라이어를 도왔다. 문이 닫히려는 순간 그는 갑자기 다소 놀라는 기색으로 로징스의 숙녀들에게 인사말 전하는 것을 그들이 지금까지 잊었다고 상기시켰다.

"그러나," 그가 덧붙였다. "물론 당신들은 이곳에 머무는 동안 로징스 숙녀들이 베풀어준 친절에 대한 감사와 더불어 그들에게 안녕히 계시라는 인사를 전하고 싶겠지요."

엘리자베스는 거기에 아무런 이의를 제기하지 않았다. 그 후 문이 닫히고 마차는 출발했다.

"어머나!" 몇 분 후에 머라이어가 외쳤다. "우리가 이곳에 온 지 하루나 이틀밖에 지나지 않은 것 같아요! 그렇지만 정말 많은 일들이 일어났어요!"

"정말 많은 일이 일어났지," 엘리자베스가 한숨을 쉬며 말했다.

"우리는 로징스에서 아홉 번 만찬을 했어요, 그 밖에도 거기서 두 번 다과를 했고요!―이야기할 것이 얼마나 많은지 몰라요!"

엘리자베스가 혼잣말로 중얼거렸다. '그런데 나는 숨길 것이 얼마나 많은지 모른다!'

그들은 별로 대화도 하지 않고, 놀랄 일도 없이 여행을 계속했고, 헌스퍼드를 떠난 지 네 시간 만에 이삼 일 묵기로 예정된 가드너 씨의 집에 도착했다.

제인은 건강해 보였다. 외숙모가 친절하게도 그들을 위해 예정해 둔 여러 가지 일들이 있었기 때문에 엘리자베스는 언니의 기분을 찬찬히 살필 기회를 별로 가질 수 없었다. 하지만 언니와 함께 집으로 가기로 되어 있고, 롱본에서는 충분한 여유를 가지고 언니를 살펴볼 수 있으리라 생각했다.

　　그동안 엘리자베스는 언니에게 다아시 씨가 자신에게 청혼했다는 이야기를 하고 싶기 때문에 무척이나 애를 태우며 어서 롱본에 도착하기를 손꼽아 기다렸다. 제인을 깜짝 놀라게 할 소식인 동시에 아무리 노력해도 아직까지 물리치지 못한 자신의 허영심을 크게 만족시킬 소식을 언니에게 알릴 수 있다는 것을 아는 엘리자베스는 언니에게 솔직히 터놓고 이야기하고 싶은 유혹을 크게 느꼈다. 하지만 아직 어디까지 알려야 할지 마음을 정하지 못했고, 일단 그 주제에 대해 이야기하게 되면 빙리에 관해서도 무언가를 허둥대며 얘기하게 될 터여서 언니를 더욱더 슬프게 만들지도 모른다는 두려움만이 그런 유혹을 떨치게 해 주었다.

16

　　5월 둘째 주였다 세 젊은 숙녀들은 그레이스처치 가를 함께 떠나 하트퍼드셔의 ○○ 타운을 향해 출발했다. 베넷 씨의 마차가 마중 나오기로 되어 있는 여관에 가까이 왔을 때 그들은 이 층 식당에서 밖을 내다보는 키티와 리디아를 재빨리 알아보았다. 마부가 도착 시간을 정확하게 엄수했다는 표시였다. 이 두 소녀는 한 시간 이상을 그곳에 있으면서 건너편에 있는 모자 상점을 구경하기도 하고, 보초서는 보초병을 바라보기도 하고, 오이 샐러드를 준비하기도 하였다.

언니들을 환영한 후, 그들은 의기양양하게 평범한 여관의 식료품 저장고를 이용해 준비한 차가운 고기가 있는 식탁으로 인도하더니, "어때? 참 잘 차렸지? 이게 유쾌한 깜짝 쇼가 아닐까?"라고 외쳤다.

"언니들 모두를 대접하고 싶었어," 리디아가 덧붙였다. "그렇지만 우리에게 돈을 빌려주어야만 해. 우리는 저기 있는 상점에서 방금 돈을 다 썼거든." 그녀는 구매한 것을 보여주었다. "이걸 봐, 이 모자를 샀어. 대단히 예쁘다고 생각하진 않았지만, 사지 않는 것보다 사두는 편이 좋다고 생각했어. 집에 가는대로 이걸 뜯어서 더 예쁘게 만들어 볼 거야."

언니들이 그 모자가 보기 싫다고 매도하자 그녀는 완전히 무관심하게 덧붙였다. "아! 그런데 그 상점에는 이것보다 훨씬 더 보기 싫은 모자가 두 개 혹은 세 개 있었어. 이 모자를 새롭게 꾸미려고 더 예쁜 색깔의 새틴 천을 사서 꾸미면 매우 쓸 만한 모자가 될 거라고 생각했지. 하긴, ○○민병대가 메리튼을 떠나간 후 이 여름에 어떤 모자를 쓰든 그다지 중요하지 않을 거야. 그들은 두 주 후면 여길 떠날 테고."

"그 사람들 정말 떠나는 거야?" 엘리자베스는 대단히 기뻐하며 소리쳤다.

"그 사람들은 브라이턴[42] 가까운 곳에서 야영할 거래. 아빠가 여름에 우리를 모두 그곳으로 데려가시면 얼마나 좋을까! 정말 즐거운 계획일 텐데. 그리고 비용이 거의 들지 않을 게 분명해. 무엇보다도 엄마도 가시길 원하실 거야! 그렇게 하지 못하면 우리가 얼마나 비참하게 여름을 보내게 될 건지 생각해봐!"

엘리자베스는 생각했다. '그래, 그거 정말로 즐거운 계획이 겠네. 그런데 단번에 우리를 완전히 망쳐 버릴 계획이야. 맙소사! 브라이턴과 야영지에 득실거리는 군인들이라니. 가뜩이나 보잘 것 없는 민병대 하나 그리고 메리턴에서 매달 열리는 무도회 때문에 어쩔 줄 몰라 하는 우리들에게는 말이야!'

"지금 언니들에게 전할 소식이 있어," 그들이 테이블에 앉을 때 리디아가 말했다. "언니들은 어떤 뉴스일 것 같아? 매우 훌륭한 뉴스야―대단히 중요한 뉴스라고―우리 모두가 좋아하는 어떤 사람에 관한 거야!"

제인과 엘리자베스는 서로를 쳐다보았고, 웨이터에게 그의 도움이 필요하지 않다고 말했다. 리디아는 웃으면서 이렇게 말했다.

"아이, 언니들답게 격식을 차리고 신중하게 구네. 언니들은 웨이터가 우리가 하는 말에 관심이나 있는 것처럼 그 사람이 우리 이야기를 들으면 안 된다고 생각했구나! 그 사람은 분명히 내가 지금 하려는 말보다 더 고약한 말도 종종 들을 거야. 하지

---

42   영국 남해안에 있는 상류사회 인사들이 매우 선호하는 휴양지로 후에 조지 4세가 섭정 왕자 시절 단골로 이용하던 곳.

만 참 못생긴 사람이야! 그가 가 버리니 좋아. 저렇게 턱이 긴 사람은 생전 처음 보네. 좋아, 하지만 이제 내가 뉴스를 알려야지. 친애하는 위컴에 대한 거야. 웨이터가 들어도 너무나 좋을 소식이지. 그렇지 않아요? 위컴이 킹 양과 결혼할 위험이 없어졌어. 언니에게 좋은 소식이야! 킹 양은 리버풀의 삼촌에게 가서 그곳에 머무를 거래. 위컴은 안전해."

"그리고 메리 킹도 안전하네!" 엘리자베스가 덧붙였다. "그녀는 재산이란 면에서 볼 때 신중하지 못한 관계에서 벗어난 거야."

"그녀가 그를 좋아한다면, 떠나간 건 대단히 어리석은 짓이야."

"하지만 두 사람 다 서로를 열렬히 사랑하지 않았기를 바란다." 제인이 말했다.

"위컴 씨는 그녀를 별로 사랑하지 않은 게 확실해. 그 사람은 그녀에게 조금도 관심이 없어—그렇게 작고 심술궂고 죽은 깨 많은 여자에게 누가 관심을 가지겠어?"

엘리자베스는 놀랐다. 리디아처럼 거칠게 표현할 수는 없지만, 자기 자신도 그런 거친 감정을 가슴에 품고 자유롭게 상상하지 않았던가!

식사가 모두 끝나고 언니들이 대금을 지불하자 곧 마차를 불렀다. 약간 궁리한 끝에 일행 전체의 트렁크와 바느질 도구 주머니와 짐 꾸러미, 그리고 환영받지 못하는 키티와 리디아의 구매품도 싣고 모두 마차에 앉았다.

"우리 모두 마차 안에 아주 훌륭하게 끼어 앉았네." 리디아가 외쳤다. "모자를 사서 기뻐, 그저 다른 모자 상자를 하나 더 가지는 재미에 지나지 않는다 해도 말이야! 자, 우리 모두 집에 갈 때까지 편안하고 아늑하게 앉아서 내내 이야기하고 웃어요. 우선 집을 떠난 후 언니들에게 일어난 일을 남김없이 모조리 이야기해 줘. 유쾌한 남자를 만났어? 시시덕거리기도 했고? 나는 언니 중 한 명은 집에 오기 전에 남편을 맞이했기를 굉장히 바랬는데. 정말이지 제인은 곧 노처녀가 될 거야. 거의 23세가 되잖아! 아이고, 나는 23살이 되기 전에 결혼하지 못하면 정말 대단히 부끄러울 거야! 이모는 언니들이 결혼하기를 그렇게도 원하셨잖아, 언니들은 그런 생각을 할 수 없었지. 이모는 리지가 콜린스 씨 청혼을 받아들였어야 한다고 하서. 하지만 나는 그건 아무 재미가 없는 결혼이었을 거라고 생각해. 맙소사! 언니들보다 내가 먼저 결혼한다면 얼마나 좋을까. 그렇게 되면 내가 보호자로서 언니들을 모든 무도회에 모셔 갈 텐데. 아 참! 그저께 포스터 대령 댁에서 정말 재미있게 지냈어. 키티와 나는 거기서 하루를 지내기로 했는데 포스터 부인은 저녁에 춤을 좀 출수 있도록 준비하겠다고 약속했지. (그런데 나하고 포스터 부인은 절친한 사이야!) 그래서 두 명의 해링턴 딸들을 초대했는데 해리엇이 병이 나서 펜은 혼자 올 수밖에 없었지. 그래서 우리가 어떻게 했는지 알아? 우린 챔벌레인을 숙녀로 보이게 할 생각으로 챔벌레인에게 여성복을 입혔어. 얼마나 재미있었는지 생각 좀 해봐요! 포스터 부부와 키티 그리고 나와 우리 이외에는 아무도 그걸 몰랐어. 이모한테 긴 겉옷 한 벌을 빌려야만 했기 때문에 이모도 아셨지. 그 사람이 얼마나 멋져 보였는지 상상할 수 없을 거야! 드니와 위컴과 프랫, 그리고 남자 두세 명이 더 왔는데 아무도 그를 알아보지 못했다니까. 세상에! 내가 얼마나 웃었는지! 포스터 부인도 그랬고. 웃겨 죽겠더라고. 그게 남자들을 의심하게 만들었어. 그래서 그 사람들도 무슨 일인지 곧 알게 되었지."

리디아는 조언도 하고 덧붙이기도 하는 키티의 도움을 받아가면서 그동안 있었던 파티와 재미있는 농담을 이야기해서 롱본에 도착하기까지 사람들을 즐겁게 해주려고 노력했다. 엘리자베스는 될 수 있으면 듣지 않았지만, 위컴의 이름이 자주 언급되는 것을 피할 수는 없었다.

집에서 그들은 매우 따뜻하게 환영받았다. 베넷 부인은 여전히 아름다운 제인의 모습을 보고 대단히 기뻐했다. 저녁 식사에 베넷 씨는 자발적으로 한 번 이상 여러 번 엘리자베스에게 말했다.

"리지야, 네가 돌아와서 기쁘구나."

식당에는 많은 일행이 모였다. 루카스가 사람들 거의 대부분이 머라이어를 만나 헌스퍼드 소식을 들으려고 왔기 때문이다. 그들 대화의 주제는 다양했다. 루카스 부인은 머라이어에게 샬롯과 그녀의 가금이 잘 있는지를 물었다. 베넷 부인은 두 가지 일을 했다. 자신보다 아래쪽에 앉아 있는 제인에게서 현재의 유행에 대한 설명을 듣는 한편, 다른 한편으로는 그 이야기를 어린 루카스 딸들에게 그대로 옮겼다. 리디아는 어느 누구보다도 큰 목소리로 들어주는 사람 모두에게 그날 아침에 있었던 여러 가지 즐거웠던 일들을 시시콜콜 늘어놓았다.

"오! 메리 언니," 리디아가 말했다. "우리와 함께 갔으면 좋았을 걸, 대단히 재미있었기 때문이야! 가면서 나와 키티는 마차의 블라인드를 내려서 마치 마차 안에 아무도 없는 척했지. 키티가 아프지만 않았어도 내내 그렇게 하고 갔을 거야. 조지 여관에 도착했을 때 우리는 아주 멋지게 행동했어. 언니들과 머라이어 세 사람에게 세상에서 가장 훌륭하고 시원한 점심을 대접했으니까. 언니도 갔으면 똑같이 대접받았을 거야. 우리가 돌아올 때는 얼마나 재미있었는지 몰라! 나는 우리가 마차에 다 타지 못할 거라고 생각했어. 우스워 죽을 지경이었어. 그러고 나서 집으로 오는 길 내내 얼마나 즐거웠다고! 우리가 얼마나 큰소리로 말하고 웃었는지 16 킬로미터 떨어져 있는 사람도 들을 수 있었을 거야!"

여기에 대해 메리는 엄숙하게 대답했다. "얘, 동생아, 나는 그런 즐거움을 헐뜯을 생각은 전혀 없어! 대부분의 여성들에게 그런 것들은 의심할 여지없이 기분 좋은 거겠지. 하지만 그런 즐거움은 내겐 아무 매력이 없다는 걸 고백해—나는 책이 훨씬 더 좋아."

하지만 리디아는 메리의 대답을 한마디도 듣지 않았다. 그녀는 어느 누구의 말도 건성으로 들었고, 메리의 말은 전혀 듣지 않았다.

오후에 리디아는 메리턴으로 걸어가서 사람들이 모두 어떻게 지내나 보자고 다른 자매들을 졸랐다. 그러나 엘리자베스는 계속해서 그 계획에 반대했다. 베넷 양들이 집에 온지 반나절도 되지 않아서 장교들을 찾았다는 말을 들어서는 안 될 것이었다.

그녀가 반대하는 데에는 또 다른 이유가 있었다. 위컴 씨를 만나는 것이 두렵고, 될 수 있으면 만나지 않기로 결심했었다. 그 연대가 떠날 날이 다가온다는 것은 그녀에게 말로 다 표현 할 수 없는 위안이었다. 두 주 안에 그 연대는 떠날 예정이었다. 그리고 일단 그들이 떠난 후에 그녀가 그 사람 때문에 괴로울 일이 전혀 없기를 바랐다.

집에 돌아 온지 몇 시간도 되지 않았을 때 엘리자베스는 여관에서 리디아가 귀띔해 준 브라이턴 계획이 어머니와 아버지 사이에서 자주 토의 되었다는 것을 알게 되었다. 그리고 그녀는 이내 아버지가 그 계획에 찬성할 뜻이 조금도 없다는 것도 알았다. 그러나 아버지의 대답이 매우 모호하기도 하고 어정쩡해서 어머니는 종종 실망하면서도 아직도 그 계획이 결국 성공하리라는 생각을 접지 않고 있었다.

17

그동안 있었던 일을 언니에게 알리고 싶어서 조바심하던 엘리자베스는 이제 더 이상 참을 수 없었다. 그래서 드디어 언니와 관련된 모든 상세한 부분은 생략하기로 작정하고 언니를 깜짝 놀라게 할 만반의 준비를 한 다음, 다음날 아침 자신과 다아시 씨 사이에서 있었던 중요한 장면들을 언니에게 털어놓았다.

베넷 양은 매우 놀랐으나, 언니로서 엘리자베스를 매우 사랑하므로 엘리자베스를 칭찬하는 것은 모두 너무나 당연했기 때문에 그 놀라움은 곧 잦아들었고, 잠시 후 다른 감정에 휩싸여 모두 사라져 버렸다. 제인은 다아시 씨가 애정을 표현하기에 적절하지 않은 태도로 사랑을 고백한 것에 안타까워했지만, 그가 틀림없이 엘리자베스의 거절로 몹시 불행했을 거라는 걸 더욱더 안쓰러워했다.

"성공하리라고 그토록 확신한 것은 그의 잘못이었어," 제인이 말했다. "그렇게 표내지 말았어야 해. 하지만 그렇기 때문에 얼마나 더 크게 실망했을지 한 번 생각해 보렴!"

"정말, 그래," 엘리자베스가 대답했다. "나는 진심으로 그에게 미안해. 하지만 그에게는 다른 감정들이 있으니, 아마 그 감정들이 나에 대한 애정을 곧 몰아내 줄 거야. 그렇지만 언니는 그를 거절했다고 나를 책망하는 건 아니지?"

"너를 책망하다니! 아, 아니야."

"하지만 내가 위컴에 대해 그렇게 열 내며 이야기한 건 책망하는 거지?"

"아니야—네가 그렇게 말한 것이 잘못인지 모르겠어."

"하지만 바로 다음 날 일어난 일을 언니에게 이야기하면, 언니는 그걸 알게 될 거야."

그 후 엘리자베스는 편지 이야기를 하며 편지 내용 중에서 조지 위컴에 관련된 부분을 되풀이해 말해 주었다. 불쌍하게도 이 소식을 들은 제인은 얼마나 큰 충격을 받았을까! 제인은 악이 여기 한 개인 안에 쌓여 있는 것처럼 온갖 악이 인류 전체에 퍼져 있다는 것을 전혀 믿지 않고 세상을 기꺼이 살아갈 사람이었기 때문이다. 그녀에게 다아시 씨에 대한 해명은 기분 좋은 것이었지만, 위컴에 대해 알게 된 새로운 사실은 위로가 될 수 없었다. 제인은 대단히 진지하게 그것이 오류일 가능성이 있다고 증명하려고 애썼다. 그리고 위컴 이야기를 하지 않고서 다아시를 해명하려고 노력했다.

"그래 봐야 해결되지 않을 거야," 엘리자베스가 말했다."어떤 대가를 치른다 해도 언니는 두 사람 모두를 선한 사람으로 만들 수 없어. 선택해야 해. 하지만 반드시 한 사람으로만 만족해야 해. 그들이 지닌 선의 양으로 보면 오로지 한 사람만을 선한 사람이라고 말할 수 있어. 그리고 최근에 선한 사람이 크게 바뀌었어. 나는 그 선한 사람이 다아시라고 믿고 싶어. 그렇지만 언니는 언니 좋을 대로 생각해."

하지만 상당한 시간이 흐른 후에야 제인은 다시 웃을 수 있었다.

"나는 이보다 더 충격 받았던 때가 있었는지 모르겠어," 제인이 말했다."위컴이 그토록 악하다니! 도무지 믿을 수 없어. 그리고 불쌍한 다아시 씨! 리지, 다아시 씨가 얼마나 괴로웠을지 생각 해 보렴. 얼마나 크게 실망했을까! 또 네가 그를 좋지 않게 생각했다는 걸 알고 얼마나 마음이 아팠을까! 그의 여동생 이야기를 네게 해야만 했다니! 정말 너무나 괴로운 일이었을 거야. 너도 틀림없이 그렇게 느꼈으리라고 믿어."

"오! 아니야. 언니가 후회와 연민에 가득 찬 걸 보니 내 후회와 연민은 모두 사라져 버렸어. 언니가 그를 대단히 정당하게 평가할 것을 알기 때문에 나는 매 순간 더욱더 아무 걱정 없이 무관심해 진다니까. 언니가 감정을 쏟아 놓으니 나는 감정을 아끼게 되네. 언니가 그를 위해 아주 오랫동안 슬퍼한다면, 내 마음은 깃털처럼 가벼워질 거야."

"불쌍한 위컴! 그의 얼굴 표정은 그렇게도 선한데! 그의 태도는 그렇게도 점잖고 관대한데!"

"분명히 그 두 청년의 교육에 대단한 실수가 있었어. 한 사람은 온통 선함뿐이고 다른 사람은 겉모양만 선하니까."

"너는 다아시 씨의 외모에는 선한 모습이 없다고 생각하곤 했지. 나는 한 번도 그렇게 생각한 적이 없단다."

"그리고 나는 아무 이유도 없이 드러나게 그에게 반감을 보임으로써 보기 드물게 재치 있는 사람으로 행세하려고 했어. 그런 반감은 우리의 천재성에 박차를 가해 주고, 재치를 나타낼 기회를 제공하기 때문이야. 우리는 올바른 말은 전혀 하지 않으면서 계속 욕만 퍼부을 수도 있어. 하지만 때때로 어떤 사람을 계속 비웃다가 무언가 재치 있는 말을 우연히 발견하게 된다니까."

"리지, 네가 그 편지를 처음 읽었을 때는 확실히 그 문제를 지금처럼 취급할 수 없었을 거야."

"맞아. 정말 그랬어. 그렇게 할 수 없었지. 나는 참으로 불편했어. 불행했다고 말해야겠지. 내 느낌을 털어놓을 사람도 없었고, 나는 내 자신이 얼마나 약하고, 허영심에 차 있고, 엉터리라는 걸 알지만, 나를 위로하며 너는 그런 사람이 아니라고 말해 줄 제인 언니도 없었지! 아! 얼마나 언니가 옆에 있었으면 하고 바랐는지 몰라!"

"네가 다아시 씨에게 위컴에 대해 말할 때 그처럼 강한 말투를 써야 했다니 참 유감스럽구나. 이제는 전혀 그렇게 말 할 일이 아닌 것 같아서 그래."

"확실히 그래. 그러나 내가 계속 편견을 조장해 왔으니 말이야. 지독히 빈정대는 말을 하게 된 건 편견이 몰고 온 가장 자연스러운 결과야. 한 문제에 대해 언니의 충고를 꼭 듣고 싶어. 내가 우리 지인들에게 위컴의 인격에 대해 응당 알려야 하는 걸까, 알리지 말아야 할까."

제인은 잠시 침묵하다가 대답했다. "그를 꼭 그처럼 끔찍하게 폭로할 필요는 없을 거야. 너는 어떻게 생각하니?"

"알리지 말아야 한다고 생각해. 다아시 씨는 내게 해 준 말을 사람들에게 공개할 권한을 내게 주지 않았거든. 그와 반대로 그의 여동생에 관한 모든 세세한 부분은 되도록이면 나만 알고 있으라는 의미였어. 만약 내가 그걸 빼고 위컴 씨와 관련된 나머지 부분만 사람들에게 알린다면 누가 나를 믿겠어? 대체로 사람들 사이에는 다아시 씨를 적대하는 편견이 얼마나 맹렬하게 퍼져 있는지 그를 호감의 시선으로 바라보게 하려 들면 메리턴에 있는 선한 사람들의 절반에게 죽으라는 거나 다름없을 거야. 나는 그걸 감당할 수 없어. 위컴은 곧 떠날 거야. 그래서 이곳에 있는 사람 누구에게도 그가 실상 어떤 사람인지는 문제가 되지 않을 거야. 시간이 흐르면 모든 일이 알려지겠지. 그렇게 되면 우리는 그들이 그전에 그걸 몰랐었다는 걸 비아냥댈 수 있겠지. 현재는 나는 거기에 대해 한마디도 하지 않겠어."

"네가 정말 옳아. 그의 잘못을 공개하는 것이 그의 신세를 영영 망칠 수도 있어. 아마 현재 그는 자신이 한 일을 몹시 후회하고, 자신의 평판을 회복하기를 간절히 바랄지도 몰라. 우리가 그를 궁지에 몰아넣을 필요는 없어."

이 대화로 엘리자베스의 산란했던 마음은 가라앉았다. 그녀는 두 주 동안 자신을 짓누르던 비밀 중 두 개를 제거해 버렸다. 그리고 그 두 가지에 대해 이야기하고 싶을 때는 언제나 제인이 기꺼이 들어주리란 걸 확신했다. 하지만 아직도 뒤에 숨겨 놓은 것이 있었다. 조심스러워서 그것을 털어놓지 못했다. 엘리자베스는 감히 다시 씨 편지의 나머지 반에 대해 이야기할 수 없었고, 빙리 씨가 언니를 얼마나 진심으로 소중하게 여기는지를 언니에게 설명할 수도 없었다. 어느 누구와도 함께 나눌 수 없는 소식이 여기에 있었다. 엘리자베스는 제인과 빙리 씨 사이에 완벽한 이해가 이루어지지 않는다면 이 마지막 불가사의한 두 통거리를 벗어던질 수 없다는 것을 알고 있었다. 그녀가 속으로 말했다. '그렇다면, 바로 그 있을 법하지 않은 일이 일어난다면, 빙리 씨 자신이 훨씬 더 유쾌하게 그걸 언니에게 말할 수 있겠지. 나는 아주 간단하게만 말할 수 있을 거야. 그것이 소식으로서 아무런 가치를 지니지 못하게 될 때에야 비로소 나는 그걸 마음 놓고 전할 수 있겠구나!'

집에 돌아와 자리가 잡히자 이제 엘리자베스는 언니의 진정한 마음의 상태를 여유롭게 관찰하기로 했다. 제인은 행복하지 않았다. 그녀는 여전히 빙리를 매우 사랑하고 있었다. 전에는 자신이 사랑에 빠졌다는 생각조차 해 본적이 없기 때문에 빙리에 대한 그녀의 호감은 온통 첫 사랑의 열정을 지니고 있었고, 그 열정은 그녀의 나이와 성격 때문에 대부분의 첫사랑보다 더욱 한결같았다. 그녀는 빙리와의 추억을 대단히 귀중하게 간직했고, 다른 어떤 사람보다 그를 좋아했다. 그렇기 때문에 자신이 슬픔에 빠지면 틀림없이 자신의 건강뿐 아니라 친구들의 마음의 평화를 해치게 될 것을 염려한 나머지 친구들의 감정을 배려하는 마음과 훌륭한 판단력으로 슬픔을 억제해야 한다고 느꼈다.

"그런데, 리지야," 어느 날 베넷 부인이 말했다. "지금 제인의 이 슬픈 일을 너는 어떻게 생각하니? 나는 다시는 거기에 대해 결코 누구에게도 말하지 않기로 작정했다. 그렇게 하겠다고 필립스 이모에게 이야기했어. 하지만 나는 제인이 런던에서 그를 잠시라도 만났는지 알 길이 없구나. 글쎄, 그 사람은 전혀 사랑받을 가치가 없는 청년이야―나는 제인이 그를 신랑으로 맞이할 가능성이 전혀 없을 것 같다는 생각이 드는구나. 여름에 그가 다시 네더필드로 올 거라는 소식은 전혀 없어. 알만 한 사람들 모두에게 내가 물어보기도 했단다."

"그 사람이 더는 네더필드에 거주하지 않을 거라고 생각해요."

"아 글쎄! 자기 하고 싶은 대로 하겠지. 그가 오길 원하는 사람은 아무도 없어. 나는 언제나 그가 내 딸 제인에게 참 못되게 굴었다고 말할 거야. 내가 제인이라면 그런 대우를 참지 않았을 거다. 글쎄, 내게 위로가 되는 것은 제인이 틀림없이 비탄에 잠겨 죽을 거고, 그렇게 되면 그는 자신이 저지른 일을 유감스러워 할 거라는 것이란다."

하지만 엘리자베스는 그런 기대로 위로를 받을 수 없기 때문에 아무런 대꾸도 하지 않았다.

"글쎄, 리지야," 베넷 부인이 잠시 후에 계속 말을 이었다. "콜린스 부부가 그렇게 편안하게 산다는구나, 그렇지? 아무렴, 그렇게 계속 잘 살기를 바랄뿐이다. 그 사람들의 상차림은 어떻던? 샬럿은 확실히 살림을 잘할 거야. 샬럿이 자기 어머니의 반만큼만 약삭빨라도 충분히 저축할 텐데. 장담하건대, 그들의 살림살이는 전혀 호화롭지 않을 거다."

"조금도 호화롭지 않아요."

"분명히 살림을 아주 잘해 나가는 거지. 그렇지, 그렇고말고, 그들은 과소비하지 않으려고 조심할 거야. 그들은 결코 돈에 쪼들리지 않을 거다. 글쎄, 그건 그들에게는 대단히 바람직한 일일 거야! 그들이 가끔은 너희 아버지께서 돌아가시면 롱본을 차지하게 된다고 이야기할 거다. 그렇게 되면 롱본은 완전히 자기네 차지가 될 거라고 생각할 거다."

"그들이 제 앞에서 그런 얘길 할 수는 없지요."

"할 수 없지. 그들이 네 앞에서 그 이야기를 했다면 이상한 거겠지. 하지만 자기들끼리는 틀림없이 그 얘기를 자주 할 거다. 글쎄, 법적으로 자기들 소유가 아닌 농장을 지니고 편안히 지낼 수 있다면 더욱더 좋겠지. 나 같으면 나만 상속인으로 한정되어 있는 농장을 상속받는다면 정말 부끄러울 거야."

18

그들이 집에 돌아온 후 일주일이 후딱 지나가고 두 번째 주가 시작되었다. 연대가 메리턴에 주둔하는 마지막 주였다. 인근에 있는 모든 젊은 처녀들은 하나같이 의기소침하고, 모두들 하나같이 우울했다. 제인과 엘리자베스만이 여전히 먹고 마시고 잠자고, 자신들이 평상시 하던 일을 계속 할 수 있었다. 키티와 리디아는 몹시 괴로워하며 자신들의 가족 중에 이처럼 냉정한 사람이 있다는 걸 이해할 수 없어서, 이처럼 냉담한 언니들을 자주 비난했다.

"맙소사! 우린 어떻게 되는 거지? 어떻게 해야 하지?" 그들은 비탄에 잠겨 자주 이렇게 외쳤다. "리지 언니, 어떻게 그렇게 웃을 수 있어?"

다정한 베넷 부인은 그들의 모든 슬픔에 동조했다. 25년 전 그와 유사한 일이 있었을 때 자신이 감당해야 했던 것을 기억했기 때문이다.

"정말이지," 베넷 부인이 말했다. "밀러 대령의 연대가 떠나갔을 때, 나는 계속해서 이틀 동안 울었단다. 나는 몹시 실망했었지."

"저도 분명히 실망할 거예요." 리디아가 말했다.

"우리가 브라이턴에 갈 수 있으면 좋으련만!" 베넷 부인이 소견을 말했다.

"아, 그러게 말이에요!—우리가 브라이턴에 갈 수만 있다면!

하지만 아빠께선 너무나 까다로우세요."

"해수욕 좀 하면 항상 기운이 날텐데."

"필립스 이모께서 해수욕이 분명히 내게도 대단히 좋을 거라
고 하셨어." 키티가 덧붙였다.

롱본 집에서는 그런 한탄의 소리가 끊임없이 울려 퍼졌다. 엘
리자베스는 그런 가운데서도 즐거워하려고 노력했지만, 수치스
러워서 모든 즐거움이 사라졌다. 그녀는 새삼스레 다시 다아시 씨가
자신의 가족을 싫어하는 것이 정당하다고 느꼈다. 그래서 빙리
가 제인을 사랑하지 못하게 간섭한 다아시 씨를 지금처럼 용서
해 줄 마음이 든 때는 이전에는 결코 없었다.

하지만 리디아의 전망을 가로막은 먹구름이 곧 사라졌다. 그
연대의 대령의 아내인 포스터 부인에게서 브라이턴에 함께 가
자는 초대를 받았기 때문이다. 리디아의 이 귀중한 친구는 매우
젊고, 아주 최근에 결혼했다. 유머 감각이 좋고 쾌활한 면이 서
로 비슷하여 리디아와 포스터 부인은 서로의 마음에 들었고, 교
제한 지 석 달 만에 매우 친한 친구가 되었다.

초대를 받은 리디아의 큰 기쁨, 그녀의 포스터 부인 칭찬, 베
넷 부인의 즐거움, 초대받지 못한 키티의 비참함은 묘사할 길이
없을 정도였다. 키티의 감정을 전혀 배려하지 않는 리디아는 기
쁨에 들떠서 집 안을 이리 저리 쏜살같이 다니며 모든 사람에게
축하해 달라고 요구했고, 어느 때보다 더 왁자지껄하게 웃고 떠
들었다. 그러는 동안 불운한 키티는 거실에서 계속 짜증을 내며
터무니없는 말로 자신의 불운을 한탄했다.

"포스터 부인이 왜 나도 리디아처럼 초대하지 않았는지 이해

할 수 없어," 키티가 말했다. "그녀와 특별히 친한 건 아니지만, 나도 리디아만큼 초대받을 권리가 있거든. 권리가 더 많지. 내가 리디아보다 두 살 위니까."

엘리자베스는 키티가 사리 판단을 하게 하려고, 제인은 그녀가 체념하게 하려고 애썼지만 헛수고였다. 엘리자베스로서는 이 초대에 대해 어머니와 리디아가 느끼는 감정에 전혀 공감할 수 없을 뿐더러, 이것이 리디아가 상식적인 행동을 할 수 있는 모든 가능성을 완전히 없애 버릴 거라는 생각이 들어서, 자신이 어떤 조치를 취한 것을 어머니와 리디아가 알면 그들에게 상당히 미움을 받겠지만, 비밀리에 아버지께 리디아를 브라이턴에 보내지 마시라고 조언할 수밖에 없었다. 엘리자베스는 리디아는 대체로 무례하게 행동하며, 포스터 부인 같은 여성과 교제하는 것은 그녀에게 별로 이롭지 않고, 집에서보다 더 많은 유혹이 도사리고 있는 브라이턴에서 그런 친구와 함께 지내면 리디아가 더욱더 경솔하게 행동할 수 있다는 것을 모두 아버지께 말씀드렸다. 베넷 씨는 그녀의 말을 귀담아 듣고 나서 말했다.

"리디아는 이런 저런 사람들이 많이 모이는 곳에 가서 모습을 드러내지 않으면 도무지 마음이 편치 않을 거다. 그런데 현재 상황으로는 리디아가 가족들에게 별로 불편을 끼치지 않고 대단히 적은 비용으로 그렇게 할 수 있지 않니. 그런 기회가 또 오리라고 기대할 수 없을 거야."

"리디아의 경솔하고 무례한 태도가 사람들의 눈에 띄게 되어서 우리 모두에게 돌아올 큰 피해를—아니, 그녀의 그런 행동으로 이미 우리가 입은 피해를 아버지께서 의식하신다면," 엘리자베스가 말했다. "아버지는 이 문제를 달리 생각하실 거예요."

"이미 입었다니?" 베넷 씨가 되풀이했다. "무슨 말이냐, 그 애가 겁을 주어 네 애인들을 쫓아 버렸단 말이냐? 불쌍한 리지! 그래도 기죽지 마라. 어리석게 언행 하는 하찮은 사람과 친척이 되는 걸 참아 내지 못하는 까다로운 청년들이라면 놓쳤다고 아쉬워 할 가치가 없단다. 자, 리디아가 어리석게 굴어서 네게서 멀어진 가련한 친구들의 명단이나 보자꾸나."

"정말 오해 하시는 거예요. 리디아에게 분노할 만한 피해를 입은 건 전혀 아니에요. 저는 지금 어떤 특별한 경우를 말씀드리는 게 아니라 일반적인 해악에 대해서 불평하는 거예요. 방종에 가까울 정도로 경솔하고, 자제할 생각이라고는 조금도 하지 않는 변덕스러운 리디아의 성격 때문에 우리 가족의 체면이 틀림없이 영향 받게 될 거예요. 용서하세요. 분명하게 말씀드려야겠어요. 사랑하는 아버지. 아버지께서 야단치셔서 리디아의 한껏 부풀어 오른 기분을 바로잡지 않으신다면, 그리고 그녀가 현재처럼 군인들 뒤를 따라다니는 일을 인생의 일거리로 삼으면 안 된다는 걸 가르치는 수고를 하지 않으시면, 머지않아 그 애를 바로잡을 길이 없게 될 거예요. 그 애 성격이 굳어질 것이고, 16세에는 자기 자신이나 가족을 세상의 웃음거리로 만드는 막무가내의 바람둥이가 될 거예요. 가장 고약하고 가장 천박하게 바람피우는 바람둥이기도 할 테지요. 젊고 괜찮은 용모를 지녔다는 매력 이외에는 아무것도 가진 게 없고, 칭찬받고 싶은 열망만 있으니 어디를 가든지 경멸당할 테고, 머리에 든 게 없고, 무지하니 그 경멸을 피해 갈 능력이 전혀 없을 거예요. 키티도 이렇게 될 위험에 놓여 있어요. 그 애는 리디아가 이끄는 곳이면 어디나 따라갈 거예요. 허영 되고, 무지하고, 게으르고 전혀 자제력이 없으니! 오! 사랑하는 아버지. 아는 사람들에게서 그들이 당하는 수치를 때때로 자매들도 함께 당하지 않으리라고 생각하세요?"

베넷 씨는 엘리자베스의 마음은 온통 그 생각으로 가득 찼음을 알아차리고는 다정하게 그녀의 손을 잡고 대답했다.

"얘야, 너무 불안해하지 마라. 너와 제인을 아는 곳에서는 어디서나 사람들은 틀림없이 너희들을 존경하고 소중하게 여길 거다. 그리고 한두 명—3명이라고 할 수도 있겠지—의 매우 어리석은 자매들을 지녔다고 해서 불리할 것 같지 않구나. 리디아가 브라이턴에 가지 못한다면 우린 롱본에서 전혀 평화를 누릴 수 없을 거야. 가게 내버려 둬라. 포스터 대령은 양식 있는 사람이다. 그러니 그 애가 정말 무언가 못된 짓을 하지 못하도록 할 거야. 다행히도 그 애는 너무 가난해서 어느 누구도 그 애를 집적거리지 않을 거다. 브라이턴에서는 평범한 바람둥이로서도 여기에서보다 더 주목받지 못할 거야. 장교들은 리디아보다 더 주목할 가치가 있는 여성들을 찾으려 할 테니까. 그러니 그 애가 그곳에 가서 자신이 하찮은 사람이란 걸 깨닫게 되길 바라자. 어쨌든 우리보고 자기를 평생 가두라고 하지 않더라도 리디아는 지금보다 훨씬 더 나빠질 수 없을 거다."

엘리자베스는 마지못해 이 대답으로 만족해야 했지만, 그녀의 생각은 달라지지 않아서 실망하고 유감스러워 하며 아버지를 떠났다. 그러나 그녀는 계속 그 생각을 하며 근심을 키우는 성격이 아니었다. 분명히 자신의 의무를 이행했다고 믿었고, 그녀는 기질상 피할 수 없는 해악 때문에 초조해 하거나, 걱정하며 그 해악을 더 크게 만드는 사람이 아니었다.

리디아와 어머니가 엘리자베스와 아버지가 의논한 내용을 알았다면, 그들 두 사람의 수다를 모두 합쳐도 그 분노를 모조리 다 쏟아 내지 못했을 것이다. 리디아는 브라이턴 방문에 세상의 모든 행복이 다 포함되어 있다고 생각했다. 그녀는 상상의 눈으로 장교들로 가득 찬 해수욕장의 즐거운 거리를, 지금은 알지 못하는 수십 명의 장교들이 모두 자신에게 눈길을 보내는 것을, 그리고 캠프의 온갖 영화를 보았다—텐트가 획일적으로 선을 따라 아름답게 펼쳐져 있으며, 젊고 쾌활한, 진홍색 군복으로 눈부신 군인들이 가득 차 있는 캠프의 광경을. 그 광경은 자신이 텐트 아래서 적어도 여섯 명의 장교들과 동시에 다정하게 시시덕거리는 것으로 완성되었다.

엘리자베스가 자신을 이런 가능성과 이런 사실에서 우격다짐으로 떼어놓으려 한다는 것을 리디아가 알았더라면 그녀의 감정은 어땠을까? 그녀 어머니만이 그 감정을 이해했을 것이다. 어머니 역시 거의 리디아와 같은 느낌이었기 때문이다. 남편이 브라이턴에 갈 의사가 전혀 없다는 걸 확신하기 때문에 우울한 베넷 부인에게는 리디아가 브라이턴으로 가는 것만이 유일한 위로였다.

하지만 그들은 무슨 일이 있었는지 전혀 알아차리지 못했다. 그래서 리디아가 집을 떠나는 바로 그날까지 그들은 거의 끊임없이 계속 황홀해 했다.

엘리자베스는 이제 마지막으로 위컴 씨를 만나게 되었다. 그녀가 돌아온 이 후 가끔 그를 만날 기회가 있었기 때문에 마음의 흥분은 상당히 가라앉았고, 전에 그를 좋아했을 때의 설렘 따위는 완전히 사라져 버렸다. 처음에는 그녀를 즐겁게 해 주었던 그의 친절함 자체에서조차 겉치레와 역겨움 그리고 따분함까지 발견할 수 있게 되었다. 더욱이 그녀를 대하는 그의 행동은 이제 엘리자베스에게 새로운 불쾌감의 원천이었다. 교제 초기에 그녀를 유별나게 친절히 대했던 행동을 그가 곧 다시 재개할 의향을 보이는 것은, 그 이후 일어난 일들을 생각할 때, 오로지 그녀를 화나게 할 뿐이었기 때문이다. 엘리자베스는 자신이 그처럼 부질없고 경솔한 연애의 대상으로 선택되었다는 것을 깨닫고 위컴에 대한 모든 관심을 잃었다. 그는 아무리 오랫동안, 그리고 무슨 이유로든 엘리자베스에게 친절을 베풀지 않다가도, 교제가 다시 시작되면 언제라도 그녀에게 사랑을 받을 수 있고, 그녀의 허영심을 만족시킬 수 있다고 믿었었다. 엘리자베스는 그런 믿음에는 그녀 자신도 비난 받아야 할 몫이 있음을 느끼지 않을 수 없었다. 그런 생각을 계속 억눌러 왔지만 말이다.

연대가 메리턴을 떠나기 전날 위컴은 다른 장교들과 함께 롱본에서 식사했다. 그와 좋은 기분으로 작별할 마음이 별로 없던 엘리자베스는 헌스퍼드에서 어떻게 지냈느냐는 그의 질문에 피츠윌리엄 대령과 다아시 씨 두 사람 모두 로징스에서 3주간 머물렀다면서 피츠윌리엄 대령을 잘 아느냐고 물었다.

그는 놀라고 불쾌하고, 불안한 표정이었다. 하지만 잠시 생각을 더듬다가 다시 미소를 지으며 과거에는 그를 자주 만났다고 대답했다. 그리고 그 사람은 매우 신사다운 청년이라고 말하고, 엘리자베스에게 그를 어떻게 생각하느냐고 물었다. 그녀는 피츠윌리엄 대령을 매우 좋게 평했다. 그는 곧 무관심한 분위기로 이렇게 덧붙였다.

"그가 얼마나 오래 로징스에 계셨다고 그랬지요?"

"거의 3주요."

"그를 자주 만나셨나요?"

"예, 거의 매일."

"그의 태도는 그의 사촌과 아주 다르지요."

"예, 매우 달라요. 하지만 다아시 씨는 사귈수록 나아지는 사람이라고 생각해요."

"그런 가요!"라고 외치는 위컴 씨의 표정을 엘리자베스는 놓치지 않았다. "제발, 질문해도 될까요?" 하지만 자신을 억제하면서 그는 명랑한 어조로 덧붙였다. "그의 말하는 태도가 나아졌나요? 그의 평상시 어조가 조금이라도 공손해 졌나요?—나는 감히" 그는 더 낮고 심각한 어조로 계속해서 말했다. "그가 본질적으로는 나아지지 않는다고 생각하기 때문이지요."

"오, 아니에요!" 엘리자베스가 말했다. "본질적으로 그는 언제나 그 자신 그대로라고 믿어요."

그녀가 말하는 동안 위컴은 마치 그녀의 말을 기뻐해야 할지, 그 말의 의미를 불신해야 할지 종잡을 수 없는 것 같았다. 그녀가 말을 덧붙이는 동안, 그녀 얼굴 표정 무언가가 그로 하여금 걱정하며 조마조마하게 그녀의 말을 경청하게 만들었다.

"다아시 씨가 사귈수록 나아진다는 것은 그의 태도나 마음 씀씀이가 나아진다는 뜻은 아니에요. 그를 더 잘 알게 될수록 그의 성격을 더 잘 이해하게 된다는 뜻이에요."

얼굴이 붉어지고 동요하는 위컴의 표정에서 이제 그가 불안해한다는 것이 드러났다. 당황함을 떨치고 다시 그녀 쪽을 바라볼 때까지 몇 분 동안 그는 침묵했다. 그 후 그는 매우 부드러운 어조로 입을 열었다.

"내가 다아시 씨에게 어떤 감정을 가지고 있는지 아주 잘 아시니까 그가 겉모습만이라도 올바른 척할 만큼 현명하다는 것을 내가 진심으로 기뻐한다는 걸 쉽사리 이해하겠지요. 그런 면에서 그의 자존심은 본인에게는 별 도움이 되지 않는다 해도, 다른 많은 사람들에게는 도움이 될 거예요. 분명히 그의 자존심이 내게 고통을 주었던 대단히 비열한 직권 남용 같은 건 하지 못하게 막아 줄 테니까요. 당신은 그의 신중함에 대해 언급했는데 그건 오로지 그가 이모를 방문할 때만 취하는 태도가 아닐까해요. 이모님이 자신을 좋게 여기고, 좋게 평가해 주기를 무척 바라기 때문이지요. 이모님과 함께 있을 때 항상 그분을 두려워하는 이유의 상당한 부분은 드 버그 양과 결혼하기를 바라는데서 비롯된 것이지요. 나는 그가 드 버그 양과 결혼할 마음을 품고 있다고 확신합니다."

엘리자베스는 이 이야기를 듣고 웃음을 참을 수 없었지만, 그저 머리를 약간 갸우뚱하는 것으로만 대답했다. 엘리자베스는 그가 옛날 다아시 씨와의 불만스러운 일에 대해 이야기할 때 자신이 맞장구치기를 원한다는 걸 알았다. 그런데 그녀는 전혀 그를 즐겁게 할 기분이 아니었다. 위컴은 그 저녁의 남은 시간을 겉보기에는 평상시처럼 유쾌하게 보냈지만, 더 이상 엘리자베스에게 특별한 관심을 보이지 않았고, 그들은 드디어 서로에게 공손하게, 그리고 아마도 서로 다시는 만나고 싶지 않다는 생각을 하며 헤어졌다.

파티가 끝났을 때 리디아는 포스터 부인과 함께 메리턴으로 돌아왔다. 그들은 메리턴에서 다음 날 아침 일찍 출발할 예정이었다. 리디아와 가족들의 이별은 슬프다기보다 시끄러웠다. 눈물을 흘린 사람은 오로지 키티뿐이었다. 하지만 그녀는 속이 상하고 부러워서 울었다. 베넷 부인은 딸의 행복을 빈다는 말을 널리 퍼뜨렸고, 그녀가 리디아에게 기회를 놓치지 말고 한껏 즐기라고 권고하는 것은 감동적이었다. 그러한 충고가 잘 지켜지리라는 것을 믿을 만한 근거는 충분했다. 리디아 자신이 대단히 행복해서 떠들썩하게 작별을 고했기 때문에 그녀 언니들의 좀더 온화한 작별 인사는 들리지도 않았다.

19

엘리자베스의 견해가 모두 자신의 가족 내의 경험을 통해서 형성된 것이라면, 부부의 행복이나 가정의 안락함에 대한 그녀 생각은 그다지 유쾌한 것은 아니었을 것이다. 그녀의 아버지는 젊고 아름답고, 성격도 좋아 보이는 겉모습에 홀딱 반해서 한 여인과 결혼했다. 일반적으로 젊고 아름다우면 성격까지 좋아 보이는 법이기 때문이었다. 그러나 실상 그의 아내는 이해력이 부족하고 도량이 좁은 여성이었기 때문에 결혼 초기에 그녀에 대한 그의 진정한 애정은 모두 끝나 버렸다. 아내에 대한 존중, 존경, 신뢰는 영원히 사라졌고, 모든 가정적인 행복에 대한 그의 기대는 무너져 내렸다. 하지만 베넷 씨는 자신이 분별력이 없었던 탓으로 실망하게 되었다고 생각했고, 그렇다고 해서 그 실망을 위로하기 위해, 어리석어서 혹은 악덕으로 불행해진 사람들이 빈번하게 위로로 삼는 쾌락을 추구하는 사람은 아니었다. 그는 전원과 책을 좋아했다. 그리고 주로 이런 취미를 통해 즐거움을 누렸다. 아내의 무지와 어리석음에서 재미를 보는 것 말고는 그는 거의 아내에게 신세를 지지 않았다. 이것은 일반적으로 남편들이 아내에게서 기대하는 부류의 행복은 아니지만, 진정으로 현명한 사람이라면, 다른 오락 거리가 없는 곳에서는 주어진 것에서 즐길 것을 찾아내기 마련이다.

하지만 엘리자베스는 아버지가 남편으로서 부적절하게 행동한다는 것을 결코 모르지 않았다. 그녀는 항상 그것을 고통스럽게 바라보았다. 그러나 그의 능력을 존경했고 자신을 다정하게 대해 주는 것에 감사해서 그녀는 눈감아 줄 수 없는 것들을 잊어버리려고 애썼다. 그리고 어머니를 웃음거리로 만들어 자녀들에게 경멸당하게 함으로써 결혼 의무를 지속적으로 위반하는 아버지가 대단히 괘씸하다는 생각을 떨쳐 버리려고 노력했다. 하지만 그녀는 그처럼 어울리지 않는 결혼에서 태어난 아이들에게 틀림없이 수반되는 불이익을 지금처럼 심하게 느낀 적이 결코 없었다. 또한 재능이 매우 무분별하게 사용되었을 때 야기되는 해악을 지금처럼 뼛속 깊이 깨달은 적은 결코 없었다. 올바로 사용했더라면 아버지의 재능은 아내의 지력을 넓혀 주지는 못했을지언정 적어도 딸들의 체면은 세워 줄 수 있었을 것이다.

엘리자베스는 위컴이 떠난 것은 기뻤지만, 연대가 떠나간 것에서 그 이외의 다른 만족할 만한 이유를 찾을 수 없었다. 밖에서 열리는 파티는 그전만큼 다양하지 못했고, 집에서는 어머니와 여동생이 주위의 모든 것이 따분하다고 계속 투덜대서 가족 전체를 참으로 우울하게 만들었다. 키티는 머리를 혼란하게 하는 요인들이 사라졌기 때문에 시간이 지나면 그녀 본연의 판단력을 다시 찾겠지만, 성격상 더 크게 해를 입을 것이 염려되는 리디아는 해수욕장과 캠프라는 이중 위험에 처한 상황하에서 온갖 어리석음과 뻔뻔스러움이 더욱 굳어질 가능성이 있었다. 그러므로 전체적으로 볼 때 엘리자베스는 그전에도 때때로 깨달았던 것, 자신이 애타게 원하며 바라던 일이 일어난다 해도 그것이 자신의 기대만큼 크나 큰 즐거움을 가져다주지 못하리라는 걸 깨달았다. 따라서 실질적인 행복이 시작되는 시기를 달리 잡을 필요가 있었다. 자신의 희망과 바람을 확립시켜 줄 수 있는 시점을 정하고, 또다시 그것을 기대하는 기쁨을 즐기면서 현재의 자신을 위로하고 또 다른 실망에 대비하기 위해서였다. 이제 호수 지역 여행에 대해 생각하는 것이 그녀의 가장 큰 행복이었다. 어머니와 키티의 불만 때문에 피할 수 없이 불편한 시간을 보내야 하는 그녀에게 호수 여행이야말로 최고의 위안이었다. 그 계획에 제인이 포함되어 있었다면 그 여행의 모든 것이 완벽했을 것이다.

"하지만 내가 뭔가 바랄 것이 있다는 건 행운이야." 엘리자베스는 생각했다. 모든 계획이 완벽하다 하더라도 나는 확실히 실망할 거야. 그러나 언니가 함께 가지 못한다는 애석함을 늘 마음에 품고 다니니까 내가 기대하는 모든 기쁨이 실현될 거라고 바랄 수 있을 거야. 모든 면에서 즐거움만 약속하는 계획은 결코 성공할 수 없을 테니까. 약간의 사소한 걱정으로 방어해야만 전반적으로 실망하는 걸 피할 수 있어."

리디아는 집을 떠날 때에 편지를 자주 그리고 매우 자세히 쓰겠다고 어머니와 키티에게 약속했다. 그러나 한참을 기다려야 그녀의 편지를 받았고, 그 길이는 항상 매우 짧았다. 어머니에게 보내는 편지에는 도서관에서 방금 돌아왔다. 그곳에는 모모 장교들이 그들과 동행했고, 그곳에서 매우 아름다운 장식품을 보고 매우 흥분했다. 새 긴 겉옷, 혹은 새 양산을 샀는데 아주 자세히 묘사하고 싶지만, 포스터 부인이 불러서 부리나케 가야 한다. 캠프로 갈 것이다. 이런 것 이외에는 별다른 내용이 없었다. 키티에게 쓰는 편지에는 알 수 있는 내용이 더욱더 적었다—키티에게 보내는 편지는 약간 길었지만 널리 공표할 수 없도록 밑줄을 그은 문장들로 가득 차 있기 때문이었다.

리디아가 떠나고 2, 3주가 지났을 때, 롱본 마을에는 건강과 활기와 명랑함이 되살아나기 시작했다. 모든 것이 행복한 면모를 띠게 되었다. 겨울을 런던에서 지낸 가족들이 다시 돌아왔으며, 화려한 여름옷이 나타났고, 여름에 만날 약속들이 이루어졌다. 베넷 부인은 평상시처럼 그녀 나름의 투덜거림 가운데 누리는 평온을 되찾았고, 6월 중순 경에는 키티가 눈물을 흘리지 않고 메리턴에 들어갈 수 있을 정도로 회복되었다. 그것은 엘리자베스로 하여금 다음 크리스마스 때쯤이면 키티가 하루에 한 번 이상은 어떤 장교에 대해 언급하지 않을 만큼 분별력을 가지리라고 기대하게 하는 매우 행복한 사건이었다. 만일 국방부가 잔인하고 악의적인 조처로 또 다른 연대를 메리턴에 주둔시키지 않는다면 말이다.

그들이 북부 지역 여행을 시작하기로 정한 날이 매우 빠르게 다가오고 있었다. 단지 2주 남았을 때 가드너 부인에게서 여행 출발을 일단 늦추고 여행기간도 줄인다는 편지가 왔다. 가드너 씨는 업무상 7월 중순이 되어야만 출발할 수 있고, 반드시 한 달 안에 런던으로 다시 돌아와야 한다고 했다. 그렇기 때문에 그들이 계획 했던 것처럼 아주 먼 곳까지 가서 많은 것을 보기에는, 적어도 그들이 기대했던 대로 여유롭고 편안하게 구경하기에는 기간이 너무나 짧아서 호수 지방을 포기하고 일정을 좀 단축할 수밖에 없다는 것이었다. 현재 계획에 따르면 그들은 더비셔보다 더 북쪽으로는 갈 수 없다고 했다. 더비셔에는 그들 여행기간인 삼 주의 대부분을 할애해야 할 정도로 볼 것이 많았다. 그리고 가드너 부인에게 그 지역은 특별히 매력적인 곳이었다. 그녀가 예전에 몇 년간 살았고, 그리고 이제 여행 중 며칠을 보내려고 하는 도시는 그녀에게 대단한 호기심을 불러일으키는 곳이었다. 매틀록, 챗스워스, 도브데일이나 피크의 모든 유명한 절경 못지않게 말이다.

엘리자베스의 실망은 이만 저만이 아니었다. 호수 지역을 보는 것이 그녀의 희망이었기 때문이다. 그리고 아직도 호수 지방을 볼 시간이 넉넉할 것이라고 생각했다. 하지만 그녀의 관심은 만족하는 데 있었고 행복 하고 싶은 것이 그녀의 기질이었다. 그래서 곧 모든 것이 다시 정상으로 돌아왔다.

더비셔라는 언급과 연관되어 많은 것이 생각났다. 그 단어를 보고 그녀는 펨벌리와 그 주인, 다아시 씨를 생각하지 않을 수 없었다. 그녀는 중얼거렸다. '하지만 나는 확실히 아무 혐의를 받지 않고 그의 지역에 들어가 그에게 들키지 않고 돌처럼 굳어진 스파[43] 몇 개를 약탈해 올 수 있을 거야.'

이제 기다려야 하는 시간이 갑절이 되었다. 외숙모와 외삼촌이 도착하기까지 4주가 있었다. 하지만 그 시간도 지나갔고, 드디어 가드너 부부는 네 아이들을 데리고 롱본에 도착했다. 여섯 살과 여덟 살의 두 여자아이와 두 명의 남동생들은 사촌인 제인이 각별하게 돌보아 주기로 되어 있었다. 누구나 제인을 좋아했고, 제인의 한결같은 판단력과 상냥한 성격은 정확히 말해서 모든 면—그들을 가르치고, 그들과 놀고 그들을 사랑하는 면—에서 그 아이들을 돌보아 주기에 적격이었다.

가드너 부부는 단지 하루 밤을 롱본에서 보내고 다음 날 아침 엘리자베스와 함께 즐거움과 새로운 경험을 찾아서 길을 떠났다. 이 여행에서 한 가지 즐거움은 확실했다. 어울리는 일행이

---

43 비금속 광물의 총칭.

누리는 즐거움 말이다. 잘 어울리는 일행이란 의미는 불편을 견딜 수 있는 건강—모든 즐거움을 배가시키는 명랑한 성격, 그리고 밖에서 실망하게 된다 하더라도 서로를 즐겁게 해 줄 수 있는 애정과 지성을 뜻한다.

이 작품의 목적은 더비셔를 묘사하려는 것도, 그들의 여정에 있는 유명한 장소들을 묘사하려는 것도 아니다. 옥스퍼드, 블레넘, 워릭, 케닐워스, 버밍엄 등등은 잘 알려진 곳들이다. 현재 이 작품의 모든 관심은 더비셔의 작은 곳에 집중된다. 그들은 그 지역의 경탄할 만한 명승지들을 모두 둘러 본 후에 작은 램턴 마을로 발걸음을 돌렸다. 그곳에는 가드너 부인이 예전에 살았던 집이 있으며, 그녀는 최근에 그곳에 어떤 지인이 아직도 살고 있다는 것을 알게 되었다. 그리고 엘리자베스는 외숙모에게서 펨벌리가 램턴에서 8킬로미터 이내에 자리 잡고 있다는 말을 들었다. 펨벌리는 그들이 가는 도로에서는 2, 3킬로미터 정도 떨어져 있었다. 그 전날 저녁 여정에 대해 이야기할 때 가드너 부인은 펨벌리를 다시 보고 싶다는 의향을 비쳤다. 가드너 씨는 기꺼이 그렇게 하겠다고 했고, 엘리자베스에게 동의를 구했다.

"얘야, 네가 그렇게도 수없이 얘기 들은 곳을 직접 보고 싶지 않니?" 외숙모가 말했다. "네가 아는 많은 사람들과 관련이 있는 장소이기도 하네. 너도 아는 것처럼, 위컴은 그의 유년 시절을 그곳에서 보냈지."

엘리자베스의 마음은 괴로웠다. 그녀는 펨벌리에 아무 관심이 없다고 생각했다. 그래서 그곳을 볼 마음이 내키지 않는 척하지 않을 수 없었다. 그녀는 저택들을 보는 것에 싫증이 났고, 상당히 많은 저택을 보았기 때문에 정말이지 훌륭한 양탄자나 새틴 커튼을 보는 것이 별로 즐겁지 않다고 고백했다.

가드너 부인은 엘리자베스의 어리석음을 나무랐다. "그곳이 단지 화려하게 꾸며진 좋은 집이라면," 그녀가 말했다. "나 자신도 관심이 없을 거야. 그러나 구내가 대단히 쾌적해. 이 지역에서 가장 훌륭한 숲이 있다니까."

엘리자베스는 더 이상 말하지 않았다—그러나 마음으로는 동의할 수 없었다. 즉시 그곳을 관람하는 동안 다아시 씨를 만날지도 모른다는 생각이 들었다. 그를 만난다면 끔찍할 거야! 그 생각을 하며 그녀의 얼굴이 붉어졌다. 그리고 그런 위험을 감수하느니 차라리 외숙모께 공공연하게 말씀드리는 것이 더 나을 것이라 생각했다. 그러나 이 생각이 별로 마음에 들지 않아서, 그녀는 마침내 개인적으로 펨벌리 가족들이 부재중인지 문의해 보고, 부재중이 아니라는 대답을 들으면, 마지막으로 외숙모께 말씀드리는 것이 좋겠다고 마음먹었다.

따라서 밤에 침실로 왔을 때 그녀는 객실 담당 하녀에게 펨벌리가 대단히 훌륭한 곳이 아니냐. 그 주인의 이름은 무어냐, 그리고 대단히 불안한 마음으로 그 가족이 여름을 지내기 위해 내려와 있느냐고 물었다. 가장 반갑게도 마지막 질문에 그녀는 그들이 오지 않았다는 대답을 들었다. 이제 걱정할 것이 없으므로 엘리자베스는 직접 그 집을 보고 싶다는 강한 호기심을 느낄 정도로 여유를 가지게 되었다.

다음 날 아침 펨벌리 방문 계획이 다시 화제가 되었고, 외숙

모와 외삼촌이 또다시 엘리자베스의 의향을 물었을 때, 그녀는
적당히 무심하게 방문 계획을 진심으로 싫어하는 것은 아니라
고 기꺼이 대답할 수 있었다.

그래서 그들은 펨벌리로 가기로 했다.

제3부

1

그들이 마차를 타고 계속 달리다가, 펨벌리 숲의 모습이 처음으로 시야에 들어오자 엘리자베스는 약간 불안한 마음으로 그것을 주의 깊게 지켜보았다. 그리고 그들이 드디어 관리인 집 앞으로 들어섰을 때 그녀의 가슴은 심하게 두근거렸다.

대정원은 매우 넓고, 아주 다양한 지형을 포함하고 있었다. 그들은 대정원의 가장 낮은 지점으로 들어서서 넓게 펼쳐 있는 아름다운 숲 사이로 한참을 달렸다.

엘리자베스는 마음이 너무나 벅차올라 대화를 나눌 수 없었지만, 매우 뛰어난 장소와 경치를 볼 때마다 감탄했다. 800미터를 계속 서서히 올라가자 그들은 상당히 높은 언덕 꼭대기에 이르렀다. 숲은 거기에서 끝나고, 곧 골짜기 반대편에 위치한 펨벌리 저택이 시야에 들어왔다. 길은 느닷없이 골짜기 쪽으로 상당히 급하게 굽어 있었고, 저택은 언덕 위에 멋지게 자리 잡은 아름다운 커다란 석조 건물이었다. 그 뒤를 숲이 울창하게 우거진 높은 산마루가 받치고 있었고, 앞 쪽에는 자연의 위용을 보여주는, 전혀 사람의 손을 타지 않은 시냇물이 많은 수량을 자랑하며 흘렀다. 냇가의 둑은 격식에 맞추지도, 가짜로 장식되지도 않았다. 엘리자베스는 즐거웠다. 그녀는 자연이 이보다 더 훌륭한 역할을 하는 장소, 자연적인 아름다움이 어줍은 개인적 취향에 의해 조금도 훼손되지 않고 이처럼 거의 그대로 보존된 곳을 본적이 없었다. 그들은 모두 칭찬에 열을 올렸다. 그 순간 엘리자베스는 펨벌리의 여주인이 된다는 것은 대단히 가치 있는 일일 것이라고 느꼈다.

그들은 언덕을 내려와서 다리를 건너 문 쪽으로 마차를 몰고 갔다. 그리고 가까이에서 저택의 모습을 살펴보는 동안 그 주인을 만날지도 모른다는 엘리자베스의 걱정이 되살아났다. 객실 하녀가 잘못 알았던 것은 아닌가 하는 두려움이 일었다. 그곳을 관람하겠다고 신청하자 그들은 현관으로 안내되었다. 하녀장을 기다리면서 엘리자베스는 자신이 여유롭게 그곳에 있다는 사실에 놀라움을 금치 못했다.

하녀장이 왔다. 그녀는 훌륭해 보이는 나이 지긋한 여성이었다. 엘리자베스가 생각했던 것보다 좀 더 예의 바르고 훨씬 덜 세련된 사람이었다. 그들은 그녀를 따라 식당으로 갔다. 가구가 멋지게 비치된 식당은 규모가 크고 균형이 잘 잡힌 방이었다. 잠깐 그 방을 훑어 본 후 엘리자베스는 전망을 즐기려고 창가로 갔다. 그들이 방금 내려 온, 숲이 울창한 산마루는 멀리서 보니 더욱 경사가 가파르고 매우 아름다웠다. 구내의 모든 배치도 훌륭했다. 그녀는 시야에 들어오는 강과 강둑에 흩어져 있는 나무들, 그리고 구불구불한 골짜기며 그 모든 경치를 즐거운 마음으로 바라보았다. 그들이 다른 방으로 갔을 때 이런 경치를 다른 각도에서 볼 수 있었다. 하지만 어느 창에서 보아도 그 경치는 하나같이 절경이었다. 방들은 품위가 있고 아름답고 가구들은 주인의 부에 걸맞았다. 엘리자베스는 번지르르하지도 않고 쓸데없이 당당하지도 않으면서, 로징스의 가구보다 덜 화려하고 진정으로 더욱 우아한 가구들을 바라보며 다아시 씨의 취향에 경탄했다.

"내가 이곳의 여주인이 될 수도 있었구나!" 그녀는 생각했다. "지금쯤이면 이런 방에 익숙해졌을 텐데! 이 방들을 손님으로서가 아니라 내 자신의 것으로 즐기고 외삼촌과 외숙모를 손님으로 환영할 수도 있었을 테지. —하지만, 아니야,"—마음을 가다듬으며 이렇게 뇌었다—"그런 일은 결코 일어나지 않아. 나는 외삼촌과 외숙모를 잃었을 거야. 그들을 초대하도록 허락 받지 못했겠지."

이런 생각이 떠오르니 다행이었다. 그것이 무언가 후회 같은 것을 사라지게 해 주었다.

엘리자베스는 하녀장에게 펨벌리의 주인이 정말 부재중인지 문의하고 싶지만, 그럴 용기가 없었다. 그러나 드디어 외삼촌이 그 질문을 했고, 레이놀즈 부인은 주인이 부재중이라고 하면서 덧붙였다. "그러나 그분이 내일 많은 친구들과 함께 오실 것을 기대하고 있답니다." 이 말을 들고 엘리자베스는 깜짝 놀라서 외면했다. 어떤 상황에 의해서도 자신들의 여정이 하루도 연기되지 않은 것은 그녀에게 얼마나 기쁜 일이었던가!

외숙모는 엘리자베스에게 그림 하나를 보라고 불렀다. 그녀는 다가가서 벽난로 위에 걸려 있는 몇 개의 다른 초상화 가운데 위컴의 초상화가 있는 것을 보았다. 외숙모는 미소 지으며 그 그림을 어떻게 생각하느냐고 물었다. 하녀장이 앞으로 나와서 그것은 작고하신 주인님의 집사 아들인 청년의 초상화인데 주인님이 자신의 비용으로 그를 양육하셨다고 그들에게 말했다. "그는 지금은 군대에 가 있어요." 그녀는 "하지만 유감스럽게도 그가 방탕하게 지낸다는 말이 있어요,"라고 덧붙였다.

가디너 부인은 미소 지으며 엘리자베스를 바라보았지만 엘리자베스는 미소로 답할 수 없었다.

"그런데 저것은" 레이놀즈 부인은 또 다른 세밀화를 가리키며 말했다. "우리 주인님입니다―주인님과 똑 같아요. 위컴의 세밀화와 같은 시기에 그려졌어요.―약 8년 전이지요."

가디너 씨는 그림을 바라보며 "당신 주인님의 성품이 훌륭하다는 이야길 많이 들었습니다. 얼굴이 수려하시군요. 하지만, 리지야, 너는 이 그림이 그와 닮았는지 그렇지 않은지 말해 줄 수 있지."

엘리자베스가 자신의 주인님을 안다는 이런 힌트를 들은 레이놀즈 부인은 엘리자베스를 더욱 존경하는 것 같았다.

"이 젊은 숙녀가 다아시 씨를 아시나요?"

엘리자베스는 얼굴을 붉히며 "조금"이라 말했다.

"그런데 그분이 매우 잘 생겼다고 생각하지 않으시나요, 아가씨?"

"예, 대단한 미남이십니다."

"저는 그분처럼 잘 생긴 분은 없다고 확신합니다. 하지만 위층에 있는 갤러리에서 여러분은 이것보다 더 훌륭하고 더 큰 그의 초상화를 보게 될 겁니다. 이 방은 전 주인님께서 좋아하시던 방입니다. 그리고 이 세밀화들은 그분께서 생존하셨을 때와 똑같이 여기에 있습니다. 그분께선 이 세밀화들을 매우 좋아하셨어요."

이 말을 듣고 엘리자베스는 위컴의 세밀화가 왜 그 세밀화들 가운데 있는지를 이해하게 되었다.

레이놀즈 부인은 다아시 양의 세밀화 중 하나에 주목하라고 했다. 그것은 그녀가 불과 여덟 살 때 그려진 것이었다.

"다아시 양도 오빠만큼 잘 생겼나요?" 가디너 부인이 물었다.

"아! 예―이 세상 여성 가운데서 가장 아름다운 숙녀이지요. 그리고 참으로 완벽하게 교양을 갖추셨답니다.―하루 종일 피아노를 치고 노래합니다. 다음 방에는 그녀를 위해 방금 도착한 새 피아노가 있답니다.―주인님의 선물이지요. 그녀는 내일 주인님과 함께 옵니다."

가디너 씨는 매우 느긋하고 유쾌한 태도로 질문도 하고 소견을 말하기도 하면서 레이놀즈 부인을 부추겨서 더 많은 말을 하도록 했다. 레이놀즈 부인은 자존심에서건 애정에서건 자신의 주인님이나 그의 여동생에 대해 이야기하는 것을 대단히 즐거워하는 것이 분명했다.

"당신 주인님은 연중 펨벌리에 오래 머무십니까?"

"제가 원하는 만큼 오래 머무르시지는 않습니다, 선생님. 그러나 아마 일 년의 반은 여기에 계신다고 말씀드릴 수 있습니다. 그리고 다아시 양은 여름 동안 항상 내려와 계시지요."

'램스게이트에 갈 때를 빼고요.' 엘리자베스는 마음속으로 생각했다.

"주인님이 결혼하시면 주인님을 더 많이 뵐 수 있겠군요."

"예, 선생님. 그러나 언제 결혼하실지 몰라요. 그분의 신부가 될 정도로 훌륭한 여성이 있을지 모르겠어요."

가디너 부부는 미소 지었다. 엘리자베스는, "그렇게 생각하시는 건 분명히 그분을 높이 평가하기 때문이라고 믿어요."라고 말하지 않을 수 없었다.

"저는 진실만 이야기한답니다. 그분을 아는 분은 모두 그렇게 이야기할 거예요." 레이놀즈 부인이 말했다. 엘리자베스는 그녀의 말이 너무 지나치다고 생각했다. 그리고 점점 더 놀라면서 가정부가 덧붙이는 말을 들었다. "평생 제게 화내며 말씀하신 적이 없어요. 그런데 그분을 4세 때부터 알았답니다."

모든 칭찬 가운데서도 이것은 그에 대한 그녀의 생각과 가장 반대되는, 가장 특별한 칭찬이었다. 성격이 좋은 사람이 아니라고 굳건히 믿었기 때문이다. 그녀는 정신을 바짝 차리고 주의를 집중하게 되었다. 이야기를 더 듣고 싶었던 엘리자베스는 외삼촌이 다음과 같이 말씀하시는 것이 감사했다.

"세상에서 그렇게 많은 칭찬을 받는 사람은 아주 드물답니다. 그런 분을 주인으로 모시고 있으니 행운이시군요."

"예, 선생님. 저도 그걸 안답니다. 제가 온 세상을 찾아다니더라도 더 좋은 분을 만날 수는 없을 겁니다. 하지만 저는 아이였을 때 좋은 성격을 가진 사람들이 성장해서도 좋은 성격을 지닌다는 걸 항상 보아 왔어요. 그분은 세상에서 가장 상냥하고 가장 마음이 넓은 소년이었답니다."

엘리자베스는 그녀를 눈이 뚫어지도록 쳐다보았다. '이 사람이 다아시 씨가 맞아?' 그녀는 생각했다.

"그분의 부친께서는 매우 훌륭한 분이셨지요." 가디너 부인
이 말했다.

"예, 부인. 그분은 정말 그런 분이셨어요. 그의 아드님도 아버
님과 똑같으실 겁니다. 아버님처럼 가난한 사람들에게 친절하
실 거예요."

엘리자베스는 귀담아 들으며, 의아하게 여기고, 귀를 의심했
다. 그리고 이야기를 더 듣고 싶어 조바심이 났다. 레이놀즈 부
인의 이런 말들은 다른 어떤 말보다도 엘리자베스의 관심을 끌
었다. 레이놀즈 부인이 그림, 방의 크기, 그리고 가구의 가격을
이야기하지만 그것은 그녀에게 아무 의미도 없었다. 레이놀즈
부인이 주인을 그처럼 과도하게 칭찬하는 것은 일종의 팔이 안
으로 굽는 가족 편견이라고 생각했지만, 가디너 씨는 그것이 매
우 즐거워서 다시 곧 그녀가 그 이야기를 하도록 이끌어 갔다.
그래서 레이놀즈 부인은 커다란 층계를 함께 오르면서 다아시
씨의 장점에 대해 힘차게 말을 이어갔다.

"지금까지 세상의 모든 사람들 가운데서 그분은 가장 훌륭한
지주이시고 주인이셔요." 그녀가 말했다. "자신들 이외에는 전
혀 생각하지 않는 요즈음의 방종한 청년들 같지 않답니다. 그분
의 소작인이나 하인들 중에 그를 칭찬하지 않을 사람은 한 사
람도 없어요. 어떤 사람들은 그가 오만하다고 말하지요. 하지만
저는 분명히 한 번도 그런 면을 본 적이 없답니다. 그건 단지 그
분이 다른 청년들처럼 재잘거리지 않기 때문이라고 생각하지
요."

'이런 말을 들으니 그가 무척 상냥한 사람 같은 걸!' 엘리자베스는 생각했다.

"그가 이렇게 훌륭한 사람이라는 평을 들으니," 걸어가며 외숙모가 속삭였다. "우리 가련한 친구에게 그가 보인 행동과는 전혀 맞아떨어지지 않는데."

"아마 우리가 속는 걸 수도 있겠지요."

"별로 그럴 것 같지 않아. 우리의 소식통은 아주 훌륭한 분이니까."

위층의 넓은 로비에 이르렀을 때 그들은 아래층의 방들보다 더 우아하게 그리고 더 밝게 꾸며진 매우 아름다운 거실로 안내되었다. 그 방은 전번에 다아시 양이 펨벌리에 왔을 때 좋아한 방이기 때문에 그녀를 기쁘게 해주기 위해서 방금 치장되었다는 이야기를 들었다.

"그분은 확실히 훌륭한 오빠군요." 창가로 걸어가며 엘리자베스가 말했다.

레이놀즈 여사는 다아시 양이 그 방에 들어서면 기뻐하리라고 생각하고 있었다. "그런데 그분의 방식은 항상 이렇답니다." 그녀가 덧붙였다. "여동생이 기뻐하는 것은 무엇이든지 반드시 눈 깜짝할 사이에 해 주시지요. 여동생을 위해서라면 그는 무슨 일이든지 한답니다."

이제 남은 방은 화랑과 두세 개의 주요 침실뿐이었다. 화랑에는 훌륭한 그림들이 많지만, 엘리자베스는 그림에는 문외한이었다. 그리고 이미 아래층에서 자주 본 그림들이어서 그녀는 기꺼이 다아시 양이 크레용으로 그린 그림들로 눈길을 돌렸다. 다아시 양의 그림 주제는 대체로 더 흥미로웠고 좀 더 이해하기 쉬웠다.

　화랑에는 가족 초상화가 많지만, 손님들은 별로 그것들에 관심이 없었다. 엘리자베스는 오로지 그녀가 알 수 있는 유일한 얼굴을 찾기 위해서 걸었다. 마침내 그 얼굴이 그녀의 관심을 끌었다. 그리고 그녀는 가끔 자신을 바라볼 때 미소 짓던 다아시 씨와 매우 닮은 초상화를 바라보았다. 그녀는 그 앞에서 몇 분간 진지한 생각에 잠겨 서 있었다. 그리고 그들이 화랑을 떠나기 전에 다시 그 초상화로 되돌아갔다. 레이놀즈 여사는 그들에게 그 초상화는 그의 부친이 생존해 계실 때 그려진 것이라고 알려주었다.

　이 순간 엘리자베스의 마음에는 분명히 이 초상화의 주인공에 대해서 자신과 그가 한창 교제하던 시기에 느꼈던 것보다 더 온화한 감정이 자리하고 있었다. 레이놀즈 여사에게서 그가 받는 칭찬은 전혀 하찮은 것이 아니었다. 지적인 하인의 칭찬보다 더 가치 있는 칭찬이 있단 말인가? 그는 오빠로서, 지주로서, 주인으로서 자신의 휘하에 얼마나 많은 사람들의 행복을 보호하고 있는 것일까!—그는 얼마나 많은 즐거움이나 고통을 부여할 수 있는 힘을 가진 것일까!—그는 선한 일이나 악한 일을 얼마나 많이 행할 수 있는 것일까! 하녀장의 그에 대한 견해는 일반적으로 그의 성품이 훌륭하다는 것이었다. 그의 초상화가 그려 있는 캔버스 앞에 서서 자신을 직시하는 그의 눈을 바라보며 엘리자베스는 그가 그전에 자신에게 호감을 보였을 때보다 더 깊은 감사의 마음으로 그의 호감에 대해 생각했다. 그의 열정을 기억했고, 그가 그 열정을 부적절하게 표현했던 것에 대해 마음을 누그러트렸다.

일반인에게 공개되어 있는 집의 부분을 모두 구경한 후에 그들은 층계로 돌아와서 하녀장과 작별하고 현관문 앞에서 그들을 기다린 정원사에게 인도되었다.

강 쪽으로 가려고 잔디를 가로질러 걸어갈 때, 엘리자베스는 다시 한 번 집을 보기 위해 돌아섰다. 그녀의 외삼촌과 외숙모도 멈추어 섰고, 엘리자베스가 그 건물의 건축 연대를 추측하는 동안 그 집의 주인 자신이 홀연히 마구간으로 이어지는 건물 뒤쪽 길에서 앞으로 나왔다.

그들 사이의 거리는 약 20미터 정도였는데 그가 얼마나 홀연히 나타났는지 도저히 그의 시야를 피할 길이 없었다. 곧 그들의 눈이 마주쳤고 두 사람의 볼은 아주 붉게 물들었다. 그는 매우 놀라서, 너무나 놀라서 잠시 그 자리에 못 박힌 것 같았다. 하지만 곧 자신을 추스르고 그는 일행을 향해 걸어왔다. 그리고 완전히 태연하진 않아도 적어도 더할 나위 없이 공손하게 엘리자베스에게 말을 건넸다.

엘리자베스는 본능적으로 돌아섰다. 하지만 그가 다가올 때, 멈추어 서서 당황함을 전혀 극복하지 못한 채로 그의 인사를 받았다. 그의 첫 출현이나 그의 모습이 방금 살펴보았던 다아시 씨의 초상화와 꼭 닮은 것이 외숙모와 외삼촌에게 지금 자신들이 다아시 씨를 보고 있다는 것을 확신하게 해주지 못했다면, 주인님을 보고 정원사가 놀라며 한 말은 틀림없이 그가 다아시 씨임을 즉시 알게 해 주었을 것이다. 그들은 깜짝 놀라 어리둥절해 하는 엘리자베스에게 다아시 씨가 말을 건네는 동안 멀리 떨어져 있었다. 엘리자베스는 감히 눈을 들어 그의 얼굴을 바라보지 못했고, 그가 친절하게 가족의 안부를 물었을 때 어떻게 대답했는지도 몰랐다. 그들이 마지막 헤어진 이후로 그의 태도가 변한 것에 깜짝 놀라는 엘리자베스에게 그의 문장 하나하나는 더욱더 그녀를 당황하게 했다. 꼴사납게도 자신이 그곳에서 발각되었다는 생각이 자꾸 떠올라서 그와 대화한 몇 분은 그녀의 생애에서 가장 불편한 시간이었다. 그 역시 그녀보다 훨씬 더 편안한 것 같지 않았다. 그의 말투에서는 그의 평상시의 침착함을 전혀 찾아볼 수 없었다. 엘리자베스에게 언제 롱본을 떠났느냐, 더비셔에 얼마 동안 머물렀느냐를 되풀이해서 아주 자주, 그리고 무척 허둥대며 묻는 것이 그의 생각이 산만하다는 것을 여실히 말해 주고 있었다.

급기야 그에게 아무 생각도 떠오르지 않는 것 같았다. 그래서 몇 분을 한마디 말도 없이 우두커니 서 있더니 그는 냉정을 되찾고 갑자기 그 자리를 떠났다.

그 후 외숙모와 외삼촌은 그녀에게 와서 다아시 씨의 외모를 칭찬했지만, 엘리자베스의 귀에는 한마디도 들어오지 않았고, 자신의 감정에 푹 빠져서 아무 말도 하지 못하고 그들을 따라갔다. 그녀는 수치심과 괴로움을 억누를 수 없었다. 자신이 펨벌리에 온 것은 세상에서 가장 유감스럽고, 가장 판단을 잘못 내린 일이었다! 자신이 그곳에 왔다는 것이 그에게 얼마나 이상해 보였을까! 그처럼 자만하는 사람에게 그것이 얼마나 수치스런 일로 비쳤을까! 마치 자신이 고의로 그가 가는 길 앞에 다시 나타나도록 꾸민 것처럼 보였을 것이다. 오! 내가 왜 왔을까? 아니, 그는 왜 예정된 시간보다 하루 빨리 온 거야? 우리가 불과 10분만 일찍 왔다면 그와 이렇게 마주치지 않았을 것이다. 그는 분명히 방금 도착했기 때문이었다—그가 그 순간 말이나 마차에서 내린 것이 분명하기 때문이었다. 그녀는 이 원치 않았던 만남 때문에 얼굴을 붉히고 또 붉혔다. 그런데 참으로 표 나게 달라진 그의 행동—그건 무슨 의미일까? 그가 그녀에게 말을 걸기까지 한다는 것은 놀라운 일이었다! 하지만 그토록 상냥하게 그녀 가족의 안부를 묻지 않았던가! 이 예기치 않은 만남에서 그가 보여준, 조금도 위엄을 갖추지 않은 태도를, 그가 그렇게도 상냥하게 말하는 것을 그전에는 결코 본 적이 없었다. 로징스 파크에서 자신의 손에 편지를 놓으면서 마지막으로 했던 말과 얼마나 대조적인가! 엘리자베스는 그것을 어떻게 생각해야 할지, 어떻게 이해해야 할지 알 수 없었다.

그들은 이제 냇물을 따라 나 있는 아름다운 길을 걷고 있었다. 그리고 걸음을 옮길 때마다 멋진 내리막이나 더 아름다운 광활한 숲이 나타났고, 그들은 그 숲 쪽으로 다가갔다. 하지만 시간이 한참 흐르고서야 엘리자베스는 그 경치를 즐길 수 있었다. 그리고 외삼촌과 외숙모가 되풀이해서 동의를 구하는 것에 기계적으로 대답하고, 그들이 지적하는 대상에 눈길을 주기만 할 뿐 그녀는 그 경치의 어느 부분에서도 아무런 차이를 알아보지 못했다. 그 순간 그녀의 생각은 다시 씨가 펨벌리 저택의 어느 곳에 머물고 있을지, 그가 머무는 바로 그곳에 온통 쏠려 있었다. 그 순간 그가 무슨 생각을 하고 있는지 알고 싶었다.—

자신을 어떻게 생각하는지, 그리고 모든 것에도 불구하고 자신이 그에게 여전히 소중한 사람인지를 알고 싶었다. 아마도 그가 그녀를 상냥하게 대했던 것은 단지 이제는 그의 마음이 평온을 되찾아서인지도 몰랐다. 그렇지만 그의 목소리에는 편안함 같지 않은, 그런 것이 있었다. 그녀를 만난 것이 더 괴로웠는지, 더 즐거웠는지는 알 수 없지만, 분명한 것은 그가 그녀를 평온한 마음으로 만날 수 없었다는 것이었다.

그러나 그녀가 넋 놓고 있다는 일행의 지적에 엘리자베스는 정신을 차렸다. 그리고 좀 더 자신답게 보여야 할 필요가 있음을 느꼈다.

그들은 숲으로 들어가서 잠시 강에 작별을 고하고 좀 더 높은 곳으로 올라갔다. 나무들 사이로 시선이 미칠 수 있는 지점에서는 골짜기의 많은 매력적인 경치들을 볼 수 있었다. 맞은 편 언덕들은 길게 펼쳐져 있는 숲으로 뒤덮여 있고, 때로는 냇물 위에도 숲이 우거져 있었다. 가디너 씨는 대정원을 모두 둘러보고 싶다고 말했지만 자신들이 걸어서 그렇게 하기는 역부족일 것이라고 염려했다. 정원사는 득의양양한 미소를 띠며 그들에게 그 둘레 거리가 16킬로미터나 된다고 했다. 그의 대답으로 문제는 해결되었다. 그래서 그들은 익숙해진 길을 따라가다 얼마가 지난 후 또다시 숲이 우거진 내리막길로, 물가로, 그리고 냇물의 폭이 가장 좁은 곳으로 들어섰다. 거기서 그들은 그곳 경치의 전체적인 분위기에 잘 어울리는 소박한 다리 위로 냇물을 건넜다. 그곳은 지금까지 그들이 방문한 어느 곳보다도 치장이 되어 있지 않았다. 그리고 이 부분에서 골짜기는 아주 좁아져서 겨우 냇물이 흘러가고, 양 옆에 거친 잡목 숲이 있는 좁은 산책로만 나 있었다. 엘리자베스는 구불구불한 그 길을 따라 계속 걷고 싶었지만, 그들이 다리를 건너고, 이제 펨벌리 저택에서 멀리 떨어진 곳에 있다는 걸 알게 되었을 때, 너무 힘들어서 더 이상 걸을 수 없는 가디너 부인은 오로지 빨리 마차로 돌아갈 생각만 하고 있었다. 엘리자베스는 외숙모 사정에 따르지 않을 수 없었다. 그들은 강 건너편에 있는 집을 향해 가장 가까운 방향으로 걸어갔지만, 진전은 더디기만 했다. 취미 생활을 할 기회가 별로 없지만, 낚시를 매우 좋아하는 가디너 씨는 냇물에 가끔 모습을 드러내는 송어를 열심히 바라보며, 그것들에 대해 정원사에게 이야기하느라 아주 조금씩 앞으로 나아갔기 때문이다. 이처럼 유유히 어슬렁거릴 때 그들은 다아시 씨가 그들을 향해, 그것도 그리 멀지 않은 거리에서 다가오는 것을 보고 또다시 놀랐다. 엘리자베스 역시 첫 번째와 마찬가지로 깜짝 놀랐다. 이 부분의 산책로는 다른 쪽보다 덜 가려져 있어서 마주치기 전에 그를 볼 수 있었다. 엘리자베스는 대단히 놀라긴 했지만 적어도 아까보다는 좀 더 마음의 준비가 되어 있어서, 만약 다아시 씨가 진심으로 그들을 만날 생각이라면, 차분하고 침착하게 말하리라 결심했다. 몇 분 동안 그녀는 확실히 그가 아마 다른 오솔길로 들어설 것이라고 생각했다. 산책로의 갈림길에 있어서 그가 그들에게 보이지 않는 동안 그녀는 그런 생각을 했다. 굽은 길을 지나자 곧장 그가 그들 앞에 나타났다. 그녀는 얼마 전에 보인 그의 정중한 태도에 조금도 변화가 없음을 한눈에 알아차렸다. 그를 만났을 때, 엘리자베스는 그의 공손함을 흉내

내어 그곳의 아름다움을 칭찬하기 시작했다. 하지만 그녀가 '쾌적한,' '멋진' 이란 말을 했을 때, 불운했던 기억이 불쑥 떠올랐다. 그래서 그녀는 자신이 펨벌리를 칭찬하는 것을 그가 장난이라고 해석할 수 있겠다고 생각했다. 그녀는 얼굴을 붉히고, 더이상 아무 말도 하지 않았다.

가디너 부인은 조금 뒤에 쳐져 있었다. 엘리자베스가 말을 잠시 중단하자 다아시 씨는 그녀 일행을 자신에게 소개해 주면 영광스럽겠다고 부탁했다. 그녀는 그가 이런 친절을 베풀리라고는 전혀 짐작하지 못했었다. 그리고 자신에게 청혼하고 싶은 마음이 있었을 때 그의 자존심을 상하게 했던 바로 그 친척들 몇 사람과 그가 지금 알고 지내려 하는 것에 대해서 미소 짓지 않을 수 없었다. 그녀는 생각했다. '그가 얼마나 놀랄까? 이분들이 누구인지를 알게 되면 말이지. 지금 그는 이분들이 상류사회 사람들인 줄 알고 있을 거야.'

하지만 곧 외삼촌과 외숙모를 소개했고, 그들과 자신의 관계를 밝히면서 그를 슬쩍 훔쳐보았다. 그가 그 말을 어떻게 받아들이고 있는지 보기 위해서였다. 그리고 그가 최대한 빨리 그런 수치스러운 일행과 헤어지려 하리라고 예상하지 못한 것도 아니었다. 그녀의 외삼촌 부부라는 말을 듣고 그가 놀라는 것은 확실했다. 하지만 그는 그것을 용감하게 견뎌 내고 가 버리기는커녕 그들 쪽으로 돌아섰다. 그리고 가디너 씨와 대화하기 시작했다. 엘리자베스는 유쾌할 수밖에 없었다. 의기양양할 수밖에 없었다. 그녀에게 부끄러워 할 필요가 없는 친척이 있다는 것을 그가 알게 된 것이 위로가 되었다. 그녀는 그들의 모든 대화를 주의 깊게 들었다. 외삼촌의 모든 문장과 표현에서 그의 지성과 취향과 훌륭한 태도가 나타나는 것이 자랑스러웠다.

곧 대화는 낚시에 관한 것으로 바뀌고, 엘리자베스는 다아시 씨가 외삼촌에게 그 근방에 계시는 동안 원하는 만큼 자주 낚시하러 오시라고 대단히 공손하게 초대하는 말을 들었다. 동시에 그는 낚시 도구를 제공하겠다며 물고기가 가장 잘 잡히는 냇가의 구역들을 지적했다. 엘리자베스와 팔짱을 끼고 걷던 가디너 부인은 엘리자베스에게 놀란 표정을 지어 보였다. 엘리자베스는 아무 말도 하지 않았지만, 대단히 기뻤다. 그 모든 경의의 표시는 틀림없이 그녀를 겨냥한 것이었다. 그러나 그녀의 놀라움은 극도에 달했다. 그리고 그녀는 끊임없이 되풀이해 뇌었다. '왜 다아시 씨가 그처럼 변했을까? 무엇에서 그런 변화가 시작되었단 말인가? 나를 위해서 그런 건 아닐 거야. 나를 위해서 그의 태도가 그렇게 누그러질 수는 없어. 헌즈퍼드에서 내가 그를 비난한 것이 이와 같은 변화를 일으킬 수는 없을 거야. 그가 여전히 나를 사랑한다는 건 있을 수 없는 일이야.'

어떤 신기한 수초를 좀 더 자세히 살피기 위해서 강가로 내려온 후 다시 제자리를 찾아서 숙녀 두 명은 앞에 서고, 두 명의 신사는 뒤에 서고, 이런 식으로 얼마간을 걷다가 약간의 변화가 생겼다. 오전의 산책으로 피곤해 진 가디너 부인을 엘리자베스의 팔로 충분히 부축할 수 없어서 그녀가 남편의 부축을 원했기 때문이었다. 엘리자베스 옆에는 외숙모 대신에 다아시 씨가 자리 잡고 그들은 함께 걸었다. 잠시 침묵이 흐른 후 엘리자베스가 먼저 입을 열었다. 그녀는 자신이 이곳에 오기 전에 그가 집에 없다는 말을 확실히 들었다는 것을 그에게 알리고 싶었다. 따라서 그녀는 그가 도착한 것은 전혀 예상 밖이라는 말로 대화를 시작했다. "하녀장이" 그녀는 덧붙여 말했다. "주인님은 내일에야 이곳에 계실 거라고 우리에게 분명히 알려주었기 때문이지요. 그리고 우리가 베이크웰을 떠나기 전에는 이 지방에 곧 오시지 않을 거라고 이해했었어요." 그는 그것이 모두 사실이라고 인정했다. 그리고 자신의 지배인과 볼일이 있어서 함께 여행하던 일행보다 몇 시간 앞당겨 왔다고 말했다. "일행은 내일 아침 일찍 올 겁니다." 그는 말을 계속했다. "그 일행 중에는 당신과 아는 사이라고 주장할 사람들이 있지요. 빙리 씨와 그의 자매들입니다."

엘리자베스는 그저 약간 머리 숙여 절하는 것으로 대답했다. 그녀의 생각은 즉각 자신들의 대화에서 빙리 씨 이름을 언급했던 때로 되돌아갔다. 그리고 다아시 씨의 안색으로 판단한다면 그 역시 자신과 별반 다른 생각을 하는 것 같지 않았다.

"그 일행 중에는 다른 사람이 한 사람 더 있어요." 잠시 말을 멈추었다가 그가 계속했다. "특별히 당신에게 소개받기를 원하는 사람이지요. 램턴에 머무는 동안 제 여동생을 당신에게 소개해도 좋을까요? 아니면 제가 지나친 요구를 하는 걸까요?"

엘리자베스는 그런 요청을 받고 참으로 대단히 놀랐다. 너무나 놀라서 어떤 태도로 그 요청에 응해야 할지 얼떨떨했다. 그녀는 즉시 다아시 양이 어떤 마음으로 자신과 교제하기를 바라든지 그것은 틀림없이 그녀 오빠가 노력한 결과일 것이라고 생각했다. 더 이상 생각할 것 없이 만족스러운 일이었다. 그가 분노해서 자신을 아주 나쁜 여자라고 생각하지 않았다는 것을 알게 된 것이 기뻤다.

그들은 이제 말없이 걸었다. 두 사람은 각각 깊은 생각에 잠겨 있었다. 엘리자베스는 편안하지는 않았다. 그건 불가능했다. 하지만 그녀는 칭찬을 듣고 기뻤다. 그가 자신의 여동생을 소개하고 싶다는 것은 최고의 찬사였다. 그들은 곧 외숙모와 외삼촌을 앞섰고, 그들이 마차에 이르렀을 때 가디너 부부는 약 400미터 뒤에 있었다.

그때 그는 엘리자베스에게 집 안으로 들어가자고 했다. 하지만 그녀는 피곤하지 않다고 해서 두 사람은 잔디 위에 함께 서 있었다. 그런 때에 많은 말을 할 수도 있었을 것이다. 그리고 침묵하는 것은 매우 어색했다. 엘리자베스는 말을 하고 싶었지만 모든 주제에 금지령이 내린 것 같았다. 드디어 그녀는 자신이 여행 중이라는 것을 상기했다. 그래서 대단한 인내심을 가지고 그들은 매틀록과 도브데일에 대해 이야기했다. 그런데도 시간과 외숙모는 느릿느릿 움직였다. 그리고 둘만의 대담이 끝나기도 전에 엘리자베스의 인내심과 생각들이 거의 소진되었다. 가디너 부부가 왔을 때 다아시 씨는 그들 모두에게 집으로 들어가서 간식을 들자고 강권했다. 하지만 이 제안을 마다하고 그들은 모두 아주 공손하게 작별을 고했다. 다아시 씨는 숙녀들 손을 잡아서 마차에 오르게 도왔고, 마차가 출발했을 때 엘리자베스는 그가 천천히 집으로 걸어가는 것을 보았다.

이제 외숙모와 외삼촌은 자신들이 관찰한 것을 이야기하기 시작했다. 그들 모두 다아시 씨가 자신들이 기대했던 것보다 더

할 나위 없이 훌륭하다고 잘라 말했다. "그 사람의 행동은 나무랄 데가 없고, 공손하고, 꾸밈이 없어"라고 외삼촌이 말했다.

"그에게는 확실히 좀 당당한 데가 있어요"라고 외숙모가 대답했다. "하지만 그건 그의 분위기가 그렇다는 것이고, 그것이 그에게 어울려요. 어떤 사람들은 그가 오만하다고 말할 수도 있겠지만, 이제 나는 하녀장처럼 그런 면을 전혀 발견하지 못했다고 자신 있게 말할 수 있어요."

"그가 우리에게 보인 행동에 깜짝 놀랐어요. 그보다 더 놀랐던 적은 한 번도 없어요. 친절함 이상이었어요. 그는 정말 세심하게 배려해 주었어요. 그렇게 세심하게 대할 필요가 전혀 없을 텐데. 그는 엘리자베스를 아주 조금 알 뿐인데."

"리지, 그는 확실히 위컴만큼 잘 생기지는 않았어, 아니 그렇다기보다, 그의 얼굴은 위컴 같지는 않아. 위컴의 용모는 완벽하게 훌륭하기 때문이야. 하지만 너는 어째서 나한테 그가 대단히 불쾌한 사람이라고 말했니?"

엘리자베스는 최선을 다해 자신을 변명했다. 자신은 그를 그전보다 켄트에서 만났을 때 더 좋아했다고, 그리고 오늘 아침처럼 그렇게 그가 즐거워하는 것을 본 적이 없다고 말했다.

"하지만 그가 좀 변덕이 나서 친절하게 대했을 수도 있지." 외삼촌이 대답했다. "지체 높은 사람들은 자주 그런단다. 그런고로 나는 그의 말을 그대로 믿지 않아. 그가 내일이면 마음이 변해서 나보고 그의 경내에서 나가라고 경고할지도 모른다니까."

엘리자베스는 그들이 그의 성격을 완전히 오해한다고 생각했지만, 아무 말도 하지 않았다.

"우리가 관찰한 바로는," 가디너 부인이 계속했다." 그는 정말이지 가련한 위컴에게 한 것 같은 잔인한 행동을 어느 누구에게도 할 수 없는 사람 같았어. 성격이 나쁜 사람인 것 같지 않은걸. 그 반대야. 그가 말할 때는 뭔가 유쾌한 분위기가 있어. 그의 용모에는 품위가 있어서 사람들은 그가 나쁜 마음을 지닌 사람이라고 생각할 수 없을 거야. 하지만 우리에게 그의 저택을 보여준 그 착한 부인은 그의 성격을 분명히 매우 과장했어! 나는 가끔 큰 소리로 웃지 않을 수 없단다. 하지만 내 생각에 그는 관대한 주인이야, 그리고 하인의 눈은 그러한 관대한 덕성을 모조리 볼 수 있지."

여기에서 엘리자베스는 다아시 씨가 위컴에게 한 행동을 좀 옹호해야 할 필요를 느꼈다. 그러므로 최대한 신중하게 자신이 켄트에 있는 다아시 씨의 친척에게서 들은 바로는 그의 행동을 매우 다르게 해석할 수도 있다는 것을, 그리고 하트퍼드셔 사람들이 생각하는 것처럼 그렇게 성격이 못된 사람은 아니며, 위컴 씨가 대단히 상냥한 사람도 아니라는 것을 외숙모와 외삼촌이 이해하도록 설명했다. 이 말에 대한 확증으로 그녀는 그 두 사람이 관계되어 있는 모든 금전적인 거래를 상세하게 이야기했다. 그녀에게 정보를 준 사람의 이름은 실제로 이야기하지 않았지만, 매우 믿을 만한 사람이라고 말했다.

가디너 부인은 놀라고 걱정했다. 하지만 그들이 이제 가디너 부인이 예전에 즐겁게 지냈던 곳에 다다르자 그곳의 추억에 매료되어 그녀의 다른 모든 생각은 뒷전으로 밀렸다. 그녀는 남편에게 그 주위의 흥미 있는 곳들을 지적하느라고 얼마나 바쁜지 다른 것을 생각할 겨를이 없었다. 오전 산책으로 피곤하지만, 가디너 부인은 저녁 식사를 마치자마자 예전에 알았던 사람들을 찾아보기 위해서 다시 출발했다. 그리고 여러 해 동안 끊겼던 교제를 다시 재개한다는 즐거움으로 그 저녁을 보냈다.

그날 낮에 일어난 일들이 얼마나 흥미로웠는지 엘리자베스는 어떤 새로운 친구에게도 별로 주의를 기울일 수 없었다. 그녀는 다아시 씨의 친절과 그리고 무엇보다도 다아시 씨가 그의 여동생을 자신에게 소개하기를 원하는 것을 궁금하게 여기며 계속 생각하고 또 생각하는 것 이외에는 아무것도 할 수 없었다.

2

엘리자베스는 여동생이 펨벌리에 도착하는 다음 날 다아시 씨가 동생과 함께 자신을 방문할 것이라 결론짓고, 그날 아침은 내내 여관에서 벗어나지 않기로 작정했다. 하지만 그녀의 예상은 빗나갔다. 다아시 씨와 여동생은 그녀 일행이 램턴에 도착하는 날 오전에 엘리자베스를 방문했기 때문이다. 엘리자베스와 외숙모, 외삼촌은 새로운 친구들과 그곳 여기저기를 산책한 후 친구의 가족과 식사하기 위해서 옷을 갈아입으려고 방금 여관으로 돌아왔다. 그때 마차 소리가 나서 창가로 간 그들은 신사,

숙녀가 쌍두 이륜마차를 타고 거리를 달리는 것을 보았다. 즉시 하인의 옷차림을 알아보고 무슨 일인지 짐작한 엘리자베스는 그녀가 기대하는 영광스러운 일을 외숙모와 외삼촌께 알려드리며 적지 않은 놀라움을 전했다. 외숙모와 외삼촌은 모두 깜짝 놀랐다. 그리고 당황해 하며 말하는 엘리자베스의 태도와 다아시 씨와 그 여동생의 방문이라는 현재의 상황, 그 전날의 많은 다른 상황들을 함께 아우르며, 그들은 이 방문에 대해 새로운 생각을 가지게 되었다. 전에는 그런 추측을 해볼 근거가 전혀 없었지만, 그런 대단한 사람이 엘리자베스를 그처럼 융숭하게 배려한다는 것은 그가 그녀를 사랑한다고 추측하는 것 이외에는 달리 설명할 길이 없었다. 새로운 생각들이 그들 머릿속을 오가는 동안, 엘리자베스는 매순간 점점 더 불안해졌다. 그녀는 자신이 불안한 것에 깜짝 놀랐지만, 여러 불안한 이유 중에서도 자신을 사랑하는 탓에 다아시 씨가 여동생에게 자신을 너무 지나치게 좋게 이야기한 게 아닌지 몹시 걱정되었다. 그리고 평상시보다 훨씬 더 그들을 환대하고 싶은 마음이기 때문에, 자연히 그렇게 할 수 있는 능력을 도무지 발휘하지 못하는 게 아닌가 하고 걱정했다.

그녀는 그들이 자신을 볼까 봐 창가에서 물러섰다. 그리고 침착해지려고 애쓰며 방을 이리저리 거닐다가 놀라며 캐묻고 싶어 하는 외숙모와 외삼촌의 표정이 눈에 들어와 모든 것을 더 악화시켰다.

다아시 양과 그녀의 오빠가 나타났고, 아주 어렵사리 소개가 이루어졌다. 엘리자베스는 다아시 양 역시 자신 못지않게 당황해 하는 것을 놀라워하며 바라보았다. 렘튼에 온 이후 엘리자베스는 다아시 양이 대단히 오만하다는 이야기를 들었다. 하지만 몇 분간 살펴본 바로는 그녀가 대단히 수줍어 한다는 것을 확신할 수 있었고, 그녀에게서 단음절보다 긴 단어 한마디를 듣기도 어렵다는 걸 알게 되었다.

다아시 양은 키가 크고, 체격도 엘리자베스보다 컸다. 그리고 16세를 조금 넘었을 뿐이지만, 이미 여성다운 아름다운 자태가 돋보이고, 외모는 우아했다. 오빠만큼 잘 생기진 않았지만, 얼굴에서는 분별력과 훌륭한 성품을 엿볼 수 있었다. 태도는 나무랄 데 없이 겸손하고 친절했다. 다아시 씨가 언제나 그런 것처럼, 여동생도 날카롭고 당찬 관찰자이리라고 예상한 엘리자베스는 그녀가 오빠와는 대단히 다른 감정을 지닌 것을 알고 마음이 놓였다.

만난 지 얼마 되지 않았을 때, 다아시 씨는 빙리도 그녀를 만나러 오고 있다고 말했다. 미처 엘리자베스가 즐거움을 표현하고 빙리를 맞이할 준비를 할 겨를도 없이 층계를 오르는 빙리 씨의 빠른 발소리가 들리고, 곧 그가 방으로 들어섰다. 그녀가 그에게 품었던 온갖 분노는 사라진지 오래되었지만, 그녀 마음에 여전히 화가 조금 덜 풀렸더라도, 다시 만난 그녀에게 그가 조금도 꾸밈없이 상냥하게 이야기했기 때문에 그것은 눈 녹듯 사라졌을 것이다. 일상적인 예의이지만 그는 다정하게 그녀의 가족 안부를 묻고, 늘 그렇듯 즐거운 기분으로, 즐거운 표정으로 대화했다.

가디너 부부는 엘리자베스 못지않게 빙리 씨에게 관심이 있었다. 그들은 오랫동안 그를 보고 싶어 했다. 그들 부부는 앞에 있는 일행 모두에게 열심히 주의를 기울였다. 다아시 씨와 엘리자베스 사이에 대해 방금 의심이 일기 시작해서, 두 사람을 각각 살펴보며 진지하게, 그러나 조심스럽게 질문했다. 그리고 그들은 질문해서 얻은 답에서 곧 적어도 두 사람 중 한 사람은 사랑한다는 것이 무엇인지 알고 있다는 것을 확실히 알게 되었다. 엘리자베스의 감정에 대해서는 약간 의심이 들었지만, 다아시 씨가 엘리자베스를 대단히 사랑한다는 것은 매우 분명했다.

엘리자베스 편에서는 할 일이 매우 많았다. 그녀는 방문객 한 사람 한 사람의 감정을 헤아리고 싶었다. 자신의 감정을 가라앉히고 싶고, 다른 사람들 모두를 상냥하게 대하고 싶었다. 그런데 그 일을 잘 해낼 수 없을 것 같아 매우 걱정했지만, 아주 훌륭하게 해낼 수 있을 거라고 믿었다. 자신이 상냥하게 대하려고 애쓰는 대상들이 이미 자신에게 좋은 감정을 가진 사람들이었기 때문이다. 빙리는 즐길 태세이고, 조지애나는 즐겁기를 간절히 바라고 있고, 다아시는 즐거워하기로 작정하고 있었다.

빙리를 만난 엘리자베스는 자연히 언니 생각을 하게 되었다. 그리고 아! 자신처럼 빙리 역시 조금이라도 제인을 생각하고 있는지를 얼마나 애타게 알고 싶었던가. 그녀는 때때로 그가 전보다 말수가 적어졌다고 생각했다. 그리고 한두 번은 그가 자신을 바라보면서 자신에게서 제인과 비슷한 점을 찾아보려 했다는 생각을 하고 기분이 좋았다. 이 생각이 상상에 지나지 않을 수도 있지만, 빙리의 자매가 제인과 연적이라고 주장하는 다아시 양을 대하는 그의 태도를 오해할 수는 없었다. 두 사람이 서로에게 각별한 관심을 가졌음을 보여주는 표정을 전혀 찾아볼 수 없었기 때문이다. 두 사람 사이에는 빙리 양의 희망을 뒷받침할 수 있는 어떤 일도 일어나지 않았다. 이 점에 대해서 그녀는 곧 안심했다. 그들이 헤어지기 전에 두세 번의 사소한 사건이 있었다. 엘리자베스는 그 사건들이 그가 사랑하는 마음으로 제인을 회상하며, 그에게 용기가 있었다면, 좀 더 많은 대화를 해서 자연히 제인에 관한 이야기로 이어지게 하고 싶은 마음을 나타내는 것이라고 해석하고 싶었다. 다른 사람들이 이야기하고 있을 때, 그는 진정으로 유감스러워 하는 어조로 엘리자베스에게 "참 오랫동안 언니를 만나는 즐거움을 누리지 못했군요."라고 말했다. 그리고 그녀가 미처 대답도 하기 전에 그는 이렇게 덧붙였다. "8개월도 더 지났어요. 우리가 네더필드에서 모두 함께 춤을 추었던 11월 26일 이후로 만나지 못했어요."

엘리자베스는 빙리가 그렇게 정확하게 날짜를 기억하는 것을 보고 기뻤다. 그는 후에 다른 사람들이 없을 때를 틈타 그녀에게 자매들이 모두 롱본에 있느냐고 물었다. 그 질문이나 앞서 한 말이 대단한 것은 아니었지만, 그의 표정과 태도는 그 말에 의미를 부여하고 있었다.

엘리자베스는 다아시 씨 쪽으로 시선을 자주 돌릴 수 없었지만, 힐끗 볼 때마다 그는 대체적으로 기분 좋은 표정을 하고 있었다. 그리고 그녀에게 들려오는 그의 대화의 어투에서 그가 함께 있는 사람들을 경멸하거나 오만하게 대한다는 느낌은 전혀 찾을 수 없었다. 그렇기 때문에 엘리자베스는 어제 목격했던 그의 깍듯한 태도가 아무리 일시적이었다 해도, 적어도 하루 이상

유지되었다는 것을 확신하게 되었다. 몇 달 전만 하더라도 교제하기를 매우 수치스럽게 여겼던 사람들과 이처럼 교제를 트고, 그들을 기쁘게 하려는 다아시 씨를 바라볼 때—그가 그녀에게만 그런 것이 아니라 그 자신이 공공연하게 경멸했던 바로 그 친척들에게도 이처럼 상냥한 것을 볼 때, 그리고 그와 자신이 지난 번 헌즈퍼드 목사관에서 가졌던 격렬한 장면을 회상할 때—그 차이, 그 변화가 얼마나 엄청난지 그리고 얼마나 강렬하게 그녀의 마음을 감동시키는지, 엘리자베스의 얼굴에는 그 놀라움이 고스란히 드러났다. 네더필드에서 그의 다정한 친구들과 함께 있을 때나, 로징스에서 그의 품위 있는 친척들과 함께 있을 때조차, 그가 지금처럼 그렇게 사람들의 마음에 들려고 하고, 조금도 거만하지 않고 조금도 완고하게 침묵하지 않는 것을 결코 본 적이 없었다. 그가 이처럼 노력하는 것이 성공한다 해도 중요한 결과를 얻을 것도 아니었다. 그리고 그가 지금 대화하고 있는 사람들과 교제한다는 것조차 네더필드와 로징스에 있는 숙녀들에게서는 비난받고 조롱이나 받을 일이었는데도 말이다.

다아시 씨와 여동생은 30분 이상 머물렀다. 그들이 떠나려고 일어섰을 때 다아시 씨는 가디너 부부와 베넷 양이 그 지역을 떠나기 전에 펨벌리의 정찬에 그들을 초대하자고 동생에게 요청했다. 다아시 양은 초대하는 것에 별로 익숙하지 않아서 약간 망설였지만 오빠에게 기꺼이 순종했다. 가디너 부인은 그 초대의 가장 큰 관심 대상인 **엘리자베스**가 그것을 어떻게 받아들이나 알고 싶어서 그녀를 주시했다. 하지만 엘리자베스는 고개를 돌렸다. 그녀는 엘리자베스가 이처럼 고의적으로 피하는 것은 그 제안을 싫어해서라기보다 순간적으로 당황했음을 나타내는 것이라고 이해한데다 교제하기 좋아하는 남편이 아주 기쁘게 초대를 받아들이고 싶어 하는 것을 보고서 과감히 초대에 응하겠다고 약속했다. 초대 날짜는 이틀 후로 결정되었다.

빙리는 아직도 엘리자베스에게 할 말이 많고, 하트퍼드셔에 있는 친구들 모두의 안부를 묻고 싶기 때문에, 엘리자베스를 확실히 다시 만날 수 있게 되어서 매우 기쁘다고 말했다. 이 모든 것이 자신에게서 제인에 대한 이야기를 듣고 싶어 하는 소망 때문이라고 추측하니 엘리자베스는 기분이 좋았다. 방문객들이 떠났을 때 그녀는 이런 이유뿐 아니라 또 다른 이유에서도 지나간 30분을 만족스럽게 되돌아보았다. 그 시간이 흐르는 동안엔 별로 즐기지 못했지만 말이다. 혼자 있고 싶은 마음이 간절하고, 외숙모와 외삼촌의 질문이나 조언을 들을 것이 두려운 엘리자베스는 빙리에게 호감이 간다는 그들의 견해를 듣는 때까지만 함께 있다가 옷을 갈아입기 위해 곧 그 자리를 떠났다.

하지만 그녀는 가디너 부부의 호기심을 두려워 할 이유가 전혀 없었다. 그들은 그녀에게 이야기하라고 강요할 생각이 전혀 없었기 때문이다. 전에 그들이 생각했던 것보다 엘리자베스와 다아시 씨가 훨씬 더 서로 잘 아는 사이라는 것이 확실했고, 그가 그녀를 대단히 사랑한다는 것이 분명했다. 호기심이 일어나는 것을 많이 보았지만, 질문할 구실이 전혀 없었다.

다아시 씨를 만나 본 그들은 이제 다아시 씨에게서 전혀 아무런 결점도 발견할 수 없었고, 그를 좋게 생각하고 싶은 열망

뿐이었다. 그들은 그의 공손함에 감동하지 않을 수 없었다. 다른 이야기들을 전혀 참고하지 않고, 자신들의 느낌과 하녀장이 이야기한 것으로만 그의 인품을 묘사한다면 그를 아는 하트펴드셔의 사람들은 그것이 다아시 씨인 줄 알아보지 못할 것이다. 그러나 이제 하녀장을 신뢰할 수 있는가가 관심사였다. 그런데 4살 때부터 다아시 씨를 알아 왔고, 존경받을 만하게 행동하는 하녀장의 권위를 성급하게 무시할 필요가 없다는 것을 그들은 곧 깨닫게 되었다. 램턴에 사는 친구들이 그들에게 준 정보에서도 하녀장의 권위를 현저하게 손상시킬 만한 것은 없었다. 그들은 그가 오만하다는 것밖에는 비난할 것이 없었다. 그는 오만할 수 있었다. 그리고 그가 실제로 오만하지 않다면, 오만하다는 평은 분명히 그의 가족이 방문하지 않는 작은 시장 마을 주민들이 그를 헐뜯는 탓이라고 할 수도 있을 것이다. 하지만 사람들은 그가 관대한 사람이며 가난한 사람들을 위해서 좋은 일을 많이 한다고 인정하고 있었다.

여행객들은 위컴이 그곳에서 별로 존경받지 못한다는 것을 곧 알게 되었다. 사람들은 그와 그의 후견인 아들 사이에 무슨 중요한 용건이 있었는지는 다 알지 못하지만, 더비셔를 떠날 때 위컴이 많은 빚을 남겼으며, 후에 다아시 씨가 그것을 갚아 주었다는 것은 아주 잘 알려진 사실이었기 때문이다.

엘리자베스는 그날 저녁에 그 전날보다 더욱더 펨벌리 생각에 잠겨 있었다. 흘러가는 저녁 시간이 매우 길게 느껴지지만, 그 긴 시간도 그 저택에 있는 한 사람에 대한 자신의 감정을 결정할 수 있을 정도로 길지는 않았다. 자신의 감정을 이해하려고 애쓰며, 그녀는 두 시간을 송두리째 잠들지 못하고 깨어 있었다. 그녀는 분명히 그를 미워하지 않았다. 아니었다. 미워하는 마음은 오래전에 사라졌고, 자신이 그를 싫어했던 것, 그렇다고 들어내 놓고 큰소리 쳤던 것을 부끄럽게 생각한 지도 꽤 오래 되었다. 처음에는 그의 성품이 고결하다는 것을 마지못해 인정 했지만, 이제는 그것을 확신하게 되어서 그를 존경하게 되었고, 그것이 그녀의 감정을 거스르지 않은 지도 오래되었다. 그를 대단히 높이 평가하는 증언, 그리고 어제 일어난 일에서 그가 대단히 상냥한 성품을 지녔다는 것을 알았기 때문에 그녀는 이제 그에게 좀 더 우호적인 감정을 지니게 되었다. 그러나 무엇보다도 그녀의 마음에는 존경심과 호평 이상으로 간과할 수 없는 한 가지 동기가 있었다. 그것은 감사함이었다. 단순히 한때 자신을 사랑했다는 것에 대한 감사가 아니라 그를 거절하면서 자신이 보였던 모든 불쾌하고 신랄한 태도, 그리고 그의 청혼을 거절하면서 부당하게 그를 비난한 것 모두를 용서할 정도로 여전히 자신을 사랑하는 데 대한 감사였다. 그는 엘리자베스를 최대의 원수로 생각하고 피하고 싶어 해야 할 사람이었다. 그런 사람이 이 우연히 만난 자리에서 자신과 계속 교제하기를 간절히 바라는 것 같고, 오로지 그와 그녀 두 사람만이 관여되어 있는 문제에 대해 무례하게 호감을 나타내거나 특이한 태도를 보이지 않으면서, 자신의 친척들에게서 좋은 평가를 받으려 하고, 그리고 그의 여동생에게 열심히 자기 엘리자베스를 알리려 한다는 것을 그녀는 믿게 되었다. 그다지도 자부심이 강한 사람이 그토록 변한 것은 놀랄 만한 일이기도 하려니와 감사한 마음이 솟구쳤다. 이 모든 것이 틀림없이 사랑, 열렬한 사랑 탓일 것이다. 그리고 그렇기 때문에 그것에서 그녀가 받은 감명은 비록 정확히 무어라고 딱 집어 말할 수는 없지만, 전혀 불쾌하지 않고, 부추겨야 할 성질의 것이었다. 그녀는 그를 존경하고, 존중하며 그에게 감사했다. 그녀는 자신이 진정으로 그의 행복에 관심이 있음을 느꼈다. 그리고 그의 행복을 좌우할 수 있기를 자신이 얼마나 바라는지, 그리고 그가 다시 구혼을 시작하게 할 힘이 여전히 자신에게 있다고 생각하지만, 두 사람 모두의 행복을 위해서 어느 정도까지 그 힘을 사용해야 하는지 알고 싶을 뿐이었다.

그날 저녁 엘리자베스와 가디너 부인은 다아시 양이 겨우 늦은 조반을 들 정도의 시간에 펨벌리에 도착했음에도 불구하고 도착한 바로 그날 대단히 정중하게 자신들을 방문했으니, 비록 똑같이 하지는 못해도, 자신들 편에서도 예의바르게 반드시 답례해야 한다고, 그러니 다음날 아침 펨벌리로 그녀를 방문하러 가는 것이 상책이라고 결정했다. 그러므로 그들은 펨벌리를 방문하기로 했다. 엘리자베스는 기뻤다. 그녀는 스스로에게 왜 기쁘냐고 물었지만, 대답할 말이 별로 없었다.

가디너 씨는 아침 식사 후 곧 혼자서 출발했다. 전날 낚시 계획이 새롭게 잡혀서 펨벌리에 머무는 몇몇 신사들을 정오에 만나기로 했기 때문이다.

3

엘리자베스는 이제 빙리 양이 자신을 싫어하는 것이 질투 때문이라는 것을 확신하기 때문에, 자신이 펨벌리에 나타나는 것이 그녀에게 얼마나 달갑지 않을까를 생각하지 않을 수 없고, 교제가 다시 시작되면 그녀가 자신을 얼마나 예의바르게 대할지가 몹시 궁금했다.

저택에 도착했을 때 그들은 홀을 지나 응접실로 안내되었다. 그 방은 북향이어서 여름에는 매우 쾌적했다. 정원으로 난 창을 통해서 집 뒤쪽의 숲이 우거진 높은 언덕과, 집과 숲 사이에 있는 잔디 깔린 정원 여기 저기 흩어져 서 있는 아름다운 스페인 밤나무와 참나무가 어우러진 대단히 상쾌한 경치를 볼 수 있었다.

다아시 양은 이 방에서 그들을 영접했다. 런던에서 같이 지내는 숙녀, 허스트 부인, 빙리 양과 함께 그 방에 앉아 있던 조지애나가 예의를 다해 그들을 맞았지만, 수줍어하고, 실수할까 두려워 매우 당황해하고 있었다. 그녀보다 지위가 낮은 사람들은 그런 그녀의 태도를 보고 그녀가 오만하고 내성적이라는 인상을 받기 쉬웠을 것이다. 하지만 그녀를 공정하게 판단한 가디너 부인과 엘리자베스는 조지애나가 안쓰럽기만 했다.

허스트 부인과 빙리 양은 그저 무릎을 살짝 굽히는 인사로 그들을 아는 척했다. 그들이 자리에 앉자, 그런 경우에 늘 그런 것처럼 잠시 어색하게 느껴지는 침묵이 흘렀다. 처음으로 침묵을 깨트린 사람은 점잖고 상냥해 보이는 앤즐리 여사였다. 대화를 이끌어 내려고 노력하는 그녀는 진정 허스트 부인이나 빙리 양보다 더 교양이 있는 사람임을 알 수 있었다. 가디너 부인은 때때로 엘리자베스의 도움을 받아 그녀와 대화를 계속했다. 다아시 양은 마치 자신이 그 대화에 참여할 만큼 용기가 있었으면 하는 것 같은 표정이었다. 그래서 때때로 다른 사람들이 들을 염려가 없다고 생각할 때 용기를 내어 짤막하게 말했다.

엘리자베스는 곧 빙리 양이 자신을 면밀히 주시하고 있으며, 특히 다아시 양에게 하는 말은 한마디도 놓치지 않으려고 귀를 쫑긋 세우고 있다는 것을 알게 되었다. 대화를 나누기에 불편할 정도로 멀리 떨어져 앉지 않았더라면, 빙리 양이 이처럼 감시한다 해도 엘리자베스는 다아시 양에게 말을 건넸을 것이다. 하지만 엘리자베스는 말을 많이 할 필요가 없는 것이 유감스럽지 않았다. 그녀는 자신만의 생각에 잠겨 있었고, 어느 때고 불쑥 신사들이 방으로 들어올 것이라 예상했다. 그녀는 집 주인 다아시 씨가 그들과 함께 오기를 바라기도 하고, 두려워하기도 했다. 그리고 자신이 어느 쪽을 더 원하는지 분명하지 않았다. 이런 식으로 빙리 양의 목소리를 전혀 듣지 못한 채 15분이나 앉아 있던 엘리자베스는 빙리 양이 차가운 목소리로 가족의 안부를 묻는 소리에 정신이 번쩍 들었다. 그녀도 똑같이 짧게 무심하게 대답했고, 빙리 양은 더 이상 말이 없었다.

그들의 방문에서 일어난 다음 변화는 하인들이 차가운 고기와 케이크, 그리고 가장 좋은 온갖 다양한 제철 과일을 가지고 들어선 것이었다. 하지만 이것은 앤즐리 여사가 다아시 양에게 여주인으로서의 임무를 일깨우기 위해서 그녀에게 여러 번 의미심장한 표정을 보이고 미소를 지은 후에야 일어난 일이었다. 이제 모든 사람들에게 할 일이 생겼다. 그들 모두 대화는 할 수 없다 해도 먹을 수는 있었기 때문이다. 그래서 곧 포도와 천도복숭아와 복숭아가 아름답게 뾰족탑 모양으로 쌓여 있는 테이블 주위로 사람들이 모여들었다.

다아시 씨가 그 방에 들어섰을 때, 엘리자베스는 음식을 먹으며 자신이 다아시 씨가 나타나는 것을 몹시 두려워하는 마음인지, 아니면 원하는 마음인지를 판단할 좋은 기회를 가지게 되었다. 비록 한 순간 전에는 그가 나타나기를 바라는 감정이 압도적이라고 믿었지만, 그녀는 그가 오지 않았으면 좋았을 것이라고 생각하기 시작했다.

다아시 씨는 펨벌리 저택에서 온 두세 사람의 신사들과 강가에서 바쁘게 낚시하는 가디너 씨와 한 동안 함께 있었다. 그런데 가디너 부인과 엘리자베스가 그날 아침 조지애나를 방문할 생각이라는 것을 알게 되자 그는 곧 그들을 떠났다. 다아시 씨가 나타나자 엘리자베스는 슬기롭게도 당황하지 않고 편안히 있기로 결심했다. 그러나 그런 결심을 해야 할 필요가 절실할수록, 그것을 지키기란 쉬운 일이 아니었다. 다아시 씨가 방에 처음 들어서자 일행 전체가 그와 자신의 사이를 의심하는 눈치이고, 거의 모든 시선이 다아시 씨의 행동을 주시하는 것을 보았기 때문이다. 빙리 양은 관심 대상인 다아시 씨에게 말할 때마다 얼굴에 활짝 미소 짓지만, 그녀만큼 얼굴에 주의 깊은 호기심을 뚜렷하게 내보이는 사람은 하나도 없었다. 아직은 질투로 절박한 건 아니지만, 다아시 씨에 대한 관심이 사라진 것은 전혀 아니었기 때문이다. 다아시 양은 오빠가 들어서자 말을 좀 더 많이 하려고 했고, 엘리자베스는 다아시 씨가 자신과 여동생이 서로를 더 잘 알게 되기를 간절히 바라며, 될 수 있으면 자신과 여동생이 대화할 수 있도록 온갖 노력을 기울이는 것을 눈치챘다. 빙리 양 역시 이 모든 것을 보았다. 화가 치밀어서 판단력이 흐려진 그녀는 말할 기회가 오자 대뜸 냉소적인 태도로 정중하게 말했다.

"일라이저 양, ○○셔 민병대가 메리턴에서 철수하지 않았나요? 당신 가족들은 틀림없이 대단히 허탈해 하겠군요."

빙리 양은 다아시 씨의 면전에서 감히 위컴의 이름을 꺼내지 못하지만, 엘리자베스는 즉각적으로 빙리 양 머리에 그의 이름이 맨 먼저 떠올랐음을 파악했다. 위컴과 관련된 여러 가지 회상이 한순간 엘리자베스를 괴롭혔다. 하지만 심술궂은 공격을 물리치려고 무척이나 애쓰면서 그녀는 곧 아주 태연한 어조로 빙리 양 질문에 대답했다. 대답하면서 그녀는 무의식적으로 다아시 씨를 흘끗 바라보았다. 그는 얼굴을 붉히며 진지한 시선으로 엘리자베스를 바라보고 있었고, 그의 여동생은 너무나 당황해서 눈을 들지도 못했다. 사랑하는 친구에게 얼마나 큰 고통을 주었나를 빙리 양이 알았다면, 의심할 여지없이 그런 암시를 삼갔을 것이다. 하지만 그녀 생각은 엘리자베스가 몹시 좋아한다고 믿는 남자를 연상하게 해서 그녀를 불안하게 만들고, 불안해진 그녀가 민감한 반응을 보이는 모습이 다아시 씨에게 좋지 않게 비치도록 하는 것, 그리고 매우 어리석고 바보 같은 행동을 하는 엘리자베스의 가족 일부가 그 부대와 연결되어 있다는 것을 다아시 씨에게 상기시키려 하는 것뿐이었다. 다아시 양과 위컴이 눈이 맞아 도망가기로 계획했었던 것을 그녀는 전혀 모르고 있었다. 그런 사실은 비밀이 보장될 수 있는 곳에서조차 아무에게도 누설되지 않았다. 엘리자베스만이 예외였다. 다아시 씨는 특히 빙리의 친척들 모두가 그 사실을 모르기를 간절히 바랐다. 엘리자베스가 오랫동안 다아시 씨의 소망이라고 추측했던 것처럼 빙리의 친척들이 장차 그의 여동생의 친척이 되었으면 하는 것이 다아시 씨의 소망이었기 때문이었다. 다아시 씨는 분명히 그런 계획을 가졌지만, 그 계획 때문에 빙리를 제인에게서 멀어지게 하려고 노력한 것은 아니었다. 아마도 그것이 그가 빙리의 행복에 지대한 관심을 가지게 하는 데는 보탬이 되었을 것이지만 말이다.

그러나 엘리자베스의 침착한 행동이 곧 다아시 씨의 감정을 가라앉혀 주었고, 빙리 양은 짜증이 나고 실망했지만 감히 위컴의 이름을 꺼낼 생각을 하지 못했기 때문에 시간이 흐르면서 조지애나도 냉정을 되찾았다. 하지만 말을 더 할 수 있을 정도는 아니었다. 그녀는 오빠와 시선이 마주칠까 두려워했지만, 다아시 씨는 동생이 그 일에 관련되어 있다는 것을 거의 생각하지 못하고 있었다. 그래서 빙리 양의 속셈은 다아시 씨의 생각을 엘리자베스에게서 돌리려는 것이었지만, 오히려 그가 더욱더 즐겁게 그녀 생각에 집중할 수 있는 상황을 마련한 셈이 되었다.

위에 언급한 질문과 대답이 오간 후 가디너 부인과 엘리자베스는 별로 더 오래 머물지 않았다. 다아시 씨가 그들을 마차까지 배웅하는 동안 빙리 양은 엘리자베스의 인격, 행동과 옷차림에 대해 비난을 쏟아 내며 자신의 감정을 털어놓았다. 하지만 조지애나는 그녀에게 맞장구를 치지 않았다. 오빠가 추천했다는 것만으로도 엘리자베스에게 호감을 갖기에 충분했다. 그가 잘못 판단할 리 없기 때문이었다. 오빠에게서 들은 엘리자베스에 관한 말들은 조지애나로 하여금 엘리자베스의 사랑스럽고 상냥한 면만 보게 해주었다. 다아시가 거실로 돌아왔을 때 빙리 양은 자신의 언니에게 이미 한 이야기 일부를 되풀이하지 않을 수 없었다.

"다아시 씨, 오늘 아침 일라이저 양은 참 불쾌해 보였어요," 그녀가 외쳤다. "지난겨울 이래로 그녀만큼 많이 변한 사람을 보지 못했어요. 피부는 얼마나 갈색으로 타고 거칠어졌는지![44] 나와 루이자는 다시는 그녀와 가깝게 지내지 말아야 한다는 점에 의견이 일치했어요."

다아시 씨는 그런 말이 별로 듣기에 좋지 않지만, 그녀의 피부가 약간 햇볕에 그을린 것 이외에는 다른 변화는 전혀 볼 수 없다고—그건 여름에 여행해서 생기는 것으로 전혀 놀랄 만한 일은 아니라고—냉정하게 대답하며 그 말을 받아 넘기는 것으로 만족해야 했다.

"저로서는," 빙리 양이 다시 말했다. "그녀에게서 도무지 아

---

44 그 당시 여성의 피부는 창백한 것이 유행이었기 때문에 엘리자베스의 안색이 갈색으로 그을었다는 것은 그녀가 유행에서 자유롭고 밖에 나다니기를 즐긴다는 것을 의미한다.

름다운 점을 발견할 수 없다는 걸 반드시 실토해야겠어요. 얼굴
은 비쩍 마른데다 윤기가 없고, 이목구비는 전혀 아름답지 않아
요. 코에는 전혀 개성이 없고, 콧날도 두드러지지 않아요. 치아
는 괜찮지만 그저 평범한 정도예요. 간혹 그녀 눈을 대단히 아
름답다고들 하는데, 저로서는 그 눈에서 무슨 대단히 뛰어나게
아름다운 점을 찾을 수 없어요. 눈은 날카롭고 영악해 보이는데
그게 도무지 싫어요. 그녀의 태도에는 고상한 데라곤 조금도 없
고 자만심으로 꽉 차 있을 뿐이죠. 도저히 봐줄 수 없어요."

　다아시 씨가 엘리자베스를 찬양한다고 생각하는 빙리 양으
로서는 이런 말이 자신을 치켜세우는 최상의 방법은 아니었다.
하지만 화 난 사람들은 언제나 지혜롭지 못한 법이다. 마침내
다아시 씨가 약간 화난 것처럼 보이자 그녀는 기대했던 대로 완
전한 성공을 거두었다고 생각했다. 하지만 그가 작심한 듯 침묵
하자, 그를 대화에 끌어들이려고 마음먹은 그녀는 계속해서 말
을 이었다.

　"하트퍼드셔에서 우리가 엘리자베스를 처음 알게 되었을 때
그녀가 명성이 자자한 미인이라는 말을 듣고 대단히 놀랐던 게
기억나는군요. 그리고 특히 어느 날 저녁 그들이 네더필드에서
정찬을 한 후에 당신이 '엘리자베스가 미녀라고!―나는 곧 그녀
의 어머니를 재치 있는 사람이라고 해야겠네.'라고 말하던 것이
생각나요. 하지만 후에 당신 눈에 그녀가 점점 더 좋아 보이는 것
같아요. 한때는 그녀가 약간 예쁘다고 생각하셨다고 믿어요."

　"예. 그랬지요. 더 이상 자제할 수 없어서 다아시 씨가 대답했
다. "하지만 그건 그녀를 처음 보았을 때뿐입니다. 내가 아는 여

성들 중에서 가장 잘 생긴 여성 중 한 사람이라고 생각한 지 수
개월이 흘렀어요."

그러고 나서 그는 가 버렸다. 빙리 양이 그가 억지로 말하게
해서 얻은 것은 자기 자신 외에는 누구에게도 고통스럽지 않은
말을 듣는 씁쓸한 만족뿐이었다.

방문에서 돌아오는 길에 가디너 부인과 엘리자베스는 그들
두 사람이 특히 관심을 가졌던 것은 쏙 빼놓고서 방문 때 일어
났던 모든 일들에 관해 이야기했다. 그들이 만난 모든 사람들의
표정과 행동에 대해 언급했지만, 그들이 가장 관심을 가지고 지
켜보았던 다아시 씨에 대해서는 한마디도 하지 않았다. 여동생,
친구들, 그의 저택, 과실들에 대해서, 이를테면 다아시 씨를 제
외한 모든 것에 대해 이야기 했다. 하지만 엘리자베스는 외숙모
가 다아시 씨를 어떻게 생각하는지가 매우 궁금했다. 가디너 부
인도 조카가 그 주제에 대해 이야기를 시작했다면 매우 반가워
했을 것이다.

4

램턴에 처음 도착했을 때 엘리자베스는 제인에게서 편지를 받
지 못해 매우 실망했다. 그리고 그곳에서 지내는 동안 아침마다
계속 또 실망하곤 했다. 셋째 날 두 통의 편지를 한꺼번에 받고

서야 그녀의 불만은 사라졌다. 편지 하나에는 어딘가 잘못된 주소로 보내졌었다는 표시가 있어서 편지를 보내지 않은 게 아니라는 언니의 변명거리가 되어 주었다. 엘리자베스는 편지가 틀린 주소로 갔던 것에 놀라지 않았다. 제인이 주소를 완전히 잘못 썼기 때문이었다.

편지가 배달되었을 때 그들은 산책 가려고 준비하고 있었다. 외삼촌 내외는 엘리자베스가 조용하게 편지를 즐기도록 남겨 놓고 그들끼리 출발했다. 잘못 갔던 편지부터 읽어야 했다. 5일 전에 쓴 것이었다. 편지의 첫 부분에는 시골 지역의 온갖 파티와 약속 등 일반적인 소식이 담겨 있지만, 몹시 동요하는 마음으로 하루 후에 쓴 편지의 후반부에는 좀 더 중요한 정보가 실려 있었다. 다음과 같은 취지였다.

사랑하는 리지야, 앞의 글을 쓴 이후로 전혀 예기치 못한 심각한 사건이 일어났단다. 하지만 네가 놀랄까 봐 걱정이다. 우리는 모두 잘 있으니 안심하렴. 내가 네게 꼭 얘기해야만 하는 건 불쌍한 리디아에 관한 거야. 지난 밤 12시에 우리 모두 막 잠자리에 들려고 할 때 속달이 배달되었어. 열어보니 포스터 대령이 리디아가 장교 한 명과 눈이 맞아 함께 스코틀랜드로 도망갔다는 걸 우리에게 알려 주는 내용이었어. 사실은 함께 도망친 장교가 위컴이라는 거야! 우리가 얼마나 놀랐을지 생각해 봐. 하지만 키티는 그것을 전적으로 예상하지 못했던 건 아니었나 봐. 나는 정말 매우 슬퍼. 두 사람 모두 어떻게 그런 경솔한 결혼을 한단 말이니! 하지만 나는 기꺼이 좋은 일이기를, 그리고 우리가 그의 인품을 오해하는 것이었으면 해. 적어도 그가 신중하지 못하고 경솔하게 행동했지만, 이런 일을 저지른 것이 그가 바탕이 아예 나쁜 사람이라는 걸 의미한다고 생각하지 않아 (우리 그것을 기뻐하자). 그는 틀림없이 아버지께서 리디아에게 줄 재산이 하나도 없다는 걸 알 테니까, 적어도 그가 사심 없이 리디아를 선택했다고 생각해. 불쌍한 어머니는 딱할 정도로 비탄에 잠기셨어. 아버지께서는 어머니보다 좀 더 잘 견디셔. 우리가 위컴의 나쁜 점을 부모님께 알리지 않았던 것이 얼마나 감사한지 몰라. 우리도 그 걸 잊어버려야만 해. 추측하기로는 리디아와 위컴은 토요일 밤 자정 무렵에 떠났어. 하지만 포스터 대령은 어제 아침 8시가 되어서야 그들이 떠나간 걸 알았고, 즉시 우리에게 급신을 보낸 거야. 사랑하는 리지. 그들은 틀림없이 우리 있는 곳에서 16킬로 이내를 지나갔을 거야. 포스터 대령 자신이 즉시 롱본으로 와야만 할 이유가 있다고 해서 그를 기다리고 있어. 리디아가 그의 부인에게 남긴 몇 줄의 글에서 그들이 어떤 생각을 하고 있는지 알게 되었단다. 불쌍한 어머니를 오래 혼자 계시게 할 수 없어서 편지를 끝내야 해. 네가 이 상황을 제대로 이해할 수 있을지 걱정된다만, 나도 내가 무얼 썼는지 잘 모르겠어.

이 편지를 다 읽은 엘리자베스는 생각할 여유도 없이, 자신의 감정이 어떤지도 거의 모르는 채 즉각 다른 편지를 움켜잡고 매우 성급히 편지를 열어서 읽어 내려갔다. 그 편지는 첫 번 편지를 마친 뒤 하루가 지난 후에 쓴 것이었다.

사랑하는 동생아, 지금쯤은 내가 황급하게 쓴 편지를 받았겠구나. 네가 이 편지를 좀 더 잘 이해할 수 있기 바란다. 시간에 구애받는 건 아니지만, 내가 지금 무얼 써야 할지 잘 모르겠어. 하지만 나쁜 소식이 있는데 그걸 미룰 수 없구나. 비록 위컴 씨와 우리 가련한 리디아의 결혼이 바람직한 건 아니지만, 우리는 지금 그 결혼이 성사되었는지 확인하고 싶어 애타한단다. 그들이 스코틀랜드[45]로 가지 않았다는 걸 걱정해야 할 이유가 아주 많기 때문이야. 그저께 브라이턴을 출발한 포스터 대령이 어제 롱본에 도착했어. 급신이 온 지 몇 시간 지나지 않아서야. 리디아가 포스터 부인에게 남긴 짧은 편지를 읽고 그들이 그레트나 그린[46]으로 가고 있다고 이해했었지만, 위컴의 친구인 데니가 위컴은 결코 그곳으로 갈 생각이 없고, 리디아와 결혼할 의사도 전혀 없다는 말을 포스터 부인에게 흘렸다는구나, 그걸 포스터 부인이 남편에게 전했대. 대령은 그 소식을 듣고 깜짝 놀라서 그들의 뒤를 따를 생각으로 즉각 브라이턴을 떠났다고 해. 그는 클래펌까지는 수월하게 그들을 추적했지만, 그 이상은 할 수 없었대. 클래펌에 도착한 그들은 엡섬에서 타고 온 마차에서 내려 전세 마차로 바꿔 탔기 때문이란다. 그 이후의 일에 대해서 우리가 아는 건 그들이 런던 방향 길로 계속 가는 걸 누군가 보았다는 것뿐이야. 어떻게 생각해야 할지 모르겠다. 포스터 대령은 런던 방면의 그 지역에서 최선을 다해 수소문을 한 후, 애를 태우며 통행료 징수소 전부, 그리고 바넷과 햇필드[47]에 있는 여관을 다시 열심히 수소문 했지만, 아무런 수확 없이 하트퍼드

---

45 스코틀랜드의 결혼에 관한 법은 결혼 당사자들이 결혼식 전에 일정 기간 어떤 교구에 거주할 것을 요구하지 않는다.

46 잉글랜드와 스코틀랜드의 국경에 가까운 스코틀랜드의 도시로 미성년자의 결혼이 허용되는 곳.

47 하트퍼드셔의 마을로 위컴과 리디아가 다음 여정의 구간을 위해 말을 바꾸려고 마차에서 내렸을 것이라고 예상할 수 있는 곳.

셔로 오셨어. 리디아와 위컴 같은 사람들이 지나가는 걸 아무도 보지 못했다는구나. 그분은 아주 친절하게도 매우 염려하며 롱본으로 오신 거란다. 그는 걱정하는 바를 우리에게 털어 놓았고, 그의 태도로 보아 그가 진심으로 도우려는 걸 알 수 있었어, 그와 그의 부인을 생각하면 참으로 마음이 아파. 하지만 아무도 그들을 비난할 수 없어. 사랑하는 리지야, 우리는 아주 고민이 많아. 부모님은 최악의 상태를 생각하셔. 하지만 나는 위컴 씨를 그렇게 나쁘게 생각할 수 없구나. 많은 상황들이 그들이 첫 번째 계획을 따르기보다 런던에서 사적으로 결혼하는 것[48]이 더 바람직하다고 생각하게 만들었겠지. 그리고 내 생각에 그럴 리는 없을 것 같은데, 그가 리디아처럼 친척이 있는 젊은 여성을 그런 계획에 끌어들였다 하더라도, 리디아가 그의 계획을 그렇게도 감쪽같이 몰랐을까? 불가능한 일이야! 그러나 슬프게도 포스터 대령은 그들이 결혼했다고 믿을 수 없다는 거야. 내가 희망 사항을 이야기 했을 때 그는 머리를 가로저었어. 그리고 위컴은 믿을 사람이 못된다고 걱정했어. 가엾은 우리 어머니는 많이 편찮으셔서 방에만 계셔. 어머니께서 노력하신다면 상황이 좀 나아질 테지만, 나아지리라고 기대할 수 없어. 그리고 지금까지 아버지께서 그토록 슬퍼하시는 걸 본 적이 없어. 가련한 키티는 위컴과 리디아가 서로 사랑하는 사이임을 숨긴 것 때문에 시달리고 있단다. 하지만 그건 그들 사이의 신뢰의 문제이기 때문에 우리는 이상하게 생각할 수 없어. 사랑하는 리지, 나는 네가 이런 마음 아픈 장면들을 보지 않아도 되는 것이 정말 기쁘다.

---

48 1753년의 결혼법은 은밀한 결혼을 방지하기 위해 교회에서 결혼 공포를 하고 결혼하도록 정하고 있지만 주교에게서 허가증을 교부받을 수 있으면 사적인 결혼이 이루어질 수 있었다.

하지만 이제 첫 번째 충격이 지나갔으니 네가 돌아오기를 학수고대한다고 고백해도 괜찮을까? 하지만 아무리 내가 불편하더라도 네게 집으로 돌아오라고 조를 만큼 이기적은 아니야. 안녕! 내가 방금 부탁하지 않겠다고 한 것을 부탁하려고 다시 펜을 잡는다. 그러나 상황이 이렇기 때문에 될 수 있는 대로 빨리 너와 외숙모, 외삼촌께 모두 여기로 오시라고 진심으로 간청하지 않을 수 없단다. 외삼촌께 아직도 더 여쭈어 볼 것이 있지만, 외숙모와 외삼촌을 너무나 잘 알기 때문에 거리낌 없이 오시라고 요청하는 거야. 아버지께서는 리디아를 찾기 위해서 곧 포스터 대령과 함께 런던으로 가실 거야. 아버지께서 무슨 일을 하시려는지 분명히 알지 못 하지만, 엄청나게 고민하시기 때문에 가장 안전한 최선의 방법으로 어떤 조처를 취하시기는 어려울 것 같아. 그리고 포스터 대령은 내일 저녁 다시 브라이턴으로 가야만 할 거야. 이런 위급 상황에 처한 우리에게 가장 중요한 것은 외삼촌의 충고와 도움이란다. 외삼촌께서는 곧 내 생각을 이해하실 거야. 나는 친절하신 그분께 의지한단다."

"아, 외삼촌은 어디, 도대체 어디에 계실까?" 편지를 다 읽은 엘리자베스는 귀중한 시간을 일초라도 낭비하지 않고 외삼촌을 뒤따르기 위해서 자리에서 쏜살같이 일어나며 외쳤다. 그러나 문에 이르렀을 때, 하인이 문을 열었고, 다아시 씨가 나타났다. 그녀의 창백한 얼굴과 성급한 태도를 보고 다아시 씨는 움찔했다. 그가 정신을 차리고, 말하기 전에, 리디아 일 생각으로 가득 차 있는 엘리자베스는 "죄송합니다. 하지만 저는 지금 외출해야 해요. 지체할 수 없는 일로 지금 곧바로 외삼촌을 찾아야만 해서요. 한순간도 낭비할 수 없답니다."

"세상에! 무슨 일인가요?" 그는 예의를 차리기보다 감정에 치우쳐 외쳤다. 그런 다음 정신을 차리고 말했다. "한순간도 당신을 붙잡아 두지 않겠어요. 그러나 나나 하인에게 가디너 부부를 찾도록 맡기세요. 당신은 건강이 썩 좋지 않아요. 당신이 직접 그들을 찾으러 갈 수 없어요."

엘리자베스는 망설였다. 하지만 무릎이 덜덜 떨리고, 자신이 그들을 찾아 나서 보았자 별로 목적을 잘 이룰 것 같지 않다고 생각했기 때문에 하인을 불러서 주인 부부를 즉시 집으로 모셔 오도록 일렀다. 하지만 그녀가 얼마나 헐떡이며 말했는지 하인은 그녀의 말을 거의 알아들을 수 없을 지경이었다.

하인이 방을 떠나자 엘리자베스는 더 이상 서 있을 수 없어서 자리에 앉았다. 대단히 비참할 정도로 불편해 보여서 도저히 그녀를 그냥 두고 떠날 수 없었던 다아시 씨는 온화하고 안쓰러운 어조로 다음과 같이 말하지 않을 수 없었다. "하녀를 부르겠어요. 당신의 고통을 즉시 완화해 줄 약이 전혀 없을까요? —한 잔의 와인이라도 도움이 될 텐데. —내가 와인을 한잔 가져올까요? —당신은 매우 아파요."

"아니요, 감사합니다," 엘리자베스가 정신을 차리려고 애쓰면서 대답했다. "저는 아무렇지 않아요. 정말 괜찮아요. 단지 롱본에서 방금 끔찍한 소식을 들었기 때문에 걱정하는 것뿐이에요."

그 말을 하면서 그녀는 왈칵 울음을 터뜨렸다. 그리고 몇 분 동안 한마디도 더 할 수 없었다. 비참할 정도로 걱정하는 다아시 씨는 무슨 말인지 분명하진 않지만, 걱정스럽다는 말을 중얼거릴 뿐, 그녀를 동정하며 말없이 지켜보고 있었다. 드디어 엘리자베스가 다시 말하기 시작했다. "저는 방금 매우 끔찍한 소식을 알리는 편지를 언니에게서 받았어요. 그건 아무에게서도 숨길 수 없어요. 제 여동생이 모든 친구들을 떠났어요.—눈이 맞아 가출 했어요. 자신을 위컴 씨의 손아귀 안에 던져 버렸어요. 그 두 사람이 함께 브라이턴에서 도망쳤어요. 당신은 그를 너무 잘 아시니까 나머지 일에 대해서 의심의 여지가 없으시겠지요. 그 애에겐 그가 탐낼 만한 친척도 없고, 재산도 전혀 없어요.—동생은 영원히 구제받을 길이 없게 된 거예요."

다아시는 깜짝 놀라 그 자리에 못 박힌 듯이 서 있었다. 엘리자베스는 더욱더 들뜬 목소리로 덧붙였다. "곰곰이 생각해 보면, 제가 그 일이 일어나지 않도록 막을 수도 있었어요! 그 사람이 어떤 사람인지 저는 알고 있었으니까요. 아는 것의 일부만 이야기했더라면—제가 아는 것의 조금만 가족들에게 일러주었더라면! 그가 어떤 사람인지를 사람들에게 알렸더라면, 이런 일은 일어나지 않았을 거예요. 그러나 이제 그 모든 것이 너무나, 너무나 늦었어요."

"정말 슬픕니다." 다아시가 외쳤다. "슬프고—충격적이에요. 그러나 그게 확실한 가요—정말 확실한가요?"

"예 그래요! 위컴과 리디아가 일요일 밤에 브라이턴을 떠났어요. 그리고 거의 런던까지 간 것은 추적이 되지만, 그 이상은 어디로 갔는지 알 수 없대요. 그들은 분명히 스코틀랜드로 가지 않았어요."

"그런데 동생을 찾기 위해 무얼 했나요, 무슨 시도를 했나요?"

"아버지께서 런던으로 가셨고 언니는 즉시 외삼촌께 도움을 요청하는 편지를 썼어요. 그리고 우리가 적어도 30분 안에는 출발했으면 합니다. 그러나 아무것도 할 수 있는 것이 없어요.— 할 수 있는 것이 아무것도 없다는 걸 아주 잘 알아요. 위컴 같은 사람을 어떻게 설득할 수 있지요? 심지어 어떻게 그들을 발견할 수 있을까요? 희망이라고는 조금도 보이지 않아요. 어느 모로 보나 끔찍해요!"

다아시는 묵인한다는 표시로 조용히 고개를 저었다.

"위컴이 정말 어떤 인물인가를 알게 되었을 때—오! 제가 마땅히 어떻게 해야 할지 알았다면, 그 일을 감행할 수 있었다면! 그러나 저는 몰랐어요—너무 지나치게 나서길 두려워했어요. 끔찍한, 끔찍한 실수였어요!"

다아시는 아무런 대답을 하지 않았다. 엘리자베스의 말을 듣는 것 같지도 않았고, 이마를 찌푸리고 우울한 분위기로 진지하며 깊은 생각에 잠겨 방을 이리저리 거닐었다. 그런 그의 행동을 지켜 본 엘리자베스는 즉시 그게 무엇을 뜻하는지 이해했다. 자신의 다아시 씨 장악력이 약해지고 있었다. 가족의 약점을 나타내는 증거 때문에, 가장 심각한 가족의 수치 때문에 모든 것이 약해지고 있음이 틀림없었다. 하지만 그녀는 놀라지도 않았고, 그를 비난할 수도 없었다. 다아시 씨가 그 자신의 반감을 모두 물리치고 그녀를 사랑한다는 믿음도 그녀에겐 전혀 위로가 되지 못해서 그녀의 고통은 조금도 줄어들지 않았다. 그와 반대로 그녀는 고통을 통해서 자신이 무엇을 원하는지 정확히 이해하게 되었다. 엘리자베스는 모든 사랑이 아무 소용이 없게 된 지금처럼 자신이 그를 사랑할 수 있음을 그토록 진지하게 느꼈던 때가 결코 없었다.

그러나 자기 자신에 대한 생각이 밀고 둘어올 수는 있어도, 그 생각에 몰두할 수는 없었다. 리디아—리디아가 그들 모두에게 가져다 준 수치와 비참함이 이내 그녀의 모든 개인적인 걱정을 삼켜 버렸다. 엘리자베스는 손수건으로 얼굴을 가리고 곧바로 모든 다른 생각을 잊었다. 그리고 잠시 한숨을 돌린 후, 방에 있는 다아시의 음성을 듣고서야 자신이 어떤 입장에 놓여 있는지를 겨우 깨닫게 되었다. 다아시 씨의 태도에서 그녀를 동정하는 마음을 엿볼 수 있었지만, 동정심 못지않게 그가 자제하는 것도 알 수 있었다. 그는 말했다. "오랫동안 내가 여기에 없었으면 하고 바랐을지도 모르겠군요. 내가 아무리 걱정해도 소용없겠지만, 진심으로 걱정하는 것 말고는 내가 여기 머물러야 할 구실도 전혀 없지요. 내가 하는 말이나 행동, 어느 것이라도 당신의 대단한 고통에 위안이 될 수 있다면 얼마나 좋을까요!—하지만 헛된 바람으로 당신을 괴롭히지 않겠어요. 당신에게 짐짓 감사하라고 요청하는 것처럼 보일 수도 있으니까요. 이 불행한 일로 내 동생이 오늘 당신을 펨벌리에서 만나는 즐거움을 가질 수 없게 되는 건 아닌지 걱정되는군요."

"예, 부디 다아시 양에게 우리 대신 사과해 주시기 바라요. 급한 용무가 있어서 곧 집으로 가야 한다고 말씀해 주세요. 가능한 한 이 불행한 진실을 감추어 주세요. 그다지 오래 감출 수는 없다고 생각하지만."

그는 곧 비밀을 지키겠다고 그녀를 안심시켰다. 또다시 그녀가 겪는 고통을 애석하게 여기며, 그 일이 현재 상황으로 기대할 수 있는 것보다 더 행복한 결론으로 끝났으면 좋겠다고 말했다. 그리고 그는 친척들에게 인사말을 전해 달라고 하면서 오로지 한 번 진지한 이별의 시선으로 그녀를 바라보고 떠나갔다.

그가 방을 떠나갈 때, 엘리자베스는 앞으로는 그들이 더비셔에서 매우 따뜻한 마음으로 서너 번이나 다시 만났던 것 같은 그런 만남은 더 이상 가질 수 없을 것 같다고 생각했다. 그녀는 온통 상반되고 변화가 많았던 그들의 교제 기간 전체를 되돌아보며 심술궂은 감정에 한숨지었다. 그전 같으면 교제가 끝나는 것을 기뻐했겠지만, 지금은 그와의 교제가 지속되도록 부추기고 싶은 심정이었다.

만일 감사와 존경심이 애정의 군건한 기초라면 엘리자베스의 감정 변화는 있을 법 하지 않거나 잘못된 것도 아닐 것이다. 그러나 만약 그렇지 않다면—만약 남녀가 처음 만났을 때, 그리고 서로 한두 마디도 건네기 전에 생기는 감정을 애정이라고 묘사하고, 그것과 비교했을 때 감사와 존경에서 우러나는 애정은 타당하지 않거나 자연스럽지 않다고 한다면, 어떤 말로도 엘리자베스를 옹호할 수 없을 것이다. 그녀가 위컴을 좋아했을 때는 두 번째 방법을 좀 시험해 보았고, 그것이 성공하지 못했기 때문에 그녀가 필시 다른, 조금 덜 흥미로운 첫 번째 형태의 애정을 추구하게 되었다는 것을 인정하지 않는다면 말이다. 어쨌든 그녀는 아쉬운 마음으로 다아시 씨가 떠나는 것을 바라보았다. 리디아의 추행이 필연적으로 초래하게 될 것들이 이렇게 일찌감치 구체적인 예로 나타났다고 생각하니 끔찍한 리디아의 사건을 생각하는 그녀 마음에 근심이 더 늘었다. 제인의 두 번째 편지를 읽은 후로는 위컴이 리디아와 결혼할 것이라는 희망을 전혀 가질 수 없었다. 제인 빼고는 그런 희망이 있다며 위로받을 수 있는 사람은 아무도 없다고 생각했다. 일이 이렇게 전개된 데 대해서 그녀는 전혀 놀라지 않았다. 첫 번째 편지의 내용이 마음속에 맴돌고 있었을 때 그녀는 너무나 놀랐었다. 위컴의 결혼 목적이 돈이었다면, 도저히 그의 결혼 상대가 될 수 없는 소녀와 결혼한다는 것, 그리고 리디아가 어떻게 해서 위컴과 사랑하는 사이가 되었는지를 전혀 이해할 수 없었기 때문에 매우 놀랐다. 하지만 이제 보니 그것은 너무나 자연스러웠다. 이런 애정이라면 리디아는 충분한 매력을 지닐 수도 있었다. 리디아가 결혼할 생각 없이 의도적으로 가출했다고 생각하지 않지만, 그녀에게는 쉽사리 남성들의 먹잇감이 되지 않도록 방어해 줄 판단력도, 도덕심도 없다는 것을 믿기는 어렵지 않았다.

그 연대가 하트퍼드셔에 머무는 동안 엘리자베스는 리디아가 위컴을 좋아한다는 것을 전혀 눈치 채지 못했었다. 하지만 리디아는 단지 관심을 보이는 말만 해주면 그가 누구건 그 사람을 사모한다는 것을 확신했다. 어떤 장교가 자신에게 친절하다고 생각하는지에 따라서 때로는 이 장교가, 때로는 저 장교가 리디아의 총애를 받았다. 그녀의 애정은 늘 옮겨 다녔지만, 결코 그 대상이 없을 때는 없었다. 그런 소녀를 방치하고, 관용을 잘못 베푼 해악의 결과—오! 지금 엘리자베스는 그것을 얼마나 뼈저리게 느끼는 것인가!

엘리자베스는 미친 듯이 집에 가고 싶었다. 아버지는 집을 떠나 계시고, 아무런 행동을 할 수 없는 어머니를 끊임없이 돌보아야 하는 혼란스런 가족들 가운데서 틀림없이 제인이 모든 근심을 도맡아야 하는 상황일 테니, 그곳에 가서 제인을 돕고, 제인과 함께 보고 듣고 싶었다. 그리고 리디아를 위해 할 수 있는 것이 거의 없다고 생각하지만, 외삼촌의 중재가 가장 중요할 것 같았다. 그녀는 말할 수 없이 애타는 마음으로 외삼촌이 방에 들어서기를 기다렸다. 하인의 설명을 듣고 질녀가 갑자기 병이 났다고 생각하며 놀란 가디너 부부는 부리나케 돌아왔다. 엘리자베스는 병이 난 것이 아니라고 그들을 안심시키고 그들을 오시라고 한 이유를 열심히 말씀드렸다. 편지 두 통을 큰 소리로 읽고, 두 번째 편지의 추신을 벌벌 떨며 강조했다. 리디아가 결코 그들이 좋아하는 조카는 아니었지만, 가디너 부부는 심각하게 걱정할 수밖에 없었다. 거기에는 리디아뿐 아니라 모두가 관여되어 있었다. 처음에는 놀랍고 끔찍해서 절규하던 가디너 씨는 모든 능력을 다해서 돕겠다고 약속했다. 외삼촌이 그러시리라고 기대했지만, 엘리자베스는 눈물을 흘리며 외삼촌께 감사드렸다. 세 사람 모두가 한 마음으로 움직였기 때문에 여행에 관한 모든 것이 신속하게 결정되었다. 그들은 최대한 빨리 출발하기로 했다. "그런데 펨벌리 초대를 어떻게 해야 할까?" 가디너 씨가 외쳤다. "존이 네가 그를 우리에게 보낼 때에 다아시 씨가 여기 있었다고 말하던데. 그랬니?"

"예, 그리고 제가 다아시 씨에게 약속을 지킬 수 없다고 말했어요. 그건 다 해결되었어요."

"그건 다 해결되었다고?" 가디너 부인은 출발 준비를 하러 방으로 달려가면서 중얼거렸다. "그런데 그들 사이가 엘리자베스가 리디아 사건을 누설할 정도로 친근한 사이란 말인가? 오, 어떻게 그렇게 되었는지 알았으면 좋겠네!"

하지만 가디너 부인의 소망은 헛된 것이었다. 그것은 기껏해야 그 후 바삐 서두르는 혼란스런 시간에 그녀를 즐겁게 해주었을 뿐이다. 만약 엘리자베스에게 할 일 없이 빈둥댈 시간이 있었다면, 그녀는 자신처럼 비탄에 빠진 사람이 모든 일을 행한다는 것은 불가능함을 확신했을 것이다. 하지만 그녀에게는 외숙모 못지않게 해야 할 몫이 있었다. 그 일 중에는 램턴의 모든 친구들에게 거짓 구실을 대며 그들이 갑작스럽게 떠나는 것을 알리는 편지를 써야 하는 일도 있었다. 그러나 한 시간 안에 모든 일을 끝내고, 가디너 씨는 여관과 계산을 다 했기 때문에 이제 떠날 일 이외에는 할 일이 없었다. 아침에 그 모든 비참한 일을 겪은 엘리자베스는 그녀가 예상했던 것보다 더 빨리 마차에 올라타고 롱본으로 가는 길에 올랐다.

5

"엘리자베스야, 나는 그 일을 다시 곰곰이 생각해 보았단다." 마차가 마을을 벗어나고 있을 때 가디너 씨가 말했다. "나는 전보다 더욱더 그 문제를 제인처럼 판단해야겠다는 생각이 드는구나. 도대체 어떤 청년이 보호자나 친구가 전혀 없는 것도 아니고, 그리고 실제로 그의 대령 집에 손님으로 머무는 소녀를 상대로 그런 계획을 꾸밀 수 있겠니. 그럴 가능성은 매우 희박해 보이는구나. 그래서 나는 최선의 결과가 있을 거라는 희망을 잃지 않으련다. 리디아의 친구들이 나서지 않을 거라고 그 사람이 생각할 수 있겠니? 포스터 대령에게 그런 무례를 범하고서 다시 그 연대가 자신을 상대해 주리라고 기대할 수 있을까? 리디아를 유혹하는 일은 그가 모험해 볼만한 가치가 있는 일은 아니야."

"정말 그렇게 생각하셔요?" 잠시 밝은 기색으로 엘리자베스가 외쳤다.

"정말이지!" 가디너 부인이 말했다. "나도 네 외삼촌과 같은 생각이 들기 시작해. 그의 품위, 명예, 이익에 너무나 심한 타격이 되기 때문에 그런 죄를 저지를 수 없다고 생각한단다. 나는 위컴을 그토록 나쁘게 생각하지 않아. 리지야, 너 자신은 그가 그런 짓을 할 수 있다고 믿을 정도로 그를 완전히 포기하는 거니?"

"아마도 자신의 이익을 소홀히 하진 않겠지만, 그 이외의 다른 모든 것은 소홀히 할 수 있는 사람이라고 생각해요. 정말 외숙모 말씀대로라면 얼마나 좋겠어요! 하지만 감히 그런 희망을 가질 수 없어요. 만약 그런 경우라면, 왜 그들이 계속해서 스코틀랜드로 가지 않았을까요?"

"우선," 가디너 부인이 대답했다. "그들이 스코틀랜드로 가지 않았다는 확실한 증거가 없지 않니?"

"오! 하지만 그들이 역마차에서 전세 마차로 바꿔 탔다니 그런 추측을 하게 되네요! 그 외에도 바닛 로드에서는 그들의 흔적을 찾을 수 없다고 하잖아요."

"그렇다면—자, 그들이 런던에 있다고 가정해 보자. 숨을 목적 하나만으로도 그들이 런던에 머물 가능성이 있어. 그 이상의 특별한 목적은 없겠지. 두 사람 다 돈이 많을 것 같지 않거든. 스코틀랜드에서보다 런던에서 결혼하는 것이 더디긴 하겠지만 더 경제적이라고 생각했을지도 몰라."

"그런데 왜 그렇게 비밀에 부치려는 걸까요? 왜 알려지는 걸 두려워할까요? 왜 그들이 남의 눈을 피해 결혼해야만 하는 걸까요? 아! 아니에요, 아니에요. 결혼할 가능성이 없어요. 제인의 설명에 따르면 그와 각별한 친구는 그가 리디아와 결혼할 의도가 없다고 확신한대요. 위컴은 돈 없는 여자와는 결코 결혼하지 않을 거예요. 그럴 여유가 없어요. 그리고 리디아가 무슨 자격이 있나요—젊고, 건강하고, 유머 감각이 좋다는 것 이외에 리디아에게 무슨 매력이 있나요? 위컴이 좋은 조건으로 결혼함으로써 얻게 될 모든 이익을 포기할 정도의 매력이 그 애에게 있나요. 군단에서 당하게 될 수치를 걱정하는 나머지 리디아와의 불명예스러운 도망을 자제할지도 모른다는 데 대해서 저는 판단할 수 없어요. 그들의 도피 행각을 군단 사람들이 어떻게 받아들일지를 전혀 알지 못하기 때문에요. 하지만 외삼촌께서 말씀하시는 다른 이의에 대해서는 저는 그것이 거의 효과가 없다고 생각해요. 리디아에겐 그녀를 위해 나설 오빠가 없잖아요.

위컴은 우리 아버지의 태도나, 나태함을 보고, 그리고 아버지가 우리 가족에게 일어나는 일에 거의 무관심한 것을 보고서, 자녀가 가출했을 때 어느 아버지라도 그럴 수 있듯이, 우리 아버지가 거기 대해 아무런 행동도 취하지 않고, 거의 관심조차 가지지 않을 거라고 생각할 수도 있겠지요."

"하지만 너는 리디아가 그를 사랑하는 것 빼고 모든 것을 다 포기하면서, 결혼하지 않은 상태에서 그와 동거하는 걸 승낙할 정도라고 생각하는 거냐?"

"그런 것 같아요, 그리고" 눈에 눈물을 글썽이며 엘리자베스가 대답했다. "그런 점에서 동생의 도덕관념이 의심스럽다는 걸 언니로서 인정해야 하는 것이 정말 충격이에요, 하지만 정말 무슨 말을 해야 할지 모르겠어요. 아마도 제가 리디아를 공정하게 평가하지 않는 것일지도 몰라요. 그러나 그 애는 매우 어려요. 그 애는 중대한 문제를 심사숙고할 수 있는 훈련을 전혀 받지 못했어요. 지난 반년 동안, 아니 열두 달 동안 그 애는 오락과 허영심에만 몰두했어요. 빈둥대며 불성실하게 시간을 보냈고, 아무 의견이나 듣고 그걸 받아들여도 가족 누구도 리디아를 말리지 않았어요. ○○셔 민병대가 처음 메리턴에 주둔하게 된 이후로 그 애에겐 사랑, 연애, 그리고 장교들 생각뿐이었어요. 그 애는 그런 걸 생각하고 이야기함으로써—제가 뭐라고 말해야 할까요?—자기감정을 더 고조시키려고, 할 수 있는 모든 걸 다 했어요. 자연히 그녀 감정은 매우 활기찼었지요. 그리고 우리는 모두 위컴의 인물이나 태도가 여성을 사로잡을 수 있는 매력을 지녔다는 걸 알고 있잖아요."

"하지만 너도 알다시피," 가디너 부인이 말했다." 제인은 위컴이 그런 짓을 할 수 있을 정도로 나쁜 사람이라고 생각하지 않는단다."

"언니가 누구를 나쁘게 생각한 적이 있나요? 그 사람의 과거 행동이 어떠했든지, 언니가 그런 짓을 할 수 있다고 생각하는 사람이 어디 있나요? 그 사람에게 불리한 증거가 나타나기까지는 말예요. 하지만 제가 잘 아는 것처럼 언니도 위컴이 정말 어떤 인물인지를 잘 알아요. 우리 둘은 그가 어느 모로 보나 바람둥이고, 품위도 도의심도 없으며 거짓되고, 알랑대기나 하는 남자라는 걸 알아요."

"너는 정말 이 모든 걸 알고서 하는 말이니?" 가디너 부인이 큰 소리로 말했다. 엘리자베스가 말하는 것들은 외숙모의 호기심을 크게 자극했던 것이다.

"정말 알고서 하는 말이에요," 엘리자베스가 얼굴을 붉히며 말했다. "전날 위컴이 다아시 씨에게 보인 수치스러운 행동에 대해 말씀드렸잖아요. 그리고 지난 번 롱본에 계실 때, 대단한 인내심을 가지고 그를 매우 관대하게 대해 준 사람에 대해서 그가 어떤 식으로 말했는지 외숙모께서 직접 들으셨지요. 그리고 제 마음대로 이야기 할 수 없는—이야기 할 가치가 없는 다른 일이 있어요. 그는 펨벌리 가족 모두에 대해서 끝도 없이 거짓말을 해요. 다아시 양에 대해서 제게 해준 말을 듣고 저는 오만하고 내성적인 무례한 소녀를 만날 준비를 단단히 하고 있었어요. 그렇지만 위컴은 그녀가 자신이 말한 것과 정반대의 인물이라는 걸 알고 있었던 거죠. 그녀를 만났을 때 우리는 그녀가 사랑스럽고 꾸밈이 없는 사람이란 걸 알게 되었는데 그도 틀림없이 그런 사실을 알고 있었다니까요."

"하지만 리디아는 이런 걸 전혀 모르니? 너와 제인은 매우 잘 알고 있는 것 같은 데. 그 애는 그걸 모를 수 있을까?"

"오, 그래요!―그게, 그게 바로 최악인 거예요. 켄트에 가기 전에는, 그리고 다아시 씨와 그의 사촌 피츠윌리엄 대령, 이 두 사람을 아주 여러 번 만나기 전에는 저도 그 진실을 몰랐어요. 그리고 집으로 돌아왔을 때 그 ○○서 연대는 1,2주 후에는 메리턴을 떠나기로 되어 있었어요. 그런 경우여서 저도, 제게서 이야기를 모두 들은 제인도, 우리가 아는 것을 사람들에게 알릴 필요가 없다고 생각했어요. 다 누설하면, 그를 좋게 생각하고 있는 이웃 사람들 모두의 견해가 뒤집어질 텐데, 그것이 분명히 어느 누구에게 쓸모가 있을까? 라고 생각했기 때문이지요. 리디아가 포스터 부인과 함께 가기로 결정했을 때도 리디아에게 그의 사람 됨됨이를 알려야 한다는 생각을 못했어요. 그의 됨됨이를 모르기 때문에 그 애가 위험에 처할 수도 있다는 생각은 전혀 하지 못했으니까요. 이런 사건이 일어나리라고 꿈에도 생각하지 못했다는 걸 외숙모는 쉽사리 믿으실 수 있을 거예요."

"그렇기 때문에 그들이 모두 브라이턴으로 갔을 때, 너는 위컴과 리디아가 서로를 좋아한다고 믿을 만한 근거가 전혀 없었겠네?"

"결코 없었어요. 두 사람이 사랑한다는 낌새를 전혀 눈치 챌 수 없었던 것이 기억나요. 외숙모도 잘 아시는 것처럼, 조금이라도 그런 낌새가 있었다면 그걸 내버려 둘 우리 가족이 아니지요. 그가 처음으로 연대에 들어왔을 때 리디아는 곧 그를 찬양했어요. 하지만 우리 모두 그랬던 걸요. 처음 두 달간 메리턴과 그 가까운 곳의 모든 소녀들은 그에게 정신을 빼앗겼어요. 하지만 그는 결코 **리디아**를 무슨 특별한 관심을 가지고 남달리 대하지 않았어요. 따라서 한동안 열정적으로 그를 터무니없이 찬양하다가 그에 대한 리디아의 환상은 사그라지고, 리디아는 자신을 좀 더 각별하게 대해 주는 연대의 다른 사람들을 좋아했어요."

* * *

이들 모두가 지대한 관심을 가진 이 주제를 다시 또다시 계속 토의해도, 그들의 두려움, 희망, 추측에는 전혀 새로운 것이 추가될 수 없었다. 하지만 여행하는 동안 내내 그들이 어떤 다른 주제를 토의해도 오래 가지 못하고 다시 그 주제로 되돌아갔다는 것을 믿기는 어렵지 않다. 엘리자베스는 리디아 생각을 결코 떨쳐 버리지 못했다. 온갖 고통과 자책에 사로잡힌 엘리자베스는 한순간도 마음이 편치 않았고, 그 생각을 잊어버릴 수도 없었다.

그들은 최대로 빠르게 이동했다. 그래서 길에서 하룻밤을 지낸 후 다음날 저녁 식사 때 쯤 롱본에 도착했다. 제인이 오래 기다리느라고 지치지 않도록 일찍 올 수 있었던 것이 엘리자베스에게 하나의 위안이었다.

이륜마차가 마구간의 방목장에 들어서자, 마차 광경에 이끌린 가디너가의 어린 아이들은 집의 층계에 서 있었다. 마차가 집 문에 도착했을 때, 뜻밖의 일로 기쁨에 넘쳐서 그들의 얼굴은 환해지고, 그들이 뛰어 돌아다니며 장난치고, 온 몸으로 즐거움을 나타낸 것이 일행의 도착을 즐겁게 한 첫 번째 진심 어린 환영이었다.

엘리자베스는 마차에서 뛰어내려서 아이들에게 각각 서둘러 키스하고는 급히 현관으로 들어갔다. 거기에서 그녀는 곧 어머니 방에서 달려 내려온 제인을 만났다.

엘리자베스는 다정하게 제인을 포옹했고, 두 사람의 눈에는 눈물이 가득 고였지만, 엘리자베스는 한 순간도 놓치지 않고 도망간 사람들에 대해 무슨 소식이 있었느냐고 물었다.

"아직은 아무 소식도 없어," 제인이 대답했다. "하지만 이제 외삼촌께서 오셨으니 모든 것이 잘 풀리리라고 기대해."

"아버지께서 런던에 계셔?"

"그래. 네게 썼던 대로 화요일에 가셨어."

"아버지께서 소식을 자주 보내셔?"

"소식을 단지 한 번 들었을 뿐이야. 무사히 도착하셨다며, 내가 아버지께 알려 달라고 특별히 부탁드린 것에 대해 지시하시는 편지를 수요일에 받았어. 아버지는 뭔가 중요하게 알릴 것이 있을 때 다시 편지 쓰실 것이라고만 덧붙이셨어."

"그리고 어머니는—어떠셔? 동생들은 어때?"

"어머니는 그럭저럭 지내셔. 하지만 마음이 심히 불안하셔. 이 층에 계신데 너와 외삼촌, 외숙모를 모두 만나면 대단히 기뻐하실 거야. 아직까지 옷 갈아입는 방을 떠나지 않으셔. 메리와 키티는 감사하게도 아주 잘 지내."

"하지만 언니, —언니는 어때?" 엘리자베스가 외쳤다. "언니, 얼굴이 창백해 보여. 언니는 틀림없이 아주 많은 일들을 겪었을 거야"

그러나 제인은 자신은 더할 나위 없이 잘 지낸다고 동생을 안심시켰다. 일행 모두가 다가오는 바람에 가디너 부부가 아이들과 만나는 동안 계속되었던 그들의 대화는 이제 멈추어야 했다. 제인은 외삼촌과 외숙모께로 달려가 그들을 환영하고, 미소 짓기도 하고 눈물도 흘리며 두 분에게 감사했다.

그들이 모두 거실에 모였을 때 외삼촌과 외숙모는 엘리자베스가 이미 했던 질문을 다시 물었고, 곧 제인이 전할 새로운 소식이 전혀 없음을 알게 되었다. 그러나 마음 착한 제인은 좋은 일이 있을 거라는 낙관적인 희망을 아직도 버리지 않고 있었다. 그녀는 여전히 리디아 일이 좋은 결말을 맺을 거라고 생각했다. 그리고 매일 아침 리디아나 아버지로부터 일이 어떻게 진척되는지 설명하는, 그리고 어쩌면 위컴과의 결혼을 알리는 소식이 오기를 애타게 기다리고 있었다.

그들은 모두 베넷 부인의 방으로 갔고, 몇 분 동안 이야기를 나눈 후에 베넷 부인은 정확하게 예상했던 대로 그들을 맞았다. 눈물을 흘리고 비탄에 잠겨서 위컴의 악한 행동을 독설로 비난하고, 괴롭다고 그리고 사람들이 자신을 푸대접한다고 불평하고, 제대로 판단하지 못해서 리디아의 응석을 받아 주어 그녀가 잘못을 저지르게 한 장본인인 자기만은 쏙 빼놓고 다른 사람들 모두를 탓했다.

"가족이 모두 브라이턴으로 가야 한다는 내 주장을 관철할 수 있었다면," 그녀가 말했다. "이런 일은 일어나지 않았을 거야. 불쌍한 리디아를 돌봐 줄 사람이 아무도 없었던 거야. 포스터 부부는 왜 그 애를 자신들의 시선이 미치지 않는 곳에 내버려 둔거지? 나는 그들이 분명 리디아를 대단히 소홀하게 대했든지, 그랬다고 생각해. 누가 잘 돌봐 주었다면 그런 일을 저지를 애가 아니기 때문이지. 나는 항상 그 부부가 리디아를 책임질 만한 적임자가 아니라고 생각했어. 그러나 늘 그랬듯이 그 말을 꺼낼 수 없었어. 불쌍한 내 딸! 이제 베넷 씨가 런던으로 갔는데 그는 어디서 위컴을 만나든 그에게 결투를 요청할 거야. 그 양반은 결투에서 죽게 될 테고. 그러면 우리 모두는 어떻게 되겠어? 그가 무덤에서 채 차가워지기도 전에 콜린스 부부가 우리를 이 집에서 내쫓겠지. 그러니, 동생, 동생이 우리를 친절하게 도와주지 않는다면 우리는 어떻게 될지 모르겠어."

그들은 모두 하나같이 그런 끔찍한 생각은 하지도 마시라고 큰 소리로 외쳤다. 가디너 씨는 자신이 누이와 누이 가족을 애정을 가지고 돕겠다고 안심시킨 후, 바로 다음 날 런던으로 갈 예정이며, 리디아를 찾기 위해서 매형이 시도하는 모든 일을 도울 것이라고 누이에게 말했다.

"쓸데없는 근심으로 속상해 하지 말아요," 그가 덧붙였다. "최악의 경우에 대비하는 것은 옳지만, 그것이 확실하다고 여길 근거는 전혀 없어요. 그들이 브라이턴을 떠난 지 일주일도 되지 않았으니. 하루 이틀 후에 그들 소식을 들을 수도 있어요. 그들이 결혼하지 않았다는, 그리고 결혼할 계획이 전혀 없다는 걸 알게 될 때까지는 전혀 가망 없는 일이라고 생각하지 맙시다. 나는 런던에 도착하는 대로 매형에게 갈 것이고 나하고 그레이스처치 스트리트에 있는 우리 집으로 함께 가시자고 하겠어요. 그러면 우리가 어떤 일을 해야 할지 함께 상의 할 수도 있을 테니까요."

"오! 동생," 베넷 부인이 대답했다. "내가 가장 바라는 게 바로 그거야. 그러니 이제 동생이 런던에 도착하거든 위컴과 리디아가 어디에 있든지 제발 그들을 찾아내요. 그리고 아직 결혼하지 않았거든 결혼하게 만들어. 결혼 예복 때문에 기다리지 말라고 리디아에게 일러주어. 일단 결혼한 후에 리디아가 원하는 결혼 예복을 살만한 돈을 충분히 주겠다고. 그리고 무엇보다도 매형이 결투하지 못하도록 말려야 해. 매형에게 내 형편이 얼마나 끔찍한지 전해. 내가 너무 두려워서 정신이 다 나갔다고—그냥 벌벌 떨고 안절부절 못한다고—어찌나 옆구리에 경련이 일어나고, 두통이 심하고 심장이 벌렁거리는지 낮이고 밤이고 도무지 쉴 수 없다고. 리디아에겐 나를 만날 때까지는 결혼 예복에 대해 아무런 지시도 하지 말라고 전해 주어. 그 애는 어떤 상점이 제일 좋은지 모르기 때문이야. 오. 동생, 동생은 참으로 인정이 많아! 그 모든 걸 다 잘해 내리라는 걸 난 알아."

그러나 가디너 씨는 누이에게 다시금 자신이 그 문제를 해결하기 위해 진지한 노력을 기울이겠다고 확신시켰다. 하지만 누이에게 희망뿐 아니라 두려움 역시 자제하라고 부탁하지 않을 수 없었다. 저녁상이 준비될 때까지 이와 같이 베넷 부인과 이야기를 나눈 후, 그들은 딸들이 없는 동안 베넷 부인이 시중드는 가정부에게 모든 감정을 쏟아 내도록 남겨 두고 그녀를 떠났다.

가디너 부부는 실제로 베넷 부인을 가족에게서 떼어놓아야 할 이유가 없다고 생각했지만, 그 의견에 반대하려하지 않았다. 그들은 그녀가 하인들이 시중드는 동안 식탁에서 입을 다물 정도로 사려 깊지 못하다는 것을 알고 있었고, 그래서 그 집에서 오로지 한 사람, 그들이 가장 신뢰할 수 있는 유일한 하인이 그 문제에 관한 베넷 부인의 모든 근심과 염려를 알도록 하는 것이 더 낫다고 판단했기 때문이다.

곧 메리와 키티가 식당으로 와서 그들과 합세했다. 그들은 식당에 오기 전에 각각 자신들의 방에서 바쁘게 지냈었다. 메리는 책을 읽다가, 키티는 화장을 하다가 왔다. 그러나 두 사람의 얼굴은 매우 평온했다. 그리고 자신이 좋아하는 자매를 상실한 것, 아니면 리디아의 이런 일로 화가 난 키티의 억양이 보통 때보다 좀 퉁명스럽다는 걸 빼고는 두 사람 모두에게서 어떤 변화도 찾아볼 수 없었다. 메리는 식탁에 앉은 후 곧 심각한 얼굴로 엘리자베스에게 이렇게 속삭일 정도로 상당히 냉정했다.

"이건 가장 불행한 일이야. 아마 사람들이 여기에 대해 상당히 떠들어댈 거야. 그러나 우리는 이런 악의의 물결을 저지하고, 자매답게 서로 상처받은 가슴에 위로의 향유를 쏟아 부어야만 해."

그러고 나서 엘리자베스가 대답할 기분이 아닌 것을 알아차린 메리는 이렇게 덧붙였다. "리디아에게는 틀림없이 불행한 일이지만 우리는 그 불행에서 유용한 교훈을 얻을 수 있어. 여성이 정절을 잃으면 돌이킬 수 없다는 것, 한번 발을 잘못 내딛으면 끝없는 멸망으로 이르게 된다는 것, 여성의 명성이란 멋진 것이지만, 그 못지않게 깨지기도 쉽다는 것, 존경받을 가치가 없는 남성에게는 여성이 아무리 행동을 조심해도 지나치지 않다는 것."

엘리자베스는 깜짝 놀라서 눈을 들어 그녀를 바라보았지만, 너무나 마음이 무거워 대꾸조차 할 수 없었다. 그러나 메리는 그들 앞에 놓인 불행에서 그런 도덕적 인용구로 계속 스스로를 위로했다.

제인과 엘리자베스는 오후에 30분간을 둘이서만 지낼 수 있었다. 엘리자베스는 즉시 이 기회를 이용해서 언니에게 많은 질문을 했고, 제인은 똑같이 열심히 질문에 대답했다. 두 자매는 이 사건이 끔찍한 결말을 맺을 것에 대해 함께 한탄했다. 엘리자베스는 그렇게 될 것이 너무나 분명하다고 생각했고, 제인은 결코 그런 결과로 끝나지 않을 거라고 주장할 수 없었기 때문이다. 엘리자베스는 "하지만 지금까지 내가 듣지 못한 것들을 모조리 다 이야기해 줘. 좀 더 자세히 알려줘. 포스터 대령은 뭐라고 했어? 그들이 도망하기 전에 아무런 걱정도 하지 않았다는 건가? 그분들은 리디아와 위컴이 언제나 함께 있는 걸 틀림없이 보았을 거야."

"포스터 대령은 가끔, 특히 리디아 쪽에서 위컴을 좀 좋아하는 게 아닌가 하는 의심을 했다고 인정했어. 하지만 경각심을 가질 정도는 아니었대. 나는 그분 때문에 매우 마음이 아파! 그분은 대단히 상냥하고 친절하셔. 그들이 스코틀랜드로 가지 않았다는 걸 까맣게 모른 채 자신이 이일로 걱정한다는 걸 알리기

위해 우리에게 오는 중이었는데 그들이 그곳으로 가지 않았다
는 소문이 떠돌기 시작하자 롱본으로 오는 발걸음을 재촉했다
는구나."

"데니 씨는 위컴이 결혼하지 않을 거라고 확신했대? 그는 그
들이 도망칠 속셈이었던 걸 알았을까? 포스터 대령은 데니를
직접 만났을까?"

"그래, 만났대. 그렇지만 그에게 질문받더니 데니는 그들 계
획을 전혀 모른다고 하고, 그 일에 대해 자신의 진짜 생각을 이
야기하지 않더래. 그들이 분명히 결혼하지 않았다는 걸 믿는다
고 거듭 말하지 않았다고 해. 그것으로 미루어 볼 때 나는 그가
그 전에는 오해했던 게 아닌가 하는 희망을 가지고 싶어."

"그런데 포스터 대령이 몸소 오기 전까지는 식구들 중 누구
도 그들이 정말 결혼했다는 것을 의심하지 않았지?"

"어떻게 우리가 의심 같은 걸 할 수 있었겠어? 나는 약간 불
안해했지―리디아가 위컴과 결혼해서 행복할 수 있을까 하고
좀 걱정했어. 위컴이 항상 아주 올바르게 행동하는 사람이 아
니라는 걸 알기 때문이지, 위컴이 그런 사람이라는 걸 전혀 모
르시는 부모님은 그들이 얼마나 경솔하게 결혼하는 것인가, 라
고 느끼셨을 뿐이지. 그때 자신이 우리들 나머지 가족보다 더
많이 안다는 것에 어깨가 으쓱해진 키티가 지난 번 리디아의 편
지에서 그런 일을 하려고 준비 중이라고 말했다는 걸 인정했지.
키티는 그들이 서로 사랑한다는 것을 몇 주 전부터 이미 알고
있었던 것 같아."

"하지만 그들이 브라이턴으로 가기 전에 안 건 아니었지?"

"그래, 그전엔 몰랐다고 생각해."

"그런데 포스터 대령은 위컴을 좋게 생각하는 것 같았어? 그분은 위컴이 정말 어떤 인물인지를 아는 거야?"

"그분이 전만큼 위컴을 좋게 말하지 않았다는 걸 털어놓아야 하겠구나. 그는 위컴이 경솔하고 사치스럽다고 생각해. 이런 슬픈 일이 일어난 후로 그가 많은 빚을 남긴 채 메리턴을 떠났다는 소문이 있어. 하지만 나는 그 소문이 거짓이기를 바래."

"아, 제인, 우리의 입이 덜 무거웠더라면, 우리가 그 사람에 대해 아는 것을 이야기했더라면, 이런 일은 일어나지 않았을 거야!"

"그렇게 했더라면 좋았을 거야," 제인이 대답했다. "하지만 그 사람의 현재 느낌을 알지도 못하면서 어떤 사람의 과거 잘못을 노출시킨다는 것은 도리에 맞지 않아. 우리는 가장 좋은 의도로 행동했어."

"포스터 대령은 리디아가 그의 아내에게 보낸 글을 상세히 전할 수 있었을까?"

"그분은 우리가 읽을 수 있게 그 편지를 가지고 오셨어."

제인은 그것을 수첩에서 꺼내 엘리자베스에게 건네주었다. 그 내용은 다음과 같다.

친애하는 해리엣,

내가 어디로 갔는지 알게 되면 당신은 웃을 거예요. 내일 아침 내가 도망친 걸 알자마자 당신이 놀랄 걸 생각하니 웃음이 저절로 나와요. 나는 그레트나 그린[49]으로 가요. 내가 누구와 함께 있는지 짐작하지 못한다면 당신은 바보예요. 이 세상에서 내가 사랑하는 사람은 단한 남자이고 그는 천사이기 때문이에요. 나는 그이 없이는 행복할 수 없기 때문에 그와 함께 도망치는 것이 조금도 나쁘지 않다고 생각해요. 원하지 않는다면 내가 떠난 것을 롱본 가족에게 전할 필요는 없어요. 그들이 모르고 있다가 내가 '리디아 위컴'이라고 싸인 해서 편지를 보내면 그들은 더욱 놀랄 테니까요. 그건 정말 대단한 농담이 될거예요! 너무나 웃음이 나와서 편지 쓰기가 힘드네요. 부디 프랫에게 오늘 밤 그와 춤춘다는 약속을 지키지 못한다고 전해 주세요. 그가 모든 걸 알게 되면 나를 용서해 주길 바라며, 다음 무도회에서 만나면 대단히 기쁘게 그와 춤추겠다고 전해 주세요. 롱본에 도착하면 사람을 보내어 옷을 가져오도록 하겠어요. 그러나 옷을 싸기 전에 샐리에게 내 자수가 놓인 야회복의 많이 찢어진 부분을 수선해 달라고 귀띔해 주었으면 해요. 안녕. 포스터 대령께 안부를 전해 주세요. 우리의 좋은 여행을 위해서 건배해 주세요.

친애하는 당신의 친구
리디아 베넷

"아! 리디아는 도대체 철이 없어, 철딱서니가 없다니까!" 편지를 다 읽고 난 엘리자베스가 외쳤다. "그런 때 이런 편지를 쓰다니. 이게 도대체 뭐야! 그러나 적어도 이 편지에서 그 애가 자신들 여행 목적에 대해서 진지하다는 걸 보여주네. 후에 위컴이

---

49 잉글랜드와의 경계 가까이에 있는 스코틀랜드의 마을로 카라일 북쪽 간선 도로에있음. 눈이맞아 도망치는 사람들이 결혼 하는 곳으로 유명.

그녀가 무엇을 하도록 설득했건 간에 리디아 쪽에서는 그게 파렴치한 계획이 아니야. 불쌍한 아버지! 편지를 읽으시고 어떤 생각을 하셨을까!"

"나는 어떤 사람이 그처럼 충격 받는 걸 본 적이 없어. 아버지는 10분간 내내 한마디도 못하셨어. 어머니는 곧장 병이 나셨고 집 전체가 대단한 혼동에 빠졌어!"

"아! 제인," 엘리자베스가 외쳤다. "날이 저물기 전에 그 이야기를 모조리 알지 못하는 우리 집 하인이 한사람이라도 있었어?"

"모르겠어. 그랬으면 해. 그러나 그런 때에 신중하기란 매우 어려운 일이야. 어머니는 히스테리 상태이셨고, 나는 내 힘이 닿는 한 도와드리려고 노력했지만, 유감스럽게도 내가 할 수 있는 것마저도 도와드리지 못했어! 무슨 끔찍한 일이 일어날지 모른다는 두려움에 휩싸여서 나는 어떤 것도 할 힘이 없었어."

"어머니를 돌보는 일이 언니에게 너무나 과중했어. 언니 안색이 좋지 않아. 아, 내가 언니와 함께 있었더라면 얼마나 좋았을까! 언니 홀로 보살피는 일과 걱정하는 일을 도맡아 해야 했으니."

"메리와 키티는 아주 상냥하게 나를 대했어. 그리고 모든 고된 일에 나를 도우려 했지만, 그 애들이 그렇게 하는 게 옳지 않다고 생각했어. 키티는 가냘프고 허약해. 그리고 공부를 아주 많이 하는 메리가 휴식 시간을 빼앗겨선 안 되니까 말이야. 아버지가 떠나신 후 필립스 이모께서 대단히 친절하게도 화요일에 롱본으로 오셔서 목요일까지 우리와 함께 계시면서 우리 모두를 위로하셨고, 매우 큰 도움을 주셨어. 루카스 부인도 우리에게 매우 친절하셨어. 우리를 위로하려고 수요일 아침에 오셔서 필요하면 자신이나 딸들이 우리를 돕겠다고 하셨단다."

"루카스 부인은 그냥 집에 계시는 게 더 좋았을 거야," 엘리자베스가 외쳤다. "아마 좋은 의도로 오셨겠지만, 이처럼 불행한 일이 있을 때 우리는 이웃을 덜 만날수록 좋거든. 도움이란 불가능해. 위로해 주는 건 참을 수 없는 거고. 멀리 떨어져서 우리에게 이겼다고 의기양양해 하며 기뻐하라고 해."

그 후 엘리자베스는 아버지께서 런던에 계시는 동안 어떤 방법으로 리디아를 찾으시려 하는지를 물었다.

"아버지는," 제인이 대답했다. "그들이 마지막으로 말을 갈아 탄 엡섬으로 가셔서 마차 왼편 말의 기수들을 만나면 그들에게서 무슨 소식을 들을 수 있지 않을까 기대하시는 것 같아. 아버지의 주목적은 그들을 클래펌에서 태우고 간 전세 마차의 번호를 알아내시려는 거야. 그 마차가 런던에서 손님을 태우고 왔고, 그리고 한 신사와 숙녀가 마차를 갈아타려 한다는 게 알려졌을 것이기 때문에 클래펌에서 수소문을 하시려는 거야. 그래서 어떻게든 그 마부가 승객을 어느 집에 내려 주었는지 알아낼 수 있다면 거기에서 문의하기로 작정하신 거야. 그 마차의 위치와 번호를 알아내는 것이 불가능한 일은 아니라고 생각하셔. 어떤 다른 계획을 가지셨는지는 나도 몰라. 하지만 몹시 황급하게 떠나셨고, 마음이 대단히 뒤숭숭하셨기 때문에 이 정도를 알아내는 것조차 쉽지 않았단다."

6

다음 날 아침 롱본의 일행 모두는 베넷 씨에게서 편지가 오기를
손꼽아 기다리고 있었다. 그러나 우편물은 왔지만 그에게서는
단 한 줄의 소식도 오지 않았다. 가족들은 그가 평상시에는 좀
처럼 편지를 쓰지 않는 사람이란 걸 알고 있었다. 그러나 이런
때는 그가 분발하기를 바랐다. 그들은 전할 좋은 소식이 없
기 때문일 거라는 결론을 내렸지만, **소식이 없다는 것조차도 확**
실히 전해 주었으면 반가웠을 것이다. 가디너 씨는 오로지 베넷
씨의 편지를 기다리다 출발했다.

가디너 씨가 떠나자 그들은 이제는 적어도 일이 계속 어떻게
진척되는지 소식을 들을 수 있으리라고 확신했고, 가디너 씨는
떠나면서 최선을 다해 베넷 씨가 롱본으로 돌아오도록 설득하
겠다고 약속했다. 남편이 롱본으로 돌아와야만 결투에서 죽임
을 당하지 않고 안전할 거라 생각하는 베넷 부인에게 그것은 큰
위로가 되었다.

자신이 롱본에 머무는 것이 조카딸들에게 도움이 될지도 모
른다고 생각한 가디너 부인은 아이들과 함께 하트퍼드셔에 이
삼일 더 머물기로 했다. 그녀는 조카딸들과 교대로 베넷 부인을
돌보았다. 조카딸들의 자유로운 시간에 가디너 부인은 그들에
게 큰 위로가 되어 주었다. 필립스 이모도 자주 그들을 방문했
다. 그녀는 그들의 마음을 즐겁게 하고, 격려해 줄 생각이라고
말했지만, 올 때마다 위컴의 사치스러움이나 부정행위에 대해

새로운 소식을 전했기 때문에 그녀가 떠나고 나면 그들은 이모가 오기 전보다 더욱더 낙심하였다.

메리턴의 모든 사람들은 석 달 전만 하더라도 거의 빛의 천사처럼 여겼던 위컴을 헐뜯는 일에 열을 올렸다. 그가 그곳의 모든 상인에게 빚을 지고 있다는 것이 밝혀졌고, 겉으로는 딸을 유혹한다는 명예로운 탈을 쓰고서 그의 음모는 모든 상인의 가정에 뻗쳤다는 것이었다. 사람마다 그를 이 세상에서 가장 사악한 청년이라고 잘라 말했고, 자신들이 항상 그의 선한 겉모양을 신뢰하지 않았다고 했다. 엘리자베스는 사람들의 말을 반도 믿지 않지만, 앞서 자신이 리디아가 신세를 망쳤다고 생각한 것이 옳았다는 것을 확인하기에는 충분했고, 동생보다 더 사람들의 말을 믿지 않는 제인조차도 거의 희망을 잃었다. 특히 제인은 그들이 스코틀랜드로 갔다는 생각을 결코 저버리지 않았는데, 그곳으로 갔다면, 이제쯤은 그들에게서 소식이 와야 할 거라고 생각했기 때문에 더욱 암담해 했다.

가디너 씨는 일요일에 롱본을 떠났고, 화요일에 가디너 부인은 남편으로부터 편지 한 통을 받았다. 그 편지에는 그가 런던에 도착하자마자 즉시 매형을 찾았고, 그를 설득해서 그레이스처치 스트리트로 모셔 왔다는 것, 베넷 씨는 처남이 오기 전에 엡섬과 클래펌에 갔었으나 만족할 만한 정보를 하나도 얻지 못했다는 것, 그리고 이제 그는 리디아와 위컴이 런던에 도착해서 거처를 얻기 전에 호텔에 묵었을 가능성이 있으니 모든 중요한 호텔을 돌며 문의할 작정이라는 것이 쓰여 있었다. 가디너 씨 자신은 이런 조처가 별로 성공하리라 기대하지 않지만, 베넷 씨가 그렇게 하고 싶어 하기 때문에 그를 도울 생각이라고 했다. 그는 베넷 씨는 지금 이 시점에 런던을 떠날 생각이 아닌 것 같다고 덧붙이고 곧 다시 편지 하겠다고 약속했다. 편지에는 이런 내용의 추신이 있었다.

　　나는 포스터 대령에게 될 수 있으면 위컴의 연대에서 그와 친한 친구가 있다면, 그에게서 위컴이 지금 런던의 어느 지역에 숨어 있는지를 알 수 있는 친척이나 연줄이 있는지를 알아봐 주면 좋겠다는 편지를 썼소. 누군가가 그런 단서를 줄 수 있는 사람을 찾는다면, 그건 가장 중요한 성과일게요. 현재로서는 우리가 도움을 받을 길이 하나도 없소. 포스터 대령은 이 문제에서 우리가 안심하도록 그가 할 수 있는 모든 걸 다 하리라고 믿소. 하지만, 다시 생각해보니 어느 누구보다 리지가 위컴의 어느 친척이 지금 런던에 살고 있는지를 더 잘 알려줄 수 있을 지도 모르겠소.

　엘리자베스는 외삼촌이 어째서 이처럼 자신의 정보가 믿을 만 하다고 생각하는지를 충분히 이해했기 때문에 전혀 당황하지 않았지만, 그녀에게는 이런 칭찬에 걸 맞는 만족할 만한 정보를 제공할 수 있는 능력이 없었다.

　여러 해 전에 작고한 아버지와 어머니를 빼고는 위컴에게 친척이 있다는 말을 들은 적이 없었다. 그러나 ○○셔의 그의 친구 중 누군가가 좀 더 정보를 제공해 줄지도 몰랐다. 그런 정보를 얻을 수 있으리라고 대단히 낙관적으로 기대할 수는 없지만, 문의는 해볼 수 있을 것 같았다.

롱본에서의 하루하루는 이제 걱정하며 보내는 나날들이었다. 그러나 하루 중 가장 걱정스러운 시간은 편지가 도착하는 때였다. 매일 오전 몹시 조마조마한 마음으로 우편물이 배달되는지를 살피는 것이 제일 큰 관심사였다. 좋은 소식이든 나쁜 소식이든 편지로 전달 될 것이고, 그래서 연이어 오는 날마다 무언가 중요한 소식을 듣게 되기를 고대했다.

그러나 그들이 가디너 씨에게서 다시 소식을 듣기 전에 다른 곳, 콜린스 씨에게서 편지가 왔다. 제인은 아버지의 부재 시에 그에게 오는 모든 편지를 열어보라는 지시를 받았기 때문에 콜린스 씨의 편지를 읽었다. 그리고 그의 편지들이 얼마나 대단히 진기한 것인지를 알았던 엘리자베스는 언니의 어깨 너머로 언니와 함께 편지를 읽었다. 그 내용은 다음과 같았다.

삼가 아룁니다.

어제 하트퍼드셔에서 온 편지로 아저씨께서 현재 쓰라린 고통을 겪으신다는 걸 알게 되었습니다. 아저씨와의 관계로 보나, 목사인 제 위상으로 보나, 이 고통을 위로해 드리는 것이 제 도리라고 생각합니다. 친애하는 아저씨, 저와 제 아내는 아저씨와 아저씨 댁의 존경스러운 가족 모두가 현재 겪는 괴로움에 대해 심심한 위로의 말씀을 드립니다. 지금 겪으시는 고통은 세월이 흘러도 제거되지 않을 원인에서 생긴 것이니 말할 수 없이 쓰디쓸 것이라고 생각합니다. 모든 것 중에서도 부모의 마음이 가장 괴로울 수밖에 없는 현 상황에서 아저씨께 위안이 될, 아니면 그처럼 혹독한 불행을 경감시킬 수 있는 변론거리가 있다면, 제가 무슨 말을 아끼겠습니까. 이 일에 비하면 차라리 따님의 죽음이 더 고마웠을 테지요. 제 사랑하는 샬럿이 알려준 것처럼, 따님의 이런 방종한 행동은 부모가 응석을 잘못 받아 준 데서 비롯된 것이라고 생각할 만한 이유가 있기 때문에 더욱더 애석합니다. 동시에 아저씨와 아주머님을 위로하기 위해서 저는 그녀의 타고 난 성품이 분명히 악랄하다고 생각하고 싶습니다. 그렇지 않다면 그녀가 그토록 어린 나이에 그런 끔찍한 죄를 저지를 수 없으니까요. 그렇다 해도 아저씨께서는 한탄스러울 정도로 많은 동정을 받으셔야 합니다. 샬럿뿐 아니라 제가 이 사건을 이야기해 드린 캐서린 영부인과 그녀의 영애도 저와 똑같은 생각입니다. 이 한 따님이 잘못 내딛은 걸음이 나머지 다른 따님들의 장래 운세에도 해를 끼치지 않을까 걱정됩니다. 그들 역시 같은 의견입니다. 왜냐하면, 캐서린 영부인이 정중히 말씀하시듯이 누가 그런 가정과 인연을 맺으려고 하겠습니까? 이런 생각을 하며 지난 11월에 겪었던 한 사건을 회상할 때 마음이 더 흡족합니다. 그 사건이 다른 결말을 보았다면, 그래서 엘리자베스 양과 결혼했더라면, 저는 아저씨 가족의 슬픔과 수치를 모조리 함께 겪게 되었을 것이기 때문입니다. 그러니 아저씨, 최대한 자신을 위로하시고, 사랑할 가치가 없는 그 따님에게서 영원히 애정을 거두시고, 끔찍한 잘못을 저지른 그 따님이 스스로 그 열매를 거두게 내버려 두시라고 권유 드립니다. 그럼 이만 줄이겠습니다.

조카 올림

　가디너 씨는 포스터 대령에게서 답신을 받은 후에야 다시 편지를 썼다. 그 편지에도 반가운 소식은 전혀 없었다. 위컴 씨와 계속 연락하는 사이라고 알려진 사람이 단 한사람도 없을 뿐더러 위컴 씨와 가까운 생존자가 한 명도 없다는 것이 확실했다. 그가 전에 알고 지내던 사람들은 상당히 많았다. 그러나 군대에 간 이후로는 그들 중 어느 누구와도 각별한 우정을 나눈 것 같지 않았다. 그렇기 때문에 그에 관한 소식을 줄 수 있을 거라고 지명할 수 있는 사람이 전혀 없었다. 리디아의 친척들에게 발각될 것도 두려웠지만, 그 위에 그 자신의 재정 상황이 몹시 나빴던 것이 그가 비밀리에 움직이게 된 강력한 동기였다. 그가 상당한 액수의 노름빚을 남기고 갔다는 사실이 방금 드러났기 때문이다. 포스터 대령은 그가 브라이턴에서 진 빚을 청산하기 위해서는 1,000 파운드 이상이 필요할 것이라고 생각했다. 그는 런던에서도 많은 빚을 지고 있었다. 그러나 그의 노름빚은 더욱 더 엄청났다. 가디너 씨는 이런 상세한 정보를 롱본 가족에게서 숨기려 하지 않았다. 그 소식을 들은 제인은 온 몸이 오싹할 정도였다. "노름꾼이구나!" 제인이 외쳤다. "전혀 예상하지 못했던 거야. 꿈에도 그럴 줄 몰랐어."

가디너 씨는 편지에서 토요일인 다음 날 베넷 씨가 귀가할 것이라고 했다. 가디너 씨는 매형에게 가족에게 돌아가시라고, 그리고 리디아를 수소문하기 위해서 바람직하다고 생각되는 모든 일은 자신에게 일임하시라고 간청했고, 노력이 수포로 돌아가자 힘이 빠진 베넷 씨가 그것을 받아들였던 것이다. 전에 베넷 씨의 생명에 대해 걱정했던 것을 감안할 때, 이런 이야기를 전해들은 베넷 부인의 기쁨은 자녀들의 기대만큼 크지 않았다.

"무어라고, 집으로 오신다고, 그런데 불쌍한 리디아를 데려오지 않으신다니?" 그녀는 소리쳤다. "리디아와 위컴을 찾기 전에는 분명히 런던을 떠나지 않으실 거다. 만약 돌아오시면, 누가 위컴과 싸워서 리디아와 결혼하도록 만들겠니?"

가디너 부인이 집으로 돌아가기를 원하기 때문에 베넷 씨가 런던에서 오는 동시에 그녀와 아이들은 런던으로 가기로 결정했다. 그래서 그들은 여행의 첫 단계를 베넷 가의 마차를 타고 갔고, 그 마차는 베넷 씨를 태우고 롱본으로 돌아왔다.

가디너 부인은 엘리자베스와 더비셔에서 그녀와 함께했던 친구, 다아시 씨 사이의 관계에 대해 대단한 의구심을 지닌 채 길을 떠났다. 엘리자베스는 결코 그들 면전에서 그의 이름을 자발적으로 언급하지 않았고, 가디너 부인은 그들이 롱본으로 돌아온 후 곧 다아시 씨의 편지가 오리라고 막연히 기대했지만, 그런 일은 일어나지 않았다. 집에 돌아온 이 후 엘리자베스는 펨벌리에서 한 통의 편지도 받지 못했던 것이다.

현재 가족들이 모두 불행하기 때문에 엘리자베스는 다른 이유로 기분이 우울하다는 핑계를 댈 필요가 없었다. 그러므로 그녀의 기분이 저조하다는 것으로는 아무것도 추측할 수 없었다. 이제 자신의 감정을 매우 잘 알고 있는 엘리자베스는 자신이 다아시에 관해 아무것도 알지 못했다면, 리디아의 끔찍한 추행이 야기한 부끄러움을 좀 더 잘 견뎌 냈으리라는 걸 알고 있었다. 다아시에 대해 아무것도 몰랐다면, 잠 못 이루는 밤이 반으로 줄었을 것이라고 생각했다.

베넷 씨가 도착했을 때, 그는 평소처럼 달관한 듯한 평온한 모습을 하고 있었다. 그는 평상시의 습관대로 거의 말을 하지 않았다. 자신이 수행하러 갔던 업무에 대해서도 전혀 말이 없었다. 시간이 좀 지나서야 딸들은 용기를 내어 그 일에 대해 이야기했다.

오후에 그가 차를 마시러 왔을 때에야 엘리자베스는 감히 그 업무 이야기를 꺼냈다. 그가 틀림없이 참고 견뎌야 했을 비통함에 대해 짧게 언급했을 때, 그는 "그런 말은 하지도 마라. 나 이외에 고통 받아야 할 사람이 누가 있겠니? 그건 내 자신이 저지른 일이었으니 내가 고통 받아 마땅하지."

"너무 심하게 자책하지 마셔요." 엘리자베스가 대답했다.

"네가 그런 악행에 빠지지 말라고 경고하는 것도 무리는 아니다. 인간에겐 그런 악행에 빠지는 성향이 있으니 말이다! 아니다, 리지야. 내 인생에서 이 번 한 번은 내가 얼마나 비난받아야 할 사람인지를 깨닫게 내버려 두어라. 그런 생각이 나를 짓누른다 해도 두렵지 않다. 그건 곧 지나갈 거니까."

"그들이 런던에 있다고 생각하세요?"

"그래, 어디 다른 곳에서 그들이 그렇게 꽁꽁 숨을 수 있겠니?"

"그리고 리디아는 런던에 가고 싶어 하곤 했어요." 키티가 덧붙였다.

"그럼 리디아는 행복하겠구나." 베넷 씨가 냉담하게 말했다. "아마 런던에 머무는 시간이 좀 길어지겠네."

그러고는 잠시 침묵하다가 그가 계속 말을 이었다.

"리지야, 네가 지난 5월에 내게 올바른 충고를 해 주었지만, 그렇다고 네게 언짢은 감정을 품지는 않았다. 이 사건을 생각해 볼 때 그 충고는 네가 대단한 사고력을 지녔다는 걸 보여주는구나."

그들의 대화는 제인이 어머니의 차를 가지러 들어오자 멈추었다.

"이건 일종의 시위일세." 그가 외쳤다. "유익한 시위야. 우리의 불운에 대단한 고상함까지 부여해 주고 있구나! 언젠가는 나도 똑같은 짓을 할 거야. 나이트캡을 쓰고 화장복을 입고 내 서재에 앉아서 한껏 말썽을 부릴 거야. 아니면 키티가 가출할 때까지 연기할 수도 있지."

"아빠, 저는 가출하지 않아요." 키티가 퉁명스럽게 말했다. "제가 브라이턴으로 간다면 리디아보다 잘 행동할 거예요."

"네가 브라이턴으로 간다고. 나는 50 파운드를 준대도 네가 그 근처인 이스트본[50]까지 가는 것도 안심할 수 없어! 안 된다. 키티야. 나는 마침내 조심해야 한다는 걸 깨달았다. 너는 그 효력을 이제 알게 될 거다. 어떤 장교도 다시는 내 집에 발을 들여놓지 못할 거야. 마을을 통과해 지나갈 수조차 없을 거다. 네 자매 중 한 사람과 동행하지 않는다면 무도회에 가는 건 완전히 금지한다. 매일 10분 동안 도리에 맞게 생활한다는 걸 증명할 수 있을 때까진 너는 한 걸음도 집 밖으로 나갈 수 없다."

이 모든 협박을 심각하게 듣고 있던 키티는 울기 시작했다.

"좋아, 좋아," 베넷 씨가 말했다. "불행해 하지 마라. 만약 네가 앞으로 10년간 착하게 굴면 10년 후에 너를 군대 열병식에 데려가마."

---

50 브라이턴 동쪽에 있는 서식스의 해안 마을. 평판이 별로 좋지 않은 곳.

베넷 씨가 집에 돌아와 이틀이 지난 후 엘리자베스와 제인이 집 뒤에 있는 관목 숲을 함께 거닐고 있을 때였다. 가정부가 그들 쪽으로 오는 것이 보였다. 어머니가 부르시는 것으로 생각하고 그들은 가정부를 만나러 그녀 쪽으로 갔다. 하지만 그녀에게 가까이 갔을 때 가정부는 기대했던 어머니의 부르심 대신 이렇게 말했다. "방해해서 죄송합니다. 하지만 런던에서 좋은 소식을 들으셨을지 모른다고 생각해서 이렇게 제멋대로 여쭤 보러 왔어요."

"힐, 무슨 이야기예요? 우리는 런던에서 아무 소식도 못 들었어요."

"아가씨," 힐은 깜짝 놀라며 소리쳤다. "주인님께 보낸 가디너 씨의 속달이 도착한 걸 모르세요? 우편부가 30분 전에 여기에 왔어요. 주인님께서 편지를 받아 가지고 계셔요."

얼마나 빨리 집 안으로 들어가고 싶었는지 그들은 답할 겨를도 없이 정신없이 달려갔다. 현관을 통해 아침 식당으로 갔다가, 거기서 서재로 갔다. 그들의 아버지는 두 곳에 다 계시지 않았다. 그들이 어머니와 함께 이 층에서 아버지를 찾으려고 했을 때 집사장을 만났고 그는 다음과 같이 말했다.

"아가씨들, 주인님을 찾으신다면, 주인님은 작은 덤불 숲 쪽으로 가셨어요."

이 말을 듣고 그들은 즉시 다시 한 번 현관을 지나 잔디를 가로질러서 아버지를 찾아 나섰다. 베넷 씨는 작은 방목장 한쪽에 있는 작은 숲 쪽으로 유유히 걸어가고 있었다.

엘리자베스처럼 날래거나 달리는 버릇이 없는 제인은 곧 뒤에 처졌고, 엘리자베스는 숨을 헐떡이며 아버지에게 다가가 간절하게 소리쳤다.

"아버지, 무슨 소식 인가요—무슨 소식이에요? 외삼촌에게서 온 건가요?"

"그래, 그에게서 속달 편지가 왔단다."

"그런데 그 편지에 무슨 소식이 있나요—좋은 소식인가요, 나쁜 소식인가요?"

"무슨 좋은 소식을 기대할 수 있겠니?" 베넷 씨가 주머니에서 편지를 꺼내며 말했다. "그래도 아마 편지를 읽고 싶겠지."

엘리자베스는 아버지 손에서 성급히 편지를 잡아챘다. 그제서야 제인이 도착했다.

"큰소리로 읽어라," 베넷 씨가 말했다. "나 자신은 이 편지에서 무슨 말을 하는 건지 잘 모르겠다."

그레이스처치 스트리트,

8월 2일, 월요일

친애하는 매형께,

드디어 이제 리디아 소식을 보낼 수 있게 되었어요. 이 소식을 들으시고 매형께서 대체로 만족하셨으면 합니다. 지난 토요일 매형께서 떠나신 직후 아주 운 좋게도 그들이 런던의 어느 지역에 있는지를 알아냈지요. 상세한 것은 만나 뵐 때까지 보류하겠습니다. 그들을 발견했다는 것만으로도 충분하니까요. 그들 두 사람을 모두 만났지요……"

"그렇다면 내가 언제나 바라던 대로 그들이 결혼했구나." 제인이 외쳤다.
엘리자베스는 계속 읽었다.

"두 사람을 모두 만났지요. 그들은 결혼하지 않았고, 결혼할 의사도 전혀 없는 걸 알 수 있었어요. 하지만 제가 감히 매형을 대신해서 그들에게 했던 약속을 기꺼이 실행하면, 머지않아 그들은 결혼할 것이라 생각합니다. 매형께서 하셔야 할 일은 매형과 누님이 세상을 떠나신 후 따님들에게 똑같은 지분으로 증여할 5,000 파운드에서 리디아의 지분을 그녀에게 주시겠다고 보증하시고, 그 위에 매형 생전에 리디아에게 일 년에 100 파운드를 준다는 계약을 체결하는 것입니다. 모든 것을 고려할 때, 이런 조건들은 제가 매형을 대신하는 특권으로 주저 없이 응할 수 있는 것들입니다. 지체 없이 매형의 답신을 받아야 해서 이것을 속달로 보냅니다. 이런 상세한 내용을 보시면 위컴 씨의 재정 형편이 일반적으로 세상 사람들이 생각하는 것처럼 그렇게 절망적은 아니라는 걸 쉽사리 이해하실 테지요. 세상 사람들은 이 점을 오해하고 있습니다. 그가 빚을 다 갚은 후에도, 리디아의 재산에 보탤 수 있는, 증여할 돈이 약간 있다고 말씀드릴 수 있어 기쁩니다. 그러시리라 생각하는데, 이 사무 전체를 매형 이름으로 진행할 수 있는 권리를 모두 제게 위임해 주신다면, 저는 즉시 해거스턴 변호사에게 적절하게 증여할 준비를 하라고 지시하겠습니다. 다시 런던으로 오실 필요는 없습니다. 그러니 조용히 롱본에 머무시고, 제가 이 일을 부지런히 잘 보살핀다고 믿어 주시기 바랍니다. 가능한 한 빨리 답신을 보내시되 신중하고 정확한 답신을 주십시오. 우리는 리디아가 우리 집에서 결혼해야 한다고 생각하는데 찬성해 주시기 바랍니다. 리디아는 오늘 우리 집으로 옵니다. 다른 것이 더 결정되는 대로 곧 다시 편지 드리겠습니다.

에드워드 가디너 드림

"그게 가능해?" 편지를 다 읽었을 때 엘리자베스가 외쳤다. "위컴이 리디아와 결혼한다는 게 가능할까?"

"그렇다면 위컴이 우리가 생각했던 것처럼 그렇게 나쁜 사람은 아니네." 제인이 말했다. "아버지, 축하드려요."

"그런데 답장을 쓰셨어요?" 엘리자베스가 외쳤다.

"아니, 하지만 곧 써야 한다."

그때 엘리자베스는 지체 마시고 곧 답장을 쓰시라고 진지하게 간청했다.

"아버지," 그녀는 외쳤다. "오셔서 즉시 쓰셔요. 이 경우에 매 순간이 얼마나 중요한지를 생각하셔야지요."

"편지 쓰시기 귀찮으시면 제가 대신 쓰게 해 주세요." 제인이 말했다.

"정말 쓰기 싫지만 그래도 내가 해야만 할 일이다." 베넷 씨가 말했다.

그렇게 말하면서 그는 그들과 함께 돌아서서 집 쪽으로 걸어 갔다.

"질문 드려도 되나요?" 엘리자베스가 말했다. "하지만 반드시 조건에 찬성하셔야 한다고 생각하는데요."

"찬성이라니! 나는 그가 너무 적게 요구하는 것이 부끄러울 뿐이야."

"그들은 반드시 결혼해야 해요! 그렇지만 위컴은 그런 사람이잖아요!"

"그래, 그렇고말고. 반드시 결혼해야 해. 그 외에 할 수 있는 게 아무것도 없구나. 하지만 내가 정말 알고 싶은 것이 두 가지 있단다. 하나는 그런 성과를 얻기 위해서 너희 외삼촌이 돈을 얼마나 썼는지 이고. 그리고 내가 어떻게 그 빚을 갚을 수 있을지."

"돈이라니요! 외삼촌이라니요!" 제인이 큰소리로 말했다. "무슨 뜻이에요, 아버지?"

"내 말은, 내 생애에는 일 년에 100 파운드, 내가 사망하면 50 파운드를 받는 그런 하찮은 유혹으로는 정상적인 생각을 가진 청년이라면 누구도 리디아와 결혼하지 않을 거란 말이다."

"그건 정말 사실이에요." 엘리자베스가 말했다. "전에는 그 생각을 전혀 하지 못했지만요. 그가 빚을 갚고, 그러고도 얼마가 좀 남기에는 너무 적은 금액이에요! 오! 관대하신 훌륭한 외삼촌. 틀림없이 외삼촌께서 해내신 거예요! 외삼촌도 고민하셨을 거예요. 적은 금액으로는 이렇게 모든 걸 해결할 수 없었을 테니까요."

"그럴 수 없지," 베넷 씨가 말했다. "10,000 파운드에서 한 푼이라도 모자라게 받고 리디아를 받아들였다면 위컴은 바보야.

우리 관계가 이제 막 시작되는 건데 그를 그렇게 나쁘게 생각하게 되다니 참 유감이다."

"맙소사, 10,000 파운드라니! 어떻게 그 반이라도 갚을 수 있단 말인가요?"

베넷 씨는 대답이 없었다. 집에 이를 때까지 각자 깊은 생각에 잠겨서 조용히 걸었다. 그리고 베넷 씨는 답장을 쓰기 위해 서재로 갔고 딸들은 아침 식당으로 들어갔다.

"그들이 정말 결혼하게 되었네," 언니와 둘만 있게 되자마자 엘리자베스가 외쳤다. "정말 이상한 일이야! 그런데 이런 일에 우리는 감사해야만 하다니. 그들이 행복할 가능성이 별로 없다 해도, 그의 성격이 야비하다 해도, 그들이 결혼해야 하는 걸 우리는 억지로 기뻐해야 하다니. 오. 리디아!"

"나는 위컴이 리디아를 진정으로 존경하는 마음이 없었다면 분명히 그녀와 결혼하지 않았을 거라는 생각으로 나 자신을 위로한단다." 제인이 대답했다. "관대한 외삼촌께서 그의 빚을 청산하는 것을 약간 도와주시긴 했겠지만, 10,000 파운드나 되는 그 정도의 금액을 선불하셨다고는 믿을 수 없어. 자녀들도 있고 아이가 더 생길지도 모르잖아. 어떻게 그 금액의 반만이라도 저축해 두실 수 있었겠어?"

"우리가 위컴의 빚이 얼마인지 알 수 있다면," 엘리자베스가 말했다. "그리고 위컴이 리디아에게 얼마를 증여하는지를 안다면 우리는 정확하게 외삼촌이 그들을 위해 얼마를 쓰셨는지 알 수 있지. 위컴은 수중에 자기 돈이라고는 한 푼도 없으니까. 외삼촌과 외숙모께서 베푸신 관대함은 결코 갚을 길이 없어. 리디아를 집으로 데려가시고, 개인적으로 보살펴 주시고 정신적으로 지지해 주시는 것, 리디아의 편의를 위해 희생하시는 것은 여러 해에 걸쳐서도 충분히 다 감사드릴 수 없을 거야. 지금쯤이면 리디아는 그들과 같이 있을 거야! 그녀가 지금 그런 친절한 대접을 받고 비참하게 느끼지 않는다면, 그 애는 도무지 행복할 자격이 없어! 처음 외숙모를 뵈었을 때, 리디아는 무슨 생각을 했을까!"

"우리는 두 사람에게 있었던 일을 모두 잊어버리려고 노력해야 해," 제인이 말했다. "나는 그래도 그들이 행복할 것이라고 믿어. 또 그러길 바라. 리디아와 결혼하기로 동의한 것은 위컴이 올바른 사고를 하게 되었다는 증거라고 생각할 거야. 서로에 대한 애정으로 그들은 착실해질 거야. 그들이 과거에 보였던 뻔뻔스러움을 우리가 모두 잊어버릴 정도로 아주 조용히 정착하고 도리에 맞게 살 거라고 생각하고 싶어."

"그들이 한 행동은" 엘리자베스가 대답했다. "언니나 나, 또 어느 누구도 도저히 잊을 수 없을 거야. 거기에 대해 말해 봤자 아무 소용이 없어."

그제야 그들은 어머니가 이 소식을 전혀 듣지 못했을 거라는 생각을 했다. 그래서 그들은 서재로 가서 아버지께 자신들이 어머니에게 소식을 전하기를 원하시는지 물었다. 편지를 쓰고 있던 그는 고개를 들지 않은 채 냉정하게 대답했다.

"하고 싶은 대로 하렴."

"이 편지를 가져가서 어머니께 읽어 드릴까요?"

"원하는 건 다 가지고 어서 가거라."

엘리자베스는 아버지의 책상에서 편지를 집어 들고, 언니와 함께 이 층으로 올라갔다. 메리와 키티는 어머니와 함께 있었다. 그렇기 때문에 한 번에 모두에게 소식을 알릴 수 있었다. 잠시 좋은 소식을 전할 준비를 하고, 편지를 큰소리로 읽었다. 베넷 부인은 감정을 억누를 수 없었다. 가디너 씨는 리디아가 곧 결혼하기를 바란다는 부분을 제인이 읽었을 때, 베넷 부인의 기쁨이 솟구쳤고, 뒤따르는 모든 문장을 읽을 때마다 그녀의 기쁨은 점점 더 격렬해졌다. 놀라움과 걱정으로 조바심했던 것처럼 이제 그녀는 너무나 기뻐서 어쩔 줄 몰라했다. 리디아가 결혼할 것을 아는 것만으로도 충분했다. 리디아가 행복할지 그렇지 못할지에 대해 걱정도 하지 않았고, 리디아의 그릇된 행동을 기억하며 난감해 하지도 않았다.

"내 귀여운 리디아!" 베넷 부인이 외쳤다. "이건 정말 기쁜 일이다. 리디아가 결혼하는구나! 리디아를 다시 만나게 되는구나! 16세에 결혼하게 되다니! 친절한 동생! 일이 이렇게 될 줄 알았지. 동생이 모든 걸 잘 해결해줄 줄 알았다니까! 리디아를 무척 보고 싶구나! 그리고 위컴 씨도! 하지만, 예복, 결혼 예복 말이야! 가디너 올케에게 즉시 예복에 대해 편지 쓸 거야. 리지, 애야, 아버지께 달려 내려가서 리디아에게 얼마를 주실 거냐고 여쭈어라. 여기 있어, 그냥 여기 있어. 내가 가야겠다. 키티야, 힐이 오도록 종을 울려라. 옷을 빨리 입으마. 귀염둥이 리디아! 리디아를 만나면 우린 얼마나 즐거울까!"

맏딸 제인은 이처럼 격렬한 어머니의 감정을 조금이라도 진정시키려고 어머니에게 그들 모두가 외삼촌에게 얼마나 큰 신세를 지고 있는지를 환기시키려 애썼다.

"이런 행복한 결론이 나게 된 것은 상당 부분 외삼촌이 베푸신 친절 덕택이라는 것을 반드시 인정해야 해요. 그분이 위컴을 금전적으로 돕겠다고 약속했다고 짐작하고 있어요.

"자" 베넷 부인이 큰소리로 말했다. "모두 매우 옳은 일이야. 리디아의 외삼촌이 아니면 누가 그런 일을 하겠니? 그에게 가족이 없었다면 나와 내 자녀들이 그의 재산을 모두 차지할 텐데. 그리고 몇 가지 선물을 빼고는 그에게서 우리가 처음으로 받는 것이란다. 자! 나는 아주 행복해! 곧 딸을 결혼시키게 될 거야. 위컴 부인이라! 얼마나 듣기 좋으냐! 그 애는 지난 유월에 겨우 16세가 되었는데. 사랑스러운 제인, 나는 얼마나 가슴이 두근거리는지 편지를 쓸 수 없단다. 그러니 내가 불러 줄 테니네가 내 대신 편지를 써 주렴. 돈에 관해서는 후에 아버지와 담판 지을게. 하지만 꼭 필요한 물건들, 결혼 예복은 즉시 주문해야 한단다."

그러고 나서 그녀는 옥양목, 모슬린, 흰 삼베에 대해 자세히 이야기했고, 제인이 아버지가 시간이 나서 상의할 수 있을 때까지 기다리자고 어렵사리 설득하지 않았다면, 뒤이어 아주 많은 주문 거리를 불러 줄 참이었다. 제인은 하루 늦게 주문한다 해도 크게 문제되지 않을 것이라고 했다. 너무 행복한 베넷 부인은 평상시와 달리 그다지 고집을 부리지 않았다. 그녀의 머리에는 다른 계획도 떠올랐다.

그녀가 말했다. "옷을 차려 입자마자, 나는 필립스 동생에게 좋은 소식을 전하러 메리턴으로 갈 거야. 돌아오는 길에 루카스 부인과 롱 부인을 방문해야지. 키티야, 일 층으로 달려 내려가서 마차를 대기시키렴. 외출하는 것이 내 건강에 아주 좋아. 얘들아, 메리턴에서 너희를 위해 해줄 일이 있니? 오! 여기 힐이 오네. 힐, 좋은 소식을 들었나? 리디아가 결혼하게 되었어. 그리고 너희는 모두 리디아 결혼식에서 즐겁게 펀치를 한 잔 마실 수 있다고."

힐 부인은 즉시 기쁘다고 말하기 시작했다. 엘리자베스는 여러 사람들 가운데서 힐 부인의 축하를 받았다. 그러고는 이런 어리석음이 역겨워서 홀로 자유롭게 생각할 수 있는 자신의 방으로 피신했다.

가련한 리디아의 형편은 아무리 잘 봐 주어도 상당히 좋지 않았다. 하지만 그것보다 더 나쁘지 않은 것을 감사할 필요가 있었다. 엘리자베스는 그렇게 느꼈다. 그리고 장래를 내다볼 때 비록 리디아가 위컴과의 결혼에서 온당한 행복이나 세상적인 부를 누리리라고 기대할 수 없는 것이 당연하지만, 불과 두 시간 전만 해도 자신들이 걱정했던 것을 되돌아보면, 그래도 지금의 이 상황이 훨씬 더 낫다고 느꼈다.

8

베넷 씨는 이 시기 이전에 가끔 아내가 자신보다 더 오래 살 경우에 대비해서, 자신의 수입을 모두 다 쓰지 않고, 아내와 자녀들의 장래를 위해, 일 년에 어느 정도의 일정한 금액을 저축하고 싶어 했다. 이제 와서 그는 어느 때보다도 더 그렇게 했더라면 좋았을 것이라고 생각했다. 이런 점에서 그가 자신의 의무를 다했더라면, 지금 리디아에게 필요한 것이 명예든, 차용 대금이든, 처남에게 빚질 필요 없이 그것을 자신의 돈으로 사줄 수 있었을 것이다. 그렇게 할 수 있었다면, 영국에서 가장 가치 없는 청년을 리디아의 남편이 되도록 설득하는 즐거움은 당연히 책임 있는 베넷 씨의 차지가 되었을 것이다.

어느 누구에게도 아무 이득이 없는 일을 오로지 처남의 비용으로 추진해야 한다는 것이 그에게는 큰 걱정거리였다. 그리고 가능하다면 처남이 도움을 준 액수를 알아내서 될 수 있으면 빠른 시일 내에 채무를 갚기로 결심했다.

결혼 초기에는 베넷 씨는 경제적으로 절약할 필요가 전혀 없다고 생각했다. 그들에게 물론 아들이 태어날 것이기 때문이었고, 이 아들이 성년이 되면 한사상속의 제한을 해제하게 되어 있었다. 그런 수단으로 미망인과 어린 아이들의 생계비용이 마련될 것이었다. 다섯 명의 딸들이 계속 태어났지만 아직도 아들은 태어나지 않았다. 베넷 부인은 리디아 출생 후 여러 해 동안 아들이 확실히 태어날 것이라고 생각했다. 드디어 이런 희망은 완전히 좌절되었지만, 그때는 이미 저축하기에 너무 늦었다. 베넷 부인은 별로 경제관념이 없었고, 그나마 그들이 과소비하지 않을 수 있었던 것은 오로지 베넷 씨가 독립 정신을 사랑한 덕택이었다.

베넷 부부의 결혼 계약서에는 베넷 부인과 아이들에게 5,000 파운드를 나누어 주기로 되어 있었다. 하지만 어떤 비율로 딸들에게 나누어줄지는 부모의 뜻에 따르게 되어 있었다. 적어도 리디아에 관한한 이것은 지금 해결해야 할 시급한 사안이었다. 베넷 씨는 그의 앞에 놓인 처남의 제안에 동의하는데 망설일 필요가 없었다. 그는 아주 간결한 표현으로 처남이 베푼 친절함에 대해 깊은 감사의 마음을 전하고, 처남이 행한 모든 것에 완전히 동의하며, 자신을 대신해서 처남이 한 약속을 기꺼이 이행하겠노라고 편지지에 써 내려갔다. 그는 이전에는 위컴이 리디아와 결혼하도록 설득할 수 있다 해도 지금처럼 별 불편 없이 그 일을 주선할 수 있을 줄은 몰랐다. 그들에게 매년 100 파운드를 지불한다 해도 그가 잃는 것은 일 년에 10 파운드도 될까 말까 했다. 리디아를 먹이고, 용돈을 주고, 부인을 통해서 계속 그녀에게 넘어가는 돈을 감안하면, 리디아가 쓰는 금액은 일 년에 100 파운드 조금 안쪽이었기 때문이다.

또 하나의 예상하지 못했던 고마운 일은 자신이 별 수고도 하지 않고 이런 일이 성취된다는 것이었다. 현재 그가 바라는 것은 될 수 있으면 아무 문제없이 이 일을 진행하는 것이었기 때문이다. 초기에는 미칠 듯이 분노해서 리디아를 찾아 나섰지만, 이제 그 분노가 가라앉자 그는 자연스럽게 예전처럼 다시 나태해졌다. 베넷 씨는 곧 편지를 보냈다. 일을 착수하는 데는 꾸물거렸지만 집행하는 데는 재빨랐기 때문이었다. 그는 처남에게는 자신이 그에게 빚진 것을 더 자세히 알려 달라고 간청했지만, 리디아에게는 매우 화가 나서 아무런 편지도 쓰지 않았다.

리디아가 결혼한다는 좋은 소식은 재빨리 집안에 퍼졌고, 또한 날개 달린 듯 재빠르게 이웃으로 퍼져 나갔다. 이웃들은 그소식을 젊잖게 냉정하게 받아들였다. 리디아가 매춘부가 되었다면 대화거리로 더욱 흥미를 돋웠을 것이다. 혹은 모두에게 가장 행복한 쑥덕공론거리는 리디아가 사교계에서 은퇴하여 어떤 먼 시골 농장에 있다는 것일 터였다.[51] 하지만 그녀가 결혼한다는 데 대해서는 말들이 많았다. 이렇게 사정이 바뀌었지만 전에 친절하게도 그녀의 선행을 바라던 모든 심술궂은 메리턴의 노부인들 사기는 저조해지지 않았다. 그런 남편을 맞아들이는 그녀가 비참할 것은 너무나 뻔하기 때문이었다.

베넷 부인은 2주 동안 일 층으로 내려오지 않았었다. 하지만 이런 행복한 날 숨이 막힐 정도의 고조된 기분으로 그녀는 다시 식탁 상좌에 있는 자신의 자리에 앉았다. 어떤 수치심도 그녀의 승리감에 물을 끼얹지 못했다. 제인이 열여섯 살이 된 이후로 그녀가 제일 바라던 딸의 결혼이 이제 막 이루어지려는 시점이었고, 그래서 그녀는 오로지 우아한 결혼식에 필요한 훌륭한 모슬린 옷이니 새 마차나 하인들에 관해서만 생각하고, 말했다. 그녀는 바쁘게 이웃을 돌아다니며 리디아가 거주할 적합한 집을 물색했고, 리디아와 위컴의 수입이 얼마인지 알지도 못하고, 그것을 고려하지도 않은 채 집 크기가 작거나, 집이 별로 좋지 않다고 여러 집을 퇴짜 놓았다.

"해이 파크면 괜찮겠는데," 그녀가 말했다. "만약 굴딩 부부

---

51 19세기에는 타락한 여자들이 매춘부가 된다거나 시골에서 무명으로 지내게 된다는 것이 좀 더 흥미로운 뒷공론이 될 수 있었다.

가 그곳에서 나간다면 말이지―아니면 거실만 좀 더 크다면 스토크에 있는 큰 집이 괜찮겠고. 하지만 애쉬워스는 너무나 멀어! 리디아가 16 킬로나 떨어진 곳에 산다는 건 참을 수 없어. 퍼비스 로지는 다락방이 너무나 형편없어."

그녀 남편은 하인들이 있는 자리에서는 아내가 계속 리디아가 살게 될 집에 대해 이야기하도록 내버려 두었지만, 하인들이 물러가자 이렇게 말했다. "베넷 부인, 당신이 딸과 사위를 위해 이런 집들 모두를, 아니면 한 집을 선택하기 전에 우리 올바르게, 제대로 이해합시다. 그 애들은 이 근방에 있는 **어느** 집에도 결코 입주하지 못할 거요. 나는 그 애들을 롱본에 받아들여서 그들의 뻔뻔스러움을 부추기지는 않을 생각이니까."

베넷 씨가 이렇게 선언한 후에 긴 언쟁이 있었다. 그러나 베넷 씨는 요지부동이었다. 그래서 또 다른 언쟁이 뒤따랐고, 베넷 부인은 남편이 리디아의 옷을 사도록 한 푼도 주지 않을 것을 알고는 깜짝 놀랐다. 베넷 씨는 이 경우에 리디아는 자신에게서 전혀 아무런 애정의 표시도 받지 못할 것이라고 잘라 말했다. 베넷 부인은 그것을 도대체 이해할 수 없었다. 그가 딸에게 베푸는 특권 없이는 리디아의 결혼은 성립될 수 없었다. 그런데도 남편이 그 특권을 거부할 정도로 상상을 초월하는 분노를 느낀다는 것은 그녀에겐 도저히 있을 수도 없고, 믿기지도 않는 일이었다. 리디아가 결혼식도 올리기 전에 도망가서 위컴과 두 주일을 동거했다는 사실보다 리디아가 결혼식에 새 옷을 입지 못한다는 것이 베넷 부인에겐 더 신경이 쓰이는 수치스러운 일이기 때문이었다.

엘리자베스는 전에 자신이 비탄에 잠겼을 때, 다아시 씨에게 자신의 가족들이 리디아 일로 근심한다는 걸 알린 것을 이제 가슴 깊이 후회했다. 이제 곧 리디아가 결혼하게 되면 그들의 가출 상태는 정식으로 끝나게 될 터여서 그들은 가출 현장에 없었던 모든 사람들에게서 눈이 맞아 도망했던 불리한 상황을 숨기고 싶어 할지도 모르기 때문이었다.

그녀는 다아시 씨가 소문을 더 퍼트릴 것이라는 걱정은 하지 않았다. 그는 누구보다도 비밀을 더 잘 지켜 줄 사람이었다. 하지만 동시에 리디아의 약점을 안다는 면에서 다아시 씨보다 더 자기에게 수치심을 느끼게 해 줄 사람도 없었다. 그러나 그가 그 사실을 안다는 것이 개인적으로 자신에게 불리해서 그런 것은 아니었다. 어쨌든 자신과 그 사이에는 넘을 수 없는 심연이 있는 것 같았기 때문이었다. 리디아의 결혼이 가장 명예롭게 성사되더라도, 다아시 씨가 타당한 이유로 매우 경멸하는 위컴과 가장 가까운 인척 관계를 맺는 베넷 가족과 결혼 인연을 맺을 것 같지 않았다. 위컴이 베넷 씨의 사위가 된다는 것은 다아시 씨가 자신과의 결혼을 고려할 때 마음에 걸렸던 베넷 가의 모든 결점에 하나가 더 추가되는 셈이기 때문이었다.

그가 그런 베넷 가와 인연 맺기를 회피한다 해도 놀랍지 않았다. 엘리자베스는 그가 자신의 사랑을 얻고 싶어 한다는 것을 더비셔에서 확신했었다. 그렇다고 해도 자신에 대한 그의 사랑이 이런 타격을 견뎌 낼 수 있으리라고 기대하는 것은 이치에 맞지 않았다. 엘리자베스는 겸허해졌고 마음이 아팠다. 무엇이 후회스러운지 모르지만, 그녀는 후회했다. 이제 더 이상 그의 존경을 받을 희망이 없게 된 지금에야 그녀는 그것을 갈구했다. 그의 소식을 들을 기회가 거의 없게 되자 그의 소식을 듣고 싶었다. 그를 다시 만날 수 없을 것 같은 지금에 와서야 그와 행복할 수 있었을 거라고 확신했다.

그녀는 가끔 불과 넉 달 전에 오만하게 차 버렸던 그의 구혼을 자신이 이제는 가장 기쁘게 그리고 감사하게 받아들일 걸 그가 안다면 얼마나 승리감을 만끽할까 생각했다! 그가 남성 중에서 가장 관대한 사람이라는 것을 의심하지 않았지만, 그도 인간인지라 틀림없이 승리감을 느낄 것이었다.

그녀는 이제야 성격이나 재능으로 볼 때 그 사람이야말로 정확히 자신에게 가장 적합한 남자라는 것을 이해하기 시작했다. 그의 지력과 기질은, 자신의 그것과 다르지만, 그녀가 바라는 것 모두를 충족시킬 수 있을 것이었다. 그것은 그들 두 사람 모두에게 유익한 결합이었을 것이다. 그녀의 여유 만만함과 명랑함은 그의 마음을 부드럽게 만들어 줄 수 있었을 테고, 그의 태도는 개선될 터였다. 그의 판단력, 견문, 지식에서 그녀는 더 소중한 이익을 얻었을 것이다.

하지만 이제는 찬양하는 무리들에게 결혼의 진정한 축복이 무엇인가를 가르쳐 줄 수 있는 행복한 결혼이 성사될 수 없었다. 자신의 가족 내에서 머지않아 성향이 다르고, 그리고 결혼의 행복이 배제된 결혼이 맺어지게 될 뿐이었다.

리디아와 위컴이 어떻게 해서 독립적으로 결혼 생활을 유지할 수 있을지 상상이 되지 않았다. 하지만 덕성보다는 열정이 더 강해서 가까스로 맺어진 부부는 변함없는 행복을 누리지 못할 것이라는 걸 쉽사리 짐작할 수 있었다.

***

가디너 씨는 매형에게 곧 다시 편지를 썼다. 매형의 감사에 대해서 자신은 누가 되든 매형 가족의 행복을 위해서는 발 벗고 나서겠노라고 간략하게 대답했다. 그리고 다시는 자신에게 그 말씀을 하지 마시라고 간청하며 편지를 맺었다. 편지의 주목적은 그들에게 위컴 씨가 ○○셔를 떠나기로 결심했다는 것을 알리는 것이었다. 그는 다음과 같이 덧붙였다.

"결혼이 결정 되는 대로, 위컴 씨가 그 부대에서 나오기를 저는 무척 바랐어요. 그 자신 때문에도 그렇고, 리디아를 위해서도 그가 그 부대를 떠나는 것이 매우 바람직하다고 생각하는데, 매형께서도 제게 동의하시리라 믿습니다. 위컴 씨는 정규병으로 입대할 생각이고, 군대에 있는 그의 옛 친구 중에서 그를 기꺼이 도우려는 사람이 있습니다. 위컴 씨는 ○○장군의 연대에서 기수직을 맡기로 약속 받았습니다. 그 연대는 지금 북쪽에 주둔하고 있는데 이곳에서 아주 먼 북쪽에서 근무하게 된 것은 그들에겐 유리한 점입니다. 그는 분명히 약속했고, 저는 그 두 사람이 각각 다른 사람들 사이에서 체면을 지킬 수 있도록 좀 더 신중해지길 바랍니다. 저는 포스터 대령에게 편지로 현재 우리가 합의한 것을 알리고, 브라이턴과 그 근방의 여러 위컴의 채권자들에게 조속히 빚을 갚겠다는 보장을 해서 그들을 납득시켜 달라고 요청했습니다. 빚을 조속하게 지불하기로 제가 약속했지요. 매형께서도 메리턴에 있는 그의 채권자들에게 유사한 보장을 해주시렵 니까? 위컴 씨가 알려주는 대로 채권자 목록을 추가하겠습니다. 그는 자신이 진 빚 모두를 알려주었습니다. 적어도 그가 우리를 속이지 않 았길 바랍니다. 해거스턴 변호사는 우리의 지시를 받았고 일주일 안 에 모든 것이 완료될 것입니다. 그렇게 되면 롱본에서 먼저 그들 부부 를 초대하지 않는다면 그들은 곧장 그의 연대로 가게 될 겁니다. 제 처에게서 리디아가 남부를 떠나기 전에 가족들 모두를 무척이나 보 고 싶어 한다는 말을 들었습니다. 리디아는 잘 있고 부모님께서 성실 한 딸로 기억해 주시길 간절하게 바라고 있습니다.

E. 가디너 드림

베넷 씨와 그의 딸들은 가디너 씨 못지않게 위컴이 ○○셔 를 떠나는 것이 대단히 잘된 일이라는 것을 명확하게 이해했다. 하지만 베넷 부인은 그것이 별로 마음에 들지 않았다. 리디아 와 함께 대단히 즐겁고 자랑스럽게 지내리라 기대했던 바로 그 시점에 리디아가 북쪽 지방에 정착한다는 것은 그녀에겐 대단 한 실망이었다. 그녀는 그들을 하트퍼드셔에 살게 하려는 계획 을 조금도 포기하지 않았기 때문이다. 그 밖에도 리디아가 거의 모든 사람들을 다 알고 있고, 많은 사람들을 좋아하는 연대에서 떠나야 한다는 것은 대단히 유감스러운 일이었다.

베넷 부인은 이렇게 말했다. "리디아는 포스터 부인을 아주 좋아하는데, 그렇게 멀리 떠나보내다니, 그 애는 대단히 충격 받 을 거야! 그리고 리디아가 좋아하는 청년들도 서너 명 있잖아. ○○장군의 연대에 있는 장교들은 그다지 상냥하지 않을걸."

베넷 씨는 북쪽으로 출발하기 전에 다시 가족의 일원으로 받아들여 달라는 리디아의 요청을 고려해 볼 수 있었지만, 처음에는 그녀의 요청에 대해 완전히 부정적이었다. 그러나 리디아의 감정과 자존심을 위해서 부모님이 그녀 결혼을 인정해 주시기를 바라는 마음이 같았던 제인과 엘리자베스는 아버지에게 아주 진지하게, 그러나 대단히 합리적으로, 그리고 대단히 온순하게 결혼식이 끝나면 곧 리디아 부부를 롱본에 오도록 허락하시라고 졸랐다. 두 큰 딸들의 말을 듣고 일리가 있다고 생각했는지 베넷 씨는 그들이 원하는 대로 리디아가 롱본에 오는 것을 허락했다. 베넷 부인은 결혼한 리디아가 북부로 떠나기 전에 그녀를 이웃에게 선보일 수 있게 된 것을 알고 만족스러워 했다. 그러므로 베넷 씨는 처남에게 다시 편지할 때 리디아와 위컴의 롱본 방문을 허락한다고 썼고, 결혼식이 끝나면 그들은 곧 롱본으로 오기로 결정되었다. 그러나 엘리자베스는 위컴이 그런 계획에 동의하는 것이 놀랍기만 했다. 그리고 그녀가 자신의 기분만을 염두에 두었다면 어떤 형태든 위컴과의 만남을 가장 바라지 않았을 것이다.

9

리디아의 결혼식 날이 다가왔다. 제인과 엘리자베스는 아마도 리디아의 자기 연민 못지않게 동생을 불쌍히 여겼을 것이다. 그들 부부를 ○○에서 마중하기 위해 마차를 보내기로 했고, 그들은 그 마차를 타고 저녁 식사 무렵 집에 오기로 되어 있었다. 제인과 엘리자베스는 그들이 도착하는 것을 두려워했고, 제인은 특히 더 그랬다. 제인은 자신이 동생 같은 죄인이었다면 느꼈을 그런 감정으로 리디아를 헤아렸고, 동생이 견뎌 내야만 할 수치를 생각하고 슬퍼했다.

리디아와 위컴이 도착했다. 가족들은 그들을 맞이하기 위해서 아침 식사 방에 모였다. 마차가 집 문 앞에 이르렀을 때 베넷 부인의 얼굴에는 미소가 가득했고, 베넷 씨의 표정은 꿰뚫어 볼 수 없이 근엄하기만 했다. 딸들은 경계하고, 걱정하고, 불안해했다.

현관에서 리디아의 목소리가 들렸다. 문이 활짝 열리고 그녀가 방으로 뛰어들어 왔다. 어머니는 앞으로 달려 나가 딸을 포옹하고, 열광적으로 환영했다. 리디아의 뒤에 오는 위컴에게 그녀는 애정 어린 미소로 손을 내밀었다. 위컴은 그들이 행복하리란 걸 전혀 의심하지 않는다는 듯 주저 없이 두 모녀에게 행복을 기원했다.

그러고 나서 그들 부부는 베넷 씨 쪽으로 돌아 섰다. 그는 그들을 별로 따뜻하게 맞이하지 않았다. 그의 표정은 상당히 준엄했고, 거의 입을 열지도 않았다. 그의 화를 돋울 정도로 그 젊은 부부는 참으로 태평스러웠다. 엘리자베스도 분개했고 제인조차도 충격을 받았다. 리디아는 여전히 리디아다웠다. 철이 없고, 뻔뻔스럽고, 시끄럽고 겁이 없었다. 그녀는 이 언니에게서 저

언니에게로 차례로 다가가 축하해 달라고 요구했다. 드디어 그들 모두가 자리 잡고 앉았을 때, 리디아는 방을 이리저리 휘둘러보았고, 방의 작은 변화도 알아보고는 자신이 아주 오랜만에 그 방에 왔다고 웃으며 말했다.

위컴은 리디아 못지않게 아무 고민도 하지 않았다. 하지만 그의 태도는 늘 대단히 붙임성이 있어서, 엄밀히 말해서 그의 성품이나 결혼이 아무 흠 없이 정당했다면, 그가 그들과 친족 관계임을 선언하는 동안 그의 미소 짓는 모습과 선선한 대화에 모두가 즐거웠을 것이다. 그가 그토록 자신만만한 태도를 보이리라고 생각하지 않았던 엘리자베스는 마음속으로 앞으로는 뻔뻔한 남자의 뻔뻔함에는 한계가 없다고 생각하기로 다짐하며 자리에 앉았다. 그녀는 얼굴을 붉혔고 제인도 얼굴을 붉혔다. 하지만 그들을 당혹스럽게 만든 두 사람 뺨의 색은 전혀 변하지 않았다.

화제는 조금도 궁하지 않았다. 신부와 신부 어머니 두 사람 다 더할 수 없이 빠르게 말했다. 그리고 우연히 엘리자베스 가까이에 앉게 된 위컴은 기분 좋게 그 이웃에 사는, 자신이 아는 사람의 안부를 묻기 시작했다. 엘리자베스는 도무지 위컴처럼 기분 좋게 대답할 수 없었다. 리디아와 위컴 두 사람은 각기 세상에서 가장 행복한 추억을 지닌 것처럼 보였고, 지난 일을 회상하며 괴로워하지도 않았다. 그리고 리디아는 스스로 언니들이 무슨 일이 있어도 꺼내지 않을 주제로 화제를 이끌어 갔다.

"내가 집을 떠난 후," 그녀가 큰 소리로 말했다. "3개월이나 지났다는 걸 생각만 해봐요. 정말이지 그저 2주 정도밖에 지나지 않은 것 같아. 그런데도 그동안에 많은 일들이 일어났어요. 아이 참! 집을 떠날 때는 내가 결혼해서 집으로 돌아오리라고는 생각도 하지 못했어! 결혼하면 참 재미있을 거라는 생각은 했지만."

베넷 씨가 눈을 들어 올려 리디아를 직시했다. 제인은 근심했다. 엘리자베스는 의미심장한 시선으로 리디아를 노려보았다. 하지만 자신이 관심을 두지 않기로 한 것은 무엇이든지 듣거나 보지 않는 리디아는 즐겁게 말을 이어갔다. "오! 엄마, 이 근처 사람들이 오늘 내가 결혼한 걸 아나요? 사람들이 모를 수도 있겠네. 그런데 우리는 윌리엄 굴딩 씨의 쌍두 이륜마차를 지나쳐 갔는데 그의 바로 옆을 지나갈 때 나는 옆 유리창을 내리고 장갑을 벗고 그가 내 반지를 볼 수 있도록 창틀에 손을 놓았어요. 그러고 나서 그에게 인사하고 함빡 미소 지었어요."

엘리자베스는 더 이상 참을 수가 없었다. 그녀는 자리를 박차고 일어나 방 밖으로 달려 나갔고, 그들이 홀을 지나 식당으로 가는 소리를 듣고서야 다시 돌아와 그들과 합세했다. 그녀는 곧 리디아가 대단히 뽐내면서 어머니의 오른쪽으로 걸어가며 큰언니에게 "아! 제인 언니, 이제 나는 언니 자리를 차지할 거야, 언니는 아래 자리로 가. 나는 결혼 한 여자니까"라고 말하는 것을 들었다.

리디아는 처음부터 전혀 쑥스러워 하지 않았고, 시간이 지난다 해도 그녀가 쑥스러워 할 것 같지는 않았다. 그녀는 점점 더 편안해졌고 기분이 좋아졌다. 그리고 이모 필립스 부인, 루카스가 사람들, 그리고 모든 이웃 사람들을 만나고 싶어 했다. 그리고 그들이 모두 자신을 "위컴 부인"이라고 부르는 것을 듣고 싶어 했다. 그 동안 그녀는 저녁 식사 후 힐 부인과 두 명의 하녀에게 가서 반지를 보이고 결혼한 것을 자랑했다.

"자, 엄마," 그들이 모두 아침 식사 방으로 돌아왔을 때 그녀가 말했다. "제 남편 어때요? 매력적이지 않아? 언니와 동생 모두 틀림없이 나를 부러워할 거야. 그들 모두 내 반만큼이라도 운이 좋았으면 좋겠네. 모두 꼭 브라이턴으로 가야 해. 브라이턴은 남편을 찾을 수 있는 곳이니까요. 엄마, 우리 모두 함께 가지 않았던 것이 얼마나 애석한지 모르겠어요."

"정말 맞는 말이다. 내 뜻대로 할 수 있었다면 다 갔었을 텐데. 하지만 리디아, 나는 네가 그렇게 먼 곳으로 가는 게 전혀 마음에 들지 않아. 꼭 그래야 하니?"

"아! 예—그거 아무것도 아니에요. 나는 무엇보다도 그게 제일 좋아요. 엄마, 아빠와 언니들과 함께 우리를 보러 오세요. 우리는 겨우 내내 뉴캐슬에 있을 거예요. 그리고 아마 무도회도 열릴 거고. 언니와 동생들 모두 좋은 파트너를 만나도록 살필게요."

"그거 제일 반가운 일이구나!" 어머니가 말했다.

"엄마가 우리를 떠나실 때는 언니들 한두 명을 남겨 두고 가셔도 되어요. 아마 겨울이 가기 전에 내가 언니들에게 신랑을 구해 줄 수 있을 테니까."

"내게 호의를 베풀어 주어 고맙구나." 엘리자베스가 말했다. "하지만 나는 네 식으로 남편을 맞이하는 걸 별로 좋아하지 않아."

리디아 부부는 10일 이상은 묵을 작정이 아니었다. 위컴은 런던을 떠나기 전에 발령을 받았고, 보름 후에는 그의 연대에 입대하기로 되어 있었기 때문이다.

그들의 체류 기간이 그렇게 짧은 걸 애석해 하는 사람은 베넷 부인뿐이었다. 그녀는 리디아와 함께 여기저기를 방문하고 집에서 자주 파티를 여는 등 그 시간을 최대로 이용했다. 이러한 파티는 모두의 마음에 들었다. 생각 없는 가족들보다 생각이 있는 제인과 엘리자베스에게는 가족끼리만 있는 것을 피하는 것이 더욱 바람직했기 때문이다.

리디아에 대한 위컴의 애정은 엘리자베스가 예상했던 대로였다. 그를 향한 리디아의 애정과는 견줄 수 없었다. 사리를 따져 볼 때 그의 사랑보다는 리디아의 사랑이 열렬해서 함께 도망쳤다는 것이 현재 그녀가 관찰한 결과지만, 자신의 관찰이 만족스럽다고 할 필요도 없었다. 위컴은 그 자신의 재정 상황이 어려웠기 때문에 도피했던 것이고, 그런 경우, 그는 도피 행각에 동반자를 가질 수 있는 기회를 마다할 사람이 아니라는 걸 꿰뚫어 보지 못했다면, 엘리자베스는 왜 그가 리디아를 열렬히 사랑하지 않으면서도 리디아와 도피하기로 결정했는지 이상하게 생각했을 것이다.

리디아는 그를 무척 좋아했다. 모든 경우에 그는 그녀의 사랑하는 위컴이었다. 어느 누구도 그와 견줄 수 없었다. 그는 세상에서 모든 것을 제일 잘했다. 그녀는 9월 1일[52]에는 그가 그 지방

---

52 메추라기 사냥철이 9월 1일에 시작됨.

에 있는 어느 누구보다도 새를 더 많이 잡을 것이라고 확신했다.

그들이 집에 온 지 얼마 되지 않은 어느 날 아침, 두 언니와 함께 앉아 있을 때 리디아는 엘리자베스에게 이렇게 말했다.

"리지 언니, 나는 언니에게 내 결혼 이야기를 한 번도 하지 않았지. 엄마와 다른 사람들에게 내 결혼에 관한 것 모두를 이야기했을 때, 언니는 그 자리에 없었어. 결혼식이 어떻게 치러졌는지 듣고 싶지 않아?"

"정말 듣고 싶지 않아," 엘리자베스가 말했다. "나는 네 결혼에 대해서는 말을 아낄수록 좋다고 생각해."

"저 봐! 언니는 정말 이상해! 하지만 나는 결혼식이 어떻게 진행되었는지 꼭 이야기 해야겠어. 우리는 세인트 클레멘스에서 결혼했어. 위컴의 숙소가 그 교구에 있었기 때문이야. 우리 모두는 11시까지 그곳에 가기로 되어 있었지. 나는 외숙모와 외삼촌과 함께 가기로 되어 있었고, 다른 사람들은 교회에서 우리를 만나기로 했지. 그런데, 월요일 아침이 되었을 때, 나는 정말 얼마나 안달복달 했는지 몰라! 무슨 일이 일어나서 결혼식이 연기될까 봐 두려웠어. 그랬다면 나는 완전히 미칠 지경이었을 거야. 그런데 내가 옷을 입는 동안 내내 외숙모는 마치 설교 원고를 읽는 것처럼, 나를 타이르며 끝까지 계속 훈계하셨지. 하지만 언니가 짐작하듯이 나는 내 사랑 위컴만을 생각했기 때문에 열 마디 중 한마디나 귀에 들어올까 말까 했어. 나는 그가 결혼식에 푸른 제복을 입을 건지가 몹시 궁금했어.

"우리는 평상시처럼 10시에 아침을 먹었어. 나는 아침 식사가 결코 끝나지 않을 거라 생각했어. 그런데 내가 아저씨 댁에 있는 동안 내내 외삼촌과 외숙모는 대단히 불친절하셨다는 걸 언니는 알아야 해. 나는 거기에 이 주일이나 있었지만 한 번도 문 밖으로 나가지 못했어, 언니가 날 믿어 준다면 말이지. 파티도, 파티 계획도, 아무것도 없었어. 런던에는 분명히 관람객이 별로 없는 시기였지만, 리틀 시어터[53]는 열려 있었거든. 글쎄, 방금 마차가 문에 도착했을 때 외삼촌은 그 끔찍한 남자 스톤 씨[54]에게 용무로 불려 가셨어. 그런데, 알다시피 외삼촌이 일단 스톤 씨와 만나면 끝이 나지 않아요. 자, 나는 얼마나 겁에 질렸는지 어찌 해야 좋을지 몰랐어. 외삼촌이 결혼식에서 나를 신랑에게 데리고 들어가기로 되어 있었기 때문이야. 만약 우리가 시간에 늦으면[55] 그날은 결혼할 수 없거든. 그러나 운 좋게도 외삼촌이 10분 후에 오셔서 우리 모두 출발했지. 허지만 그 후 나는 다시 생각했어. 외삼촌이 가실 수 없었더라도 결혼을 연기할 필요가 없었다고. 왜냐하면 다아시 씨가 외삼촌 역할을 잘해 줄 수도 있었으니까."

"다아시 씨라니!" 엘리자베스가 화들짝 놀라서 되풀이 해 말했다.

"아, 그래!—그가 위컴과 함께 거기 오기로 되어 있었어. 하지만 야단났네! 깜빡했어! 그 얘기는 한마디도 입 밖에 내지 말았어야 하는데. 충실히 지키겠다고 약속했거든! 위컴이 뭐라고 할까? 그건 중요한 비밀인데!"

---

53 런던의 서쪽 헤이마켓에 1720년 지어졌다가 1820년 철거된 극장.

54 앞에 나온 해거스턴 변호사를 지칭.

55 12시 이후에는 결혼할 수 없음.

"그게 비밀이라면," 제인이 말했다. "그 얘기 한마디도 더 하지 마라. 내가 더 이상 추궁하지 않을 거라고 믿어도 좋아."

"오, 당연히," 호기심이 불같이 일었지만, 엘리자베스는 이렇게 말했다. "네게 아무 질문도 하지 않을 거야."

"고마워," 리디아가 말했다. "만약 언니들이 캐묻는다면 나는 다 불게 될 테니까. 그렇게 되면 위컴은 화낼 걸."

물어보라고 부추기는 것이었지만, 엘리자베스는 자신이 질문하게 될까 두려워서 리디아를 피해 달려 나가지 않을 수 없었다.

하지만 그 점에 대해 모르는 상태로 지낼 수는 없었다. 아니면 적어도 정보를 얻으려고 노력하지 않을 수 없었다. 다아시 씨가 리디아의 결혼에 갔다니. 정확히 위컴 같은 그런 사람들이 있는 그런 곳에 간다는 것은 다아시 씨가 정말로 가장 하기 싫고 전혀 마음 내키지 않는 일이었을 것이다. 그가 그곳에 갔다는 건 무슨 의미일까? 억측이 재빠르게 꼬리를 물고 떠올랐다. 그러나 그 어느 것도 만족스럽지 않았다. 그의 그런 행동을 가장 고결한 관점으로 보는 것이 제일 마음에 들었지만, 그건 가장 있을 법하지 않은 일 같았다. 그녀는 그런 긴장감을 견딜 수 없어서 급히 종이 한 장을 꺼내 들고 외숙모께 비밀에 부치려는 의도와 상충되지 않는다면, 리디아가 흘린 사실에 대해 설명해 주기를 요청하는 편지를 짧게 썼다.

우리와 전혀 관계가 없고, 비교적 우리 가족에게는 외부인인 그 사람이 어떻게 그런 시기에 함께 했는지를 제가 몹시 궁금해 한다는 걸 쉽사리 이해하실 거예요. 제발 즉시 답장을 주세요. 그게 무슨 의미인지를 제가 이해할 수 있게요. 리디아가 생각하는 것처럼, 타당한 이유가 있어서 그것을 비밀로 지켜야 할 필요가 있는 게 아니라면 말씀이지요. 그러나 그것을 비밀에 부치셔야 한다면, 저는 그냥 모르고 지나는 것으로 만족하려고 노력하겠어요.

편지를 다 쓰고 난 엘리자베스는 자신에게 덧붙여 말했다. '제가 모르는 채 지내려는 건 아니에요, 그런데 외숙모, 올바로 말씀하지 않으시면 저는 분명히 잔꾀나 계략을 써서라도 그걸 알아내고 말거예요.'

신의를 존중하는 고운 마음을 지닌 제인은 리디아가 흘린 것에 대해서 엘리자베스와 단 둘이 논의하려 하지 않았다. 엘리자베스는 그것이 기뻤다. 그녀가 외숙모께 문의한 것에 대해 만족스러운 대답을 들을 수 있는지, 없는지가 확실해질 때까지 차라리 비밀을 털어놓을 수 있는 막역한 친구 없이 지낼 작정이었다.

10

엘리자베스는 아주 기쁘게도 최대로 빨리 답장을 받았고, 답장을 받자마자 부리나케 전혀 아무의 방해도 받지 않을 작은 관목 숲으로 들어갔다. 엘리자베스는 벤치에 앉아 행복할 준비를 했

다. 편지의 길이로 볼 때 설명을 거절하는 내용이 담겨 있을 것
같지 않아서였다.

그레이스처치 스트리트,

9월 6일

나의 사랑하는 조카 리지에게,

나는 지금 막 네 편지를 받았다. **조금 써서는** 네게 말하려는 걸 다
담아낼 수 없을 것 같아서 나는 오늘 아침 전부를 네 편지에 답장 하
는 데 쓰기로 했다. 네 질문을 받고 놀랐다는 걸 반드시 고백해야겠구
나. **네가** 그런 질문을 하리라고 예상하지 못했으니까. 그러나 내가 화
났다고 생각하지 마라. 네가 그런 질문을 할 필요가 없다는 걸 알리려
는 것뿐이니까. 나를 이해해 주지 않을 생각이라면 내 무례를 용서하
렴. 네 외삼촌께서도 나만큼이나 놀라셨다. 외삼촌이 리디아 일에 그
처럼 행동할 수 있었던 것은 오로지 다아시 씨와 함께 너도 관여하고
있다고 믿었기 때문이다. 그러나 네가 정말 결백하고 아무것도 모른
다면 좀 더 솔직히 말하마. 내가 롱본에서 집으로 돌아온 바로 그날
외삼촌은 전혀 예상하지 못한 방문객을 맞으셨는데, 바로 그 손님이
다아시 씨였단다. 네 외삼촌은 방문을 닫고 그와 함께 몇 시간을 보
내셨대. 내가 도착하기 전에 모든 것이 이미 끝났더구나. 그래서 나는
네가 끔찍이 괴로울 정도로 궁금했던 것처럼 그렇게 궁금증으로 괴
로워할 필요는 없었지. 다아시 씨는 자신이 리디아와 위컴이 어디 있
는지를 알아냈고, 그들 두 사람과 만나 이야기—위컴과는 여러 번, 리
디아와는 한 번—를 했다는 걸 외삼촌에게 알려주러 왔던 거야. 내가
기억하기로는 그는 우리가 더비셔를 떠난 다음 날 더비셔를 떠났고,

리디아와 위컴을 수소문할 결심으로 런던에 온 것이었어. 그는 자신의 행동 동기를 이렇게 이야기했단다. 위컴의 나쁜 품행이 사람들에게 별로 잘 알려지지 않아서 기품 있는 젊은 여성이 그를 사랑하고 신뢰하게 된 것은 오로지 자기 탓이란 걸 확신했다는 거야. 그는 관대하게도 그 모든 것을 자신의 그릇된 오만함 탓으로 돌리고, 전에는 위컴의 사적인 행동을 세상에 드러내는 것이 자신의 품위에 어울리지 않는다고 생각했다고 고백했다더라. 위컴의 성품 그 자체가 스스로 백일하에 드러나기만을 바랐대. 그러나 이번에는 앞에 나서서 자신 때문에 일어난 불행을 치유하기 위해 노력하는 것이 자신의 의무라고 생각했다는구나. 하지만 나는 그에게는 결코 그를 부끄럽게 하지 않을 또 다른 동기가 있었다고 확신해. 그는 런던에 온 지 여러 날이 지나서야 그들을 발견할 수 있었단다. 그는 그들을 추적할 수 있는 무언가를 우리보다 더 많이 가지고 있었어. 그리고 그 점을 알고 있었기 때문에 우리를 뒤따라 런던으로 갈 결심을 하게 되었더구나. 영 여사라는 숙녀가 있었다고 해. 그녀는 얼마 전까지 다아시 양의 가정교사였는데 비난받을 만한 이유가 있어서 다아시 양을 돌보는 일에서 해고되었다는구나. 그는 해고 이유를 이야기하지는 않았지. 그 후 그녀는 애드워드 스트리트에 있는 커다란 집을 인수하여, 그 집에 하숙을 치면서 살고 있다고 했어. 다아시 씨는 영 여사가 위컴과 절친하다는 걸 알았고, 그래서 런던에 오자마자 그에 대한 정보를 얻기 위해서 그녀를 찾아 갔다. 그러나 이삼 일이 지나서야 그녀에게서 자신이 원하는 정보를 얻을 수 있었대. 내 생각에 그녀는 뇌물을 받지 않고는 자신에게 의지하는 사람을 배반하지 않으려 했던 거야. 그녀는 위컴을 발견할 수 있는 곳을 정말 알고 있었기 때문이지. 런던에 도착했을 때 위컴은 실상 그녀에게 갔었고, 그녀가 그를 그녀 집에 머물게 할 수 있었다면 그녀 집에 묵었을 테지. 그러나 드디어 우리 친절한 친구 다아시 씨는 원하던 주소를 얻었단다. 그들은 ○○스트리트에 있었어. 그는 위컴을 만났고, 그 후에 리디아를 만나겠다고 고집을 부렸단다. 그의 첫째 목적은 리디아에게 현재의 수치스러운 상황을 끝내고, 자신이 그녀 부모께 그녀를 받아들이라고 설득하는 대로 집으로 돌아가라고 리디아를 설득하려 했단다. 최대한 도와주겠다고 했대. 하지만 리디아가 절대로 그곳을 떠나지 않겠다고 결심한 것을 알게 된 거야. 리디아는 식구들에게 전혀 관심이 없었고, 다아시 씨에게 아무 도움도 청하지 않았고, 위컴을 떠나라는 말을 들으려고 하지 않았대. 리디아는 자신과 위컴이 언젠가는 결혼하리라고 확신하고 있었고, 언제 결혼하게 되건 그건 별로 크게 중요하지 않다고 생각하더래. 그녀의 감정이 그렇기 때문에 그는 결혼을 확고한 사실로 인정하고 결혼을 추진하는 일만 남았다고 생각했다더라. 위컴과 가진 바로 첫 번째 대화에서 **위컴에겐** 결혼 계획이 전혀 없다는 걸 다아시 씨는 알게 되었다고 해. 위컴은 매우 절박한 노름빚 때문에 그의 연대를 떠날 수밖에 없었다고 고백했고, 전혀 거리낌 없이 자신과의 도피 행각에서 리디아가 감당해야 하는 모든 비참한 결과는 오로지 리디아 자신의 어리석음에서 비롯된 것이라고 하더래. 그는 곧 장교직을 사임할 듯이었고, 자신의 장래 상황이 어찌될지를 추측할 수 없는 입장이었대. 어딘가로 가야 하지만, 어디로 가야 할지 막막했고, 생계를 꾸릴 기반이 전혀 없다는 것을 그는 알고 있었대. 다아시 씨는 왜 당장 리디아와 결혼하지 않았느냐고 물었대. 베넷 씨가 대단히 부유하다고 생각하지는 않지만 베넷 씨는 위컴을 위해서 무언가를 마련할 수 있을 테고, 그러니 리디아와 결혼하는 것이 그의 형편에 틀림없이 도움이 될 것이기 때문이지. 다아시 씨는 위컴의 대답을 듣고, 그가 다른 지역에 가서 좀 더 좋은 조건으로 결혼함으로써 효과적으로 재산을 거머쥐려는 희망을 여전히 가지고 있다는 걸 알게 되었대. 하지만 그런 절박한 경제적 상황에서 그가 즉시 구제받을 수도 있다는 유혹을 물리칠 수 없을 것 같더래. 그들은 토의할 것이 매우 많았기 때문에 여러 번 만났대. 위컴은 물론 그가 얻어낼 수 있는 것보다 더 많이 요구했다더라. 그러나 드디어 부득이 합리적으로 타협에 응할 수밖에 없었단다. 둘 사이에 모든 것이 해결되자, 다아시 씨의 다음 수순은 네 외삼촌께 그것을 알리는 것이었고, 그래서 그는 내가 집에 돌아오기 전날 저녁 처음으로 그레이스처치 스트리트의 우리 집을 방문했던 거야. 그러나 그날은 외삼촌을 만나지 못했고, 더 문의한 결과 그가 아직도 너희 아버지와 함께 있지만 다음 날이면 너희 아버지가 그곳을 떠난다는 것을 알게 되었대. 그는 너희 아버지보다 외삼촌이 상의하기에 더 적절한 상대라고 판단해서 너희 아버지가 떠날 때까지 외삼촌 만나는 일을 연기했대. 다아시 씨는 이름을 남기지 않았고, 그래서 이튿날까지 어떤 신사가 용무로 방문했었다고만 알고 있었지. 그는 토요일에 다시 우리 집으로 왔어. 너희 아버지는 떠나셨고 외삼촌은 집에 계셨지. 내가 앞서 말한 것처럼 그분들은 이야기할 것이 대단히 많아서 일요일에 다시 만났고, 나 역시 그때 다아시 씨를 만났어. 월요일이 되어서야 모든 것이 일단락되었지. 일단락되자마자 롱본으로 속달우편을 보낸 거야. 그러나 우리 방문자 다아시 씨는 아주 고집이 세더구나. 리지야, 결국 그의 성품의 진짜 결점은 고집이 세다는 거야. 이런 저런 때 그의 많은 결점을 비난했지만, **옹고집이야말로** 진짜 결점이야.

무엇이든지 그 자신이 하지 않으면 안 되는 거야. 외삼촌이 꽤히 전부 해결하셨을 텐데 말이다(내가 고맙다는 말을 들으려고 이걸 말하는 건 아니니 거기에 대해서는 아무 말도 하지 마라). 당사자인 리디아나 위컴은 이 일에서 그런 대접을 받을 자격이 없지만, 외삼촌과 다아시 씨는 서로 자기가 그 모든 걸 하겠다고 여러 시간을 싸우셨단다. 그러나 드디어 외삼촌께서 양보하셨고, 그래서 조카딸을 위해서 유용한 일을 하지 못했으면서 그 일을 잘했다는 칭찬만 받게 되었다는 걸 인정하게 되었지. 그것은 외삼촌 성미에 맞지 않는 것이었어. 그래서 오늘 네 편지를 받고 외삼촌은 매우 기뻐하신단다. 빌려온 자랑거리를 벗어버리고 칭찬을 당연히 받아야 할 곳으로 돌릴 수 있도록 자초지종을 설명하게 되었으니까. 하지만 리지야. 이런 얘기는 반드시 너나 고작해야 제인 이외의 다른 사람에게는 알리면 안 된다. 너는 젊은 부부를 위해 다아시 씨가 어떤 일을 했는지 매우 잘 알거라고 생각한다. 내 생각에 1,000 파운드를 훌쩍 넘는 위컴의 빚을 갚아 주기로 했고, 또 다른 1,000 파운드를 리디아 **자신의 유산**에 더 보태 주고, 위컴에게 장교직을 사주기로 했단다. 왜 이 모든 것을 그가 혼자 감당해야 하는가는 앞에서 이야기한 이유 때문이래. 자신이 위컴에 대해 침묵했고, 적절하게 배려하지 못해서, 사람들이 위컴의 성격을 상당히 오해하게 되었고, 그 결과 위컴이 사람들에게 받아들여지고 정중한 대접을 받았으니 자신의 탓이라는 거야. 아마도 **이 말에** 약간의 진실은 있겠지. 나는 **그가** 침묵했기 때문에, 혹은 **다른 누가** 침묵했기 때문에 이 일이 일어났다고 생각하지 않지만 말이다. 그러나 이 문제에서 그에게 **또 다른 관심사가** 있다고 믿지 않았다면, 이런 모든 훌륭한 이야기에도 불구하고 외삼촌께서 결코 양보하지 않으셨을 거다. 이 모든 것이 해결되었을 때, 그는 아직도 펨벌리에 묵고 있는 그의 친구들에게로 다시 돌아갔지. 그러나 그는 결혼식이 거행될 때 다시 한 번 런던에 오겠다고 했어. 그리고 그때 모든 금전적인 문제는 마무리 짓기로 했단다. 나는 이제 네게 모든 걸 다 이야기했다. 네가 대단히 놀랄 것이라고 했던 것이 이 이야기란다. 적어도 이 이야길 듣고 기분 나쁘지 않았으면 한다. 리디아는 우리에게 왔지. 위컴도 끊임없이 우리 집을 방문했고. 그는 정확하게 내가 하트퍼드셔에서 알았던 그 사람 그대로였어. 하지만 지난 주 수요일에 보낸 제인의 편지에서 리디아가 집에 와서 하는 행동이 우리 집에 있을 때와 별반 다르지 않다는 것을 알아차리지 못했다면, 리디아가 우리 집에 있을 때 그 애의 행동이 얼마나 내 마음에 들지 않았는지 네게 이야기하지 않았을 거야. 그러니 내가 지금 이야기하는 것으로 새삼스레 괴로워하지는 않겠지. 나는 리디아에게 그녀가 저지른 행동이 대단히 사악하다는 것, 그리고 그런 행동이 가족들을 얼마나 불행하게 만드는지를 매우 심각하게 되풀이해서 설명했단다. 내 말을 귀담아 들었다면 다행일 테지만, 분명히 그 애는 내 말을 건성으로 들었을 거야. 때로는 매우 화가 났지만, 그럴 때는 내가 사랑하는 너와 제인을 생각하고 너희들을 위해서 그 애를 참아냈단다.

리디아가 네게 말한 대로 다아시 씨는 어김없이 돌아와서 결혼식에 참석했지. 다음날 우리와 식사했고, 수요일이나 목요일에 다시 런던을 떠날 예정인가 봐. 사랑하는 리지야, 이 기회에 내가 그를 얼마나 좋아하는지 말하면 내게 화낼 거냐(전에는 결코 감히 말하지 못한 것인데)? 그는 모든 면에서 우리가 더비셔에 있었을 때처럼 우리를 상냥하게 대해 주었단다. 그의 이해력과 견해 모든 것이 내 마음에 들어. 그에게 좀 더 활기가 있었으면 하는 것 외에는 부족한 게 하나도 없어. 그리고 그건 그가 **현명하게** 결혼한다면—그의 부인에게서 배울 수 있겠지. 나는 그가 몹시 시치미 뗀다고 생각해—그가 네 이름을 언급하지 않았기 때문이야. 하지만 시치미 떼는 게 유행인 것 같구나. 내가 주제넘게 굴었다면 제발 용서해라. 아니면 적어도 나를 피[56] 초대에서 제외할 만큼 벌주지는 말아라. 펨벌리 대정원을 한 바퀴 다 돌 때까지는 도저히 만족할 수 없을 테니까. 멋진 작은 망아지들이 끄는 쌍두 사륜마차가 바로 내가 원하는 거야. 하지만 이제 그만 써야겠다. 반 시간이나 아이들을 도와주지 못하고 있단다.

신실한 너의 친구,

가디너 외숙모

이 편지의 내용은 엘리자베스의 마음을 설레게 했지만, 그 설렘이 기쁨 때문인지 고통 때문인지, 어느 것이 더 큰 몫을 차지하는지를 가늠하기는 어려웠다. 리디아의 결혼성사를 위해서 다시 씨가 뭔가 했을지도 모른다는 엘리자베스의 막연하고도 불안한 의심은 사실을 정확히 모르는데서 오는 결과였다. 그녀는 그의 선량한 노력이 너무나 훌륭해서 있을 법하지 않다고 그 의심을 조장하지 않았고, 동시에 그에게 빚진 것을 갚아야 할 의무감이 괴로워서 그의 행동을 공정하게 평가하기를 꺼렸다. 그런데 그 의심 모두가 사실이라는 것이 증명된 것이다! 그는 의도적으로 그들을 따라 런던에 왔고, 그런 일을 하는

---

56 펨벌리를 의미라는 말.

데 따르는 온갖 수고와 굴욕을 마다하지 않았다. 리디아와 위컴을 수소문하기 위해서 그는 분명히 자신이 미워하고 경멸하는 여인에게 간청해야 했을 테고, 가장 피하고 싶고, 그 이름을 부르는 것조차 고문인 사람을 만나고, 그것도 자주 만나서 이야기하고, 설득하고, 그리고 마지막에는 그를 매수까지 할 정도로 자신의 품격을 낮추기까지 했다. 그는 존경할 수도, 높이 평가할 수도 없는 한 소녀를 위해서 이 모든 일을 행한 것이다. 엘리자베스의 마음은 그가 이렇게 한 것은 모두 그녀 자신을 위해서라고 속삭였다. 하지만 다른 것들을 고려해 볼 때 이 희망은 이내 좌절되었다. 다아시 씨가 위컴과 인척 관계 맺기를 혐오하는 것은 무척 자연스런 일이고, 그가 그 혐오감을 그녀에 대한 사랑, 이미 그를 거부한 여성에 대한 사랑으로 극복할 수 있느냐에 자신의 바람이 달려 있다는 것을 감안할 때, 자신이 자부심을 가지는 것조차 부적절하다고 느꼈다. 위컴의 동서가 되다니! 그런 관계에 대해 그의 자존심이란 자존심이 일제히 반발할 것이 너무나 뻔했다. 확실히 그는 참으로 많은 일을 해야 했을 것이다. 얼마나 많은 일을 했을까 생각하니 부끄러웠다. 그러나 그는 자신이 이 일에 개입한 이유를 밝혔고, 그것을 믿기가 아주 어렵지는 않았다. 그가 잘못했다고 느끼는 것은 타당하기 때문이었다. 그는 관대하고, 관대함을 베풀 수 있는 재력을 가진 사람이었다. 그리고 엘리자베스는 그가 그런 행동을 한 것은 주로 그녀를 위해서라고 내세우지는 않겠지만, 아직도 그녀에게 애정이 남아 있어서 그녀 마음의 평안에 매우 중요하게 작용할 리디아 문제 해결에 그가 나서도록 거들어 주었다고 생각할 수는 있었다. 도무지 보답을 받지 않을 사람에게 빚지고 있다는 것은 괴로운 일이었다. 말할 수 없이 괴로운 일이었다. 리디아를 되찾고, 그녀 평판을 회복하는 일 모두를 그에게 빚지고 있었다. 아! 엘리자베스는 자신이 부추겼던 그에 대한 모든 배은망덕한 감정들, 자신이 그에게 던졌던 모든 건방진 말들을 얼마나 가슴 깊이 후회했는지 모른다. 엘리자베스는 스스로 겸손해질 수밖에 없었다. 하지만 다아시 씨가 자랑스러웠다. 동정심과 명예라는 큰 목적을 위해 그가 그 자신을 극복할 수 있었다는 것이 자랑스러웠다. 그녀는 외숙모가 그를 칭찬하는 편지 구절을 읽고 또 읽었다. 그 칭찬만으로 마음이 대단히 흡족한 건 아니지만, 그녀는 기뻤다. 엘리자베스는 외삼촌과 외숙모 모두 다아시 씨와 자신 사이에 애정과 신뢰가 존재한다고 일관성 있게 생각해 온 것을 알고는 후회와 뒤섞인 약간의 즐거움조차 느낄 수 있었다.

누군가 다가오는 소리를 들은 엘리자베스는 자리에서 일어섰고, 생각에서 깨어났다. 다른 오솔길로 들어서기 전에 위컴이 그녀를 따라잡았다.

"처형, 호젓하게 산책하는 걸 방해한 건 아니지요?" 위컴이 엘리자베스에게 오면서 말했다.

"확실히 그랬어요," 그녀가 미소 지으면서 대답했다. "하지만 방해를 환영하지 않는다는 건 아니에요."

"그랬다면 정말 미안합니다. 우리는 언제나 좋은 친구였지요. 그리고 지금은 더 좋은 친구고요."

"사실이에요. 다른 사람들도 나오나요?"

"모르겠어요. 장모님과 리디아는 마차로 메리턴으로 갈 예정이고요. 그런데 외삼촌 부부에게서 당신이 펨벌리에 갔었다는 말을 들었어요."

엘리자베스는 그렇다고 대답했다.

"그런 즐거움을 누린 당신이 부럽군요. 그렇지만 내게는 그런 즐거움은 버거울 거예요. 그렇지 않다면 뉴캐슬[57]로 가는 길에 그런 즐거움을 가질 수 있었을 텐데요. 그리고 노하녀장을 만났겠지요? 불쌍한 레이놀즈 부인. 그분은 항상 나를 매우 좋아했지요. 하지만 물론 그분이 당신에게 내 이름을 언급하지는 않았겠지요."

"언급했어요."

"무어라고 하던가요?"

"당신이 군대에 입대했다고요. 그리고 그 일이 잘된 것 같지 않다고요. 아시다시피 그렇게 멀리 있으니 사실이 이상하게 왜곡될 수도 있었겠지요."

"확실히 그렇지요," 그는 입술을 깨물며 대답했다. 엘리자베스는 그 말로 그가 입을 다물기를 바랐다. 그러나 그는 이내 말했다.

"나는 지난달 런던에서 다아시를 보게 되어 놀랐어요. 우리는 서너 번 지나쳤지요. 그가 거기서 무슨 일을 하고 있었는지 궁금하군요."

"아마 드 버그 양과의 결혼을 준비했겠지요." 엘리자베스가

---

57 잉글랜드 동북부의 항구도시.

말했다. "이 시기에 그가 런던에 가야 했다면 무언가 특별한 일 때문이었을 거예요."

"의심할 여지가 없지요. 램턴에 있을 때 그를 만났나요? 가디너 부부에게서 만나신 걸로 들었는데요."

"예, 우리를 그의 여동생에게 소개했어요."

"그런데 그녀를 좋아하나요?"

"굉장히 좋아해요."

"그녀가 일이 년 동안 눈에 띄게 좋아졌다는 이야길 들었어요. 내가 그녀를 마지막으로 보았을 땐 그녀는 그다지 유망해 보이지 않았거든요. 그녀를 좋아한다니 참 기쁘군요. 그녀가 우아하게 성장했으면 해요."

"그럴 거예요. 가장 힘든 나이를 지냈거든요."

"킴프턴 마을을 지나갔나요?"

"지나갔는지 기억나지 않는군요."

"그 마을 이야기를 하는 건 그곳이 내가 당연히 목사직을 얻었어야 할 교구이기 때문이지요. 가장 멋진 곳이지요!—뛰어난 목사관! 모든 점에서 내게 딱 어울리는 곳이었을 텐데!"

"설교하는 걸 좋아했을까요?"

"굉장히 좋아했을 거예요. 설교가 내 임무의 일부라고 생각했을 테고, 그리고 그런 수고쯤이야 아무 일도 아니었을 거예요. 불평하지 말아야 하지요. 하지만 그건 분명히 내게 참 좋은 자리였을 거예요! 조용하고 한적한 생활이야말로 내가 행복이라고 생각하는 모든 개념에 딱 맞았을 거예요! 하지만 그렇게 되지 않았지요. 켄트에 계실 때 다아시가 그런 상황을 언급하는 걸 들으셨나요?"

"내가 믿을 만한 관계인에게서 들은 바로는 그 교구는 당신
에게 조건부로 남겨졌고, 현재의 당신 후견인의 뜻에 따르게 되
어 있다더군요."

"들으셨군요. 그래요. 거기엔 무언가가 있었지요. 내가 처음
부터 당신에게 말한 걸 기억하시겠지요."

"나는 이런 말도 들었어요. 당신이 지금 설교가 취향에 맞는
다고 하는 것처럼 취향에 맞지 않는다고 말했다고요. 당신이 결
코 목사직을 택하지 않겠다는 결심을 실제로 선언했고, 그에 따
라 타협을 보았다고 하더군요."

"그랬군요! 그런데 그 말이 전혀 근거 없는 건 아니에요. 우리
가 처음 그 일에 대해 이야기할 때, 내가 그 점에 대해 이야기한
걸 기억하겠지요."

엘리자베스가 그를 따돌리기 위해 매우 빨리 걸었기 때문에
그들은 이제 거의 집 문 앞에 이르렀다. 그녀는 동생을 생각해
서 그를 화나게 하고 싶지 않기 때문에 상냥한 미소를 지으며
이렇게 대답했다.

"자, 위컴 씨, 아시다시피 우리는 형제자매예요. 과거 일을 가
지고 말싸움하지 맙시다. 앞으로 우리는 항상 한 마음이길 바라
요."

그녀는 손을 내밀었다. 어떤 표정을 지어야 좋을지 몰랐지만,
위컴은 예의를 다해 다정하게 그녀 손에 키스했고, 그들은 집으
로 들어갔다.

11

위컴 씨는 엘리자베스와 나눈 이 대화가 대단히 만족스러웠다. 그래서 결코 다시는 그 주제를 꺼내서 자신을 괴롭히지도 않았고, 처형 엘리자베스를 자극하지도 않았다. 엘리자베스도 그가 입을 다물게 할 정도로 충분히 말한 것을 알고 기뻤다.

위컴과 리디아가 떠나는 날이 곧 다가왔고, 베넷 부인은 적어도 열두 달은 만나지 못할 리디아와의 이별을 꼼짝없이 감수하게 되었다. 그들 모두 뉴캐슬로 가자는 그녀의 계획에 남편이 전혀 동의하지 않았기 때문이었다.

"오! 리디아," 그녀가 큰 소리로 말했다. "우리 언제 다시 만나게 될까?"

"오, 어쩌나! 저는 몰라요. 아마 앞으로 이삼 년 동안은 못 뵙겠지요."

"애야, 편지 자주 해라."

"될 수 있는 대로 자주 쓸게요. 하지만 결혼한 여자에겐 편지 쓸 시간이 별로 없다는 거 엄마도 아시잖아. 언니들이 **나에게** 편지 쓰겠지요. 언니들은 그 이외에 할 일이 전혀 없으니까."

리디아보다 위컴이 훨씬 더 다정하게 이별을 고했다. 그는 미소 지었고, 멋져 보였으며, 많은 미사여구를 사용했다.

"위컴은 내가 지금까지 본 중에서 가장 훌륭한 친구야," 그들이 집 밖으로 나가자마자 베넷 씨가 말했다. "선웃음을 치고 능글맞게 웃으며 우리 모두에게 구애를 하네. 나는 그가 엄청 자

랑스러워. 더 훌륭한 사위를 얻는 거라면 윌리엄 루카스 경조차
문제없이 이길 수 있다니까."

딸을 떠나보낸 후 베넷 부인은 며칠간 우울해 했다.

"나는 가끔," 그녀가 말했다. "친구들과 헤어지는 것만큼 서
글픈 일은 없다고 생각해. 친구들이 없으면 매우 쓸쓸한 것 같
아."

"엄마, 딸을 시집보내면 그렇다니까요." 엘리자베스가 말했
다. "엄마는 다른 네 딸이 미혼이라는 걸 더욱 기뻐하셔야 해
요."

"그런 게 아니란다. 리디아가 결혼을 해서 내 곁을 떠난 게 아
니라, 오로지 위컴의 연대가 매우 멀리 있기 때문이야. 만약 그
의 연대가 가까이 있었더라면 그렇게 곧 떠나지 않았겠지."

그러나 리디아를 떠나보내서 기분이 저조했던 베넷 부인은
곧 그런 기분에서 벗어났고, 그때 막 떠돌기 시작한 뉴스로 그
녀 마음은 다시금 희망으로 설레게 되었다. 네더필드의 주인 빙
리 씨가 몇 주 동안 사냥하기 위해서 하루나 이틀 안에 네더필
드에 도착할 테니 맞을 준비를 하라는 명령을 가정부에게 보냈
다는 것이었다. 베넷 부인은 안절부절못했다. 그녀는 제인을 바
라보다가, 미소 짓다가, 고개를 흔들다가 해댔다.

"동생, 글쎄, 빙리 씨가 드디어 내려오는군, 잘 되었어. (필립
스 부인이 처음으로 그 소식을 그녀에게 알렸기 때문이다) 허
기야, 내가 그 일에 관심이 있는 건 아니지, 동생도 알다시피, 그
사람은 우리하고는 아무 관계도 없어. 게다가 나는 분명히 그
사람을 다시 보고 싶지 않아. 하지만, 그래도 그 자신이 원한다

면 네더필드에 오는 것은 환영할 만한 일이지. 그리고 무슨 일이 일어날지 누가 알겠어? 하긴 그건 우리와는 아무 상관도 없어. 동생, 알다시피 우리는 오래 전에 거기에 대해 한마디도 하지 않기로 약속했어. 그런데, 그가 오는 게 확실하긴 한가?"

"믿어도 좋을 거예요." 필립스 부인이 말했다. "지난밤에 니콜스 부인이 메리턴에 왔었어요. 그녀가 지나가는 걸 보고 그게 사실인지 알아보려고 직접 만나러 나갔어요. 그런데 그게 확실한 사실이라던데요. 그분이 수요일에 올 것도 같고, 늦어도 목요일에는 온다고 하네요. 니콜스 부인은 수요일에 쓸 고기를 주문하러 푸줏간으로 가는 길이라고 했어요. 그리고 오리 세 쌍을 잡을 수 있게 준비했데요."

제인은 그가 온다는 말을 듣고 안색이 변하지 않을 수 없었다. 그녀는 여러 달 동안 엘리자베스에게 그의 이름을 꺼내지 않았지만 이제 그들 둘만 남게 되었을 때, 제인이 말했다.

"리지야, 이모께서 이번 소식을 우리에게 전할 때 네가 나를 쳐다보는 걸 보았어. 그리고 내가 슬퍼하는 표정을 보인 걸 알아. 하지만 어리석은 이유로 그런 거라고 생각하지 마라. 사람들이 내 표정을 바라볼 거라고 느꼈기 때문에 잠시 혼란스러웠을 뿐이야. 분명히 네게 말하는데 그 소식을 듣는 것이 내겐 기쁘지도 괴롭지도 않아. 한 가지는 기뻐. 그가 혼자 온다는 거 말이야. 우리가 그를 덜 만나게 될 테니까. 나 자신이 두려운 건 아니야, 그러나 다른 사람들이 나를 주목할 것이 아주 두렵구나."

엘리자베스는 제인의 말을 어떻게 해석해야 좋을지 알 수 없었다. 자신이 빙리 씨를 더비셔에서 만나지 못했다면, 그가 네더필드에 오는 것은 알려진 대로 사냥 이외의 다른 목적은 없다고 생각했을 것이다. 하지만 그녀는 그가 아직도 제인을 대단히 좋아한다고 생각했다. 그녀는 빙리 씨가 친구 다아시 씨의 허락을 받고 오는 건지, 용감하게 허락 없이 오는 건지에 대해서는 어느 쪽이 더 가능성이 큰지 가늠할 수 없었다.

'그렇지만,' 그녀는 때때로 생각했다. '이 가련한 남자가 자신이 법적으로 세낸 집에 오는데 이런 여러 가지 추측을 하게 되다니 참 너무하구나. 나는 빙리 씨가 제멋대로 하도록 내버려 둘 거야.'

빙리의 도착을 예상하면서, 제인은 그가 오는 것이 기쁘지도 슬프지도 않다고 선언했다. 그게 언니의 진정한 감정이라고 믿고 있음에도 불구하고 엘리자베스는 언니 기분이 그의 도착 소식에 영향을 받는 것을 쉽게 감지할 수 있었다. 제인의 기분은 엘리자베스가 때때로 보았던 것보다 더 불안했고 고르지 못했다.

12개월 전에 그들의 부모가 그렇게도 열띠게 토론했던 주제가 이제 다시 거론되었다.

"여보, 빙리 씨가 오자마자 물론 그를 방문하시겠지요." 베넷 부인이 말했다.

"아니지, 아니야. 당신은 작년에도 내가 그를 억지로 방문하게 했고, 그를 방문하면, 그가 꼭 우리 딸 중 한 애와 결혼할 거라고 했지. 하지만 아무런 결과도 없었소. 그래서 나는 이제 바보 같은 심부름을 하러 가지 않을 거요."

그의 아내는 빙리 씨가 네더필드로 돌아오면, 이웃에 있는 모든 신사들이 정중하게 그를 방문하는 것이 절대적으로 필요하다고 남편에게 설명했다.

"나는 그런 예의를 경멸하오." 그가 말했다. "그 사람이 우리와 교제하고 싶으면 그가 교제를 트게 하구려. 우리가 어디 사는지 알지 않소. 나는 우리 이웃이 어디 갔다가 돌아올 때마다 그를 방문하느라고 내 시간을 축내지는 않겠소."

"글쎄, 내가 아는 건 오로지 당신이 그를 방문하지 않는 것이 대단히 무례한 일이라는 것뿐이에요. 그러나 당신이 방문하지 않는다고 해서 우리 집 정찬에 그를 초대하지 못할 까닭은 없다고 마음먹었어요. 우리는 롱 부인과 굴딩 가족을 곧 초대해야 해요. 그러면 우리 식구들까지 13명이 되는데, 그러니 우리 식탁에 그가 앉을 자리가 남아 있다니까요."

이런 결심이 위로가 되어서 베넷 부인은 남편의 무례함을 아주 잘 참아 낼 수 있었다. 남편이 그를 방문하지 않겠다고 하니 이웃들이 모두 그를 만난 후에야 그를 만나게 된다는 건 매우 기분 상하는 일이긴 했다. 빙리 씨가 도착할 날이 가까워 왔다.

제인은 엘리자베스에게 이렇게 말했다. "나는 도대체 그가 온다는 것 자체가 유감스러워지네. 그건 아무것도 아니야. 나는 전혀 아무 관심 없이 그를 만날 수 있어. 하지만 어머니가 끊임없이 그 이야기 하시는 걸 듣는 건 참 견디기 어려워. 어머니의 의도는 좋아. 하지만 어머니 말씀으로 내가 얼마나 고통 받는지 어머니는 모르셔. 아무도 몰라. 그가 네더필드를 떠나는 날, 나는 아주 행복할 거야!"

"언니에게 위로가 되는 말을 할 수 있다면 얼마나 좋을까."

엘리자베스가 대답했다. "하지만 전혀 그럴 힘이 없네. 언니도 분명히 그렇게 느낄 거야. 보통은 고통당하는 사람에게 참으라고 설교하는 데서 즐거움을 느끼는데 언니에겐 그렇게 설교할 수 없네. 언니는 항상 참을성이 대단히 많기 때문이야."

빙리 씨가 도착했다. 베넷 부인은 하인들의 도움을 받아서 그 소식을 제일 먼저 알아내도록 궁리했기 때문에 그녀가 염려하고 조바심하는 기간이 무척 길어질 수밖에 없었다. 그녀는 그에게 초대장을 보낼 수 있는 날까지 며칠을 기다려야 하는지 계산해 보았다. 그를 그전에 만나 볼 희망은 없었다. 그러나 그가 하트퍼드셔에 도착한 지 사흘 만에 그녀는 자신의 옷 갈아입는 방 창을 통해서 그가 말을 타고 작은 목장을 지나 집 쪽으로 오는 것을 보았다.

그녀는 딸들과 함께 기쁨을 나눌 수 있도록 열심히 딸들을 불렀다. 제인은 단호하게 테이블에 앉아 있었지만, 엘리자베스는 어머니를 기쁘게 해 드리기 위해 창가로 가서 밖을 내다보았다. 다아시 씨가 빙리 씨와 함께 오는 것을 보고 그녀는 다시 언니 옆에 앉았다.

"엄마, 어떤 신사가 빙리 씨와 함께 있어요," 키티가 말했다. "누굴까?"

"얘야, 이런저런 아는 사람이겠지. 분명히 나는 모르는 사람일 거다."

"저거 봐!" 키티가 대답했다. "꼭 그 전에 빙리 씨와 늘 함께 있었던 사람 같아요. 그 사람 이름이 뭐더라. 그 키 큰 거만한 사람."

"맙소사! 다아시 씨라고—확실히 그런 것 같구나. 글쎄, 빙리 씨의 친구라면 누구든지 우리 집에서 분명히 환영받을 거야. 하지만 그가 빙리 씨 친구가 아니라면 나는 그 사람 꼬락서니도 보기 싫다."

제인은 놀라면서 걱정스런 표정으로 동생을 바라보았다. 그들이 더비셔에서 만난 것을 잘 알지 못하는 제인은 동생이 그의 설명 편지를 받은 후 처음으로 그를 만나는 것이니 어색하게 느낄 것이라고 엘리자베스를 동정했다. 두 자매 모두 매우 불안해 했다. 그들은 서로를 안쓰럽게 생각했고, 그리고 물론 자기 자신들에 대해서도 마찬가지였다. 그런데 어머니는 그 두 신사가 듣지 못하는 곳에서 다아시 씨를 싫어하며, 단지 빙리 씨의 친구로서만 그에게 정중하게 대할 작정이라는 이야기를 계속했다. 그러나 엘리자베스에게는 언니가 눈치 챌 수 없는 불안거리가 있었다. 그녀는 아직까지 언니에게 외숙모의 편지를 보여주거나 다아시 씨에 대해서 자신의 감정이 변했다는 것을 말할 용기가 전혀 없었던 것이다. 제인에게는 다아시 씨는 동생에게 청혼을 거절당한 사람, 동생이 별로 가치 없다고 평가하는 한 남자에 불과할 수 있었다. 그러나 그에 관해서 좀 더 많은 것을 아는 엘리자베스에게는 다아시 씨는 그녀의 온 가족이 가장 큰 은혜의 빚을 진 사람이고, 그리고 자신이 관심을 가지고 바라보는 사람이었다. 그녀가 그에게 가지는 관심에는 대단한 애정이 깃들지 않았다 해도 적어도 제인이 빙리에게 가지는 관심만큼 타당하고 충분한 근거가 있는 것이었다. 그가 왔다는 것—네더필드로 오고, 또 롱본으로 와서 자발적으로 자신을 다시 찾는다는 사실이 그녀를 깜짝 놀라게 했다. 엘리자베스는 더비셔에서 그의 행동이 변한 것을 처음 보았을 때 놀랐던 것 못지않게 놀랐다.

그의 애정과 소망이 여전히 흔들리지 않았음이 분명하다고 생각하는 동안 잠시 그녀 얼굴에서 사라졌던 홍조가 더욱 빛을 내며 되돌아 왔다. 그리고 즐거운 미소가 그녀의 눈에 광채를 더해 주었다. 그러나 아직은 그의 애정이 확고하다고 생각하는 것은 무리였다.

'우선 그가 어떻게 행동하는지 보자,' 그녀는 마음속으로 뇌었다. '그러면 일찌감치 예상할 수 있을 거야.'

그녀는 마음을 진정시키려고 애쓰면서 하던 일에 계속 몰두했다. 하인이 문으로 다가오고 있을 때야 비로소 감히 들지도 못하던 눈을 들어 염려 반, 호기심 반으로 언니의 얼굴을 바라보았다. 제인은 평상시보다 좀 창백해 보였다. 그러나 엘리자베스가 예상했던 것보다는 더 침착했다. 신사들이 나타나자 제인의 얼굴이 붉게 물들었다. 그런데도 그녀는 상당히 편안하게, 화 난 표정도 보이지 않고, 쓸데없이 고분고분하지도 않게 적절한 행동으로 그들을 맞았다.

엘리자베스는 그 두 사람에게 예절에 벗어나지 않을 정도의 말만 했다. 그리고 다시 자리에 앉아 별로 열심히 할 필요가 없는 일을 열심히 해 나갔다. 그녀는 감히 단 한 번 다아시 씨를 흘끗 바라보았다. 그는 여느 때처럼 심각해 보였다. 그러나 그의 표정은 펨벌리에서보다 좀 더 하트퍼드셔에서 만났을 때의 표정에 가깝다고 생각했다. 하지만 어머니의 면전에서 그는 아마도 외삼촌과 외숙모를 대했을 때와 같은 태도를 취할 수는 없었을 것이다. 그것은 괴롭지만 해봄직한 추측이었다.

또한 그녀는 잠시 빙리를 바라보았다. 그 짧은 시간에 엘리자베스는 그가 즐거워하면서 동시에 당황해 하는 표정을 보았다. 제인과 엘리자베스는 어머니가 빙리를 대단히 정중하게 맞이하는 것이 부끄러웠다. 특히 어머니가 지나치게 공손한 인사로 다아시 씨를 차갑게 맞이한 것과 대조를 이루었기 때문이다.

어머니가 특히 총애하는 딸 리디아가 돌이킬 수 없는 수치를 당하지 않도록 도와준 빚을 다아시 씨에게 진 것을 아는 엘리자베스는 어머니가 그렇게도 서투르게 차별대우를 하는 것에 마음의 상처를 입었고, 몹시 고통스러울 정도로 슬펐다.

다아시 씨는 가디너 부부의 안부를 물었고, 엘리자베스는 당황해하며 그 질문에 대답했다. 그 후 그는 별로 입을 열지 않았다. 그가 침묵했던 것은 아마도 엘리자베스 옆에 앉지 않았기 때문이었을 것이다. 하지만 더비셔에서는 그렇지 않았다. 그곳에서는 그녀와 대화할 수 없을 때에는 그는 외삼촌 부부에게 말을 건네곤 했다. 하지만 지금은 그의 목소리를 듣지 못한 채로 몇 분이 흘렀다. 엘리자베스가 때때로 호기심의 충동을 이기지 못해 눈을 들어 그의 얼굴을 바라보았을 때, 그는 자주 자신이나 제인을 바라보고, 빈번히 마루만 내려다보고 있었다. 지난번 그를 더비셔에서 만났을 때보다 더욱 생각에 잠겨 있었고, 그녀의 호감을 사려는 열망이 줄어든 것이 뚜렷이 드러나고 있었다. 엘리자베스는 실망했고, 실망하는 자기 자신에게 화가 났다.

'사정이 이와 다르기를 기대할 수 있을까?' 그녀는 마음속으

로 뇌었다. '그렇지만 그가 왜 왔을까?'

그녀는 그가 아닌 누구와도 말할 기분이 아니었다. 그런데 그에게 말을 건넬 용기가 나지 않았다.

그의 여동생 안부를 물었지만 그 이후로는 아무 말도 나오지 않았다.

"빙리 씨, 오랜만에 오셨군요." 베넷 부인이 말했다.

그는 곧 그렇다고 했다.

"다시 돌아오시지 않으면 어쩌나 걱정했지요. 소문에는 당신이 마이클마스 때는 네더필드를 완전히 떠날 거라고 하지만, 사실이 아니길 바라요. 지난 번 이곳을 떠나신 이후에 이 이웃에 많은 변화가 있었어요. 루카스 양이 결혼하여 정착했고, 내 딸한 명도 그랬고요. 그 얘길 들으셨으리라 생각해요. 참말로 그걸 틀림없이 신문에서 보셨을 거예요. 기사가 《타임스》와 《큐리어》에 난 걸로 알고 있지요. 결혼 기사로서 적절한 것은 아니었지만요. 그 기사에는 신부 아버지가 누군지, 신부가 사는데가 어딘지도 쓰지 않고, 단순히 '최근 조지 위컴 님과 리디아베넷 양이 결혼함'이라고만 썼지요. 그 기사는 내 동생 가디너가 초안을 작성했는데, 어떻게 그토록 일을 서투르게 했는지 모르겠어요. 그 기사 보셨나요?"

빙리는 보았다고 대답하고, 축하한다고 했다. 엘리자베스는 감히 눈을 들지 못했기 때문에 다아시 씨의 표정이 어떤지 알수 없었다.

"딸을 좋은 데 시집보내는 것은 확실히 아주 기쁜 일이지요." 그녀의 어머니가 계속 말을 이어갔다. "하지만 빙리 씨, 그 애를 그렇게 멀리 떠나보내는 건 매우 힘든 일이에요. 그들은 뉴캐슬로 갔어요. 제 생각에 그곳은 아주 먼 북쪽 지방인 것 같아요. 얼마나 오래 그곳에 살지는 몰라요. 위컴의 연대가 거기 있다는군요. 그가 ○○셔 민병대에서 나와 정규군이 되었다는 이야길 들으셨으리라 생각하는데요. 참 고맙게도! 그에게 친구가 몇 명 있대요. 그는 당연히 더 많은 친구를 누릴 수 있는 인물인데 말이지요."

이 말이 다시 씨를 겨냥한다는 것을 아는 엘리자베스는 얼마나 비참할 정도로 부끄러운지 거의 자리에 앉아 있을 수 없었다. 그전에는 어떤 것도 그녀가 입을 열도록 하지 못했지만, 이제 이런 상황 때문에 그녀는 무슨 말이라도 하려고 노력했다. 그녀는 빙리에게 이제 하트퍼드셔에 얼마나 머무를 생각이냐고 물었다. 그는 이삼 주 정도가 될 것 같다고 했다.

그녀 어머니가 말했다. "댁의 농장에 있는 새들을 모조리 사냥한 후에는 여기 오셔서 원하시는 대로 남편 농장에서 사냥하세요. 그렇게 해 드리는 것이 남편에게는 대단한 행복이고, 당신을 위해서 제일 좋은 코비 새들을 모두 남겨 둘 거예요."

어머니가 그처럼 쓸데없이 주제 넘는 친절을 베푸는 것을 보고 엘리자베스는 점점 더 비참해졌다! 그녀는 일 년 전에는 그들을 즐겁게 했던 제인과 빙리의 결혼 전망이 지금 또다시 눈앞에 나타난다 해도, 모든 것이 그때와 같이 난처한 결과를 향해 달려갈 것이라고 생각했다. 그 순간 그녀는 언니와 자신이 여러 해 동안 행복을 누린다 해도 이처럼 황당한 순간에 겪는 고통을 보상해 주지 못할 것이라고 느꼈다.

그녀는 속으로 뇌었다. '내 마음의 가장 큰 바람은 결코 다아시 씨나 빙리 씨 중 누구와도 더 이상 교제하지 않는 거야. 그들과의 교제에서 이런 비참함을 보상해 줄만한 기쁨을 전혀 느낄 수 없을 테니까! 빙리 씨도 다아시 씨도 다시는 만나지 않을 거야!'

하지만 여러 해 동안 행복을 누린다 해도 보상되지 않을 것 같다던 비참함은 그 후에 곧 대부분 사라졌다. 제인의 아름다움 앞에서 빙리 씨의 애정이 다시 강하게 불타오르는 것을 보았기 때문이다. 처음 들어섰을 때 그는 제인에게 거의 말을 건네지 않았다. 그러나 매 5분이 지날 때마다 그는 점점 더 제인에게 관심을 기울이는 것 같았다. 그는 제인이 지난해와 다름없이 아름답고, 착하고, 말수는 적어졌지만, 꾸밈이 없음을 알게 되었다. 제인은 빙리 씨가 자신이 달라진 것을 눈치 채지 못하기를 간절히 바랐고, 그래서 평소에 이야기하던 만큼만 말을 하기로 작정했지만, 마음이 얼마나 바삐 움직였는지 그녀는 언제 자신이 침묵했는지 알지 못했다.

그들이 떠나려고 일어섰을 때, 두 신사들을 정중하게 대하려는 생각을 잊지 않고 있던 베넷 부인은 그들을 정찬에 초대하여, 그들은 며칠 안에 롱본에서 식사하기로 약속했다.

베넷 부인이 덧붙여 말했다. "빙리 씨, 우리에게 방문 빚을 지고 계셔요. 지난겨울 런던으로 가실 때, 돌아오는 대로 우리와 함께 가족 정찬을 하겠다고 약속하셨지요. 나는 분명히 기억하고 있어요. 돌아와 약속을 지키지 않으셔서 매우 실망했었지요."

빙리는 이런 책망에 약간 어이없어 하는 것 같았다. 그리고는 무언가 사업상 일이 있어 지키지 못했노라고 사과의 말을 했다. 그 후 그들은 떠났다.

베넷 부인은 그날 그들에게 더 머물다가 식사를 함께 하자고 강경하게 요청하고 싶었다. 그러나 자신이 언제나 식탁에 풍부하게 음식을 차려 내는 편이긴 하지만, 적어도 두 코스 이하의 식사로 사위를 삼으려는 빙리 씨에게 충분하지 않고, 그리고 일년에 10,000 파운드의 수입이 있는 다아시 씨의 식성과 자부심을 만족시킬 수 없다고 생각해서 그들에게 강권하지 않았다.

12

그들이 떠나자마자 엘리자베스는 기분을 되살리기 위해서 밖으로 걸어 나갔다. 바꿔 말하자면 틀림없이 기분을 더욱 가라앉게 해줄 주제들을 아무런 방해 없이 곰곰이 생각하기 위해서였다. 다아시 씨의 행동에 그녀는 놀라고, 마음이 산란했다.

"오로지 말없이, 엄숙하게, 꿔다 놓은 보리 자루처럼 있으려면," 엘리자베스는 말했다. "도대체 그는 왜 왔을까?"

그녀로서는 만족할 만한 해답을 찾을 방법이 전혀 없었다.

"런던에서 그는 외삼촌과 외숙모에게 여전히 상냥하고, 붙임성이 있었다는데, 내게는 왜 그러지 않을까? 나를 두려워한다면 왜 여기 왔지? 더 이상 나를 좋아하지 않는다면, 왜 말이 없는 거지? 귀찮고 성가신 사람! 더 이상 그 사람 생각을 하지 않을 거야."

제인이 다가오는 바람에 그녀의 결심은 본의 아니게 잠시 동안 보류 되었다. 제인은 밝은 표정으로 동생에게 왔고, 그 표정은 엘리자베스보다 제인이 더 방문객에 만족했다는 걸 나타내 주고 있었다.

"이제," 제인이 말했다. "그를 다시 만나고 나니 나는 아주 편안해졌어. 난 내 자신이 강하다는 걸 알아. 그래서 그가 온다 해도 다시는 당황하지 않을 거야. 그가 화요일에 우리 집에서 정찬을 하게 되어서 기뻐. 그때 모두에게 우리 두 사람은 그저 평범한, 무관한 지인에 불과하다는 걸 보여주게 될 거야."

"그래, 정말 굉장히 무관하지," 엘리자베스가 웃으며 말했다. "오, 언니, 조심해."

"리지, 지금 위험에 직면할 만큼 내가 그렇게 약하다고 생각하는 건 아니지?"

"내 생각에 언니는 예나 다름없이 빙리 씨가 언니를 사랑하게 만드는 큰 위험에 빠져 있어."

***

엘리자베스와 제인은 화요일이 되어서야 그 신사들을 다시 만났다. 그리고 그동안 베넷 부인은 30분간의 방문에서 빙리가 보여준 훌륭한 유머와 공손함에 힘입어 온갖 행복한 계획에 몰두하였다.

화요일에 롱본에는 큰 일행이 모였다. 그리고 가장 열렬히 기대했던 두 신사는 스포츠맨으로서 시간을 엄수한다는 평판에 걸맞게 일찌감치 도착했다. 그들이 식당으로 갔을 때 엘리자베스는 빙리가 예전에 모든 파티에서 그의 자리였던 언니 옆 자리를 차지할 것인지 아닌지를 열심히 살폈다. 엘리자베스와 똑같은 생각을 한 그녀의 어머니는 신중하게 행동해서 빙리 씨를 자신의 옆에 앉으라고 초대하지 않았다. 방에 들어서면서 그는 망설이는 듯했다. 그러나 제인이 우연히 주위를 돌아보고, 때마침 그에게 미소를 지었다. 그것이 결정적이었다. 그는 그녀 옆에 앉았다.

엘리자베스는 의기양양한 기분으로 그의 친구를 바라보았다. 다아시 씨는 그 사실을 점잖게 무심하게 받아들였다. 빙글빙글 웃는 빙리의 놀라는 눈길이 자신처럼 다아시 씨를 바라보는 것을 보지 못했다면, 엘리자베스는 다아시 씨가 빙리에게 행복을 누리도록 허락했다고 생각했을 것이다.

식사하는 동안 빙리가 제인에게 하는 행동에서 그가 그녀를 사랑한다는 것을 알 수 있었다. 그 전보다는 좀 더 신중하게 행동하지만, 그가 전적으로 자기 뜻대로 하도록 내버려두면, 제인과 빙리는 매우 빠른 속도로 행복을 손에 잡게 될 것이라고 엘리자베스는 생각했다. 감히 그 결과를 확신할 수는 없지만 엘리자베스는 그의 행동을 지켜보며 즐거웠다. 그녀는 명랑한 기분이 아니었기 때문에 그 즐거움은 그녀에게 기분이 뽐낼 수 있는 온갖 생기를 불어넣어 주었다. 다아시 씨는 그녀에게서 가장 먼 곳에, 그녀 어머니 옆에 앉아 있었다. 엘리자베스는 그런 입장이 어머니와 다아시 씨 모두에게 얼마나 유쾌하지 않은지, 두 사람 모두에게 얼마나 불리한지를 알았다. 멀리 있어서 그들의 대화를 들을 수 없었지만, 그들은 거의 말을 하지 않았고, 말을 해야 할 때면 그들의 태도가 얼마나 형식적이고 냉랭한지를 볼 수 있었다. 다아시 씨에게 무례하게 구는 어머니는 자신의 가족이 다아시 씨에게 빚지고 있다는 것을 의식하는 그녀의 마음을 더욱 괴롭게 했다. 그래서 그녀는 때때로 자신의 가족 모두가 그의 친절한 행위를 모르거나 감동받지 않은 것이 아니라고 다아시 씨에게 말할 수 있는 특전을 누리기 위해서는 무어라도 아낌없이 바치고 싶었다.

그녀는 그 저녁에 다아시 씨와 단둘이 만날 수 있는 기회가 오기를 바랐다. 다아시 씨가 집에 들어설 때 그와 그저 형식적인 인사를 했을 뿐이었다. 그가 방문하는 동안 내내 그녀는 그런 형식적인 인사가 아닌 대화다운 대화를 할 수 있는 기회가 오기를, 그런 기회를 가지지 못한 채 방문이 끝나지 않기를 바랐다. 신사들이 돌아오기 전 거실에서 불안하게 걱정하며 시간을 보내느라 얼마나 지루하고 피곤했는지 그녀는 거의 예의를 차릴 수 없을 지경이었다. 엘리자베스는 신사들이 거실로 돌아오기를 고대했다. 그들이 들어오는 그 순간이 자신이 그 저녁을 아주 즐겁게 지낼 수 있는 기회가 될지 그렇지 않은지를 좌우할 것이라 보았기 때문이다.

'만약 다아시 씨가 내게 다가오지 않는다면, 그땐' 그녀는 마음속으로 뇌었다. '나는 영원히 그를 포기할 거야.'

신사들이 들어왔다. 그리고 엘리자베스는 자신의 바람에 화답하는 것 같은 다아시 씨의 표정을 보았다고 생각했다. 그러나 슬프게도! 제인은 차를 만들고 엘리자베스는 커피를 따르는 식탁 주위로 숙녀들이 우르르 몰려들었고, 그들이 얼마나 빽빽이 모여 있는지 그녀 가까이에는 의자 하나를 놓을 공간도 없었다. 신사들이 다가올 때 숙녀 중 한 사람이 그녀에게 바짝 다가와서 속삭였다.

"신사들이 와서 우리를 떼어놓을 수 없게 할 작정이에요. 우리는 아무도 그들을 원치 않아요, 그렇지요?"

다아시는 방의 다른 쪽으로 갔다. 엘리자베스는 눈으로 그를 따라가면서 그와 이야기하는 사람을 부러워했고, 사람들에게 커피를 따라 줄 인내심조차 잃을 지경이었다. 그러다가 그녀는 그처럼 어리석게 구는 자신에게 분노했다!

"한 번 내게 거절당한 사람! 그런 사람이 새삼스럽게 나를 다시 사랑하리라고 기대하다니. 내가 그다지도 어리석단 말인가! 같은 여자에게 두 번 청혼하는 것이 얼간이 같은 짓이라고 여기지 않을 남성이 이 세상에 있을까? 남성들에게 그보다 더 딱 질색인 모욕은 없을 거야!"

그러나 엘리자베스는 다아시 씨가 손수 커피 잔을 돌려주러 오는 바람에 약간 기분이 살아났다. 그녀는 그 기회를 놓치지 않고 말을 시작했다.

"여동생이 아직도 펨벌리에 있나요?"

"예, 크리스마스까지 있을 거예요."

"그런데 혼자 있나요? 친구들은 모두 떠났나요?"

"앤즐리 여사가 함께 있어요. 다른 사람들은 스카버러로 간 지 삼 주일이 되었어요."

엘리자베스는 할 말을 더는 생각해 낼 수 없었다. 하지만 그가 그녀와 대화하고 싶다면, 대성공을 거두었을 것이다. 그러나 그녀 옆에 몇 분간 말없이 서 있던 그는 젊은 숙녀가 또다시 엘리자베스에게 귓속말을 했을 때, 마침내 가 버렸다.

차 도구들을 치우고, 카드 테이블이 놓이자 숙녀들은 모두 일어섰다. 엘리자베스가 곧 다아시와 둘이 함께할 수 있다는 희망을 가졌을 때, 그녀의 모든 기대가 무너졌다. 위스트 게임할 사람을 모으려고 욕심내는 어머니에게 다아시 씨가 붙잡혔고, 몇 분 후에 나머지 일행들과 함께 자리에 앉는 것을 보았기 때문이다. 그 저녁에 그들은 각기 다른 테이블에 앉아 있었고, 이제 그녀는 기대할 것이 하나도 없었다. 그녀는 그가 자주 자신이 있는 쪽으로 시선을 돌리느라 자신처럼 카드놀이에 성공하지 못하기만 바랄 뿐이었다.

베넷 부인은 네더필드의 두 신사가 저녁 식사 때까지 남아 있도록 할 계획이었지만, 불행하게도 그들의 마차가 제일 먼저 오기로 되어 있어서 그들을 붙들어 둘 기회가 없었다.

"자 애들아," 가족들만 남게 되자 베넷 부인이 말했다. "오늘 모임 어땠니? 나는 확실히 모든 것이 보기 드물게 잘 진행되었다고 생각한다. 정찬 음식은 내가 본 중에서 제일 잘 준비되었어. 사슴 고기는 나무랄 데 없이 잘 구어 졌고—모두가 그처럼 통통한 허리 고기는 본 적이 없다더라. 스프는 우리가 지난주에 루카스 댁에서 먹은 것보다 50배는 더 훌륭하고, 다아시 씨조차도 자고새 요리가 뛰어나게 훌륭하다고 인정했단다. 그런데 그 사람은 적어도 두세 명의 프랑스 요리사를 거느리고 있을 거라 생각하거든. 그리고 내 사랑 제인아, 나는 네가 그렇게 예쁜 걸 본적이 없어. 롱 부인도 그렇다고 하더라. 그렇게 생각하지 않느냐고 내가 그녀에게 물었거든. 그 밖에도 롱 부인이 뭐라고 했는지 알아? '아! 베넷 부인, 드디어 제인을 네더필드에서 여주인으로 만나게 될 거예요' 정말 그렇게 말했다니까. 롱부인은 세상에서 제일 착한 사람이야. 그리고 그녀 조카딸들 태도는 아주 훌륭하더구나. 조금도 예쁘지는 않지만 말이야. 나는 그 숙녀들을 엄청 좋아한다."

한마디로, 베넷 부인의 기분은 대단히 좋았다. 그녀는 제인을 대하는 빙리의 태도를 충분히 보았고, 드디어 제인이 그를 남편으로 맞을 것이라고 확신했던 것이다. 마음이 행복했을 때, 빙리와 제인의 결혼으로 온 가족들이 누릴 이익을 당치않게 크게 기대했지만, 다음 날 그가 청혼하러 오지 않자 그녀의 실망은 이만저만이 아니었다.

"참 유쾌한 날이었어," 제인이 엘리자베스에게 말했다. "파티에 참가할 사람들을 아주 잘 선택했어. 서로 아주 잘 어울렸지. 우리 종종 만났으면 좋겠어."

엘리자베스는 미소 지었다.

"리지야, 그러면 안 되지. 나를 의심하면 안 돼. 난 억울해. 나는 이제 빙리의 대화를 그냥 젊은 남자의 상냥하고 현명한 대화로 즐기는 걸 터득했어. 그 이상의 바람은 없어. 지금 그의 태도로 볼 때, 그는 결코 내 애정을 얻으려고 생각한 적이 없었어. 그것으로 나는 완전히 만족해. 그는 다른 남자들보다 더 상냥하게 말하고, 일반적으로 사람들을 더 친절히 대하려는 마음을 지닌 사람일 뿐이야."

"언니는 아주 잔인해," 엘리자베스가 말했다. "언니는 나보고 웃지 말라고 하면서 매순간 내가 웃지 않을 수 없도록 자극하잖아."

"어떤 경우에는 내 말을 믿게 만들기가 정말 어렵구나!"

"그리고 다른 경우에는 언니 말을 믿게 만들기가 얼마나 불가능한데!"

"왜 너는 내가 인정하는 이상의 감정을 지녔다고 나를 설득하고 싶어 하니?"

"그거야 말로 내가 어떻게 대답해야 할지 모르는 질문이네. 우리는 알 가치가 없는 것만 가르칠 수 있는데, 우리는 모두 가르치기를 좋아한단 말이야. 언니, 용서해 줘. 그러나 빙리에게 무관심하다고 고집부릴 거면, 나를 언니의 절친한 친구라고 하지 마."

13

이 방문 후 며칠이 지나자 빙리 씨가 다시 롱본을 찾았다. 그것도 혼자 왔다. 그의 친구 다아시 씨는 그날 아침 런던으로 떠났고, 열흘 후에 돌아올 예정이었다. 그들과 한 시간 이상을 함께 지낸 빙리 씨는 대단히 기분이 좋았다. 베넷 부인은 그에게 함께 식사하자고 초대했지만, 그는 대단히 걱정스러운 표정으로 다른 곳에 약속이 있음을 고백했다.

"다음 방문 때는," 그녀가 말했다. "우리가 좀 더 운이 좋기를 바라요."

그는 어느 때라도 자신은 대단히 기쁠 거라는 등등을 말하며, 베넷 부인이 허락한다면 일찌감치 그들을 방문할 기회를 잡겠다고 했다.

"내일 오실 수 있나요?"

그는 다음 날 아무런 약속이 없으니 올 수 있다며 기꺼이 베넷 부인의 초대를 받아들였다.

이튿날 그가 왔다. 얼마나 일찍 왔는지 숙녀들은 아무도 아직 정장을 하지 못했었다. 실내복을 입은 베넷 부인은 머리를 반쯤 빗다가 딸들에게 달려가서 큰 음성으로 말했다.

"얘, 제인아, 어서 부리나케 내려가렴. 그분이 오셨어—빙리 씨가 오셨어. 정말 그가 왔다니까. 서둘러, 서둘러라. 사라야, 냉큼 제인에게 와, 그래서 옷 입는 걸 도와주어라. 리지 머리는 걱정 말고."

"될 수 있으면 빨리 내려갈게요." 제인이 말했다. "하지만 키티가 분명히 우리들보다 더 먼서 내려갈 거예요. 30분 전에 이층으로 왔으니까요."

"오, 키티에게 천천히 내려가라고 해. 그 애가 무슨 상관이 있다는 거냐? 어서 빨리 와, 빨리! 얘야, 네 허리띠가 어디 있니?"

그러나 어머니가 가 버리자 동생들 중 한 사람과 함께 내려가지 않는다면 내려가지 않겠다는 제인을 설득할 수 없었다.

제인과 빙리 둘만 있게 하려는 베넷 부인의 염원은 그날 저녁에도 변함이 없었다. 차를 마신 후 베넷 씨는 습관대로 서재로 물러갔고, 메리는 악기를 연주하러 이 층으로 갔다. 이렇게 다섯 명의 장애물 중 둘이 제거되자 베넷 부인은 상당히 오랫동안 엘리자베스와 키티를 바라보며 눈짓을 했다. 그러나 그들은 그것을 눈치채지 못했다. 엘리자베스는 어머니를 못 본 척했고, 드디어 어머니를 바라본 키티는 매우 순진하게 말했다 "엄마, 무슨 일이야? 무엇 때문에 나한테 계속 눈짓하세요? 나보고 어떻게 하라고요?"

"얘야, 아무것도 아니다. 너한테 눈짓하지 않았어." 그러고는 그녀는 5분을 더 조용히 앉아 있었다.

그러나 그런 귀중한 기회를 낭비할 수 없어서 갑자기 자리에서 일어나 키티에게 말했다. "얘야, 이리 와, 네게 할 말이 있다" 그녀는 키티를 방 밖으로 데리고 나갔다. 제인은 즉시 엘리자베스에게 어머니의 그런 계획이 불안하다며, 그런 **어머니** 계획에 넘어가지 말라고 간청하는 표정을 지어 보였다. 몇 분 후에 베넷 부인은 문을 반쯤 열고 불렀다.

"리지, 얘야, 너하고 할 말이 있다."

엘리자베스는 나가지 않을 수 없었다.

"그들만 있게 해 주는 게 좋겠다." 복도로 나오자마자 어머니가 말했다. "키티와 나는 이 층으로 가서 내 옷 갈아입는 방에 앉아 있으마."

엘리자베스는 어머니를 설득하려 하지 않고, 어머니와 키티가 시야에서 사라질 때까지 조용히 복도에 남아 있다가 다시 거실로 돌아갔다.

이날의 베넷 부인 계획은 별로 성과를 거두지 못했다. 빙리는 공공연하게 제인의 애인이 아니라는 점만 빼고는 어느 모로 보나 매력적이었다. 시원시원하고 명랑해서 그들의 저녁 모임에서 가장 호감이 가는 새로운 얼굴이었다. 그리고 분별력 없는 베넷 부인이 쓸데없이 참견하는 걸 잘 참아 내고, 얼굴에 싫은 표정을 보이지 않고 그녀의 모든 어리석은 말을 귀담아들었다. 제인은 특히 그것이 감사했다.

좀 더 있다가 저녁을 함께 들자고 권할 필요도 없었다. 그리고 빙리가 떠나기 전에 주로 그와 베넷 부인의 의사에 따라서 그가 다음 날 오기로 약속이 되었다. 베넷 씨와 함께 사냥하기로 한 것이다.

이날 이후로 제인은 그에게 무관심하다는 말을 더는 하지 않았다. 엘리자베스와 제인 사이에는 빙리에 관해서 아무 말도 오가지 않았지만, 엘리자베스는 다아시 씨만 예정된 시간에 돌아오지 않는다면, 모든 일이 신속하게 결론을 맺게 될 것이라는 행복한 생각을 하며 잠자리에 들었다. 그러나 그녀는 진정으로 틀림없이 다아시 씨의 동의가 있었기에 이 모든 일이 일어나는 것이라고 생각했다.

빙리는 어김없이 약속 시간을 지켰다. 그와 베넷 씨는 약속한 대로 아침을 함께 보냈다. 베넷 씨는 빙리 씨가 예상했던 것보다 훨씬 더 상냥했다. 빙리 씨가 베넷 씨의 비웃음을 사는 일

도 없었고, 어리석게 굴거나 잘난 체해서 베넷 씨가 입을 다무
는 일도 일어나지 않았다. 베넷 씨는 지금까지 빙리 씨가 보아
온 것보다 좀 더 말을 많이 했고 덜 괴팍하게 굴었다. 빙리는 물
론 베넷 씨와 함께 정찬에 왔다. 그리고 저녁에는 모든 사람을
그와 제인에게서 떼어놓으려는 베넷 부인의 작전이 발동했다.
엘리자베스는 차를 마신 후 곧 편지를 쓸 목적으로 아침 식당
으로 갔다. 다른 사람들은 모두 카드놀이를 하려고 자리에 앉았
고, 어머니의 계획을 방해하기 위해 그녀가 필요할 리도 없었기
때문이다.

그러나 편지를 다 쓰고 거실로 돌아왔을 때, 엘리자베스는 매
우 놀랍게도 어머니의 발상이 자신도 몰라볼 정도로 독창적이
었음을 알게 되었다. 문을 열었을 때 제인과 빙리는 마치 진지
하게 대화를 나누는 것처럼 함께 벽난로 맞은편에 서 있었다.
이것이 아무런 의심을 불러일으키지 않았다 해도, 그들이 급히
돌아서서 서로에게서 멀어졌을 때 그들 두 사람의 얼굴이 그 모
든 것을 말해 주었을 것이다. 그들의 입장은 매우 어색했다. 하
지만 제인의 입장이 더욱 어색하다고 엘리자베스는 생각했다.
두 사람 다 한마디도 하지 않았다. 엘리자베스가 다시 나가려고
하던 참이었다. 그때 제인처럼 자리에 앉아 있던 빙리가 갑자기
일어나 제인에게 몇 마디를 속삭이고는 방에서 달려 나갔다.

비밀을 털어놓는 것이 기쁨이었기 때문에 제인은 엘리자베
스에게 아무것도 숨기지 않았다. 그녀는 즉시 엘리자베스를 포
옹하며, 아주 활기찬 기분으로 자신이 세상에서 가장 행복한 사
람이라는 걸 인정했다.

"정말 마음이 너무나 벅차!" 그녀가 덧붙였다. "대단히 벅차. 나는 이렇게 기뻐할 자격이 없어. 아! 왜 사람들 모두 나만큼 행복하지 않은 걸까?"

엘리자베스는 진심을 담아 즐겁게 열렬하게 축하했지만, 그 축하를 말로 표현하기에는 역부족이었다. 동생의 상냥한 축하 문장 하나하나는 제인에게 새로운 행복의 원천이 되었다. 제인은 하고 싶은 말의 절반도 하지 못했지만, 지금은 엘리자베스와 같이 있을 때가 아니라고 생각했다.

제인이 외쳤다. "즉시 어머니께 가야만 해. 나는 무슨 일이 있어도 어머니의 애정 어린 배려를 소홀히 하지 않을 거야. 또 어머니가 나 아닌 딴 사람에게서 이 소식을 들으시게 하지 않을 거야. 빙리는 이미 아버지께 갔어. 오! 리지, 내가 꼭 알려야 하는 것이 우리 사랑하는 식구들을 대단히 기쁘게 한다는 것을 아는 것! 이처럼 큰 행복을 어떻게 감당할 수 있을까!"

그러고는 그녀는 부리나케 어머니께 갔다. 어머니는 고의로 카드 파티를 해산시키고 키티와 함께 이 층에 앉아 있었다.

혼자 남은 엘리자베스는 지난 몇 달 동안 그들이 애태우고 걱정했던 문제가 드디어 쉽게, 신속하게 해결된 것에 대해서 비로소 미소 지었다.

"그런데 그의 친구 다아시 씨가 걱정하며 신중을 기하며 애쓰던 일이 이렇게 끝나는 거구나!" 엘리자베스가 혼자 말을 했다. "빙리 자매의 거짓과 계교가 일구어 낸 결과야! 가장 행복한, 가장 지혜로운, 가장 당연한 결말이야!"

몇 분 후에 그녀 아버지와 짧게 적절하게 상담을 마친 빙리가 엘리자베스와 합세했다.

"제인이 어디 있나요?" 그가 문을 열면서 다급하게 물었다.

"어머니와 이 층에 있어요. 틀림없이 곧 내려 올 거예요."

그러자 그는 문을 닫고 엘리자베스에게 다가오면서 처제로서 축복해 주기를, 애정을 베풀어 주기를 바랐다. 엘리자베스는 솔직하게 빙리와 친척이 될 생각을 하니 즐겁다고 열광적으로 말했다. 그들은 대단히 정중하게 악수했고, 제인이 내려올 때까지 빙리는 엘리자베스에게 하고 싶은 말을 모두 다 쏟아 냈다. 자신은 매우 행복하며, 제인은 흠 잡을 데 없는 여인이라고 했다. 빙리 씨와 제인의 사랑은 탁월한 이해력, 더할 수 없는 훌륭한 제인의 품성, 그리고 두 사람의 감정과 취향의 유사성에 토대를 두고 있기 때문에, 연인임에도 불구하고, 그가 온갖 행복을 기대하는 것에는 참으로 타당한 근거가 있다고 엘리자베스는 진심으로 믿었다.

그날 저녁은 그들 모두에게 보통 기쁜 저녁이 아니었다. 마음이 흡족해서 제인의 얼굴은 대단히 즐거운 활기로 빛났고, 그녀는 어느 때보다 더욱 아름다워 보였다. 키티는 선웃음을 치며 미소했고 자신의 차례가 곧 오기를 바랐다. 베넷 부인은 빙리에게 반시간 동안이나 다른 이야기는 하지 않고 결혼을 허락한다는 말만 했다. 그러나 아무리 따뜻한 말로 결혼에 동의한다거나 허락한다는 말을 해도 여전히 그녀 마음은 흡족하지 않았다. 저녁에 베넷 씨가 그들과 식사하러 합류했을 때 그의 음성과 태도에서 그가 얼마나 행복한지를 뚜렷하게 알 수 있었다.

그러나 빙리 씨가 밤에 떠날 때까지 베넷 씨는 행복을 암시하는 말을 한마디도 하지 않았다. 하지만 그가 가자마자 그는 딸을 바라보면서 말했다.

"제인, 축하한다. 너는 아주 행복한 아내가 될 거야."

제인은 즉시 아버지에게 가서 키스하고 친절한 말씀에 감사드렸다.

"너는 착한 처녀야" 베넷 씨가 대답했다. "네가 행복하게 정착할 생각을 하니 참 기쁘구나. 나는 너희 두 사람이 매우 잘 살아갈 거라는 걸 조금도 의심하지 않는다. 너희 두 사람의 성격은 아주 비슷해. 너희 두 사람 다 어찌나 다른 사람에게 동의를 잘하는지 아무것도 결정하지 못할 거다. 너무나 느긋하게 대해 주어서 하인들은 너희를 속여먹을 거고, 씀씀이가 매우 후해서 항상 수입보다 지출이 많을 거야."

"그렇지 않기를 바라요. 제가 금전적인 문제를 신중하게 다루지 못하고, 생각 없이 처리하는 것은 용서할 수 없는 일이에요."

"수입을 초과해 쓴다고요! 베넷 씨," 베넷 부인이 소리쳤다. "무슨 이야기를 하시는 거예요? 빙리 수입은 일 년에 4, 5천 파운드나 되는데. 아마도 그 이상일 수도 있어요." 그러고 나서 제인에게, "오, 제인, 난 얼마나 행복한지 모른다! 아마 오늘 밤에 분명히 한 숨도 못 잘 거야. 이렇게 될 줄 알았다. 결국 이렇게 될 거라고 네게 늘 말했잖니. 네가 그렇게 아름다운 게 헛될 수는 없지! 빙리가 처음 하트퍼드셔에 왔을 때, 그를 보자마자 그가 너와 결혼할 가능성이 있다고 생각했던 걸 기억한다. 오! 그는 지금까지 내가 본 청년 중에서 제일 잘 생겼어!"

베넷 부인은 위컴과 리디아를 까맣게 잊고 있었다. 베넷 부인이 제일 좋아하는 리디아도 제인과 비교될 수는 없었다. 그 순간 베넷 부인에게 다른 일은 전혀 안중에 없었다. 메리와 키티는 장래 제인이 그들에게 베풀어 줄 수 있는 행복한 항목들을 챙기기 시작했다.

메리는 네더필드의 서재를 이용할 수 있게 해 달라고 부탁했고, 키티는 그곳에서 매 겨울 두세 번의 무도회를 열어 달라고 졸랐다.

빙리는 물론 이 후로 매일 롱본을 방문했다. 대단히 싫어하지 않는 어떤 예의 없는 이웃이 그를 정찬에 초대하고, 그 초대를 받아들이지 않을 수 없는 경우가 아니라면, 그는 종종 아침 식사 전에 왔고 언제나 저녁 식사 이후까지 머물렀다.

이제 엘리자베스는 제인과 대화할 시간이 별로 없었다. 빙리 씨가 있을 때면 제인은 다른 사람에게 주의를 기울일 수 없었기 때문이다. 그렇지만 때때로 빙리와 제인이 떨어져 있게 될 때—그런 일이 가끔 있었다—엘리자베스는 그들 두 사람 모두에게 자신이 매우 쓸모 있는 사람임을 알게 되었다. 제인이 없을 때 빙리는 언제나 엘리자베스 옆에 와서 즐겁게 제인 이야기를 했고, 빙리가 가고 없을 때면 제인은 빈번히 똑같은 방법으로 엘리자베스에게서 위안을 찾았기 때문이다.

어느 날 저녁 제인이 말했다. "빙리는 지난봄에 내가 런던에 있었던 걸 전혀 몰랐다고 하더라. 그 말을 듣고 얼마나 행복했는지 몰라! 그가 모를 리 없다고 생각했었거든."

"나는 모를 거라고 생각했어," 엘리자베스가 대답했다. "그렇지만 그는 왜 몰랐다고 그래?"

"아마 그 자매들 짓인 게 틀림없어. 그들은 확실히 그가 나와 사귀는 걸 지지하는 사람들이 아니야. 여러 점에서 그가 훨씬 더 유리한 상대를 선택할 수도 있었으니까, 그것에 대해 놀라지는 않아. 하지만 그들이 빙리가 나와 결혼해서 행복하다는 것을 알게 되면—알게 되겠지—차차 만족하게 될 거야. 그러면 우리 사이가 다시 좋아질 테고. 그렇긴 해도 결코 옛날의 우리 사이처럼 되지는 않을 거야."

"그건 지금까지 들은 언니 말 중에서 가장 용서하지 않는 말인데," 엘리자베스가 말했다. "착한 언니! 언니가 빙리 양의 거짓 호의에 또다시 바보처럼 속는다면 난 정말 속상할 거야."

"리지야, 지난 11월 그가 런던으로 갔을 때 그는 나를 진정으로 사랑하고 있었고, 내가 그에게 관심이 없다고 누군가가 그를 설득하지 않았다면, 무슨 일이 있어도 그는 이곳으로 다시 돌아왔을 거래. 그 걸 믿어 주겠니!"

"그는 분명히 좀 실수했어. 하지만 그건 그가 겸손하다는 자랑거리이기도 해."

이 말을 듣고 제인은 자연스럽게 그가 수줍어하는 사람이고, 자기 자신의 훌륭한 자질을 별로 높이 평가하지 않는다고 칭찬했다.

엘리자베스는 다아시 씨가 그들 일에 간섭했다는 것을 누설하지 않은 것을 알고 기뻤다. 제인은 세상에서 가장 관대하고 용서하는 마음을 지녔지만, 그런 간섭이 있었다는 걸 안다면 제인이 다아시 씨에게 편견을 가질 수 있다는 것을 알았기 때문이다.

"나는 분명히 이 세상의 모든 사람들 중에서 가장 행복한 사람이야!" 제인이 외쳤다. "오! 리지, 어째서 내가 이렇게 우리 식구들 가운데서 선발되어 그들보다 더 행복하도록 축복받았을까! 단지 네가 나만큼 행복한 걸 볼 수 있다면! 세상에 너를 위해서 빙리 씨 같은 사람이 또 있다면 얼마나 좋을까!"

"언니가 내게 그런 사람 40명을 준다 해도, 나는 결코 언니만큼 행복할 수 없을 거야. 내가 언니 같은 성품을 지니고 언니처럼 착해야 언니처럼 행복할 수 있을 거야. 아니지, 아니야. 나혼자 꾸려 나가도록 내버려 두어. 그리고 아마도 운이 아주 좋다면, 조만간 나는 또 다른 콜린스 씨 같은 남자를 만날지도 몰라."

롱본 가족에게 일어난 일들이 오래 알려지지 않을 수 없었다. 베넷 부인은 동생 필립스 부인에게 그 비밀을 살그머니 속삭이는 특권을 누렸고, 필립스 부인은 허락도 없이 용감하게 메리턴의 그녀 이웃들 모두에게 그 소식을 살그머니 퍼뜨리는 특권을 누렸기 때문이다.

불과 이삼 주 전 리디아가 가출했을 때만 하더라도 대체로 베넷 가의 가족들이 불행해질 것이라고 생각했던 사람들은 재빨리 베넷 가의 사람들이야말로 세상에서 가장 운 좋은 사람들이라고 단언했다.

14

빙리와 제인이 약혼한 지 일주일 정도 지난 어느 날 아침 빙리와 베넷 가의 여성들은 식당에 함께 앉아 있었다. 그때 갑자기 마차 소리가 들려서 모두 창가에 주의를 집중했다. 그리고 그들은 네 필의 말이 끄는 마차가 잔디 위로 들어서는 것을 알아챘다. 방문객이 오기에는 너무 이른 시간이고, 그 밖에도 마차는 그들 이웃의 어느 마차와는 달랐다. 말들은 우편 말이고, 마차도, 마차 앞에 앉은 하인의 복장도 그들에겐 낯설었다. 그러나 누군가가 오는 것은 확실하기 때문에 빙리는 즉시 제인에게 그런 침입자에게 발 묶이지 말고 자신과 숲으로 산책이나 가자고 설득했다. 그들 두 사람은 출발하고, 남은 세 사람은 계속해서 추측해 보았지만, 문이 활짝 열리고 방문객이 들어설 때까지도 누군지 감이 잡히지 않았다. 방문자는 캐서린 드 버그 영부인이었다.

물론 그들은 모두 놀랄 각오는 했지만, 그 놀라움은 예상을 뛰어넘는 것이었다. 영부인을 전혀 알지 못하는 어머니와 키티는 엘리자베스보다는 덜 놀랐다.

드 버그 영부인은 평상시보다도 더 불쾌한 기색으로 방으로 들어와서, 엘리자베스의 인사에 머리를 약간 까딱여 답하고 한 마디 말도 없이 자리에 앉았다. 방에 들어서면서, 영부인은 전혀 소개해 달라는 요청을 하지 않았다. 하지만 엘리자베스는 그녀가 누군지를 어머니에게 말씀드렸다.

베넷 부인은 매우 놀랐으나, 그처럼 중요한 손님을 맞이하니 우쭐해져서 더할 수 없이 공손하게 영부인을 맞이했다. 잠시 침묵하며 앉아 있던 영부인은 대단히 딱딱한 어조로 엘리자베스에게 말했다.

"베넷 양, 안녕하시오. 저분이 당신 어머니시구려."

엘리자베스는 아주 간결하게 그렇다고 대답했다.

"그리고, 저 사람은 당신 자매 중 한 사람이고."

"예, 그렇습니다," 베넷 부인이 캐서린 영부인에게 말을 건네게 된 것을 기뻐하며 대답했다. "저 애는 끝에서 둘째랍니다. 막내는 최근 결혼했지요. 그리고 맏이는 곧 우리 가족이 될 청년과 정원 어딘가를 산책하고 있답니다."

"여기 댁의 정원은 아주 좁군요." 잠시 침묵하다가 캐서린 영부인이 대답했다.

"영부인, 로징스와 비교하면 아무것도 아니라고 장담합니다만, 윌리엄 루카스 댁의 정원보다는 훨씬 넓답니다."

"이 거실은 여름 저녁에는 무척 불편하겠군. 창들이 완전히 서향이니."

베넷 부인은 저녁 이후에는 전혀 그곳을 사용하지 않는다고 안심시킨 후 다음과 같이 덧붙였다.

"떠나실 때, 콜린스 부부도 잘 지내고 있었겠지요?"

"잘 지내지요. 그저께 밤에 그들을 만났어요."

엘리자베스는 이제 그녀가 곧 샬럿이 자신에게 보내는 편지를 내놓을 것이라고 생각했다. 그것만이 영부인이 방문하는 유일한 동기일 것 같아서였다. 하지만 그녀는 아무런 편지도 꺼내지 않아 엘리자베스는 완전히 어리둥절해졌다.

베넷 부인은 드 버그 영부인에게 대단히 정중하게 다과를 권했다. 하지만 그녀는 아주 단호하게, 그러나 별로 공손하지 않게 아무것도 들지 않겠다고 했다. 그러고 나서 자리에서 일어서며 엘리자베스에게 말했다.

"베넷 양, 당신네 잔디 한편에 손보지 않은 예쁘장한 장소가 있는 것 같은데 그대가 나와 함께하는 호의를 베풀 수 있다면 그곳을 이리저리 걷고 싶소."

"애야, 가렴," 베넷 부인이 외쳤다. "영부인께 다른 산책길을 보여드리렴. 아마 정자[58]를 좋아하실 거라 생각한다."

엘리자베스는 어머니 말씀에 순종하여, 자신의 방으로 달려가 양산을 가져와서 아래층에 있는 귀한 손님을 섬겼다. 복도를 지나쳐 갈 때 캐서린 영부인은 식당과 거실 문들을 열어서 잠시 살펴 본 후에 그 방들이 품위 있어 보인다고 말한 후 계속 걸었다.

그녀의 마차는 문 앞에 그대로 있었다. 그리고 엘리자베스는 그 마차에 시녀가 타고 있는 것을 보았다. 그들은 아무 말 없이 자갈길을 따라 걸어서 관목 숲에 이르렀다. 엘리자베스는 평상시보다도 더욱 무례하고 불쾌한 영부인과 대화를 나누려고 애쓰지 않기로 작정했다.

'어떻게 내가 영부인을 그녀의 조카처럼 생각할 수 있단 말인가?' 영부인의 얼굴을 바라보며 엘리자베스가 생각했다.

---

58 런던의 리치몬드 파크에 왕실의 정자가 설치된 후 18세기 정원에 유행하던 자그마한 장식용 정자.

그들이 관목 숲으로 들어서자마자 캐서린 영부인은 다음과 같이 말하기 시작했다.

"베넷 양, 내가 여기에 온 이유를 이해하느라고 쩔쩔매는 일은 전혀 없을 거요. 당신 자신의 마음이, 양심이 왜 내가 왔는지를 틀림없이 말해 줄 테니까."

엘리자베스는 놀라며 끄떡도 하지 않고 영부인을 바라보았다.

"참으로 오해이십니다. 영부인. 저는 영광스럽게도 여기에서 영부인을 만나게 된 걸 도무지 설명할 수 없습니다."

"베넷 양," 영부인이 성난 어조로 대답했다. "당신이 나를 우습게보면 안 된다는 걸 반드시 알아야 해. 그러나 아무리 **당신**이 성의를 보이지 않기로 작정했다 해도, **나**는 그렇지 않다는 걸 알게 될 거야. 나는 언제나 진실하고 솔직한 성격을 지녔다는 칭찬을 들어왔지. 그리고 이처럼 대단히 중요한 주장을 펴기 위해 나는 분명히 그런 성격을 고수할 거요. 이틀 전에 깜짝 놀랄 만한 소식이 내게 들려왔소. 당신의 자매가 가장 유리한 결혼을 하려는 시점에 있을 뿐 아니라 그 후에 **바로 당신**, 엘리자베스 베넷 양 역시 십중팔구 내 조카, 나 자신의 조카인 다아시 씨와 결혼하게 될 것이라고 들었지. 그것이 틀림없이 거짓된 추문이라는 것을 알지만, 또 그것이 사실이라고 생각할 정도로 다아시를 음해하지 않을 것이지만, 나는 즉각 당신에게 내 기분을 알리기 위해 이곳으로 달려오기로 작정했소."

"그것이 사실일 리 없다고 믿으셨다면," 놀랍고 경멸스러워서 낯을 붉히며 엘리자베스가 말했다. "이렇게 멀리 오시는 수고를 하신 게 이상하군요. 오셔서 무슨 제안을 하시겠다는 걸까요?"

"당장 온 세상에 널리 그것이 옳지 않은 소문이라는 것을 주장하기 위해서지."

"영부인께서 저와 제 가족을 만나려고 롱본으로 오신 것은," 엘리자베스가 침착하게 말했다. "그 소문을 오히려 확인시키는 것입니다. 만약 그런 소문이 참으로 존재한다면 말입니다."

"만약이라니! 그런 소문을 모르는 척할 텐가? 당신네들이 부지런히 그걸 퍼뜨린 게 아니라는 거야? 그런 소문이 항간에 퍼져 있는 걸 모른 척하는 거냐고?"

"그런 소문을 전혀 듣지 못했답니다."

"또한 당신은 그 소문이 전혀 근거 없는 것이라고 단언할 수 있을까?"

"저는 영부인과 똑같이 솔직한 척하지 않습니다. 영부인께서 질문을 하셔도 좋습니다만, 제가 반드시 그 질문에 대답해야 할 필요는 없을 겁니다."

"이건 참을 수 없군. 베넷 양, 나를 납득시켜 주시오. 그가, 내 조카가 당신에게 청혼했소?"

"영부인께서 그건 불가능한 일이라고 선언하지 않았습니까?"

"그가 이성을 지니고 있는 한 마땅히 그래야지. 틀림없이 그래야 하지. 하지만 당신에게 심취하는 순간에 **당신의** 기교와 유혹에 넘어가서 그가 자신과 가족 모두에게 입고 있는 은혜를 잊어버릴 수도 있었겠지. 당신이 그를 속일 수도 있으니까."

"제가 그랬다 해도, 저는 도무지 그랬다고 고백할 사람이 아니랍니다."

"베넷 양, 내가 누군지 아는 거야? 내게 그 따위 말을 하는 사람은 없어. 나야말로 세상에서 그에게 가장 가까운 친척이야. 그러니 그의 가장 소중한 관심사를 모두 알 권리가 있는 거야."

"하지만 영부인께서는 제 관심사를 아실 권리는 없으셔요. 이처럼 행동하시더라도 제가 분명하게 말씀드리지 않을 겁니다."

'내가 올바로 이해하게 해 주구려. 아가씨가 주제넘게 열망하는 이 혼사는 결코 맺어질 수 없어. 아니, 도저히 안 되지. 다아시 씨는 내 딸과 약혼했으니까. 자 이제 뭐라고 말할 거지?"

"단지 이 말씀만 드리겠습니다. 만약 그런 입장이라면 그가 제게 청혼하리라고 추측하실 이유가 전혀 없을 테지요."

캐서린 영부인은 잠시 머뭇거리다가 대답했다.

"그들의 약혼은 매우 특이한 성격을 띠고 있소. 그들은 유아 시절부터 서로의 짝이 될 예정이었지. 그것은 다아시 씨 어머니의 마음에 흡족할 뿐 아니라 나 역시 좋아하는 희망이었소. 그들이 요람에 있을 때부터 우리는 그들의 결혼을 계획했지. 그리고 이제 두 자매의 바람인 그들의 결혼이 성취되려는 순간에 가족과 아무런 연고도 없고, 세상의 지위도 전혀 지니지 못한 열등한 가정 태생의 젊은 여성이 그 결혼을 방해하다니! 다아시 씨의 친구들 소망에는 아무런 관심도 없단 말이지? 그의 드 버그 양과의 암묵적인 약혼에 대해서 전혀 관심이 없다고? 예의범절과 자상한 배려 따위는 안중에도 없다고? 그가 어렸을 때부터 그는 사촌과 결혼할 운명이라고 내가 말한 것을 들어본 적이 없나?"

"네. 전에도 그 말씀 하시는 걸 들었어요. 그렇지만 그게 저와 무슨 상관이 있다는 말씀인가요? 제가 영부인의 조카와 결혼하는데 그 이외의 다른 이의가 없으시다면, 그의 어머니와 이모가 드 버그 양과 그가 결혼하기를 바랐던 것을 제가 안다고 해서 제가 반드시 그와 결혼하면 안 된다는 법은 없습니다. 두 분은 그의 결혼을 계획하느라고 하실 만큼 노력하셨습니다. 그것이 성취되는 것은 다른 사람들에게 달려 있지요. 다아시 씨가 명예로 보나 성격으로 보나 그의 사촌에게 매어 있는 게 아니라면, 왜 그가 다른 선택을 하면 안 되나요? 그리고 저를 선택한다면 제가 왜 그를 받아들일 수 없단 말씀인가요?"

"명예, 예의범절, 분별력, 아니, 이해관계가 그걸 금지하기 때문이지. 그래요, 베넷 양, 이해관계 때문이야. 당신이 고집 세게 모든 사람들의 뜻을 거스르는 행동을 한다면, 그의 가족이나 친구들이 당신을 후대하리라 기대하지 마시오. 당신은 그와 연고가 있는 모든 사람들에게서 비난 받고, 조롱과 멸시를 당할 거야. 당신의 결혼은 수치스럽게 될 거야. 우리는 어느 누구도 당신 이름을 언급조차 하지 않을 테니까."

"말씀하신 것들은 대단히 과중한 불행이지요," 엘리자베스가 대답했다. "하지만 다아시 씨의 아내는 틀림없이 그녀의 지위에 수반되는 엄청난 행복의 공급원이 있어서 대체로 그녀가 불평할 이유는 전혀 없을 겁니다."

"고집불통에 방자한 처녀 같으니라고! 당신이 수치스러워! 이게 내가 지난 봄 당신에게 베푼 은혜에 보답하는 건가? 그런 점에서 내게 빚진 게 전혀 없다는 거야?

"앉읍시다. 베넷 양, 나는 내 목적을 관철하려는 굳은 결심으로 여기에 왔고, 그것을 단념하지 않을 것임을 반드시 알아야 하오. 나는 어느 다른 사람의 기분에 굴복하는 데 길들여진 사람이 아니야. 실망을 용납하는 습관이 있는 사람도 아니지."

"그것이 현재 영부인의 입장을 더욱 가련하게 만들 것입니다. 하지만 그건 제게는 아무런 영향을 끼치지 못합니다."

"끼어들지 마시오. 입 다물고 내말을 들으라고. 내 조카와 우리 딸은 서로를 위해 태어났지. 그들의 외가 쪽은 똑같이 귀족 가문의 후손이야. 친가 쪽은 비록 작위는 못 받았지만, 존경할 만한, 명예로운 가문의 후손이고. 그들 양가의 재산은 막대하지. 그들은 각각 그들 가문에 속하는 모든 친척들 의견에 따라서 결혼할 운명이야. 그런데, 무엇이 그들을 갈라놓을 거란 말이지? 가문이나 연고나 재산도 없는 갑자기 나타난 뻔뻔스런 젊은 여성이 그렇게 한다고. 이걸 참아야 한다고! 하지만 반드시 그렇게 되어선 안 되고, 그렇게 될 수도 없어. 당신이 자신에게 유리한 게 무엇인지를 예민하게 느낀다면, 자신이 성장한 영역을 벗어나려 하지 않을 거야."

"영부인의 조카와 결혼하는 것이 제가 그 영역을 벗어나는 것이라고 생각하지 않습니다. 그는 신사이고 저는 신사의 딸이랍니다. 우리는 그런 면에서 동등합니다."

"사실이야. 당신은—신사의 딸이지. 하지만 당신 어머니는 어떤 사람인데? 당신 외삼촌과 아주머니들은 또 어떤 사람들이고? 그들 사정을 내가 모른다고 생각하지 말라고."

"제 친척들이 어떤 사람들이든지," 엘리자베스가 말했다. "영부인의 조카가 그들에 대해 이의가 없다면, 그들은 부인께서 왈가왈부할 사람들이 아닙니다."

"당장 말하시오. 그와 약혼했소?"

엘리자베스는 오로지 캐서린 영부인을 기쁘게 하는 것만이 목적이라면 이 질문에 대답하지 않으려 했지만, 잠시 숙고한 후에 대답하지 않을 수 없었다.

"약혼하지 않았습니다."

캐서린 영부인은 만족한 것 같았다.

"결코 그런 약혼은 하지 않겠다고 내게 약속해 주겠나?"

"그런 약속은 드리지 않겠습니다."

"베넷 양, 놀랍고 충격적이야. 나는 아가씨가 좀 더 사리 분별을 잘 할 수 있는 처녀이기를 바랐지. 하지만 내가 조금이라도 물러서리라고 자신을 기만하지 마시오. 자네가 내가 요구하는 걸 보장하기까지는 여길 떠나지 않을 테니까."

"그런데 저는 절대로 그런 보장을 하지 않을 겁니다. 그처럼 저를 위협한다고 해서 제가 당치도 않은 일을 하지는 않을 거예요. 영부인께서는 다아시 씨가 당신의 따님과 결혼하길 원하시지요. 하지만 제가 영부인께서 원하시는 것을 약속드린다고 해서 도대체 그들의 결혼 가능성이 더 커질까요? 그가 저를 사랑한다면, 제가 그의 청혼을 거절한다고 해서 그가 그의 사촌에게 청혼할까요? 이 엉뚱한 원리를 적용하는 영부인의 논지는 그릇된 판단일 뿐 아니라 경솔한 것이기도 합니다. 이런 것으로 저를 설득할 수 있다고 생각하셨다면 제 성격을 대단히 오해하신 겁니다. 영부인께서 이처럼 그의 일에 간섭하시는 것을 그가 어느 정도까지 용납할지 알 수 없군요. 하지만 분명한 것은 영부인께서 제 일에 관여할 권리가 전혀 없다는 겁니다. 그렇기 때문에 저는 더 이상 이 주제로 저를 귀찮게 하지 마시라고 간청합니다."

"제발 그렇게 서두르지 말아요. 나는 전혀 끝낸 게 아니야. 내가 이미 주장했던 모든 반대에 덧붙일 게 하나 더 있어. 나는 당신 막내 여동생이 불명예스럽게도 남자와 눈이 맞아 도망친 것을 상세히 알고 있지. 당신 아버지와 외삼촌의 비용으로 그 청년이 당신 동생과 결혼하도록 수습한 걸 모두 안다고. 그런데 그런 여자가 내 조카의 처제가 된단 말이오? 그녀의 남편, 작고하신 다아시 씨 부친의 관리인 아들이 다아시의 동서가 된다고? 맙소사!—당신은 무슨 생각을 하는 거지? 펨벌리의 죽은 영혼들이 이렇게까지 더럽혀져야 한단 말인가?"

"이제 더 하실 말씀이 없으시겠지요," 엘리자베스가 분개하며 대답했다. "할 수 있는 모든 방법으로 저를 모욕하셨어요. 제발 집으로 들어가게 해 주셔야겠어요."

그녀는 말하면서 자리에서 일어섰다. 캐서린 영부인 역시 일어섰고 그들은 집을 향해 돌아섰다. 영부인은 매우 분노했다.

"그렇다면 당신은 내 조카의 명예와 평판을 전혀 배려하지 않는다는 말이군! 무정하고 이기적인 처녀! 당신과의 관계로 모든 사람의 눈에 내 조카가 망신을 당하게 된다는 걸 고려하지 않는다는 건가?"

"캐서린 영부인, 저는 더 이상 할 말이 없습니다. 제 의견을 아시잖아요."

"그렇다면 그를 받아들이기로 작정했단 말이지?"

"그런 말씀은 드리지 않았어요. 단지 저는 **영부인**이든 누구든 저와는 전혀 무관한 사람들의 구애를 받지 않고 제가 행복을 누릴 수 있다고 생각하는 방식으로 행동하겠다고 결심했을 뿐입니다."

"좋아. 그렇다면 내 소원을 들어주지 않겠다는 거구려. 당신은 의무, 명예 그리고 은혜가 요구하는 것에 순종하지 않겠다는 거군. 모든 그의 친구들이 그를 나쁘게 평가하게 하고, 세상에서 멸시받게 할 작정이구려."

엘리자베스는 이렇게 대답했다. "현재의 경우로는 제가 당연히 감당해야 할 의무도, 명예도, 은혜도 전혀 없답니다. 저와 다아시 씨와의 결혼은 그것들 어느 하나의 규범도 거스르지 않는답니다. 그의 가족의 분노나 세상의 멸시에 관해서는 만약 가족들이 그가 저와 결혼한다고 분노해도 저는 한순간도 걱정하지 않을 겁니다. 그리고 일반적으로 세상은 대단히 사려 깊어서 우리를 경멸하는 일에 동참하지 않을 겁니다."

"그러면 이것이 당신의 진심이구려! 이것이 당신의 확고한 결심이구려! 좋아. 이제 나는 어떻게 행동해야 할지 알겠어. 베넷 양, 당신의 야심이 성공하리라고 꿈도 꾸지 말라고. 나는 당신을 떠보기 위해 왔어. 당신이 이성적이길 바랐지. 그렇지만 나는 단연코 내 생각대로 실행할 테야."

캐서린 영부인은 마차 문에 이르기까지 이런 식으로 말을 계속했다. 마차 문 앞에 오자 그녀는 홱 돌아서서 덧붙여 말했다. "나는 자네와 작별 인사를 하지 않겠어, 베넷 양. 당신 어머니에게 인사 하지도 않겠어. 당신네는 그런 친절을 받을 가치도 없는 사람들이야. 나는 기분이 대단히 나쁘다고."

엘리자베스는 아무런 대꾸도 하지 않았다. 그리고 집으로 들어가자고 영부인을 설득하려 들지 않고 혼자서 조용히 집으로 걸어 들어갔다. 이 층으로 올라가면서 그녀는 마차가 달려 나가는 소리를 들었다. 옷 갈아입는 방 문가에서 조급하게 그녀를 만난 어머니는 왜 캐서린 영부인이 다시 집으로 돌아와 좀 쉬지 않느냐고 물었다.

"그러기를 원치 않았어요," 엘리자베스가 말했다. "가시겠다고 했어요."

"풍채가 참 좋은 분이더구나! 내 생각에 그분은 오로지 콜린스 내외가 잘 지낸다는 말을 전하기 위해서 우릴 방문했으니 얼마나 상냥한 분이냐! 어딘가로 가고 계셨겠지. 그러다가 메리턴을 지나면서 너에게 들러도 좋겠다고 생각하신 걸 거야. 리지야, 너한테 특별히 한 말은 없었니?"

엘리자베스는 여기에서 좀 거짓말을 하지 않을 수 없었다. 도저히 자신과 캐서린 영부인 사이에 있었던 대화 내용을 알릴 수 없었기 때문이다.

15

이 특별한 방문으로 인해 뒤숭숭해진 마음을 쉽게 가라앉힐 수 없던 엘리자베스는 여러 시간 동안 끊임없이 그 생각에 잠겨 있었다. 다아시 씨와 엘리자베스가 약혼했다고 추측한 캐서린 영부인은 오로지 그들의 약혼을 파기할 목적으로 실제로 로징스에서 출발하여 롱본으로 여행하는 수고를 한 것 같았다. 그것은 확실히 타당한 계획이었다! 엘리자베스는 자신과 다아시 씨가 약혼했다는 소문이 어디서 비롯된 것인지 전혀 짐히는 것이 없었다. 그러다가 사람들이 한 결혼을 기대하면서, 또 다른 결혼이 성사되기를 열망하는 시기에, 마침 다아시 씨가 빙리의 절친한 친구이고, 자신이 제인의 동생이라는 사실이 사람들로 하여금 그런 생각을 하도록 해 주었는지도 모르겠다고 추측하게 되었다. 그녀 자신도 제인이 결혼하면 자신과 다아시 씨가 틀림없이 자주 어울리게 되리라는 걸 잊지 않았었다. 그리고 루카스 로지에 있는 그녀의 이웃들은 엘리자베스 본인이 언젠가 장래에 일어나기를 바라던 일을 곧 확실하게 일어날 일로 간주했던 것이다. 엘리자베스는 루카스가(家) 사람들이 콜린스가(家)에 소식을 전하는 과정에서 그 소식이 캐서린 영부인에게 전달되었다고 결론지었다.

　그러나 캐서린 영부인의 말을 다시, 또다시 생각하면서 엘리자베스는 영부인의 이러한 지속적인 방해가 초래할 수 있는 결과에 대해 상당한 불안감을 떨쳐 버릴 수 없었다. 캐서린 영부인이 자신과 다아시 씨의 결혼을 막겠다는 결심을 말한 것으로 미루어 보아 그녀가 틀림없이 조카에게도 그 결심을 알릴 거라는 생각이 들었다. 그리고 캐서린 영부인이 다아시가 자신과 결혼했을 때 수반되는 해악에 대해 자신에게 한 것과 유사한 이야기를 그에게 해준다면, 그가 그것을 어떻게 받아들일지 감히 단언할 수 없다는 생각이 들었다. 다아시 씨가 이모에게 어느 정도의 애정을 가지고 있는지, 그가 이모의 판단력에 얼마나 의지하는지 모르지만, 그가 캐서린 영부인을 자신이 생각하는 것보다 훨씬 더 높게 평가할 것이라고 추측하는 것은 자연스러운 일이었다. 그리고 다아시 씨 자신의 친척보다 훨씬 못한 친척을 지닌 여성과의 결혼이 가져올 비참함을 하나하나 열거함으로써 그의 이모가 조카의 가장 큰 약점을 깨닫게 해줄 것이 분명했다. 그의 이모의 논지가 엘리자베스에게는 빈약하고 우스꽝스러워 보이지만, 다아시 씨는 그가 지닌 품위의 개념에 따라서 그것은 대단히 양식 있고 탄탄한 논리라고 생각할 수도 있었다.

그가 이전에는, 자주 그런 것 같았는데, 어떻게 해야만 하는지 망설였다면, 그렇게 가까운 친척의 충고와 간청을 듣고 그는 엘리자베스를 포기함으로써 망설임을 잠재우고, 자신의 품위를 더럽히지 않고 당장 행복해지기로 결심할 수도 있었다. 그런 경우라면, 그는 더는 네더필드로 돌아오지 않을 것이었다. 캐서린 영부인은 런던을 지날 때 그를 만날 것이고, 그가 빙리에게 네더필드를 다시 방문하겠다고 한 약속은 깨지게 될 것이다.

'그렇기 때문에 며칠 안에 그가 빙리에게 약속을 지키지 못하게 되었다고 변명한다면,' 엘리자베스는 덧붙였다. '나는 그걸 어떻게 이해해야 할지 알게 될 거야. 그때는 그가 변함없기를 바라는 모든 희망을, 모든 바람을 포기할 거야. 그가 내게 사랑받고 나와 약혼할 수 있을 때, 단지 내게 미련을 가지는 것으로 만족한다면, 나는 곧 그에게 더 이상 미련을 가지지 않을 거야.'

* * *

방문객이 누구였나를 듣고서 나머지 가족들은 대단히 놀랐다. 하지만 감사하게도 베넷 부인이 그녀의 호기심을 잠재운 것과 똑같은 추측으로 그들의 놀라움은 잠잠해졌다. 그래서 엘리자베스는 그 일로 많은 놀림을 당하지 않았다.

다음날 아침 아래층으로 내려가던 엘리자베스는 손에 편지를 들고 서재에서 나온 아버지를 만났다.

"리지야," 그가 말했다. "너를 찾아보려 했다. 내 방으로 들어오너라."

엘리자베스는 아버지를 따라 서재로 들어갔다. 그리고 아버지가 무슨 말씀을 하시려는지 궁금했고, 그것이 무언가 그의 손에 있는 편지와 관련이 있을 것이라는 추측을 하면서 그녀의 호기심은 고조되었다. 퍼뜩 그 편지가 캐서린 영부인에게서 온 것일 수도 있다는 생각이 들었다. 그래서 그녀는 낙담하며 뒤이을 아버지의 설명을 기다렸다.

그녀는 아버지를 따라 벽난로 쪽으로 갔고, 두 사람 모두 자리에 앉자 베넷 씨가 말했다.

"나는 오늘 아침 편지 한통을 받고 무척 놀랐단다. 그 편지는 주로 너와 관련이 있으니 너는 그 내용을 마땅히 알아야 한다. 전에는 나는 딸 둘이 결혼 직전에 있다는 사실을 알지 못했다. 네가 매우 중요한 사람의 마음을 정복해 낸 걸 축하한다."

즉시 그 편지가 캐서린 영부인에게서가 아니라 그녀의 조카에게서 온 것이라고 확신하고서 엘리자베스의 뺨은 이제 붉게 물들었다. 그리고 어쨌든 다아시 씨가 직접 아버지에게 설명한 것을 대단히 기뻐해야 할지, 아니면 그가 자신에게 편지를 쓰지 않은 것에 화를 내야 할지 마음을 정할 수 없었다. 그녀의 아버지가 계속 말했다.

"너는 아는 눈치로구나. 젊은 숙녀들은 이런 일에 대단한 통찰력을 가졌더라. 하지만 네 숭배자의 이름을 알아내는 일에서는 네 총명함조차 제대로 작동하지 못할 거야. 이 편지는 콜린스 씨에게서 왔단다."

"콜린스 씨에게서 온 거라고요! 그런데 그 **사람**이 무슨 할 말이 있을까요?"

"물론 무언가 대단히 적절한 거지. 그는 다가오는 제인의 결혼을 축하하는 말로 시작하고 있단다. 그 소문은 성격 좋고 수다 떨기 좋아하는 루카스 가문의 누군가에게서 들은 것 같더라. 그가 그 결혼에 대해 말하는 걸 읽어서 네 조바심을 우롱하지는 않을 거다. 너에게 관한 것은 다음과 같다. '콜린스 부인과 제가 이 행복한 일을 진심으로 축하해 드렸으니 똑같은 사람이 저희에게 알려준 또 다른 주제에 대해 간단히 암시해 드리겠습니다. 따님 엘리자베스도 언니가 베넷이라는 성씨를 포기한 후 오래지 않아 베넷이라는 성씨를 포기할 것이라고 생각합니다. 그런데 그녀가 선택한 운명의 배우자는 이 나라에서 가장 유명한 명사 중 한 사람으로서 상당히 우러러 볼만한 분입니다.'

"리지야, 너는 콜린스 씨가 누구를 지칭하는 건지, 그 사람을 추측할 수 있겠니? '이 청년은 특별하게도 인간이 마음속에서 가장 원하는 모든 것을 소유하는 축복을 누리는 사람입니다—

엄청난 재산, 귀족 친척들, 그리고 광범위한 성직 수여 권 등등. 이런 모든 유혹에도 불구하고 저는 이 신사의 청혼을 성급히 받아들여서 초래하게 될 해악에 대해 아저씨와 사촌 엘리자베스에게 경고 하고자 합니다. 아저씨께서는 물론 그의 청혼을 즉시 받아들이고 싶어 할 것입니다.'

"리지야, 이 신사가 도대체 누구인지 알겠니? 하지만 이제 그이름이 나온다.

"'아저씨께 조심하시라고 말씀드리는 제 이유는 이렇습니다. 그의 이모 캐서린 드 버그 영부인이 이 혼사를 탐탁하게 여기지 않는다고 생각할 만한 이유가 있기 때문입니다.'

"얘야, **다아시 씨**가 바로 그 사람이야! 자, 리지, 놀랐을 거라 생각한다. 콜린스나 루카스가(家) 사람들이 자신들이 거짓말한 다는 것을 가장 효과적으로 나타낼 인물을 우리 지인들 중에서 이보다 더 잘 고를 수 있겠니? 하필이면 여성을 볼 때마다 항상 결점을 찾아내고, 아마 한 번도 **너를** 의식적으로 바라보지 않았을 다아시 씨라니! 감탄할 만한 일이다!"

엘리자베스는 아버지와 같이 즐기려 했지만, 마지못해 억지로 미소 지을 수 있을 뿐이었다. 아버지의 재치가 이처럼 불쾌하게 그녀를 겨냥한 적이 없었다.

"즐겁지 않으냐?"

"아, 재미있어요. 계속 읽어 주세요."

"'지난 밤 영부인에게 이 결혼의 가능성을 언급했을 때, 영부인은 즉시 평소처럼 겸손하게 이 결혼에 대한 자신의 의견을 밝히셨습니다. 여러 가족들이 사촌 엘리자베스에 대해 명백히 이의를 제기한다면, 대단히 수치스러운 혼사—그런 표현을 쓰셨지요—에 자신도 결코 동의하지 않을 거라고 말씀하셨습니다. 저는 엘리자베스와 그녀의 고귀한 찬양자가 자신들이 어떤 일을 하려는 것인지를 깨닫고, 적절한 인가를 받지 못할 결혼으로 성급하게 뛰어들지 않도록 하기 위해서 속히 제 사촌에게 경고하는 것이 제 의무라고 생각했습니다.' 콜린스 씨는 이렇게 덧붙이고 있단다. '저는 사촌 리디아의 슬픈 사건이 매우 잘 수습되어서 진심으로 기쁩니다. 그리고 그들이 결혼 전에 동거했다는 것이 널리 알려진 것이 걱정스러울 뿐입니다. 하지만 목사로서 제 의무를 소홀히 할 수 없고, 또 결혼하자마자 그들을 집에 들이셨다는 소식을 듣고 놀랐다는 말씀을 드리지 않을 수 없습니다. 그것은 악행을 조장하는 것입니다. 그리고 만일 제가 롱본의 목사였다면 저는 그렇게 하시는 것에 강력하게 반대했을 것입니다. 기독교인으로서 아저씨께서는 마땅히 그들을 용서해야 합니다만 결코 아저씨 앞에 그들이 나타나거나 그들의 이름이 언급되지 않도록 하십시오.' 흥! 이런 게 바로 콜린스 목사가 가진 기독교도의 용서라는 개념이로구나! 그의 편지 나머지 부분에는 오로지 그가 사랑하는 샬럿의 현재 상황과 자신들이 어린 올리브 가지를 기다린다[59]는 이야기뿐이란다. 하지만, 리지야, 너는 이 편지를 즐기지 않는 것 같구나. 네가 새침 떼지 않기를, 그리고 이런 부질없는 소식으로 모욕당한 체 하지 않길 바란다. 무엇 때문에 우리가 사는 거냐. 오로지 우리 이웃을 위해

---

59 그녀가 임신했다는 말.

서 오락거리를 만들고 그리고 기회가 올 때 그들을 조롱하기 위해서가 아니냐?"

"아!" 엘리자베스가 외쳤다. "저는 아주 재미있어요. 하지만 그건 정말 이상해요!"

"그래—이상해서 더욱 즐겁구나. 그들이 어떤 다른 사람을 주목했다면 아무것도 아니었을 거야. 그런데 **다아시 씨**는 완전히 네게 무관심하고, 너는 눈에 띄게 그를 싫어하는데, 이런 사실이 이 일을 아주 유쾌할 정도로 어처구니없게 만드는구나. 글쓰기가 대단히 싫지만 나는 어떤 이유가 있어도 콜린스 씨와의 서신 왕래를 포기하지 않겠다. 사위 위컴의 무례함과 위선을 대단히 높이 평가하지만, 나는 사위보다 콜린스 씨를 더 좋아하지 않을 수 없구나. 그런데 리지, 캐서린 영부인이 이런 소식에 대해 무어라고 하더냐? 자기는 동의하지 않는다고 말하려고 방문했었니?"

이 질문을 듣고 엘리자베스는 그저 웃음으로 대답했다. 아버지는 전혀 아무런 의심도 하지 않고 질문했기 때문에 그가 질문을 되풀이해도 괴롭지 않았다. 자신이 느끼지도 않는 감정을 느끼는 것처럼 보이게 하기 위해서 이보다 더 당황스러웠던 적은 없었다. 차라리 울고 싶은 판에 엘리자베스는 웃어야 했다. 다아시 씨가 그녀에게 무관심하다는 아버지 말에 그녀의 마음은 큰 상처를 입었다. 엘리자베스는 아버지의 통찰력 부족에 놀라지 않을 수 없었고, 아버지가 거의 **아무것도** 보지 못하는 대신 자신은 너무나 **많은 것**을 상상하는 것은 아닌가 걱정하지 않을 수 없었다.

16

캐서린 영부인의 방문 후 며칠이 지나지 않았을 때였다. 빙리 씨가 다아시 씨의 변명 편지를 받게 되리라고 엘리자베스가 기대했던 것과는 달리 빙리 씨는 다아시 씨를 롱본으로 데리고 왔다. 신사들은 일찍 도착했다. 그리고 베넷 부인이 다아시 씨에게 그의 이모님을 만났다고 이야기할 틈도 없이, 그리고 어머니가 그 말을 할까 봐 엘리자베스가 두려워하며 앉아 있을 때, 제인과 단 둘이 있고 싶은 빙리 씨가 모두 함께 산책을 나가자고 한 제안에 모두 찬성했다. 베넷 부인은 산책하는 습관이 없고, 메리는 산책할 시간을 낼 수 없어서 나머지 다섯 사람은 함께 출발했다. 하지만 빙리와 제인은 다른 사람들이 곧 자신들을 앞지르도록 내버려두었다. 그들이 뒤에 쳐졌기에, 엘리자베스와 다아시와 키티는 서로서로 즐겁게 시간을 보내도록 신경 써야 했다. 다아시 씨와 엘리자베스 두 사람 모두 별로 말이 없고, 키티는 너무나 다아시 씨를 두려워한 나머지 감히 그와 대화를 할 수 없었다. 엘리자베스는 은밀히 절박한 결심을 하고 있었고, 필시 다아시 씨 역시 그녀와 똑같은 생각을 하고 있었는지도 모른다.

　그들은 루카스가(家) 쪽으로 걸어갔다. 키티가 머라이어를 방문하고 싶어 했기 때문이다. 엘리자베스는 그들이 모두 함께 방문할 필요가 없다고 생각했고, 키티가 머라이어에게 간 후 홀로 담대하게 다아시 씨와 함께 걸었다. 이제 그녀의 결심을 실행에 옮길 순간이어서 용기가 솟아 날 때 그녀는 즉시 말했다.

"다아시 씨, 저는 아주 이기적인 사람입니다. 제 마음이 편하기 위해서 당신이 얼마나 상처받을지에 신경 쓰지 않으니까요. 제 불쌍한 자매에게 베풀어주신, 비할 데 없는 친절에 대해서 더 이상 감사드리지 않고 지낼 수 없습니다. 그 사실을 안 이후로 얼마나 감사하다고 말씀드리고 싶었는지 모릅니다. 제 가족들이 그 사실을 안다면 저 자신의 감사뿐 아니라 모두의 감사를 전할 수 있었을 테지요."

다아시 씨가 놀라고 감동받은 어조로 대답했다. "미안합니다. 정말 대단히 미안합니다. 당신이 오해하기 딱 좋게 소식이 전해져서 당신이 걱정하게 된 점에 대해서 말입니다. 저는 가디너 부인이 그렇게 믿을 수 없는 분이라고 생각하지 않았는데요."

"제 외숙모를 비난하시면 안 됩니다. 리디아의 결혼에 관여하셨다는 소식을 처음 알려준 사람은 분별력 없는 리디아랍니다. 그리고 물론 상세한 사정을 알기까지 저는 마음이 편치 않았답니다. 우리 가족 모두를 대신해서 당신께 다시, 또다시 감사의 말씀을 드립니다. 대단히 관대하게 동정심을 베푸셨고, 그 과정에서 그토록 많은 수고를 하셨을 뿐 아니라 그들을 찾기 위해서 수치스런 많은 일들을 감당하셨기 때문입니다."

"제게 감사할 작정이라면, 오로지 당신 혼자서만 감사하세요. 다른 동기도 있었지만, 그 일을 제가 계속할 수 있도록 그 동기에 강력한 힘을 보태 준 것은 당신을 행복하게 해주고 싶은 저의 바람이었다는 걸 부인하지 않습니다. 당신의 가족은 제게 아무런 빚도 지지 않았습니다. 그들을 대단히 존경하지만 저는 오로지 당신 생각만 했습니다."

엘리자베스는 너무나 당황해서 한마디도 할 수 없었다. 잠시 침묵이 흐른 후 다아시 씨가 이렇게 덧붙였다. "저하고 이렇게 시간을 보내시다니 참으로 너그러우십니다. 만약 저에 대한 감정이 여전히 지난 4월과 같다면, 당장 말씀해 주세요. 제 애정과 소망에는 변함이 없습니다만, 한마디만 하시면 이 주제에 대해서 영원히 침묵하겠습니다."

그가 대단히 어색하고 불안한 입장에 있다는 걸 느끼면서 엘리자베스는 이제 억지로 입을 열지 않을 수 없었다. 그녀는 곧 아주 유창하지는 못해도 그가 이해할 수 있도록 자신은 그가 언급한 지난 4월 이후로 매우 중요한 마음의 변화를 겪었기 때문에, 이제는 그의 애정과 소망을 감사와 기쁨으로 받아들일 수 있다고 이야기했다. 이 대답을 들은 그는 전에는 한 번도 경험하지 못했던 큰 행복을 느꼈고, 이 기회를 잡아 사랑하는 사람만이 할 수 있는 방식으로 자신의 감정을 격렬하게, 열렬하게, 지혜롭게 표현했다. 엘리자베스가 그의 눈과 마주쳤다면, 그녀는 마음으로부터 우러나오는 기쁜 표정이 그의 얼굴 가득히 퍼지는 것이 그를 얼마나 멋지게 보이게 하는지를 볼 수 있었을 것이다. 비록 볼 수 없었지만 그녀는 들을 수 있었다. 그는 매순간 그녀에 대한 애정을 더욱더 귀중하게 느낀다고 말했다. 그것은 엘리자베스가 그에게 얼마나 중요한 여인인가를 확인해 주었다.

엘리자베스와 다아시는 자신들이 어디로 가는지도 모르고 걸었다. 생각하고 느끼고 말할 것이 너무나 많아서 다른 것에 주의를 기울일 수 없었다. 엘리자베스는 곧 그들이 현재 서로를 잘 이해할 수 있게 된 것은 오로지 그의 이모 캐서린 영부인의 수고 덕택이라는 것을 알게 되었다. 그의 이모는 런던을 거쳐 돌아가는 길에 다아시를 방문했고 거기에서 자신이 롱본에 다녀왔으며, 그곳을 방문한 동기와 엘리자베스와 자신이 나누었던 대화 요지를 그에게 이야기해 주었던 것이다. 영부인은 특히 엘리자베스의 고집불통과 뻔뻔스러움을 잘 나타낸다고 생각하는 그녀의 말 모두를 길게 강조했다. 그런 말을 전한 것이 엘리자베스에게서 받아 내지 못했던 약속을 조카에게서 얻어내는 데 틀림없이 크게 도움이 되리라고 생각했기 때문이었다. 하지만 영부인에게는 유감스럽게도 그 결과는 정확하게 그녀의 의도와 정반대로 나타났다.

"이모님 이야기는 제게 희망을 주었답니다," 그가 말했다. "그 전에는 나 자신은 그런 희망을 가질 수 없었으니까요. 당신의 성격을 잘 알게 되었기 때문에, 저에 대한 당신의 반감이 전혀 돌이킬 수 없는 것이라면, 그걸 캐서린 영부인에게 솔직하게 그리고 공공연하게 인정했을 거라고 확신했지요."

엘리자베스는 얼굴을 붉히며 대답했다. "예, 그럴 수 있다고 생각하실 만큼 제가 솔직하다는 걸 잘 아셨지요. 당신 면전에서 그처럼 지독하게 당신을 비난한 후였으니, 저는 서슴지 않고 당신 친척들 모두에게 당신을 모욕했을 거예요."

"제가 받을 자격이 없다고 당신이 말한 것이 무엇이었지요? 그때 당신은 오해를 전제로 해서 근거 없는 비난을 제게 퍼부었어요. 그러나 그때 제가 당신에게 한 행동은 대단히 심하게 비난받을 만했어요. 용서받을 수 없는 행동이었지요. 그것을 생각할 때마다 딱 질색이랍니다."

"그날 저녁에 일어난 일에 대해서 누가 더 비난받아야 하는가를 가지고 언쟁하지 말기로 해요." 엘리자베스가 말했다. "우리 두 사람의 행동을 정확히 살펴본다면 두 사람 모두 흠 잡힐 만하니까요. 하지만 그 이후 우리 두 사람 모두 예의를 좀 더 잘 지키게 되었다고 생각해요."

"저는 그렇게 쉽게 제 자신에 만족할 수 없어요. 그때 제가 했던 말, 행동, 태도, 그 일이 진행되는 동안 내내 제가 썼던 언어들은 지금 그리고 여러 달 동안 제게는 말할 수 없는 고통 거리였어요. 당신이 그처럼 적절한 말로 저를 비난한 것을 결코 잊을 수 없을 겁니다. '당신이 좀 더 신사답게 행동했더라면.' 당신은 그렇게 말했지요. 그 말들이 저를 얼마나 괴롭혔는지 당신은 알지 못했겠지요. 거의 생각조차 할 수 없었을 겁니다. 고백하건데 제가 당신의 그 말이 정당했다는 걸 인정할 정도로 이성을 되찾기까지는 오랜 시간이 걸렸습니다."

"정말로 제 말이 그처럼 강력한 인상을 남겼으리라고는 전혀 생각하지 못했답니다. 제 말을 그런 식으로 느끼시리라고 생각하지 못했어요."

"그 말을 믿기 어렵지 않아요. 그때 당신은 엄밀한 의미에서 저란 사람은 전혀 적절한 감정을 지니지 못했다고 생각했을 테니까요. 그렇게 생각했다고 믿어요. 어떤 방법을 써도 당신이 제 청혼을 수락하게 만들 수 없을 거라고 말할 때의 당신 안색의 변화를 결코 잊을 수 없을 겁니다."

"아 그때 제가 한 말을 되풀이하지 마셔요. 이런 기억은 전혀 쓸모가 없어요. 분명히 말씀드리는데, 그 말을 한 걸 오랫동안 마음 깊이 부끄러워했어요."

다아시는 자신의 편지에 대해 말을 꺼냈다. "그 편지가," 그가 말했다. "그 편지를 읽고 곧 나를 좀 더 좋게 생각했나요? 그 편지를 읽으면서 그 내용을 믿었나요?"

엘리자베스는 그 편지가 그녀에게 어떤 영향을 끼쳤는지 그리고 그녀가 전에 가졌던 편견이 어떻게 점차 사라지게 되었는지를 설명했다.

"저는 알았지요." 그가 말했다. "제가 쓴 편지가 당신을 고통스럽게 한다는 것을. 그러나 반드시 필요했어요. 그 편지를 없애 버리셨기 바랍니다. 그 중에서도 특별히 한 부분, 편지의 서두를 당신이 다시 읽을까 봐 전전긍긍하고 있습니다. 당신이 당연히 나를 증오하게 할 수도 있는 표현을 기억하니까요."

"그렇게 하는 것이 제 애정을 유지하는 데 꼭 필요하다면, 그 편지를 꼭 불사르겠어요. 그러나 우리 두 사람 모두 제 감정이 완전히 불변하는 것은 아니라고 생각할 만한 이유가 있지요. 하지만 제 감정이 그렇게 쉽게 변하지 않기를 바란답니다."

"그 편지를 쓸 때 저는 제 자신이 완전히 침착하고 냉정하다고 생각했지만, 그 이후에 그 편지를 쓸 때 제가 대단히 분노하고 있었다는 걸 깨달았어요."

"아마도 그 편지를 쓰기 시작했을 때는 분노했겠지만, 마칠 때는 그렇지 않았을 테지요. 작별의 말 그 자체에는 인자함이 넘쳤답니다. 하지만 그 편지에 대해 더 이상 생각하지 마세요.

그걸 쓴 사람과 그걸 받은 사람의 감정이 그때와는 전혀 다르니까 그것에 관여되는 모든 불쾌한 상황들은 마땅히 잊어야지요. 당신은 꼭 제 철학의 일부를 아셔야 해요. '당신에게 즐거움을 주는 과거만을 추억하라.'[60]"

"그런 종류의 당신 철학이 공을 세웠다고 인정할 수 없어요. 당신의 회상은 책망 받을 필요가 전혀 없는데, 당신이 느끼는 만족감은 철학 때문이 아니라 그보다 훨씬 더 나은, 천진무구함에서 비롯되는 것이기 때문이지요. 하지만 제 경우는 그렇지 못해요. 고통스러운 회상이 끼어들겠지요. 그걸 쫓아 버릴 수도 없고, 마땅히 쫓아 버리지 말아야지요. 원칙적으로는 그렇지 않지만 실제로는 저는 평생 이기적인 인간이었습니다. 어린 시절에 올바른 것이 무엇인지 배웠지만, 제 성품을 올바르게 하라는 교육은 받지 못했습니다. 좋은 원칙을 배웠지만 교만하게 자부심을 지니고 그 원칙을 지키도록 방치되었답니다. 불행히도 외아들(여러 해 동안 외아들이었지요)로서 저는 부모님의 응석받이였지요. 그분들은 선량한 분들이셨지만 (특히 아버지께서는 전적으로 자비롭고 상냥한 분이셨어요) 제가 이기적이고 건방지도록 내버려두고 조장하고 거의 가르치셨다고 할 수 있어요. 오로지 가족들의 범주를 넘어서는 사람들에게는 완전히 무관심하도록, 적어도 가족 이외의 모든 세상 사람들을 천박하다고 생각하도록, 저 자신의 판단력과 가치에 비해 그들의 판단력과 가치를 경멸하도록 말입니다. 저는 여덟 살에서 스물여덟 살까

60 이런 생각은 그 당시의 흔한 사고로 사뮤엘 로저스의 "추억의 즐거움"(1792) 같은 시에서도 엿볼 수 있다.

지 그런 사람이었습니다. 가장 사랑스럽고 소중한 당신 엘리자베스가 아니었다면 저는 여전히 그런 사람이었을 겁니다! 당신에게 빚지지 않은 것이 무엇일까요! 당신은 처음에는 참 힘들었지만, 가장 유익한 교훈을 제게 가르쳐 주었어요. 당신 덕분에 저는 올바르게 겸손해졌어요. 제 청혼을 응당 환영하리라는 걸 전혀 의심하지 않고 당신에게 갔었습니다. 당신을 통해서 저는 사랑할 가치가 있는 여인을 기쁘게 하는 데는 저의 모든 자부심이 얼마나 부족한 것인가를 깨닫게 되었답니다."

"그때 제가 틀림없이 당신을 환영할 것이라고 생각하셨나요?"

"정말로 그랬습니다. 제 허영심을 어떻게 생각하시나요? 당신은 제가 청혼하길 바라고, 또 기대한다고 믿었어요."

"제 태도는 비난받을 만했어요. 하지만 고의는 아니었다는 걸 분명히 말씀드려요. 당신을 기만할 생각은 전혀 없었지만, 저는 기분에 좌우되어 종종 잘못을 저지르기도 한답니다. 그 저녁 이후로 저를 얼마나 미워하셨을까요?"

"미워하다니요! 처음에는 화가 났어요. 그러나 제 분노가 곧 바람직한 쪽으로 방향을 잡았답니다."

"펨벌리에서 만났을 때 저를 어떻게 생각하셨는지 묻기가 겁이 나요. 그곳에 온 것을 책망하셨나요?"

"정말 그렇지 않습니다. 그저 놀랄 따름이었습니다."

"당신 눈에 뜨인 것 때문에 제가 놀란 것보다 더 놀라지는 않으셨겠지요. 제 양심은 제가 특별히 친절한 대접을 받을 자격이 없다고 말해 주었지요. 제게 합당한 대우, 그 이상을 받으리라고 기대하지 않았어요."

"그때 제 목적은," 다아시가 대답했다. "제가 할 수 있는 모든 친절을 다 베풀어서 지난 일을 원망할 정도로 그렇게 치졸한 사람이 아니라는 것을 당신에게 보여주고 싶었어요. 당신의 비난을 귀담아 들었다는 것을 알림으로써 당신이 저를 덜 나쁘게 생각하기를, 그리고 용서해 주길 바랐습니다. 얼마나 재빠르게 다른 소망들이 머리에 떠올랐는지 말하기는 참 어렵지만 당신을 만난 지 약 반시간 후였다고 할까요."

그 후 그는 조지애나가 엘리자베스를 알게 되어 기뻐하다가 교제가 갑자기 중단되는 바람에 실망했다는 말을 전했다. 그 이야기는 자연스럽게 그렇게 갑작스럽게 교제를 중단해야 했던 이유로 이어졌다. 리디아를 찾기 위해서 더비셔에서 엘리자베스를 뒤따를 결심을 한 것은 여관에서 리디아 일로 고통에 잠긴 그녀와 작별하기 전이었다는 것과 그때 그가 진지하고 신중했던 것은 다름이 아니라 목적을 이루기 위해서 무엇을 반드시 파악해야 하는지를 고심하고 있었기 때문이라는 것을 엘리자베스는 곧 알게 되었다.

엘리자베스는 또다시 감사하다고 말했지만, 그것은 피차에 너무나 고통스러운 주제여서 더 이상 그것에 대해 이야기할 수 없었다.

수 킬로를 여유롭게 걸은 후, 그리고 너무나 이야기하기에 바빠서 시간이 얼마 흘렀는지 전혀 모르다가 시계를 살펴본 후에야 그들은 마침내 집으로 돌아가야 할 시간임을 알았다.

"빙리와 제인은 어떻게 되었을까!"라는 말을 시작으로 그들은 빙리와 제인의 일에 대해 이야기를 나누었다. 다아시는 그들이 약혼한 것을 매우 기뻐했다. 빙리는 그 소식을 그에게 제일 먼저 알렸던 것이다.

"그 소식에 놀라셨느냐는 질문을 꼭 하고 싶군요." 엘리자베스가 말했다.

"전혀 놀라지 않았어요. 제가 떠날 때 곧 약혼이 성사될 거라고 생각했었거든요."

"말하자면 빙리에게 허락을 하셨다는 말씀이지요. 그 정도는 짐작했었어요." 허락이란 말에 다아시가 큰 소리로 아니라고 외쳤지만, 엘리자베스는 자신이 한 말이 거의 들어맞았다고 생각했다.

"런던으로 떠나기 전날 저녁에," 그가 말했다. "그에게 고백했답니다. 마땅히 오래 전에 했어야 할 고백이었지요. 빙리에게 그의 일에 제가 간섭하게 되었던 모든 것이 불합리하고 건방진 것이었다고 말했지요. 빙리는 대단히 놀랐어요. 그는 조금도 그런 의심을 하지 않았으니까요. 더욱이 제가 당신 언니가 그에게 무관심하다고 말했는데 그렇게 생각한 것이 제 오해였다고 말했지요. 그가 제인을 사랑하는 마음이 조금도 줄지 않았다는 것을 쉽사리 알 수 있었기 때문에 그들이 함께 행복할 수 있다는 것을 조금도 의심하지 않았지요."

엘리자베스는 그가 친구를 쉽사리 지배하는 태도에 미소 짓지 않을 수 없었다.

엘리자베스가 말했다. "제인이 그를 사랑한다고 그에게 말했을 때, 자신이 직접 관찰한 것을 알리셨나요, 아니면 지난 봄 제가 그 사실을 알려드린 것을 참고했나요?"

"전자이지요. 최근 이곳을 두 번 방문했을 때, 제인을 아주 자세히 관찰했지요. 그래서 그녀가 빙리를 사랑한다는 걸 확신했답니다."

"그리고 제인이 빙리를 사랑한다는 당신의 확신이 즉각적으로 빙리에게 전달되었다고 생각하는데요."

"그랬지요. 빙리는 가장 꾸밈없이 겸손한 사람입니다. 그는 소심해서 대단히 열망하는 경우에도 자신의 판단력을 믿지 못하지요. 그러나 그가 제 판단력에 의지하면 모든 것이 쉬워진답니다. 제가 어쩔 수 없이 그에게 고백해야 했던 것이 한 가지 있었어요. 그것이 한동안 그의 기분을 상하게 한 건 타당해요. 지난겨울에 당신 언니가 런던에 3개월 있었다는 것, 제가 그걸 알았지만 고의로 그에게 알리지 않았다는 것을 숨길 수 없었답니다. 그는 분노했어요. 그러나 당신 언니가 여전히 그를 사랑한다는 것을 전혀 의심하지 않게 되자 그의 분노는 사라졌다고 생각합니다. 그는 지금은 진심으로 저를 용서 했어요"

엘리자베스는 빙리가 그에게 대단히 기쁨을 주는 친구라고 말하고 싶었다. 그다지도 쉽사리 지배할 수 있다니 빙리의 가치란 헤아릴 수 없을 정도라고. 하지만 그녀는 자제했다. 다아시는 아직은 조롱당하는 걸 배우지 못했다는 걸 기억했기 때문이다. 그런데 그걸 배우기 시작하기엔 아직 좀 일렀다. 다아시는 오로지 자기 자신의 행복에만 버금가는 행복을 빙리가 누리길 기대하면서 집에 다다를 때까지 대화를 계속했다. 현관에 들어서서 그들은 헤어졌다.

17

"얘, 리지야, 도대체 어디 갔었니?" 엘리자베스가 그들의 방에 들어서자마자 제인이 물었다. 식탁에 앉았을 때 다른 모든 식구들도 똑같은 질문을 했다. 엘리자베스는 자신도 모르는 사이에 다아시 씨와 이리저리 방황했다는 대답밖에 할 수 없었다. 그녀는 말하면서 얼굴을 붉혔다. 하지만 그것도 또 다른 어떤 것도 사람들에게 그것이 사실인가 하는 의구심을 일깨우지 못했다.

그날 저녁은 별로 특별한 일 없이 조용히 흘러갔다. 인정받은 연인들은 대화하며 웃었고, 인정받지 못한 연인들은 침묵했다. 다아시는 행복하다고 해서 즐거움이 넘쳐 나는 성품이 아니고, 흥분하고 얼떨떨한 엘리자베스는 자신이 행복하다고 느끼는 이상으로 더 행복하다는 것을 알고 있었다. 당장의 어색함 이외에도 그녀 앞에는 다른 폐해가 있었기 때문이다. 그녀는 자신의 입장을 알게 되면 가족들이 어떤 기분일지를 예측했다. 언니를 제외하고는 가족 중 어느 누구도 다아시를 좋아하지 않는다는 것을 알고 있었고, 나머지 가족들의 그에 대한 **혐오감**은 그의 재산이나 사회적 지위로도 상쇄할 수 없는 게 아닌지 두려워지기까지 했다.

밤에 엘리자베스는 자신의 마음을 제인에게 털어놓았다. 대체로 전혀 의심하지 않는 것이 제인의 습관이지만, 여기에 대해서는 전적으로 회의적이었다.

"리지야, 너 농담하는 거지. 그럴 수 없어!—다아시 씨와 약혼했다니! 아니야, 아니지. 너는 나를 속일 수 없어. 나는 그게 있을 수 없는 일이라는 걸 알아"

"이건 정말 비참한 출발이네! 나는 오로지 언니만 의지하고 있어. 언니가 믿지 않는다면 아무도 나를 믿지 않을 게 분명해. 그렇지만 나는 진심이야. 오로지 진실만 말하는 거야. 그는 여전히 나를 사랑해. 그래서 우린 약혼한 거야."

제인은 의심하는 눈초리로 그녀를 바라보았다. "아, 리지! 그럴 리 없어. 나는 네가 그를 얼마나 싫어하는지 알아."

"언니는 그 문제에 대해 아무것도 몰라. 내가 그를 싫어했다는 건 모두 잊어야 해. 아마 내가 항상 그를 지금처럼 완벽하게 사랑한 것은 아니었을 거야. 하지만 이런 경우에는 모든 걸 다 잘 기억하는 건 용서받지 못할 일이야. 나 자신 그 일을 기억하는 건 이번이 마지막이야."

제인은 여전히 무척 놀라는 눈치였다. 엘리자베스는 또다시 그리고 좀 더 진지하게 그것이 사실임을 언니에게 확신시켰다.

"세상에! 정말 그럴 수 있는 거니! 그렇지만 이제 너를 믿어야겠구나." 제인이 외쳤다. "리지야—축하한다. 하지만, 너 확실하니? 이렇게 질문하는 걸 용서해—너 정말 그분하고 행복할 수 있다고 확신하니?"

"의심할 여지가 없어. 세상에서 가장 행복한 부부가 될 거라는 건 우리 사이에 이미 합의를 본 거야. 하지만 제인, 언니는 기뻐? 언니는 그런 제부를 가지게 되어 기뻐?"

"굉장히 좋아할 거야. 나나 빙리 씨에게 이보다 더 기쁜 일은 없을 거야. 하지만 우리는 너와 다아시 씨의 결혼 가능성을 곰곰이 생각해 보았고, 그건 불가능하다고 이야기했단다. 그리고 너 그분을 정말 대단히 사랑하니? 오, 리지! 다른 건 다 해도 좋지만 애정 없는 결혼은 하지 말아야 해. 정말로 네가 마땅히 느껴야 할 감정을 가지고 있다고 확신하는 거니?"

"내가 언니에게 모든 걸 털어놓으면, 언니는 오로지 내가 마땅히 느껴야 할 사랑, 그 이상을 느낀다고 생각하게 될 거야."

"무슨 뜻이지?"

"글쎄, 내가 빙리보다 다아시 씨를 더 사랑한다는 걸 고백해야 하겠어. 언니가 화낼까 봐 걱정되네."

"내가 제일 사랑하는 동생아, 이제 진지해져라. 나는 아주 심각하게 말하는 거야. 지체 말고 내가 알아야 할 건 다 알려줘. 언제부터 그를 사랑했니?"

"사랑이 대단히 서서히 생겼기 때문에 언제 그것이 시작되었는지 잘 모르겠어. 하지만 내가 그분의 아름다운 펨벌리 구내를 처음 보았을 때부터 사랑이 싹텄다고 생각해."

제인이 또다시 진지하라고 애원한 것이 좋은 결과를 가져왔다. 엘리자베스는 곧 다아시를 사랑한다고 엄숙하게 단언해서 제인을 기쁘게 했다. 동생의 사랑을 확신한 제인은 이제 더 바랄 것이 없었다.

"나는 지금 정말 기뻐," 제인이 말했다. "너도 나처럼 행복할 것이기 때문이야. 나는 항상 다아시 씨의 진가를 알고 있었어. 그가 너를 사랑하는 것만으로도 나는 그를 언제나 존경했을 거야. 그러나 이제 그가 빙리의 친구이자 너의 남편이 될 테니 내게 그보다 더 가까운 사람은 빙리와 너밖에 없단다. 그런데 리지, 너는 대단히 엉큼하게도 내게 전혀 내색을 하지 않았어. 펨벌리와 램턴에서 일어난 일을 내게 별로 알려주지 않았잖아. 내가 거기에 대해 아는 건 모두 네게서 들은 것이 아니라 다른 사람에게서 들은 거지."

엘리자베스는 자신이 비밀에 부친 동기를 제인에게 밝혔다. 그녀는 빙리의 이름을 언급하기를 꺼렸고, 자신의 감정이 아직 정리되지 않았기 때문에 다아시의 이름 또한 똑같이 피했다. 하지만 이제 그녀는 리디아의 결혼에 다아시가 한몫했다는 것을 더 이상 제인에게서 숨기려 하지 않았다. 모든 것을 인정했고 그들은 그날 밤의 절반을 대화를 나누며 지새웠다.

***

다음 날 아침 창가에 서 있던 베넷 부인은 큰 소리로 "맙소사"라고 외쳤다. "저 역겨운 다아시 씨가 또 우리 귀한 빙리와 함께 여기에 오는 게 아닌가! 항상 이곳에 올 정도로 성가시게 구는 게 무슨 의미일까? 도무지 알 수 없지만, 사냥을 가던지 아니면 이런저런 걸 하려는 거겠지. 그러니 우리와 함께 지내려고 귀찮게 굴지는 않을 거야. 저 사람을 어떻게 하지? 리지, 너 다아시 씨가 빙리를 방해하지 않도록 그 사람하고 다시 산책 나가야겠다."

그토록 편리한 제안을 듣고 엘리자베스는 웃지 않을 수 없었지만 어머니가 언제나 그를 그런 모욕적인 이름으로 부르는 것이 참말 고통스러웠다.

그들이 들어서자마자 빙리는 매우 의미심장한 시선으로 엘리자베스를 바라보았다. 그가 좋은 소식을 들었다는 것을 의심할 여지가 없을 정도로 그녀와 열렬하게 악수한 후 그는 곧 큰 소리로 말했다. "베넷 씨[61], 리지가 오늘 또 다시 길을 잃게 해 줄 오솔길이 이 근처에 더 없나요?"

"나는 오늘 아침 다아시 씨와 리지 그리고 키티에게 오컴 동산을 산책하라고 추천해요. 아주 훌륭하고 긴 산책로인데 다아시 씨는 그 풍경을 본적이 없어요."

"그 산책길이 리지와 다아시에게는 아주 좋겠지만, 키티에게는 확실히 과할 텐데요. 키티, 그렇지 않을까?" 빙리가 대답했다. 키티는 자신은 차라리 집에 있는 것이 좋겠다고 말했다. 다아시는 그 동산에서 보는 경치가 어떤지 매우 궁금하다고 말했고 엘리자베스는 말없이 동의했다. 엘리자베스가 산책 준비를 하려고 이 층으로 올라갈 때 베넷 부인은 그녀를 따라와 말했다.

"그 역겨운 사람을 온통 너 혼자 감당하라고 강요해서 무척 미안하다, 리지야. 하지만 별로 신경 쓰지 말기 바란다. 너도 알다시피 모두 제인을 위해 하는 일이란다. 때로는 대화도 하게 되겠지만, 그에게 꼭 말을 건네야 할 필요는 없을 거다. 그러니 너무 불편해 하지 마라."

그들은 산책하면서 그날 저녁 베넷 씨에게 허락을 받기로 결정했다. 엘리자베스는 어머니의 허락을 받기로 했다. 엘리자베

스는 어머니가 그것을 어떻게 받아들일지 알 수 없었다. 때로는 다아시 씨의 대단한 부와 위엄이 어머니의 그에 대한 혐오감을 극복하기에 충분하지 않을까 하는 생각도 들었다. 하지만 어머니가 이 혼사를 맹렬히 반대하거나 아니면 열렬히 기뻐하거나 어느 쪽이건 간에 어머니의 태도는 분별력 있는 사람이라는 칭찬을 받지 못할 것이 뻔했다. 엘리자베스는 다아시 씨가 어머니가 거세게 반대하는 첫 마디를 듣는 것도 기쁨의 환희를 나타내는 첫마디를 듣는 것도 모두 참기 어려울 뿐이었다.

***

저녁에 베넷 씨가 서재로 물러간 후 다아시 씨 역시 자리에서 일어나 그를 뒤따랐다. 그것을 본 엘리자베스의 마음은 말할 수 없이 요동쳤다. 아버지가 반대하리라는 걱정은 하지 않았지만, 아버지는 슬퍼할 것이었다. 그리고 자신이 저지른 일로 그가 슬퍼한다는 것, 아버지의 총애를 받는 자신의 선택이 그를 괴롭게 하고, 자신을 결혼시키는 그의 마음이 근심과 후회로 가득 차게 될 거라고 생각하니 매우 비참했다. 그녀는 다아시 씨가 돌아올 때까지 참담한 마음으로 앉아 있었다. 다아시 씨가 미소 짓는 모습을 보고 엘리자베스는 다소 마음을 놓았다. 이삼 분 후에 다아시 씨는 키티와 함께 앉아 있는 그녀의 테이블로 다가왔다. 그리고 그녀의 작업을 칭찬하는 척하면서 속삭였다. "아버지께 가세요. 서재로 오라고 하십니다." 엘리자베스는 곧 서재로 갔다.

그녀의 아버지는 엄숙하고 걱정스러운 표정으로 서재를 이리저리 거닐고 있었다. "리지야," 그가 말했다. "너 뭐하고 있는 거냐? 이 사람을 받아들이다니, 너 제 정신이냐? 너 이 사람을 언제나 미워하지 않았냐?"

엘리자베스는 전에 자신이 좀 더 타당한 견해를 가졌었기를, 그리고 좀 더 온건하게 자신의 의사를 표현했기를 얼마나 진심으로 바랐는지 모른다! 그랬더라면 대단히 어색하게 설명해야 하고 고백하지 않아도 되었을 것이다. 하지만 지금은 설명하고 고백해야 할 필요가 있었다. 그래서 그녀는 약간 당황해 하면서 자신이 다아시 씨를 사랑한다는 것을 아버지께 납득시켰다.

"혹은, 다른 말로 바꾸자면 너는 그를 남편으로 받아들이기로 작정했다는 거구나. 그는 확실히 부유하지. 너는 언니보다 더 좋은 옷을 입고, 더 좋은 마차를 탈 수 있겠구나. 하지만 그런 것들이 너를 행복하게 해 주겠니?"

"제가 그를 사랑하지 않는다고 생각하시는 것 말고 다른 반대 의견이 있으셔요?" 엘리자베스가 말했다.

"전혀 없다. 우리는 모두 그가 오만하고 좀 불쾌한 인물인 걸 알지. 하지만 네가 그를 진심으로 사랑한다면 그런 건 아무것도 아니야."

"저는 그 사람을 정말 좋아해요." 눈물을 글썽이며 엘리자베스가 대답했다. "그를 사랑해요. 그가 온당치 못하게 자부심을 가지는 건 아니에요. 그는 더할 나위 없이 상냥해요. 아버지는 그가 진정 어떤 사람인지 모르셔요. 그러니 제발 그에 대해 그렇게 말씀 하셔서 저를 괴롭게 하지 마셔요."

"리지," 베넷 씨가 말했다. "나는 그에게 허락했단다. 그가 겸손히 요청하는 것은 무엇이든지 내가 거절할 수 없는 그런 종류의 사람이야. 그 사람은 정녕 그런 사람이더라. 네가 그를 받아들이기로 결심했다면, 이제 나는 네게도 허락하마. 하지만 좀 더 잘 생각하는 게 좋겠다고 충고하고 싶구나. 리지, 나는 네 성격을 알고 있어. 네가 남편을 진정으로 존경하지 않는다면, 그를 너보다 우월한 사람으로 여기지 않는다면, 너는 행복하지도, 품위를 지닐 수도 없다는 걸 안단다. 사회적 신분이 동등하지 않은 결혼에서 너는 발랄한 재능 때문에 대단히 위험한 입장에 놓일 수도 있어. 너는 악평에 시달리고 고통에서 헤어나지 못할 거야. 애야, 인생에서 네가 배우자를 존경할 수 없는 걸 보는 고통을 내가 겪지 않게 해 다오. 너는 네가 지금 뭘 하려는 건지 알지 못하고 있어."

더욱더 감동을 받은 엘리자베스는 진지하게 그리고 엄숙하게 대답했다. 그리고 마침내 다아시 씨가 자신이 선택한 상대라는 것을, 자신의 다아시 씨에 대한 평가가 얼마나 서서히 변해 왔는지를, 그의 사랑이 하루 만에 이루어진 것이 아니라 여러 달 동안 시련을 이겨내며 이루어졌다는 걸 자신이 전적으로 확신한다는 것을 설명하고, 덧붙여 그의 훌륭한 점들을 열정적으로 하나하나 나열했다. 엘리자베스는 그렇게 해서 쉽사리 믿지 않는 아버지를 설득해 내고, 아버지가 그 혼사를 기뻐하시게 만들었다.

"애야, 좋다," 엘리자베스가 말을 끝내자 베넷 씨가 말했다. "나는 더 이상 할 말이 없구나. 네 말이 사실이라면 그는 너를 아내로 맞을 자격이 있는 사람이구나. 내 딸, 리지야, 나는 그 사람보다 못한 어떤 사람에게도 너를 시집보낼 수는 없었을 거다."

그 후 아버지가 그에게서 더할 수 없이 좋은 인상을 받게 하려고 엘리자베스는 다아시 씨가 자원해서 리디아를 위해 행한 일들을 아버지에게 알렸다. 베넷 씨는 그 말을 들으며 깜짝 놀랐다.

"오늘 저녁은 참으로 놀라운 일들의 연속이구나! 그렇다면 다아시가 모든 일을 해냈구나. 결혼을 성사시키고, 경비를 대주고, 그 친구 위컴의 빚을 갚아 주고, 그가 장교로 임관되도록 했단 말이지! 훨씬 잘된 일이다. 그건 내 큰 근심거리와 경제적인 부담을 덜어 주는 일이다. 너의 외삼촌께서 하신 일이라면 나는 반드시 그에게 갚아야 하고 또 그러려고 했다. 하지만 이 맹렬한 연인들은 모든 걸 자기들 하고 싶은 대로 하는구나. 나는 다아시 씨에게 그가 쓴 비용을 지불하겠다고 제안할 거다. 그는 너를 사랑한다고 큰 소리로 호언장담하겠지. 그러면 그 문제는 끝나게 될 거다."

그때 베넷 씨는 며칠 전 콜린스 씨 편지를 읽을 때 엘리자베스가 당황해 하던 것을 기억했다. 그래서 잠시 엘리자베스를 놀려댄 후 드디어 물러가도 좋다고 했다. 엘리자베스가 방을 떠날 때, 베넷 씨는 "메리와 키티에게 구혼하는 청년들이 오면 내 서재로 들여보내라. 나는 아주 한가하니까"라고 말했다.

이제 무거웠던 마음의 짐을 벗어버린 엘리자베스는 30분가량 자신의 방에서 조용히 생각에 잠겼다가 비교적 평온한 마음으로 다른 사람들과 합세했다. 모든 일이 너무나 방금 일어난 것이어서 아직 기쁨으로 떠들썩하기엔 일렀다. 그래서 그 저녁은 조용히 흘러갔다. 이제 더 이상 걱정해야 할 중요한 일이 없고, 시간이 지나면 편안하게 친교를 누리게 될 것이었다.

어머니가 밤에 이 층 옷 갈아입는 방으로 올라갈 때, 엘리자베스는 어머니를 뒤따라가서 중요한 소식을 알렸다. 그 효과는 아주 특별했다. 그 소식을 처음 듣자 베넷 부인은 아주 조용히 앉아서 한마디 말도 하지 못했기 때문이다. 들은 소식을 이해하는 데 긴 시간이 걸린 것도 아니었다. 대체로 그녀는 가족의 이익이 되는 것, 그리고 딸들 중 어떤 딸의 애인으로 온 사람을 인정하는 일에 주저한 적이 없었기 때문이다. 드디어 그녀는 정신을 차리기 시작하고, 의자에 앉아 안절부절못하다가 일어섰다가 다시 앉아 경탄하며 자신을 축하했다.

"이건 놀랍구나! 아이 고마워라! 생각만 해봐! 저런! 다아시 씨라니! 누가 그런 상상이나 했겠니! 그런데 그게 사실이냐? 오! 리지! 너는 얼마나 부유하고 지체 높은 사람이 될까! 용돈이며 보석이 얼마나 많을 거며, 얼마나 훌륭한 마차를 지니게 될까! 거기 비하면 제인은 아무것도 아니지—도무지 아무것도 아니야. 나는 참 기쁘다—참 행복해. 얼마나 매력적인 사람이냐!—얼마나 잘생겼냐! 키도 얼마나 크고!—오, 리지! 내가 그 사람을 그처럼 싫어한 것을 제발 내 대신 그에게 사과해 다오. 그가 그걸 눈감아 주기 바란다, 사랑하는 리지야. 런던 저택이라! 모든 것이 멋지겠지! 세 딸이 결혼하다니! 일 년에 일만 파운드라! 오, 하나님! 나 이제 어떻게 되는 거지. 갈피를 잡지 못하겠네."

이것으로 아무 걱정 없이 어머니의 승낙을 받을 수 있다는 것을 충분히 확인할 수 있었다. 엘리자베스는 어머니가 그처럼 호들갑을 떨며 감정을 있는 그대로 쏟아 내는 것을 자신만 홀로 듣게 된 것을 무척 기뻐하며, 곧 어머니를 떠났다. 그러나 방에 온 지 3분도 되기 전에 어머니가 그녀를 따라왔다.

"내 귀염둥이 딸아," 어머니가 외쳤다. "다른 생각은 전혀 할 수 없구나! 일 년에 일만 파운드라니, 그리고 그보다 더 많을 수도 있겠지! 이건 왕자나 다름없는 거야! 게다가 특별 허가증. 너는 반드시 결혼 특별 허가증[62]으로 결혼해야 하고, 그렇게 하게 될 거야. 그런데 애야, 내가 내일 준비할 수 있게 다아시 씨가 무슨 음식을 특히 좋아하는지 알려 다오."

이것은 어머니가 다아시 씨에게 어떤 태도를 보일지를 암시하는 슬픈 조짐이었다. 다아시 씨가 자신을 가장 열렬하게 사랑하는 것이 확실하고, 가족들이 결혼에 동의하고 있지만, 엘리자베스는 여전히 무언가 바라는 것이 있었다. 그러나 다음 날은 엘리자베스가 예상했던 것보다 훨씬 더 기분 좋게 흘러갔다. 베넷 부인이 장래의 사위를 어찌나 두려워하는지 그에게 친절을 베풀 수 있을 때나 그의 의견에 존경을 표하는 것이 아니라면 감히 그에게 말을 건네지 않았기 때문이다.

엘리자베스는 아버지가 다아시 씨와 친해지려고 노력하는 것을 보고 흐뭇했다. 그리고 베넷 씨는 곧 시간이 가면 갈수록

---

62 그 당시의 상류사회의 습관에 따라 비공개적으로 결혼하는 것으로 주교나 대주교가 내주는 결혼특별허가증이며 결혼 예고 대신 사용했다.

그를 더 높이 평가하게 된다고 말해 딸을 안심시켰다.

"나는 내 사위, 세 사람 모두를 대단히 칭찬하고 싶단다," 그가 말했다. "아마도 내가 총애하는 사위는 위컴일 거야. 하지만 제인의 남편 못지않게 네 남편도 좋아할 거다."

18

곧 다시 쾌활해진 엘리자베스는 다아시 씨가 자신을 사랑하게 된 경위를 설명해 주길 바랐다. "어떻게 사랑이 시작 되었나요?" 그녀가 물었다. "일단 사랑하기 시작하자 점점 더 호감을 느끼게 되었다는 건 이해할 수 있어요. 그런데 우선 어떻게 사랑의 감정이 싹텄을까요?"

"사랑의 출발점이 되었다고 할 시간이나 장소나 표정이나 말들을 정확하게 지적할 수는 없어요. 아주 오래 전에 시작되었어요. 사랑이 시작되었다는 걸 깨달았을 때는 이미 사랑하는 와중에 있었지요."

"제 아름다움에 대해서는 일찍이 별로라고 하셨지요. 그리고 제 태도―당신을 대하는 제 행동은 적어도 항상 무례함에 가까웠어요. 그리고 항상 당신을 괴롭힐 말만 골라서 했어요. 자이제 솔직하게 말씀하세요. 제가 건방진 걸 높이 평가하신 거예요?"

"당신의 발랄한 마음을 높이 평가했어요."

"동시에 그걸 건방진 것이라고 하실 수도 있겠지요. 그 이하가 아니었으니까요. 사실 당신은 공손함, 존경심, 친절한 배려에 싫증이 나셨던 거예요. 언제나 오로지 당신에게 인정을 받기 위해서 말하고, 바라보고, 생각하는 여성들이 역겨우셨던 거지요. 제가 그녀들과 너무나 다른 것이 당신을 노하게 했고, 동시에 흥미를 가지게 했지요. 당신이 정말 다정한 사람이 아니었다면, 저를 증오했겠지요. 숨기려고 노력하셨지만 당신의 감정은 항상 고상하고 정당했어요. 그리고 대단히 열렬하게 당신에게 구혼하는 여성들을 당신은 마음속으로 무척 경멸했지요. 자— 제가 당신이 설명해야 하는 수고를 덜어 드렸네요. 정말 모든 것을 감안할 때, 제 설명이 매우 타당하다고 생각하기 시작했어요. 확실히 당신은 제가 실제로 지닌 아름다운 점을 전혀 모르셨어요. 사랑할 때는 어느 누구도 그런 걸 생각하지 않게 되니까요."

"언니가 병이 나서 네더필드에 있는 동안 당신이 언니를 돌봐준 애정 어린 행동에는 아름다운 점이 전혀 없었단 말인가요?"

"제가 제일 좋아하는 언니! 제가 언니에게 한 것보다 못해 줄 사람이 어디 있겠어요? 그렇지만 제발 그것을 선행이라고 하세요. 제 아름다운 점들은 당신의 재량하에 있으니 될 수 있으면 그것들을 과장하셔야 해요. 그 대신, 당신을 놀리고, 가끔 당신과 싸울 기회를 노리는 것은 제 재량으로 하겠어요. 그래서 직접 이런 질문을 하는 것으로 제 일을 시작하겠어요. 당신이 드디어 사랑한다는 본론에 이르기를 왜 그처럼 꺼리셨나요? 당신이 우리 집을 처음 방문했을 때와 그 후 우리 집에서 정찬을 하셨을 때, 당신은 왜 제게 그토록 수줍어 하셨나요? 특히 처음 방문하셨을 때 왜 마치 제게 관심 없는 것처럼 하셨나요?"

"당신이 침통해하며 침묵했고, 제게 아무런 용기도 주지 않았기 때문이죠."

"그렇지만 저는 당황했거든요."

"나 역시 그랬어요."

"정찬에 오셨을 때 제게 더 많은 말을 건넬 수 있었을 텐데요."

"나보다 덜 감동한 사람이었다면 그럴 수도 있었겠지요."

"조리 있는 답변을 하실 수 있고, 저는 그걸 인정할 정도로 조리 있으니 얼마나 불행한 일인가요! 하지만 마음대로 하시게 내버려두었다면 얼마나 오래 그냥 지내셨을지 모르겠네요. 제가 질문하지 않았다면 언제 입을 떼었을지 모르겠어요! 리디아에게 베풀어주신 친절함에 대해 감사함을 표하고 싶었던 제 결심은 분명히 대단한 효과, 더할 수 없이 큰 효과를 보았어요. 그런데, 우리가 약속을 깨뜨려서 위안을 얻게 된다면, 윤리 문제는 어떻게 되는 건가요? 윤리적으로 보았을 때 리디아와의 약속을 지키려면, 제가 마땅히 그 주제를 꺼내지 말았어야 하기 때문이지요. 그건 결코 약속 지키는 데 도움이 되지 않으니까요."

"자신을 괴롭힐 필요가 없습니다. 윤리는 완벽하게 공평해요. 캐서린 영부인이 우리를 갈라서게 하려고 도리에 맞지 않게 노력한 것이 내 모든 의심을 제거하는 수단이 되었습니다. 제가 현재 행복을 누리는 것은 당신이 리디아 일에 대해 감사함을 표현하기를 무척 원했기 때문이 아닙니다. 저는 당신이 말문 열기를 기다릴 기분이 아니었어요. 이모님의 정보가 제게 희망을 주었지요. 그래서 당장 모든 것을 알아보기로 결심했어요."

"캐서린 영부인은 대단히 많은 도움을 주셨지요. 그분은 도와주는 것을 매우 좋아하시니 그 일로 당연히 행복하실 거예요. 하지만 말씀해보세요. 무엇 때문에 네더필드에 오셨어요? 오로지 말을 달려 롱본으로 가서서 당혹스러워 하시려고요? 아니면 좀 더 진지한 결과를 얻을 생각이셨나요?"

"제 진짜 목적은 **당신**을 만나서 판단하기 위한 것이었어요. 도대체 당신으로 하여금 저를 사랑하게 할 수 있는지 말입니다. 공공연한 목적은 제인이 여전히 빙리를 사랑하는지 알아보려는 것이었고, 만약 그렇다면, 그 후 이미 빙리에게 한 그 고백을 그에게 할 생각이었지요."

"어떤 일이 일어날지를 캐서린 영부인에게 알려드릴 용기가 있나요?"

"엘리자베스, 내게 필요한 것은 용기보다 시간인 것 같아요. 하지만 마땅히 알려드려야지요. 내게 종이 한 장을 주면 곧 그렇게 할 겁니다."

"저도 편지 쓸데가 없다면, 당신 옆에 앉아서, 한 때 빙리 양이 그랬던 것처럼 당신의 고른 필체를 칭찬할 수 있겠군요. 하지만 저 역시 편지 쓰기를 더는 미룰 수 없는 외숙모가 계세요."

외숙모의 긴 편지를 받은 후 엘리자베스는 다아시 씨와의 친분이 얼마나 과대평가되었는지를 고백하기가 껄끄러워서 아직까지 답장을 쓰지 못했었다. 하지만 그들이 가장 기뻐할 소식이 있는 지금 엘리자베스는 외삼촌 부부께서 행복을 누릴 수 있는 날을 이미 3일이나 놓쳤다는 걸 깨닫고 부끄러울 지경이었다. 그래서 곧 다음과 같이 편지를 썼다.

사랑하는 외숙모, 더할나위 없이 조목조목 상세하게 친절히 알려 주시는 긴 편지를 받고 제가 마땅히 보다 빨리 감사 드렸어야 하고, 또 그러려고 했답니다. 하지만 사실 마음이 너무 언짢아서 편지를 쓸 수 없었어요. 사실 이상으로 추측하셨기 때문이었어요. 그러나 **이제**는 마음껏 추측하세요. 이 주제에 관해서 상상의 고삐를 느긋하게 잡으시고 한껏 상상의 나래를 펴고 비상하세요. 제가 실제로 결혼했다고 믿으시는 것만 아니라면 그다지 빗나가실 수 없을 거예요. 반드시 곧 제게 답장을 또 쓰시고 그 전 편지에서보다 더 많이 다아시 씨를 칭찬하세요. 호수 지역으로 가지 않으신 것에 대해서 다시 또다시 감사드립니다. 어떻게 제가 호수 지역에 가길 원할 정도로 그렇게 어리석었을까요! 외숙모님께서 망아지 생각하신 것 참으로 즐거웠어요. 우리는 펨벌리 경내를 매일 돌 겁니다. 저는 세상에서 가장 행복한 사람이에요. 아마 다른 사람들도 전에 그렇게 말했겠지요. 그러나 저처럼 정당하게 그런 말을 한 사람은 없어요. 저는 언니보다도 더 행복해요. 언니는 단지 미소 짓지만 저는 크게 웃어요. 다아시 씨가 제게서 아낄 수 있는 세상의 모든 사랑을 외숙모께 보내드린대요. 크리스마스에는 모두들 펨벌리로 오셔야 해요.

조카 딸 드림

다아시 씨는 이와 다른 방식으로 캐서린 영부인에게 편지를 썼고, 지난번 콜린스 씨에게게 받은 편지에 베넷 씨가 쓴 답장은 두 사람의 그것과 방식이 또 달랐다.

　　축하할 일로 한 번 더 목사님을 번거롭게 해야겠소. 엘리자베스는
　곧 다아시 씨의 아내가 될 거요. 최선을 다해 캐서린 영부인을 위로해
　드리기 바라오. 하지만, 나라면 조카를 지지하겠소. 그가 더 많이 줄
　수 있으니까.
　　그럼 이만.

　빙리와 제인의 결혼 날이 가까워 오고 있을 때, 빙리 양은 애
정이 넘쳐흐르지만, 가식적인 축하 편지를 오빠에게 보냈다. 그
녀는 오빠와 제인의 결혼을 기뻐한다면서 자신이 그전에 제인
에게 가졌던 호감을 재탕해서 알리는 편지를 제인에게 쓰기까
지 했다. 제인은 속지 않았지만 감동받았고, 빙리 양을 신뢰하
지 않았지만, 분에 넘치게 친절한 답장을 그녀에게 쓰지 않을
수 없었다.

　오빠에게서 결혼소식을 받은 다아시 양은 그 소식을 보낸 오
빠 못지않게 진심으로 기쁨을 나타냈다. 그녀의 대단한 기쁨과
엘리자베스에게 사랑받고자 하는 진지한 소망을 담아내기에는
네 페이지의 편지지도 모자랄 지경이었다.

　콜린스 씨의 답장이 오기도 전에, 또 그의 아내가 보낸 축하
편지가 엘리자베스에게 도착하기도 전에 롱본의 가족들은 콜
린스 부부가 몸소 루카스 로지로 온다는 말을 들었다. 이렇게
갑작스럽게 오는 이유가 곧 명백해졌다. 다아시 씨의 편지 내용
을 본 캐서린 영부인이 말할 수 없이 분노했기 때문에, 이 혼사

를 진정으로 기뻐하는 샬럿은 폭풍이 잠잠해질 때까지 집을 떠나 있기를 몹시 원했던 것이다. 이런 때에 친구가 도착해서 엘리자베스는 진정으로 기뻤다. 하지만 콜린스 부부와 만나던 중에 예의바름을 과시하며 아첨하는 콜린스 씨에게서 무방비 상태에 놓인 다아시 씨를 보면서 엘리자베스는 이따금 샬럿을 만나 즐거움을 누리기 위해서는 많은 대가를 치러야 할 것이라고 생각했을 것이다. 그러나 다아시 씨는 감탄할 만큼 침착하게 콜린스 씨를 견뎌 냈다. 루카스 경은 다아시 씨에게 이 지역에서 제일 아름다운 보석을 데려간다고 그를 칭찬하면서 그들 모두가 자주 세인트 제임스 궁에서 만나기를 바란다고 했고, 다아시 씨는 그 말을 대단히 예의바르고 침착하게 경청하기까지 했다. 루카스 경이 시야에서 보이지 않을 때에야 그는 어깨를 으쓱했다.

필립스 부인의 천박함은 그의 인내력에 또 다른, 그리고 더 큰 부담이었다. 비록 언니 베넷 부인뿐 아니라 동생 필립스 부인도 다아시 씨를 경외했기 때문에 빙리의 훌륭한 유머에 힘입어서 빙리에게 하듯 다아시 씨에게 친근하게 이야기할 수 없었지만, 말할 때마다 그녀는 분명히 천박스러웠다. 그녀는 다아시 씨를 존경하는 마음으로 말없이 더욱 조용히 있었지만, 그렇다고 더 우아해 보이지도 않았다. 엘리자베스는 종종 어머니와 이모가 다아시 씨를 후대하는 걸 막느라고 할 수 있는 것이면 무어든지 다했다. 그리고 항상 그가 자신이나, 그가 힘들어하지 않고 대화할 수 있는 가족들과 함께 있기를 열망했다. 이런 모든 것에서 오는 불안감 때문에 구애의 시기에 누리는 즐거움이 많이 줄었지만, 그것은 미래의 희망을 더해 주었다. 엘리자베스는 자신과 다아시 씨 두 사람에게 별로 즐거움을 주지 못하는 사람들과 헤어져 펨벌리에 있는 우아하고 편안한 그들 가족 일행에게로 갈 때를 즐거운 마음으로 손꼽아 기다렸다.

19

가장 훌륭한 두 딸을 여위는 날은 베넷 부인에게 어머니로서 세속적으로 가장 행복한 날이었다. 우리는 후에 그녀가 얼마나 기쁘고 자랑스러운 마음으로 빙리 부인을 방문하고 다아시 부인에 대해 이야기 했을지 짐작할 수 있을 것이다. 딸들을 결혼시켜 가정을 이루게 하려는 진지한 소망을 성취한 베넷 부인이 남은 생애 동안 사려 깊고, 온후하고, 아주 견문이 넓은 사람으로 살아가는 행복한 결과를 맺었다고 독자들에게 이야기할 수 있다면 얼마나 좋을까. 그래도 대단히 특별한 형태의 가정적인 축복을 좋아하지 않는 베넷 씨에게는 부인이 여전히 가끔 신경과민이고 언제나 어리석다는 것이 다행스러웠을 것이다.

베넷 씨는 둘째 딸을 매우 그리워했다. 어떤 다른 이유보다도 엘리자베스를 사랑하기 때문에 그는 더욱 자주 집을 떠나게 되었다. 펨벌리 방문을 매우 즐거워하는 그는 특히 아무도 그를 기대하지 않을 때에 그곳을 방문하는 것을 좋아했다.

빙리 씨와 제인은 단지 일 년 만 네더필드에 거주했다. 그녀의 어머니와 메리턴 친척들과 가까운 거리에 있는 것이 성격이 수더분한 빙리와 마음이 상냥한 제인에게조차 바람직하지 않았다. 그래서 그의 누이들이 즐거워하는 소망이 이루어졌다. 그는 더비셔 옆에 위치한 주에 농장을 샀고, 제인과 엘리자베스는 그들을 행복하게 해주는 모든 것에 덧붙여서 서로 48킬로라는 비교적 가까운 거리에 사는 행복 또한 누렸다.

키티는 대부분의 시간을 두 큰 언니들과 함께 지냈고, 그녀에게는 그것이 대단히 유익했다. 일반적으로 그녀가 알아 왔던 사람들에 비해 훨씬 우수한 사람들과 지냄으로써 대단히 발전할 수 있었기 때문이다. 그녀의 성품은 리디아처럼 대단히 방종하지 않았고, 그녀의 본보기인 리디아의 영향에서 벗어났기에 적절한 보살핌과 단속을 받은 그녀는 짜증을 덜 내고, 덜 유치하게 행동하고, 덜 무미건조한 사람이 되었다. 그들은 물론 그녀가 더 이상 리디아와 교제하는 불이익을 당하지 않도록 그녀를 조심스럽게 돌보았다. 비록 위컴 부인이 무도회와 젊은 청년들에 대한 기대를 들먹이며 와서 함께 지내자고 그녀를 자주 초대했지만, 베넷 씨는 결코 키티가 리디아에게 가도록 허락하지 않았다.

메리만이 유일하게 집에 남아 있었다. 그녀는 베넷 부인이 홀로 앉아 지낼 수 없는 사람이기 때문에 교양 쌓는 일에서 차출되어야 했다. 메리는 세상 사람들과 좀 더 교제하지 않을 수 없게 되었지만, 여전히 매일 아침 방문 때 그들에게 도덕적 훈계를 할 수 있었다. 베넷 씨는 메리가 언니들과 자신의 아름다움이 비교되어서 느끼던 수치감을 더 이상 느끼지 않아도 되기 때문에 별로 주저하지 않고 변화에 순응하는 게 아닌가 생각했다.

위컴과 리디아로 말하자면 언니들의 결혼으로 그들의 성격에 큰 변화가 생긴 것은 전혀 아니었다. 위컴 씨는 엘리자베스가 전에는 알지 못했던 자신의 배은망덕과 거짓 모두를 이제 다 알게 되었다는 것을 확신하며, 그것을 냉정하게 견뎌 냈다. 그리고 이 모든 것에도 불구하고, 자신이 재산을 모을 수 있도록 도와 달라고 다아시를 설득할 수 있다는 희망을 완전히 버린 것은 아니었다. 리디아가 엘리자베스의 결혼을 축하하며 보낸 편지에는 위컴 자신은 아니더라도 적어도 그의 아내는 그런 희망을 품고 있다는 것을 내비치고 있었다. 그 편지의 취지는 다음과 같다.

친애하는 리지 언니,

행복하길 빌어요. 언니가 다아시 씨를 내가 위컴을 사랑하는 반만 사랑한다 해도 언니는 틀림없이 참으로 행복할 거예요. 대단히 부유한 언니가 있다는 건 큰 위안이에요. 아무 다른 할 일이 없을 때 우리를 생각해주길 바라요. 위컴이 궁정에서 자리를 얻기를 매우 원한다는 걸 확신해요. 그리고 도움 없이는 생활비가 충분하지 않아요. 일 년에 삼사백 파운드 정도를 받는 자리라면 어떤 자리도 괜찮아요. 하지만 언니 마음이 내키지 않으면 형부에게 이야기하지 마세요.

언니의 동생

엘리자베스는 다아시 씨에게 그런 이야기를 하고 싶지 않기 때문에, 리디아가 더 이상 그런 기대로 간청하지 않도록 공들여 답장을 썼다. 하지만 엘리자베스는 자신의 사적인 경비를 절약해서 할 수 있는 범위에서 종종 그들에게 도움을 보냈다. 대단히 사치스러운 물건을 원하고, 장래 걱정을 전혀 하지 않는 두 사람이 관리하는 그들의 수입은 분명히 생활비로도 턱없이 부족하다는 것을 엘리자베스는 알고 있었다. 그들이 거처를 바꿀 때마다 청구서를 변제하기 위해서 제인이나 자기 자신에게 무언가 작은 도움을 요청할 것이 분명했다. 평화가 회복되어서[63] 군인들이 집으로 돌아오게 되었을 때조차 그들의 생활 방식은 극도로 불안했다. 그들은 좀 더 싼 곳을 찾아 이곳저곳으로 이사 다녔다. 그리고 언제나 자신들의 분수에 넘치게 소비했다. 리디아에 대한 위컴의 사랑은 곧 무관심으로 내려앉았고, 그에 대한 리디아의 사랑은 조금 더 지속되었다. 리디아는 나이가 젊고 처신도 훌륭하지 못함에도 불구하고 결혼이 부여하는 명성을 누리려고 계속해서 온갖 권리를 주장했다.

다아시는 위컴을 결코 펨벌리에 받아들일 수 없었지만, 엘리자베스를 위해서 위컴이 더 나은 직업을 가지도록 도와주었다. 리디아는 남편이 런던이나 바스[64]로 놀러 갈 때 때때로 펨벌리를 방문했다. 리디아 부부는 두 사람 다 자주 빙리 내외에게 와

---

63 1802년의 아미앵 평화조약을 지칭. 이로서 이 소설의 배경이 18세기 말이란 것을 알 수 있음.

64 잉글랜드의 남서부 서머싯 주에 위치한 도시로 에이번 강 계곡에 있으며, 영국에서 유일하게 자연 온천수가 발생하는 곳. 약 1세기 중반 로마인들이 세운 로만 바스와 사원으로 유명. 제인 오스틴은 19세기 초 몇 년간 그 곳에 거주했다.

서 얼마나 오래 묵는지 성격 좋은 빙리조차 그걸 참아내지 못했다. 그래서 그가 그들에게 떠나라는 암시를 말해야 할 정도였다.

빙리 양은 다아시의 결혼으로 매우 심한 수치심을 느꼈다. 그러나 펨벌리를 방문할 권리를 유지하는 편이 바람직하다고 생각하기 때문에 모든 분노를 내려놓았다. 그녀는 조지애나를 더욱더 좋아했고, 다아시 씨에게는 지금까지와 다름없이 친절히 굴었으며. 그 동안 소홀히 했던 모든 예의를 다해서 엘리자베스를 깍듯이 대했다.

펨벌리는 이제 조지애나의 가정이 되었다. 시누이와 올케 사이의 애착심은 정확하게 다아시가 바라던 대로였다. 그들은 정말 자신들이 생각했던 대로 더할나위 없이 서로를 사랑했다. 처음에는 조지애나는 종종 엘리자베스가 활기차고 장난스러운 태도로 오빠에게 말하는 것을 불안할 정도로 놀라며 들었지만, 세상에서 엘리자베스를 가장 귀중하게 생각했다. 그녀 마음에 언제나 애정을 넘어서서 존경심을 불러일으켰던 오빠를 이제는 공공연한 농담의 대상으로 보았고, 전에는 결코 경험하지 못했던 지식을 받아 드렸다. 엘리자베스의 지도하에 조지애나는 오빠가 열 살 이상 연하의 동생에게 항상 허용하지 않는 무례한 일을 아내는 남편에게 할 수 있다는 것을 이해하기 시작했던 것이다.

캐서린 영부인은 조카의 결혼에 대단히 분노했다. 결혼 준비를 알리는 편지를 받고 그녀는 온갖 솔직한 성격을 있는 그대로 드러내며 특히 엘리자베스에 대해서, 다아시에게 대단히 모욕적인 언어로 답장을 썼기 때문에, 오랫동안 그들의 모든 교제가 끊겼었다. 하지만 엘리자베스는 드디어 이모 캐서린 영부인의 무례함을 눈감아주고 화해를 구하도록 남편을 설득했다. 그리고 캐서린 영부인 쪽에서는 조금 더 버티다가 다아시에 대한 애정에서인지 그의 아내가 어떻게 처신하는지 보고 싶은 호기심에서인지 분노를 풀고 펨벌리로 조카 내외를 방문하는 선심을 썼다. 단순히 엘리자베스 같은 여주인의 존재뿐 아니라 런던에서 방문하는 그녀의 외삼촌 내외 때문에 펨벌리의 숲이 오염된 것을 무릅쓰고 그들을 방문한 것이다.

다아시 부부는 가디너 부부와 항상 가장 친하게 지냈다. 엘리자베스는 물론 다아시도 그들을 진정으로 사랑했다. 다아시와 엘리자베스 부부는 엘리자베스를 더비셔로 데려옴으로써 자신들이 맺어지게 해준 가디너 부부에게 언제나 진정으로 마음에서 우러나는 감사함을 느꼈다.

옮긴이의 글

좀 더 살았더라면 확고한 작가로서 인기를 누릴 수 있었을 즈음에 여섯 권의 소설을 남기고 제인 오스틴이 42세의 나이로 1817년 세상을 떠난 지 200년이 넘었다. 비슷한 낭만주의 시대에 활동한 월터 스콧 경이 발라드와 시 그리고 역사소설로 누린 명성을 태양에 비긴다면 제인 오스틴의 명성은 한 작은 별이었다고나 할까, 거의 비길 수가 없을 정도였다. 그러나 200년이라는 세월이 흐르면서 매서운 시간의 테스트를 이기고 승리한 작가는 제인 오스틴이다. 그녀의 소설들은 계속 일반 대중의 사랑을 받고 읽히고 있으며 여러 나라 말로 번역되어 전 세계에 독자를 가지고 있을 뿐만 아니라 학자들의 활발한 연구대상이 되고, 영화로도 반복해서 만들어지고 있다. 이제 그녀는 영국 소설 역사상 가장 훌륭한 소설가 중 한 사람으로 자리매김했다. 버지니아 울프는 "여성들 중에서 가장 완벽한 예술가이며 불멸의 소설을 쓴 제인 오스틴이 [소설가로서] 성공을 확신하기 시작할 때 사망한 것"을 안타까워하며 "그녀의 명성이 아주 서서히 올라가고" 있었지만 2, 3년만 더 살았더라면 모든 것이 달라졌을 거고, 그녀는 "런던에 가서 묵었을 것이며, 외식을 하고, 밖에 나가서 점심을 들고, 유명한 사람들을 만나고, 새로운 친구를 사귀고, 독서하고, 여행하고, 한가한 시간에 맘껏 포식하기 위해서 관찰한 것들을 한 보따리 가지고 조용한 시골집으로 돌아왔을 것"이라고 상상한다.

제인 오스틴은 1775년 12월, 조지 오스틴(1731-1805)과 커샌드라 리 오스틴(1739-1827) 사이의 일곱 번째 자녀로, 딸로는 둘째로 영국 햄프셔주의 작은 마을 스티븐턴에서 태어났다. 아버지는 옥스퍼드 대학 출신으로 스티븐턴과 근처의 딘에서 성공회 목사로 재직했고. 어머니는 저명한 가문 출신으로 옥스퍼드 올 소울즈 칼리지 교회 목사의 딸이었다. 오스틴 목사는 훌륭한 오래된 가문에서 태어났지만 경제적으로는 넉넉지 못해서 늘어나는 가족을 부양하기 위해 1773년부터 1796년까지 농사도 짓고, 좀 더 수입을 얻기 위해 서너 명의 아이들을 기숙시키며 가르치는 일도 했다. 가족 간의 사이가 매우 화목한 가정에서 8명의 자녀들은 배움과 창조적인 생각을 하도록 격려 받았고, 친밀한 관계를 형성하며 성장했다. 오스틴 목사 부부는 자녀들이 많은 책을 소장하고 있는 아버지 서재의 책들을 읽도록 조장했다.

1783년에 제인은 언니 커샌드라와 함께 옥스퍼드에 있는 앤 콜리 부인의 사숙으로 갔으나 콜리 부인은 그들과 함께 사우샘프턴으로 이사했고, 그곳에서 장티푸스에 걸려 가을에 집으로 돌아왔다. 그 후 집에서 교육을 받던 제인은 언니와 함께 1785년 레딩에 있는 기숙학교 애비 스쿨에 다녔으나 그들의 교육비가 가정 재정에 큰 부담이 되어서 1786년 12월에 집으로 돌아와야 했다. 이것으로 제인의 정식 교육은 끝났고, 집에서 아버지에게 교육을 받았다.

조지 오스틴은 심오한 학자일 뿐 아니라 모든 문학 장르에 조예가 깊은 사람이었고, 어머니는 시로 자신을 표현하는 여성이었다. 일생을 통해서 제인은 특히 아버지와 언니 커샌드라와 친밀하게 지냈다. 아버지와 가까웠던 제인 오스틴이 일찍부터 글을 쓰게 된 것은 놀라운 일이 아니었다. 조지 오스틴 목사는 두 딸들에게 글을 쓰고 그림을 그리는 데 필요한 비싼 종이와 다른 필수품을 마련해 주었다.

오스틴 가족은 이미 기존에 있던 연극이나 그들이 쓴 각본을 집에서 공연하는 일에 열심이었다. 가족과 친구들은 목사관 헛간에서 셰리단의 《연적》, 데이비드 개릭의 《상류 사회》 등을 공연하기도 했다. 이것은 제인 오스틴 교육에 매우 중요한 부분이었다. 그들은 주로 코미디를 공연했는데 이런 공연을 통해서 제인 오스틴은 풍자능력을 연마했다.

제인 오스틴은 11세나 혹은 그 전부터 글을 썼으며 1793년까지 써온 29편의 시, 단편 등을 세 권의 노트북으로 엮었고(이 작품집은 "주브닐리아"라 불린다), 1793에서 1795년까지 서간체의 짧은 이야기 "레이디 수잔"을 쓰기도 했다. 제인은 자신이 쓴 소설을 저녁에 가족에게 읽어주었고, 가족은 그녀의 소설을 즐기며 웃는 최초의 독자들이었다.

제인은 또한 정기적으로 교회에 다녔고, 친구들이나 이웃들과 빈번하게 교제했다. 이웃들과 교제한다는 것은 종종 어느 집에서 저녁을 먹은 후 즉흥적으로 댄스를 하거나 혹은 정기적으로 열리는 마을회관 무도회에 참여하는 것을 의미했다. 제인은 댄스를 아주 좋아했고 또 매우 춤을 잘 추었다고 한다.

평생 결혼을 하지 않은 제인 오스틴이지만, 20세이던 1795년 12월에는 스티븐턴 친척을 방문하러 온 아일랜드 청년 톰 르프로이를 만나 무도회에서 춤을 추기도 하고 시간을 함께 보내기 시작했다. 제인은 서인도로 떠나는 약혼자를 배웅하기 위해 집을 떠나 있던 언니 커샌드라에게 그와의 교제를 편지로 알리며 "그는 신사답고, 잘생겼으며 쾌활한 청년"이라고 했다, 또 다른 편지에서는 "그가 오늘 저녁 모임에서 무슨 말을 할 것 같아, 하지만 그가 흰 코트를 벗어버리겠다고 약속하지 않으면 난 그를 거절할거야"라고 말하고 있다. 그녀가 그에게서 무슨 말(청혼?)을 들었는지 분명치 않지만 그들의 교제를 눈치 챈 톰 르프로이의 가족은 그들의 교제가 별로 바람직하지 않다고 생각하고 톰을 1796년 1월 그녀에게서 떠나보낸 듯하다.

제인은 일생동안 그를 다시 만나지 못했다. 제인이 명확히 언급하지는 않았지만 그는 그녀가 평생 유일하게 사랑을 느꼈던 남성일 것 같다는 추측이 있다. 훗날 아이랜드의 대법관이 된 토마스 랭루와 르프로이는 제인 오스틴을 사랑했다고 인정했으며 그것은 "풋내기 사랑이었다"고 말한 것으로 전해진다.

1796년 10월 제인은 (후에 수정하여《오만과 편견》으로 출판될)《첫인상》을 집필하기 시작해 다음해에 탈고했다. 1797년에는 언니 커샌드라의 약혼자인 톰 파울 목사가 서인도에서 돌아오는 배에서 황열병으로 사망하자 커샌드라 역시 평생을 결혼하지 않았다. 1801년부터 1804년까지는 제인에 대해 알 수 있는 자료가 거의 없다. 제인의 명성이 커지면서 낯선 사람들이 캐묻고 학자들의 추측이 난무할 시기가 올지도 모른다는 걱정을 한 커샌드라가 1843년에 큰 희생을 감수하고 동생에게서 받은 편지를 거의 모두 태워 없애버리고, 남긴 것들도 군데군데를 가위로 오려버렸기 때문이다.

1801년 조지 오스틴 목사는 70세의 나이로 은퇴하고 부인과 두 딸과 함께 바스로 이사했고, 스티븐턴 목사관에는 목사가 된 맏아들 제임스와 그의 가족이 정착했다. 이듬해에 제인은 그녀 생애에 유일한 청혼을 받았다. 1802년 12월 제인은 언니와 함께 베이싱스토크에 살고 있는 친구 알리시아와 캐서린 빅을 방문했다. 그때 그들의 남동생 해리스 빅위더가 그녀에게 청혼했던 것이다. 어린 시절부터 제인의 가족과 제인의 친구였던 해리스는 상당한 토지를 상속받기로 되어 있는 부유한 청년이었다. 그에게 사랑을 느끼지 못했으나 그와의 결혼이 경제적으로 자신과 가족의 장래를 보장해 줄 수 있다는 것을 염두에 둔 듯 제인은 그의 청혼을 받아들였다가 다음 날 아침 실수했다는 걸 깨닫고 청혼 수락을 철회했다고 한다. 그녀가 이 청혼을 어떻게 생각했는지에 대한 기록은 없지만, 1814년 질녀 페니 나이트가 연애에 관한 충고를 제인에게 부탁했을 때 그녀는 마치 자신의 소설에서 걸어 나온 인물처럼, 애정이 없으면 결혼하지 말라고 질녀에게 조언했다. 이것으로 제인이 빅위더의 청혼을 거절한 이유를 엿볼 수 있다.

　　아버지의 은퇴로 평생 유일하게 집이라고 생각했던 스티븐턴 목사관을 갑자기 떠난 후 (혹자는 어머니에게서 이사 소식을 들은 제인이 기절했다고 한다) 바스에서의 생활은 제인에게 그다지 유쾌하지는 않았던 것 같다. 몇 번 서쪽 지방으로 한가로운 여행을 다니기도 하던 제인의 삶의 풍경은 1805년 1월 21일 극적으로 달라졌다. 급하게 병세가 기울어진 조지 오스틴 목사가 사망한 것이다. 가족들은 충격에 빠졌으며 그가 오스틴 부인과 딸들에게 남긴 유산은 고작 일 년에 210 파운드여서 그들은 경제적으로 위기를 겪었고, 아들들이 어머니와 누이들을 돕기로 합의해서 수입이 연 450 파운드로 늘었지만, 그들이 생활하기에 충분한 금액은 아니었다. 그 후 몇 년간 어머니와 딸들은 계속해서 셋집으로 이사 다니는 불안정한 생활을 감수하지 않을 수 없었다.

드디어 1809년 그들은 부유한 나이트 가문의 양자가 된 에드워드에게로 갔고, 얼마 후 그는 자신의 영지에 있는 작은 집에 그들이 거처하게 해 주었다. "초튼 코티지"(현재는 '제인 오스틴 하우스 박물관'으로 불린다)로 알려진 이 집은 오스틴 가의 여인들에게 참으로 하늘이 내려준 것이나 다름없었다. 이들의 삶이 드디어 조용한 곳에서 완전히 안정되었기 때문이다. 여기에서 제인은 그동안 쉬지 않고 썼던 작품들을 수정하는 등 또다시 활발하게 문필 작업을 했다.

이제 30대가 된 제인은 1811년에서 1816년까지 익명으로 자신의 작품들을 출판했다. 1811년 《이성과 감성》을 출판하여 호평을 받고, 잘 팔려서 그녀는 어느 정도 재정적, 심리적으로 독립을 누리게 되었고, 1813년에는 《오만과 편견》이 출판되어 즉각적으로 비평가와 독자들에게서 인기를 얻고 10월에는 재판을 팔게 되었다. 1814년 5월에 《맨스필드 파크》가 출판되어 비평가들에게는 푸대접을 받았으나, 독자들에게는 인기여서 6개월이 지나자 초판이 다 팔렸다. 이 소설로 벌어들인 수입은 그녀의 어느 다른 소설보다 많았다.

1815년 제인은 이제 에거튼보다 좀 더 잘 알려진 런던 출판인 존 머리에게 자신의 소설 출판을 맡겼다. 1815년 12월《에마》, 1816년《맨스필드 파크》의 재판이 존 머리에 의해 출판되었으나 별로 잘 팔리지 않아 초판에서 벌어드린 것을 거의 상쇄할 지경이었다. 제인은 또한 일찍이 크로스비 출판사에게 팔았으나 출판되지 못한《레이디 수잔》의 원고를 판값에 다시 사들여《캐서린》으로 개작했다. 이 무렵 헨리의 은행 벤처 사업의 실패로, 본인은 물론이고 에드워드, 제임스, 프랭크 등이 손실을 입어서 어머니와 자매들을 도울 수 없게 되었고, 오스틴 부인과 딸들은 실상 재정적으로 불안정한 상황에 놓이게 되었다. 제인은 계속해서《엘리엇가 사람들》의 초고를 완성하는 데 심혈을 기울였고, 후에《설득》으로 출판된 그 소설의 초고를 1816년 8월 완성했다.

1816년 초부터 제인의 건강은 썩 좋지 않았다. 그녀는 그것을 무시하고 계속해서 작품을 써내려갔고, 너무나 많은 일을 겪으면서 그녀의 건강이 나날이 빠르게 악화되자 가족들이 그것을 알아차리기 시작했다. 제인은 낙관적인 태도로 일관했고, 가족과 친구들에게 자신의 병을 웃어넘겼다. 그러면서 내내《설득》의 마지막 두 장을 자신의 마음에 들게 수정해서 1817년 1월에 완성했다. 새 작품《샌디턴》을 시작해 12장을 썼을 때 건강이 얼마나 나빠졌는지 41세인 그녀는 단순히 걷기조차 어려웠고, 하루의 일상적인 생활조차 하지 못할 정도로 에너지가 고갈되었다. 4월경엔 침대에 누워 지내야 했다. 5월에 헨리와 커샌드라는 제인의 병을 치료하기 위해서 윈체스터로 데리고 갔으나, 1817년 7월 18일 제인은 그곳에서 사망했고, 윈체스터 사원에 안장

되었다. 호지킨 림프종이 사망 원인이라고도 하지만 대부분의 전기에서는 에디슨 병이 사망 원인이었다고 말하고 있다. 평생 서로 사랑하고 의지했던 제인과 커샌드라였기에 제인의 사망 후 커샌드라는 조카 페니 나이트에게 다음과 같이 편지에 썼다. "나는 이 세상 어느 곳에서도 찾을 수 없는 자매이자 친구인 보물을 잃었어. 제인은 내 삶의 태양이었어, ……난 아무것도 숨기지 않고 모든 생각을 그녀와 함께 했어. 정말이지 내 일부를 잃은 것 같아……"

제인의 사망 후 헨리와 커샌드라는 1817년 12월《노생거 수도원》과 《설득》(출판연도는 1818년으로 알려짐)을 머리를 통해 출판했고, 헨리는 이 작품에서 작가에 대해 정이 넘치는 추모사를 썼다. 그리고 여기에서 이 작품들의 저자가 제인 오스틴임을 처음으로 세상에 알렸다.

아주 일찍, 열한 살 때부터 쉬지 않고 글을 쓴 제인 오스틴은 1816년 초튼에서 조카 애드워드 오스틴에게 겸손하게 자신의 작품을 "5cm의 상아에 아주 가는 붓"으로 그리는 작업이라고 이야기한다. 그녀가 36세가 되던 1811년부터 "여류작가"라는 무명으로 출판했던 네 권의 소설들과 사후에 드디어 그녀 자신의 이름으로 헨리와 커샌드라에 의해 출판된 두 권의 소설은 하나같이 단숨에 써내려 간 것이 아니라 "아주 가는 붓"으로 오랜 시간에 걸쳐 섬세하게 "5cm의 작은 상아"에 그린 작업의 결과물이었다. 그녀 작업의 주제는 그녀가 작가 지망생 조카 아나에게 "시골 마을에 사는 서너 가정"이야말로 소설의 자료로 삼기에 딱 알맞다고 이야기 한 유명한 말처럼 18세기 말 영국 시골의 토지를 소유한 신사 계급과 중간 계급의 몇몇 가족들이다. 그녀는 이들의 일상적인 삶에서 나타나는 관례, 예절, 사회적 관습을 중심으로 대단히 반어적인 익살, 날카로운 통찰력, 신랄한 재치로 찬탄할만한 예술 작품으로 그려낸다. 그녀 소설 속의 인물들은 그 당시 부상하는 상업계급이나 매우 부유한 귀족계급과는 확연히 구별되며, 정확히 그녀가 가장 잘 알고 있는 그녀의 가족과 같은 계급 사람들이다. 제인 오스틴은 이들의 관습을 마치 현미경을 들이대고 보듯이 정확하고, 세밀하게, 사실적으로 제시하여 인간관계에서 이끌어낼 수 있는 도덕적인 판단을 암시할 뿐 아니라 인간성 탐구에 깊이를 더해 준다. 제인 오스틴 시대의 영국 사회는 사회계급을 축으로 하여 돌아갔기 때문이다.

자신을 "감히 작가가 되려는 여성 중에서 가장 무지하고, 가장 지식이 없는" 사람이라고 겸손하게 규정하지만, 그녀는 리처드슨, 필딩, 포프, 골드스미스, 흄, 존슨, 스콧, 쿠퍼, 크래브, 바이런 등 18세기와 낭만주의 시대 작가들의 작품을 모두 섭렵했고, 자신과 동시대 여성작가들, 특히 패니 버니, 메리 브런튼, 앤 래드클리프, 마리아 에지워스 등의 작품을 탐독했다. 그리고는 초기 습작품에서 18세기 후반부와 19세기 초반부에 유행했던, 감상적인 로맨스나 고딕(괴기공포) 소설을 풍자했고, 그 후 수정을 거듭한 후 드디어 30대 작가로서 출판한 소설에서는 위에서 언급한 것처럼, 18세기 말 영국 시골의 젠트리 계급, 혹은 중간 계급 사람들의 사사로운 일상을 주로 아이러니를 사용해서 코믹하게 극적으로 보여줄 뿐 아니라 그 사회에서 여성이 가지는 한계를 통찰하고 결혼 플롯을 통해 그러한 문제를 탐구했다. 오스틴이 살고 작품을 썼던 시기에는 프랑스 혁명, 나폴레옹 전쟁, 산업혁명 등 국내외적으로 큰 사건들로 소용돌이치던 시기였지만, 그녀 소설에서는 그런 것들이 빙산의 일각처럼 때로 암시되기만 할 뿐이다. 가령 《오만과 편견》에서 군인들은 비록 전쟁에 참여하는 모습이 아니라 아가씨들의 춤 상대나 메리턴 사회의 사교계의 풍성함을 더해주는 정도이지만, ○○셔 민병대가 주둔한다는 것은 군인이 많이 필요한 전쟁시기임을 암시하며, 그들이 브라이튼으로 옮겨간다는 것은 영국 남부 침입에 대비한다는 것을 의미한다. 그러나 시골 젠트리나 중간계급의 생활은 외부와는 동떨어진 듯 매일 평화롭게 이어진다.

제인 오스틴 소설의 극적, 코미디적 요소가 크게 의지하고 있는 것은 이들 시골 가족들 간에 존재하는 세밀한 사회계급의 차이이다. 그녀가 언급한 소설 자료로서의 "시골 마을에 있는 서너 가족들" 사이에는 매우 미묘한 사회 계급의 차이가 존재하고 그당시 독자는 그것에서 야기되는 제인 오스틴 작품의 코미디 요소를 즉각적으로 알아보았을 것이다. 가령 《오만과 편견》의 인물들 중 콜린스 씨는 사회계급과 신분에 매우 예민한 반응을 보인다. 그는 후원자인 드 버그 영부인에게 아첨하고, 또한 드 버그 영부인은 계급의 차이가 엄격히 지켜지기를 바란다. 엘리자베스는 다아시 씨에게 먼저 인사하겠다는 콜린스 씨를 말리려한다. 계급이 다른 사람들이 섞여있는 모임에서는 항상 누군가가 모르는 사람들을 소개해주어야 하며, 자기소개를 직접 먼저할 수 있는 사람은 계급적으로 높은 사람 쪽이기 때문이다. 이러

한 사회 계급의 차이에 대한 집념을 제인 오스틴이 인정하는 것
은 아니었지만, 부유함과는 거리가 먼 시골 목사의 딸로서 (오
빠 에드워드가 부유한 지주인 먼 친척에게 입양되어서 많은 재
산을 상속받아 매우 유복한 생활을 하는 등) 훨씬 부유한 친척들
이 있었기 때문에 그녀는 신분차이나 수입이 사람들의 삶에 끼
치는 영향을 매우 사실적으로 그릴 수 있었다. 그리고 신분의 차
이를 가진 사람들 간에 지켜야 할 그 사회의 규범을 지키지 못할
때 그 행동에 대한 도덕적 판단을 넌지시 암시하는 것이다.

오스틴의 세계의 이해를 위에서 또 하나 중요한 것은 금전적
인 것이다. 항상 주요 인물들의 재정 형편이 명확히 언급되는데
그것은 주로 토지에서 얻는 연 수입이지만, 그들이 지닌 소유물,
마차(마차 한 대 유지비는 연 약800 파운드였다고 한다), 가구,
하인들의 숫자, 사교 철에 런던이나 바스에 갈 수 있는 능력을
통해서도 그들의 수입을 나타내기도 한다.

그러나 수입과 사회지위 사이에 등식이 존재하는 것은 아니
며 수입이나 사회적 지위가 도덕적인 인정을 받게 해주는 것은
더더욱 아니다. 가령 《오만과 편견》의 빙리 같은 인물은 사이비
젠트리에 속하지만 상업으로 일군 재산으로 유한 젠트리 계급
의 생활스타일로 살아갈 수 있다. 그런 인물들, 특히 오스틴 소
설의 사이비 젠트리 가운데 전문직을 가진 계층들은 땅을 소유
하고 있는 젠트리 계급과 복잡하게 얽혀 있다. 장자 상속권을 내
세우는 영국의 재산 상속 제도가 젠트리 계급의 딸들과 차남 이
하의 아들에게 금전적으로 매우 불리하게 작용하기 때문이다.

《오만과 편견》의 핏츠윌리엄 대령의 경우를 보자. 그는 백작

의 아들이지만 차남이기 때문에 자신이 원하는 여성과 결혼하기 어렵다고 엘리자베스에게 고백한다. 그런 경우에 처한 인물들은 종종 부유한 친척의 도움으로 목사직이나, 때로는《에마》의 존 나이틀리처럼 변호사나, 오스틴의 프란시스 오빠와 찰스 동생처럼 해군 장교 직을 택한다. 그것도 영향력 있는 후원자의 호의를 입어야 하는 직업이다. 결국 차남들은 부유한 친척들의 호의에 의지해서 살아가야 한다.

《오만과 편견》에서 오스틴이 사용하는 결혼 플롯에서는 거의 상속을 받지 못하는 딸들이 금전적으로 사회적으로 안정을 누릴 수 있는 희망은 단지 결혼을 잘하는 것뿐이라는 현실을 효과적으로 제시한다. 가령 베넷가의 딸들은 부모에게 아들이 없는 관계로 재산이 아주 먼 친척에게 한사상속 되기 때문에 부친의 사망 시 집에서 쫓겨나가야 하는 입장에 처할 수도 있다. 또한 드버그 영부인은 아는 집에 좋은 여자 가정교사를 소개해주고 감사하다는 말을 듣는다고 자랑한다. 그러나 여자 가정교사가 되면 상류층 출신이라 해도《에마》의 제인 페어팩스처럼 모든 체면을 잃고 거의 하인 수준으로 전락하기 때문에 여성이 생계를 벌 길은 거의 없다. 그래서《오만과 편견》에서 엘리자베스 못지않게 지적이지만, 물려받을 유산이 별로 없는 샬럿 루카스는 자신에게 필요한 것은 안정된 가정이라며 사랑하지 않지만 목사 콜린스 씨의 청혼을 부추겨 그와 결혼한다. 아버지의 사망으로 심각한 경제적인 어려움을 겪었던 제인 오스틴은 그녀가 사는 사회에 이처럼 여성들이 감내해야하는 경제적인 문제와 한계를 그녀 소설의 사회를 넘어 그 시대 사회 문제로 제기하는 듯하다.

오스틴은 시골 사회의 인물들이 중요하게 여기는 금전적인 가치를 묘사하지만, 독자들이 그 사회에서 금전적 가치보다 도덕적인 계급을 알아차리기를 기대한다.

그녀는 극적인 수법을 사용해서 인물들이 자신보다 사회적으로 열등한 사람들을 대할 때 쓰는 언어나 태도를 보여주고, 그것을 통해서 확연히 드러나지 않을 수도 있는 도덕적인 가치가 가차 없이 드러나도록 한다. '신사'라는 호칭은 그녀에게 사회적 신분 이상의 것을 의미한다. 가령《오만과 편견》에서 속물근성을 보이는 빙리 자매들은 "자신의 상점이 보이는 곳에 살며" 사업을 하는 가디너 씨를 하찮게 여길 테지만, 그는 "가장 양식이 있고 신사다운" 남성이며 그의 아내는 오스틴의 소설에서 "가장 상냥하고, 지적이고, 우아한 여성"이다. 또한 자신이 "신사의 딸"임을 캐서린 영부인에게 거침없이 내세우는 엘리자베스는 가장 부유한 다아시 씨가 "좀 더 신사다운 태도"로 행동하지 못했음을 나무라기도 한다. 엘리자베스 같은 오스틴의 여주인공들은 오스틴이 지닌 능력 중심의 도덕적 본능을 지니고 있다. 그래서 장원을 물려받은 유리한 신랑감 다아시 씨도 신사답다는 칭호와 엘리자베스의 사랑과 존경은 반드시 도덕적인 노력을 통해 획득해야만 한다.

오스틴의 소설을 좋아해서 그녀 소설을 한부씩 서가에 가지고 있던, 후에 조지 4세가 된 섭정 왕자에게서 오스틴은《에마》 출판 후에 "앞으로 어느 소설이든 그녀의 소설을 전하에게 헌정할 수 있다"는 전갈을 받았다. 섭정왕자의 사서가 제인 오스틴에게 "코브르크의 위엄을 나타내는 역사소설"을 쓰면 어떻겠느냐고 제안했을 때 그녀는 "제 생명이 걸린 게 아니라면 어떤 동기로도 저는 책상에 앉아서" 그런 종류의 소설을 쓸 수 없다고 대답했다. 이어서 그녀는 "제가 그걸 피할 수 없이 계속 써야한다면, 그리고 느긋하게 나를 비웃든지 다른 사람을 비웃을 수 없다면 저는 1장을 마치기도 전에 목매달아 자살할 거라고 확신합니다. 저는 반드시 제 자신의 스타일을 유지해야하고, 계속 제 식대로 써나가야 합니다."라고 설명한다. 오스틴은 이처럼 "5cm의 상아"에 "아주 가는 붓"으로 그리기로 선택한 재료에 대한 확고한 믿음을 가진 듯하다.

그처럼 오스틴이 숙고해서 소설 재료로 선택했던 영국 시골의 몇몇 신사계급과 중간계급 가정들을 중심으로 전개되는 세계는, 시간의 흐름과 더불어 발전하는 과학기술과는 달리, 좀처럼 변하지 않는 인간성과 인간세계를 세밀하게 깊이 있게 투영하는 소우주이며, 그녀의 소설 가운데서도 1813년 1월 28일에 출판한 이래 가장 많은 독자들에게 재미를 안겨주고 있는《오만과 편견》은 앞으로도 여전히 계속해서 많은 독자들을 즐겁게 해줄 것으로 보인다.

역자는 며칠 전 웹을 들여다보다가 위에 이야기한 것을 뒷받침하는 재미있는 글을 발견했다.

"《오만과 편견》, 생일 축하합니다"라는 제목의 글은 200년 전 1월 28일에 오스틴의 두 번째 소설로 출판된《오만과 편견》은 "'상당한 재산을 지닌 독신 남자에겐 틀림없이 아내가 필요하다는 것은 세상 모든 사람들이 널리 인정하는 진리다.'라는 불멸의 첫 문장으로 200년간 전 세계의 모든 언어를 쓰는 독자들을 매료시켰다."면서 "어떻게 오만하고 부유한 다아시와 당돌하고 가난한 엘리자베스가 사랑하게 되는가에 관한 이야기가 왜 계속해서 우리의 마음을 사로잡는지 그 이유 10가지"를 다음과 같이 나열한다.

1. 궁극적으로 "그 뒤에 쭉 행복하게 살았다"는 이야기다.

2. 재미있다.

3. 모든 로맨틱 코미디 가운데서도 으뜸가는 로맨틱 코미디이다.

4. 섹스, 거짓말, 그리고 십대들의 가출 이야기다.

5. 《오만과 편견》은 단지 어떻게 섭정왕자 시대 식으로 백만장자와 결혼하는가에 관한 이야기가 아니다.

6. 카다시안 가족 이전에 베넷 가족이 있었다. [카다시안 가족들은 미국의 리얼리티 텔레비전 시리즈다.]

7. 그때 잘 사는 사람들의 목적은 먹고, 마시고, 즐기는 것이다.

8. 지금 우리도 그때처럼 우리가 원하는 것만 본다.

9. 위선은 항상 웃음거리가 된다.

10. 과학기술은 변화하지만 인간성은 항상 그대로다.

이 글은 "비록 제인 오스틴은 깃털 펜을 잉크에 찍어 인물들을 만들어냈지만 그들은 200년 동안 여전히 신선한, 즉각 알아 볼 수 있는, 매력적인 인물들이다. 사람들이 《오만과 편견》을 인쇄 형태로 읽던지. 태블릿이나 아니면 어떤 장래의 기기로 읽게 되든지 다아시 씨가 어떻게 엘리자베스 베넷의 사랑을 획득하게 되는지에 대한 이야기는 의심할 여지없이 또 다른 200년 동안 계속 독자들의 마음을 사로잡을 것이다."라고 맺고 있다.

이 글보다 더 《오만과 편견》이 수많은 독자들의 마음속에 고전중의 고전으로 확고하게 자리 잡았다는 것을 분명하게 말해 줄 수 있는 글이 있을까?

역자가 《오만과 편견》을 번역하는 데 사용한 원본은 옥스퍼드 대학 출판부에서 펴낸 세계고전판 *Pride and Prejudice* (2008) 이며, 필요할 때는 W.W. Norton & Company에서 펴낸 Norton Critical Edition(Donald J. Gray 편집, 1966)인 *Pride and Prejudice* 를 참고했다. 역주는 옥스퍼드 대학 세계 고전 판본의 주석을 주로 사용했음을 알려둔다. "옮긴이의 글"에서 제인 오스틴의 소설 이해에 중요한 섭정왕자시대의 계급의 차이에 대한 논의 부분은 옥스퍼드 세계 고전 판본의 부록 A, "계급과 사회적 지위"(pp.299-303)를 참고했음을 아울러 알려둔다.

이 책의 번역을 시작한 후 건강을 포함해서 여러 가지 어려운 사정으로 작업을 한참 옆으로 밀어놓았었지만 재촉하지 않고 오랫동안 묵묵히 기다려 주시고, 이 책이 드디어 세상에 나오도록 신실한 산파 역할을 해주신 부북스의 신현부 대표님께 진심으로 감사드린다. 또한 인내심을 가지고 긴 번역 작업의 과정을 옆에서 아무런 불평 없이 지켜보며 번역본을 읽어주고 언제나 격려를 아끼지 않은 남편 조성호 교수께도 이 기회를 빌어 감사의 마음을 전하고 싶다.

2018년 1월 광교산 기슭에서 역자

제인 오스틴 연보

1775 (12월 16일) 햄프셔의 스티븐턴에서 목사인 부친 조지 오스틴과 모친 커샌드라 리 오스틴 사이의 7번째 자녀로, 딸로는 두 번째로 태어남.

1783 언니 커샌드라와 함께 옥스퍼드의 콜리 부인의 사숙으로 갔으나 그녀는 이들을 데리고 사우샘프턴으로 이사. 장티푸스 발병으로 집으로 돌아옴.

1784 셰리단의《연적》공연.

1785 커샌드라와 함께 레딩에 있는 애비 하우스 학교에 다님.

1786 학비 부담이 과중해 집으로 돌아옴. 프란시스 오빠 해군사관학교 입학. 에드워드 오빠 4년간 유럽 대여행(1790년까지).

1787 "젊음 시절 습작"(쥬브닐리아) 집필 시작. 1788《기회》와《톰 썸》스티븐턴에서 공연. 헨리 오빠 옥스퍼드의 세인트 존 칼리지 입학. 프란시스 '펄시비어런스'호에 타고 동인도로 감.

1789 큰오빠 제임스와 헨리가 옥스퍼드에서 1790년3월까지《방랑자들》정기 간행.

1790 (6월) "사랑과 우정" 탈고.

1791 찰스 해군사관학교 입학.

1792 "레슬리 성"과 "이블린" 집필. "캐서린 혹은 굴복자" 쓰기 시작.

1793 "젊음 시절 습작"의 마지막 작품 집필.

1794 아마도 "레이디 수잔" 집필.

1795《엘리노와 마리앤》(《이성과 감성》의 초고) 집필. 약혼자 톰 파울이 서인도로 떠나는 길을 배웅하기 위해 집을 떠나있던 커샌드라에게 보낸 편지에 기록된 대로 톰 르프로이와 연애.

1796 《첫인상》 집필 시작. 프란시스 버니의 《카밀라》 구독.

1797 《첫인상》 탈고. 커샌드라의 약혼자가 열병으로 서인도 제도에서 돌아오는 선상에서 사망. 《엘리노와 마리앤》을 《이성과 감성》으로 수정하기 시작. 조지 오스틴이 《첫인상》을 출판인 카델에게 출판 부탁했으나 성공하지 못함.

1798 후에 《노생거 수도원》으로 출판한 "레이디 수잔" 집필.

1799 바스 방문. 아마도 "레이디 수잔" 탈고.

1801 부친 조지 오스틴이 은퇴하여 제인은 부모와 언니와 함께 바스로 이사. 제임스 오빠와 가족이 아버지 교구의 목사로 스티븐턴으로 이사. 1804 년까지 서부 지역으로 휴가를 여러 번 갔고, 그런 어느 휴가에서 제인은 잠시 어떤 청년과의 연애에 연루되었었던 것 같고. 그 후 그는 사망.

1802 스티븐턴을 물려받은 제임스 오빠를 방문. 베이싱스토크에 사는 부유한 해리스 빅위더의 청혼을 받아들였다가 다음날 아침 철회.

1803 헨리 오빠의 도움으로 《레이디 수잔》의 원고를 크로스비 출판사에 10 파운드에 넘김.

1804 《왓슨가 사람들》 집필 시작

1805 부친 조지 오스틴 사망. 《왓슨가 사람들》 집필 중단. 마르따 로이드의 어머니 사망. 마르따는 오스틴가 여성들과 함께 지냄.

1806 오스틴 가족은 바스를 떠남. 애들스트롭으로 이사. 스톤리에 있는 친척들 방문.

1807 제인과 커샌드라 그리고 어머니는 프랭크 오빠 부부와 함께 사우샘프턴 셋집에 머묾.

1809 (4월) 크로스비로 하여금 애쉬턴 데니스 부인이라는 필명으로(Mrs. Ashton Dennis)(M.A.D.) 《수잔 부인》을 출판하게 하려 했으나 실패. 제인은 어머니와 언니와 함께 햄프셔의 초튼에 있는 에드워드의 집으로 이사.

1810 출판인 에거튼이 《이성과 감성》 출판 수락.

1811 (10월)《이성과 감성》원고 교정을 보느라고 헨리 오빠와 그의 아내 일라이저와 함께 런던에 머묾. "한 여류작가"를 저자로 적은《이성과 감성》을 위탁 판매하기로 하고 출판.《맨스필드 파크》집필 시작.《첫인상》을《오만과 편견》으로 수정.

1812《오만과 편견》이 에거튼에게 110 파운드에 팔림.

1813 (1월)《오만과 편견》이 출판과 함께 큰 갈채 받음.《맨스필드 파크》탈고.《이성과 감성》,《오만과 편견》재판 인쇄.

1814 (1월 21일)《에마》집필 시작. 런던으로 헨리 오빠 방문. 에거튼은 위탁 판매로《맨스필드 파크》출판. 6개월 만에 완판.

1815 (3월 29일)《에마》탈고.《설득》쓰기 시작. 섭정 왕자에게《에마》를 헌정하도록 초대받음. (12월) 존 머리가《에마》출판.

1816 봄 이후 건강이 계속 좋지 않음. 크로스비에게서《레이디 수잔》원고를 되사고《캐서린》으로 수정. 헨리 오빠의 은행 파산. 그는 제인의 출판 대리인이어서 그의 파산은 제인에게도 타격.《맨스필드 파크》재판 인쇄. (8월) 제인 오스틴은《설득》탈고. 건강이 나빠지기 시작.

1817 (1월부터 3월까지)《샌디턴》집필. 숙련된 의사의 치료를 가까운 곳에서 받기 위해 언니 커샌드라와 함께 윈체스터로 이동. (7월 15일) 마지막 시 "When Winchester Races" 씀 . 7월 18일 오전 4시 30분 사망. 윈체스터 사원에 안장. 12월에 헨리의 "제인 오스틴 추모 사"가 실린《노생거 수도원》(출판년도는 1818년)과《설득》을 출판. 추모사에서 헨리는 제인 오스틴이 이 작품들의 작가임을 처음으로 발표.